Knaur.

Knaur.

Im Knaur Taschenbuch Verlag sind bereits folgende Bücher des Autors erschienen:
Der Wanderchirurg
Der Chirurg von Campodios
Die Mission des Wanderchirurgen
Hexenkammer
Tod im Apothekenhaus
Der Balsamträger
Der Puppenkönig

Über den Autor:
Wolf Serno hat lange als Werbetexter in großen Agenturen und 20 Jahre lang als Creative Director in einer großen Hamburger Agentur gearbeitet. 1997, nach nahezu dreißig Jahren in der Werbung, beschloss Wolf Serno, nicht mehr für andere, sondern für sich selbst zu schreiben. Das Ergebnis war der Bestseller »Der Wanderchirurg«. Wolf Serno lebt mit seiner Frau, einer Richterin, und seinen drei Hunden in Hamburg.

Wolf Serno

Das Spiel des Puppenkönigs

Roman

Knaur Taschenbuch Verlag

Besuchen Sie uns im Internet:
www.knaur.de

Vollständige Taschenbuchausgabe Juli 2009
Knaur Taschenbuch.
Ein Unternehmen der Droemerschen Verlagsanstalt
Th. Knaur Nachf. GmbH & Co. KG, München

Redaktion: Ilse Wagner
Umschlaggestaltung: ZERO Werbeagentur, München
Umschlagabbildung: Corbis: The Bridgeman Art Library
Satz: Adobe InDesign im Verlag
Druck und Bindung: CPI – Clausen & Bosse, Leck
Printed in Germany
ISBN 978-3-426-63545-2

2 4 5 3 1

Für mein Rudel:
Micky, Fiedler († 16), Buschmann, Eddi.

Und diesmal besonders für Sumo,
meinen Co-Autor, der mit mir die Wärmematte
in der fußkalten Dichterklause teilte.

Die religiösen Zitate des Romans stammen aus:

DIE BIBEL
Die ganze Heilige Schrift
des Alten und Neuen Testaments
nach der deutschen Uebersetzung
D. Martin Luthers
Siebenundzwanzigster Abdruck
Gedruckt und verlegt von
B. G. Teubner in Leipzig, 1877

*

Die jiddischen Schreibungen und Zitate des Romans stammen aus:

Jiddisch – Eine kleine Enzyklopädie
von
Leo Rosten
Deutscher Taschenbuch Verlag, München 2002

*

Die verwendeten Zeilen aus der
Odyssee
stammen aus einer Übersetzung von
Roland Hampe
Verlag: Philipp Reclam jun. Stuttgart

»... doch das stärkste Gift
wohnt einem Gewächs inne,
das weder Pilz noch Kraut ist,
weder Moos noch Farn:

Es ist ein Baum,
ein turmhoher Riese,
der auf den malaiischen Inseln
gedeiht – der Upas-Baum.

Man sagt, jeder Vogel,
der durch seine
giftgeschwängerte Krone fliegt,
fällt herab, und kein Tier,
auch nicht der Mensch,
kann sich ihm auf zehn Schritte
nähern, ohne sofort
den Tod zu erleiden.«

Johann Philipp Harsleben,
Apotecarius zu Potsdam

Die wichtigsten Personen in der Reihenfolge ihres Auftritts:

Julius Klingenthal
Bauchredner und »Puppenkönig«

Friedrich der Große*
König von Preußen

Strützky*
Kammerhusar bei Hofe

Hans von Reckwitz
Assistent von Friedrichs Leibarzt Prof. Selle

Elsa Siebold
Hebamme in Potsdam

Anni
Magd im Palais Chattemont

Alena
Klagefrau; Klingenthals Geliebte

Doktor Korn, genannt »Körnchen«
Arzt im Viertel

Madame de Chattemont
Gründerin des Collegium Artis *in Potsdam*

Göttsche
Madames Kutscher

Ludolf
Diener im Palais Chattemont

Graf Søderborg
Spion; Mitglied des Collegiums

Johann Georg Pfund*
Kutscher Friedrichs des Großen

Girolamo Marchese Lucchesini*
Vertrauter und Freund Friedrichs des Großen

Fürst Katusow
Garde-Obrist, Spion; Mitglied des Collegiums

Hartmut von der Eich
Kammerjunker bei Hofe

Wilhelm von Karst
Kammerjunker bei Hofe

Professor Doktor Selle*
Leibarzt Friedrichs des Großen

Charles Dantal*
Vorleser Friedrichs des Großen

Ehrenfried Quantz
*Flötenspieler; Neffe des Johann J. Quantz**

Generalmajor von Abraham · Geheimrat von Karius
Timothy Harrington · Gerard Adam
Mitglieder des Collegiums

Johann Philipp Harsleben*
Apotheker in Potsdam

Pilâtre de Rozier*
Konstrukteur von Luftschiffen

Die mit einem * gekennzeichneten Personen haben tatsächlich gelebt.

Prolog

Glaube Er ja nicht, ich könnte eine Ausnahme machen! Es bleibt dabei, ich muss eine der Puppen aufschneiden«, sagte der preußische Posten am Stadttor von Berlin. »Und zwar von oben bis unten. Vorschrift ist Vorschrift.«

Julius Klingenthal, der Besitzer der Puppen, wurde kreidebleich. »Das könnt Ihr nicht tun! Ihr zerstört damit meinen Broterwerb. Ich habe Euch doch gesagt, dass ich Bauchredner bin und dass jede Puppe für mich unersetzlich ist.«

»Und ich habe gesagt, dass ich keine Ausnahme machen kann.« Der Posten musterte Klingenthal scharf. »Wenn Ihm das nicht passt, kann Er sich ja höherenorts beschweren.«

»Ich will mich nicht beschweren, ich komme in friedlicher Absicht, ich will nichts weiter, als meine Vorstellungen in der Stadt geben. Aber bevor Ihr einer meiner Puppen auch nur ein Haar krümmt, kehre ich lieber um, dann kann Berlin mir gestohlen bleiben.« Klingenthal schickte sich an, den Karren, auf dem seine sechs lebensgroßen Puppen saßen, zu wenden, wurde aber vom Posten daran gehindert.

»Was soll das?«, fragte Klingenthal stirnrunzelnd.

»So einfach, wie Er sich das denkt, ist das nicht! Er hat sich verdächtig gemacht, sehr verdächtig. Sechs Figuren auf einem Karren, zusammengewürfelt wie ein Haufen Zigeuner, wer weiß, was alles in ihren Leibern versteckt ist. Pistolen, Pulver, Bajonette? Mit Waffen zieht man nicht durch preußische Lande, jedenfalls nicht, wenn man von niedriger Geburt ist, und das ist Er ja wohl, oder?«

Klingenthal biss sich auf die Lippen. Er war zwar nicht von Adel, doch er kam aus gutem Haus, einem Haus, in dem angesehene Bürger aus und ein gegangen waren und wo des Abends musiziert und französisch parliert wurde. Sein Vater war Geld- und Pfandleiher in Tangermünde gewesen, aber auch Jude, und das war ihm und der Familie zum Verhängnis geworden. In den Wirren des Siebenjährigen Krieges hatte man ihn und die Seinen denunziert, verfolgt und schließlich hingerichtet. Nur Klingenthal war übrig geblieben; ihn hatte ein launisches Schicksal überleben lassen und später – nach vielen verschlungenen Wegen – dazu ausersehen, Bauchredner zu werden. Nicht dass er etwas gegen die Tätigkeit als Ventriloquist gehabt hätte, im Gegenteil, er übte sie gern aus. Doch als Bauchredner stand er mit Tagelöhnern, Kleinbauern und Handwerkern auf der untersten Stufe der Gesellschaft und musste sich in der erniedrigenden dritten Person anreden lassen.

Klingenthal machte einen letzten Versuch. »In den Puppen befindet sich nur Wolle und Rosshaar«, sagte er und fügte, wenn auch widerstrebend, hinzu: »Bitte, lasst mich jetzt gehen.«

»Da kann Er so lange bitten, bis aus Kommissbrot Kuchen wird, ich habe meine Befehle.« Der Posten zog seinen Degen und begann, um den Karren herumzustolzieren. Drei Puppen saßen auf jeder Seite. Links die blonde Magd, die eine Haube und einen verblassten Kittel trug, daneben das Burgfräulein, eine ältliche Jungfer mit einem Spitzhut auf dem Kopf, blasiertem Blick und einem zerknüllten Taschentuch in der Hand, schließlich der Landmann mit seiner Forke – auf der rechten Seite saßen der Schiffer in Köperhosen, der Söldner im wehrhaften Harnisch und der Schultheiß in seiner Amtstracht mit goldener Amtskette. »Ist die aus echtem Gold?«, fragte der Posten misstrauisch.

Trotz der prekären Situation konnte Klingenthal sich ein Lächeln nicht verkneifen. »Wenn sie aus Gold wäre, würde ich nicht hier stehen.«

»Aha, so.« Der Posten überlegte kurz, wie Klingenthal das meinte, dann sagte er: »An dieser Puppe werde ich die Probe aufs Exempel machen.« Entschlossen nahm er die Kette hoch, schlitzte den Schultheiß der Länge nach auf und wollte gerade in den Leib schauen, als ihn ein Schmerzensschrei innehalten ließ. Es war der Schrei eines Menschen, kein Zweifel, doch er kam direkt aus dem Mund der Puppe. Nein, das war nicht möglich, oder? Verwirrt wandte der Posten sich Klingenthal zu. »War Er das, der den Schrei ausgestoßen hat?«

Statt einer Antwort hörte er ein Röcheln in seinem Rücken, ein Röcheln, das langsam erstarb, und diesmal musste es von der Puppe kommen, denn der Kerl vor ihm hatte den Mund kein Jota verzogen. Niemand war in der Lage, derartige Laute ohne Lippenbewegungen zu erzeugen, auch nicht der beste Bauchredner. Wie war das möglich? Spuk und Zauberei gab es im aufgeklärten Preußen nicht, alles musste eine natürliche Erklärung haben. Aber welche?

»Mörder!« Der Posten zuckte unwillkürlich zusammen. Der Ausruf war von der Magd gekommen. »Du hast ihn umgebracht!«

»Kanaille!«, schloss sich das Burgfräulein an.

»Hundsfott!«, rief der Landmann.

»Kielholen, den Mann!«, rief der Schiffer.

»Auspeitschen!«, rief der Söldner.

Der Posten rang um Fassung. Das konnte nicht sein! Jedes Schimpfwort kam aus einem anderen Puppenmund. Die Magd hatte eine warme Stimme, das Burgfräulein kreischte, der Landmann sprach träge, Schiffer und Söldner klangen angriffslustig. Es war ganz so, als lebten die Figuren wirklich.

»Meine Puppen leben wirklich«, sagte Klingenthal, als hätte er die Gedanken des Postens erraten, »nur leider vergreifen sie sich manchmal im Ton. Ich bitte in ihrem Namen um Entschuldigung.«

»Äh, ja.« Der Posten überspielte seine Unsicherheit, indem er den Degen wieder in die Scheide stieß. »Jedenfalls scheint Er keine Waffen mit sich zu führen. Da hat Er Glück gehabt. Wie steht es mit Geld?«

»Geld?«

»Ja, Geld! Er will doch wohl nicht behaupten, Er reise ohne Münze?«

»Natürlich nicht«, sagte Klingenthal schnell. Erleichtert registrierte er, dass die Aufmerksamkeit des Postens nicht mehr seinen Lieblingen galt. »Ich habe Nürnberger Batzen dabei.«

»Nürnberger Batzen?«

»So ist es.« Klingenthal fragte sich, warum die Augen des Postens plötzlich aufleuchteten.

»Dann gehe Er schnurstracks zum Packhof. Dort wird man weitersehen.«

»Mit Verlaub, ist das ein Gasthaus?«

Der Posten gestattete sich ein Grinsen. »Ein Haus ist es schon, nur ob es gastlich ist, fragt sich.«

»Tut mir leid, ich werde als Erstes eine Herberge aufsuchen.«

»Das wird Er nicht!« Die Stimme des Postens klang wieder scharf. »Er wird tun, was ich sage. Los, auf zum Packhof, Marsch, Marsch!«

Es blieb Klingenthal nichts anderes übrig, als zu gehorchen, zumal unverhofft ein weiterer Wachsoldat neben ihm stand und ihm einen unsanften Stoß versetzte. »Mitkommen«, befahl der Mann.

»Ich werde mich über Euch beschweren!«, rief Klingenthal wütend.

Der Posten grinste erneut. »Tue Er, was Er nicht lassen kann. Am besten im Packhof.«

Vor dem Packhof, einem großen steinernen Bau, musste Klingenthal auf Geheiß des Wachsoldaten seinen Karren zum Stehen bringen. Es dauerte eine Weile, bis ein pedantisch gekleideter, Perücke tragender Mann heraustrat – der Packhofinspektor. Statt einer Begrüßung stemmte er die Arme in die Hüften und unterzog Klingenthal einer eingehenden Musterung. Was er sah, war ein Mann von mittlerer Größe und gut proportionierter Statur, vielleicht Mitte vierzig, mit einem wettergebräunten Gesicht und einer für die Landstraße ungewöhnlichen Kleidung: Er trug einen Gehrock aus feinem schwarzem Nankinett. Ebenfalls ungewöhnlich war, dass er keinen Gaul vor seinen Karren gespannt hatte. Er schien das Gefährt selbst zu ziehen. War er ein Herr, der zum Spaß einen Wagen zog, oder war er ein Kärrner, der zum Spaß einen Rock trug? Angesichts der ausgetretenen Schuhe und der bunten Puppen auf dem Wagen entschied der Inspektor, es mit einem Mann aus dem fahrenden Volk zu tun zu haben – einem Laienspieler vielleicht oder einem Possenreißer. »Hat Er etwas zu verzollen?«, fragte er laut.

Klingenthal, der sich zunehmend vorkam, als stünde er am Pranger, sagte: »Ich protestiere gegen die Behandlung, die mir am Tor widerfahren ist. Der Posten hat aus nichtigen Gründen eine meiner Puppen aufgeschlitzt!«

»So, hat er das? Dann hat er nur seine Pflicht getan«, erwiderte der Inspektor ungerührt. »Ebenso, wie ich meine Pflicht zu tun gedenke. Ich frage Ihn nochmals: Hat Er etwas zu verzollen?«

»Nein, nichts.«

Der Wachsoldat mischte sich ein. »Er hat Nürnberger Batzen dabei.«

»Was, Nürnberger Batzen?« Die Stimme des Inspektors klang, als führe Klingenthal einen Kübel Fäkalien mit sich.

»Es ist gutes Geld. Ein Batzen entspricht ungefähr vier Kreuzern, so sagte man mir.«

»Es ist ungültiges Geld! Unterstehe Er sich, es in die Stadt einschmuggeln zu wollen!«

Klingenthal erschrak. »Das liegt mir fern. Ich wusste nicht, dass die Batzen hier nicht gelten.«

»Was heißt, hier nicht gelten? Unser König Friedrich hat fremde Währungen schon vor Jahrzehnten verboten.«

»Auch das wusste ich nicht. Ich bin zum ersten Mal in Berlin.«

Der Inspektor zog die Brauen hoch. »Das nützt Ihm nichts. Ich muss die Batzen beschlagnahmen.«

»Kann ich sie nicht in preußische Taler umtauschen? Das muss doch möglich sein?«

»Nein. Fremde Währungen existieren hierzulande nicht, und was nicht existiert, kann auch nicht eingetauscht werden. Nun gebe Er das Geld heraus.«

»Ich denke, es existiert nicht? Wie soll ich es da herausgeben?«

»Will Er *infam* werden? Händige Er mir das Geld aus, bevor ich Gewalt anwenden lasse!«

Klingenthals Kiefermuskeln mahlten, doch er beherrschte sich. Langsam wurde ihm klar, warum die Augen des Postens am Tor so schadenfroh aufgeleuchtet hatten. Widerstrebend griff er unter seinen Rock und holte seine Geldkatze hervor. »Es ist meine gesamte Barschaft, wovon soll ich leben, wenn Ihr sie mir nehmt?«

»Das ist Sein Problem, das hätte Er sich früher überlegen müssen.«

»Ich möchte eine Quittung für mein Geld. Wenigstens darauf sollte ich Anspruch haben.«

»Er hat hier nichts zu *prätendiren!* Er braucht keine Quittung, im Übrigen existiert das Geld nicht.«

Klingenthal gab auf. Als einer, der im Altmärkischen aufgewachsen war, wusste er, wie stur die preußischen Beamten sein konnten, doch dass sie so stur waren, hatte er nicht für möglich gehalten. Er übergab das Geld.

Der Inspektor nahm es. »Er soll froh sein, dass ich Ihn nicht wegen *Conterbande* belange, was glaubt Er wohl, wie viel beschlagnahmte Schmuggelware im Packhof lagert!«

Klingenthal schwieg, er spürte, dass jedes weitere Wort überflüssig sein würde. Auch seine Puppen schwiegen. Nur der Söldner konnte nicht an sich halten und zischte: »Das ist Wegelagerei.« Und der Schiffer ergänzte: »Piraterie.« Allerdings sagten beide es so leise, dass weder der Wachsoldat noch der Inspektor es hören konnten. Für Letzteren schien der Fall erledigt zu sein, denn er schickte den Wachsoldaten fort und wandte sich selbst zum Gehen. In einer Anwandlung von Milde sagte er: »Wenn Er kein Geld hat, muss Er sich welches verdienen, wie jeder *industrieuse* Mann es tut. Bis dahin mag Er im *Weißen Schwan* logieren, der Wirt ist kein übler Mann, vielleicht nimmt er Ihn erst einmal so auf.« Sprach's und verschwand in dem hohen Gemäuer des Packhofs.

Klingenthal blieb allein zurück.

Er war angekommen im quirligen Berlin, doch er fühlte sich wie der einsamste Mensch auf Erden.

Der Wirt vom *Weißen Schwan* sah aus wie alle seiner Zunft: Er war rotgesichtig und fettleibig und darüber hinaus schlecht zu Fuß. Umso mehr war es ihm anzurechnen, dass er sich bereit erklärt hatte, vor sein Gasthaus zu treten und Klingenthal und seine Puppen in Augenschein zu nehmen. Da zu seinen Charaktereigenschaften auch die Gutmütigkeit zählte, war er einverstanden, Klingenthal für drei Tage aufzunehmen, nachdem dieser ihm sein Leid geklagt hatte.

»Aber nur für drei Tage«, keuchte er kurzatmig, »und nur, weil der Packhofinspektor es gesagt hat. Berlin ist ein teures Pflaster, und es wird mit jedem Tag teurer. Es gibt nichts, was der Alte Fritz nicht mit Steuern belegt hat, nichts! Allein acht Silbergroschen für jedes Pfund Kaffee sackt er ein, und selber rösten ist strengstens verboten! Ein Wunder, dass Pinkeln und Atmen noch steuerfrei sind.«

Klingenthal wollte sich höflich bedanken, wurde aber von einer breithüftigen Frau unterbrochen, die aus dem Gasthaus gelaufen kam und voller Empörung rief: »Carl-Wilhelm, Carl-Wilhelm, wo steckst du bloß wieder, denkst wohl, die Arbeit macht sich von allein, ich sage dir …«

Was sie sagen wollte, sollte ihr Geheimnis bleiben, denn sie hatte Klingenthal mit seinen Puppen auf dem Wagen entdeckt, was eine abrupte Wandlung in ihrem Gesicht auslöste. Eben noch zornentbrannt, glätteten sich ihre Züge, wurden freundlicher, ja, ordneten sich sogar zu einer strahlenden Miene. Der Grund war, und das konnte Klingenthal nicht wissen, dass sie eine Nichte in Steinfurth an der Elbe hatte, mit der sie in regem Briefwechsel stand, und diese Nichte hatte ihr schon häufiger von einem Puppenspieler berichtet, einem Meister seines Fachs, der nicht zuletzt deshalb »der Puppenkönig« genannt wurde. Dieser Puppenkönig verstehe es wie kein Zweiter, mit dem Bauch zu reden und ganze Marktplätze zum Lachen zu bringen. »Ihr müsst Meister Klingenthal sein«, sprudelte sie hervor, »ich bin die Wirtin, willkommen im *Weißen Schwan!* Ich hoffe, Ihr beehrt uns recht lange.«

Der Wirt brummte: »Er bleibt fürs Erste nur drei Tage.«

»Nur drei Tage? Kommt überhaupt nicht in Frage.«

»Doch.« Der Wirt erklärte die missliche Lage, in die Klingenthal geraten war.

Bevor seine Frau darauf etwas entgegnen konnte, sagte Klingenthal: »Gleich morgen werde ich eine Vorstellung geben, bei der ich etwas Geld zu verdienen hoffe. Ich bin Euch sehr verbunden, Frau Wirtin.«

»Jawoll, gehorsamsten Dank, Gnädigste!«, rief der Söldner.

»Ahoi, schließe mich den Worten der Landratte an!«, rief der Schiffer.

»Auch ich möchte mich bedanken«, sagte die Magd.

»Ebenso wie ich«, sagte das Burgfräulein. »Von Dame zu Dame.«

Der Landmann sagte nichts, denn er weilte im Land der

Träume, wie seinen Schnarchgeräuschen deutlich zu entnehmen war.

Wieder ging eine Veränderung im Gesicht der Wirtin vor. Ihre strahlende Miene verblasste und machte einem Ausdruck großer Verblüffung Platz, denn etwas Derartiges hatte sie noch nie erlebt. Zwar hatte die Nichte ihr Klingenthals Ventriloquierkünste in den leuchtendsten Farben beschrieben, doch war das nichts im Vergleich mit der Wirklichkeit. »Ihr seid tatsächlich ein Meister Eures Fachs«, brachte sie schließlich staunend hervor.

Klingenthal, dem es sichtlich guttat, mit Respekt behandelt zu werden, erwiderte: »Leider kann sich der Schultheiß nicht bei Euch bedanken, denn der Posten am Stadttor hat ihm den Bauch aufgeschlitzt. Er ist schwer verletzt und ringt mit dem Tod. Ich hoffe, er kommt durch.«

Die Wirtin wunderte sich ein wenig, wie sehr Klingenthal seine Puppen vermenschlichte, doch sie ließ sich nichts anmerken und sagte: »Ja, ich sehe es. Vielleicht kann ich helfen, ich hab Nadel und Faden. Aber nun kommt erst mal rein, alles Weitere findet sich.«

Klingenthal hatte seine Puppen nacheinander ins Gasthaus getragen und sie in der ihm zugewiesenen Dachkammer abgesetzt. Dann hatte er seine wenige Habe aus dem Karren genommen und ebenfalls in seine neue Bleibe gebracht. Nun blickte er sich um. Der Raum maß vielleicht drei mal drei Schritte im Geviert, wies ein einfaches Lager auf, dazu eine Spiegelscherbe an der Wand und einen Waschtisch mit Schüssel und Wasserkruke in der gegenüberliegenden Ecke. Ein Fenster gab es nicht. Das wenige Licht, das den Raum erhellte, fiel durch ein paar Ritzen in den Dachsparren. Klingenthal hatte schon behaglicher gewohnt, aber er konnte keine Ansprüche stellen. Er bettete den Schultheiß vorsichtig auf das Lager und entzündete eine Kerze.

Es klopfte. Die Wirtin, Nadel und Faden in der Hand, trat ein. »Damit kriege ich die Puppe wieder ganz!«, rief sie eifrig. »Ich sehe, Ihr habt schon ein Licht angemacht, das ist gut, dann kann ich besser arbeiten.«

»Sehr liebenswürdig von Euch, aber ich möchte die Operation selbst durchführen«, sagte Klingenthal.

»Könnt Ihr denn mit Nadel und Faden umgehen?«

»Gewiss. Alle meine Puppen habe ich eigenhändig gefertigt. Die erste war der Schultheiß, deshalb liegt sie mir besonders am Herzen. Oh, Ihr habt nur schwarzen Zwirn mitgebracht, darf ich Euch bitten, auch noch weißen und braunen zu holen?«

»Ja, gern, aber wieso?«

»Der schwarze Zwirn passt zur Farbe der Hose, doch das Leinenhemd ist weiß und der Rock rotbraun. Wenn Ihr so freundlich wärt, könnte ich alles Ton in Ton nähen.«

Während die Wirtin verschwand, legte Klingenthal schon Hand an. Er streifte dem Schultheiß die Hose zurück und knöpfte den beschädigten Rock auf. Gleiches tat er mit dem Leinenhemd darunter. Seine Hände gingen dabei kundig und behutsam vor. »Bald wird es dir wieder besser gehen«, murmelte er. »Ich tue mein Bestes.«

Er betastete das feine Ziegenleder, das der Puppe als Haut diente, und begann das Rosshaar und die Wolle wieder in den Leib zu stopfen.

Der Schultheiß gab knisternde Laute von sich. Im Flackerlicht der Kerze sah es aus, als rolle er dabei mit den gläsernen Augen.

»Ja, sagte Klingenthal, »ja, ich weiß, dass du Schmerzen hast.« Erleichtert stellte er fest, dass die Schnittkanten der Wunde glatt und sauber waren – der Degen des Postens musste rasiermesserscharf gewesen sein. Die Wirtin erschien wieder, weiteren Zwirn und einen dreiarmigen Kerzenleuchter herbeitragend. »Mehr Licht wird Euch die Arbeit erleichtern, lieber Meister. Ich will nicht, dass Ihr Euch die Augen verderbt.«

Klingenthal dankte. Er hatte sich entschlossen, per Zick-Zack-Stich eine Anstoßnaht herzustellen und so das auseinanderklaffende Ziegenleder wieder zusammenzufügen. Die Operation verlangte einiges Geschick, doch sie gelang. Dann nahm er sich das Hemd vor, für dessen Ausbesserung er den weißen Zwirn wählte.

Die Wirtin verfolgte jede seiner Tätigkeiten mit Argusaugen. »Alles, was recht ist, Ihr setzt die Stiche so, als wärt Ihr bei einem Schneider in die Lehre gegangen!«

»Ein Schneider war es nicht. Ich lernte das Nähen bei einem Meister der Puppenmacherei, sein Name ist Zacharias Neuberger. Er war ein sehr strenger Lehrer. Streng, aber auch gütig und geduldig. Eine lebensgroße Puppe herzustellen erfordert unzählige Arbeitsschritte und vielerlei Materialien, so ist der Leib aus Wolle, Stroh, Wachs oder Rosshaar, der Kopf aus asiatischem Pflanzengummi, das Haar aus echtem Menschenhaar. Wie Ihr seht, hat der Schultheiß unter seiner Perücke schon leicht angegrautes Haupthaar, genau wie ich.«

Die Wirtin, die jedes Wort wie ein Schwamm aufgesogen hatte, nickte.

»Wenn eine Puppe entsteht, ist das immer ein langer Prozess, Körperteil kommt zu Körperteil, Glied zu Glied, der Leib wächst heran wie bei einem Menschen. Während der ganzen Zeit spricht man mit der Puppe, erst wenig, dann mehr, und eines Tages stellt man fest, dass die Puppe antwortet. Das ist der Zeitpunkt, an dem sie zu leben beginnt. Alle meine Puppen leben, und mit ein wenig Glück wird auch der Schultheiß weiterleben.«

»Ich finde, er sieht Euch ähnlich.«

»Das hat schon mancher gesagt.« Klingenthal arbeitete weiter, zog wie ein Uhrwerk den Faden durch den Stoff und ließ seinen Gedanken freien Lauf. Es lag schon an die zwanzig Jahre zurück, dass er den Schultheiß erschaffen hatte, zwanzig Jahre, in denen unendlich viel geschehen war, in denen er nicht weniger als fünf weitere Puppen gefertigt, eingekleidet und zum Reden gebracht hatte.

Der Söldner verkörperte die Zeit, in der er als Infanterist gedient hatte, der Schiffer stand für die Zeit als Matrose und der Landmann für die Zeit als Knecht. Die Magd erinnerte an eine alte Dänin, die der gute Geist im Hause Klingenthal in Tangermünde gewesen war, und das Burgfräulein an eine adlige Dame, die er als Knabe glühend verehrt hatte. Alle Puppen standen ihm auf ihre Art nahe und waren ein Teil seiner selbst. Am nächsten aber stand ihm der Schultheiß, obwohl Klingenthal niemals das Amt eines Bürgermeisters ausgeübt hatte.

Bevor er den Schultheiß erschaffen hatte, war er Student der Medizin gewesen, ein sehr guter sogar, nur hatte ihm das wenig genützt an jenem Tag, als dem Professor die Operation misslang, der Patient starb und man ihm die Schuld in die Schuhe schob. Klingenthal hatte sich gewehrt, hatte den wahren Sachverhalt vor dem Untersuchungsausschuss geschildert, doch das Wort des Professors stand gegen das seine – und damit das Wort einer anerkannten Kapazität gegen das eines kleinen Studenten und darüber hinaus gegen das eines Juden. Er hatte die Universität verlassen müssen, und seine Hoffnung, einmal Arzt werden zu können, war wie eine Seifenblase zerplatzt.

So hatte er sich der Puppenmacherei zugewandt, das Ventriloquieren erlernt und zunächst eine Arztpuppe herstellen wollen, gleichsam als Ersatz für den entgangenen Lebenstraum. Doch Zacharias Neuberger, der Puppenmacher, hatte ihn überzeugt, dass es besser wäre, eine andere Figur zu erschaffen, denn nur eine Puppe, die ohne Bitterkeit und Rachegefühle entstünde, würde am Ende Freude machen.

Klingenthal hatte sich für einen Schultheiß entschieden, für eine Figur, die sich durch Höflichkeit, Freundlichkeit und vor allem durch Gerechtigkeit auszeichnete.

»Ihr seid gleich fertig«, unterbrach die Wirtin seinen Gedankenfluss, »ich muss zugeben, dass ich es nicht so schnell geschafft hätte. Die Puppe sieht wieder aus, als wär ihr nie was passiert.«

»Ja, es scheint noch einmal gut gegangen zu sein«, sagte Klingenthal und gab dem Schultheiß einen aufmunternden Klaps.

»Ich … ich …«, krächzte der Schultheiß schwach. »Ich glaube, es geht wieder.«

»Hurra!«, brüllte der Söldner.

»Dem Himmel sei Dank!«, rief die Magd.

Der Schiffer, der manchmal zu Derbheiten neigte, rief: »Auf, auf, du müder Leib, an Backbord steht ein nacktes Weib!«

Die Wirtin fasste sich an den Busen. »Großer Gott, mir war eben schon wieder, als würden die Puppen wirklich sprechen!«

Klingenthal erwiderte nicht ohne Stolz: »Ein guter Bauchredner formt die Worte, aber nicht die Lippen, ein sehr guter Bauchredner versteht es darüber hinaus, die Worte zu lenken, als kämen sie aus einem ganz bestimmten Mund, ein Meisterbauchredner aber formt und lenkt die Worte mit ganz individueller Stimme, ebenso wie er in der Lage ist, sämtliche Geräusche dieser Welt täuschend echt nachzumachen.«

»Was Ihr nicht sagt!« Die Wirtin wollte Nadel und Faden wieder an sich nehmen, doch in diesem Augenblick drang von unten aus dem Schankraum lautes Fluchen und Schimpfen herauf, gefolgt von klatschenden Schlägen, dem Krachen von splitterndem Holz und allerlei Wehgeschrei.

Die Wirtin erstarrte, dann ging ein Ruck durch ihre füllige Gestalt, sie stürzte aus der Kammer und brüllte die Treppe hinunter: »Carl-Wilhelm, Carl-Wilhelm, wo steckst du bloß wieder, die Gäste prügeln sich und du …« Weiter kam sie nicht, denn vor ihr breitete sich ein Bild des Friedens aus. Die wenigen Zecher im Raum saßen da, als könnten sie kein Wässerchen trüben, widmeten sich ihren Bierkrügen, aßen Soleier und saure Gurken oder schmauchten ein Pfeifchen.

Der Schwanenwirt, der hinter dem Schanktisch Gläser spülte, blickte fragend auf. »Was hast du gesagt, Frau?«

»Äh, nichts.« Kleinlaut trat die Wirtin den Rückzug an und ging wieder in die Dachkammer, wo Klingenthal sie mit einem Lächeln empfing. »Ich sagte Euch doch: Ein Meister-Ventriloquist ist in der Lage, sämtliche Geräusche dieser Welt täuschend echt nachzumachen, und dazu gehören auch die Laute einer zünftigen Schlägerei.«

Obwohl sie gefoppt worden war, musste die Wirtin lachen. Ihre Bewunderung für Klingenthal stieg ins Unermessliche. »Ihr seid mir ein rechter Tausendsassa, mich so aufs Glatteis zu führen! Aber ich nehm's Euch nicht übel, nee, das tu ich nicht, wollt Ihr heute noch was essen? Wartet, ich schick Euch was Leckeres rauf. Mögt Ihr gebratene Leber mit Äpfeln, Zwiebeln und Stampfkartoffeln?«

Klingenthal zögerte. Als Jude musste er sich an die jüdischen Speisegesetze, die *Kaschrut,* halten, die den Verzehr von Schweinefleisch strikt verbot. War die gebratene Leber vom Schwein? Er hoffte, dass es sich nicht so verhielt, und sagte: »Sehr freundlich von Euch, vielen Dank.«

Der Söldner rief: »Ein Schlückchen Bier zum Runterspülen wär auch nicht zu verachten!«

»Oder ein Schlückchen Rum!«, rief der Schiffer.

Klingenthal entschuldigte sich für die unbescheidenen Forderungen seiner Puppen.

»Das macht doch nichts, lieber Meister.« Die Wirtin strahlte und deutete einen Knicks an. »Dauert nur 'nen Moment!« Dann, ohne ein weiteres Wort, nahm sie Nadel und Faden wieder an sich und eilte die Treppe hinunter. Und während sie hinunterlief, nahm sie sich vor, noch heute einen Brief zu schreiben und ihrer Nichte in Steinfurth die unglaubliche Neuigkeit vom Besuch des Puppenmeisters mitzuteilen.

Die würde blass werden vor Neid.

Am anderen Morgen trug Klingenthal seine Puppen einzeln durch den Schankraum hinaus und setzte sie auf seinen Karren, jede auf ihren angestammten Platz. Die letzte Puppe war der Schultheiß, den er besonders vorsichtig behandelte.

»Na, soll's losgehen zur ersten Darbietung?«, fragte der Wirt, der sich wie immer hinter dem Schanktisch aufhielt.

»So ist es«, antwortete Klingenthal, »erst wollte ich den Schultheiß zurücklassen, aber er war nicht damit einverstanden, er sagte, er hätte wenig Lust, die ganze Zeit allein zu sein, im Übrigen fühle er sich wieder ganz gesund.«

Der Wirt steckte sich das Tuch, mit dem er die Tischfläche abgewischt hatte, umständlich in den Gürtel. »Ich an Eurer Stelle würde mir das mit der Darbietung noch mal überlegen, es wird Regen geben, das spüre ich in allen Knochen, und Regen wäre für Eure Vorstellung doch Gift, oder?«

»Das wäre er in der Tat«, bestätigte Klingenthal, der sich fragte, worauf der Dicke hinauswollte.

»Ich an Eurer Stelle würde mal zum König gehen, ein Versuch kann nicht schaden.«

»König, Versuch?« Klingenthal verstand nicht. »Was wollt Ihr damit sagen?«

Der Wirt wischte nochmals den Schanktisch ab, obwohl das gar nicht nötig war. »Der König ist seit ein paar Tagen wieder in Potsdam, und wie es heißt, zwickt ihn die Gicht neuerdings etwas weniger, wodurch seine Laune sich gebessert haben dürfte. Ich würde also nach Sanssouci gehen und ihm die Geschichte mit den Nürnberger Batzen erzählen, vielleicht habt Ihr Glück.«

»Ihr meint …?«

»Das meine ich. Der Alte Fritz ist zwar ein Bärbeiß, wie er im Buche steht, einer, der Taugenichtse, Drückeberger und Faulpelze nicht ausstehen kann, aber wenn einer seine Arbeit ordentlich tut und auch sonst einen manierlichen Eindruck macht, kann er ganz umgänglich sein.«

»An diese Möglichkeit habe ich noch gar nicht gedacht.«

»Deshalb sage ich es Euch. Versucht Euer Glück, nehmt Euren Reisepass mit und, wenn Ihr habt, auch die eine oder andere Referenz, und lasst Euch überraschen. Aber denkt daran: kein langes Geschwafel, kein Drumherumgerede, keine Fickfackereien.«

Wenig später, nachdem er seine Puppen wieder in die Stube gebracht hatte, war Klingenthal auf dem Weg nach Potsdam. Es war ungewohnt für ihn, allein zu marschieren, ohne Karren und ohne seine Lieblinge, doch hatte das auch sein Gutes, denn es war heiß an diesem Tag, die Sonne schien von einem wolkenlosen Himmel herab, und er geriet gehörig ins Schwitzen. Der Schwanenwirt mit seiner Regenprophezeiung hatte sich gründlich geirrt. Klingenthal musste lächeln. Noch immer hatte er den Brustton der Überzeugung im Ohr, mit dem der Wirt seine Voraussage gemacht hatte. Nun ja, jeder irrte sich früher oder später einmal, das war nur menschlich. Allerdings kam es darauf an, wie entscheidend der Irrtum war – das wusste niemand besser als Klingenthal selbst, denn im letzten November war er einem katastrophalen Irrglauben aufgesessen. Er hatte geglaubt, nein, er war sicher gewesen, dass er und Alena keine Zukunft haben würden. Alena ... Er sah sie genau vor sich, besonders ihre Augen. Es waren schwarze Augen von ganz eigener Faszination, denn wer in sie hineinsah, hatte das Gefühl, sie wären in der Lage, alles auszudrücken, was ein Gemüt bewegt: Sie konnten jubeln und trauern, lieben und hassen, streiten und schlichten, loben und tadeln, schwatzen und schweigen – das alles und noch viel mehr konnten sie, je nachdem, wie ihrer Besitzerin zumute war. Ja, Alenas Augen waren so außergewöhnlich, dass man ihr übriges Gesicht erst auf den zweiten Blick beachtete, obwohl auch dieses von besonderem Reiz war: die Nase fein und gerade, der Mund weich und geschwungen, wobei Letzterer durchaus imstande war, die Sprache der Augen tatkräftig zu unterstützen.

Alena hatte die Sprache ihrer Augen zu ihrem Beruf gemacht, denn sie schlug sich als Klagefrau durchs Leben. Sie spendete den Hinterbliebenen Trost, sprach mit ihnen, sang mit ihnen, betete mit ihnen – und weinte mit ihnen in einer so herzzerreißenden, anrührenden Art, dass jeder sich am Ende gestärkt fühlte. Wie auf Bestellung war sie zu jeder Art von Gefühlsausbruch fähig.

Und genau das hatte Klingenthal gestört. Er war sich nie sicher gewesen, welche Alena er gerade vor sich hatte: die leidenschaftlich Liebende oder die Klagefrau. Dabei hätte er nur auf sein Herz hören müssen. Wie töricht war er gewesen, wie tör…!

Er schrak zusammen, ein Reiter preschte an ihm vorbei, Knechte und Landfrauen kamen ihm entgegen, die Straße belebte sich. Er zwang seine Gedanken wieder in die Gegenwart und spähte nach vorn. Eine Brücke rückte in sein Gesichtsfeld. Ob das die Glienicker Brücke war? In jedem Fall handelte es sich um eine Holzkonstruktion, die über den Havelstrom führte und die, er sah es mit Schrecken, nicht ohne weiteres zu passieren war, denn ein Schlagbaum mit Wachtposten versperrte den Übergang.

»Wohin des Wegs?«, fragte der Posten militärisch knapp.

Klingenthal zögerte kurz, ob er sein Ziel angeben sollte, entschloss sich aber dann, es mit der Wahrheit zu versuchen. Er entbot die Tageszeit und sagte, er wolle nach Sanssouci, um wegen eines privaten Anliegens vor den König zu treten.

Der Posten schien nicht weiter erstaunt. Es verging kaum ein Tag, an dem nicht irgendwelche Bittgesuche an den König gerichtet wurden, auch wenn dies meistens schriftlich und nicht persönlich geschah. »Soviel ich weiß, ist der König heute nicht in Sanssouci«, sagte er. »Er weilt im Potsdamer Schloss.«

»Vielen Dank für die Auskunft«, sagte Klingenthal angenehm berührt. Es schien auf dieser Welt auch Posten zu geben, die freundlich waren. »Welchen Weg nehme ich da am besten?«

Der Posten öffnete den Schlagbaum. »Am besten, Er geht die Straße einfach weiter geradeaus, immer nach Südosten, bis zum Berliner Tor, dann nach Potsdam hinein und direkt zum Alten Markt, da ist das Stadtschloss.«

Klingenthal bedankte sich nochmals und machte sich auf den Weg. Linker Hand floss die Havel, glitzernd und blau, begrenzt von sattgrünen Uferböschungen, befahren von rahgetakelten Kähnen, die emsig Lasten transportierten. Er genoss den friedvollen Anblick und musste an den Schiffer denken, der mit den anderen Puppen im *Weißen Schwan* geblieben war. Wie es ihnen wohl erging ohne ihren Meister?

Auch der Posten am Berliner Tor ließ ihn anstandslos passieren, was Klingenthal zum Anlass nahm, rasch auszuschreiten, ehe der Mann es sich anders überlegte. Kurz darauf tauchten links und rechts mehrstöckige Bauten auf, Bürgerhäuser, aber auch Kasernen – steinerne Zeugnisse dafür, dass Potsdam eine Garnisonsstadt war. Klingenthal ließ den Blick schweifen und konnte ein Schmunzeln nicht unterdrücken, zu seltsam war der Anblick, der sich ihm bot: Die meisten Häuser waren mit Figuren, Putten und Tieren geschmückt, von denen es mehr auf den Dächern zu geben schien als Spaziergänger auf den Straßen. Noch amüsanter kam ihm die traute Eintracht vor, in der die unterschiedlichsten Dinge an den Fassaden auftauchten: Da gab es Soldatenhosen, die an korinthischen Wandpfeilern zum Trocknen aushingen, Dreispitze, die zum Lüften über Marmorvasen gestülpt waren, oder auch mal, der Abwechslung wegen, einen einsamen Stiefel, der in blankgewichster Schwärze auf einem Fenstersims stand. Damit nicht genug, begegneten ihm mehrere Bierschilder, die von einer mit Halbgöttern beladenen Mauer herübergrüßten, gefolgt von einem windschiefen Tabakschild, das zum Schnupfen von echtem *Mascarol* aus Sevilla aufforderte. Die Potsdamer, ob Soldaten oder Bürger, schienen ein unbekümmertes Verhältnis zur Baukunst zu haben.

Klingenthal ging weiter und gelangte wie von selbst zum Alten Markt, der umrahmt war von prächtigen Bauten, darunter der Nikolai-Kirche, dem Rathaus und dem Barini-Palast. In der Mitte befand sich der große Obelisk und an der Südseite das Tor zu Friedrichs Stadtschloss. Es war ein schönes Tor – aber ebenfalls von Posten bewacht.

Da Klingenthal sein Glück nicht überstrapazieren wollte, dachte er, es gäbe vielleicht einen Einlass ohne Bewachung, wanderte die Schlossstraße hinunter, umrundete die gesamte Anlage und gelangte zum Paradeplatz, wo in diesem Augenblick die Leibgarde des Königs exerzierte. Die Männer des *Regiments Garde du Corps* verstanden ihr Handwerk, das sah ein Blinder mit dem Krückstock, und auch Klingenthal, der seit seiner Soldatenzeit nichts mehr mit dem Militär zu tun gehabt hatte, entging es nicht. Er war so vertieft in den Anblick von präzisem Gleichschritt, exakten Schwenks und präsentierten Gewehren, dass er zwei Offiziere, die hinter ihn getreten waren, gar nicht bemerkte.

»Na, juckt's Ihn in den Hacken?«, fragte der eine Leutnant.

Klingenthal fuhr herum.

»Oder juckt's Ihn in den Händen?«, fragte der andere Leutnant.

»Um Gottes willen, nein«, rief Klingenthal erschrocken. »Meine Herren, ich ... ich ...«

»Wo juckt's Ihn denn?«, fragte der eine Leutnant.

»Wenn's Ihn nicht in den Hacken und Händen juckt?«, fragte der andere Leutnant.

Beide Offiziere grinsten und schienen bester Laune zu sein. Klingenthal merkte allmählich, dass sie nichts Böses im Schilde führten und sich nur einen Spaß daraus machten, ihn auf den Arm zu nehmen. Er fasste sich ein Herz und sagte: »Ich möchte zum König.«

»Das möchten viele«, sagte der eine Leutnant.

»Aber den wenigsten gelingt es«, sagte der andere Leutnant.

»Das ist mir klar. Aber bei mir liegt ein besonderer Notfall vor.«

»Das höre ich nicht zum ersten Mal«, sagte der eine Leutnant.

»Und sicher auch nicht zum letzten Mal«, sagte der andere Leutnant.

»Es ist wirklich dringend. Es heißt, dass König Friedrich ein vielbeschäftigter Mann ist, es heißt aber auch, dass er der erste Diener seines Staates ist. Als unbescholtener Mann aus dem Volk bitte ich um eine kurze Audienz. Wenn Ihr, meine Herren, mir dazu verhelfen könntet, wäre ich Euch sehr verbunden.«

»Er hat Glück«, sagte der eine Leutnant, ernst werdend.

»Um nicht zu sagen, unglaublichen Dusel«, sagte der andere Leutnant, ebenfalls ernst werdend. »Der König weilt zurzeit im Lustgarten, nur hundert Schritte von hier entfernt. Er spricht mit einem seiner Gärtner, und wie es scheint, hat er einen extra-gnädigen Tag.«

»Weshalb auch wir heute extra-gnädig sind«, sagte der andere Leutnant. »Hat Er Papiere dabei, mit denen Er sich legitimieren kann?«

Klingenthal zog seinen Pass und einige Referenzen hervor.

Die Offiziere studierten alle Unterlagen sorgfältig und schienen es lustig zu finden, dass jemand sein Geld mit der Bauchrednerei verdiente. »Es gibt nichts zu beanstanden«, sagte der eine Leutnant.

»Um nicht zu sagen, es ist alles in Ordnung«, sagte der andere Leutnant. »Immer geradeaus, dann kann Er den König nicht verfehlen.«

Klingenthal sträubte sich. Sosehr er sich wünschte, sein Geld zurückzubekommen, so sehr fühlte er plötzlich Unsicherheit in sich aufsteigen. Der König hatte bestimmt andere Sorgen, als sich mit den Problemen eines Puppenspielers zu befassen. »Verzeihung, ich glaube nicht, dass Seine Majestät mich anhören will«, sagte er.

Statt einer Antwort traten die beiden Offiziere neben ihn. Der eine Leutnant nahm ihn beim linken Arm, der andere Leutnant nahm ihn beim rechten Arm. Es blieb Klingenthal nichts anderes übrig, als mit ihnen zu gehen. Sie führten ihn auf einen von Eibenhecken gesäumten Weg, dessen Ende von einem Tulpenbaum markiert wurde. Vor dem Baum stand ein Gärtner, und neben ihm stand, kein Zweifel, Friedrich der Große. Beide drehten den Ankömmlingen den Rücken zu, angeregt in ein Gespräch vertieft.

Die beiden Offiziere blieben in einigem Abstand mit Klingenthal stehen. Sie ließen ihn los. »Stillgestanden!«, befahl der eine Leutnant.

Klingenthal verharrte wie ein Ölgötze.

»Rechten Fuß vor«, befahl der andere Leutnant.

»Brust heraus, Kopf in die Höhe«, befahl der eine Leutnant.

»Briefe mit der rechten Hand hochhalten«, befahl der andere Leutnant.

»So stehen bleiben«, befahl der eine Leutnant.

»Und warten«, befahl der andere Leutnant.

Kaum hatten die Offiziere das gesagt, gingen sie fort, doch sie sahen sich noch ein paar Mal um, ob Klingenthal auch weiterhin regungslos dastand. Als sie endlich außer Sichtweite waren und Klingenthal schon einen Krampf im Fuß verspürte, wandte der König sich ihm zu. Er war klein von Gestalt, wirkte gebrechlich und stützte sich auf das, was man in feinen Kreisen ein »spanisches Röhrchen« nannte, einen schmalen Gehstock. Der Gärtner bekam einen Befehl und trabte los, um Klingenthals hochgehaltene Papiere zu holen. Als er sie hatte, gab der König dem Gärtner sein Röhrchen, damit er es halte, und begann Klingenthals Pass und Referenzen zu lesen.

Klingenthal stand weiterhin da wie eine Vogelscheuche und wagte nicht, sich zu rühren.

Endlich schien der König sein Studium beendet zu haben, er blickte auf und bedeutete Klingenthal, er möge näher treten. Klingenthal gehorchte. Langsam, um einen gemessenen Schritt bemüht, ging er auf den König zu, blieb in gebührendem Abstand stehen und verbeugte sich tief.

»Er ist gestern am 25. August 1783 nach Berlin gekommen«, sagte der König. Es war mehr eine Feststellung als eine Frage. »Er hat Referenzen als Puppenspieler. Wo sind die Puppen?«

»Die Puppen sind in Berlin, Eure Majestät.«

»Was will Er von mir, wenn Seine Puppen in Berlin sind?« Friedrichs Stimme klang leicht ungeduldig.

Klingenthal musste an den Schwanenwirt denken, der ihn vor langem Geschwafel, Drumherumgerede und Fickfackereien gewarnt hatte. Deshalb ging er nicht auf die Frage ein, sondern sagte ohne Umschweife: »Man hat mir im Packhof von Berlin mein Geld genommen, weil ich keine preußische Münze mit mir führte.« Dann erklärte er nach bestem Wissen und Gewissen den ganzen Vorgang und endete mit dem Satz: »Ich bitte Eure Majestät um Gerechtigkeit.«

»So, tut Er das«, sagte Friedrich, griff in die Tasche seines abgetragenen Uniformrocks, holte umständlich eine Portion losen Schnupftabaks hervor, nahm noch umständlicher eine Prise und nieste krachend. »Das ist gut für den Schlagfluss und gut fürs Gedächtnis«, sagte er wie zu sich selbst. Der Vorgang wiederholte sich. Abermals ein krachendes Niesen. Klingenthal sah mit Erstaunen, dass des Königs Rock schon zahllose Spuren dieser Entladungen aufwies, wie überhaupt festzustellen war, dass der Herrscher Preußens nicht gerade aussah, als käme er frisch aus der Kleiderkammer. Sein Dreispitz war an den Ecken abgestoßen, und die Stiefel waren staubig und verschmutzt. Das Einzige, was strahlend glänzte, waren der Schwarze-Adler-Orden auf der Brust und die Augen im Gesicht. Es waren blaue Augen, klar und hervorstehend, so hervorstehend, als wollten sie jedermann durchdringen und die Wahrheit erforschen. »Wie alt ist Er?«, fragte Friedrich.

»Siebenundvierzig, Majestät.«

»Er sieht jünger aus.«

»Jawohl, Eure Majestät, danke!«

»Hat Er gedient?«

Auf diese Frage war Klingenthal vorbereitet. »Jawohl,

Eure Majestät, ich kämpfte als Infanterist in der Schlacht von Freiberg.«

»Aha.« Die großen blauen Augen fixierten Klingenthal. »Wann war die Schlacht, wo war die Schlacht, und wer gewann die Schlacht?«

Klingenthal antwortete in strammem Ton: »Am 29. Oktober 1762, Eure Majestät, es war ein Freitag, ich weiß es noch wie heute. Freiberg liegt in Sachsen, und wir feierten den endgültigen Sieg über die Österreicher.«

»So, so, und in welchem Regiment war Er?«

»In einem Freikorps, Majestät. Die Freikorps wurden von Eurem Bruder Heinrich, Seiner Hoheit dem Prinzen von Preußen, geführt.«

»In welchem Freikorps war Er?«

»Im Freikorps von Kleist, Majestät.«

»Hm, hm.« Friedrich schien mit den Antworten zufrieden zu sein. Dennoch musste ihn ein Restzweifel plagen, denn er stellte eine letzte Frage: »Welche seltsame Angewohnheit hatte der Kommandeur von Kleist, bevor er in die Schlacht zog?«

Klingenthal gestattete sich ein Lächeln. »Er ließ das gesamte Korps in Reih und Glied antreten, ritt vor die Front, stieg ab und begann in aller Ruhe, sich zu rasieren. Danach nahm er die Barbierschüssel mit dem Schaumwasser und den Bartstoppeln und kippte sie aus. Dazu rief er: ›Möge der Feind darin ersaufen, und nun: auf, auf, meine Kinder!‹«

Friedrich nickte. »Er hat gedient, ich glaube es. Und ich glaube Ihm auch, dass man Ihm in Berlin seine Münze genommen hat.«

»Jawohl, Sire«, sagte Klingenthal froh.

Friedrich stutzte und runzelte die Stirn. »Hat Er mich

eben ›Sire‹ genannt? Spricht Er am Ende französisch? *Tu parles français?*«

»*Oui,* Sire, *certainement, mais je ne le parle pas depuis longtemps.*«

»Dann wollen wir weiter so sprechen«, sagte Friedrich auf Französisch. »Deutsch ist die Sprache der Knechte und Bauern, daran ändern auch Schmierer und Tintenkleckser wie dieser Geheimrat Goethe nichts. Wohlan, es ist wahr, dass die Batzen in meinem Lande nicht gelten, aber im Packhof hätte man Ihm die Batzen versiegeln müssen, damit Er sie nach Thüringen schicken und sich dafür andere Sorten geben lassen konnte. Das wäre korrekt gewesen. Nun, gebe Er sich zufrieden, Er wird sein Geld zurückerhalten.«

»*Merci bien,* Sire«, sagte Klingenthal glücklich und wollte fragen, wie das geschehen solle, doch in diesem Augenblick schlug die Turmuhr der Garnisonkirche ein Mal, und Friedrich wandte sich zum Gehen. »Ich muss fort«, sagte er, »sie warten mit der Suppe auf mich.«

Klingenthal blieb zurück und hatte den Eindruck, das Ganze wäre nur ein Spuk gewesen. Wo eben noch der Alte Fritz gestanden hatte, war jetzt Leere. Leere überall, kein Mensch war mehr zu sehen im Lustgarten. Klingenthal setzte sich auf eine Bank und wartete. Nichts geschah. Konnte es sein, dass der König ihn vergessen hatte? Klingenthal wartete weiter – und blieb weiter mit seinen Fragen allein. Gerade wollte er sich wieder erheben, da kam ein Uniformierter aus dem Schloss gelaufen, blickte sich um und herrschte ihn an: »Ist Er der Mann, der mit meinem König im Garten war?«

»Jawohl, der bin ich.«

»Ich bin der Kammerhusar Strützky. Komme Er mit.« Der Husar stürmte voran ins Schloss, so dass Klingenthal

Mühe hatte, ihm zu folgen. Eiligen Schrittes ging es durch verschiedene Säle und Gänge und endete in einem Gemach, in dem sich Pagen, Lakaien und weitere Husaren aufhielten. Ein gedeckter Tisch stand in der Mitte, darauf eine Terrine mit Suppe, ein Rindfleischgericht, eine Portion Peitzer Karpfen mit Gartensalat, eine Portion Wildbret mit Gurkensalat, Brot, Butter, Käse, Früchte, dazu Messer, Gabel, Löffel und blütenweiße Servietten. Alles, was das Herz eines Hungrigen höher schlagen lässt, war vorhanden.

Strützky drängte Klingenthal an den Tisch und zog einen Stuhl heran. »Die Speise, die hier steht, hat Ihm der König auftragen lassen und befohlen, Er soll sich satt essen, und ich soll servieren. Nun also, frisch dran!«

Klingenthal setzte sich langsam, den Kopf voller Gedanken. Erst jetzt merkte er, wie erschöpft und hungrig er war. »Ich denke, es ziemt sich nicht, wenn Ihr mich bedient«, sagte er. »Ich komme auch allein zurecht.«

»Guten Appetit«, sagte Strützky unbeirrt und schöpfte Klingenthal einen Teller mit Gemüsesuppe voll.

Klingenthal begann zu essen. Die Suppe war frisch und nahrhaft. Er spürte, wie seine Lebensgeister zurückkehrten.

»Wein oder Bier?«, fragte Strützky. »Zum Fisch würde ich ein gutes Potsdamer Bier empfehlen, zu Rindfleisch und Wildbret eine Bouteille roten Muskatellers.«

Klingenthal winkte höflich ab. Er wollte weder Bier noch Wein trinken, und den Karpfen würde er sowieso nicht essen, obwohl es ihm erlaubt war, Fische, die Schuppen hatten, zu verzehren. Ebenso durfte er Wildbret verspeisen, soweit es sich um Reh oder Hirsch handelte, anders sah es mit Wildschwein aus, denn Schweine, ob wild oder domestiziert, waren in jedem Fall nicht *koscher*. Selbst Rindfleisch, obwohl von Wiederkäuern mit gespaltenen Hufen stammend, war abzulehnen, wenn es nicht nach ritueller Vorschrift geschlachtet worden war. So gesehen, konnte er eigentlich gar nichts essen, aber das wiederum wollte er auch nicht. »Bitte nur Wasser und, wenn es geht, etwas von dem Rindfleisch.«

Strützky zuckte mit den Schultern, brachte einen Krug Wasser und legte von dem Rindfleisch vor. Dann stellte er den Karpfen und das Wildbret auf eine Kohlenpfanne und fragte, was er sonst noch für Klingenthal tun könne.

»Nichts, danke.« Klingenthal genoss das zarte Fleisch, die Soße und die dampfenden Kartoffeln dazu und dachte an seinen Gönner, Friedrich den Großen, der so plötzlich verschwunden war und der in diesem Augenblick gewiss dasselbe aß. Der Alte Fritz, das musste er zugeben, war ein großzügiger Gastgeber. Doch würde er in der leidigen Batzen-Angelegenheit ebenso großzügig sein?

»Ist Er derjenige, der mit dem König im Lustgarten war?« In der Tür stand ein kleiner, akkurat gekleideter Mann, dem man schon von weitem den Schreiberling ansah.

Klingenthal bejahte.

»Er soll mit mir zum König kommen.« Der Schreiberling hatte eine näselnde Stimme, die keinen Widerspruch duldete.

Strützky protestierte: »Aber der Puppenspieler hat ja noch gar nichts gegessen!«

»Na und? *Intendirt* Ihr etwa, Seine Majestät warten zu lassen? Ich darf doch sehr bitten.«

Strützky gab sich geschlagen und musste mit ansehen, wie Klingenthal, im Schlepptau des Schreiberlings, den Raum verließ. Wieder ging es durch Säle und Gänge, bis der Schreiberling schließlich vor einer großen zweiflügeligen Tür stehen blieb, ein andächtiges Gesicht zog und klopfte.

»*Entrez!*«

Gemeinsam betraten sie einen hohen Raum, offenbar ein Arbeitszimmer, denn ein Schreibtisch stand darin, und dahinter saß – der König. Zu seinen Füßen zwei seiner geliebten Windspiele. »Komme Er näher, Puppenspieler«, befahl Friedrich.

Klingenthal verbeugte sich klopfenden Herzens und tat, wie ihm geheißen.

»Hier hat Er seine Papiere wieder.« Friedrich winkte dem Schreiberling, damit dieser Klingenthal seinen Pass und seine Referenzen zurückgebe. Als das geschehen war, winkte Friedrich abermals, und der Schreiberling übergab ein weiteres Schriftstück.

»Es ist ein *Reskript* an den Packhof, darin ist angewiesen, dass man Ihm seine Batzen in Taler umtausche. Und hier« – Friedrich winkte zum dritten Mal – »ist ein Handgeld für das erlittene Ungemach.«

Der Schreiberling zählte Klingenthal fünf Dukaten und einen Friedrichsdor auf den Tisch, und der König fügte mit unmerklichem Lächeln hinzu: »Der Betrag wird dem Packhofinspektor vom Salär *subtrahirt.*«

Klingenthal wusste kaum, wie ihm geschah, er musste an sich halten, um nicht lauthals loszujubeln. Schließlich stammelte er einen Dank, doch Friedrich schüttelte den Kopf. »Er hat nichts zu danken. Er hat seine Schuldigkeit an Preußen getan, so hat Preußen auch seine Schuldigkeit an Ihm getan. Ich wünsche Ihm alles Gute. Er darf gehen.«

Sich rückwärts bewegend, verließ Klingenthal des Königs Zimmer, verbeugte sich nochmals tief und gelangte auf den Gang. Er ging wie im Traum, vielleicht dreißig Schritte weit, bis er zu einer Abzweigung kam. Sollte er sich nach links oder nach rechts wenden? Von wo war er gekommen? Er hatte nicht darauf geachtet. Ich muss mich konzentrieren, dachte er, es wäre doch gelacht, wenn ich nicht zurückfände. Wo war eigentlich der Schreiberling? Wahrscheinlich noch beim König. Der König. Ein warmes Gefühl durchströmte Klingenthal. Mochte Friedrich auch knorrig, geizig und bösartig sein, wie viele behaupteten, ungerecht war er nicht!

Klingenthal hielt sich rechts und schaute sich immer wieder um. Marmor, Säulen und Bilder – Bilder, Säulen und Marmor, irgendwie sah alles gleich aus. Egal, er musste nur vorwärtsgehen, dann würde er wie von selbst aus dem Schloss gelangen. Seltsam, dass es hier drinnen genauso menschenleer war wie draußen im Garten. Keine Wachen, keine Diener, nichts.

Sollte er nicht besser zurückgehen und nachfragen? Nein, das wäre zu peinlich. Doch halt, da kam jemand aus einer Seitentür! Klingenthal strebte dem Unbekannten entgegen – und blieb abrupt stehen. Irgendetwas stimmte nicht mit dem Mann. Zwar war er ähnlich gut gekleidet wie der Kammerhusar Strützky, trug Perücke mit Zopf, Rock und Kniehosen, doch glich sein Gebaren eher einem, der die Nacht in der Gosse verbracht hatte. Er schwankte wie ein Rohr im Wind, taumelte, fasste sich an den Leib, krümmte sich, stieß unverständliche Laute aus und sank schlussendlich auf die Knie. Klingenthal war aufs höchste erschrocken. »Wie kann ich Euch helfen?«, rief er.

Die Antwort war ein Keuchen und Röcheln.

Klingenthal dämmerte es langsam, dass der Mann keine Schnapsleiche war, sondern an etwas Ernsterem litt. »Hört Ihr mich? Seht mich an!«

Der Oberkörper des Mannes sackte nach vorn, Klingenthal gelang es gerade noch, selbst auf die Knie zu sinken und die Gestalt aufzufangen. »Ihr müsst versuchen, tief und gleichmäßig zu atmen, tief und gleichmäßig atmen, hört Ihr?«

Der Mann stöhnte.

Klingenthal griff ihm in die Rockaufschläge, umklammerte ihn, damit er nicht umfalle, doch nun begann der Unbekannte zu zucken, am ganzen Körper zu zucken, und Klingenthal musste, ob er wollte oder nicht, mitzucken. Er kam sich hilflos vor, ratlos, lächerlich wie ein galvanisierter Froschschenkel, und bemühte sich trotzdem, den Leidenden ruhig zu halten. Aber es wollte ihm nicht gelingen, es schien, als entwickle der Mann übermenschliche Kräfte, Kräfte, die ein letztes Mal aufflackerten, bevor sie für immer erloschen.

Und sie erloschen.

Die Muskeln des Mannes erschlafften, der Körper sank in sich zusammen und wurde schwer. Klingenthal konnte ihn nicht mehr halten, er musste ihn zu Boden gleiten lassen.

Da lag der Unbekannte nun.

Klingenthal schloss ihm die Augen und richtete sich, nach Luft ringend, auf. Ein Karussell von Gedanken kreiste in seinem Hirn. Wer war der Tote? Und wie war er zu Tode gekommen? Durch eine infarzierte Ader, ein geplatztes Aneurysma, eine Attacke der Fallsucht? Er wusste es nicht. Um das zu klären, wären eingehende Untersuchungen nötig. Medizinische Untersuchungen, möglichst an einer Universität.

Als Klingenthal so weit mit seinen Überlegungen gediehen war, schoss ihm ein zweiter Schrecken in die Glieder. Er dachte daran, dass er sein Studium hatte abbrechen müssen, weil ihm die Schuld am Tode eines Menschen in die Schuhe geschoben worden war. Auch hier war ein Mensch zu Tode gekommen, und er, Klingenthal, stand direkt neben der Leiche!

Es würde besser sein, zu gehen, und das möglichst schnell. Nicht auszudenken, wenn man ihn für das Dahinscheiden des Unbekannten verantwortlich machte! Er blickte nach oben und murmelte: »Gott, Dein Name sei gepriesen, Du hast bisher dafür gesorgt, dass außer mir niemand Zeugnis über dieses Geschehnis ablegen kann, bitte sorge auch dafür, dass es weiterhin so bleibt!« Dann wollte er sich rasch davonmachen, aber irgendetwas war da noch, das ihn daran hinderte, irgendetwas, das ihm seltsam vorkam. Was war es nur? Dann wusste er es.

Der Tote trug Lederhandschuhe.

Daran war eigentlich nichts Ungewöhnliches, doch mindestens zwei Dinge sprachen dagegen: Erstens der heiße Tag und zweitens die Beschaffenheit der Fingerlinge. Es waren einfach gefertigte gelbe Stücke, die nicht zur übrigen Kleidung des Toten passten. Was hatte das zu bedeuten? Klingenthal wusste es nicht, und wenn er es recht bedachte, wollte er es auch nicht wissen. Er wollte endlich hinaus aus dem Schloss, alles andere ging ihn nichts an.

Schnell lief er weiter.

Klingenthal fand kurz danach tatsächlich hinaus, aufatmend und fest entschlossen, niemals an diesen Ort zurückzukehren – sosehr der Alte Fritz ihn auch beeindruckt hatte. Er fuhr mit einem der königlichen Proviantwagen nach Berlin, ging in den Packhof und ließ sich sein Geld in Talern auszahlen, danach entlohnte er den Wirt vom *Weißen Schwan* und spannte sich vor seinen Karren, um noch am selben Tag die Stadt zu verlassen.

Er wandte sich nach Süden, wollte Entfernung und Zeit zwischen sich und die bösen Geschehnisse bringen. Er gab Vorstellungen auf dem Land, heimste viel Lob mit seinen Puppen ein und hatte ein gutes Auskommen. Und mit jeder Woche, die verging, dachte er weniger an das Erlebte. Er hätte zufrieden sein können, zufrieden und sorglos, wenn da nicht eine ganz bestimmte Erinnerung gewesen wäre, die ihn nicht losließ:

die Erinnerung an den Toten mit den Lederhandschuhen.

Da …

Elsa Siebold war eine altgediente Hebamme, die so schnell durch nichts zu erschüttern war, doch das, was sich in den letzten Tagen und Nächten vor ihren Augen zugetragen hatte, war selbst ihr fast zu viel geworden. Niemals zuvor hatte eine Gebärende so leiden müssen wie Anni. Gegen Anni, die Küchenmagd, schien sich alles verschworen zu haben. Es fing damit an, dass sie in ihrer Jugend unter der Englischen Krankheit gelitten hatte, wodurch ihr Körper nicht nur plumpe, kurze Glieder und verdickte Knöchel aufwies, sondern auch, und das war weitaus schlimmer, ein rachitisches Becken.

Es ging weiter damit, dass die Leibesfrucht ungewöhnlich groß war. Der bloße Anblick hatte Elsa Siebold diesen Umstand schon vermuten lassen, und die kundigen Handgriffe, mit denen sie den geschwollenen Leib abtastete, gaben ihr Gewissheit. Anschließend hatte sie eine innere Untersuchung vorgenommen und festgestellt, dass die Beckenwände nicht mit derselben Leichtigkeit zu erfühlen waren wie bei einem allgemein verengten Becken und dass die Wölbung des Kreuzbeins abgeflacht war. Das hatte den Ausschlag gegeben.

Nichts Gutes ahnend, hatte sie Doktor Quest holen lassen, einen jungen Arzt aus der Nachbarschaft, der mit wichtiger Miene in den kargen Raum getreten war und, des Anstands wegen, den Leib der Gebärenden unter der Bettdecke exploriert hatte. Nach einigen Minuten hatte er nichts anderes sagen können als das, was Elsa schon wusste. »Das Kind ist zu groß, und das Becken ist zu eng. Um es mit meinem französischen Kollegen François Rousset zu sagen: Bei abnorm großen Kindern, bei Zwillingsgeburten, bei Monstren, bei schwierigen Geburtslagen, intrauterinem Fruchttod und bei Enge der Geburtswege ist ein Kaiserschnitt das probate Mittel.«

Elsa hatte gefasst dreingeblickt und sich gefragt, ob der Herr Doktor denn auch alle notwendigen Instrumente mit sich führe, denn ihre eigenen reichten für den Eingriff nicht aus, doch Quest hatte weiter doziert: »Andererseits beträgt die mütterliche Mortalitätsrate bei dieser Operation mindestens achtzig Prozent, liebe Frau Siebold, weshalb ich kein Verfechter einer solchen Maßnahme bin. Lassen wir also Rousset mit seinen *Propositionen* beiseite. Das Kind wird schon kommen, eine bessere Wehmutter als Euch kann es sich nicht wünschen.«

Dann war er gegangen, und Elsa hatte den Kopf geschüttelt und sich gefragt, warum Quest einen Rückzieher gemacht hatte. Vielleicht hatte er Bedenken gehabt, die Operation in einer so ärmlichen Umgebung durchzuführen, vielleicht war es auch die Befürchtung gewesen, Anni könne ihn für seine Bemühungen nicht ausreichend entlohnen, vielleicht war es auch beides zusammen.

Das alles lag inzwischen dreißig oder mehr Stunden zurück, und Annis Leidensweg hatte von da an erst richtig begonnen. Elsa hatte sich nichts anmerken lassen, wie es sich für eine gute Hebamme gehört, und weitergemacht. Unermüdlich war sie für die Kreißende da gewesen, hatte neben ihr am Bettrand gesessen, ihr die Hand gehalten und ihr eine Abkochung von Mutterkorn verabreicht, um die Kontraktion der Gebärmutter zu unterstützen. Sie hatte ihr unzählige Male die Stirn abgewischt, hatte ihr Mut zugesprochen und ihr versichert, dass Kreuzschmerzen etwas ganz Normales bei einer Geburt seien, hatte ihr Weidenrindentee gekocht, mit ihr gebetet, wieder und wieder die Herztöne des Kindes mit dem Hörrohr abgehorcht und hatte immer aufs Neue die doppelt gefaltete Strohmatratze, die Annis Rücken abstützte, zurechtgerückt.

Oftmals hatte sie sich gewünscht, Anni wäre keine einfache Magd, sondern eine reiche Dame wie ihre Herrin, die vornehme Madame de Chattemont, die im gleichen Anwesen wohnte, selbstverständlich nicht in der untersten Kammer des Gesindeteils, sondern in der Belle Etage des mehrgeschossigen Palais. Als reiche Dame hätte Anni sich der besten Behandlung und Pflege sicher sein können, aber sie war nicht reich, sie war nicht einmal verheiratet, und das Kind würde ein Kind der Sünde sein. So musste sie gebären wie alle armen Frauen: entweder in einer *Accouchiranstalt* oder daheim mit Hilfe einer Hebamme, wobei sie sich noch glücklich schätzen konnte, dass Elsa ihr, weil sie befreundet waren, umsonst Beistand leistete.

Und Beistand hatte Anni wahrhaftig nötig, sie hatte Anwandlungen von Erbrechen und unlöschbarem Durst gehabt, Zeichen der Schwäche, und Elsa war nichts anderes übrig geblieben, als ihr ein ums andere Mal die Speischüssel unter das Kinn zu halten und frisches Brunnenwasser zu holen. Mehr hatte sie nicht tun können. Geschick, Geduld und Zuspruch, das waren die wichtigsten Tugenden einer guten Wehmutter.

Irgendwann war das Fruchtwasser abgegangen, Elsa wusste nicht genau, wann, denn sie war zwischendurch eingeschlafen, aber danach schien der Geburtsvorgang endlich voranzugehen, denn auch der Muttermund hatte sich zwei Zoll weit geöffnet.

Anni hatte die letzten Kräfte in ihrem gemarterten Körper angesammelt, und Elsa hatte sie angefeuert, hatte ihr zum hundertsten Mal vorgemacht, wie sie atmen sollte, hatte ihr zugerufen: »Du musst pressen, pressen, pressen, hörst du!«, aber dann, übergangslos, hatte Anni sich mit einem Seufzer in die Matratze zurücksinken lassen. Ihre Kraft war aufgebraucht, kein Fünkchen Wille hatte mehr in ihr gesteckt, dabei war ihr Leib noch immer so prall wie ein Kürbis gewesen und zu einem bedrohlichen Gefängnis für das Kind geworden.

Wieder hatte Elsa das Hörrohr angesetzt – und diesmal nichts vernommen. Sie hatte den Atem angehalten und das Hörrohr woanders angesetzt, hier, da und dort, doch es war dabei geblieben: nichts. Die Herztöne waren verstummt.

Das Kind war tot.

Alle Bemühungen waren umsonst gewesen. Das Kind war tot, und Elsa hatte nun, nach so vielen Stunden, die traurige Pflicht, es Anni zu sagen. »Du wirst bald erlöst sein«, sagte sie, »dann hat die Quälerei ein Ende.«

Anni nickte kaum merklich.

»Für das Kleine ist die Quälerei schon jetzt vorbei«, fuhr Elsa behutsam fort.

»Wie … wie meinst du das?«, murmelte Anni.

»So, wie du es verstanden hast. Aber bedenke«, fuhr Elsa schnell fort, »dass dein Kind wahrscheinlich sowieso tot herausgekommen wäre.«

Anni sagte nichts. Dann füllten sich ihre Augen mit Tränen. »Muss ich jetzt sterben?«, flüsterte sie.

»Natürlich nicht«, erwiderte Elsa zuversichtlich. »Das Kind ist tot, aber du wirst leben. Ich muss das Kleine nur so perforieren, dass es herausgeht. Mach dir keine Sorgen, es ist nicht das erste Mal, dass ich so was tue. Verlass dich auf Elsa Siebold. Wenn das Kind aus dem Leib ist, wirst du dich gleich viel besser fühlen. Bestimmt war es Gottes Wille, dass dein Kind gestorben ist. Bedenke nur, welch ein Leben es gehabt hätte. Du hättest es fortgeben müssen, denn ich glaube nicht, dass Madame de Chattemont ein Bankert unter ihrem Dach geduldet hätte. Du wärst gezwungen gewesen, das Kleine ins Militärwaisenhaus zu stecken, nur ein paar Schritte von hier, wo es tagein, tagaus außer Dresche nur Mehlsuppe und Ochsengeschlinge gekriegt hätte. An hohen Feiertagen vielleicht auch mal Erbsen mit Speck oder eine Butterstulle. Ich habe eine Bekannte, die hatte eine Nachbarin, und die Nachbarin hatte ein Kind, das unter tragischen Umständen ins Militärwaisenhaus musste, ich glaube, es war im letzten Jahr, richtig, im letzten Jahr war es, wir haben ja schon 1784 …«

So sprach Elsa, um Anni abzulenken und vielleicht auch, um sich selbst auf andere Gedanken zu bringen, denn das, was sie tun musste, war keineswegs angenehm. Sie legte die notwendigen Instrumente zurecht: das Perforatorium, die speziellen Schädelzangen, die Kopfzieher und die Haken. Dann tastete sie mit den Händen noch einmal den Unterleib ab. Ja, an der Lage des Kindes war nichts auszusetzen, nur der Kopf stand fest im Beckeneingang, zu fest. Elsa fragte sich, woran das Kind gestorben sein mochte, doch sie schob den Gedanken beiseite. Um der Mutter willen durfte sie nicht länger warten.

Sie kniete sich vor das Lager und drückte Annis Schenkel noch ein wenig weiter auseinander. Anni sagte nichts, offenbar befand sie sich in einer Art Dämmerzustand. Elsa fuhr fort, die Geschichte von dem Nachbarkind im Militärwaisenhaus zu erzählen, sie erzählte irgendetwas, nur um den Fluss ihrer Rede aufrechtzuerhalten und Anni abzulenken. Sie griff zum Perforatorium mit dem scharfen metallenen Stern an der Spitze und führte es behutsam ein, damit es anschließend durch die Fontanelle im Kindeskopf gedrückt werden konnte. Nur gut, dass die Frucht tot ist, dachte sie und arbeitete weiter. Nach dem Perforatorium würden die anderen Instrumente zum Einsatz kommen, die Werkzeuge, mit deren Hilfe der Schädel zerkleinert und das Ungeborene herausgezogen werden konnte.

Abermals kam ihr Doktor Quest in den Sinn, Quest, der sich als Feigling und Wichtigtuer erwiesen hatte. Wahrscheinlich hätte er das, was sie gerade machte, eine »Verkleinerung des Geburtsobjekts« genannt. Ärzte! Sie konnte nicht behaupten, dass sie die Vertreter dieser Klasse besonders mochte. Gewiss, es gab Ausnahmen, den alten Doktor Korn zum Beispiel, der bald achtzig war und dennoch mit seinem Arztkoffer noch jeden Tag zu seinen Patienten aufbrach. Ludwig-August Korn, der wegen seiner verhutzelten Gestalt im Viertel liebevoll »Körnchen« genannt wurde, fragte nicht, ob jemand arm oder reich war, alt oder jung, er fühlte sich stets nur einem verbunden: dem hippokratischen Eid, den er vor über fünfzig Jahren abgelegt hatte. Leider wollten Körnchens Augen nicht mehr so recht, der graue Star plagte ihn, sonst hätte Elsa liebend gern seine Hilfe in Anspruch genommen. »Gleich ist es geschafft, Anni«, sagte Elsa.

»Gib mir das Kind«, hauchte Anni.

»Noch ist es nicht ganz da. Aber ich gebe dir einen Trank, der dich beruhigen wird.« Elsa unterbrach ihre Tätigkeit und holte ein Pulver von Mistel-Extrakten aus ihrer Hebammentasche. Damit goss sie einen Tee auf und hielt Anni den Becher an die Lippen.

Anni nahm nur ein paar winzige Schlucke, aber Elsa hoffte, das Mittel würde dennoch seine Wirkung tun. »Nun entspanne dich und überlasse den Rest mir.«

Wenig später hielt Elsa das Kind in den Händen. Selbst ihr, die sie schon so viele Föten auf die Welt gezogen hatte, fiel der Anblick schwer. Der Kopf des Kleinen, es war ein Junge, sah erbarmungswürdig aus, nur gut, dass Anni schlief. Jetzt erkannte Elsa auch die Todesursache – der Kleine hatte sich mit der eigenen Nabelschnur erdrosselt. »Du armes Kerlchen«, flüsterte sie, »als wäre alles nicht schon schlimm genug.«

Sie durchtrennte die Nabelschnur, säuberte den Kleinen und legte ihn, eingehüllt in ein dunkles Tuch, auf ein bereitgestelltes Tischchen, das ursprünglich als Wickeltisch dienen sollte. Anni wurde wach, es ging ihr offenbar ein wenig besser. »Ich möchte mein Kind«, sagte sie mit schwacher Stimme.

»Gleich, du musst nur noch ein-, zweimal pressen. Ja, so ist es gut. Und noch einmal.« Elsa unterstützte Annis Anstrengungen, indem sie auf den Unterleib drückte. Schließlich kam die Plazenta heraus. Elsa untersuchte sie sorgfältig und stieß unwillkürlich einen Seufzer der Erleichterung aus. Die Nachgeburt war vollständig, Gott sei Dank! Zwar war das Kind zerstört, nicht aber Annis Geburtsorgane, was bei derlei Eingriffen keineswegs als selbstverständlich galt.

»Ich möchte mein Kind«, sagte Anni wieder.

»Ich kann es dir nicht geben, es ist … es sieht … es sieht nicht schön aus.«

»Aber ich möchte mein Kind.« Anni begann zu weinen.

Elsa wusste nicht, wie sie sich verhalten sollte. Sie durfte Anni den Kleinen auf keinen Fall geben, denn Anni war nicht die Nervenstärkste, sie würde den Anblick ihr Lebtag nicht vergessen. Dann hatte Elsa einen Einfall: »Es ist ein Junge«, sagte sie, »ich will dafür sorgen, dass Körnchen später vorbeikommt und den Tod bescheinigt, auch dem Pastor will ich Bescheid sagen, damit der Kleine mit Gottes Segen ins Grab findet. Er hat nicht leben sollen, vielleicht ist es ganz gut so. Ich gebe dir sein rechtes Händchen, damit du es anfassen und dich von ihm verabschieden kannst. Hier.«

Elsa wickelte das Kind so weit frei, dass die winzige Hand hervorstand, und hielt Anni das Bündel hin. Anni ergriff das Händchen, drückte es sanft und fuhr zart über die miniaturkleinen Finger.

»Leb wohl«, sagte Elsa für Anni, »leb wohl, der Herrgott möge deine kleine Seele zu sich nehmen.«

Anni begann zu schluchzen, während sie immerfort das Händchen ihres Jungen streichelte.

Auch Elsa, die Altgediente, kämpfte mit den Tränen, zu traurig, zu hoffnungslos war die Situation. Die Tür ging auf, einige Frauen des Gesindes, die Elsa bisher immer wieder hinausgeschickt hatte, traten zögernd ein. Als sie sahen, wie Annis Hand das Händchen des Kindes liebkoste, und erfuhren, was mit dem Kleinen geschehen war, nahmen sie ihre Taschentücher hervor, schnieften und greinten und beklagten das Schicksal des Totgeborenen. Fünf oder sechs Frauen waren es jetzt, und Elsa bat eine von ihnen, sie möge Doktor Korn holen und auch den Pastor benachrichtigen. Der Pastor würde zwar nicht kommen, da er ein viel beschäftigter Seelsorger war, der anderes zu tun hatte, als sich um ein Kind der Schande zu kümmern, aber immerhin würde er auf diese Weise wissen, was geschehen war.

Die Zeit verging. Die Frauen blieben, denn Anni war beliebt, und alle fühlten mit ihr. Nur die richtigen Worte wollten ihnen nicht über die Lippen, und so sagten sie lieber nichts. Einige Nachbarinnen vom Neuen Markt und aus der Schwerdfegergasse kamen hinzu. Sie tuschelten miteinander, machten lange Hälse und verstopften die Tür wie ein Spund das Fass.

»Lasst mich mal vorbei«, erklang plötzlich eine Stimme. Es war eine warme Stimme, sie gehörte einer jungen Frau, die Elsa noch niemals gesehen hatte. Das Bemerkenswerteste an der jungen Frau waren die Augen, die ungewöhnlich lebendig wirkten, ausdrucksstark und schwarz, so schwarz wie ihr Gewand, das an die Tracht einer Nonne erinnerte.

»Wer bist du?«, fragte Elsa.

»Ich bin Alena, die Klagefrau«, sagte die Fremde und umfasste das silberne Kreuz, das sie an einem Kettchen trug. »Es ist meine Mission, den Trauernden Trost zu spenden, sie zu stärken, ihnen Hoffnung zu geben – mit Hilfe des Herrn.«

»Ich kenne Klagefrauen nur aus der Heiligen Schrift«, sagte Elsa zweifelnd.

»Gott hat schon immer die Menschen zu sich genommen, wenn ihre Zeit abgelaufen war, und er tut es noch heute. Mit den Klagefrauen verhält es sich ähnlich: Es hat sie schon immer gegeben, und es gibt sie noch heute. Du siehst es an mir.« Alena trat einen Schritt vor und deutete auf das Händchen des Kindes, das nach wie vor von Anni liebkost wurde. »Das ist sicher der Kleine, den unser aller Vater zu sich genommen hat, und du bist bestimmt die Mutter?«

»Ja«, sagte Elsa für Anni, »sie ist die Mutter. Anni hat schwere Stunden hinter sich, sehr schwere, ich als Hebamme muss es wissen. Das Kindlein ist arg zugerichtet, es war nicht zu retten, der Herrgott ist mein Zeuge.«

Alena umschloss mit ihren Händen die Hand der Mutter und das Händchen des Kindes und sagte: »Die ganze Straße spricht davon, dass der Kleine tot geboren wurde, ich aber sage, er lebt, seine Seele lebt, und sie wird weiterleben bis an das Ende aller Tage. Glaub mir, er ist nur weiter fort, auf der anderen Seite des Lebenspfades. Dort wartet er auf dich. Alles ist gut, nichts ist vorbei, nichts ist verloren. Das ist gewiss. Bete mit mir, Anni, bete mit mir, Elsa, betet mit mir alle:

Wenn kleine Himmelserben
in ihrer Unschuld sterben,
so büßt man sie nicht ein;
sie werden nur dort oben
beim Vater aufgehoben,
damit sie unverloren sei'n.
Amen.«

»Amen«, schluchzte Anni leise. Elsa schluckte, einige der Frauen wischten sich die Augen. Eine eigenartige Stimmung breitete sich aus, ein Gefühl der Verbundenheit, ein Hauch von Zuversicht. Wie durch einen Nebel sahen sie, dass etwas Seltsames mit Alena geschah. Sie sahen, dass ihr Körper zu beben begann, dass ihre Schultern zuckten, dass Tränen zwischen ihren Lidern hervorquollen. Staunend nahmen sie wahr, dass die Zuckungen stärker wurden und eine weitere Veränderung mit ihr vor sich ging, denn heftige Weinkrämpfe setzten ein, beutelten sie, schüttelten sie, und es war, als würden sich in ihren Augen Schleusen öffnen.

Die Frauen spürten, wie der Trauerschmerz auf sie übersprang, ansteckend wirkte wie ein Lachen an besseren Tagen, und sie klagten ebenfalls laut, so laut wie Alena, deren Tränenstrom unaufhaltsam weiterrann, begleitet von herzzerreißendem Jammern, Heulen und Stöhnen.

Die Frauen taten es ihr nach, sie jammerten, heulten,

stöhnten, und sie fühlten, wie sehr es sie erleichterte, dem Schmerz nachzugeben. Geteilter Schmerz ist halber Schmerz, an diesen wahren Sinnspruch musste manch eine von ihnen denken, während immer neue Schluchzer aus Alenas Kehle stiegen.

Eine geraume Weile ging das so, bis Alena schließlich innehielt, sich die Augen trocknete und sagte: »Irgendwann ist auch die letzte Träne geweint, liebe Freundinnen. Nun wollen wir für den Kleinen ein Licht anzünden, damit seine Seele direkt zu Gott wandert.«

Sie nahm aus ihrem Ranzen eine honiggelbe Kerze, stellte sie auf den kleinen Tisch und entzündete sie. Dann, als die Kerze ruhig und stetig brannte, hob sie die Arme und sagte: »Im Schein der Kerze wollen wir gemeinsam ein Lied singen, es ist ein Klagelied nach der Melodie *Christus, der ist mein Leben* von Melchior Vulpius. Vielleicht kennt ihr es.« Und sie sang mit klarer Stimme:

»Am Ende stehn wir stille
und säen Tränensaat;
des Heilands mächt'ger Wille
sich hier erwiesen hat.
Am Ende stehn wir stille,
die Toten ruhen wohl,
denn vivat *heißet lebe*
und valet *lebewohl …«*

Einige der Frauen kannten den Text, andere summten nur an dieser oder jener Stelle mit, aber alle spürten die tröstende Wirkung der altehrwürdigen Zeilen. Alena stimmte die zweite Strophe an und stellte fest, dass mittlerweile alle Frauen mitsangen, auch Anni und Elsa. Gerade wollte sie zur dritten und letzten Strophe übergehen, da sah sie, dass die Frauen auseinandertraten und den Weg für ein schmales, einen Kneifer tragendes Männchen freigaben. Das Männchen war alt, die Last der Jahre hatte seinen Rücken gebeugt, was ihm jedoch nichts auszumachen schien, denn es hatte einen schweren Arztkoffer bei sich. Dieser Koffer war im Viertel fast bekannter als sein Besitzer: Doktor Ludwig-August Korn.

»Seit wann befindet sich in der Breiten Straße Numero elf eine Kirche?«, fragte Körnchen.

Elsa antwortete verwundert: »Aber Herr Doktor, Ihr seid hier nicht in einer Kirche, Ihr seid im Anwesen von Madame de Chattemont.«

»Was du nicht sagst, Elsa, dann bin ich also doch richtig.« Der alte Arzt kniff die Augen zusammen und rückte sein Brillengestell zurecht. »Und wieso findet hier ein Gottesdienst statt?«

Nun ergriff Alena das Wort: »Wir halten Zwiesprache mit dem Allmächtigen, Herr Doktor, wir trauern gemeinsam um Annis Kind, haben gebetet und gesungen, weil uns das tröstet und neue Kraft verleiht.«

Abermals kniff Körnchen die Augen zusammen. »Seid Ihr so etwas wie ein weiblicher Pastor?«

»Ich bin Alena, die Klagefrau.«

»Aha, wusste gar nicht, dass es so etwas heutzutage noch gibt.« Körnchen stellte seinen Arztkoffer ab. »Aber ich will verdammt sein, wenn ich mich jemals mit Kirchenkram ausgekannt habe, ich halte es eher mit dem Alten Fritz, dem die Religionen ziemlich wurscht sind. Ich sage immer, wer die Zehn Gebote einhält, ist fromm genug. Nun ja, das nur nebenbei. Also, ich befinde mich im Palais von Madame, äh, wie war noch ihr Name? Ach, der tut ja nichts zur Sache, du bist also die Mutter. Kenne ich dich nicht? Bist du nicht die Anni, der ich vor neunzehn oder zwanzig Jahren höchstpersönlich auf die Welt geholfen habe?«

»Jawohl, Herr Doktor, die bin ich.« Anni klang gefasst, denn Körnchens Stimme, singsang-artig und gütig, wirkte sehr beruhigend.

»Das waren noch Zeiten damals, der Siebenjährige Krieg war gerade vorbei, und alle Welt atmete auf, aber das hast du damals ja noch nicht mitbekommen. So, lass mal sehen, wie es dir geht, Kind.« Körnchen legte seine altersfleckige Hand auf Annis Stirn, spitzte die Lippen, machte »hm, hm«, nickte vielsagend und fühlte anschließend ihren Puls. »Nun ja, schön, schön.«

Elsa sagte: »Anni, die Arme, hat sich zwei Tage und Nächte mit dem Kind herumgequält, aber dafür ist sie schon wieder ganz gut zuwege, und die Plazenta ist auch vollständig raus.«

»Danke, Elsa. Sag, wie steht es mit Blutungen und Einrissen, ist da alles in Ordnung?«

»Alles so weit in Ordnung, Herr Doktor.« In Elsas Stimme schwang ein wenig Stolz mit.

»Ich sag's ja immer: Du bist die beste Hebamme in ganz Potsdam. Und nun zu dir, Anni: Wenn mich nicht alles täuscht, wirst du in zwei oder drei Tagen wieder wie ein Heuschreck durchs Haus springen können, aber sieh zu, dass du auch nach draußen an die frische Luft gehst. Ich sage immer, wo die Sonne hinkommt, kommt der Arzt nicht hin. Hauptsache, das Puerperalfieber fällt dich nicht an. Ach so, das verstehst du vielleicht nicht, ich spreche vom Kindbettfieber, aber keine Angst, es wird dich verschonen, denn deine vier Körpersäfte befinden sich in *Eukrasie,* will sagen, sie sind im Gleichgewicht. Ach, meine geschätzten Kollegen würden jetzt wieder behaupten, ich rede unwissenschaftliches Zeug daher, aber glaub mir, man kann auf dieser Welt nicht alles messen, prüfen und analysieren, es wird immer etwas bleiben, das über den Gesetzmäßigkeiten steht, und das ist die Erfahrung. Die Erfahrung ist das A und O in der praktischen Medizin, wie ich zu sagen pflege, nun ja, das interessiert dich vielleicht nicht, ich schweife ab, jedenfalls wird es dir bald besser gehen.«

»Danke, Herr Doktor.« Anni lächelte schwach.

»Schön, schön, nun gib mir mal das Kind, Elsa.« Körnchen nahm der Hebamme das Bündel ab und ging mit ihr an den noch immer anwesenden Frauen vorbei hinaus auf den Flur. Dort schlug er das Tuch zurück. »Hm, ja.« Er schluckte und starrte auf das blutige zerstörte Köpfchen. »An solche Anblicke werde ich mich nie gewöhnen. Warum hast du mich nicht rechtzeitig geholt?«

Elsa zögerte. »Ich … ich habe doch Dokter Quest holen lassen.«

»Aha, den hast du holen lassen. Und wo ist er?«

»Er ist wieder gegangen. Erst wollte er einen Kaiserschnitt machen und dann wieder nicht. Er hat gesagt, es wäre zu gefährlich, zu viele Frauen würden daran sterben. Da musste ich allein mit der Sache fertig werden.«

»Doktor Quest«, sagte Körnchen, und an seinem Tonfall merkte man, wie wenig er von seinem jungen Kollegen hielt. »Du hättest mich holen müssen.«

Elsa schwieg.

»Ich weiß, du denkst, meine Augen machen es nicht mehr, aber für einen Kaiserschnitt reicht es immer noch.«

»Ja, Herr Doktor.«

»Nun, äh« – Körnchen räusperte sich – »vielleicht hätte es doch nicht mehr gereicht. Vielleicht. Man muss die eigenen Schwächen eingestehen können, auch wenn es schwerfällt. Der Zahn der Zeit nagt an jedem. Quest hätte niemals Arzt werden dürfen.«

»Jawohl, Herr Doktor.«

»Äh, hör mal, Elsa, das vergisst du am besten gleich wieder, was ich da eben über Quest gesagt habe. Nun ja, immerhin reicht es bei mir noch dazu, das Kind für tot zu erklären und zum Pastor zu tragen. Kümmere du dich weiter um Anni, ich gehe dann jetzt.«

»Vergesst Euren Koffer nicht.«

»Den was? Ach ja.« Der alte Mann strebte hinaus auf die Straße, in der einen Hand das Kind, in der anderen den Koffer, und Elsa blickte ihm nach. Körnchen, dachte sie, ist wirklich ein wunderbarer Arzt, wenn er nur nicht schon so alt wäre.

Dann ging sie wieder hinein.

Eve de Chattemont, die Herrin des Palais in der Breiten Straße, war eine Dame, die es an Liebreiz mit den schönsten Frauen Potsdams aufnehmen konnte. Die halbe Stadt sprach über sie, besonders die Herren, die nicht müde wurden, ihr Antlitz mit dem eines blonden Engels zu vergleichen und ihren Körper mit dem der Aphrodite. Sie waren voll des Lobes über ihren Charme, ihren Esprit und ihre Politesse, und manch einer hätte in ihrem Boudoir wohl gern einmal die Contenance verloren. Die dazugehörigen Ehefrauen äußerten sich weniger enthusiastisch, was daran lag, dass die meisten eifersüchtig waren. Ihre Neidgefühle erhielten noch mehr Nahrung, als sich herumsprach, dass Madame schon zwei reiche alte Ehemänner zu Grabe getragen hatte und sich überdies – welch *ridicule* Vorstellung! – in Männerkleidern der Bildhauerei widmete.

Wegen ebendieses Steckenpferds war Madame heute unterwegs mit ihrem Zweispänner. Sie war ein paar Tage in Pirna im Elbsandsteingebirge gewesen, wo sie sich vor Ort einige Felsstücke aus Tonsandstein angesehen und kurz entschlossen erworben hatte. Den Heimtransport sollte ein zuverlässiger Fuhrmann besorgen, sobald sie wieder zu Hause in ihrem Palais angelangt war.

Ihr Palais, der weiträumige dreigeschossige Bau mit seiner stattlichen Fassade, war ihr in den letzten Jahren sehr ans Herz gewachsen. Besonders die von zwei Pilastern gerahmte Mittelachse mit dem darüber befindlichen Giebelfeld, auf dem zwei allegorische Figuren, Ceres und Justitia, ruhten, hatte es ihr angetan. Sie hatte viel Geld und noch mehr Sorgfalt in die Einrichtung des Hauses gesteckt, wobei ihr das Ausschmücken der Zimmer mit eigengefertigten Statuen und Büsten große Freude bereitete, auch wenn ihre Gäste deren künstlerischen Wert nicht immer erkannten.

Madame seufzte unhörbar. Wie gern hätte sie in London, Paris oder Wien gelebt und dort bei Hofe verkehrt, doch das Schicksal hatte sie ausgerechnet nach Potsdam verschlagen, wo in Schloss Sanssouci der Alte Fritz sein Zepter schwang, stets eine beißende Bemerkung auf der Zunge hatte und jeglicher Weiblichkeit abhold war. Man sagte, er habe die Marquise de Pompadour, die Zarin Katharina die Große und die Kaiserin Maria Theresia als die drei größten Huren Europas bezeichnet und diese ungeheuerliche Beleidigung mit Sicherheit auch ernst gemeint. Die einzige Frau, die er bis zu ihrem Tod in seine Nähe gelassen habe, so die allgemeine Ansicht, wäre seine Schwester Wilhelmine, die Markgräfin von Brandenburg-Bayreuth, gewesen, ansonsten umgebe er sich lieber mit gut aussehenden Herren oder mit Jünglingen des Landadels, die als Kammerjunker in seinem Schloss dienten.

Nein, die Hoffnung, einmal nach Sanssouci eingeladen zu werden, war so realistisch wie die Annahme, ein Kamel ginge durch ein Nadelöhr. Madame seufzte ein zweites Mal, steckte ihren Kopf mit dem breitrandigen, federgeschmückten Seidenhut aus dem Kutschenfenster und rief nach vorn: »Göttsche, wie weit ist es noch bis Potsdam?«

»Nicht mehr weit, gnädige Frau, wir sind schon kurz vor der Langen Brücke«, rief der Kutscher zurück und schnalzte mit der Zunge, um die Pferde noch einmal anzufeuern. »Keine zehn Minuten, dann seid Ihr zu Hause.«

»Danke, Göttsche.« Madame zog den Kopf wieder ein und überließ sich erneut ihren Gedanken. Der erworbene Tonsandstein würde leichter zu bearbeiten sein als der bisher verwendete Quarzsandstein, wodurch ihr die Hände nach einem Tag des Schaffens nicht mehr so weh tun würden wie früher. Hoffentlich jedenfalls. Blieb nur die Frage, ob sie sich wirklich an den David heranwagen sollte, an jenen David, der den Riesen Goliath mit der Schleuder besiegt hatte. Er war ihre große Herausforderung – das Original stand in Florenz und war ein Meisterwerk des Universalgenies Michelangelo.

Natürlich durfte sie den David, wollte sie ihn in ihrem Grünen Salon aufstellen, nicht in voller Höhe erschaffen, das verstand sich von selbst, weshalb ihr ein Größenverhältnis von 1 zu 3 vorschwebte. Ja, 1 zu 3 wäre ideal, dann würde die Statue gut viereinhalb preußische Fuß hoch werden. Gerade so hoch, dass sie, auf einem Sockel stehend, den meisten ihrer Gäste auf Augenhöhe begegnen könnte. Welch faszinierender Gedanke!

»Wir sind da, gnädige Frau!« Göttsche zog die Zügel an, sprang vom Wagen und öffnete die Tür.

»Gott sei Dank.«

»Keine zehn Minuten, wie ich versprochen hab.« Der Kutscher klappte die Türstufe herunter. »Darf ich Euch raushelfen?«

»Danke, Göttsche.« Mit graziösen Schritten stieg Madame aus. »Kümmere dich um alles, ich finde den Weg ins Haus allein.« Sie raffte ihre Robe und rauschte die von schmiedeeisernen Gittern gerahmte Treppe hinauf. Oben öffnete ihr Ludolf, der alte Diener, mit einer tiefen Verbeugung. Madame nickte kurz, aber nicht unfreundlich, und eilte an ihm vorbei. Sie wollte in die Küche, denn dort, so ihre Erfahrung, erfuhr sie am zuverlässigsten, was alles in ihrer Abwesenheit passiert war. Das galt für ihr Palais ebenso wie für die ganze Stadt. Der Neugier der Potsdamer Mägde entging nichts, Nachrichten breiteten sich unter ihnen schneller aus als mit der schnellsten berittenen Post.

Madame betrat die Küche, wo das gesamte Gesinde am großen Tisch saß. Wie auf ein Kommando schreckten alle hoch – das war normal. »Guten Tag, gnädige Frau!«, erklang es im Chor – auch das war normal. Doch irgendetwas war nicht normal, war anders als sonst, das spürte Madame. Sie sah es in den Augen der Mägde, in denen eine gewisse Betretenheit stand. Was war passiert?

»Habt ihr mir etwas zu sagen?«, fragte Madame.

»Die Anni …«, hob die Köchin an und verstummte. Sie wollte ungern diejenige sein, von der die Herrin die Neuigkeit erfuhr. Der Grund war einfach: Anni hatte ihre Schwangerschaft über Monate hinweg geheim gehalten, aus Angst, Madame würde sie hinauswerfen. In der Tat sprach einiges dafür, dass sie es tun würde, denn als Dame der Gesellschaft musste sie auf ihren untadeligen Ruf bedacht sein und konnte es sich kaum leisten, eine liederliche Person in ihrem Haus zu haben.

»Was ist mit der Anni?«, fragte Madame.

Die Köchin zupfte an ihrer Schürze und fasste sich ein Herz. »Die Anni hat ein Kind gekriegt.«

»Was, ein Kind in meinem Haus?«

»Jawohl, gnädige Frau.«

»Ich wusste gar nicht, dass sie schwanger war. Wer ist der Vater?«

»Das weiß ich nicht, und Anni will's auch nicht sagen.«

Madame musste sich erst einmal setzen. Sie wählte dazu den Stuhl der Köchin, der besonders stabil war. »Unzucht in meinem Haus«, murmelte sie und nahm ein Glas Wasser entgegen. »Danke. Wo ist es nur? Ach ja, da …« Unter ihrer Robe förderte sie ein kleines Fläschchen der bekannten *Rapp'schen Beruhigungstropfen* hervor und gab eine tüchtige Menge davon ins Glas. Sie schwor auf die Tropfen, nicht zuletzt, weil diese ihre segensreiche Wirkung seit über siebzig Jahren in der feinen Gesellschaft entfalteten. Sie trank.

»Das Kind war eine Totgeburt«, sagte die Köchin. »Doktor Korn hat es mitgenommen, der Pastor soll es begraben.«

»So, so.« Madame setzte das Glas ab und überdachte die Situation. Ein Kind der Sünde war in jeder Hinsicht unwillkommen. Die Verderbtheit, die zu seiner Zeugung geführt hatte, fiel nicht nur auf die Mutter zurück, sondern auch auf die Herrin, in deren Haus die Mutter diente. Die Leute würden sich das Maul zerreißen. Ja, das würden sie. Andererseits stand zu erwarten, dass sie es nur für kurze Zeit tun würden, denn das Kind der Schande war tot. Tot und fort. Aus den Augen, aus dem Sinn. Und Anni? Was sollte mit der Sünderin geschehen? »Wo ist Anni?«, fragte Madame.

»Sie liegt in der kleinen Mägdekammer. Sie war sehr schwach, ich glaube, sie schläft.« Die Köchin, froh über den bisher glimpflichen Verlauf des Gesprächs, fügte schnell hinzu: »Wollt Ihr noch etwas Wasser haben, gnädige Frau?«

»Nein, danke. Wieso hat mir keine von euch gesagt, dass Anni schwanger war, oder wollt ihr behaupten, ihr hättet es nicht gewusst?«

Die Mägde drucksten herum und blickten zu Boden. Die Köchin schwieg und zupfte wieder an ihrer Schürze. Schließlich sagte sie: »Ich könnte Euch auch etwas von dem Most geben, er ist frisch und wirklich lecker.«

Madame hatte verstanden. »Nein, kein Most«, sagte sie. »Ich sehe jetzt nach Anni, ihr bleibt hier und geht wieder eurer Arbeit nach. Gnade euch Gott, wenn ich euch noch einmal dabei erwische, wie ihr am Tisch Maulaffen feilhaltet.«

»Jawohl, gnädige Frau«, erklang es im Chor.

Madame rauschte hinaus.

Alena saß gebeugt an Annis Bett und hielt ihre Hand. Sie war allein mit der Magd, denn Elsa Siebold war gegangen. Die Hebamme hatte zu Hause in der Auguste-Viktoria-Straße einen Mann und elf Kinder, die in den letzten Tagen ohnehin schon zu kurz gekommen waren und sich nach einer anständigen Mahlzeit sehnten.

Die ruhigen Atemzüge der schlafenden Anni, das dämmrige Licht und die abgestandene Luft bewirkten, dass auch Alena immer wieder die Augen zufielen. Umso mehr fuhr sie zusammen, als die Tür sich plötzlich öffnete und eine elegant mit Robe und Reise-Mantelet gekleidete Dame vor ihr stand.

Alena musste an sich halten, um nicht aufzuspringen, denn hektische Bewegungen vertrugen sich schlecht mit ihrer Würde als Klagefrau. So erhob sie sich langsam und schritt auf die Ankommende zu, eine überraschend junge Frau von vielleicht fünfundzwanzig Jahren. »Ihr seid gewiss die Hausherrin – Madame de Chattemont?«

Madame nickte unmerklich und musterte Alena von oben bis unten. Als ihr Blick auf das silberne Kreuz fiel, zögerte sie einen Moment. »Und wer seid Ihr? Seid Ihr eine Nonne?«

»Ich war es, Madame. Ich heiße Alena und war eine Karmelitin, oder besser gesagt, ich wäre es fast geworden.«

»Nun gut. Und was sucht Ihr hier in meinem Haus?«

Alena wies auf Anni, die noch immer schlief. »Eure Magd hat schwere Stunden hinter sich. Sie gebar ein totes Kind und brauchte Beistand, da habe ich ihr Trost gespendet, wie es die Christenpflicht verlangt.«

Madame schien sich mit der Antwort zufriedenzugeben, doch nur für einen Augenblick, denn sie hakte nach: »Und wodurch zeichnet sich eine Karmelitin aus, wenn sie nicht gerade Mägde in herrschaftlichen Häusern tröstet?«

Alena ging nicht auf den kleinen Seitenhieb ein, sondern antwortete ernsthaft: »Eine Karmelitin ist eine kontemplative Ordensfrau, Madame, eine Ordensfrau, die sich durch die Gelübde für immer an Gott im Orden der Seligen Jungfrau Maria vom Berge Karmel gebunden hat. Jede Schwester weiß sich von Gott gerufen und möchte ihm durch ihr Leben und Wirken auf diesen Ruf antworten.«

»Und warum tut Ihr das nicht im Kloster?«

»Ich war im Kloster, Madame. Ich machte ein Noviziat im Kölner Karmel *Maria vom Frieden*. Zwei Jahre war ich da, habe in der Kerzenzieherei gearbeitet, in der Hostienbäckerei und später als Assistentin der *Praefecta culinae* in der

Klosterküche. Als die zwei Jahre verstrichen waren, wusste ich, dass ich dem Ruf Gottes folgen wollte. Aber ich wusste auch, dass ich dem Ruf der Welt folgen wollte. Es war ein großer Konflikt. Am Ende entschied ich mich dafür, auf Gottes Rufen außerhalb der Klostermauern zu antworten – durch ein Ihm gefälliges Leben.«

»Wo Ihr gerade vom Leben sprecht: Wie bestreitet Ihr Euren Lebensunterhalt? Bettelt Ihr?«

»Nein, ich arbeite als Klagefrau, Madame, ich trauere mit den Hinterbliebenen, spende ihnen Trost und Kraft und erhalte dafür eine Mahlzeit. Allerdings bin ich …« Alena wollte fortfahren und sagen, dass sie an diesem Tage noch nicht dazu gekommen sei, etwas zu sich zu nehmen, doch sie wurde durch einen leisen Schreckensruf unterbrochen. Er kam von Anni, die wach geworden war und ihre Herrin erkannt hatte.

Madame ging auf Anni zu und blickte auf sie hinab. Eine Weile sagte sie nichts, während die Magd sie ängstlich anstarrte. Dann legte Madame ihre Hand sacht auf Annis Stirn. »Die Sache mit deinem Kind tut mir leid«, murmelte sie.

Anni schniefte.

»Du hättest mir sagen müssen, dass du schwanger bist.«

»Jawohl, Madame.«

»Den anderen hast du es ja auch gesagt.«

»Ich … ich hatte solche Angst.« Anni schlug die Augen nieder.

Madame strich sanft über Annis Stirn. »Angst, dass ich dir die Tür weise, dich im Spinnhaus enden lasse oder in einer Kattundruckerei?«

»Ja, gnädige Frau.«

»Ich weiß nicht, vielleicht hätte ich es getan, obwohl du kein unebenes Frauenzimmer bist und deine Arbeit immer ordentlich gemacht hast.« Madames Hand hielt inne. »Aber nun sieht die Sache anders aus. Du hast dein Kind verloren und bist damit genug gestraft. Erhole dich in den nächsten Tagen und verlasse das Haus nicht. Die Leute werden ohnehin genug tratschen. Du darfst bleiben.«

»Oh ... oh ...!« Anni brach in Tränen aus, ergriff die Hand ihrer Herrin und küsste sie.

»Lass das.« Madame war unangenehm berührt.

Anni weinte heftiger. Madame wollte ihr bedeuten, sie möge aufhören und sich lieber ausruhen, doch in diesem Augenblick vernahm sie ein zweites Schluchzen. Es kam von Alena, die ebenfalls zu weinen begann. Staunend sah Madame, wie Alenas Weinen sich verstärkte, wie ihre Schultern zuckten, ihr Körper erbebte und immer stärkere Klagelaute über ihre Lippen kamen. Schließlich schlug Alena die Hände vors Gesicht und sank neben Anni aufs Bett. »Oh, Anni, so nimmt denn alles doch ein gutes Ende«, schluchzte sie, »arme Anni, glückliche Anni!«

Die Hausherrin stand da und wusste nicht recht, was sie sagen sollte. Aber sie musste auch nichts sagen, denn Alena stand auf und verbeugte sich vor ihr. »Madame, Ihr habt ein großmütiges Herz, der Herrgott segne Euch dafür.«

»Ich danke Euch.« Madame nahm ein Tuch aus der Tasche unter ihrer Robe und reichte es Alena. »Jedenfalls weiß ich jetzt, dass Ihr tatsächlich eine Klagefrau seid.«

Alena lachte und tupfte sich die Augen ab.

»Ihr lacht?«, wunderte sich Madame. »Eben habt Ihr doch noch geweint?«

Alena gab das Tuch, es war ein spitzenbesetztes Seidentuch, zurück und sagte: »Lachen und Weinen liegen eng beieinander, Madame, um nicht zu sagen, sie sind gleich, denn beide haben als Ursache ein überwältigendes Gefühl.«

»Da ist mir ein fröhliches Lachen lieber.«

»Alles hat seine Zeit, Madame. Auch Liebe und Hass haben das überwältigende Gefühl gemeinsam, und nur, wer aus tiefstem Herzen hassen kann, kann auch aus tiefstem Herzen lieben. Hass sollte immer in Liebe umschlagen – ebenso wie Weinen in Lachen.«

»Ihr seid eine bemerkenswerte junge Frau«, sagte Madame. »Kommt mit.«

»Wie bitte?«

»Ich sagte: Kommt mit.« Madame drehte sich auf dem Absatz um und verließ die Mägdekammer. Alena blieb nichts anderes übrig, als ihr zu folgen. Madame ging schnell und zielstrebig hinauf in den ersten Stock, wo sich die Wohn- und Repräsentationsräume befanden. Als sie durch einen kleinen Saal schritten, dessen Wände mit feinster grüner Seidentapete bespannt waren, sagte sie: »Seht Ihr die Büsten dort zwischen den Fenstern?«

»Ja, Madame.«

»Es sind Arbeiten von mir, die Bildhauerei ist meine Leidenschaft.« Madame eilte weiter. »Wisst Ihr, was ein Salon ist?«

Alena antwortete etwas außer Atem: »Ich denke, wir sind gerade in einem.«

Madame lachte, was sie aber nicht davon abhielt, ihr Tempo unvermindert beizubehalten. »Das stimmt. Doch ich habe nicht nur einen Salon, ich unterhalte auch einen.«

»Ihr unterhaltet einen?«

»Richtig.« Madame blieb übergangslos stehen, so dass Alena fast auf sie auflief. »Ebenso wie es die Marquise de Lambert, Madame d'Epinay oder die Duchesse du Maine in Frankreich tun.«

»Und was ist ein ›Salon‹?«

»Damit ist eine Art Zirkel gemeint, ein ausgesuchter Kreis von Personen, die sich regelmäßig treffen, und zwar hier im Grünen Salon. Bei mir heißt dieser Kreis *Collegium Artis* und besteht aus den unterschiedlichsten Herren.«

»Eine Gemeinschaft, die sich der Kunst widmet?«

»So ist es, der Kunst im weitesten Sinne.« Madame setzte sich wieder in Bewegung und steuerte in das nächste Zimmer. »An Eurer Frage merke ich, dass Ihr Latein könnt. Nun, das ist nicht weiter verwunderlich bei einer Nonne. Aber könnt Ihr auch Französisch?«

»*Oui,* Madame!«

»Das trifft sich gut.« Die Hausherrin setzte sich hinter einen zierlichen Schreibtisch und wies auf einen ebenso zierlichen Armstuhl mit Ballonlehne. »Nehmt Platz. Die Sprache der Elite ist nun einmal Französisch. Wo habt Ihr es gelernt?«

»Im Kloster, Madame.«

»Wie kam es dazu?« Die Hausherrin stellte die Frage auf Französisch, und Alena antwortete in derselben Sprache: »Ich teilte meine Zelle mit einer jungen Pariserin, sie hieß Joelle und kam ursprünglich aus dem *Karmel von Pontoise.* Wir haben uns sehr gut verstanden, sprachen abwechselnd Deutsch und Französisch, damit die eine von der anderen lernen konnte. Allerdings ist Schweigen neben dem Bekenntnis zu Armut und Keuschheit eine der drei Tugenden, nach der jede Nonne streben soll, und deshalb sprachen wir nur, wenn es erlaubt war.«

»Aber Ihr sprecht sehr gut.«

»*Merci,* Madame.«

»Auch im *Collegium Artis* wird natürlich nur Französisch gesprochen. Die Persönlichkeiten, aus denen sich unser Kreis zusammensetzt, sind ranghohe Beamte und Militärs, Kaufleute, Baumeister, Künstler und andere. Ich selbst widme mich wie gesagt mit Leidenschaft der Bildhauerei, was sehr viel Zeit in Anspruch nimmt. Dennoch will jedes Zusammenfinden des *Collegiums* sorgsam vorbereitet sein, Einladungen wollen geschrieben werden, Beiträge einzelner Mitglieder aufeinander abgestimmt werden, namhafte Künstler für eine Demonstration ihrer Profession gewonnen werden und vielerlei mehr. Wie gesagt, da trifft es sich gut, dass Ihr Französisch sprecht.«

»Ich verstehe nicht ganz, Madame. Wie meint Ihr das?«

»Sehr einfach, ich brauche jemanden, der meine Korrespondenz erledigt und etwas von Organisation versteht.«

»Und da habt Ihr an mich gedacht? Ihr kennt mich doch gar nicht.«

Madame wischte den Einwand mit einer Handbewegung beiseite. »Das wird sich schnell ändern. Ich biete Euch etwas ganz Besonderes an, etwas, das Euch mehr *conveniren* wird als das Wehklagen um Verblichene.«

»Und darf ich fragen, was?«

»Einen Posten als meine *Secrétaire*.«

Da wird …

Klingenthals Puppenschar hatte sich um eine weitere Figur vergrößert. Es war eine Figur von ganz eigener Persönlichkeit, eine, die betagt und krumm wirkte und einen abgewetzten Uniformrock trug. Ihren Kopf mit der langen Nase und den Froschaugen zierte ein Dreispitz, und in den Händen hielt sie ein spanisches Röhrchen – Friedrich der Große.

Klingenthal hatte lange gebraucht, um die Puppe in dieser Vollkommenheit herzustellen, doch als Friedrich fertig war, hatte sein Aussehen alle Mühen vergessen lassen. Er war so täuschend echt gelungen, als wäre er der Zwilling des Alten Fritz.

Wie sich herausstellte, war Friedrich seinem Vorbild nicht nur äußerlich wie aus dem Gesicht geschnitten, er hatte auch dessen Charakter übernommen. So kam es, dass er sich mit dem Söldner und dem Schiffer recht gut verstand – immerhin sprachen sie deutsch mit einer ähnlich derben Zunge wie er – und dass auch die Magd und der Schultheiß vor seinen Augen Gnade fanden. Den Landmann jedoch, der zu Trägheit und Schlafmützigkeit neigte, mochte er weniger, und am allerwenigsten mochte er das Burgfräulein. Es kam durchaus vor, dass er die ältliche Adlige mit Schimpfwörtern traktierte, wie nichtsnutzige Hure, Schenkelspreize oder Bordsteinschwalbe, und sie am liebsten aus dem Karren geworfen hätte.

Dagegen allerdings hatte der Schultheiß etwas einzuwenden, auch die Magd legte Widerspruch ein, und selbst der Schiffer meinte: »Blaue See und blaues Blut, beiderlei versteht sich gut. Die Deern hat bei mir einen Stein im Brett. Nun lass sie mal in Ruhe, Fritz.«

Klingenthal hatte sich genötigt gesehen, eine Umgruppierung auf dem Karren vorzunehmen. Friedrich, der hinten in der Mitte gesessen hatte und dort auch weiterhin sitzen sollte, hatte ursprünglich links neben sich den Schultheiß gehabt und rechts den Landmann. Nach zahlreichen Tauschversuchen war endlich eine Lösung gefunden worden. Sie sah so aus, dass Friedrich nun vom Schultheiß und vom Söldner umrahmt wurde, einerseits, damit der Mann mit der Amtskette ihn in seiner besonnenen Art beruhige, andererseits, damit der Söldner mit ihm in der Sprache der Soldaten reden konnte. Das Burgfräulein hingegen wurde möglichst weit entfernt, nämlich ganz vorn links, plaziert.

Und mit ebendieser Sitzordnung auf dem Karren war Klingenthal am heutigen Morgen auf dem Alten Markt in Potsdam eingetroffen. Es war Sonntag und deshalb vergleichsweise ruhig auf dem weiträumigen Platz mit dem hohen Obelisken. Die Grünwarenhöker, die Fischweiber, die Strumpfbandmacherinnen, die Kartoffelbäuerinnen, die Eierfrauen – sie alle befanden sich in einer der vielen Kirchen der Residenzstadt und würden mit ihren Familien erst wieder nach Hause gehen, wenn der Gottesdienst vorüber war.

Klingenthal wartete geduldig. Der Alte Markt war Potsdams Zentrum, und viele der Gläubigen mussten ihn passieren, um an den heimischen Mittagstisch zu kommen. Da hinten strömten schon ein paar herbei, drei oder vier Familien mit kleinen Kindern. Das war gut. Kinder bildeten stets das dankbarste Publikum. Wenn man die Kinder für sich gewann, folgten ihnen die Großen wie von selbst.

Als die Kirchgänger näher herangekommen waren, brüllte der Söldner ihnen entgegen: »Amen!«

Die Leute blieben stehen und schauten verdutzt.

Der Söldner brüllte weiter: »Amen, ihr Protestanten, Amen, ihr Katholiken, Amen, ihr Anglikaner, Amen, ihr Hugenotten, Amen, ihr Orthodoxen, Amen, ihr …!«

»Lass die Leute doch in Ruhe!«, empörte sich das Burgfräulein, die wollen doch nur …«

»Sei selber ruhig, du alte Vettel«, schrie Friedrich dazwischen, »*genire* nicht das Volk, denn in meinem Staate kann jeder nach seiner Melodie Amen schreien und nach seiner Façon selig werden!«

Die Leute drehten die Köpfe und guckten von einer Puppe zur anderen. Eine lebensgroße Nachbildung von Friedrich dem Großen hatten sie noch nie gesehen. Einige von ihnen staunten, denn sie hatten ihren König schon bei anderer Gelegenheit reden hören und hörten ihn nun wieder – in genau derselben Tonart.

Das Burgfräulein wollte die Zurechtweisung nicht auf sich sitzen lassen und giftete, das geknüllte Taschentuch in der Hand, zurück: »Du Gichtbock, du Geizhals, tu nicht so großmütig, du presst das Volk aus wie eine Zitrone und spielst dabei noch den *Liberalitus.* Wer hat denn die Kaffeeriecher von der Kette gelassen, diese siechen und invaliden Kerle, dass sie ihre ungewaschenen Nasen in jedermanns Haus stecken, ob da nicht Bohnen geröstet werden? Niemand anderer als du. Bist selbst der größte Kaffeeriecher!«

»Du … du …!« Es schien, als hätte es Friedrich die Sprache verschlagen.

»Du hast es mit einer Dame zu tun, vergiss das nicht!«

»Mit einer Dame? Dass ich nicht lache, du Hu…, äh, ihr Eltern, haltet euren Kindern mal die Ohren zu. Du Hure! Geh doch nach Sankt Petersburg, da sitzt noch eine andere, die Katharina, ihr zwei ergäbt ein schönes Paar!«

Inzwischen waren die Menschen unmittelbar an Klingenthals Karren herangetreten, neugierig, wie es mit dem Disput wohl weiterginge. Sie mussten nicht lange warten, denn als Nächster ergriff der Schiffer das Wort: »Hört mal, ihr Landratten!«, rief er. »Verbeugt euch vor eurem König, dem Alten Fritz, der hat schon manchen Sturm abgeritten, wenn die See hochging. Ohne ihn säh manches in Preußen schlimmer aus.«

»Das stimmt«, mischte sich der Schultheiß ein. »Ohne ihn und seine Feldherrnkunst hätte Kaiser Joseph schon ganz Preußen geschluckt.«

»Wo du gerade von ›schlucken‹ sprichst«, brüllte der Schiffer, der nur auf das Stichwort gewartet zu haben schien, »mir wäre nach einem guten Tröpfchen zumute, nach einem Quart Jamaika-Rum, wenn's beliebt! Doch ist der leider allzu teuer. Hat zufällig jemand Geld dabei? Na los, ihr Landratten, hat jemand Geld dabei? Öffnet eure Herzen, öffnet eure Beutel, aber öffnet nicht eure Hosen!«

Jetzt lachten die Menschen, aber sie gaben nichts, vielleicht, weil sie eben erst den Opferstock in ihrer Kirche gefüttert hatten. Klingenthal wusste das, und er wusste auch, dass er die Leute mehr in seine Darbietung einbeziehen musste, wollte er, dass sie sich von ihren Groschen trennten. Deshalb brachte er zusätzlich den Landmann ins Spiel, der, ganz im Gegensatz zu seiner Profession, den Tag am liebsten schlafend verbrachte. Der Landmann wachte auf, gähnte und fragte: »Hosen? Hat jemand die Hosen offen?«

Einige junge Frauen kicherten.

»Seid still«, sagte die Magd zu ihnen, »König Friedrich spricht mit seinem Volk.«

»Nein, das tue ich nicht!«, quengelte Friedrich, »schon gar nicht, wenn ich eine Prise nehmen muss. Es geht doch nichts über einen kräftigen *Spaniol* aus Sevilla! Ha... ha... hatschi!« Er nieste krachend.

»Igitt«, empörte sich das Burgfräulein, »ich habe etwas abgekriegt!«

Ein paar Kinder krähten fröhlich: »Ich auch, ich auch!«

Der Landmann fragte erneut: »Hosen? Hat jemand seine Hosen offen?«

Ein Dreikäsehoch, der von alledem nichts mitbekommen hatte, weil er keinen Vater besaß, der ihn hochheben konnte, plärrte: »Ich muss mal!«

Allgemeine Heiterkeit.

Klingenthal merkte, wie das Eis mehr und mehr brach. Er ließ seinen Blick über die Menge schweifen und stellte fest, dass sie sich, obwohl noch größer geworden, wie üblich zusammensetzte: Da waren ein paar ältere Bürger, die in sich hineinschmunzelten, Väter, die vergnügt ihre Kleinsten auf den Schultern trugen, lächelnde Mütter, prustende, sich die Hand vor den Mund haltende Backfische, eine schwerhörige Alte, die kaum etwas mitbekam und trotzdem vor sich hin giggelte, ein Dicker mit der Figur eines Fasses, der die Arme in die Seiten stemmte und dröhnend lachte, ein Professoraler, dessen überlegener Geist ein Lächeln nur bei jedem zweiten Witz zuließ, und, wie sooft, auch ein Arroganter, der bei jedem Wort so unnahbar und blasiert dreinblickte, dass man sich fragte, was er überhaupt auf der Veranstaltung zu suchen hatte.

Dieser Mann trug einen prächtigen Dreispitz über seiner weiß gepuderten Zopfperücke, dazu einen gut sitzenden

Rock, seidene Strümpfe und Schuhe mit silbernen Schnallen. Vielleicht war er ein Advokat, vielleicht auch ein Doktor oder ein Inspektor – auf jeden Fall war er von so großer Blasiertheit, dass der Schiffer lauthals rief: »Ahoi, Eure Hochnäsigkeit! Ja, Ihr seid gemeint! Wer hat Euch eigentlich erlaubt, hier so laute Winde wehen zu lassen?«

Die Leute stießen sich in die Seiten, lachten und rissen erwartungsfroh die Münder auf.

Der Arrogante tat, als habe er nichts gehört.

»Ich schnack mit Euch, Hochnäsigkeit!«

Keine Reaktion.

»Heraus mit der Sprache!«

Endlich bequemte der Arrogante sich zu einer Antwort: »Lächerlich, ich war es nicht«, schnarrte er mit seltsamem Akzent.

»Wer sonst? Der Klabautermann?«

Der Arrogante schien genug zu haben, er ruderte mit den Armen und wollte sich eine Gasse durch die Menge bahnen, um zu verschwinden, doch in diesem Augenblick gab er zu seiner eigenen Überraschung einen vernehmlichen Furz von sich. Es war ein Laut von jener Beschaffenheit, wie sie nur deftige Kohlgerichte zustande bringen.

»Seht Ihr, Hochnäsigkeit, ich hatte recht, Ihr lasst die Winde kräftig wehen!«, rief der Schiffer.

»Her mit dem Furz!«, schrie Friedrich. »Ich will ihn besteuern!«

»Impertinent!«, empörte sich das Burgfräulein.

»Besser ein Furz als ein Rohrkrepierer!«, rief der Söldner.

»Hosen? Hat jemand seine Hosen offen?«, fragte der Landmann.

»Ich muss mal!«, plärrte der Dreikäsehoch.

Der Arrogante stand stocksteif da. Wenn er vorher Löcher in die Luft gestarrt hatte, so wusste er jetzt nicht, wohin er blicken sollte.

»Impertinent!«, empörte sich das Burgfräulein.

»Aber, aber!«, rief der Schultheiß. »Wir sind doch alle nur Menschen.«

»Hat Er gedient?«, brüllte Friedrich. »Stillgestanden, hiergeblieben! Her mit dem Furz!«

»Jawoll, Augen geradeee-aus! Arschbacken zusammen!«, brüllte der Söldner in gleicher Lautstärke.

»Impertinent!«, empörte sich das Burgfräulein.

»Ich muss mal!«, plärrte der Dreikäsehoch.

Der Arrogante stand noch immer stocksteif da. Manche um ihn herum lachten, sie hatten Klingenthals Spiel durchschaut, andere lachten nicht, sie fanden, ein so gut gekleideter Herr sollte ein besseres Benehmen an den Tag legen. Der Dicke, der dem Arroganten am nächsten stand, amüsierte sich am lautesten. Und während sein letzter Lacher noch über den Platz dröhnte, sprach er plötzlich und zum Erstaunen aller mit der Stimme des Burgfräuleins: *»Impertinent!* Das ist mir ein Kaffeeriecher der besonderen Art, einer, der vorn schnüffelt und hinten ... oh, mein Gott, wie ordinär!«

Die Menge amüsierte sich köstlich, auch die schwerhörige Alte, die durch ihre wenigen Zähne rief: »Daf ift luftig! Daf ift luftig!«

Doch nun ging das Ganze erst richtig los. Plötzlich schien jeder mit der Stimme eines anderen zu sprechen. »Ich muss mal!«, plärrte der Arrogante mit Kinderstimme, woraufhin das Burgfräulein mit ebensolcher Stimme antwortete: »Ich auch, ich auch!« Der Dreikäsehoch sang mit der Stimme des Schiffers: »Winde weh'n, Schiffe geh'n ...« Der Professorale, der sich bislang kaum ein Lächeln hatte abringen können, schnarrte: »Lächerlich, ich war es nicht.« Das Burgfräulein schrie Friedrich an: »Du Hure!«, und Friedrich antwortete: »Daf ift luftig! Daf ift luftig!« Der Dreikäsehoch fragte: »Hat jemand ein Quart Jamaika-Rum?«, und der Landmann nieste krachend und rief: »Es geht doch nichts über einen kräftigen *Spaniol* aus Sevilla!« Der Arrogante ließ erneut einen Wind wehen, und die Magd zeterte: »Her mit dem Furz, ich will ihn besteuern!« Der Schultheiß rief: »König Friedrich spricht mit seinem Volk!«, was die schwerhörige Alte dazu veranlasste, dröhnend wie der Dicke zu lachen und dabei zu rufen: »Hosen? Hat jemand seine Hosen offen?«

So ging es eine ganze Weile weiter, doch dann war keine Unterhaltung mehr möglich, sie wurde überdeckt von allseitigem Gelächter. Die Leute schlugen sich auf die Schenkel, wischten sich die Tränen aus den Augen und waren sich einig, noch nie so gut unterhalten worden zu sein. Endlich, nachdem wieder etwas Ruhe eingekehrt war, wollte Klingenthal den Lohn für seine Bemühungen einstreichen und mit dem Hut herumgehen, doch ihm fiel noch ein Witz ein, den er kürzlich gehört hatte und der sich trefflich mit Hilfe der Puppen erzählen ließ. Er wählte dafür Friedrich und den Schiffer.

»Genug gelacht, Kinners!«, rief der Schiffer in die Menge. »Jetzt wird gesungen. Kennt ihr das?« Und er stimmte aus voller Kehle das alte Seemannslied *Stand to your Guns* an. Er sang auf Englisch, weshalb die meisten nichts verstanden, doch die fremden Laute und die Inbrunst seines Vortrags bewirkten, dass einige schon wieder lachten. Umso mehr, als er mit mächtiger Stimme das Lied *He's a jolly good Fellow* folgen ließ. Als er fertig war, rief er: »Weiß jemand, warum ich euch an die Kanonen gerufen hab? Damit ihr Salut feuert, ihr Landratten, und wisst ihr, warum ich *He's a jolly good Fellow* gesungen hab? Weil unser König Friedrich heute Geburtstag hat. He, Fritz, alter Junge, Mast- und Schotbruch und alles Gute zum Wiegenfest.«

Friedrich ließ sich Zeit mit der Antwort. Er schnüffelte und nieste krachend. »Wieso?«, fragte er dann. »Was redet Er da?«

»Hast du Seetang in den Ohren, Fritz? Alles Gute zum Geburtstag, hab ich gesagt. Und immer eine Handbreit Wasser unterm Kiel.«

»*Absurdité!* Wir schreiben heute den 21. November, und am 21. November hatte ich noch nie Geburtstag!«

»Mach dir nichts draus. Wasser hat keine Balken, und jeder Tag, an dem man noch lebt, ist ein Geburtstag. Also, herzlichen Glückwunsch noch mal, Fritz, du wirst bestimmt hundert Jahre alt.«

Friedrich freute sich: »Hundert Jahre? Wie kommt Er denn darauf?«

»Ist doch ganz einfach.« Der Schiffer machte eine Kunstpause, um sicherzugehen, dass auch der Letzte in der Menge ihm seine Aufmerksamkeit schenkte. Dann brüllte er: »Du siehst heute schon aus wie neunundneunzig!«

Eine oder zwei Sekunden vergingen, dann lachten die Menschen los. Sie lachten abermals Tränen, und Klingenthal wusste, dass sie gleich reichlich geben würden. Er nahm seinen Hut, doch ein letztes meckerndes Lachen hielt ihn von der Sammeltätigkeit ab. Es kam nicht aus der Menge, sondern von der anderen Seite des Marktes. Eine altmodische Fensterkutsche stand da, ein so genannter Vis-à-Vis, worunter man einen schmalen Wagen verstand, in welchem auf dem Hintersitz nur eine Person und auf dem Sitz gegenüber, zum Kutschbock hin, ebenfalls nur eine Person Platz fand. Der Wagenkasten selbst war birnenförmig, unten spitz und oben ausgebaucht. Im Fenster erschien eine knochige Hand und winkte. Klingenthal brauchte einen Moment, um zu begreifen, dass er gemeint war. Wollte der Unbekannte wirklich, dass er zu ihm kam? Offenbar war es so, denn nun winkte auch der Kutscher, und Klingenthal, halb widerstrebend, halb neugierig, ging hinüber. Als er die Kutsche fast erreicht hatte, fielen ihm zwei goldene ineinander verschlungene Buchstaben auf, die auf der Tür prangten: *F* und *R*.

FR, das bedeutete doch ... *FRIDERICUS REX!* Konnte es sein, dass in der Kutsche der König saß?

»Ich habe am 24. Januar Geburtstag.«

Klingenthal blickte in zwei wasserblaue hervorstehende Augen, die jeden Zweifel beseitigten. In der Kutsche saß niemand anderes als Friedrich der Große. Friedrich streckte den Kopf mit dem abgetragenen Dreispitz aus dem Fenster und fuhr fort: »Wieso wusste die Seemannspuppe das nicht?«

Klingenthal verbeugte sich hastig, den Sammelhut hinter dem Rücken verbergend und sich besorgt fragend, wie viel der Alte Fritz von seiner Darbietung wohl mitbekommen hatte. Hatte er gehört, wie das Burgfräulein sich darüber empörte, er presse das Volk wie eine Zitrone aus und spiele dabei noch den *Liberalitus?* Nicht auszudenken, wenn dem so war.

»*Pardon,* Sire«, sagte Klingenthal und wählte das Französische, weil er hoffte, es würde seinen König erfreuen, »der Schiffer hat nur Wasser und Wolken im Kopf und neigt darüber hinaus zu Derbheiten. Bitte entschuldigt ihn.« Er blickte in Richtung Karren. »Der Schultheiß hätte es selbstverständlich gewusst, nicht wahr?«

»Naturellement«, sagte der Schultheiß, »Majestät werden am 24. Januar dreiundsiebzig.«

Friedrich schnüffelte. »Gott sei's geklagt, so ist es. Ich muss sagen, diese Puppe macht mir schon mehr *Plaisir.*«

Klingenthal atmete innerlich auf. Der König schien nichts von den Despektierlichkeiten während der Vorstellung mitbekommen zu haben, und wenn doch, so nahm er sie offenkundig nicht übel, denn schon redete er weiter: »Ist Er nicht der, der das Problem mit den Nürnberger Batzen hatte? Wie ist noch Sein Name?«

»Julius Klingenthal, Sire.«

»Richtig, richtig. Jetzt erinnere ich mich. Was führt Ihn nach Potsdam? Hatte Er diesmal wieder *monétaire* Probleme am Stadttor von Berlin?«

»Nein, Sire, diesmal hatte ich nur preußische Münzen bei mir, man ließ mich anstandslos passieren.« Klingenthal überlegte, ob er auch die erste Frage des Königs beantworten sollte, nämlich die, was ihn nach Potsdam führe, entschloss sich aber dann, sie zu übergehen. Er hätte sonst davon sprechen müssen, dass ihm zu Ohren gekommen war, Alena halte sich in der Stadt auf, und er hätte zugeben müssen, dass er allein aus diesem Grund aufgebrochen war – zu einem Ort, den er eigentlich nie wieder hatte betreten wollen.

»Ha... ha... hatschi!«

Klingenthal fuhr zusammen. Vor lauter Gedanken war ihm entgangen, dass Friedrich zum Schnupftabak gegriffen hatte.

»Donner un Doria, Majestät, das sollt Ihr doch nich! Ihr macht mir die ganze Kutsche schietig.« Der das sagte, war der Kutscher des Vis-à-Vis, ein Mann namens Johann Georg Pfund. Ein Mann auch, dessen Name gleichsam die Beschreibung seines Leibesumfangs war und der es als Einziger wagen durfte, so mit seinem König zu reden. Aber das konnte Klingenthal nicht wissen, und so staunte er nicht schlecht über den Ton des Kutschers. Umso mehr, als Friedrich daraufhin lammfromm erwiderte: »Hab's vergessen, Pfund, nichts für ungut.«

»Müssen nun weiter, Majestät, haben keine Zeit, hier Wurzeln zu schlagen. Stehen sonst noch heute Abend hier.«

Klingenthal wartete gespannt, was auf diese weitere Respektlosigkeit des Kutschers geschehen würde, und dasselbe fragten sich die vielen Dutzend Menschen auf dem Alten Markt, die neugierig auf ihren Plätzen verharrten. Doch zu seiner neuerlichen Überraschung reagierte der König abermals nicht erzürnt, sondern eher nachdenklich, zog die Stirn in Falten und rieb sich das stoppelige Kinn. »Du sprichst von heute Abend, Pfund«, sagte er schließlich, »das bringt mich auf einen Gedanken.« Er beugte sich noch weiter aus der Kutsche heraus und winkte Klingenthal näher heran. »Höre Er: Er wird heute Abend nach Sanssouci kommen, und zwar nicht allein. Er wird in Begleitung kommen. Er wird Viertel auf 8 Uhr da sein, pünktlich, weil ich einiges mit Ihm zu besprechen haben werde, bevor es um 8 Uhr losgeht. Hat Er das verstanden?«

Klingenthal runzelte die Stirn. »Offen gesagt, nein, Sire.«

Friedrich lächelte schmal. »Das habe ich mir gedacht. So will ich Ihm das Nähere erklären.« Und er setzte Klingenthal haarklein auseinander, was er sich dachte, und je mehr er das tat, desto mehr weiteten sich Klingenthals Augen.

Vor Sorge und Bedenken.

Alena sah sich in ihrem neuen Reich um. Groß war es nicht, doch der Raum, den ihr Madame de Chattemont zugewiesen hatte, lag immerhin in der Beletage und besaß darüber hinaus eine ganz besondere Errungenschaft: Er bot dem Bewohner eine *Toilette à l'anglais*, ein Wunderwerk mit Wasserspülung, und unterschied sich zumindest darin in nichts von dem großzügigen Schlafgemach der Hausherrin.

Alena kannte solchen Luxus nur vom Hörensagen und fragte sich neugierig, ob das Wasser tatsächlich die menschlichen Hinterlassenschaften fortspülen würde, doch da es ihr im Augenblick nicht möglich war, die Probe aufs Exempel zu machen, blickte sie sich weiter in ihrer neuen Bleibe um. Das Bettgestell war schmal und einfach, allerdings schien die Matratze mit gutem Rosshaar gestopft und die Überdecke mit Daunen gefüllt zu sein. Ein Schreibschränkchen stand neben einer Truhe und den üblichen Waschutensilien in einer Ecke – keine außergewöhnliche Tischlerarbeit, wie sie feststellte, aber das Schränkchen hatte die richtige Größe, war leidlich anzusehen, und seine Schubladen ließen sich ohne Hakelei herausziehen und wieder hineinschieben.

Was war das? Alena stutzte. Sie musste unwissentlich einen Mechanismus betätigt haben, denn plötzlich tat sich vor ihren Augen ein kleines Geheimfach auf. War etwas darin? Neugierig spähte sie hinein. Nein, leider nichts. Schade. Sie liebte Überraschungen dieser Art. Wie man das Fach wohl wieder verschwinden ließ?

Eine Weile bemühte sie sich, den ursprünglichen Zustand des Schränkchens wiederherzustellen, und gerade als sie dachte, es würde ihr nicht gelingen, fand sie den Knopf. Es war ein kleiner hölzerner Knopf, eher eine Taste, die so versteckt angebracht war, dass selbst die geschicktesten Finger sie nicht auf Anhieb entdecken konnten.

Alena überlegte, ob unter ihrer Habe etwas so wichtig war, dass es im Geheimen aufgehoben werden musste, aber ihr fiel nichts ein. So entleerte sie ihren Ranzen auf dem Bett, stellte die Bibel in ein Regal, verstaute ihre Wäsche in der Truhe und legte ihre Waschutensilien zu der Kruke und der Schüssel. Dann hielt sie inne. Weiter war im Augenblick nichts zu tun, denn Madame hatte ihr gesagt, für heute würde ihre Hilfe nicht mehr gebraucht, morgen früh allerdings gälte es, eine Reihe von Briefen zu schreiben.

Alena setzte sich auf das Bett. Gab es vielleicht doch etwas, das noch zu erledigen war? Beten? Singen? In der Bibel lesen? Sicher, die Exegese war ein ebenso angenehmer wie gottgefälliger Zeitvertreib, aber ihr stand nicht der Sinn danach. Sie erhob sich wieder und ging im Raum auf und ab. Bedauerlicherweise wies das einzige Fenster zum Hof hinaus und nicht zur Breiten Straße, wo jetzt gewiss das Leben pulsierte.

Alena stellte fest, dass sie sich nach Gesellschaft sehnte. Kurz entschlossen verließ sie ihren Raum, lief über den Gang und strebte der Etagenmitte zu, wo eine breite Treppe die verschiedenen Stockwerke miteinander verband. Mit raschen Sprüngen eilte sie nach unten zum Gesindeteil des großen Anwesens, denn sie hatte sich vorgenommen, Anni noch einmal einen Besuch abzustatten. Die Arme hatte so schwere Stunden hinter sich, dass ihr weiterer Zuspruch sicher willkommen sein würde. Und ein kleines Geschenk auch. Alena hielt die Flügelgestalt aus Speckstein, die sie Anni als Schutzengel übergeben wollte, fest in der Hand. Schutz und Glück, beides würde die junge Frau in der kommenden Zeit brauchen. Behutsam drückte sie die Türklinke zur kleinen Mägdekammer nach unten, schlüpfte mit einer anmutigen Bewegung in den Raum und flüsterte ins Halbdunkel hinein: »Heda, Anni, ich wollte noch einmal nach dir sehen, ich habe dir etwas mitgebracht.«

Anni antwortete nicht.

»Anni?«

Alena trat näher und sah, dass Anni fest schlief, die Hände auf der Brust gefaltet.

Sie zögerte.

Dann legte sie ihr den Schutzengel in die Hände und ging.

Selten hatte Klingenthal sich so unwohl gefühlt. Es war der Abend desselben Tages, und er befand sich in einem der Dienstbotenräume von Schloss Sanssouci. Helfer und Lakaien wuselten um ihn herum, betrachteten sein Äußeres, strichen ihm mehrfach über Wangen und Kinn, um das Ergebnis seiner Rasierbemühungen zu kontrollieren, zupften an dem Spitzenjabot, das sie ihm zusammen mit einem Seidenhemd und einer Weste verpasst hatten, überprüften mit wichtigtuerischer Miene die Form und den Sitz der Zopfperücke, die er trotz Gegenwehr tragen sollte, puderten diese zum wiederholten Male ein, sahen sich danach genötigt, den weißen Staub von den Schultern seines Gehrocks zu bürsten, und musterten ihn dabei vorwurfsvoll, als sei er es, der an den Puderwolken schuld war, parfümierten ihn ein, bis er nach Luft rang, brachten ihm kniehohe Seidenstrümpfe mit der Aufforderung, diese anzuziehen, auch wenn man sie unter dem Beinkleid nicht sehen würde, trugen sein Schuhwerk herbei, das so blank geputzt war, dass er sich darin spiegeln konnte, drehten ihn ein paarmal unter schärfster Beobachtung um die eigene Achse, erst links herum, dann rechts herum, und gaben ihn endlich – oh Wunder! – frei.

Klingenthal sah an sich herab. Das Einzige, was sie ihm gelassen hatten, war sein Gehrock aus Nankinett, vielleicht, weil er recht neu war und weil sich gegen das bewährte Baumwolltuch aus der chinesischen Stadt Nanking wenig sagen ließ. Einer der Diener, er mochte so etwas wie der Erste Lakai sein, beäugte ihn abschließend mit strenger Miene. Klingenthal kam sich vor wie ein Gaul auf dem Pferdemarkt und war froh, dass man ihm nicht auch noch ins Maul schaute. »Bin ich nun endlich fertig?«, knurrte er nicht eben freundlich.

»Erst wenn der Kammerhusar Strützky sein Einverständnis gibt«, kam es zurück.

Als hätte er auf sein Stichwort gewartet, betrat Strützky in diesem Augenblick den Raum, blieb vor Klingenthal stehen und tat das, was alle anderen vor ihm schon getan hatten. Er begutachtete Klingenthal von oben bis unten. Offenbar fand das, was er sah, vor seinem gestrengen Auge Gnade, denn er sagte: »So mag es gehen, Er wird sich von den anderen Herren nicht sehr *distinguiren.* Komme Er mit.«

Klingenthal schritt hinter Strützky hinaus in den Westflügel von Sanssouci, durchmaß zahlreiche Gänge und landete endlich in einem Vorraum, der zum Mittelpunkt des Schlosses führte. In dem Vorraum standen mehrere Herren, der Kleidung und dem Gehabe nach fast alles Adlige, und Strützky knickte förmlich vor ihnen zusammen, so tief war die Verbeugung, die er zelebrierte. »Hoheiten, Durchlauchten, Hochgeborene und verehrungswürdige Herrschaften«, sagte er mit tönender Stimme, »ich darf Euch bitten, Euer Augenmerk auf den Bauchredner Julius Klingenthal zu richten. Er ist ein Meister seines Fachs und wird auf besonderen Wunsch des Königs den heutigen Abend mit ihm und Euch verbringen.«

Die Herren waren so gnädig und nahmen Klingenthal ins Visier, sich räuspernd oder andere Laute der Überraschung ausstoßend, doch keiner konnte sich entschließen, die Tageszeit zu entbieten. Dafür waren sie zu vornehm.

Strützky schien das erwartet zu haben, denn er nahm Klingenthal beim Arm und steuerte ihn in die große elliptische Kuppelrotunde, die auch Marmorsaal genannt wird und den Mittelpunkt von Sanssouci bildet. Acht korinthische Säulenpaare aus Carraramarmor gaben ihr optisch wie statisch Halt, und die hohen Fenstertüren auf der Südseite sorgten bei Tage für gleichmäßig warmes Licht. Säulen, Böden, Wände, Fensterlaibungen und Statuennischen waren aus demselben Material und harmonierten aufs trefflichste miteinander – sowohl in den verspielten dekorativen Muschelformen als auch in den erdigen Farben, die durch einen über allem hängenden, leuchtenden Kristalllüster gut zur Entfaltung kamen. Unter diesem Kristalllüster, an einem ausladenden runden Tisch, saß Friedrich der Große.

Friedrich saß in der für ihn typischen Haltung, ein wenig schief, ein wenig nach vorn gekrümmt, den Kopf leicht nach unten geneigt, gerade so, als betrachte er angelegentlich das Muster im Damasttischtuch. Die unvermeidliche Schnupftabakdose sowie das spanische Röhrchen, von dem es hieß, er benutze es gelegentlich, um seinen über dem schweren Essen eingenickten Gästen eins überzuziehen, lagen in greifbarer Nähe.

Die Herren, die neben Strützky und Klingenthal eintraten, verharrten unschlüssig. Sie waren zwar zum König befohlen, hatten aber nicht damit gerechnet, dass dieser sie schon erwartete. Das war unüblich. Unüblich war auch, was jetzt geschah, denn Strützky wies jedem einzelnen Herrn dem Range nach seinen Platz zu, wobei er laut dessen Namen ausrief. »Marchese Lucchesini, wenn Eure Hoheit so freundlich sein wollen, Euch zur Rechten von Seiner Majestät zu setzen.« Girolamo Marchese Lucchesini, ein kleiner, drahtiger Italiener aus Lucca in der Toskana, galt als einer der engsten Vertrauten Friedrichs. Im Vollbewusstsein seiner exponierten Stellung trippelte er zu dem ihm angewiesenen Platz und rief Friedrich ein lebhaftes *»Buona sera!«* zu.

Der König sah kaum auf und antwortete: *»Bonsoir, mon cher.«* Es klang wie eine kleine Zurechtweisung, weil Lucchesini sich nicht des Französischen bedient hatte.

Strützky fuhr fort, seines Amtes zu walten. »Fürst Katusow! Ich darf Eure Durchlaucht bitten, links neben Seiner Majestät Platz zu nehmen.« Michail Fjodorowitsch Katusow, ein Adliger vom russischen Hofe, der zugleich Oberst eines Garderegiments war, setzte sich in Bewegung. Mit den schweren Schritten eines beleibten Mannes umrundete er den Tisch, verbeugte sich vor dem Preußenkönig und wartete ehrerbietig.

»Nun nehmt schon Platz, Katusow.« Friedrich klang etwas ungeduldig.

»*Oui,* Majestät, *merci bien* für die Einladung.« Das Französisch des russischen Obersten klang holprig und hart.

Nun war Strützky wieder dran: »Graf Søderborg, wenn Euer Hochgeboren so freundlich wären und als Nächster Platz nehmen würden? Immer im Uhrzeigersinn, wenn ich bitten darf.« Søderborg trat vor, ein wichtiges, um nicht zu sagen blasiertes Gesicht ziehend, und Klingenthal erkannte zu seinem Schrecken, dass er den Mann schon einmal gesehen hatte. Es handelte sich um niemand anderen als den Hochnäsigen vom Alten Markt, den der Schiffer so kräftig auf den Rammsporn genommen und des Furzens bezichtigt hatte.

Søderborg, ein Edler vom schwedischen Hofe, hatte den

Rock gewechselt und trug nun große Uniform, dunkelblau in der Grundfarbe, mit gelb abgesetzten Schulterklappen und Ärmelaufschlägen, dazu glänzend gewichste Kavalleriestiefel. Er nickte kurz, wie um zu zeigen, dass er verstanden hatte, stolzierte zu seinem Platz, setzte sich, nachdem er den König begrüßt hatte, und fuhr fort, hochnäsig dreinzublicken.

»Die Herren Hartmut von der Eich und Wilhelm von Karst!« Zwei gut aussehende Jünglinge lösten sich aus dem kleiner werdenden Pulk und begaben sich an ihre Plätze. Sie waren geschmackvoll und höfisch gekleidet und gehörten zu den Favoriten des Königs. Ihr Titel war Kammerjunker, und sie vertrieben ihm die Zeit mit fröhlichem Geplauder, besonders, nachdem er sich in aller Frühe von seinem Feldbett erhoben hatte; sie scherzten mit ihm, nahmen das Frühstück mit ihm ein und verließen ihn danach, damit er sich dem Ernst seiner Tagesgeschäfte widmen konnte. So trugen sie auf ihre Art zu seiner Erbauung bei.

Es folgte Professor Doktor Selle, der Leibarzt des Königs, der im Gegensatz zu den Kammerjunkern nicht im Schloss wohnte, sondern in Berlin, wo er ein Haus sein Eigen nannte. Selle war ein fülliger, rotgesichtiger Mann, der sein Amt überaus ernst nahm, was ihm aber wenig oder gar nichts nützte, denn der eigensinnige Friedrich schlug ärztliche Ratschläge gern in den Wind – besonders die, die einen mäßigen Fleischgenuss anmahnten – und aß am liebsten Fettes und Kräftiges vom Schwein oder Rind. Mit der Folge, dass die Gicht seinen Körper immer weiter niederzwang.

Charles Dantal schloss sich an, ein Mann von ähnlicher Jugendlichkeit wie die Kammerjunker, allerdings von filigranerer Statur. Dantal hatte eine knaben-, fast mädchenhafte Figur und war komplett in Schwarz gekleidet. Er hatte eine lange Nase, düstere Augen und einen wohlgeschwungenen Mund. Seine Aufgabe bei Hofe war die eines Vorlesers, die er jedoch erst seit kurzem wahrnahm. Er war sehr bemüht, dem König zu gefallen, denn seine Vorgänger hatten zu den Besten ihres Fachs gehört.

Der Letzte in der Reihe war Ehrenfried Quantz, ein Neffe des verstorbenen Flötenmeisters Johann Joachim Quantz. Der junge Quantz spielte ebenfalls die Querflöte, wusste besonders in den Adagios zu gefallen, konnte es aber mit seinem berühmten Onkel, der zu seinen Lebzeiten über dreihundert Flötenkonzerte komponiert hatte, keinesfalls aufnehmen. Dennoch hatte Friedrich ihn an seinen Hof geholt, vielleicht aus alter Verbundenheit, vielleicht auch aus Wehmut, denn Friedrich war schon seit Jahren nicht mehr in der Lage, das geliebte Instrument selbst zu spielen – die Vorderzähne fehlten ihm.

Strützky wies auf einen Platz, der frei geblieben war und sich genau gegenüber dem des Königs befand. »Und hier sollt Ihr sitzen, Meister Klingenthal.« Dann, lauter werdend: »Ich darf mich nun empfehlen, ich muss, wenn die hochgeschätzten Herrschaften gestatten, ein Auge auf die Küche haben.«

Strützky verschwand und hinterließ eine gewisse Leere, denn niemand am Tisch wusste, warum er eingeladen worden war. Friedrich schien sich noch immer mit dem Muster der Tischdecke zu beschäftigen – vielleicht auch mit den Intarsien seiner Schnupftabakdose –, und die Gäste starrten Löcher in die Luft. Keiner traute sich, das Wort zu ergreifen.

Zwei Diener kamen und kümmerten sich um die Kerzen auf dem großen Tisch. Immer wieder war es nötig, die Dochte mit einer speziellen Putzschere zu kürzen, weil sich sonst qualmende Rußpilze bildeten. Friedrich hatte zwar Anweisung gegeben, die Kerzen vor dem Anzünden immer so zu präparieren, dass sie mindestens eine Stunde lang nicht behandelt werden mussten, aber wo Menschen arbeiteten, da passierten Fehler, und die beiden Diener waren nur Menschen. Als sie ihre Tätigkeit endlich beendet hatten, brach Friedrich das allgemeine Schweigen und sagte: »Nun schert euch fort, ihr Kerls! Ihr habt vergessen, die Kerzen zu schneuzen. Seid froh, dass ich euch nicht zur Infanterie schicke.«

Die beiden machten, dass sie aus dem Saal kamen, rückwärts gehend und sich ständig verbeugend.

Katusow, der Russe, gestattete sich ein Lachen. Es klang, als gurgele ein Gaul, ungehemmt, aus tiefster Kehle. »Wenn Ihr die beiden entbehren könnt, Majestät, in meinem Regiment ist immer Platz für tüchtige Burschen.«

»Wenn sie denn tüchtig wären.« Friedrich klang etwas säuerlich.

Wieder breitete sich Stille aus.

Der junge Quantz räusperte sich. »Wenn Majestät mögen, gebe ich gern ein kleines Solo zum Besten, ich dachte dabei an eine Eurer Flötensonaten …«

»Nein!«

Quantz schwieg betreten.

Friedrich sprach weiter: »Meine Herren, Ihr fragt Euch wohl, warum ich Euch gebeten habe, hier zu erscheinen. Keine Sorge, ich *intendire* nicht, Euch zu langweilen. Der Grund ist das Datum des heutigen Tags. Wir schreiben den 21. November – ich hatte Gelegenheit, mich heute daran zu erinnern –, und heute, am 21. November, wäre mein geschätzter, seelenverwandter Freund Voltaire neunzig Jahre alt geworden. Er liebte wie ich die Philosophie, doch wo bei ihm Genie war, ist bei mir nur das Bemühen, weise zu werden, wenn ich es vermag. Er war ein *ingenieuser* Schöpfer. Immerhin bin ich nicht so dünkelhaft und verblendet, mich für einen Weisen zu halten. Wie dem auch sei, Voltaires wegen will ich die Tafelrunde, die er so oft mit seinem Geist und seiner scharfen Zunge bereicherte, noch einmal aufleben lassen.«

»Oh!« Dieser Ausruf entfuhr dem Marchese Lucchesini, dem vielleicht als Einzigem in diesem Augenblick klar war, welch schwieriges Unterfangen das sein würde. Nicht nur, weil man Vergangenes ruhen lassen sollte, sondern auch, weil die Zeit eines Mylord Marishal, General von Stille, Feldmarschall Keith, Graf Algarotti, Graf Rothenburg und anderer längst vorbei war. Neue Männer, neue Vertraute waren an die Seite des Königs getreten, keinesfalls schlechtere, aber eben andere, und Lucchesini befürchtete zu Recht, dass sie im milden Licht der Erinnerung einem Vergleich mit den Vorgenannten nicht standhalten würden.

»Was meint Ihr mit ›Oh!‹?«, fragte Friedrich scharf.

»Oh? Oh, nichts weiter.« Der kleine Italiener zog die Schultern hoch und breitete entschuldigend die Hände aus. »Die Tafelrunde, die liegt doch so lange zurück.«

»Trotzdem war sie eine segensreiche Einrichtung«, beharrte Friedrich. »Es ging um Kunst, Literatur und Philosophie und manchmal auch um Staatsangelegenheiten. Immer aber herrschte eine entspannte Atmosphäre, Scherze flogen hin und her, es wurde viel gelacht, was nicht zuletzt Voltaire zu verdanken war.«

Graf Søderborg runzelte die Brauen und sagte näselnd: »Damals waren die Zeiten auch besser, Sire. Heute, bei der politischen Lage …«

»Pah!«, unterbrach ihn Friedrich. »Ihr vergesst wohl,

dass sechsundfünfzig der Siebenjährige Krieg losbrach? *Non-sens!*«

Klingenthal, der das Geschehen aufmerksam verfolgt hatte, sah, wie Søderborg unter der Zurechtweisung zusammenzuckte. Der Blick des Schweden wurde starr und kreuzte dann – Zufall oder Absicht – den seinen. Klingenthal glaubte, so etwas wie Hass darin zu erkennen. Noch ehe er sich weiter Gedanken darüber machen konnte, hörte er die beschwichtigende Stimme von Professor Selle: »Heute sind die Zeiten nicht minder gefährlich, hochverehrte Herren, auch wenn unser Preußen sich seit Jahren nicht im Krieg befindet. Gottlob, wie ich hinzufügen möchte. Ich finde, es ist eine wunderbare Idee, die Runde wieder aufleben zu lassen, und fühle mich geehrt, daran teilnehmen zu dürfen«

Charles Dantal, der Vorleser, nickte und sagte mit wichtiger Miene: »Die letzte der berühmten Tafelrunden fand, glaube ich, Mitte der fünfziger Jahre statt.«

Niemand ging auf ihn ein. Stattdessen meinte Friedrich: »Ich darf Euch, meine Herren, an den Kartoffelkrieg 78/79 erinnern.«

»Ihr meint den Bayerischen Erbfolgekrieg, Sire?«, vergewisserte sich Dantal.

»Welchen sonst? So lange liegt er ja noch nicht zurück!«

»Gewiss, Sire«, beschwichtigte der Vorleser. »Ich weiß nur nicht, warum der Krieg ›Kartoffelkrieg‹ genannt wird.«

»Weil es hüben wie drüben nichts zu beißen gab, nichts außer Kartoffeln. Egal, jedenfalls wollte Joseph II., dieser Hundsfott, sich das Kurfürstentum Bayern einverleiben, man stelle sich vor! Wenn ihm das gelungen wäre, würde Österreich uns heute noch näher auf der Pelle sitzen. Na, am Ende hat er ja klein beigegeben.«

»Gott sei Dank, wie ich hinzufügen möchte!« Professor Selle sprach im Brustton der Überzeugung.

Friedrich war noch nicht fertig: »Aus Wien ist noch nie etwas Gutes gekommen. Das war im Ersten Schlesischen Krieg so, das war im Zweiten Schlesischen Krieg so, das war im Dritten Schlesischen Krieg, den ich lieber den Siebenjährigen Krieg nenne, so, und das war im Kartoffelkrieg nicht anders. Die Österreicher sind ein *infames* Pack, die Männer gemein, unberechenbar, die Frauen allesamt Katzen. ›Hüte dich vor den Katzen, die vorn lecken und hinten kratzen‹, so heißt es. Sie sind verschwenderisch und prunksüchtig. Man denke nur an Marie-Antoinette, die Tochter von Maria-Theresia, der Hure. Wenn sie so weitermacht, bringt sie ihren Sechzehnten Ludwig noch an den Bettelstab. Dabei sehen Kleider doch alle gleich aus, eines wie das andere. Pah, Weiber! Was sie heute ein Schlafhemd nennen, tragen sie morgen zum Tanze und umgekehrt.«

Professor Selle lachte pflichtschuldigst. Lucchesini und Katusow fielen ein, Søderborgs Mundwinkel zuckten. Dantal versuchte zu scherzen: »Wir Männer sollten den Herrgott bitten, uns die Rippe, aus der er die Frau erschuf, zurückzugeben, fürwahr, ohne Frauen wäre vieles leichter.«

Beifallheischend blickte er in die Runde, doch Katusow protestierte augenzwinkernd: »Vieles, ja, aber das Eine, das würde uns abgehen. Vergesst das nicht.«

Die Kammerjunker von der Eich und von Karst stießen sich an und kicherten unterdrückt.

Friedrich ging nicht darauf ein. »Die Bibel *tangirt* mich nicht sonderlich, wie Ihr wisst, meine Herren, aber eines steht darin, das niemals vergessen werden darf: *Das Weib soll dem Manne untertan sein.* Kolosserbrief, wenn ich mich nicht irre.«

»Sire, Ihr irrt Euch nicht«, sagte Selle. »Aber darf ich Euch mit Paracelsus antworten? Sein Lebensmotto war: ›*Alterius non sit qui suus esse potest*‹, was sich sogar mit einem Reim übersetzen lässt:

Wer sein eigener Herr sein kann,
soll keinem anderen hangen an.«

»Das sind Windbeuteleien!« Friedrich wischte die Rede wie eine Fliege beiseite. »Faktum ist, dass ein *convenables* Gespräch nur unter Männern möglich ist, weshalb die Tafelrunde auch nur aus Männern bestand, ausnahmslos. Und Faktum ist ebenso, dass ich der König bin, auch wenn ich darum kein Aufhebens mache. Bei mir kann jeder glauben, was er will, und schreiben, was er denkt.«

Graf Søderborg hüstelte dezent, es war das Äußerste, was er sich an Kritik erlauben durfte, denn was Friedrich soeben verkündet hatte, entsprach nicht unbedingt den Tatsachen. Zwar hatte er nichts gegen Andersgläubige, aber bei Juden dachte er nicht so freizügig, was sich allein schon darin ausdrückte, dass ihr Zuzug nach Potsdam und Berlin streng reglementiert war. Ähnliches galt auch für die Presse, der er zwar versichert hatte, sie solle *nicht geniret werden,* doch endete seine Toleranz da, wo die politischen Seiten begannen. Über Angelegenheiten des Staates sollten weder die *Berlinische Monatsschrift* noch die *Berlinischen Nachrichten,* noch andere berichten, da es ihnen nach seiner Meinung an der vollständigen Kenntnis der Umstände und Motive fehlte.

Graf Søderborg räusperte sich erneut und sagte ein wenig geziert: »Sire, wir in Schweden haben schon seit 1766 die Pressefreiheit, die *Tryckfrihetsförordningen,* wie wir sie nennen.«

»Was ist das schon für eine Freiheit, wenn jeder Schmierpinsel schreiben darf, was ihm passt! Ich sage Euch, es muss immer einen geben, der den anderen sagt, was Order ist. Stellt Euch vor, es gäbe keine Kommandeure mehr! Die Truppe wäre nur noch ein hilfloser, heilloser Haufen und ein gefundenes Fressen für den Feind. Nein, nein, Søderborg, einer muss lenken, und die anderen müssen parieren.«

»Jawohl, Sire.«

»Gibt es hier eigentlich nichts zu trinken?« Mit dieser Frage versuchte Katusow, das Gespräch in weniger delikate Bahnen zu lenken.

Friedrich tat ihm den Gefallen und ging darauf ein. »Strützky wird gleich auftischen lassen. Ich habe ihm für heute Abend die Verantwortung übertragen. Es gibt eine kräftige Kartoffelsuppe und einen braven Riesling.«

»Kartoffelsuppe?« Katusows Kinnlade fiel herab. Er hatte gehofft, sich mindestens an einem Fünf-Gänge-Menü delektieren zu können.

»Mögt Ihr keine Kartoffelsuppe?«, fragte Friedrich trocken. »Es sind Fleischklößchen drin.«

»Doch, doch, in Russland gibt es ähnliche Gerichte«, beeilte sich Katusow zu versichern.

»In Schweden auch«, schloss sich Søderborg geschmeidig an. »Aber wenn wir schon von Kartoffeln sprechen, Sire, gestattet mir, dass ich noch einmal auf den Kartoffelkrieg zurückkomme: Es sollte mich wundern, wenn Joseph II. nicht weiterhin nach Bayern schielt. Meint Ihr nicht, dass diese leidige Angelegenheit endgültig aus der Welt zu schaffen wäre, wenn Ihr mit dem Kaiser, äh« – Søderborg hüstelte dezent –, »einmal unter vier Augen sprechen würdet? Sozusagen unter Männern?«

»Pah, mit Joseph, diesem Knurrhahn und Sturkopf? Der

ist wie alle Habsburger. Eher gelingt es, ein Holz gegen den Strich zu brechen, als dass der zur Vernunft kommt!«

»Traurig, traurig.« Nun sprach wieder Katusow. »Sire, wenn mit dem Kaiser nicht zu reden ist, wie wäre es, wenn Ihr mit anderen verhandeln würdet?«

»Wie meint Ihr das?« Friedrich starrte auf das Damasttischtuch, als gäbe es nichts Wichtigeres auf der Welt.

»Nun.« Katusow zögerte. Das Thema, welches er ansprechen wollte, war nicht ohne Brisanz. »Man hört dies und das, unter anderem, dass schon im letzten Jahr Pläne zur Gründung eines Fürstenbundes, gebildet aus einigen Reichsständen, bestanden.«

Friedrich schwieg. Und weil er schwieg, traute Katusow sich, weiterzureden: »Wenn es gelänge, einen Fürstenbund zu bilden, könntet Ihr die antihabsburgisch denkenden Reichsstände enger an Euch binden ...«

»... was automatisch eine Schwächung des Kaisers nach sich zöge«, ergänzte Søderborg. »Wenn Ihr mich fragt, Sire, könnten Gespräche mit den Kurfürsten von Hannover und Sachsen durchaus von Nutzen sein.«

Friedrich schien tief in Gedanken versunken, er starrte weiter vor sich hin und sagte schließlich: »Wenn ich mich nicht irre, seid Ihr, mein lieber Katusow, ein Russe und Ihr, mein lieber Søderborg, ein Schwede. Ich frage mich, was Ihr, vielleicht sollte ich besser sagen: Euer Land, davon hätte, wenn Preußen auf Kosten von Österreich weiter erstarkte? Nein, nein, Ihr braucht mir nicht zu antworten. Mein lieber Lucchesini, Ihr habt Euch noch gar nicht zu diesem Thema geäußert. Wie ist Eure Meinung?«

»Meine Meinung?« Der kleine Italiener trommelte mit den Fingern auf dem Tischtuch. Dann spitzte er die Lippen und machte eine entsagende Geste: »Ich habe keine, Sire.

Ich kenne die Hintergründe der hohen Politik zu wenig, um mir eine zu bilden. Wenn überhaupt, kann Euch nur mein gesunder Menschenverstand antworten, und der denkt, um es frei von der Leber weg zu sagen, dass dieses Thema streng vertraulich behandelt werden sollte und nicht an diesen Tisch gehört.«

»Bravo!«, rief Friedrich laut. »Bravo! Das ist genau meine Meinung.«

Alle am Tisch schreckten auf. Aber nicht wegen des lauten Ausrufs, sondern weil Friedrichs Stimme ganz offenkundig nicht von ihm kam. Sie kam von der anderen Seite des Saals. Alle Köpfe drehten sich abrupt in diese Richtung, und die gesamte Runde erblickte in einer der Flügeltüren – die Gestalt Friedrichs des Großen.

Er war es, ganz ohne Zweifel, denn er setzte sich in Bewegung und trat an den Tisch neben sich selbst, genauer: neben die Puppe, der Klingenthal die ganze Zeit Friedrichs Stimme geliehen hatte. »Ich hätte nicht gedacht, dass Ihr, meine Herren, Euch von einer Stofffigur aufs Glatteis führen lasst. Aber es ist so. Wahrscheinlich, weil jeder von Euch viel zu sehr mit seinen eigenen Angelegenheiten beschäftigt war. Dennoch gebührt Meister Klingenthal höchstes Lob für seine Leistung. Ich bin ihm sehr zu Dank verpflichtet.«

»Sire, wir …«, begann Søderborg, der sich als Erster von dem Schreck erholt hatte, aber Friedrichs erhobene Hand gebot ihm Einhalt. »Wenn Ihr Strützky am Anfang zugehört hättet, wüsstet Ihr, dass Julius Klingenthal ein Meister im Ventriloquieren ist, und Ihr hättet Euch vielleicht gefragt, warum er hier ist. Das tatet Ihr nicht, weil Ihr ihn nicht auf der Rechnung hattet. Merkt Euch: Man soll die Leute niemals unterschätzen, das gilt im Übrigen auch für mich. Ich habe heute Abend aufmerksam zugehört und viel erfahren.« Friedrich machte eine bedeutungsvolle Pause. »Sehr viel erfahren.«

»U… und die Tafelrunde?«, fragte Katusow, dem das alles ein wenig zu schnell ging.

»Ist hiermit aufgehoben. Sie war nur ein Experiment. Ich wünsche den Herren einen guten Heimweg und eine gute Nacht.«

Friedrich knallte seinen Krückstock auf den Marmorboden und ging.

Da wird sein …

Invitation

Madame de Chattemont,
Begründerin und Mecenatin des
Collegium Artis
wäre entzückt über die Ehre Eures Besuchs
anlässlich einer Soiree
am Sonnabend, den 4ten Dezbr. 1784,
8 Uhr am Abend.
Die Beiträge werden stehen
unter dem Motto
»Magie oder Nichtmagie?«
und wie immer stattfinden im
Palais Chattemont,
Breite Straße Numero 11 zu Potsdam

»Eine solche Einladung müsst Ihr einunddreißig Mal schreiben, denn ich erwarte einunddreißig Gäste«, sagte Madame de Chattemont zu Alena am Montagmorgen. »Traut Ihr Euch das zu?«

»Gewiss, Madame«, sagte Alena, die ihrer neuen Herrin wie am Tag zuvor in deren Arbeitszimmer gegenübersaß.

»Das freut mich. Ich bitte mir aus, dass die *Billetts* in schönster Schrift angefertigt werden und selbstverständlich fehlerlos sind, damit die Empfänger nur den besten Eindruck von der Absenderin haben. Bitte lasst unten auf dem Blatt ein wenig Platz, damit Ihr noch die Zeile *um Antwort wird gebeten bis«* – Madame de Chattemont überlegte kurz – *»zum 30. November* einfügen könnt. Ach ja, und denkt daran, dass ich auch noch unterschreiben muss.«

»Jawohl, Madame.«

»Schön, ich habe hier eine Liste vorbereitet. Ihr werdet darauf die Namen der Teilnehmer und die dazugehörige Adresse finden. Den Namen schreibt Ihr hinter die Zeile *Invitation*. Also, zum Exempel:

Invitation Herr Generalmajor von Abraham.

Oder besser:

Invitation für Herrn Generalmajor von Abraham,

das klingt persönlicher. Anschließend steckt Ihr das von mir unterschriebene *Billett* in ein Couvert, verseht dieses nochmals mit Namen und Adresse und lasst es per Boten zum Empfänger bringen. Als Boten könnt Ihr Göttsche, meinen Kutscher, nehmen. Habt Ihr alles verstanden?«

»Jawohl, Madame.« Alena studierte flüchtig die Liste und wunderte sich. Auf ihr standen ausschließlich Männernamen. »Ladet Ihr keine Damen ein?«, fragte sie.

»Niemals«, antwortete Madame entschieden. »Die Treffen bei mir sind keine Veranstaltungen im üblichen Sinne, keine Kammermusikabende, keine Theateraufführungen, keine Plauderstündchen, es sind Zusammenkünfte, deren Inhalt sich ausschließlich nach dem Geschmack des starken Geschlechts ausrichtet.«

Alena tat, als verstehe sie.

»Männer sind gerne unter Männern, müsst Ihr wissen. Sie sind dann entspannter, ungehemmter und müssen nicht ständig Angst haben, etwas Falsches zu sagen und dafür von ihren Frauen eins auf die Finger zu kriegen.«

Jetzt verstand Alena. Immerhin blieb die Frage, warum Madame es nur den Männern recht machen wollte. Und nicht den Frauen. Sie schaute noch einmal auf den Einladungstext. »Darf ich erfahren, was sich hinter dem Motto *Magie oder Nichtmagie?* verbirgt?«

Madame lachte. »Das möchtet Ihr wohl wissen, wie? Nun, über den Leitfaden des jeweiligen Abends spreche ich normalerweise nie, aber bei Euch will ich kein Geheimnis daraus machen. Ihr werdet es nicht weitersagen. *Magie oder Nichtmagie?* ist ein Motto, über das ich lange nachgedacht habe. Es versucht, ein Thema aufzunehmen, das heute Gegenstand vieler Salongespräche ist, nämlich: Welche Erscheinungen oder Phänomene können mit den Mitteln der modernen Wissenschaft erklärt werden und welche nicht? Was ist Scharlatanerie und was ist Wirklichkeit? Ist alles Unerklärliche automatisch Zauberei? Und wenn das Unerklärliche weder Scharlatanerie noch Wirklichkeit ist, was ist es dann? Ist es vielleicht göttlich? Kurzum: Was ist Magie und was ist Nichtmagie?«

»Ein schwieriges Thema«, sagte Alena.

»Ein trockenes sogar!« Wieder lachte Madame. »Aber in diesem Fall erhoffe ich mir gute Unterhaltung für meine Gäste, denn ich habe mit viel Mühe und noch mehr Geld drei Herren gewinnen können, die an diesem Abend referieren werden. Der eine will den Beweis antreten, dass die Suche nach Wasser mit Hilfe einer Wünschelrute stets erfolgreich ist, der andere wird über eine Kreatur sprechen, von der niemand bis heute weiß, ob sie Fisch, Vogel oder Säugetier ist, und der Dritte wird Pflanzen präsentieren, die seit über siebenhundert Jahren im Besitz seiner Familie sind und deren Alter er auf über hunderttausend Jahre schätzt.«

Alenas Augen leuchteten. »Donnerwetter, darüber würde auch ich gern mehr wissen.«

»Wartet bis zum vierten Dezember. Als meine *Secrétaire* werdet Ihr an dem Abend dabei sein können. Es wird bestimmt hochinteressant. Diesmal ist es so, dass ich das Motto nach den Referaten bestimmt habe. Manchmal aber ist es auch umgekehrt: Dann fällt mir ein gutes Motto ein, und ich versuche, die Referate danach auszurichten. Egal wie, es ist immer wieder aufregend. Man weiß nie, ob der Abend ein Erfolg wird. Ich muss gestehen, dass ich schon jetzt etwas unruhig bin, aber zum Glück habe ich ja meine Tropfen.«

Madame griff in die Schublade ihres Schreibtischs und holte ein Fläschchen hervor. Sie schraubte es auf, tröpfelte die darin enthaltene Flüssigkeit auf einen Löffel und nahm die Arznei ein. *»Rapp'sche Beruhigungstropfen«*, sagte sie wie zu sich selbst. »Es gibt nichts Besseres gegen Unruhe und Unrast.« Dann wieder lauter: »Ich lasse Euch jetzt allein. Ich erwarte, dass alle *Billetts* spätestens heute Abend bei ihrem Empfänger sind. Kann ich mich darauf verlassen?«

»Jawohl, Madame, das schaffe ich.«

Madame rauschte hinaus.

Alena saß an dem Schreibtisch und dachte, dass sie sich sputen musste, wollte sie das ganze Pensum bis zum Abend schaffen. Sie beschloss, sämtliche Utensilien in ihr Zimmer zu bringen, um dort an dem kleinen Schreibschränkchen zu arbeiten. Sie nahm die Vorlage, die Papierbögen, die Liste mit den Namen und wollte sich erheben, da fiel ihr Blick abermals auf das Fläschchen mit den Beruhigungstropfen. Neugierig ergriff sie es und las:

Original

Rapp'sche Beruhigungstropfen

werden seit Jahrzehnten nach der Theorie des Goldenen Schnitts aufbereitet – einer geometrischen Verhältnismäßigkeit, die wie folgt in den Pflanzenbereich übertragen wurde: 1 Teil Melisse, 1 Teil Kampfer, 2 Teile Passiflora, 3 Teile Hopfen und 5 Teile Baldrian. Bei dieser Reihung bildet sich jede Zahl durch die Summe der beiden vorhergehenden. Dem interessierten Patienten sei gesagt, dass sie auch Fibonacci-Folge genannt wird, nach dem italienischen Mathematiker Fibonacci. Teilt man jede Zahl durch die nächstfolgende, nähert man sich dem Wert von 0,618 und damit der magischen Zahl des Goldenen Schnitts.

Ganz unten auf dem Etikett las sie noch einen Hinweis:

Nach dem Hamburger Apotecarius *Teodorus Rapp (1672 bis 1764), dem Erfinder der Tropfen, ist die Harmonie der Teile, die dem Auge guttut, gleichermaßen wirksam bei vielerlei Drogen.*

Alena stellte das Fläschchen zurück und wunderte sich. Madame de Chattemont hatte keinen sonderlich angespannten Eindruck gemacht, als sie die Tropfen einnahm. Glaubte sie vielleicht an eine magische Wirkung derselben? An Magie? *Magie oder Nichtmagie?* Andererseits war sie eine Dame der Gesellschaft mit vielen Terminen und Verpflichtungen. Niemand konnte wissen, was sich in ihrem Inneren abspielte. Vielleicht steckte unter der äußerlichen Gelassenheit eine nervöse, schutzbedürftige Frau?

Alena schob den Gedanken beiseite, denn er führte zu

nichts. Außerdem hatte sie jetzt anderes zu tun, als sich mit dem Seelenleben der Gnädigsten zu beschäftigen. Die Gnädigste hatte ihr eine Aufgabe zugeteilt, die erste überhaupt, und diese Aufgabe galt es, ohne Fehl und Tadel zu bewältigen.

Alena beschloss, ein paar der *Billetts* zunächst zur Probe zu schreiben, damit das Endergebnis dann umso besser gelänge.

Charles Dantal arbeitete schon einige Monate in Potsdam bei Hofe, doch in dieser Zeit war er kaum in die Stadt gekommen, weil der König auf ständige Verfügbarkeit seines Vorlesers pochte. Er verlangte, dass Dantal zu jeder Stunde bereit war, ihn zu zerstreuen.

Umso froher war Dantal deshalb gewesen, als er am heutigen Morgen, man schrieb den 2. Dezember, eine Einladung zu einer gewissen Madame de Chattemont erhalten hatte und dieser auch Folge leisten konnte, da der König zur angegebenen Zeit im Berliner Stadtschloss weilen wollte und ihn dort nicht brauchen würde.

Nun stand er mit klopfendem Herzen vor dem imposanten Anwesen von Madame und fragte sich, was ihn erwartete. Er kannte sie nicht, und er war sicher, dass auch sie ihn nicht kannte. Doch Dantal hatte keine Zeit für lange Grübeleien, denn schon öffnete sich die Tür, Ludolf, der alte Diener, erschien und fragte, was er wünsche. Dantal übergab seine Karte und fasste sich in Geduld, bis Ludolf wieder erschien. »Madame lässt bitten«, sagte er mit gemessener Stimme und ging voran. Dantal folgte ihm und dachte, dass die Hausherrin nicht zu den Ärmsten im

Lande zählen konnte, dafür sprach allein schon die kostbare Livree des Dieners, der schnurstracks und wortlos in die Beletage hinaufstieg. Dort angekommen, sah Dantal sich um und rechnete damit, in einen Empfangssalon oder Ähnliches geführt zu werden, aber seine Vermutung erwies sich als falsch, denn Ludolf schritt zielstrebig weiter, erklomm die Treppe zum zweiten Stock und blieb endlich vor einer eingestaubten Tür stehen. »Äh …«, sagte er. »Madame wird Euch in einer etwas ungewöhnlichen Atmosphäre empfangen. Wundert Euch also nicht. Ich darf bitten.«

Er öffnete die Tür, und Dantal betrat einen Raum, der mit einem Empfangssalon nicht die geringste Ähnlichkeit aufwies, sondern eher an eine Werkstatt erinnerte. Große Arbeitstische standen darin, dazu Statuen, Büsten und Torsi aller Art, teilweise fertig, teilweise nicht, ferner Säcke mit Gipspulver, Sandsteinblöcke, Wachsplastiken, schwere Holzkisten und mancherlei mehr. Über allem lag eine feine Schicht von Staub. Kein Zweifel, er war in das Atelier eines Bildhauers geraten.

»Wie reizend, dass Ihr meiner Einladung gefolgt seid«, ertönte eine Stimme aus der anderen Ecke des Raums. Dantal wandte sich um und hielt den Atem an. Der Bildhauer hatte sich als Bildhauerin entpuppt, und zwar als eine atemberaubend schöne. Er hatte eine Frau in mittleren Jahren erwartet, schon etwas verwelkt, kostbar gewandet und reifberockt, mit hochgedrechselter Frisur, doch was er sah, war gänzlich anders: Er sah eine Frau, so jung, dass sie fast noch als Mädchen durchging, mit schlanker Figur und dichten blonden Haaren. Die Haare hatte sie hinten am Kopf zusammengesteckt, damit ihre Länge nicht bei der künstlerischen Arbeit störte, doch dies zu erkennen war Dantal kaum in der Lage, zu sehr fesselte ihn der Anblick des Gesichts. Er war sicher, niemals zuvor eine so schöne Frau gesehen zu haben. Daran änderten auch die einfache weiße Arbeitsjacke und die ebensofarbene Hose nichts, in denen sie steckte.

»Ich bin Madame de Chattemont«, sagte die Schönheit lächelnd, »und Ihr seid sicher Monsieur Charles Dantal, der Vorleser von Seiner Majestät.«

»J... Jawohl«, stotterte Dantal, der sich einerseits über die Herzlichkeit freute, mit der er empfangen wurde, sich andererseits aber über seine Verwirrtheit ärgerte.

»Es muss wundervoll sein, dem König täglich so nahe zu sein und ihm vorlesen zu dürfen.« Madame strahlte.

»Ja, sicher«, sagte Dantal etwas lahm.

»Der König ist bestimmt ein aufmerksamer und kundiger Zuhörer. Was lest Ihr ihm denn vor?«

»Oh, hm, das ist sehr unterschiedlich.«

»Verratet es mir. Sagt mir, was er am liebsten hört. Oder dürft Ihr das nicht?«

»Doch, doch, ich glaube nicht, dass Seine Majestät etwas dagegen hätte.«

»Und?« Madame lächelte ihn an.

»Und was?« Dantal merkte, dass er noch immer Schwierigkeiten hatte, sich auf das Gespräch zu konzentrieren. »Ach so, ja, nun: Der König liebt besonders die *Geschichte des römischen Altertums* von Rollin, auch die *Weltchronik* von Diodor.« Er zog die Stirn in Falten, dachte einen Augenblick nach und fügte dann hinzu: »Und *Alexanders Leben* von Curtius. Nicht zu vergessen Diderot, der in diesem Jahr leider verstarb.«

»Wie wundervoll.« Madame lächelte weiterhin, aber irgendwie hatte Dantal das Gefühl, als hätte sie noch nie in ihrem Leben von Diderot und den anderen Schriftstellern gehört.

»Wie wundervoll«, wiederholte Madame, deren Augen wie zwei Seen waren, in denen Dantal zu ertrinken drohte. »Und was hält der König von Goethe? *Die Leiden des jungen Werthers* ist ein Roman, den ich geradezu verschlungen habe. Auch Klopstock ist wunderbar.«

»Gewiss, gewiss.«

»Und nichts geht über Schillers *Räuber.* Ein unsterbliches Werk!«

»Das in den Augen des Königs jedoch kaum Gnade findet«, wagte Dantal zu widersprechen. »Wenn Ihr nach seinem Geschmack fragt, so muss ich Euch sagen, dass dieser, nun, eher klassisch beeinflusst ist: Goethe, Schiller, Herder, Wieland, Claudius, und wie sie alle heißen, erfreuen sich bei ihm keiner großen Beliebtheit.« Er machte eine Pause und dachte daran, wie gotteslästerlich der Alte Fritz häufig über die jungen Dichter herzog, und fügte hinzu: »Gelinde gesagt.«

»Der König hat sicher einen unfehlbaren Geschmack.«

»Der König sagt, er unterhält sich mit den Toten, indem er ihre guten Werke liest.«

»Aha, wie interessant.« Madame schien nicht recht zu wissen, was sie sagen sollte. Dantal registrierte es und fühlte sich etwas sicherer. Doch sollte dieses Gefühl nicht von langer Dauer sein, denn schon blickte die Hausherrin ihn wieder mit ihren blauen Augen an und sagte mit schelmischem Unterton: »Zum Glück heiße ich nicht Goethe oder Schiller, und Schreiben gehört ebenfalls nicht zu meinen Leidenschaften. Ich widme mich lieber der Bildhauerei, wie Ihr seht. Dies ist mein Atelier, und alles, was hier steht, wurde von mir erschaffen.«

Dantal blickte in die Runde und betrachtete zum ersten Mal bewusst die Werke von Madame. Er verstand nicht viel von der Bildhauerei, doch so viel glaubte er zu erkennen: Die Werke waren allesamt von Laienhand erschaffen. »Sehr schön«, sagte er, und weil er höflich sein wollte, fügte er noch ein *»exquis, exquis«* hinzu.

»Mein neuestes Projekt ist der David von Michelangelo, natürlich nicht in Originalgröße. Ich werde ihn aus Tonsandstein modellieren. Tonsandstein ist nicht so hart wie Quarzsandstein, wisst Ihr. Es arbeitet sich leichter mit ihm. Seht nur, was der böse Quarzsandstein mit meinen Händen gemacht hat.« Madame streckte Dantal ihre Hände hin. »Sehen sie nicht schrecklich aus?«

Das fand Dantal gar nicht. Noch nie hatte er so wohlgeformte Finger, so makellose Nägel und so samtige Haut gesehen. »Tja, nun«, war alles, was er herausbrachte.

»Nehmt sie ruhig in Eure Hände, dann werdet Ihr spüren, wie rauh und rissig sie sind.«

Es blieb Dantal nichts anderes übrig, als zu gehorchen. Er nahm Madames Hände, die alles andere als rauh und rissig waren, und ein Schauer der Erregung durchfuhr ihn.

»Spürt Ihr es?«

»Tja, nun«, murmelte Dantal erneut und schalt sich selbst für seine Hilflosigkeit, aber er genoss den Augenblick, und er glaubte, ein Stückchen des Himmels zu erfassen. Noch nie in seinem Leben hatte er etwas so genossen wie die Zartheit der Hände von Madame.

»Ihr glaubt gar nicht, was eine Bildhauerin alles schleppen muss! Sicher, ich habe Diener, doch sie sind allesamt ungeschickt und unbotmäßig. Mein Geld nehmen sie gern, aber als die Arbeit verteilt wurde, war keiner von ihnen da, der ›Hier!‹ gerufen hätte. Seht nur die Holzkiste dort links, in ihr befand sich der Steinblock für den David. Ich musste die Kiste selbst an ihren Platz schieben und habe mir dabei fast einen Bruch zugezogen.«

Madame ging auf die Transportkiste zu, und Dantal folgte ihr wie ein Hund an der Leine, denn plötzlich war es so, dass nicht mehr er ihre Hände hielt, sondern sie die seinen. Wie war das geschehen? Er konnte es sich nicht erklären. Madame nahm auf einer Bank vor der Kiste Platz und zog Dantal neben sich, wobei sie ihn für einen Augenblick freigab, ihn aber dann, mit der natürlichsten Bewegung von der Welt, umarmte.

»Madame, Madame! Ich …«

»Ich weiß, Ihr wundert Euch, dass die Kiste nicht wie eine Transportkiste aussieht. Nun, ich gebe zu, sie gleicht in der Form eher einem Sarg, der mit violettem Atlas ausgeschlagen und mit Decken und Kissen ausgestattet wurde. Aber ich brauche eine solche Kiste. Wenn die Kunst mich ermüdet und ich mich für ein paar Minuten ausruhen will, leistet sie mir gute Dienste. Das versteht Ihr doch?«

Dantals Herz klopfte, als schlüge ein Hammer auf den Amboss.

Madame lachte. »Das versteht Ihr doch?«

»Ja«, krächzte Dantal.

»Das ist schön.« Ihr Mund war unmittelbar vor seinem. Er wollte zurückweichen, doch er fühlte sich wie paralysiert, wie ein Kaninchen, das die Schlange anstarrt. So schloss er die Augen, denn gleich musste er kommen, der Kuss. Der Kuss, der süßer als Manna und alle Früchte dieser Welt sein würde.

Er wartete.

Der Kuss?

Er kam nicht.

Dantal schlug die Augen auf. Er blinzelte. Er glaubte, er sei nicht mehr Herr seiner Sinne, denn das, was er sah, war zu unwirklich, als dass es wahr sein konnte. Und doch täuschte er sich nicht. Madame lag in dem Sarg – nackt wie Gott, der Bildhauer aller Bildhauer, sie erschaffen hatte. Am ganzen Körper nackt.

»Komm«, sagte sie.

»Öffnet eure Herzen, öffnet eure Beutel, aber öffnet nicht eure Hosen!«, rief der Schiffer mit gellender Stimme über den Alten Markt. Wie erhofft, lachten die Leute. Sie lachten so laut und herzhaft, wie sie es schon während der gesamten Vorstellung getan hatten, und verstärkten damit Klingenthals Hoffnung, sie würden beim Sammeln reichlich geben. Er verbeugte sich mehrmals in alle Richtungen und zog den Hut hervor, der ihm als Münzbehältnis diente. Die Potsdamer hatten vom Schöpfer vielleicht keine so große Klappe mitbekommen wie die Berliner, aber mindestens eine ebenso große Portion Humor. Das ließ hoffen.

Klingenthal begann herumzugehen, dankte hier, nickte da und ließ es zu, dass der eine oder andere an seinem Gehrock zupfte, um ihn aufzuhalten und das Wort persönlich an ihn zu richten. Es war immer dasselbe. Ließ die Faszination nach, ließ auch die Scheu vor dem großen Meister nach. Ihn störte das nicht. »Sobald das Geld im Hute liegt, ihr noch ein kleines Ständchen kriegt!«, rief er.

»Ja, los! Tu dir keinen Zwang an!«, feuerten ihn die Erwachsenen an, und die Kinder fielen ein: »Au fein, au fein!«

Klingenthal ließ sich nicht lange bitten, drehte sich zum Karren um und rief: »Hör mal, Schiffer, kannst du noch ein Liedchen zu Gehör bringen? Aber ein anständiges, wenn ich bitten darf!«

»Klar«, rief der Schiffer, *»Das Lied von dem Mädchen mit den drei Brüsten.«*

»Impertinent«, empörte sich das Burgfräulein, »das singst du nicht.«

»Untersteh dich«, rief die Magd.

»Was hat der Schiffer gesagt?«, fragte der Landmann und gähnte.

»Lasst uns anfangen!«, brüllte der Söldner. »Ich kenne das Lied auch:

Ein Mädchen hatte Brüste drei,
tirili und tirilei,
darauf trank es ein Bier,
da waren's plötzlich vier …«

»Ruhe!«, donnerte der Schultheiß. »Ich muss doch sehr bitten, hier sind schließlich Kinder!«

»Hähähä!«, lachte die Puppe Friedrich. »Vier Titten, da leg ich zweien Steuer drauf!«

»Weiter, weiter!«, brüllten die Kleinen, doch Klingenthal brach ab und sagte: »Söldner, du warst nicht gefragt. Der Schiffer sollte etwas Lustiges zum Abschied singen, aber offenbar kann er es nicht. Nun gut, bis morgen wird er sich etwas ausgedacht haben.«

»Natürlich kenn ich ein lustiges Lied«, protestierte der Schiffer. *»Das Lied von dem Matrosen mit dem festen Boden unter den Füßen und den drei Hoden unter dem Süßen.«*

»Schluss! Aus! Vorbei! Das singst du nicht.«

»Aye, aye, Sir.« Der Schiffer gab einen Laut von sich, als spucke er aus, und sagte: »Tut mir leid, Leute, das wird nix mit uns heute Abend. Aber hör mal, Klingenthal, als du damals in La Rochelle den Franzosenmädels den Vormast gezeigt hast, da warst du doch auch nicht so zartbesaitet ...«

»Ruhe!« Klingenthal hastete zum Wagen, griff sich den Schiffer, schien kurze Zeit mit ihm zu ringen und drückte ihn dann auf den Karrenboden, so dass er nicht mehr zu sehen war. »Der Schiffer meint, er müsse jetzt schlafen!«, rief er. »Sein Kahn hat an der Pier festgemacht, und er hat Feierabend. Und ihr, Leute, habt das jetzt auch. Alles Gute für euch, geht heim und bleibt mir gewogen.«

Die Menschen lachten und kicherten noch ein wenig, warfen ein paar letzte Münzen in den Hut und zerstreuten sich langsam, wobei sie sich fragten, wie *Das Lied von dem Mädchen mit den drei Brüsten* wohl weiterging oder *Das Lied von dem Matrosen mit dem festen Boden unter den Füßen und den drei Hoden unter dem Süßen*, und genau das hatte Klingenthal bezwecken wollen. Einige würden morgen wiederkommen und dafür sorgen, dass sein Hut abermals gut gefüllt wurde.

Er rückte seine sieben Puppen auf dem Karren zurecht, hieß sie schweigen, denn der Tag war lang gewesen, und blickte prüfend zum Himmel. Gott sei Dank, es würde nicht regnen. Regen war für ihn und seine Lieblinge ein großes Problem, denn er hatte in Potsdam noch immer keine richtige Bleibe gefunden. Sie brauchten nicht viel, aber was wichtig war, das war des Nachts ein Unterstand, damit sie nicht nassgeregnet wurden.

Er trat vor den Wagen, legte sich die Gurte um die Schultern und zog an. Er hatte das Gefühl, als sei das Pflaster des Alten Marktes heute besonders holprig, denn der Wagen ließ sich schwer ziehen, schwerer als sonst. Aber das musste Einbildung sein, es gab keine vernünftige Erklärung dafür.

Kräftig ausschreitend strebte er dem Havelufer zu, wo er eine notdürftige Übernachtungsmöglichkeit gefunden hatte.

Alena hatte Klingenthals Vorstellung die ganze Zeit heimlich verfolgt. Sie hatte in der Menge gestanden und wie alle anderen gelacht, besonders am Schluss, als der Söldner das leicht anstößige Liedchen angestimmt hatte. Das war wieder einmal typisch Klingenthal gewesen. Er hatte sich eine bekannte Melodie gegriffen und darauf einen neuen Text geschmiedet, den eine seiner Puppen sang – genau wie früher. Sie fand, dass er sich kaum verändert hatte. Nur seine Haare waren in den zwei Jahren ein wenig grauer geworden, aber das stand ihm gut.

Ein warmes Gefühl hatte sie durchströmt, und sie hatte gespürt, wie nah er noch immer ihrem Herzen war. Sie waren ein Paar gewesen, damals in Steinfurth, als die schrecklichen Dinge passierten, als Klingenthal um ein Haar getötet worden war und als Pastor Matthies noch lebte …

Dann, als die Vorstellung sich dem Ende zuneigte und die Menschenansammlung sich verlief, hatte sie sich nicht getraut, Klingenthal gegenüberzutreten. Wer sagte denn, dass er noch etwas für sie übrig hatte? Zwei Jahre waren eine lange Zeit. Unzähligen Frauen konnte er in dieser Zeit begegnet sein, und vielleicht war er längst verheiratet und hatte Kinder?

Unsinn!, hatte sie sich selbst widersprochen. Klingenthal ist ein Einzelgänger und wird es immer bleiben. Nicht zuletzt deshalb hat er mich verlassen, unter vielen Entschuldigungen zwar, aber er ist gegangen, zusammen mit seinen über alles geliebten Puppen, einfach so.

Dann hatte sie beobachtet, wie Klingenthal abschließend um den Wagen herumgegangen war, und sie hatte es ihm gleichgetan, allerdings immer auf der anderen Seite, damit er sie nicht sehen konnte. Als er sich in Bewegung setzte, hatte sie nicht zurückbleiben wollen. Sie war kurz entschlossen auf den Wagen gesprungen, in der Hoffnung, er würde das Mehrgewicht nicht merken …

Nun saß sie eingezwängt zwischen der Puppe Friedrich und dem Söldner und verfolgte, wie Klingenthal mit festem Schritt die Straße nach Süden in Richtung Lange Brücke einschlug. Es stimmte, seine Haare waren grauer geworden, und er trug sie jetzt kürzer. Sie fuhr zusammen, denn Klingenthal sagte: »Schiffer, nächstes Mal machst du mir keine Schande, und du, Söldner, auch nicht. Ihr werdet doch noch ein Lied kennen, das vor der Moral Gnade findet?«

Der Söldner neben Alena sagte: »Sei nicht so streng, Klingenthal, Hauptsache, die Leute lachen.«

»Genau!«, brüllte der Schiffer. »Weinen können sie in der Kirche.«

Friedrich quäkte: »Hallelujah!«

»Nun seid doch mal ernst«, mahnte der Schultheiß. »Wenn wir dem Volk etwas vorsingen, haben wir ihm gegenüber auch eine gewisse Verantwortung, genauso wie der Staat.«

Friedrich quäkte: »Papperlapapp, *l'État, c'est moi!*«

»Was ist los?«, fragte der Landmann gähnend. »Sind wir schon da, ich möchte schlafen, bei dem Gerumpel kann doch kein Mensch schlafen.«

Die Magd versuchte, einen Schlussstrich unter das Gespräch zu ziehen: »Beruhigt euch, seid friedlich. Der Tag ist vorbei, und wir wollen auf einen geruhsamen Abend hoffen.«

»Dass ich nicht lache!«, empörte sich das Burgfräulein. »*Ridicule!* Von wegen geruhsamer Abend. Du scheinst zu vergessen, dass wir in den letzten Tagen mehr schlecht als recht unter einem löchrigen Viehverschlag genächtigt haben – das ist meiner nicht würdig.«

»Vielleicht kann ich Abhilfe schaffen«, sagte Alena. Und weil sie befürchtete, ihre Stimme könnte sich von den anderen nicht genügend unterschieden haben, sagte sie es gleich noch einmal.

Zwei, drei Schritte ging Klingenthal weiter.

Dann brachte er den Wagen zum Stehen.

Mit ungläubigem Gesicht drehte er sich um und musterte seine Puppen.

Alena saß stocksteif da.

Klingenthal stand stocksteif da.

Vielleicht hatte er sie nicht erkannt, vielleicht dachte er auch, sie sei eine Puppe, eine Nachbildung der richtigen Alena, die wie von Zauberhand auf seinen Wagen gekommen war, auf jeden Fall fiel ihm die Kinnlade herab, und er schaute so bedeppert drein, dass Alena auflachte.

»Du?«, brachte er schließlich hervor.

»Ja, ich«, sagte sie.

»Ja, wieso?«

»Ich hörte, du bist in der Stadt. Ich … ich wollte sehen, ob es dir gut geht.«

Er kratzte sich verlegen am Kopf und sagte unvermittelt: »Deshalb war der Wagen so schwer.«

»Ja, vielleicht.«

Beide schwiegen und sahen einander an.

Alena sagte schließlich: »Ich war schon einige Male bei

deinen Vorstellungen, aber ich habe mich nicht getraut, dich anzusprechen.«

Er lachte leicht. Es war das Lachen, das sie so sehr an ihm liebte. »Und ich stand schon ein paar Mal vor dem Haus von dieser Madame …?«

»Madame de Chattemont.«

»Richtig, Madame de Chattemont. Vor ihrem Anwesen stand ich, und ich habe mich nicht hineingetraut.«

Alena staunte. »Du … du hast dich auch nicht getraut? Woher wusstest du denn, dass ich in der Stadt bin?«

Er fuhr sich verlegen durch die Haare. »Nun, die Landstraße hat tausend Ohren und Münder. Ich hörte vor etwa einem Vierteljahr, dass eine gewisse Alena, ehemalige Karmelitin und heutige Klagefrau, auf dem Weg nach Potsdam sei. Ich war gerade in Thüringen, genauer gesagt in Mühlhausen, und so dauerte es seine Zeit, bis ich hier eintraf.«

Ehe Alena etwas erwidern konnte, mischte sich das Burgfräulein ein und rief mit vorwurfsvoller Stimme: »Willst du sie nicht endlich herunterheben und küssen? Bist dir wohl zu fein dazu!«

Friedrich fuhr dazwischen: »Halt den Mund, du Hure! Wie sprichst du mit unserem Meister?«

Der Schultheiß sagte: »Schön, dich wiederzusehen, wir haben dich sehr vermisst.«

Alena spürte, wie sie errötete, und schaute zur Seite. »Stimmt das, Julius, hast du mich vermisst?«

»Du sagtest, du könntest vielleicht Abhilfe schaffen, damit wir nicht unter einem Viehverschlag nächtigen müssen?«

»Erst will ich wissen, ob du mich vermisst hast.«

Das Burgfräulein zeterte: »Nun hebe sie endlich herunter!«

»Ja, worauf wartest du?«, fragte die Magd.

»Sind wir endlich da?« Der Landmann hatte wie immer nichts mitbekommen.

»Erkläre dich«, sagte der Schultheiß.

»Wer, ich?«, wunderte sich der Landmann, doch seine überflüssige Frage sollte nicht mehr beantwortet werden, denn Alena fühlte, wie Klingenthal sie mit kräftigen Armen hochstemmte, über die Puppen hinweghob und behutsam auf dem Pflaster vor sich absetzte.

»Ja«, sagte er leise. »Ich habe dich vermisst, sehr sogar.«

Alena war es, als habe sie einen Choral gehört, so mächtig, so gewaltig klangen ihr die schlichten Worte im Ohr. Wenn er sie vermisst hatte, dann hatte er sicher oft an sie gedacht, und wenn er oft an sie gedacht hatte, dann liebte er sie sicher noch. So wie sie ihn.

»Julius, ich …«

Sie fühlte, wie er sie in die Arme nahm, und schloss die Augen, um seinen Kuss zu empfangen. Es war ein zarter Kuss, der kaum ihre Lippen berührte, und doch löste er in ihr einen Sturm der Gefühle aus.

»Alena, du weinst ja!« Klingenthal klang aufs höchste erschrocken.

»Ich weine? Oh!« Sie spürte, wie ihr weitere Tränen in die Augen stiegen. »Bitte glaube nicht, dass ich wieder … ich meine, dass ich jetzt wieder die Klagefrau bin, ich bin Alena, einfach Alena, und ich bin so froh, dich wiederzusehen.«

»Habe ich denn etwas Falsches gesagt?« Klingenthal blickte immer noch besorgt.

»Nein, nein!« Alena weinte und lachte und weinte. »Es ist nur, weil ich so glücklich bin. Frauen können auch vor Glück weinen, wusstest du das nicht?«

»Nein«, sagte er. »Das wusste ich wirklich nicht. Du bist also glücklich und weinst deswegen. Darf ich dich noch mal küssen?«

»Du darfst es nicht, du musst es!«

Klingenthal küsste sie abermals, und diesmal war der Kuss schon sehr viel forscher. Alena glaubte, ihre Knie würden nachgeben, während sie den Kuss erwiderte, aber der Gedanke wehte davon, denn Klingenthal hielt sie so fest umschlungen, gab ihr so festen Halt, als wolle er sie nie wieder loslassen. Sie spürte seine kräftigen Arme und seine breite Brust, beides gestählt von unzähligen Meilen im Zuggeschirr des Karrens, und nahm den männlichen Geruch seiner Haut wahr. Klingenthal hatte wie jeder Mensch einen ganz eigenen Körpergeruch, nicht streng oder beißend wie bei vielen Männern, sondern eher schwach, mit einem Duft, der an Mandeln erinnerte. Niemals zuvor hatte sie einen solchen Geruch bei einem Mann wahrgenommen. Ach, Klingenthal …

Nach ein paar Minuten, Alena waren sie wie eine Ewigkeit vorgekommen, löste er sich von ihr. »Ich fürchte, wir müssen jetzt aufhören. Vorübergehend zumindest. Das Burgfräulein hat Angst, dass wir unangenehm auffallen. Nicht jeder küsst sich wie wir auf offener Straße.«

»Das will ich meinen!«, rief die adlige Jungfer mit dem Spitzhut. »Das will ich meinen! Klingenthal, du hast deine gute Erziehung völlig vergessen.«

Alena lachte und wischte sich mit einem Tuch die Tränen aus dem Gesicht. »Ich glaube, ich weiß, wo du mit deinen Puppen übernachten kannst«, sagte sie.

»Wirklich, wo denn?«

»Es ist nicht weit. Als Erstes müssen wir umkehren, dann zeige ich es dir.«

Die Maße der Sargkiste, in der Dantal und Madame de Chattemont splitternackt lagen, folgten der berühmten Studie des Leonardo da Vinci über die Körperproportionen, das heißt, ihre Länge betrug ziemlich genau das Zweikommasiebenfache ihrer Breite. Ungeachtet dieser idealen Zahlenverhältnisse war es in der Kiste sogar für zwei so schmale, feingliedrige Menschen, wie Dantal und Madame es waren, recht beengt. Doch das merkten sie erst jetzt, nach der Hitze ihrer Vereinigung, bei der Madame den Ton und den Takt angegeben hatte.

Sie lag auf ihm und spielte mit den spärlichen schwarzen Löckchen, aus denen seine Brustbehaarung bestand. »Du bist sehr stark«, girrte sie, »ich habe noch nie erlebt, dass ein so schlanker Mann wie du, äh, so üppig ausgestattet ist.«

Dantal fühlte sich geschmeichelt. Er war matt, müde und leicht verschwitzt.

»Ich meine, ich habe natürlich kaum Erfahrung mit Männern, das Wenige, was ich kenne, verdanke ich meinen verstorbenen Gatten. Bei ihnen spielte sich nicht viel ab – in jeder Beziehung.«

»Hm, ja.« Dantal fiel nichts Rechtes als Erwiderung ein, obwohl ein Gefühl des Stolzes ihn durchrieselte. Madame, oder Eve, wie er sie nun nennen durfte, hatte rittlings auf ihm gesessen und, kaum dass er in sie eingedrungen war, gestöhnt, gewimmert und sich aufgebäumt, als wäre der Leibhaftige in sie gefahren. Nie zuvor hatte er etwas Derartiges erlebt. Das Gebaren war ihm seltsam vorgekommen, denn seines Wissens nach bereitete die geschlechtliche Liebe einer Frau keine Freude, im Gegenteil, sie bereitete ihr Schmerzen, gewissermaßen als Strafe für die Fleischeslust und als Einstimmung zur Geburt.

Leise Zweifel waren in ihm aufgekommen, ob Eve wirklich eine solche Explosion der Gefühle erlebte, zumal er, wie er glaubte, sich nicht sonderlich geschickt angestellt hatte, aber die Zweifel waren sehr klein und die Schreie von Eve sehr laut gewesen.

Dantal murmelte. »Ich dachte immer, ich wäre, äh, ganz normal gebaut.«

Madame lachte. »Du bist ganz außergewöhnlich, du bist der Vorleser des Königs.«

»Das stimmt.« Dantal fiel nicht weiter auf, dass das eine mit dem anderen nichts zu tun hatte, denn er spürte, wie Eves Hand sich von seinen Brustlöckchen löste und nach unten orientierte.

»Du bist der Vorleser des Königs«, wiederholte sie.

Dantal spürte, wie sein bestes Teil langsam wieder an Volumen gewann.

»Wie ist der König denn so?«

»Du meinst, als Mensch?« Dantal zögerte. Er hatte im Augenblick wenig Neigung, sich gedanklich mit dem Alten Fritz zu beschäftigen, zumal der König häufig unberechenbar war. Er konnte einerseits sperrig, knorrig, halsstarrig sein und andererseits, nur kurze Zeit später, charmant und amüsant – ein Mensch, der voller Anekdoten steckte, die er auch gern in kleinster Runde zum Besten gab. Zwei Seelen schienen seiner Brust innezuwohnen, was sich auch darin äußerte, dass er nicht nur ein genialer Feldherr war, der das brutale Kriegshandwerk wie kein Zweiter verstand, sondern auch ein Philosoph, Poet und Schöngeist.

Seine schlechte Gemütsverfassung in der letzten Zeit hing sicher mit seinem Gesundheitszustand zusammen, denn Friedrich litt immer wieder an schweren Gichtanfällen, die zu unerträglichen Schmerzen und lang anhaltenden Lähmungen führten. Hinzu kamen Fieber und Auszehrung, ferner Asthma, das ihm den Atem abschnürte, und Anfälle von Wassersucht mit Schwellungen in den Beinen. »Der König ist tagsüber viel beschäftigt«, sagte Dantal.

»Sicher mit Politik«, sagte Madame verständnisvoll, während ihre Hand kundig weiterarbeitete. Sie schien nicht bemerkt zu haben, dass Dantal nicht auf ihre Frage eingegangen war. »Von Politik verstehe ich nicht viel, ich forme und gestalte lieber.«

»Ja«, sagte Dantal, der ebendies gerade am eigenen Leibe erfuhr. Er hatte das Gefühl, seine gesamte Kraft flösse in die Mitte seines Körpers.

»Von Politik verstehe ich nicht viel, aber ich liebe mein Land, und ich bin stolz darauf, in Preußen zu leben.«

Das ging Dantal ganz ähnlich, auch wenn sein Land ihm im Augenblick ziemlich gleichgültig war.

»Manchmal habe ich Angst um Preußen. Wir leben zwar nicht mehr in Kriegszeiten, aber wir sind von vielen Ländern umgeben, sehr vielen, und ich bin sicher, keines hätte etwas dagegen, sich auf Preußens Kosten ein bisschen zu vergrößern.«

»... zu vergrößern«, ächzte Dantal.

Madame verstärkte ihre Bemühungen, eine Säule unter ihren Händen entstehen zu lassen, und sagte: »Ich an des Königs Stelle würde nicht zusehen, wie Österreich und die anderen gierig nach meinem Land schielen, ich würde mir Verbündete suchen.«

»Was sagst du?«

»Ich sagte, an des Königs Stelle würde ich mir Verbündete suchen.«

»Ah, ja.« Die von Madames Hand errichtete Säule stand kurz vor dem Bersten.

»Ich würde einen Bund oder so etwas Ähnliches gründen, einen Fürstenbund vielleicht. Mit den Sachsen und den Hannoveranern, die scheinen zu uns zu passen. Weißt du etwas über einen Fürstenbund?«

Dantal hatte Madames Worte wie durch einen Nebel vernommen, dennoch hatte er den letzten Teil ihres Satzes mitbekommen und registriert, dass sie ihn nach dem Fürstenbund fragte. Er wusste nicht viel darüber, nur dass der König ihn einmal beiseitegenommen und scharf gewarnt hatte: »Lasse Er kein Sterbenswörtchen vom Fürstenbund über Seine Lippen kommen, das sind *curente* Staatssachen! Es gibt ihn *oficiel* nicht, den Fürstenbund, und es wird ihn niemals geben, bis es ihn vielleicht doch eines Tages gibt, aber dann zu einer Zeit, da niemand mit ihm rechnet. Merke Er sich das. Bis dahin weiß Er von alledem nichts. Er ist Vorleser hier und nichts anders sonst.«

»Ich bin nur der königliche Vorleser, nichts sonst.«

»Natürlich.« Madame biss sich auf die Lippen, denn sie merkte, dass es der Säule plötzlich an Festigkeit fehlte. Das Stichwort Fürstenbund war schuld. Sie verstärkte ihre Bemühungen noch einmal, bot ihre ganze Geschicklichkeit auf, aber es war umsonst.

Die Säule wankte und fiel.

Stattdessen wollte Dantal sich aufrichten, wurde aber von seiner neuen Freundin wieder sanft in die Kissen gedrückt. »Mach dir nichts draus, mein kleiner starker Apoll«, flüsterte sie. »Ich habe wahrscheinlich etwas Dummes gesagt, ich weiß gar nicht mehr, was ich gesagt habe, aber es war bestimmt nur dummes Weibergeschwätz. Vergiss es. Komm zu deiner Bildhauerin, komm und zeig ihr noch einmal, was ein Akt ist.«

Dantal strengte sich mächtig an, seine Künstlerin bei ihrem Werk zu unterstützen, aber ihm erging es wie allen

Männern, die unbedingt wieder erstarken wollen: Je mehr er sich bemühte, desto weniger klappte es. Schließlich gab er nach Luft ringend auf.

Madame betrachtete den Ort des Versagens und schnurrte: »Du hast getan, was du konntest, und es war viel, viel mehr, als ich jemals erlebt habe.«

»Wirklich?«

»Wirklich.« Madame lächelte, doch innerlich kochte sie vor Wut. Ihr Unterfangen, mehr über den Fürstenbund zu erfahren, war fehlgeschlagen. Sie war nicht geduldig genug gewesen, zu sehr mit der Tür ins Haus gefallen. Beim nächsten Mal würde sie erfolgreicher sein, sie durfte nur den Kontakt nicht abreißen lassen. Sie beschloss, Dantal zur Soiree des *Collegium Artis* einzuladen, dann würde man weitersehen.

»Hast du am vierten Dezember abends schon etwas vor?«, girrte sie.

Alena und Klingenthal wärmten sich gegenseitig, eng umschlungen inmitten der Puppen liegend. Es war etwas enger als früher auf dem Karren, da mit dem bärbeißigen Friedrich eine weitere Puppe dazugekommen war, aber weder Alena noch Klingenthal störte das, denn beide waren froh, ein trockenes, geschütztes Plätzchen gefunden zu haben. Zu verdanken hatten sie das Göttsche, dem Kutscher von Madame de Chattemont, der sich zunächst strikt geweigert hatte, dann aber, nachdem Alena in Tränen ausgebrochen war, doch erlaubt hatte, dass Klingenthal seinen Karren in der Remise neben der Kalesche von Madame unterbrachte.

»Erzähl mir, wie es dir ergangen ist«, flüsterte Alena. »Was hast du erlebt?«

Klingenthal gab keine Antwort. Er seufzte nur und begann, seine Hände über ihre Hüften wandern zu lassen.

»Erzähl mir, wie es dir ergangen ist«, sagte Alena noch einmal.

»Hm, hm.« Klingenthals Hände wurden neugieriger.

»Bitte, Julius.« Alena hielt ihn fest. »Ich ... bitte, gib mir noch etwas Zeit.«

»Warum? Wir lieben uns doch.«

»Ich weiß nicht, wie ich es sagen soll. Ich möchte es auch, aber nicht jetzt. Ich habe das Gefühl, wir würden etwas zerstören, wenn wir jetzt ... bitte!«

Klingenthal grinste etwas mühsam und küsste sie. »Es war nur ein Versuch.«

»Wenn es bei dem Versuch bleibt, ist es sehr schön.« Alena kuschelte sich wieder an ihn.

»Ich schwöre es.«

Das Burgfräulein mischte sich ein: »*Impertinent!* Versprich nichts, was du nicht halten kannst, Klingenthal!«

Alena lachte. »Und erteile deinen Puppen Sprechverbot.«

»Jawohl, Frau Klagefrau«, sagte Klingenthal mit gespieltem Ernst. »Hört mal, ihr Puppen, es ist Schlafenszeit. Ich bitte mir Ruhe aus!«

»Schade!«, rief der Söldner. »Ich dachte, wir hauen heute Nacht auf die Pauke.«

»Aye, wir lassen mal richtig einen brausen!«, unterstützte ihn der Schiffer.

Friedrich quengelte: »Wenn ihr das tut, Kerls, werdet ihr *cassirt*.«

»Wer schläft, sündigt nicht«, brummte der Landmann.

»Das stimmt«, sagte die Magd.

Der Schultheiß sagte: »Morgen ist auch noch ein Tag. Der Söldner und der Schiffer sind überstimmt. Wir schlafen jetzt. Willst du noch den *Majrew* beten, Julius?«

»Nein«, sagte Klingenthal. »Ich stehe jetzt nicht mehr auf. Der Erhabene, dessen Name gepriesen sei, möge mir verzeihen.«

»Gute Nacht, dann«, sagte der Schultheiß.

Auch die anderen Puppen murmelten »gute Nacht« und verstummten endgültig.

»Und nun erzähle mir, was du erlebt hast, Julius.«

»Ach, da gibt's nicht viel zu erzählen, ich habe gemacht, was ich immer mache.« Klingenthal hielt Alena nach wie vor eng umschlungen, aber seine Hände waren jetzt ruhig. »Zwei oder drei Vorstellungen pro Tag geben, mit dem Hut herumgehen, essen, schlafen, weiterziehen. Du kennst das ja.«

»Ja, ich weiß, wie es ist, wenn man die Straße tagein, tagaus unter die Füße nimmt. Es ist nicht immer leicht für eine Frau und außerdem viel gefährlicher als für einen Mann.« Alena nahm das silberne Kreuz, das sie um den Hals trug, und zeigte es Klingenthal. »Deshalb trage ich seit einiger Zeit auch dies.«

Er betrachtete das Stück im Dämmerlicht der Remise und wunderte sich. »Aber du hast doch schon eines? Ich meine das silbern eingestickte Kreuz auf deinem Ranzen.«

Alena zögerte unmerklich, dann sagte sie: »Lache jetzt nicht, Julius, aber seitdem ich das zweite Kreuz trage, fühle ich mich sicherer. Der Herrgott schützt mich doppelt, so empfinde ich es. Egal, ob mir eine Gefahr von vorn oder von hinten droht, das Kreuz ist immer zwischen mir und dem Bösen.«

»Und daran glaubst du?«

»Ja, natürlich.«

Klingenthal dachte, dass ein Kreuz nicht mehr war als ein Symbol, eine Form, ein äußerliches Zeichen und dass Gott seine Hilfe sicher nicht von der Anzahl solcher Zeichen abhängig machte, aber er schwieg. Schließlich, um das Thema zu wechseln, sagte er: »Das Kreuz ist sehr hübsch. Aber ich habe auch etwas Neues, rate mal, was ich meine.«

Alena fuhr ihm mit der Hand durch die Haare. »Das ist nicht schwer. Es fiel mir sofort auf, dass du eine neue Puppe besitzt, eine ziemlich streitlustige sogar – den Alten Fritz.«

»Ja, stimmt.«

Er schien ein bisschen enttäuscht über ihre schnelle Antwort, deshalb tat sie ihm den Gefallen und fragte nach: »Warum hast du ausgerechnet den Alten Fritz in deine Puppenschar aufgenommen?«

»Ach, das ist eine lange Geschichte.«

»Erzähle sie mir. Ich liebe lange Geschichten, besonders nachts, wenn man beisammen liegt.«

»Es ist eine Geschichte, an die ich immer wieder denken muss und die nicht gerade angenehm in der Erinnerung ist.«

»Oh.« Am Ernst in Klingenthals Stimme merkte Alena, wie sehr das Erlebte ihn belastete. »Das wusste ich nicht.« Sie dachte einen Augenblick nach und runzelte die Stirn, was sie besonders hübsch aussehen ließ. »Vielleicht ist es gut für dich, wenn du mir die unangenehme Geschichte erzählst?«

»Ich habe sie noch nie erzählt.«

»Dann tu es jetzt, einmal muss es heraus.«

Und so erzählte Klingenthal, wie ihm im vorigen Jahr die Nürnberger Batzen am Stadttor von Berlin abgenommen worden waren, berichtete von seiner Zeit im *Weißen Schwan* und schließlich von seinem schweren Gang zu König Friedrich nach Potsdam, um sein Recht einzufordern. »Der König hatte einen extra-gnädigen Tag«, sagte er, »er hat mich nicht nur angehört und mir eine üppige Mahlzeit vorsetzen lassen, er hat mir sogar meine Nürnberger Batzen bis auf den letzten Pfennig in preußischer Münze auszahlen lassen. Ich war der glücklichste Mensch an jenem Tag. Die edle Haltung des Königs hatte mich so beeindruckt, dass ich später im Jahr, als ich beim Puppenmachermeister Zacharias Neuberger vorbeikam, mit seiner Hilfe die Puppe Friedrich schuf.«

»Sie ist sehr schön geworden. Lebensecht, soweit ich es beurteilen kann. Wie hast du das gemacht? Einfach so, aus dem Gedächtnis heraus?«

Klingenthals Hand begann wieder zu wandern, doch er zog sie zurück, lachte leise und antwortete: »Nein, zum Glück besitzt der Meister ein paar alte Krüge und Teller, auf denen das Porträt von Friedrich prangt. Es ist englisches Geschirr, welches im Jahre 58 zu Friedrichs Ehren angefertigt wurde, weil er bei Rossbach über die Franzosen und die Reichstruppen gesiegt hatte. Weißt du, was damals ganz Preußen sang?«

»Nein, weiß ich nicht.«

»Und kömmt der große Friederich,
und klopft nur auf die Hosen,
so läuft die ganze Reichsarmee,
Panduren und Franzosen.«

»Das klingt lustig, und was ist nun so schlimm an der Erinnerung?«

»Nichts. Es hängt mit meinem Besuch beim König zusammen.« Klingenthal erzählte von der Gestalt, die ihm nach der Audienz im Berliner Stadtschloss entgegengetaumelt war und die in seinen Armen ihr Leben ausgehaucht hatte.

»Wie schrecklich! Wer war es denn?« Alena, die während der Erzählung immer wieder Klingenthals dichtes graues Haar gestreichelt hatte, hielt inne. »Konntest du denn gar nicht helfen?«

»Ich weiß nicht, wer der Mann war. Der Kleidung nach vielleicht ein Kammerdiener. Ich konnte ihm nicht mehr helfen, und ich wollte es auch nicht. Stell dir vor, man hätte mich mit diesem Menschen im Arm gesehen. Man hätte mich doch sofort des Mordes verdächtigt!«

»Aber wieso? Vielleicht ist der Mann eines ganz natürlichen Todes gestorben?«

»Das ist er ganz gewiss nicht.« Klingenthal klang sehr bestimmt. »Dafür war er zu jung, und dafür war sein Zucken zu ungewöhnlich. Ich habe noch nie einen Menschen so zucken sehen. Nein, nein, der Mann, wer immer es gewesen sein mag, ist von irgendjemandem aus irgendeinem Grund getötet worden. Du weißt, dass man mir schon einmal den Tod eines Menschen in die Schuhe geschoben hat. Das wollte ich kein zweites Mal erleben. Ich verließ deshalb das Stadtschloss, so schnell ich konnte, und schwor mir, niemals wieder in Friedrichs Nähe zurückzukehren.«

»Und hast es trotzdem getan. Warum, Julius?« Alena ahnte den Grund, doch sie wollte, dass Klingenthal ihn laut aussprach.

»Warum wohl.« Er lachte leise. Seine Hand liebkoste ihren Rücken zwischen den Schulterblättern, wanderte dann abwärts und begann, ihren Po zu streicheln.

Alena hielt seine Hand fest. »Warum, Julius?«

»Das weißt du doch.«

»Warum?«

»Deinetwegen. Nur deinetwegen. Als ich unten in Thüringen hörte, du seist auf dem Weg nach Potsdam, konnte mich nichts mehr halten. Nicht einmal Pausback und Listig, die beiden Balsamträger, die ich dort traf und die, wie du weißt, gute Freunde von mir sind. Ich sagte ihnen Lebewohl und bin so schnell hierhergekommen, wie Wetter und Straßen es zuließen.« Er küsste sie.

Sie küsste ihn wieder. »Was du sagst, macht mich sehr glücklich.«

»Wenn du glücklich bist, bin ich es auch.«

»Oh, Liebster, wie schön das klingt! Wir beide gehören zusammen, nicht wahr?«

»Ja, nichts wird uns wieder auseinanderbringen.«

Eine Weile lagen sie so nebeneinander, beide auf der Seite, das Gesicht dem anderen zugewandt. Schließlich flüsterte Alena Klingenthal ins Ohr: »Die Leute munkeln auf den Straßen, du wärst vor ein paar Tagen in Sanssouci beim König gewesen, stimmt das?«

»Ja, ich war da.«

»Und wie war es?«

»Es war ein ungewöhnlicher Abend.« Klingenthal erzählte von der Tafelrunde und endete: »Ein Außenstehender mag das Ganze als spaßig empfinden, ich versichere dir, den Beteiligten ging es gar nicht so. Ich fürchte, Katusow und Søderborg mögen mich seit dem Abend nicht sonderlich. Immerhin hat der König mir anschließend noch einmal ausdrücklich gedankt und mir drei Friedrichsdor geschenkt. Es war eine außergewöhnliche Ehre für mich.«

»Es scheint, der König mag dich.«

»Ich glaube, ich bin viel zu unwichtig, als dass er noch

weitere Gedanken an mich verschwendet. Er wollte Katusow und Søderborg, die er wohl für Spitzel hält, einen Schuss vor den Bug setzen, das ist alles.«

»Weiß er, dass du Jude bist?«

»Um Gottes willen, nein!«

Alena lachte. »Wenn du so erschreckt guckst, erinnerst du mich an einen kleinen Jungen.« Sie küsste ihn. »Was wäre daran so schlimm? Es heißt, in Friedrichs Staat kann jeder nach seiner Façon selig werden.«

»Aber nicht die Juden. Glaub mir, wir Juden haben es bei Friedrich nicht leicht. Umso froher bin ich, dass mein Reisepass keinen entsprechenden Vermerk aufweist. Nur deshalb konnte ich letztes Jahr durch ein ganz normales Stadttor nach Berlin einreisen – wenn auch mit ungeahnten Schwierigkeiten. Als Jude hingegen hätte ich das Rosenthaler Tor benutzen müssen. Dort wäre mir ein Passierschein ausgehändigt worden, aber nur dann, wenn die jüdische Gemeinde Berlins für mich eine Garantie übernommen hätte.«

»Das wusste ich nicht.« Alena strich Klingenthal tröstend übers Gesicht.

»Juden, für die nicht garantiert werden kann, müssen in die sogenannte Judenherberge, von wo sie dann baldmöglichst wieder abgeschoben werden. Tja, so ist das mit uns, selbst beim Alten Fritz.«

Alena schwieg.

»Aber wie gesagt, zum Glück weist mein Pass mich als Protestanten aus, was in den Augen meines Gottes, dessen Barmherzigkeit auf ewig gelobt sei, sicher ein Frevel ist, andererseits aber auch höchst probat für mich.« Klingenthal lächelte resigniert. »Wie anders könnte ich unbehelligt durch die Lande ziehen.«

»Mach dir nicht so viele Gedanken, Julius«, sagte Alena. »Nun bist du erst einmal hier und bleibst bei mir.«

»Ja«, sagte Klingenthal froh.

Seine Hand tastete sich wieder vor, und diesmal wurde sie nicht zurückgewiesen.

Da wird sein Heulen …

Johann Philipp Harsleben war ein in Ehren ergrauter *Apotecarius,* dessen Pillen, Tinkturen und Pflaster schon so manchem Kranken Linderung verschafft hatten. Die Zahl der Patienten, die seine Apotheke aufsuchten, war groß, doch stieg sie im November und Dezember stets noch einmal an, da in diesen Monaten vermehrt feuchtes, kaltes Wetter herrschte und sich schädlich auf Nase, Hals und Bronchien auswirkte. Harsleben kannte das. Er hatte im Laufe der Jahre seine eigenen Pastillen zum Lutschen, seine eigenen Säfte zum Einnehmen und seine eigenen Öle zum Inhalieren entwickelt – wirksame, bewährte Arzneien, auf die er stolz war und die bei den Potsdamern einen guten Ruf genossen.

An diesem Vormittag, man schrieb Freitag, den 3. Dezember, schien der Wettergott besonders ungnädig gestimmt. Es regnete zwar nicht, aber es pfiff ein unangenehmer Wind um die Hausecken, ein Wind, der selbst den dichtesten Stoff durchdrang und durch Mark und Bein ging. Umso weniger verwunderte es, dass Harslebens Kunden sich die Klinke in die Hand gaben. Alt und Jung kamen und gingen, klagten, keuchten, kauften und verschwanden wieder. Erst gegen Mittag, als die Suppe auf den Herden der Bürgerhäuser fertig war und die Hausfrauen zu Tisch riefen, ebbte der Strom seiner Kunden ab.

Harsleben verschnaufte. Er verließ die Offizin, um sich

in den hinteren Teil seiner Apotheke zu begeben und ebenfalls eine Kleinigkeit zu essen. Er war Witwer und pflegte nicht zuletzt deshalb nur wenig zu sich zu nehmen – allein schmeckte es nun einmal nicht. Ächzend ließ er sich an einem Tischchen in der Küche nieder, einen Teller mit zwei Äpfeln vor sich. Er hatte in letzter Zeit ein paar Mal unter Sodbrennen gelitten, einem Leiden, das durch den *Reflux* der Magensäfte hervorgerufen wurde. Äpfel waren in diesem Fall gewiss das Rechte. Aber auch ein Tässchen seines selbst zusammengestellten Magentees würde nicht schaden. Wärme war immer gut für die Verdauungsorgane.

Er bückte sich, um die Klappe zum Ofen zu öffnen und nach dem Feuer zu sehen, denn für den Tee brauchte er heißes Wasser. Wie befürchtet, war die Glut schon fast erloschen. Es half nichts, ein paar Scheite wollten nachgelegt sein. Allerdings musste er dazu hinaus auf den Hinterhof, wo sie lagen. Seufzend ging er nach draußen. Dort angekommen, stellte er fest, dass sein Holzvorrat zur Neige gegangen war. »Das kommt davon, wenn man vergesslich ist!«, schalt er sich selbst.

Er überlegte, ob er sich ans Holzhacken machen sollte, aber in diesem Augenblick ertönte das Glöckchen über der Tür in der Offizin. Ein Kunde! Mittagessen hin oder her, wenn ein Kunde im Laden war, musste er bedient werden. Harsleben eilte, so schnell ihn seine alten Knochen trugen, in den Verkaufsraum, sich den verbogenen Kneifer zurechtrückend. Was er sah, war eine Frau, ganz in Schwarz gekleidet. Die Frau war jung, sie hatte ein Körbchen aus Weidenruten dabei, das sie anmutig über dem linken Arm trug. Auch die kleine Haube auf dem Kopf war schwarz, ebenso wie ihr Haar. Harsleben konnte sich nicht erinnern, die Frau jemals gesehen zu haben, aber sie war wirklich hübsch. Und gottesfürchtig obendrein, denn sie trug ein silbernes Kreuz auf der Brust. »Was kann ich für Euch tun, mein Fräulein?«, fragte er leutselig.

Als Antwort hustete die junge Frau. Sie nahm ein Taschentuch aus dem Korb und hielt es sich vor den Mund. »Entschuldigt bitte«, krächzte sie, »seit gestern plagt mich starker Halsschmerz, und husten muss ich auch immer.«

»Das ist bei dem Wetter kein Wunder«, sagte Harsleben teilnahmsvoll. »In diesem Jahr ist es besonders schlimm mit dem Halskatarrh.«

Die junge Frau hüstelte diskret in ihr Taschentuch.

Harsleben sah es mit Wohlgefallen. Nicht jeder seiner Kunden benahm sich so umsichtig. Wenn auch der Grund für die Ansteckungskraft von Husten, Schnupfen, Heiserkeit noch nicht erforscht war – das mochte späteren Generationen vorbehalten sein –, so war doch eines klar: Je näher der Kranke mit seinen Sprühnebeln aus Schnodder und Sputum an einen Gesunden herankam, desto eher wurde dieser angesteckt. »Macht Euch um mich keine Sorgen, mein Fräulein«, sagte Harsleben väterlich, »ich bin gefeit gegen jede Art von Erkältung.«

Die junge Frau antwortete nicht, Harsleben jedoch redete weiter, vielleicht, weil sie so adrett anzusehen war, vielleicht auch, weil seine Mittagszeit ohnehin unterbrochen worden war, und er sagte: »Früher war auch ich ständig verschnupft, sozusagen alle naslang, haha, aber im Laufe der Jahre hat sich das gegeben. Dafür habe ich andere Zipperlein, die Augen wollen nicht mehr so, der Magen rebelliert, und die Kraft in Armen und Beinen lässt ebenfalls nach. Als Ihr zur Tür hereinkamt, war ich gerade im Begriff, ein wenig Feuerholz zu hacken, tja, was sein muss, muss sein, wenn's auch schwerfällt. Aber ich will Euch nicht länger mit dem Geschwätz eines alten Mannes aufhalten, mein Fräulein.« Er überlegte laut: »Husten und Halsschmerz, was nehmen wir denn da? Nun, da Ihr keine außergewöhnlichen Leiden habt, mögen auch keine außergewöhnlichen Arzneien zum Einsatz kommen. Gegen den Husten empfehle ich Euch die eigens von mir hergestellten Salbeipastillen und gegen den Halsschmerz eine Inhalation mit dem von mir komponierten ätherischen Öl. Melisse, Kamille und einige andere segensreiche Inhaltsstoffe sind darin. Ihr nehmt einen Löffel Öl auf eine Schüssel heißes Wasser, wobei das Wasser wirklich so heiß sein muss, dass Ihr es gerade noch ertragen könnt, wenn Ihr den Kopf darüber beugt. Euren Kopf deckt Ihr dabei mit einem Leinentuch ab, und dann heißt es, langsam und tief einatmen und ausatmen, einatmen und ausatmen.«

Harsleben machte das Atmen vor, um seiner Patientin ein Gefühl für den Rhythmus zu geben. »Einatmen und ausatmen, Ihr werdet sehen, das wirkt wahre Wunder!«

»Danke, Herr Apotheker.« Wie um Harslebens Versprechen zu bekräftigen, umklammerte die junge Frau das Kreuz, das sie an einem Kettchen um den Hals trug.

Harsleben indes war noch nicht fertig. »Weidenrindenpulver«, sagte er, »Weidenrindenpulver ist bei Schmerzen das Nonplusultra, die moderne Medizin kennt nichts Besseres, obwohl es eines der ältesten Medikamente ist. Schon die römischen Ärzte benutzten es. Ihr gebt es in einen Becher mit kochendem Wasser, deckt den Becher ab und lasst es fünfzehn Minuten ziehen. Danach gießt Ihr das *Infusum* durch ein Sieb und erhaltet den fertigen Tee. Wartet, ich bereite Euch schnell ein halbes Dutzend Portionen des Pulvers zu.«

Er nahm ein paar Weidenrindenstreifen aus einer Schublade und gab sie in einen Mörser. Den Mörser stellte er auf den

Rezepturtisch und begann vor den Augen seiner jungen hübschen Kundin mit Hilfe des Pistills die Streifen nach allen Regeln der Kunst zu zerkleinern. »Zwei bis vier Gramm pro Portion werde ich für Euch abmessen«, sagte er. »Ach, ich denke, wir nehmen lieber gleich vier, es ist zwar nicht immer so, dass mehr Arznei automatisch mehr hilft – das Gegenteil ist oft der Fall –, aber für dieses Mal mag es gelten.«

Harsleben arbeitete schnell und geschickt, die ganze Erfahrung aus über fünfzig Jahren Apothekerleben lag in seinen Bewegungen. Als er fertig war, portionierte er das Pulver, tat es zu den Pastillen und dem Fläschchen mit dem Inhalationsöl, rechnete kurz und nannte den Preis. Er war bekannt dafür, dass seine Arzneien nicht billig waren, deshalb war er gespannt auf die Reaktion der jungen Frau, aber diese verzog keine Miene und zahlte, ohne zu zögern.

»Ich bedanke mich und wünsche Euch gute Besserung«, sagte Harsleben. »In spätestens drei Tagen solltet Ihr euch deutlich wohler fühlen, anderenfalls kommt Ihr nochmals her. Die Möglichkeiten eines guten *Apotecarius* sind noch lange nicht erschöpft.«

»Ihr seid sehr freundlich«, krächzte die junge Frau, »vielen Dank für die Zeit, die Ihr Euch genommen habt.«

»Das habe ich gern getan.« Harsleben wurde bewusst, dass in der ganzen Zeit keine neuen Kunden in seine Offizin gekommen waren, und spielte mit dem Gedanken, seine Mittagspause fortzusetzen. Vielleicht sollte er bei der Gelegenheit auch gleich ein wenig Ofenholz spalten? Lächelnd meinte er abschließend: »Viel weniger Freude macht mir das Schlagen von Feuerholz, aber wie ich vorhin sagte: Was sein muss, muss sein, nochmals gute Besserung.«

»Danke und Gott befohlen«, sagte die junge Frau, wandte sich um und ging.

»Gott befohlen«, wiederholte Harsleben und dachte, dass die junge Frau wirklich sehr fromm war. Dann begab er sich nach hinten auf den Hof und nahm die Axt zur Hand. Er wollte nur wenige Klötze zerteilen und immer ein Ohr auf das Glöckchen über der Tür haben, damit er seine Arbeit sofort unterbrechen konnte. Das Glöckchen würde er mit Sicherheit hören, denn seine Ohren waren noch gut. »Ohne Axt kein Brennholz, ohne Brennholz kein Feuer, ohne Feuer kein kochendes Wasser, ohne kochendes Wasser kein Magentee, ohne Magentee kein Wohlbefinden, ohne Wohlbefinden keine Kraft, ohne Kraft kein Anheben der Axt, ohne Axt kein Brennholz ... im Leben greift doch alles irgendwie ineinander, alles ist ein großer Kreislauf, in der Natur genauso wie beim Holzhacken«, philosophierte er, während seine Schläge über den Hof hallten.

Die Schläge waren so laut, dass man sie sogar auf der Straße hören konnte. Ha-Wumm!, machte es jedes Mal, wobei das »Ha« von dem zuschlagenden Harsleben kam und das »Wumm« von der Axt, die das Holz spaltete. Auch die junge Frau hörte das Doppelgeräusch. Es kam ihr wie gerufen. Sie wartete, bis das nächste »Ha« zu hören war und betrat mit dem »Wumm« erneut den Laden. Das »Wumm« war, wie sie vorausgesehen hatte, so laut, dass es das Geräusch des Glöckchens über der Tür völlig übertönte.

Nun war sie in der Offizin. Rasch wandte sie sich um und begann ihre Suche.

Anni und eine weitere Magd namens Imme gingen schwer beladen die Straße hinunter, doch war das, was sie trugen, keine Marktware, denn Markt wurde an diesem Freitag nicht abgehalten, es waren vielmehr Schuhe. Schuhe jeglicher Art und Beschaffenheit, alle im Besitz der Bediensteten von Madame de Chattemont – und alle geradezu klein im Vergleich zu den Langschäftern des Kutschers Göttsche.

Madame war so großzügig, einmal im halben Jahr das Schuhwerk ihres Gesindes beim Schuster reparieren zu lassen, was nicht immer ganz leicht in der Durchführung war, weil manch einer der dienstbaren Geister kein zweites Paar sein Eigen nannte.

»Hihi«, machte Imme, eine stramme Maid Ende zwanzig, »du hättest Göttsche heute Morgen sehen sollen, der ging auf Strümpfen in den Stall zu seinen Gäulen, das sah vielleicht aus.«

»Der Schuster hat heute Morgen mit dem Besohlen angefangen und alles bis Mittag geschafft, schneller ging's nicht«, sagte Anni. »Außerdem hat Göttsche noch andere Schuhe.«

»Welche denn?«

»Die, wenn er in die Kirche geht.«

»Aber die zwicken, sagt er, und deswegen trägt er lieber keine und rennt auf Strümpfen in den Stall. Das sah vielleicht aus, hihi!« Imme war nicht die Gescheiteste, was sich auch darin äußerte, dass sie sich öfter wiederholte.

»Halt mal einen Moment an«, sagte Anni. »Ich wusste gar nicht, dass Schuhe so schwer sein können.«

Imme gehorchte. Ihr machte das Gewicht der ledernen Treter nichts aus. »Bist noch'n bisschen schwach von der Geburt, wie?«

»Ist ja auch noch keine drei Wochen her.«

Imme, die ihr Bündel abgesetzt hatte, schniefte und trat ungeduldig von einem Bein aufs andere. Dann schulterte sie ihre Last wieder und wollte weiter.

»Warte.« Anni musste noch ein paar Mal durchatmen, um neue Kraft zu schöpfen.

»Hihi, das sah vielleicht aus«, sagte Imme, weil ihr sonst nichts einfiel.

»Was?«, fragte Anni.

»Na, der Göttsche in den Strümpfen.«

»Ach so.« Anni wollte nun ebenfalls weitergehen, aber eine Stimme hielt sie auf. »Guten Tag, die Damen!«

Anni und Imme sagten wie aus einem Munde »Oh« und machten einen Knicks. »Guten Tag, Herr Doktor.«

Vor ihnen stand Körnchen, der alte Arzt des Viertels mit seiner großen Tasche. »Na, Anni, geht's wieder?«, fragte er.

»Jawohl, Herr Doktor.«

»Ich wollte eigentlich schon längst nach dir gesehen haben, aber die Zeit, die Zeit, die Zeit! Je älter man wird, desto schneller verrinnt sie, das wirst du auch noch feststellen, ja, ja, die Zeit ist eine lautlose Feile, von allem nimmt sie uns etwas, von der Sehkraft, vom Hörvermögen, von der Lebenslust, ohne jemals etwas wiederzugeben, aber mach dir darüber nur keine Gedanken, so weit ist es bei dir noch lange nicht, äh, was wollte ich eigentlich sagen? Ach ja, ich wollte schon längst nach dir gesehen haben, aber ich habe es einfach nicht geschafft, bei diesem Wetter scheint jedermann sich mit Fieber ins Bett zu legen, ganz Potsdam kröchelt und röchelt, wobei Fieber nicht das Schlechteste ist, es ist ein Zeichen, eine Körperreaktion auf die *Diskrasie* der Säfte, die durch die Kunst des Arztes behoben sein will, äh, was wollte ich eigentlich sagen? Ach ja, ich wollte schon längst nach dir gesehen haben, aber ich habe es einfach nicht geschafft, außerdem weiß ich, dass Elsa Siebold, die Gute, ein paar Mal bei dir war. Wenn etwas gewesen wäre, hätte sie es mir bestimmt gesagt.«

»Jawohl, Herr Doktor.« Anni spürte ein warmes Gefühl der Vertrautheit. Der Singsang des alten Mannes wirkte stets beruhigend, egal, in welcher Lebenslage man war. »Ich bin Euch sehr dankbar.« Sie machte einen weiteren Knicks und musste daran denken, dass Körnchen noch keine Rechnung präsentiert hatte und es wahrscheinlich auch nicht tun würde.

»Danke nicht mir, danke lieber Elsa Siebold, sie hat sich wirklich rührend um dich gekümmert. Genauso wie diese Klagefrau … Donnerwetter, kaum hat den Teufel man genannt, da kommt er auch schon angerannt!«

»Was sagt Ihr, Herr Doktor?«

»Äh, wie uncharmant von mir! Ich meine: Kaum spricht man über jemanden, schon erscheint er leibhaftig. Sieh nur, Anni, da auf der anderen Straßenseite, da kommt doch, wenn mich nicht alles täuscht, die eben erwähnte Klagefrau aus Harslebens Apotheke!«

Anni reckte den Hals. Körnchens Augenschwäche war im Viertel bekannt, in diesem Fall aber hatte er recht.

»Hoch lebe Mütterchen Russland!« Katusow hielt ein randvolles Glas Wodka in der Hand und präsentierte es wie einen Pokal. »*Nastrowje,* mein Mütterchen, ich trinke auf dich!« Er kippte den Schnaps hinunter, als sei er Wasser.

»Prost!«, kam die Antwort von irgendwoher. Wem die Stimme gehörte, war nicht zu erkennen, dafür war es zu voll im *Plögerschen Gasthof,* wo an diesem Abend drangvolle Enge herrschte. Sämtliche Tische waren bis auf den letzten Platz besetzt, Rauchschwaden hingen unter der Decke und ließen das Auge tränen, zahllose Gerüche schwängerten die Luft und machten sie zum Schneiden dick. Die Bedienung – in der Regel kräftige, eher unansehnliche Schankmägde – hatte alle Hände voll zu tun, sich durch die dichten Reihen zu quetschen und die zahllosen Wünsche der Gäste zu erfüllen.

Der *Plögersche Gasthof*, ein weiträumiger dreigeschossiger Bau, war seit jeher beliebt bei den Potsdamern, was nicht nur daran lag, dass man hier gut und preiswert speiste, sondern auch daran, dass der Gasthof eine Kehrseite hatte: Diese Kehrseite war nicht bürgerlich und bieder, sondern lüstern und lasziv. Auch lag sie nicht zu ebener Erde, im Parterre, sondern tief unten in den Kellergewölben. Es handelte sich um ein Etablissement, wie seine Betreiber wohl gesagt hätten, andere, mit weniger vornehmer Ausdrucksweise, hätten von einem Bordell oder einem Puff gesprochen. Die Mädchen, die hier arbeiteten, waren bei weitem nicht so unansehnlich wie jene, die oben Wein und Wurst servierten. Sie waren ausnehmend hübsch, wundervoll gewachsen – und teuer.

Mit dreien von ihnen hatte Katusow sich den Nachmittag über vergnügt und mehrere Male den Beweis angetreten, dass ein richtiger Russe nicht nur eine große Seele hat. Nun saß er wieder in der bürgerlichen Schankstube und spürte eine Art befreiter Entspannung, die nach weiterem Wodka verlangte. »Noch einen«, rief er mit dröhnender Stimme. »Und für die beiden Kerle hier auch.«

Die beiden Kerle, die sich an ihn herangemacht hatten, waren von jener Sorte, wie sie in jedem Gasthaus anzutreffen ist: Bummelanten und Müßiggänger, die nur auf einen spendierfreudigen Gast warteten. Katusow war so einer, das hatten sie gleich erkannt. Er war teuer gekleidet, hatte beste Laune und sicher einen gut gefüllten Geldbeutel. Der Gedanke, ihn zu bestehlen, lag ebenfalls nahe, aber das konnte ins Auge gehen, denn der Uniform nach war er Offizier, und mit Offizieren war nicht zu spaßen. Besonders, wenn sie einen erwischten. Immerhin, ein paar Gläschen umsonst, das schien gut möglich.

»Danke«, sagte der eine, als der Wodka gebracht wurde, und der andere rief: »*Nastrowje,* edler Herr Offizier!«

Katusow lachte dröhnend. »Was sagst du zu mir? Herr Offizier? Hör zu, du halbe Portion, ich bin Oberst des tapfersten Garderegiments, das Ihre Kaiserliche Hoheit Katharina die Große jemals hatte.«

»Jawoll, Herr Oberst!«

»Das hört sich schon besser an. He, Schankmagd, noch drei, aber schnell. Wollen doch mal sehen, ob diese Hänflinge auch was vertragen können.«

Als der scharfe Schnaps vor ihm stand, brüllte Katusow erneut: »Auf Mütterchen Russland!« Und: »Auf meine Zarin, Katharina die Große, Gott gebe ihr ein langes Leben!«

»Jawoll, das soll er, Herr Oberst!«, riefen seine Mittrinker beflissen, kippten den Wodka hinunter und hofften auf eine weitere Runde.

Stattdessen aber beugte Katusow sich vor und befühlte mit seiner Pranke die Oberarme der beiden. »Ärmchen wie Würmchen!«, dröhnte er. »Taugen gerade mal dazu, ein Glas anzuheben, zu mehr nicht. Und ich dachte schon, ihr zwei könntet in meinem Regiment als Stallburschen anfangen. Ich will euch was sagen, ihr Hänflinge: Wenn ihr es schafft, mit mir zehn Wodka auf einen Sitz zu trinken, will ich's mir noch mal überlegen, dann seid ihr echte Männer, und jeder von euch kriegt einen Friedrichsdor.«

Das ließen die beiden sich nicht zweimal sagen. Sie stimmten zu.

Katusow sorgte brüllend dafür, dass vor jeden von ihnen zehn bis an den Rand gefüllte Gläser gestellt wurden, und fackelte nicht lange. »Immer wenn ich zähle, wird getrunken!« Er erhob sein Glas und rief: *»Adin!«* Alle drei tranken. Ohne zu zögern, griff Katusow zu Glas Numero zwei. *»Dwa!«* Und gleich danach: *»Tri!«*

So ging es bis zum fünften Glas.

Beim sechsten verschluckte sich der eine der Mittrinker. Er rang nach Luft und keuchte, seine Augen traten aus den Höhlen wie die eines Mopses. Er wollte etwas sagen, aber es kamen nur unverständliche Laute über seine Lippen.

»Weitersaufen!«, befahl Katusow, dem der Alkohol nicht das Mindeste auszumachen schien. »Arschbacken zusammenkneifen! Sonst wird es nichts mit dem Friedrichsdor.«

Trotz des Schluckaufs versuchte der Mann, sein Glas zu leeren, was ihm aber nicht gelang. Er japste nach Luft, lief puterrot an, hustete qualvoll und krächzte: »… kann n… nich mehr.«

Katusow schlug ihm krachend auf die Schulter. Sein Lachen klang wie aus einem Fass, als er sich an den anderen Burschen wandte. »Und was ist mit dir, Hänfling? Kannst du auch nicht mehr?« Er holte das versprochene Geldstück aus seinem Ärmelaufschlag und hielt es dem Bedauernswerten unter die Nase. »Pures Gold! Das wird deinen Durst beflügeln.«

»Jawoll«, nuschelte der Mann, dem es offensichtlich auch nicht mehr schmeckte. Dennoch griff er zum Glas und trank. Er tat es so bemüht, dass er die Hälfte des scharfen Gesöffs vergoss.

»Das gilt nicht!«, protestierte Katusow. »Numero *schestch* wird wiederholt.« Er schob seinem Opfer ein neues Glas hin. *»Nastrowje!«*

»*Nastrowje*«, kam es schwach zurück. Der Mann wankte leicht, er schluckte mehrmals trocken und widmete sich dann seiner Aufgabe. Mit Mühe schaffte er es, das Glas zu leeren.

»Es folgt Numero *sjem!*«, kommandierte Katusow und ging mit gutem Beispiel voran.

Doch das siebte Glas war zu viel für den Mann. Mitten in der Trinkbewegung hielt er inne, als sei er gelähmt, stierte eine kleine Ewigkeit in sein Trinkgefäß und schlug dann krachend mit der Stirn auf den Tisch. Die Menge, die sich mittlerweile angesammelt hatte und den Wettkampf verfolgte, amüsierte sich köstlich. Katusow war in seinem Element. »Wer Wodka nicht vertragen kann, soll die Finger davon lassen!«, brüllte er. Auch seine Zunge war jetzt schwer, aber er scherte sich nicht darum, sondern trank die übrig gebliebenen Gläser wie ein Automat leer. »Das ist das Wässerchen, mit dem nur Russen umgehen können, merkt euch das!«

»Ja, ja, schon recht«, murmelten die Gaffer beeindruckt und entfernten sich wieder zu ihren Tischen. Nur ein einzelner Mann blieb stehen.

Katusow blinzelte. »Seid Ihr das, Søderborg? Hupps, woher kommt Ihr denn? Wart Ihr auch in den Katakomben und habt Amor gespielt?«

Søderborg schürzte die Lippen. »Nein, ich war nicht in den Katakomben und habe auch nicht Amor gespielt, wie Ihr es auszudrücken beliebt. Aber Eurer Frage entnehme ich, das Ihr es getan habt.«

Katusow lachte sein dröhnendes Lachen. »Worauf Ihr Euch verlassen könnt. Ich habe den Mädchen bewiesen, was ein Russe mit dem Säbel kann. Dafür haben sie mir ihre Geometrie gezeigt, hoho! Lagen da wie ein großes

Dreieck, mit Schenkeln wie Katheten! Ganz nebenbei habe ich auch noch zwei Kerle unter den Tisch gesoffen, und wenn Ihr wollt, verfahre ich mit Euch genauso.«

»Lächerlich. Ich trinke nicht mit Euch um die Wette, außerdem habt Ihr einen viel zu großen Vorsprung.«

»Ach, die paar Gläschen! Nun setzt Euch schon. Ja, so ist es recht. He, Schankmagd, schaff die beiden Hänflinge raus und bringe Wodka für den Grafen und mich.«

»Ist recht, sofort.«

Keine zwei Minuten später waren die Hänflinge entfernt, und das Gewünschte stand auf dem Tisch.

Katusow haute der Bedienung auf den Hintern. »Na, bitte, das funktioniert ja wie beim Garde-Exerzieren. Hupps! *Wie die Zucht, so die Frucht,* so heißt es doch bei Euch Deutschen.«

Søderborg zog die Brauen hoch. »Ich darf Euch daran erinnern, dass ich Schwede bin.«

»Was? Ach ja, hab ich vergessen.« Katusow war schon etwas angeschlagen, wollte sich aber nichts anmerken lassen und redete weiter. *»Wie die Zucht, so die Frucht, wie die Quelle, so der Bach, nastrowje!«*

»Scål!« Søderborg trank mit kleinen Schlucken, während Katusow den Wodka hinunterstürzte, sich den Mund wischte und lärmend weitersprach: »Euch scheint es nicht zu schmecken, Graf, Ihr trinkt ja wie ein Vögelein.«

Søderborg zog es vor, zu schweigen.

»Wozu seid Ihr überhaupt hergekommen, hupps, hergekommen, wenn Ihr weder trinken noch vög…, äh, wenn Ihr nichts wollt?«

»Ich wollte eine Kleinigkeit essen«, sagte Søderborg.

»Richtig, mein Lieber, richtig! Lieber zu viel gegessen, als zu wenig getrunken, hoho! Wenn ich mich richtig erinnere, hat es beim Alten F… Fritz neulich beides nicht gege…, hupps, gegeben.«

»Ihr meint bei der Puppe, dieser schlechten Nachbildung. Seine Majestät selbst kam ja erst später dazu.«

»Hoho, aber reingefallen auf die P… Puppe sind wir alle! Wenn dieser K… Klingenthal mir noch mal unter die Augen kommt, dann gnade ihm Gott.«

»Da sind wir ausnahmsweise einmal gleicher Meinung.«

»He, Schankmagd, mir noch einen Wodka und für den Grafen auch. Er ist m… mein Gast.«

»Das kann ich nicht annehmen.«

»Doch, doch, hupps.« Mit der Hartnäckigkeit des Betrunkenen fügte Katusow hinzu: »Ich b… bestehe darauf.«

»Was darf ich zu essen bringen?«, fragte die Magd.

Søderborg sagte: »Ich nehme Leberwurst mit Kartoffelbrei und Kapern.« Er sagte es, als würde er ein Zwölf-Gänge-Menü von erlesensten Speisen auswählen.

Als die Speise aufgetischt wurde, rief Katusow, der die Wirkung seines unmäßigen Trinkens zunehmend spürte: »Dem Klingenthal, dem b… brech ich sämmliche Knochen, aber lustig war's doch, lustig war's doch.«

»Das habe ich nicht so empfunden.« Søderborg stocherte in seinem Kartoffelbrei herum.

»Lustig war's, wie Ihr was über'n Fürssenbund rauskriegen wollet, hoho.«

»Ich hatte den Eindruck, es war genau umgekehrt. Ihr wart es, der darüber etwas wissen wollte.«

»Pah, umgek… kehrt! Alle wolln was drüber wissen. Auch der Litschu… Lutschi…, wie heißt der noch?«

»Ihr meint den Marchese Lucchesini?«

»G… genau den, hupps!« Katusow führte sein Glas zum Mund und stellte fest, dass es leer war. Lautstark orderte er neu. »Wossu hab ich dafür gesorgt, dass der L… Laden Wodka, hupps, führt!« Ohne eine Antwort zu erwarten, setzte er seine Rede fort: »Der Dantal, der t… tut auch immer, als wenn er kein W… Wässerchen trüben könnt, aber b…, hupps, beim Wörtchen Fürssenbund hatter auch g… ganz lange Ohren gekriegt! Das is'n Handlanger vom Joseph aus Wien.«

»Ist mir nicht aufgefallen.«

»Aber mir! Ich sach Euch, der reitet gern auf, hupps, 'nem fahlen Pferd.«

»Ihr meint, er sei nicht der, der er offenkundig ist? Warum sollte er lügen? Er ist doch nur Vorleser?«

»Ich weiß, wassich weiß.« Katusow schüttelte unwillig den Kopf und trank einen weiteren Wodka, allerdings mit zweimaligem Absetzen, was bei ihm schon etwas hieß. Er wollte etwas hinzufügen, aber er hatte vergessen, was, die Nebel des Alkohols machten ihm zu schaffen und verdeckten seine Erinnerung. So wechselte er das Thema. »Madame Schattmong und ihr *C… Collegium Artis,* seid Ihr auch eingeladen?«

Søderborg zerteilte die Leberwurst, als seziere er ein Stück Darm. »Das bin ich.«

»Die Schattmong ist auch eine, die's wissen, hupps, will! Fürssenbund, versteht Ihr? Die auch, die auch.«

»Absurdité!«

»Ich m… muss mal.« Katusow erhob sich schwerfällig. »'tschulligung, das Wasser hat nun mal solche, hupps, Kraft, dasses selbst der stärksse Mann nicht halten k… kann, hoho!«

Als er wieder da war, hatte Søderborg seine Mahlzeit fast beendet. »Ich habe mir erlaubt, Euch einen Krug Most zu bestellen. Ihr habt genug Wodka getrunken.«

»M… Most?« Katusows Augen weiteten sich vor Entsetzen. »Most, haha! Hoho! Das kann nur einer bestelln, der sich Zuck… Zucker auf die Gurke streut, hupps! Trinkt das Zeugs nur selbst, W… Wodka!«

Der Wodka wurde mit der üblichen Geschwindigkeit gebracht.

Katusow trank. Es war sein zweiundzwanzigstes oder dreiundzwanzigstes Glas, und es sollte sein Verhängnis werden, denn es war das Glas, das seine Zunge endgültig lockerte, das alle Dämme brechen ließ, und er lallte: »Søderborg, du alter Junge, t… tu nich so vornehm, hupps, hupps, ich weiß mehr, als mnchm … äh, manchem liebis, aberich bin v'schwiegen wie 'ne Ausser, verstehssu? V'schwiegen wie 'ne Ausser! Ichtu so, als hättich vonnix 'ne Ahnung.«

»Ihr solltet jetzt besser den Most trinken«, sagte Søderborg steif.

»Dabei weißich genau, dass Madame Schatt…« – Katusow rülpste ausgiebig – »Schattmong 'ne Spionin is, ja, issie, hupps, un du, Søderborg, bisses auch, du bist, hupps, der Schlimmste, du bist Deutscher, und du bist'n Spion, 'n dreckiger Spion, hupps, oder glaubssu, Michail Fjodorowitsch Katusow w… wüsse das nich?«

»Redet kein dummes Zeug. Trinkt endlich Euren Most!«, schnarrte Søderborg.

»D… du bist der Schlimmste. Der Allerschlimmste! Könnt dich, hupps, hupps, un alle annern hochgehn lassen, wenn i… ich nur wollte.«

Søderborgs Gesicht war steinern, als er sich langsam erhob. Sein Gegenüber, betrunken oder nicht, hatte soeben eine unverzeihliche Dummheit begangen. Zwar wusste in bestimmten Kreisen jeder von jedem, dass der andere spionierte, doch herrschte ein ungeschriebenes Gesetz, dass niemals darüber gesprochen wurde. Nicht offen, nicht öffentlich und schon gar nicht unter Drohungen.

»Ihr wollt mich hochgehen lassen?«, fragte Søderborg eisig. »Mich nicht, Katusow!«

»Hä, wassachst du?«

»Mich nicht, Katusow! Da könnt Ihr Gift drauf nehmen.«

Johann Philipp Harsleben war sehr zufrieden mit dem Zustand seiner Magensäfte. Er hatte gestern, am Freitag, noch Holz geschlagen, Feuer gemacht und sich einen Tee gekocht. Der Tee war ihm ausnehmend gut bekommen. Vielleicht lag das daran, dass er die Mischung diesmal leicht verändert hatte. Er hatte von dem Afrikanischen Zitronenkraut, *Satureja biflora,* ein wenig mehr genommen. Ja, das musste der Grund sein. Er beschloss, diese Erkenntnis gleich in seinem *Antidotarium* festzuhalten.

Das *Antidotarium* war ein Kompendium, das die Sammlung der am meisten verbreiteten Rezepte enthielt. Es befand sich neben dem Rezepturtisch auf einem Gestell, das einem Notenständer glich, zusammen mit Feder und Tinte. Eine sinnvolle Einrichtung, von der so mancher Physikus in der Stadt profitierte: Sei es, dass er ein Rezept suchte, sei es, dass er eines kraft seiner Erfahrung verbessern wollte, wobei stets alle Ingredienzen genauestens nach Mengen und Maßen aufgelistet werden mussten. Natürlich konnten auch gänzlich neue Rezepte eingetragen werden, und das nicht nur von den Ärzten des Viertels, sondern auch vom Apotheker selbst.

Harsleben schritt bedächtig zu dem genannten Buch und schloss im Vorbeigehen die Apotheke ab. Für heute war es genug. Wer jetzt noch etwas gegen seine Zipperlein brauchte, musste sehen, woher er seine Arzneien bekam. Er war ein alter Mann, der seine Ruhe verdient hatte.

Er wechselte die Brille und begann zu schreiben. Buchstabe für Buchstabe, Wort für Wort. Als er fertig war, setzte er sorgfältig das Datum und seine Paraphe unter die Eintragung und gab Streusand auf sein Werk. Dann wechselte er wieder die Brille und dachte, dass es nun Zeit sei für ein leichtes Abendbrot.

Er ging in die Küche – und verließ sie fast im selben Augenblick wieder. Ihm war eingefallen, dass er nichts Essbares im Haus hatte und dass es darüber hinaus nicht das Schlechteste sein würde, den gerade so friedlich gestimmten Magen mit Nahrung zu verschonen.

Aber was konnte er tun, wenn er nicht aß?

Er konnte nachsehen, wie es um seine Arzneivorräte stand. Zwar prüfte er in regelmäßigen Abständen, wie viel er noch von diesem oder jenem Kraut hatte, aber in letzter Zeit war er wegen der vielen Arbeit nicht dazu gekommen. Er seufzte. Ein Hilfs-*Apotecarius* wäre jetzt von Nutzen, dachte er, der hätte jüngere Augen und gelenkigere Knie, aber was soll ich auf meine alten Tage mit einer zweiten Person in meiner Offizin? So ein Bursche würde mir nur im Wege stehen – oder ich ihm. Egal, fangen wir an.

Er begann, die zahllosen Schubladen seiner Schränke aufzuziehen, äugte hinein, vergewisserte sich, dass von dem Inhalt noch genug da war, und machte sich, wenn das nicht der Fall war, eine entsprechende Notiz. Wie schon vermutet, waren besonders die Arzneien gegen Erkältungsbeschwerden fast zur Neige gegangen, und er nahm sich vor, einen Großteil des kommenden Sonntags mit der Herstellung neuer Medizin zu verbringen. Das Hacken, Mischen und Mörsern, das Destillieren, das Abwiegen, das Pillendrehen und vielerlei mehr verlangten Zeit und Sorgfalt. Aber Harsleben machte die Arbeit gern, und er hatte Muße. Eigentlich, dachte er, ist es gar nicht so schlimm. Die Mengen, die fehlen, sind recht groß, aber es sind insgesamt nur wenige Arzneien, und das erspart viel Mühe.

Ob ich noch die Medikamente im Rezepturtisch überprüfe?, fragte er sich. Eigentlich ist es unnötig, im Tisch befindet sich nichts, was ich in letzter Zeit verkauft hätte. Und doch: Es ist besser, nachzusehen, also, bück dich, alter Knabe, auch wenn die Knie krachen!

Bedächtig zog er Schublade für Schublade hervor. Nirgendwo fehlte etwas. Nur bei der letzten, der mit den Giftsubstanzen, stutzte er. Sie wirkte unaufgeräumt, so als hätte jemand eilig darin gekramt. Er selbst konnte es nicht gewesen sein, das war so sicher, wie der Gott der Heilkunde Asklepios hieß. Gut, er hatte die Lade vorgestern – oder war es vorvorgestern? Nein, es war vorgestern – abends geöffnet, um einem Apothekerkollegen mit etwas Atropin, dem Gift der Tollkirsche, auszuhelfen. Aber, und das wusste er genau, er hatte sämtliche Röhrchen sauber geordnet in ihren Ständern zurückgelassen.

Da stimmte doch etwas nicht! Harsleben zählte und prüfte und prüfte und zählte. *Atropa belladonna, Datura stramonium, Venenum curaris, Abrus precatorius, Aconitum napellum* waren vorhanden, gut und schön, aber dann kam er zu der erschreckenden Erkenntnis, dass ein Röhrchen fehlte. Um ganz sicherzugehen, kontrollierte er alles noch einmal, aber es blieb dabei: *Antiaris toxicaria,* das tödliche Gift des Upas-Baums, fehlte.

Das durfte nicht wahr sein. Und doch war es so. Harsleben richtete sich mühsam auf und setzte sich auf den nächstbesten Stuhl. Ordne deine Gedanken!, befahl er sich. Sei kein Narr und denke nach! Wer kommt für den Diebstahl in Frage? Natürlich: Nur jemand, der Verwendung für das tödliche Gift hat. Aber wer könnte das sein?

Er griff nach einem alten Schreibheft – von ihm Giftkladde genannt – und schaute hinein, denn er hatte es sich über Jahre hinweg zur Gewohnheit gemacht, den Verkauf eines jeden Toxikums genauestens festzuhalten. Jede Eintragung setzte sich aus vier Punkten zusammen: Name der Gifts, Menge des Gifts, Tag des Verkaufs und Name des Käufers.

Mit halbem Herzen blätterte er in der Kladde. Er wusste, dass er seit langer Zeit keine Eintragung mehr vorgenommen hatte. Die letzte Eintragung lag über ein Jahr zurück. Ja, richtig, da stand es. Am Mittwoch, dem 20. August 1783, waren zwanzig Gramm *Antiaris toxicaria* von einem Arzt namens Doktor Hans von Reckwitz erworben worden. Harsleben schlug die Kladde wieder zu und begann zu grübeln. Hans von Reckwitz war der Assistent von Professor Selle gewesen, dem Leibarzt des Königs. Ein junger Mediziner, der keinen allzu guten Ruf genossen hatte. Und der nur wenige Tage nach dem Erwerb des Gifts unter seltsamen Umständen im Potsdamer Stadtschloss zu Tode gekommen war.

Jetzt erinnerte Harsleben sich genau. Er hatte sich damals gefragt, ob zwischen dem Giftkauf und dem Tod des jungen Mannes ein Zusammenhang bestehen könne, dann aber die Sache auf sich beruhen lassen, nicht zuletzt, weil man ihm bedeutet hatte, von Seiten des Hofes sei jegliches Gerede über das Ableben des Hans von Reckwitz unerwünscht.

Harsleben hatte mit den Schultern gezuckt und den Fall vergessen.

Und nun gab es schon wieder Ungereimtheiten mit dem Gift *Antiaris toxicaria!*

Eines jedenfalls war klar: Jemand hatte es gestohlen. Ja, so musste es sein, es gab keine andere Möglichkeit. Fragte sich nur, wer es gewesen war. Harsleben ging die Reihen seiner Kunden durch und kam zu keinem Ergebnis. Was sollte auch einer seiner vielen verschnupften Patienten mit einem tödlichen Gift anfangen! Das Ganze machte keinen Sinn. So kam er nicht weiter.

Doch halt! Vielleicht ließ sich aus dem Zeitpunkt des Verschwindens etwas schließen? Was hatte er vorhin gedacht? Richtig: Vorgestern Abend hatte er dem Kollegen Servatius aus der Charlottenstraße mit etwas *Atropin* ausgeholfen, da war noch Ordnung in der Schublade gewesen, und heute herrschte ein heilloses Durcheinander darin. Das ließ nur einen Schluss zu: Der Diebstahl musste gestern passiert sein.

Abermals ging Harsleben seine Kunden durch, diesmal allerdings auf den gestrigen Tag beschränkt, und abermals kam er nicht weiter. Niemand fiel ihm ein, der es gewesen sein könnte. Niemand schien in Frage zu kommen. Auch nicht die reizende junge Frau, die er nicht kannte.

Die reizende junge Frau?

Harsleben wehrte sich gegen den Gedanken, aber sie war die Einzige, die es theoretisch gewesen sein konnte. Wenn er sich richtig erinnerte, hatte er ihr gegenüber etwas vom Holzhacken erwähnt, und genau das hatte er auch getan, nachdem sie hinausgegangen war. In dieser Zeit hätte sie das Gift stehlen können. Ja, das hätte sie. Aber was war mit dem Glöckchen über der Eingangstür? Es hätte die Frau doch melden müssen? Ja – und auch wieder nein: Wenn man die Tür langsam öffnete, kam man auch ohne Klingelton hinein …

Harsleben pfiff sich zurück. Was ihm da durch den Kopf

ging, waren nichts als Spekulationen, nicht der Rede wert und schon gar keine Anzeige bei der Polizei.

Und doch, und doch … Was hatte sie noch getragen? Ein schwarzes Kleid, das dem einer Nonne ähnelte.

Und ein Kettchen mit einem silbernen Kreuz.

Da wird sein Heulen und …

Alena hatte schon mehrfach in den Spiegel geschaut und sich kritisch von oben bis unten betrachtet. Gewiss, die Robe, die Madame ihr überlassen hatte, war sehr hübsch anzusehen, und auch der Schnitt war über jeden Zweifel erhaben, nur die Farbe war es, die ihr Kummer bereitete. Sie nannte sich, wie Madame erklärt hatte, *Colore di Siena* und gefiel Alena trotz des klangvollen italienischen Namens überhaupt nicht. Es handelte sich um ein dunkles Braun, das sie an altes, verwelktes Laub erinnerte, und alt und verwelkt wollte sie um alles in der Welt nicht aussehen. Andererseits besaß sie selbst nur zwei schwarze Kleider, die sie im Wechsel trug, je nachdem, welches gerade in der Wäsche war.

Alena schnitt eine Grimasse. Sie würde sich mit dem Braun zufriedengeben müssen, denn einem geschenkten Gaul schaute man nicht ins Maul. Dafür gefiel ihr die Frisur sehr gut, die ihr von einer eigens ins Haus geholten *Coiffeuse* hergerichtet worden war. Ein schwarzes Haarteil, kunstvoll eingearbeitet und mit zahllosen Löckchen versehen, hatte ihrem ohnehin schon fülligen Haar noch mehr Volumen verliehen. Was Klingenthal wohl dazu sagen würde? Sie konnte ihn nicht fragen, denn er befand sich mit seinen Puppen unten in Göttsches Remise. Außerdem fehlte ihr die Zeit, zu ihm zu gehen, denn Madame hatte sie für siebeneinhalb Uhr zu sich in ihr Ankleidezimmer bestellt.

Mit raschen Schritten eilte sie über die Flure der Beletage zum Ankleidezimmer von Madame, klopfte, trat ein und hielt den Atem an: Madame de Chattemont, das musste der Neid ihr lassen, sah aus wie eine Märchenprinzessin. Alena hatte schon halbwegs damit gerechnet, dass sie neben der Hausherrin verblassen würde, aber dass der Unterschied so turmhoch war, hatte sie nicht erwartet. Madame trug einen ausladenden Reifrock im quer-ovalen Panierschnitt, einen Traum aus weißem Atlas, der über und über besetzt war mit roten, von Goldfäden durchzogenen Schleifchen – ein Blickfang, der nur durch ihr Dekolleté übertroffen wurde: Es war atemberaubend, nicht nur wegen des sich hochwölbenden, kaum verdeckten Busens, sondern auch wegen des diamantenbesetzten Colliers um ihren Schwanenhals. Ihre Frisur nannte sich *La belle Poule* und war ein prachtvolles Gebilde aus blondem Natur- und Kunsthaar, hoch aufgesteckt, von großen Locken geprägt und mit einem kleinen goldenen Schiffsmodell gekrönt. Das Schiffsmodell fand sich noch ein zweites Mal wieder, und zwar als kostbare Perlenstickerei auf ihren Schuhen. Es waren *Chaussons*, gänzlich aus Schantungseide gefertigt, im vorderen Teil flach und spitz zulaufend wie der Schnabel eines Vogels, hinten mit drei Zoll hohen *Louis-quinze*-Absätzen, denen man nachsagte, sie ermöglichten einen besonders graziösen Gang.

Selbst bei Hofe, da war Alena sicher, hätte diese erlesene Staffage noch Aufsehen erregt.

»Was sagt Ihr zu meinem Kleid?«, fragte Madame, sich abschließend mit einem Zerstäuber parfümierend.

»Es ist wunderbar. Mir fehlen die Worte.«

»Das freut mich, trotzdem bin ich schrecklich aufgeregt. Ich habe schon die Zofe und die *Coiffeuse*-Meisterin fortgeschickt, aber meine Unruhe hält immer noch an. Einerseits sehne ich mich nach einem unterhaltsamen Abend, andererseits fürchte ich, dass irgendetwas nicht klappen könnte. Hoffentlich ist auf die Vortragenden Verlass! Am besten, ich nehme noch mal von meiner bewährten Medizin. Wo ist sie nur? Ach da!«

Madame träufelte sich ein paar der *Rapp'schen Beruhigungstropfen* auf einen Löffel und nahm sie ein. »Das wird helfen! Ich glaube, ich habe im Gesicht lauter Flecken, nur gut, dass es Rouge gibt. Ein wenig Rouge als *Camouflage*, das hilft fast immer. Sieht man noch etwas von den Flecken, Alena?«

»Nein, Madame, wirklich nicht.«

»Gott sei Dank. Ihr mögt mich für eitel halten, liebe Alena, aber angesichts der zu erwartenden großen Anzahl gut aussehender Herren möchte ich als Gastgeberin mithalten können. Bitte folgt mir in die Küche, ich will sehen, ob dort alles zum Besten steht.«

Mit der Alena schon bekannten Geschwindigkeit lief Madame voraus, rauschte wie eine weiß-rote Wolke durch die Gänge und Türen ihres Palais und warf schließlich, in der Küche angekommen, einen kritischen Blick auf die große Terrine aus Meißner Porzellan, die auf dem blank gescheuerten Tisch stand. »Ist die Wildbouillon schon darin?«, fragte sie.

Die Köchin schüttelte den Kopf. »Nein, gnädige Frau, sie ist noch im Topf auf dem Herd, ich will sie so lange wie möglich heiß halten, bis die Gäste kommen. Nichts ist schlimmer als lauwarme Bouillon.«

Madame nickte verstehend. »Was ist mit der Pariser Pastete?«

»Sie steht bereit, gnädige Frau.«

»Gut.« Madame schaute zur Küchenuhr. »Die Herren werden in zehn Minuten hier sein. Ich will, dass dann alles wie am Schnürchen klappt. Ludolf, höre« – sie wandte sich zu dem alten Diener, der mit dem anderen Gesinde im Hintergrund wartete –, »du überprüfst ein letztes Mal den Sitz der Livreen des Personals. Jeder Einzelne muss seine Augen überall haben. Wehe, ich sehe einen der Herren den Hals vergebens nach einem Diener recken! Die Wünsche der Herren müssen ihnen von den Augen abgelesen werden. Wenn einer Wildbouillon möchte, darf er den Gedanken noch nicht zu Ende gedacht haben, da muss sie ihm schon serviert werden. Hast du mich verstanden?«

»Jawohl, gnädige Frau.« Ludolf ließ sich nicht anmerken, dass er die Litanei von Madame heute schon mehrmals gehört hatte. »Es wird alles reibungslos vonstatten gehen. Die Herren werden sich wohlfühlen.«

Einigermaßen beruhigt, rauschte Madame wieder hinaus aus der Küche.

In ihrem Sog Alena, die ihr kaum folgen konnte.

Wenig später trafen die Herren ein. Der Geheimrat von Karius war wie immer der Erste. Böse Zungen behaupteten, seine Frau mache ihm zu Hause regelmäßig die Hölle heiß, weshalb er jede Gelegenheit wahrnehme, ihr zu entkommen. Von Karius war ein kleiner Mann mit spitzer Nase, dessen Gesicht spatzenhaft wirkte, was er durch häufiges Zucken mit dem Kopf noch betonte. Er wurde von Madame mit dem reizendsten Lächeln der Welt empfangen, beugte sich über die dargebotene Rechte und hauchte einen Kuss darauf. »Bin ich etwa der Erste, meine Liebe?«

»Einer muss den Anfang machen!« Madame strahlte und zog ihre Hand zurück.

»Das stimmt, das stimmt.« Von Karius nickte. »Freue mich schon auf das heiße Süppchen, es gibt doch Süppchen, oder?«

»Lasst Euch überraschen.«

»Das werde ich.« Von Karius verdrückte sich in den hinteren Bereich der Empfangshalle und machte Platz für den nächsten Ankömmling. Es handelte sich um Timothy Harrington, einen reichen englischen Tuchhändler, der seiner Geschäfte wegen schon länger in Potsdam weilte. Er maß an die sechs Fuß in der Körperlänge und erinnerte mit seinen hängenden Armen an eine Trauerweide. In seiner Begleitung befand sich ein junger Mann namens Gerard Adam, ein Cousin des verstorbenen Bildhauers Lambert-Sigisbert Adam, der die zwei Jagdgruppen im Park von Schloss Sanssouci erschaffen hatte und der seines berühmten Onkels wegen bei Madame hochwillkommen war.

»Was macht der Sandstein, meine Gnädigste?«, fragte Gerard Adam. »Fügt er sich immer noch so willig Euren formenden Händen?«

Madame lachte. »Ich gebe mir Mühe.«

Adam hielt noch immer Madames Hand. »*Magie oder Nichtmagie* ist das Motto des heutigen Abends, wenn ich mich recht entsinne. Ich darf behaupten, dass ich mich schon jetzt von Euch magisch angezogen fühle.«

»Ihr seid ein Charmeur!« Madame girrte.

»Und wer ist dieses reizende junge Fräulein mit den wundervollen Augen?«

»Das ist Mademoiselle Alena, eine ehemalige Karmelitin und nun meine persönliche *Secrétaire.*«

»Ich wusste gar nicht, dass Nonnen so bezaubernd aussehen können.«

»Das können sie, Monsieur, das können sie. Darf ich Euch Ludolfs Fürsorge anvertrauen? Er wird für Euer leibliches Wohl sorgen.« Madame wandte sich ab und dem nächsten Gast zu, der schon darauf wartete, sie begrüßen zu dürfen. Dann kam der nächste, der übernächste … und so ging es weiter, bis endlich alle einunddreißig geladenen Herren die Empfangshalle füllten, eifrig ins Gespräch vertieft, Neuigkeiten austauschend, Witze reißend und im Übrigen den sanften Klängen der Flötenmusik lauschend, die von einem Kammertrio zu Gehör gebracht wurden. Auch Søderborg war gekommen, wie immer eine blasierte Miene vor sich hertragend, ebenso wie der Marchese Lucchesini und Katusow, der sich von seinem alkoholischen Exzess einigermaßen erholt zu haben schien.

»He, Søderborg!«, rief Katusow. »Mir ist, als hätten wir uns gestern Abend im *Plögerschen Gasthof* gesehen. Um der Wahrheit die Ehre zu geben, ich kann mich nicht mehr an jede Einzelheit erinnern.«

Søderborg schien Katusow nicht gehört zu haben, jedenfalls beschäftigte er sich angelegentlich mit seiner Bouillon, blies die Backen auf, um sie pustend auf eine trinkbare Temperatur abzukühlen, nahm ein Schlückchen, pustete wieder, spitzte die Lippen erneut, um ein Schlückchen zu nehmen, und wirkte insgesamt sehr abwesend.

»He, Søderborg!«, rief Katusow mit dem ihm eigenen lauten Organ. »Habt Ihr mich nicht gehört?«

Søderborg wandte sich ab, eine Unhöflichkeit, die Katusow niemals akzeptiert hätte, wenn in diesem Augenblick nicht Madame persönlich an ihn herangetreten wäre. Sie hakte sich bei ihm unter und führte ihn fort. »Fürst Katusow«, sagte sie kokett, »mir ist etwas Schreckliches eingefallen: Ihr kennt ja noch immer nicht mein Atelier im oberen Stockwerk. Wie saumselig von mir! Das muss später unbedingt nachgeh… oh, entschuldigt, ich muss noch einen letzten Gast begrüßen.« Madame löste sich von Katusow, denn sie hatte im Eingangsbereich eine schmale, ganz in Schwarz gekleidete Gestalt entdeckt: Dantal, den Vorleser des Königs. Dantal, der im Bett enttäuscht hatte und der von des Königs Politik angeblich nichts wusste.

»Guten Abend, mein lieber Dantal!« Die Begrüßung von Madame fiel so herzlich aus, als hätte sie den ganzen Abend einzig und allein auf den Vorleser gewartet. »Ich dachte schon, Ihr kämt nicht mehr.«

Dantal räusperte sich. »Nun, es war auch nicht einfach, den Weg zu dir, äh, zu Euch zu finden. Offen gesagt, bin ich nicht ganz sicher, ob der König mich heute Abend nicht doch noch rufen wird, um ihm vorzulesen. Trotzdem bin ich gekommen.«

»Worüber sich niemand mehr freut als ich!« Madame tätschelte Dantals Unterarm. »Darf ich Euch mit Mademoiselle Alena bekannt machen? Sie ist seit kurzem meine *Secrétaire* und hat Euch auch die Einladung geschickt.«

»Aha, ja, sehr angenehm.« Man sah Dantal an der Nasenspitze an, dass er nicht wusste, was er sagen sollte.

Alena versuchte, es ihm ein bisschen leichter zu machen. »Ich stelle es mir nicht einfach vor, dem König vorzulesen«, sagte sie. »Ich glaube, ich wäre viel zu aufgeregt und würde mich ständig verlesen.«

Dantals Miene heiterte sich ein wenig auf. »Das ging mir am Anfang auch so, mein Fräulein, aber der König hatte sehr viel Nachsicht mit mir. Es ist auch nicht so, dass ich ihm nur aus seinen Lieblingswerken vorlesen soll, er will auch über sie diskutieren. Er sagt immer, das Wissen *nobilirt* den Menschen, nichts anderes sonst. Weder Adel noch Reichtum, noch Konfession.«

»Dann sprecht Ihr sicher sehr viel mit ihm.«

»Ja, das tue ich«, sagte Dantal ernsthaft.

Madame hörte interessiert zu. Dann wandte sie sich abrupt um und entschwebte mit den Worten: »Ich muss mich noch um die Vortragenden kümmern, es geht in Kürze los. Unterhaltet Euch nur hübsch, ihr zwei!«

Dantal schaute ihr nach und presste die Lippen zusammen. Er dachte an die unerhörten Dinge, die sie vor gar nicht langer Zeit mit ihm getrieben hatte, und kam sich klein und unbedeutend vor. Fast bedauerte er, dass er überhaupt gekommen war.

»Woran denkt Ihr gerade?«, fragte Alena.

»Ach, an nichts.«

»Ihr müsst nicht sprechen, wenn Ihr nicht wollt. Ich dränge mich niemandem auf.« Alena war ein wenig verstimmt. Wenn der schwarze Jüngling sich mit ihr nicht unterhalten wollte, bitte sehr, sie konnte gern darauf verzichten.

»Ich … es tut mir leid. Ich wollte nicht unhöflich sein.« Dantal blickte auf die schwatzende Männerschar. »Ich hatte mir das alles hier ganz anders vorgestellt.«

»Seid Ihr denn solche Anlässe nicht gewohnt?« Alena war wieder annähernd versöhnt.

»Nein, bewahre, ich komme aus einem ganz normalen Haus. Meine Eltern sind Hugenotten, wir wohnen in Berlin.«

Alena musste an Klingenthal denken, der ständig vermeiden musste, als Jude erkannt zu werden. Hugenotten schienen dieses Problem nicht zu haben. Laut sagte sie: »Arbeitet Ihr denn schon lange als Vorleser beim König?«

»Nein, erst seit diesem Jahr.« Dantal unterbrach sich, denn ein Diener gab ihm eine Tasse Wildbouillon in die leeren Hände. »Danke.« Er schlürfte. »Der König legt größten Wert auf eine einwandfreie französische Aussprache. Wenn ihm meine Akzentuierung missfällt, was manchmal vorkommt, dann spricht er mir die Worte langsam vor, und ich muss sie ein paar Mal wiederholen.«

»Wie interessant. Ich bin auch erst seit kurzem bei Madame de Chattemont«, sagte Alena.

»Dann haben wir etwas gemeinsam.« Dantal lächelte und traute sich, eine Frage anzuhängen: »Wie … äh, wie ist Madame de Chattemont denn so privat?«

»Sie ist ganz reizend. Und sehr großzügig.« Alena beschloss, die weniger positiven Charaktereigenschaften von Madame wie ihre Eigenwilligkeit, ihren verschwenderischen Umgang mit Geld und ihren Hang zur Hektik zu übergehen, zumal diese Dantal nicht unbedingt etwas angingen. »Dieses Kleid zum Beispiel hat sie mir geschenkt.«

»Oh, es ist sehr hübsch.«

»Danke.«

»Der König hat mich auch von Kopf bis Fuß neu einkleiden lassen.«

Alena lachte. »Es scheint, dass unsere Gönner es gut mit uns meinen. Aber, um ehrlich zu sein: Ich mag die Farbe des Kleids überhaupt nicht. Ich finde, Braun steht mir nicht, ich trage lieber Schwarz.«

»Wie ich! Wieder etwas, das wir gemeinsam haben.«

»So ist es wohl.« Alena rückte etwas von Dantal ab. Sie fand ihn zwar nett, aber so nett fand sie ihn nun auch wieder nicht. Und schon gar nicht so anziehend wie Klingenthal, der ein erwachsener Mann war und nicht so eine knabenhafte Figur hatte.

Ungeachtet ihrer Reaktion, wurde Dantal jetzt etwas mutiger. »Lasst Euch den Abend nicht von dem Braun des Kleids verderben«, sagte er, »es wirkt auf den ersten Blick vielleicht etwas, äh, eintönig, aber ich bin überzeugt, bei jeder anderen Farbe wäre es dasselbe. Was fehlt, ist eine zweite Farbe, etwa durch ein Schmuckstück.«

Alenas Augen verdüsterten sich. »Daran habe ich auch schon gedacht. Allerdings besitze ich kaum Schmuck. Nur ein silbernes Kreuz, das ich gern an einer Kette um den Hals trage.«

»Aber das wäre doch ideal! Das könnte ich mir sehr gut vorstellen.« Dantal wollte noch etwas hinzufügen, wurde aber erneut von einem Diener unterbrochen, der ihm einen Teller mit Pariser Pastete und eine Serviette entgegenhielt. »Mögen der Herr eine Kleinigkeit zu sich nehmen, vielleicht eine *Pâté Parisienne?*«

»Äh, nein, vielen Dank«, wehrte Dantal ab und wiederholte: »Das könnte ich mir sehr gut vorstellen.«

»Leider habe ich das Kreuz verlegt. Ich habe es schon überall gesucht, aber es ist wie vom Erdboden verschwunden.«

»Oh, es findet sich gewiss wieder. Wer sollte ein silbernes Kreuz stehlen.«

»Ich hoffe, Ihr habt recht. Vielleicht ist auch die Öse defekt, und das Kreuz ist, ohne dass ich es bemerkt habe, heruntergefallen.«

»So wird es sein.«

Wieder näherte sich ein Livrierter, der Dantal etwas anbieten wollte, aber in diesem Augenblick erhob die Hausherrin ihre Stimme und bat alle Gäste nach oben in den Grünen Salon, wo das *Collegium Artis* traditionell zusammenkam. Unter »Aaahs« und erwartungsfrohen »Ooohs«

gaben die Herren ihre Tassen und Teller zurück und machten sich plaudernd auf den Weg in den ersten Stock. Der Strom der nach oben Strebenden riss Alena mit die Treppenstufen empor und durch die große Flügeltür hindurch, die den Eingang zum Grünen Salon bildete. Im Gedränge hatte sie Dantal verloren, aber das war nicht weiter schlimm, denn sie würde ohnehin nicht neben ihm sitzen können. Madame hatte ihr bedeutet, sie solle sich in der letzten, nicht ganz besetzten Stuhlreihe einen Platz suchen, damit sie niemandem mit ihrer Frisur die Sicht verwehre. Sämtliche Herren, so war sie belehrt worden, nahmen immer dieselben Plätze ein. In der ersten Reihe saßen die kleineren Gäste, unter ihnen der Geheimrat von Karius, der vor lauter Vorfreude schon zappelte und eifrig mit seinem Spatzenkopf nickte. In der letzten Reihe saßen die größten Herren, die Sitzriesen unter den Anwesenden, deren längster Vertreter Timothy Harrington, die menschliche Trauerweide, war. Dazwischen gab es Herren jeglicher Größe und Statur und jeglichen Alters. Alle lachten und scherzten und fühlten sich ausnehmend wohl in Madames Palais.

Doch nun verstummten die Gäste, denn Madame war vor sie getreten und gab ihnen durch kurzes Schweigen Gelegenheit, sich an ihrer strahlenden Erscheinung zu delektieren. Applaus brandete auf. Sie hob lächelnd die Hände. »*Bon soir, messieurs, bon soir!* Wieder einmal hat das *Collegium Artis* sich versammelt, und wieder einmal sind wir unter uns, den Kunst- und Kulturliebhabern Potsdams, um Seltsames zu sehen, Kurioses zu erleben, Unglaubliches zu bestaunen. Ich weiß, ich weiß« – sie lachte mit blitzenden Zähnen –, »das sage ich jedes Mal, aber ich bin sicher, dass ich es heute mit besonderem Recht sage.«

»Bravo!«, ließ sich ein Zwischenrufer hören.

Madame fuhr fort: »Als Erstes, hochgeschätzte Herren, werdet Ihr Zeuge eines Experiments werden, das Ihr noch niemals gesehen habt. Mittelpunkt dieses Experiments ist eine besondere Rute.«

»Eine Rute? Hoho, was denn für eine besondere Rute?«, erklang es aus den Reihen. Der Stimme nach war es Katusow, der das fragte.

Madame lachte. Die Doppeldeutigkeit des Ausdrucks hatte den beabsichtigten Effekt erzielt. »Ich spreche von einer Wünschelrute, mein lieber Fürst Katusow! Und damit komme ich zur ersten Darbietung des heutigen Abends. Manch einer von Euch, liebe Herren, wird sich eine solche Rute schon gewünscht haben, um etwas ganz Bestimmtes im Erdreich zu finden. Aber niemand vermag sie zu handhaben. Bis auf einige wenige, die auf unerklärliche Weise zu spüren scheinen, was tief unter ihnen im Verborgenen liegt. Einer der wenigen ist heute Abend bei uns im *Collegium Artis* zu Gast, und vielleicht wird er uns die Frage beantworten: Ist Rutengehen Magie oder Nichtmagie? Ich heiße Herrn Victor Victorius willkommen!«

Madame machte eine zierliche Handbewegung und verschwand, und ein bäuerlich gekleideter Mensch erschien, dem man schon von weitem ansah, dass Victor Victorius nicht sein richtiger Name war. »Ich wünsche allseits einen guten Abend«, sagte er auf Deutsch und hatte damit eine Grundregel des *Collegiums* missachtet. Aber niemand nahm es ihm übel, und so durfte er ungestraft weiterreden: »Die Wünschelrute hat viele Namen, sie wird auch Glücksrute, Wickerute oder Wahrsagerute genannt. Lateinisch heißt sie *Virgula divinatoria.* Zur Herstellung nimmt man meistens einjährige Astgabeln aus Haselstauden.«

Er hielt eine Rute hoch, und die Herren machten lange Hälse.

»Wie Ihr seht, hochgeschätzte Herren, ähnelt die Rute einem großen V, was eine sehr verbreitete Form ist, bei der wir Schleifenruten und Gabelruten unterscheiden. Es gibt aber auch Winkelruten, Pendelruten und Einhandruten.« Während Victorius das sagte, hielt er weitere Exemplare in die Höhe. Es waren unspektakuläre Gebilde aus Holz oder Draht, weshalb das Interesse der Anwesenden sich in Grenzen hielt. Unverdrossen erzählte der Vortragende weiter: »Die Form der Rute ist nicht entscheidend …«

»… oho! Hört, hört!«, unterbrach einer der Herren.

»Entscheidend ist das, was der Gänger in den Händen spürt, und spüren kann er nur etwas, wenn er die Rute richtig hält. Der Wissende hält sie vor sich, etwa auf Höhe des Brustbeins, vielleicht auch einen oder zwei Zoll tiefer, und etwa zehn Zoll vom Körper weg. Seht Ihr, so etwa.«

Victorius demonstrierte es und schloss dabei die Augen, als schlafe er im Stehen. Dann, plötzlich, bewegte er sich, ging langsam ein paar Schritte mit durchgebogenem Kreuz und schlug die Augen wieder auf. »Manchen Rutengängern fällt das Aufspüren von Wasser oder Erzen leichter, wenn sie die Augen schließen«, sagte er. »Die Kraftlinien im Erdreich teilen sich auf diese Weise intensiver mit.«

»Aha, so, so«, kam es aus den Reihen.

»Was denn für Kraftlinien?«, fragte jemand.

»Unsichtbare Kraftlinien«, antwortete Victorius, der über die Unterbrechungen nicht begeistert zu sein schien. »Man kann sie nur spüren – mit Hilfe der Rute. Ich werde jetzt ein Experiment durchführen, das Ihr noch nie gesehen habt. Anschließend mögt Ihr darüber diskutieren, ob es sich dabei um Magie handelt oder nicht.« Er gab den Dienern im Hintergrund einen Wink, und diese stellten einen langen Holztisch quer vor die erste Stuhlreihe. Der Tisch war durch Kreidelinien in fünf Felder unterteilt. Danach schafften die Diener fünf Wassereimer herbei, von denen drei gefüllt und zwei leer waren. »Ich werde mir jetzt die Augen verbinden lassen«, sagte Victorius geheimnisvoll, »Ihr werdet gleich sehen, warum.« Als er nichts mehr erkennen konnte, sprach er weiter: »Darf ich einen der Herren aus der vorderen Reihe bitten, die Eimer in beliebiger Anordnung unter den Tisch stellen zu lassen? Bitte immer einen Eimer unter ein Feld.«

»Ja, oh, ja!« Von Karius hüpfte von seinem Stuhl herunter. »Ich ahne schon, worum es geht.« Er wies die Diener an, die Eimer in der Reihenfolge *gefüllt – leer – gefüllt – leer – gefüllt* aufzustellen.

»Seid Ihr fertig?«, fragte Victorius.

»Ja!« Von Karius nickte spatzenhaft.

»Ich werde jetzt an den Tisch herantreten und durch das Tuch und die Tischplatte hindurch genau erkennen, in welchem Eimer sich Wasser befindet und in welchem nicht.« Victorius ließ sich von einem Diener in die richtige Position führen und hob die Rute. »Dies ist eine Gabelrute, die ich bei Vollmond aus frischem Holz geschnitten habe«, erklärte er. »So hat sie noch viel Saft in den Adern, und ihre Leitfähigkeit ist größer.«

»Was leitet sie denn?«, fragte ein Herr mit italienischem Akzent. Wahrscheinlich war es Lucchesini.

Victorius antwortete nicht. Er konzentrierte sich. Eine Weile geschah nichts, doch dann begann die Rute in seinen Händen zu zittern. Das Zittern verstärkte sich und wurde zu einem unregelmäßigen Ausschlagen. »Wasser«, murmelte er. »Dieser Eimer enthält Wasser.«

»Stimmt«, rief von Karius begeistert. »Stimmt!«

Die Herren, die sich von ihren Stühlen erhoben hatten, um die Eimer besser sehen zu können, schienen jedoch weniger beeindruckt. Die richtige Ansage konnte auch Zufall sein.

Victorius tat einen Schritt zur Seite und widmete sich dem nächsten Eimer. Die Rute zuckte nicht. »Kein Wasser, der Eimer ist leer«, verkündete er.

»Richtig!«, krähte von Karius.

Victorius machte weiter, und zum nicht geringen Erstaunen der meisten Anwesenden erkannte er jedes Mal mit unfehlbarer Sicherheit, ob der Eimer unter seiner Wünschelrute Wasser enthielt oder nicht. »Ihr könnt die Eimer in beliebig anderer Reihenfolge aufstellen lassen, edle Herren«, bot er an, »es wird mir stets gelingen, die richtige Antwort zu finden.«

Die Gäste, allen voran der kleine von Karius, nahmen ihn beim Wort, und es erwies sich, dass Victorius nicht zu viel versprochen hatte. Sogar als einige der Herren ihn aufs Glatteis führen wollten und sämtliche Eimer gefüllt aufstellen ließen, erkannte er auch dies. »Es sind die Kraftlinien des Wassers, die den Weg durch sämtliche Materie zu meiner Rute finden, in ihr weiterfließen und sie mittels der sich entwickelnden *Energia* zum Ausschlagen bringen.«

»Das klingt nach einer wissenschaftlichen Erklärung«, sagte einer.

»Vielleicht sind es ähnliche Ströme wie die des Signore Galvani, der die Froschschenkel zucken lässt?«, rief Lucchesini.

Ein Dritter meinte: »Wenn da unsichtbare Ströme fließen und derartige Ausschläge an der Rute bewirken, dann frage ich mich, wozu es noch zweier Hände bedarf, sie zu halten?«

»Sehr wahr, sehr wahr!«, riefen andere.

Nur mühsam verschaffte Victorius sich Gehör. »Ich bin kein Gelehrter!«, rief er. »Aber ich weiß, dass ohne den Rutengänger die Rute tot ist. Der Gänger muss eine Art Medium sein, der die Linien und Ströme harmonisiert.«

»Medium? Blödsinn!«, rief einer.

»Hokuspokus, alles nur Zufall!«, rief ein anderer. »Das mit den Eimern ist doch nur ein Trick. Der Mann ist ein Illusionist.«

Ein Dritter rief: »Ich glaube an so etwas! Nur weil man es nicht erklären kann, muss es noch lange kein Blödsinn sein.«

Auch Søderborg ließ sich nun vernehmen: *»Quot capita, tot sensus«*, näselte er.

Hinter ihm wurde protestiert: »Nicht jeder kann Latein, Graf, heraus mit der Sprache, was habt Ihr gesagt?«

Søderborg zog die Brauen hoch. »So viele Häupter, so viele Meinungen, sagte ich.«

»Sehr gelehrt, sehr gelehrt.«

Victorius nahm die Augenbinde ab und versuchte, das *Collegium* zu übertönen: »Aber meine Herren, meine Herren, bitte nicht alle durcheinander! Ich bin am Ende meiner Darbietung angelangt. Nun mögt Ihr Euer Urteil fällen, ob bei meiner Kunst Magie im Spiel ist oder nicht.« Er verbeugte sich tief und hielt zum Abschluss noch einmal die Rute in die Höhe. »Ich danke Euch!« Er verbeugte sich nochmals und wollte sie fortlegen, doch zu seinem eigenen Erstaunen bewegte sie sich plötzlich und schlug aus. Das konnte nicht sein! Sämtliches Wasser war bereits von der Dienerschaft fortgebracht waren.

Victorius lachte verlegen. »Ihr, äh, Ihr seht mich etwas ratlos, meine hochgeschätzten Herren. Irgendwo unter diesem Boden muss seit kurzem eine Wasserader verlaufen. Ich weiß nicht, wieso, aber es muss so sein – ich habe mich noch niemals geirrt.«

Die Stimmung der Herren, die bislang zwischen Glauben und Zweifel geschwankt hatte, entwickelte sich nun deutlich in Richtung Zweifel. Selbst von Karius rief: »Aber irren ist menschlich, mein lieber Rutengänger, und wenn Ihr Euch noch nie geirrt habt, so lügt Ihr! Oder seid Ihr am Ende gar kein Mensch?« Damit hatte er die Lacher auf seiner Seite, und es prasselte weiterer Spott auf Victorius herab.

Schließlich hatte Madame de Chattemont, die bisher den Dingen ihren Lauf gelassen hatte, ein Einsehen und beruhigte die Gemüter. »Meine Herren, meine Herren! Bitte! Wie ich Eurer lebhaften Diskussion entnehme, glaubt Ihr in diesem Fall nicht an Magie, sondern an Nichtmagie.«

»Genau, ein Kniff ist dabei, irgendein Kniff!«, rief jemand.

Ein anderer tönte: »Richtig, ein Kniff! Ich kenne den Effekt: Bei der Demonstration klappt alles wie von Geisterhand, aber wenn's drauf ankommt, sieht es anders aus. Als ich einen Brunnen für mein Landhaus graben lassen wollte, habe ich nur schlechte Erfahr…«

»Genau, ich auch …«

»Ich auch, ich auch …!«

Madame de Chattemont ergriff ein Glöckchen und klingelte heftig damit. »Meine Herren, meine Herren, wir wollen uns doch nicht so aufregen! Zur Ehrenrettung unseres Wünschelrutengängers Victor Victorius möchte ich Euch die folgende Mitteilung machen: Ja, es befindet sich Wasser unter diesem Stockwerk, auch wenn Ihr es Euch vielleicht nicht vorstellen könnt, denn es ist weder Wasser in einer

Waschschüssel noch in einem Trinkgefäß noch in einer Blumenvase. Was also könnte es sein?«

Die Herren stutzten und überlegten. Keiner kam darauf.

Madame ließ sie eine Weile zappeln, dann sagte sie mit einem spitzbübischen Lächeln: »Direkt unter uns befindet sich eine *Toilette à l'anglais,* Ihr wisst doch, eine dieser neuen Wundereinrichtungen mit Wasserspülung.«

Ein Augenblick verrann. Dann dröhnten die ersten Lacher durch den Salon. Die Herren amüsierten sich köstlich, und manch einer der Älteren stellte bei der Gelegenheit fest, dass ein Gang – wenn auch kein Wünschelrutengang – zu ebenjenem Ort bei ihm vonnöten war. Umso freudiger wurde der Vorschlag von Madame begrüßt, eine kleine Pause einzulegen, man wolle sich, wenn es recht sei, in zehn Minuten wieder treffen, um die nächste Überraschung zu erleben.

Die Überraschung erwies sich als ein schlanker älterer Herr, der mit seinen feinen Gesichtszügen und seinem Kneifer auf der Nase wie ein Gelehrter aussah, was er tatsächlich auch war. Mit wohlklingender Stimme stellte er sich als Doktor Gottlieb Schildenfeld vor und führte aus, dass seine Forschungen seit jeher der belebten Natur galten.

Freundlicher Beifall war die Antwort.

»Aber ich bin keineswegs allein zu Euch gekommen, meine Herren, ich bin in Begleitung einer Kreatur, bei der ich sicher bin, dass Ihr sie noch nie in Eurem Leben gesehen habt.« Er trat an den langen Tisch, den die Gäste schon kannten, und deutete auf einen mit einem Tuch abgedeckten Körper. »Darf ich vorstellen: der Fischvogelsäuger.« Mit diesen Worten zog er ein Tuch von einem befellten Körper, der auf den ersten Blick sehr unscheinbar aussah, auch wenn er einen großen entenförmigen Schnabel aufwies. Schildenfeld hob den Körper hoch und zeigte ihn von allen Seiten. »Das Exemplar ist das einzige seiner Art in ganz Europa, und ich schätze mich glücklich, es Euch, meine Herren, präsentieren zu können. Doch bevor ich näher auf dieses eigentümliche Tier – es handelt sich übrigens um ein Weibchen – eingehe, möchte ich Euch etwas von seiner Entdeckung erzählen.

Bestimmt habt Ihr schon einmal von dem holländischen Seefahrer Abel Janszoon Tasman gehört. Er lebte im vorigen Jahrhundert und hielt sich einen Teil seines Lebens in Batavia auf. Wie Ihr sicher wisst, liegt die Stadt Batavia im Nordwesten der Insel Java. Von hier aus machte er sich im Namen der *Verenigden Oostindischen Compagnie* auf, um Neuholland, wie Australien damals noch hieß, weiter zu erforschen. Die Herren der Kompanie wollten wissen, ob Neuholland ein Teil des vermuteten Kontinents *Terra Australis Incognita* sei.

Tasman also segelte los, bewegte sich nach Süden und kam durch Stürme und Strömungen so stark von seinem Kurs ab, dass er weit im Westen in Mauritius landete. Von hier aus wandte er sich notgedrungen wieder nach Osten und landete schließlich auf einer Insel, die er Van-Diemens-Land nannte, zu Ehren des damaligen Generalgouverneurs von Batavia.«

Schildenfeld machte eine Pause und fragte dann: »Warum erzähle ich Euch das alles?« Als wie erwartet die Antwort ausblieb, gab er sie selbst. »Weil Tasman auf Van-Diemens-Land ein Fischvogelsäuger-Pärchen fing, um es nach Batavia mitzunehmen. Nie zuvor hatte er solch seltsame Lebewesen gesehen, und ich möchte hinzufügen: auch kein anderer Mensch, von den Eingeborenen einmal abgesehen.

Leider stellte sich alsbald heraus, dass die Tiere sehr empfindlich waren, sie überlebten die Gefangenschaft an Bord nicht lange, was letztlich einleuchtet, schließlich sind sie keine Ziegen oder Hühner, die sich als lebender Proviant klaglos mitführen lassen. Damit nicht genug, kam kurz darauf auch noch das Männchen abhanden, so dass nur das Weibchen übrig blieb. Tasman ließ es in ein Fass mit Rum stecken, um es zu konservieren – übrigens gar keine so seltene Methode bei der Marine, wenn es gilt, einen Toten heil und in gutem Zustand zurück in die Heimat zu bringen.«

»Oho!«, rief Katusow dazwischen. »Da hätte König Friedrich nach der Niederlage von Kunersdorf aber viele Fässer Rum gebraucht!« Beifall heischend blickte er sich um, aber er erntete nicht die erhofften Lacher, denn das Publikum bestand mehrheitlich aus Preußen, die ungern an die verlorene Schlacht erinnert wurden.

»Zurück zum Fischvogelsäuger«, sagte Schildenfeld diplomatisch. »Tasman ließ ihn in Batavia nach allen Regeln der Kunst ausstopfen und zeigte ihn herum. Alsbald entbrannte ein lebhafter Disput darüber, was das Tier sei: Fisch, Vogel oder Säuger, denn es besitzt Merkmale jeder dieser drei Kategorien. Der Disput jedoch fand ein jähes Ende, weil das Objekt des Streits spurlos verschwand. Für über hundert Jahre blieb es verschollen, und seine Existenz war schon fast in Vergessenheit geraten, da tauchte es eines Tages in London wieder auf. Es erregte großes Aufsehen in der *Royal Society*, ohne dass sein Geheimnis gelüftet werden konnte. Wieder verschwand es in der Versenkung und gelangte dann, es liegt zwei Jahre zurück, über Umwege an die Georgia-Augusta-Universität zu Göttingen, wo man so freundlich war, es mir als Leihgabe für meine Forschungen zur Verfügung zu stellen.«

Schildenfeld räusperte sich, nahm einen Schluck Wasser und setzte seine Ausführungen fort: »Nachdem mir der Fischvogelsäuger übergeben worden war, machte ich mich daran, ihn gründlich vom Schnabel bis zur Schwanzspitze zu untersuchen – auch und gerade unter dem Aspekt, dass sich ein Witzbold hier betätigt und der Kreatur Gliedmaßen anderer Gattungen angenäht oder angeklebt haben mochte. Aber das war nicht der Fall. Natürlich tat ich damit etwas, was schon unzählige gelehrte Herren vor mir getan hatten, dennoch glaube ich, eine ungewöhnliche Entdeckung gemacht zu haben. Meiner Meinung nach handelt es sich bei der Kreatur um ein Tier, dessen Ausscheidungs- und Geschlechtsorgane in einer gemeinsamen Öffnung münden, in einer Kloake, wenn Ihr so wollt. Aus diesem Grund könnte man das Tier Kloakentier nennen, aber das erschien mir unpassend, weshalb ich mich dafür entschied, das Tier nach seinem auffälligsten Merkmal zu benennen: Schnabeltier.

Was nun ist das Schnabeltier wirklich? Es ist kein Säugetier, weil es eine Kloake hat, es ist kein Fisch, weil es einen Schnabel hat, und es ist kein Vogel, weil es ein Fell hat. Trotzdem legt es Eier, wie wir wissen, aus denen die Jungen schlüpfen. Bei näherer Betrachtung ist der Schnabel nicht aus Horn, sondern aus einer lederartigen Substanz, was wiederum auf ein Säugetier hindeuten könnte. Dagegen allerdings spricht das Fehlen jeglicher Zähne und – wie an diesem Exemplar eines Weibchens deutlich wird – das Fehlen von Zitzen. Auf der anderen Seite das Fell: Es erinnert an das eines Marders oder eines anderen Kleinräubers unserer Breiten; die Füße wiederum bestehen aus vogelähnlichen Krallen, die durch Schwimmhäute verbunden sind.

In der Tat ist das Schnabeltier ein guter Schwimmer und ein wehrhafter obendrein, denn das Männchen verfügt an den Hinterläufen über zwei giftige Sporne.«

Nach diesen Ausführungen, die manch einem der Zuhörer als recht verwirrend erschienen, fragte von Karius mit seiner Krähstimme: »Und was ist das Schnabeltier nun wirklich, lieber Doktor?«

Schildenfeld lächelte entwaffnend. »Ich muss die Antwort schuldig bleiben – noch jedenfalls, verehrter Fragesteller. Eine Möglichkeit wäre, das Schnabeltier als eine völlig neue Art einzustufen, als eine Art, die aufgrund von ungeregeltem Verkehr zwischen unterschiedlichen Tiergeschlechtern zustande gekommen ist. Ich glaube allerdings nicht daran, ebenso wie ich nicht an die Theorie glaube, dass bei diesem Tier drei verschiedene Schöpfer am Werk gewesen sind.«

»Was glaubt Ihr dann? Ihr müsst doch eine Meinung haben. Oder zumindest eine Vermutung?«, hakte von Karius nach.

Schildenfeld hob lächelnd die Hände. »Als Wissenschaftler bin ich gewohnt, nur das zu behaupten, was ich einwandfrei beweisen kann, aber gerade in dieser Hinsicht macht das Schnabeltier es mir besonders schwer. Für jeden Beweis liefert es sogleich einen Gegenbeweis. Ich fürchte, ich muss mich ihm noch lange Zeit widmen. Bis dahin mag Euch die Erklärung der Eingeborenen von Australien genügen, die behaupten, das Schnabeltier sei ein verzauberter Vogel, der träumend gegen einen Felsen flog, abstürzte und in einem See landete, von wo er mit Flossen ans Ufer schwamm, dort auf vier Füßen weiterlief und ein Nest erreichte. Hier legte er ein Ei, aus welchem wiederum ein Vogel schlüpfte, der träumend gegen einen Felsen flog.«

»Also ein Märchen, dessen Ende der Anfang ist«, bemerkte Dantal, der sich zum ersten Mal meldete.

»Oder ein magisches Wesen«, überlegte Harrington laut mit englischem Akzent.

»*Oui*, ein magisches Wesen!«, bekräftigte Gerard Adam.

»No, no!«, rief Lucchesini aus der zweiten Reihe. »Es ist ein lebendes Wesen und damit Gottes Geschöpf.«

Katusow dröhnte: »Unmöglich, da hätte Gott sich gleich mehrmals geirrt.«

»Quot capita, tot sensus«, näselte Søderborg.

Schildenfeld verbeugte sich tief. »Gestattet, dass ich Euch jetzt wieder mit Eurer reizenden Gastgeberin allein lasse? Das Schnabeltier und ich, wir dürfen uns empfehlen.« Er verbeugte sich abermals, warf das Tuch wieder über den rätselhaften Fellkörper und verschwand.

An seine Stelle trat Madame de Chattemont, strahlend und eifrig klatschend, was die Herren sofort als Aufforderung verstanden und ebenfalls Beifall spendeten. »Ich denke, wir haben einen sehr interessanten Beitrag von Herrn Doktor Schildenfeld gehört. Wir wünschen ihm für seine weiteren Forschungen viel Erfolg. Vielleicht steht er bald wieder an dieser Stelle und kann das Geheimnis um das Schnabeltier lüften.«

Den Gesichtern ihrer Gäste nach zu schließen, schien keiner so recht daran zu glauben, aber das störte Madame nicht, und sie kündigte an: »Ihr werdet gleich einen Gruß vom ewigen Leben aus dem Heiligen Land erblicken, meine lieben Herren, bis dahin bitte ich um etwas Geduld.«

Erwartungsvolles Murmeln setzte ein. Die Diener erschienen mit mehreren flachen Schüsseln, in denen sich Wasser befand, dazu etwas, das aussah wie eine unscheinbare Knolle. Sie stellten die Teller nebeneinander auf den

Tisch und entfernten sich. Auch Madame entfernte sich, und die Herren wurden ungeduldiger, scharrten mit den Füßen und begannen sich zu langweilen.

Da, was war das?

Ein seltsames Geräusch erklang, ein Geräusch, das sich anhörte wie Metallstücke, die aneinander gerieben werden. Es klapperte und klirrte – und es näherte sich. Manch einem der Herren sträubten sich die Nackenhaare, aber niemand ließ sich etwas anmerken, schließlich konnte man sich im Schoß des *Collegiums* sicher fühlen. Und dann rissen doch alle die Augen auf, denn in den Grünen Salon schritt – ein Ritter in voller Rüstung.

»Mein Name ist Rudolf von der Keyenburg«, ertönte eine blecherne Stimme unter dem heruntergeklappten Visier, »Ritter vom Niederrhein und Teilnehmer des Kreuzzugs ins Heilige Land, welcher anno 1096 begann und mit der Einnahme Jerusalems endete. Ich gehöre zu den Glücklichen, die das tausendfache Morden und Schlachten überlebt haben, denn ich hatte einen Talisman, der mich in jeder Situation beschützte.«

Der Ritter schob das Visier hoch, und die Herren erblickten dahinter zwei stahlblaue Augen. »Es ist die Auferstehungspflanze, auch Rose von Jericho genannt.«

Rudolf von der Keyenburg – oder der, der sich für ihn ausgab – trat klirrend an den Tisch mit den flachen Schüsseln und entledigte sich eines seiner eisernen Handschuhe. »Diese unscheinbare Knolle ist die Rose von Jericho. Sie sieht aus wie ein kleines Wollknäuel aus Reisig, doch in Wasser getaucht, entfalten sich ihre eingerollten Ästchen, und innerhalb eines Tages ergrünen ihre Blätter in der Farbe von dunklen Oliven. Seht her, meine Herren, ich habe hier mehrere Teller mit Rosen, die sich in unterschiedlichen Erblühungsstadien befinden. Ich versichere Euch, die Pflanze lebt, auch wenn sie anfangs wie tot aussieht.«

Von Karius meinte kritisch: »Und wieso wird das Ding Auferstehungspflanze genannt?«

»Weil die Rose immer wieder aufersteht. Ihr könnt ihr das Wasser entziehen und beliebig lange warten, doch in dem Moment, wo sie wieder Wasser erhält, wird sie ihren eingerollten Zustand aufgeben und aufs Neue erblühen. Immer wieder, sooft Ihr wollt. Jede dieser Pflanzen ist Tausende, vielleicht Hunderttausende von Jahren alt.«

»Pah!«, dröhnte Katusow. »Jede dieser Pflanzen kann präpariert sein. Ich will nicht unhöflich sein, lieber Ritter, aber wie wollt Ihr beweisen, dass aus einer leblosen Knolle grünes Leben entsteht, wenn der Vorgang einen ganzen Tag lang dauert? So viel Zeit haben wir nicht.«

»So viel Zeit ist auch nicht nötig. Es gibt eine Möglichkeit, den Vorgang zu beschleunigen.« Rudolf von der Keyenburg, der Ritter vom Niederrhein, schien mit Katusows Zweifeln gerechnet zu haben, denn er gab Ludolf einen Wink, und dieser brachte eine Kanne mit heißem Wasser. Er nahm die Kanne und übergoss damit eine noch trockene Knolle. »Das Wasser hat gerade erst gekocht«, sagte er, »ich gieße es trotzdem über die Rose. Ihr werdet zugeben, edle Herren, dass dies bei kaum einem anderen Gewächs möglich ist, ohne dass es Schaden nimmt. Der Rose jedoch macht es nichts aus, im Gegenteil. Sie ist eine segensreiche Pflanze, die sogar schon in der Bibel erwähnt wird, im Buch Sirach.

Der Legende nach hat Maria, die Muttergottes, sie auf ihrer Flucht von Nazareth nach Ägypten gesegnet und ihr ewiges Leben verliehen, weshalb sie auch ›Rose der heiligen Maria‹ genannt wird oder ›Die betenden Hände Marias‹. Viele Schwangere glauben nicht zuletzt deshalb, dass sie, zum Erblühen gebracht und neben das Kindbett gestellt, die Geburt erleichtert und sowohl der Mutter als auch dem Kind ein langes Leben ermöglicht. Andere wiederum behaupten, dass die Rose, unter das Bett gestellt, das Einschlafen fördert, ebenso wie ihre Öle dem Rauch des Feuers die Schärfe nehmen sollen.

Es gibt noch eine ganze Reihe anderer Eigenschaften, die ihr zugeschrieben werden, edle Herren, aber während ich Euch das alles erzähle, hat die Rose eine Verwandlung durchgemacht – durch das heiße Wasser ist sie in kürzester Zeit erblüht. Womit der Beweis ihrer unsterblichen Lebenskraft erbracht sein dürfte.«

Nun konnte das *Collegium* nicht umhin, alle Zweifel über Bord zu werfen und unter vielen »Aaahs« und »Ooohs« die zähe Pflanze zu bewundern.

»Ich habe ein besonderes Geschenk für Euch, meine Herren«, sagte Rudolf von der Keyenburg, »ich möchte es Euch übergeben, bevor ich mich zurück in die Vergangenheit begebe. Jedem von Euch will ich eine Rose schenken, auf dass sie Euch Glück bringe. Ich habe sie eigenhändig in der Wüste Palästinas gepflückt und unter vielen Abenteuern heil nach Hause gebracht. Bitte tretet vor, damit ich sie Euch aushändigen kann.«

Der Reihe nach stellten die Herren sich in freudiger Erwartung an. Während der Ritter die unscheinbaren Knollen verteilte, sagte er: »Da die Pflanze Euch Euer ganzes Leben lang begleiten wird, und auch die Leben Eurer Kinder und Kindeskinder, empfehle ich Euch, ihr einen Namen zu geben. Meine Rosen habe ich nach Frauengestalten in der Bibel genannt, also Sara, Judit, Rut, Ester, Maria und so weiter. Wundervolle Namen für wundervolle Gewächse.«

»Oh, ja!«, krähte von Karius. »Und ich weiß auch schon,

wie ich meine Knolle nennen werde: »*Rosa Evae,* zu Ehren unserer charmanten Gastgeberin!«

Der Vorschlag fand allerseits Anerkennung, und die Herren grübelten nach ähnlich artigen Namensideen, wobei niemand auf den Gedanken zu kommen schien, die Rose nach der eigenen Frau zu benennen.

Wieder ergriff der zappelige von Karius das Wort: »Wo wir gerade von Namen reden, verehrter Rudolf von der Keyenburg, seid doch so gut und verratet uns Euren richtigen Namen.«

Der Ritter übergab die letzte Rose an den letzten der Herren, es war Timothy Harrington, und antwortete: »Mein richtiger Name? Rudolf von der Keyenburg, ich sagte ihn bereits. Ich trage ihn seit siebenhundertundzwölf Jahren. Gestattet nun, dass ich mich empfehle. Und grüßt mir die liebreizende Madame de Chattemont, es war mir ein Vergnügen, ihr Gast sein zu dürfen.« Er verbeugte sich knapp, es klirrte, und er verschwand auf dem Weg, den er gekommen war.

Die Herren blickten ihm staunend nach.

Als er fort war, erschien wieder Madame, strahlend lächelnd wie stets. »Nun, liebes *Collegium*«, girrte sie, »was haltet Ihr Herren von einer kleinen Diskussion über die Echtheit des Ritters Rudolf von der Keyenburg? Glaubt Ihr an seinen Namen, glaubt Ihr an sein hohes Alter, oder ist er eher nur ein Schausteller, der Euch mit einer Pflanze optisch getäuscht hat?«

Wieder waren die Herren unterschiedlichster Ansicht, was Graf Søderborg zum dritten Mal veranlasste, *»Quot capita, tot sensus«* zu näseln. Die Meinungen wogten hin und her, doch am Ende kristallisierte sich die Auffassung heraus, dass Rudolf von der Keyenburg ein erfundener Name sei und die Altersangabe des Mannes blühender Unsinn; die Rose von Jericho und ihre wundersamen Eigenschaften indes wurden als echt eingestuft.

Mittlerweile ging es auf 10 Uhr, und die Herren begannen, sich zu verabschieden. Einer der Ersten unter Ihnen war Katusow, der, nachdem er festgestellt hatte, dass es keinen Abschiedstrunk gab, sich mit der Bemerkung, im *Plögerschen Gasthof* gäbe es dank seines Insistierens jederzeit ausreichend Wodka, von dannen machte. Madame Chattemont strahlte trotz dieser unpassenden Bemerkung und stand bis zuletzt im Kreise ihrer Herren, dabei an eine Venusstatue erinnernd, die von menschengestaltigen Cherubinen umringt wird.

Endlich waren alle Gäste verabschiedet, das letzte Kompliment ausgetauscht, und Madame de Chattemont sank erschöpft auf eine *Chaiselongue,* sich die Stirn mit einem Spitzentuch betupfend. »Was meint Ihr, Alena, hat es den Herren gefallen?«

»Oh, gewiss, Madame, das hat es.« Alena, von der ebenfalls die Anspannung abfiel, hätte sich gern dazugesetzt, spürte aber, dass dies nicht schicklich sein würde. So blieb sie stehen und wiederholte: »Gewiss, das hat es.«

»Obwohl Fürst Katusow und auch andere häufig dazwischengeredet und die Vorträge gestört haben? Mir scheint, die Herren waren nicht immer ganz bei der Sache, und dafür gibt es nur einen Grund: Die Darbietungen wussten nicht genügend zu interessieren.«

»Das glaube ich nicht.« Alena fühlte sich genötigt, zu widersprechen, obwohl auch sie manches Mal gedacht hatte, dass die Gedanken der Herren abschweiften. »Vielleicht gab es die eine oder andere Unaufmerksamkeit, aber insgesamt, denke ich, war der Abend ein voller Erfolg.«

»Nein, wohl nicht.« Madame schien sich an ihrer Meinung festbeißen zu wollen. »Wenn einer nicht richtig zuhören mag, langweilt er sich. Die Schuld liegt dann bei mir, die ich nicht die richtigen Vortragenden ausgesucht habe. Es ist das erste Mal, dass die Herren so reagiert haben. So etwas darf sich nie wieder ereignen. Ich habe einen Ruf zu verlieren.«

Alena dachte, dass Madame wahrhaftig sehr ehrgeizig sein musste, wenn sie derart strenge Maßstäbe an das Gelingen eines Abends setzte, und sagte, ohne weiter zu überlegen: »Vielleicht habe ich eine Idee für ein weiteres Treffen, äh, oder nein, wohl doch nicht …« Sie schwieg, denn der Einfall, den sie gehabt hatte, erschien ihr doch zu gewagt.

»Heraus damit, liebe Alena! Ihr kennt doch den Satz: Wer die Lippen spitzt, muss auch pfeifen. Also?«

Es blieb Alena nichts anderes übrig, als weiterzusprechen: »Ich dachte, der Puppenspieler Julius Klingenthal könnte vielleicht eine Vorstellung geben.«

»Was? Ein Puppenspieler in meinem Haus? Alena, Ihr macht wohl Scherze.«

Nun, da sie ihre Idee einmal ausgesprochen hatte, wollte Alena diese auch verteidigen: »Verzeiht, Madame, aber Julius Klingenthal ist kein gewöhnlicher Puppenspieler, er ist gleichzeitig ein Meister im Bauchreden. Er besitzt sieben lebensgroße Puppen, von denen eine dem König Friedrich aufs Haar gleicht. Er ist derjenige, der neulich im Schloss Sanssouci war und mit seinen Künsten die Tafelrunde an der Nase herumführte.«

»Ach, der war das?« Madame riss den hübschen Mund auf. »Von dem habe ich auch schon gehört!« In ihrem Ton schwang Bewunderung mit, was vielleicht auch daher rührte, dass sie schon oftmals, und jedes Mal vergeblich, eine Einladung nach Sanssouci angestrebt hatte. Der König war und blieb eben ein Weiberhasser. »Erzählt mir mehr von diesem Julius ... wie heißt er noch gleich?«

»Julius Klingenthal, Madame.« Alena ließ sich nicht zweimal bitten und berichtete in allen Einzelheiten von den verblüffenden Fähigkeiten ihres Geliebten. »Wenn Ihr wollt, frage ich ihn gern einmal, ob er hier auftreten würde. Ich hätte es dazu nicht einmal weit, denn Göttsche war so freundlich, ihm das Benutzen der Remise zu gestatten, irgendwo musste er mit seinem Karren ja bleiben.«

»Ja, ja.« Madame gestaltete gedanklich schon den Abend mit Klingenthal. Die halbe Stadt hatte über ihn gesprochen, nachdem er beim König gewesen war, und vielleicht würde die halbe Stadt auch über sie sprechen, wenn er bei ihr gewesen war. Welch phantastische Vorstellung! Vielleicht war dieser Puppenspieler sogar die lang ersehnte Verbindung, die geradewegs zum König und zur Gesellschaft des Hochadels führte? »Hält Meister Klingenthal sich denn zurzeit in der Remise auf?«

»Ich nehme es an, Madame. Wenn Ihr wollt, laufe ich rasch hinunter und frage ihn, ob er einverstanden wäre.«

»Nein, ich will ihn persönlich fragen. Sagt ihm nur, er möge so freundlich sein, sich zu mir heraufzubemühen. Das Weitere wird sich finden.«

»Jawohl, Madame.«

Als Alena mit schnellen Schritten nach unten eilte, kamen ihr doch Bedenken. Wenn Klingenthal sich in den zwei Jahren nicht verändert hatte – und alles sprach dafür, dass dem so war –, dann konnte es durchaus passieren, dass er Madame einen Korb gab, einfach, weil er die Sache nicht selbst eingefädelt hatte. Vielleicht auch, weil er sich außerstande sah, vor einem so erlauchten Kreis zu spielen. Konnte das sein? Unsinn!, widersprach sie sich selbst, er hat schon vor ganz anderen Leuten gespielt, und es gibt keinen, den er mit seinen Puppen nicht schon zum Lachen gebracht hätte. Hoffentlich finde ich ihn auf seinem Karren!

Mit diesen und ähnlichen Überlegungen verließ sie durch einen Seiteneingang das Haus. Der Eingang führte auf eine wenig belebte, kaum beleuchtete Stichstraße, die allerdings an diesem Abend stark genutzt worden war, denn die Kutscher der Herren des *Collegiums* hatten ihre Wagen dort abgestellt. Jetzt war von den Kutschen keine mehr zu sehen, bis auf eine, die vor der Remise stand. Alena lief daran vorbei und wollte gerade nach Klingenthal rufen, da hörte sie aus der Kutsche keuchende, gurgelnde, röchelnde Laute, bedrohlich und befremdlich klingend. Damit nicht genug, begann das Gefährt auch noch zu schaukeln, gerade so, als würde ein Kampf darin stattfinden.

Alena blieb stehen, hin- und hergerissen zwischen Neugier und Angst. Dann lugte sie mit klopfendem Herzen durch das Fenster in die Kutsche. Tatsächlich, ein Kampf fand darin statt!

Ein Todeskampf.

Sie unterdrückte einen Schrei. Nach allem, was sie sehen konnte, handelte es sich um einen einzelnen Mann von kräftiger Statur, der sich zwischen den Sitzen aufbäumte. Im fahlen Licht der Kutschlaterne erkannte sie seine Uniform, einen prächtigen Rock mit goldenen Knöpfen und Epauletten. Und sie erkannte noch mehr: Der Mann war Katusow, Fürst Katusow, der hier seinen letzten Kampf ausfocht. Seine Arme zuckten unkontrolliert durch die Luft, seine Hände verkrampften sich, schienen das ihn verlassende Leben umklammern und halten zu wollen.

Alenas Gedanken rasten, sie musste sofort etwas unternehmen. »Fürst Katusow, ich hole Hilfe!«, wollte sie rufen, aber sie kam nicht dazu, denn jählings presste ihr eine kräftige Hand von hinten Mund und Nase zu. Der Druck war so stark, dass ihr fast die Sinne schwanden. Gleichzeitig versuchte eine andere Hand, ihr die Augen zuzuhalten und sie fortzuzerren. Alena erfasste Panik. Sie wehrte sich, stieß mit den Ellenbogen hinter sich, klammerte sich an die Klinke von Katusows Kutsche, strampelte wie wild und stieß dumpfe Laute aus. Der Atem wurde ihr knapp, sie kämpfte weiter, Todesangst kroch in ihr hoch, doch dann, plötzlich: ein klatschender Schlag und dann noch einer, und die Umklammerung ließ nach. Luft, Luft, sie konnte wieder Luft schöpfen!

»Das war knapp«, sagte Klingenthal.

»Gott sei Dank, du bist da.« Alena rang noch immer nach Atem. Sie sank in seine Arme und begann zu weinen.

»Ist dir etwas passiert? Hat er dir etwas getan?«

»Nein, nein«, schluchzte Alena.

»Weine nicht, es ist ja alles vorbei.« Er wiegte sie hin und her wie ein kleines Kind und redete beruhigend auf sie ein.

»Der Kerl wollte mir ans Leben!« Alena hatte schon wieder die Kraft, ihrer Stimme einen empörten Klang zu geben. »Warum hast du ihn nicht verfolgt?«

»Du warst mir wichtiger. Ich habe zugeschlagen und dann nur einen dunklen Schatten davonlaufen sehen, ich glaube in Richtung Militärwaisenhaus.«

»Danke, du bist sehr lieb.« Sie schmiegte sich an ihn.

Eine Weile standen sie so, dann fasste Alena sich ein Herz, denn was gesagt werden musste, musste gesagt werden. »Ich glaube, in der Kutsche liegt Fürst Katusow. Ich glaube, er ist tot.«

»Wer ist tot?«

»Fürst Katusow. Er war heute Abend Gast im *Collegium Artis*.«

Ungläubig gab Klingenthal Alena frei und schaute durch das Kutschfenster. Dann stieß er einen Pfiff des Erstaunens aus. Tatsächlich lag in der Kutsche ein schwerer Mann. Der Soldat in Klingenthal sagte ihm, dass es sich um einen hohen Offizier handeln musste. Er öffnete die Tür, rüttelte an dem Oberkörper, legte seine Finger an den Hals des Mannes, um zu prüfen, ob der Puls noch schlug, und sagte dann: »Du hast recht, der Fürst ist tot.«

»Wie schrecklich!« Alena musste an sich halten, um nicht erneut in Tränen auszubrechen. »Woran er wohl gestorben ist?«

»Das weiß ich nicht. Das Ganze kommt mir höchst seltsam vor.« Klingenthal nahm eine der beiden Kutschlaternen aus der Halterung und leuchtete damit in den Wagen. »Wir müssen einen Beamten der Polizei holen«, sagte er. »Am besten lassen wir alles so, wie es …« Er stockte.

»Was ist?«

Klingenthal richtete sich auf, als wäre ein anderer in ihm.

»Was hast du?« Alena sah in sein kreidebleiches Gesicht.

»Wir holen nicht die Polizei. Lass uns schnell fort von hier.«

»Aber wieso?«

»Der Tote hat Handschuhe an.«

»Ja, und?«

»Es sind Handschuhe, wie ich sie schon einmal gesehen habe.«

Da wird sein Heulen und Zähneklappen …

Ich finde es ganz reizend von Euch, lieber Meister Klingenthal, dass Ihr das *Collegium Artis* schon in der nächsten Woche mit Eurer Kunst unterhalten wollt.« Madame de Chattemont saß an diesem ereignisreichen Abend in einem ihrer vielen Privatgemächer und strahlte Klingenthal an. »Nun müsst Ihr aber einen Wein trinken! Auf den glücklichen Umstand, dass wir uns begegnet sind.«

»Nein, vielen Dank, sehr freundlich von Euch.«

»Aber warum denn nicht?« Madame lächelte kokett. »Ihr seht mir nicht aus wie einer, der gerne nein sagt.«

Klingenthal blickte gequält. »Manchmal ist es aber so.«

»Dann muss wenigstens Alena mit mir ein Gläschen trinken, nicht wahr, Ihr trinkt doch ein Gläschen mit mir?«

»Ich fürchte, auch ich muss Euch enttäuschen, Madame.« Alena hatte alles andere im Kopf als Gelüste auf Wein. Immer wieder musste sie daran denken, wie Klingenthal und sie sich von Katusows Kutsche fortgestohlen hatten, ständig in Angst, jemand könne sie bemerken. Sie hatten einen großen Bogen geschlagen und waren dann für ein paar Minuten wie ein ganz normales Paar auf der Breiten Straße entlangspaziert, bis sie sich endlich durch den großen Haupteingang ins Palais hineingetraut hatten. »Ich fühle mich nicht recht wohl, es war ein langer Tag.«

»Ja, das war er. Aber irgendetwas zu mir nehmen möchte ich doch, auch wenn Ihr mir keine Gesellschaft leistet. Ich denke, ich bescheide mich mit meinen bewährten *Rapp'schen Beruhigungstropfen,* dann kann ich nachher auch gut schlafen.« Madame nahm ihre Tropfen, verzog für einen Moment ihr hübsches Gesicht, denn wie jede gute Medizin waren sie nicht sonderlich schmackhaft, und sagte dann: »Das *Collegium Artis* besteht aus vierunddreißig Herren, wenn alle kommen. Und ich hoffe doch, dass alle kommen, denn Ihr, Meister Klingenthal, werdet sicherlich eine ganz hervorragende Vorstellung geben. Was werdet Ihr denn spielen?«

»Nun, bei jedem meiner Auftritte spielen meine Puppen die größte Rolle.« Klingenthals Miene hatte sich noch immer nicht aufgehellt. Er fühlte sich überrumpelt von Madame und hätte am liebsten das ganze Vorhaben abgeblasen, aber er wusste auch, dass Alena bei Madame in Lohn und Brot stand, und dem musste Rechnung getragen werden. »Welche Rolle meine Puppen diesmal spielen werden, will gut überlegt sein. Ich nehme an, die Herren Eures *Collegiums* sind sehr anspruchsvoll?«

»Fürwahr, das sind sie!« Madame beugte sich vor, nahm ein Stück Konfekt aus einem Schälchen und gewährte dadurch einen tiefen Blick in ihr freizügiges Dekolleté. Sie führte die Süßigkeit zum kirschroten Mund und biss hinein. »Die Herren wissen einen interessanten Vortrag sehr zu schätzen, andererseits sind sie, wie alle Männer, Kinder. Kinder sind sie, die gerne dazwischenrufen und auch mal einen derben Spaß machen. Fürst Katusow gehört, im Vertrauen gesagt, zu dieser Sorte. Auf den solltet Ihr besonders achten.«

Beim Namen Katusow musste Klingenthal sich zusammenreißen, damit ihm nichts anzumerken war. Zu deutlich stand ihm noch das Bild des toten Russen vor Augen. Er hatte zwischen den mit rotem Samt ausgeschlagenen Sitzen der Kutsche gelegen, in völlig unnatürlicher Körperhaltung, gerade so, als hätte eine Riesenfaust ihn da hineingequetscht. Sein Gesicht hatte an den Kopf eines Froschlurchs erinnert: der Mund breit und halb geöffnet, mit herausragender Zunge, die Augen gebrochen und gequollen. Klingenthal hatte das Gefühl gehabt, der Tote starre ihn vorwurfsvoll an. Am schrecklichsten aber hatten Katusows Handschuhe auf ihn gewirkt. Sie glichen in Farbe und Form genau jenen, die er an dem Toten vor einem Jahr im Potsdamer Schloss gesehen hatte – und genauso wie damals passten sie nicht zur Kleidung des Dahingeschiedenen. »Fürst Katusow?«, fragte Klingenthal, um einen gleichgültigen Gesichtsausdruck bemüht. »Sah ich ihn nicht bei der Tafelrunde?«

»Das tatet ihr, der Fürst ist Oberst eines Garderegiments Ihrer Majestät Katharina der Großen«, antwortete Madame de Chattemont und griff zu einem zweiten Stück Konfekt. Sie tat dabei so, als bemerke sie Klingenthals Blick nicht, und lächelte reizend. »Verzeiht, wenn ich Euch etwas voresse, aber vor lauter Aufregung habe ich den ganzen Abend keinen Bissen herunterbekommen. Wollt Ihr nicht auch von dem Naschwerk probieren?«

»Nein, danke.« Klingenthal blickte zur Tür, in der Ludolf erschien.

»Was gibt es, Ludolf?« Madame klang etwas verstimmt, denn sie hatte ausdrücklich angeordnet, nicht gestört zu werden.

Ludolf knetete die Hände, er machte einen aufgeregten Eindruck, was bei ihm äußerst selten war. »Gnädige Frau, unten ist jemand, der … entschuldigt, ich weiß nicht, ob ich hier und jetzt darüber …«

»Sag schon, um was es sich handelt! So groß kann das Geheimnis nicht sein, das du mitzuteilen hast.«

»Wie Ihr wollt, gnädige Frau. Nun, äh, unten steht ein Polizeibeamter, der behauptet, Fürst Katusow sei in seiner Kutsche tot aufgefunden worden. In unmittelbarer Nähe des Palais. Er hätte ein paar Fragen an Euch.«

»Was sagst du da? Fürst Katusow ist tot?« Madame fasste sich an den Busen. »Das kann nicht sein! Er war doch vor einer halben Stunde noch quicklebendig!«

Ludolf zog die Brauen hoch. »Ich gebe nur das wieder, was der Beamte mir sagte.«

»Er soll heraufkommen.«

Kurz darauf erschien der Beamte, ein noch junger Mann in einer Uniform, die an eine Korporalsuniform erinnerte. Er klemmte den Dreispitz unter den linken Arm und grüßte verlegen, offenbar war er es nicht gewohnt, sich in höheren Kreisen zu bewegen. »Mein Name ist Gunther Tieck, gnädige Frau, ich bitte die Störung zu entschuldigen, aber unten liegt ein toter Mann in einer Kutsche. Dem Wappen auf der Tür nach zu urteilen handelt es sich um Fürst Katusow. Passanten meinten, Ihr würdet den Toten vielleicht kennen?«

»Fürst Katusow? Natürlich kenne ich ihn! Er war doch heute Abend Gast im *Collegium Artis*.«

»Im *Collegium* … äh, was sagtet Ihr?«

Im Folgenden erwies sich, dass Tieck nicht nur ein junger Mann war, sondern auch ein ziemlich unbedarfter. Madame musste ihm vieles erklären, zu viel nach ihrem Geschmack, was sie ihn auch spüren ließ. Tieck wurde immer unsicherer, versuchte aber dennoch, Haltung zu bewahren. »Ich bitte um Entschuldigung, gnädige Frau, dass ich so häufig nachfragen musste, doch ich denke, ich weiß jetzt alles: Fürst Katusow verließ als einer der Ersten das *Collegium Artis*, die anderen Herren folgten ihm mehr oder weniger auf dem Fuße. Das Ganze geschah gegen 10 Uhr am heutigen Abend. Gegen elfeinhalb Uhr wurden Passanten auf die allein stehende Kutsche aufmerksam und entdeckten die Leiche. Das bedeutet, Fürst Katusow muss zwischen 10 und elfeinhalb Uhr gestorben sein. Wie, steht noch nicht fest, aber der Körper des Toten wird sicher untersucht werden. Ich will, mit Eurer Erlaubnis, noch das Personal befragen und dann den Fall meinem Vorgesetzten melden, damit alles Weitere veranlasst werden kann.«

»Ja, macht das. Ich möchte mit der ganzen Sache so wenig wie möglich zu tun haben. Ihr dürft Euch jetzt empfehlen, wir haben schon nach Mitternacht.« Madame nahm sich ein drittes Stück Konfekt, allerdings diesmal ohne Einblicke in ihr Dekolleté zu gewähren, und steckte es in den Mund. Während sie kaute, wagte Tieck noch eine abschließende Frage: »Gnädige Frau, ich darf davon ausgehen, dass Ihr Euer Palais zwischen 10 und elfeinhalb Uhr nicht verlassen habt?«

»Selbstverständlich, was bezweckt Ihr mit der Frage?«

Tieck errötete. »Nun, nichts. Ich tue nur meine Pflicht.« Sein Auge fiel auf Alena und Klingenthal. »Äh, und wie steht es mit den anderen Herrschaften?«

Bevor Klingenthal oder Alena antworten konnten, sagte Madame de Chattemont: »Wenn Ihr mit ›anderen Herrschaften‹ meine *Secrétaire* Alena sowie Julius Klingenthal, den Meister des Puppenspiels, meint, so waren beide während der ganzen Zeit bei mir. Wir sprachen über das nächste Treffen des *Collegium Artis.*«

»Danke, gnädige Frau.« Tieck grüßte militärisch knapp und verließ sichtlich erleichtert den Raum.

Klingenthal und Alena sahen sich an.

Sie waren mindestens ebenso erleichtert.

»Ich will nicht direkt zur Remise gehen«, sagte Klingenthal zu Alena, nachdem sie sich von Madame de Chattemont verabschiedet und für das von ihr verschaffte Alibi bedankt hatten.

»Ich weiß aber nicht, ob ich dich mit auf mein Zimmer nehmen kann. Die Dienerschaft im Haus ist sehr neugierig, machmal glaube ich sogar, das Kopfsteinpflaster im Hof hätte Ohren.«

Klingenthal lachte leise und küsste sie. »Es ist lieb, dass du an dein Zimmer denkst, aber das meinte ich nicht. Ich wollte der Kutscherkammer einen Besuch abstatten.«

»Der Kammer von Göttsche? Wozu das denn?«

Wieder lachte Klingenthal leise. »Ich habe so eine Vermutung. Denn wo ein Kutscher ist, da ist auch ein zweiter und ein dritter. Die Kerle halten zusammen wie Pech und Schwefel, sie sind eine ganz eigene Rasse.«

»Du meinst …?«

»Ja, das meine ich. Katusow hat sich mit seiner Kutsche zum Palais von Madame fahren lassen – also musste er einen Kutscher haben. Wo ist dieser Mann? Und warum saß er nicht auf dem Bock, als Katusow nach dem *Collegium* in sein Quartier zurückgefahren werden wollte? Das und mehr möchte ich ihn fragen.«

»Komm«, sagte Alena, »ich weiß, wo Göttsche haust.«

»Göttsche, schläfst du schon?«, fragte Alena nur Minuten danach. Sie klopfte und stieß die Tür auf. Klingenthal folgte ihr in einen schummrigen Raum, der nicht viel mehr barg als Tisch und Bett. Auf dem Bett saß Göttsche, eine fast leere Weinflasche in der Hand. Und hinter ihm lag eine Gestalt, die zum Gotterbarmen schnarchte.

»Guten Abend, Göttsche«, sagte Alena. »Das ist Meister Klingenthal, der dir ein paar Fragen stellen will.«

Der Kutscher rülpste. »Was, der auch? Da war doch eben schon so'n Bürschchen hier.«

»Aha, wer denn?« Klingenthal spitzte die Ohren.

»Von der Polizei war der. Tieck oder so hieß der, hat mir'n Loch in' Bauch gefragt, aber ich weiß nix und Igor auch nicht.«

»Igor, wer ist Igor?«, fragte Klingenthal.

»Der da«, sagte Göttsche einsilbig und fuhr dann mit schwerer Zunge fort, »voll wie'n Kosakenstiefel ist der. Der kriegt vor morgen früh nicht mit, dass sein Herr hinüber ist.«

»Tieck hat dir also gesagt, dass Fürst Katusow tot in seiner Kutsche aufgefunden wurde?«

»Hat er – und mir'n Loch in' Bauch gefragt. Aber ich weiß nix.«

»Irgendetwas musst du doch wissen.«

»Ich weiß nur, dass ich Igor dauernd gesagt hab, er soll nicht so viel trinken.«

»So, so. Und?«

»Aber wenn der einmal anfängt, hört er so schnell nicht auf, genau wie sein Herr, der Fürst Katusow.«

»Haben denn die anderen Kutscher auch getrunken, ich meine, fand hier ein Gelage statt?«

»Gelage? Haha!« Den Gedanken fand Göttsche offenbar lustig. »Wenn *Collegium* ist, treffen wir uns immer hier bei mir in der Bude und nehmen einen zur Brust, aber die anderen können besser mit dem Zeug umgehen, die hören rechtzeitig auf und saufen nicht wie'n Loch.«

»Das heißt, Igor war den ganzen Abend hier?«

»Ja, hier war er und hat gesoffen. Aber er beherrscht den Alkohol nicht wie ich, mich macht das Zeug nicht fertig, mich nicht.« Göttsche setzte die Flasche an und stürzte den Rest des Weins hinunter.

»Prost«, sagte Klingenthal und trat an das Bett. »Bist du sicher, Göttsche, dass deinem Kollegen sonst nichts fehlt?«

»Dem fehlt nix, der ist nur besoffen, mehr nicht.«

Klingenthal beugte sich hinab und fuhr unwillkürlich zurück, denn saurer Alkoholdunst schlug ihm entgegen. Er zog dem Betrunkenen ein Augenlid hoch, kniff ihm kräftig in die Backe und stellte, nachdem diese Maßnahmen keinerlei Reaktion nach sich gezogen hatten, fest: »Du hast recht, Göttsche, Igor fehlt nichts, allerdings ist er voll wie eine Haubitze.«

»Sag ich doch.« Der Kutscher wies auf zwei oder drei leere Flaschen am Boden. »Die hat er alle ausgesoffen. Und ich will jetzt auch schlafen.«

»Dem wollen wir nicht im Wege stehen. Gute Nacht.« Klingenthal nahm Alena beim Arm und zog sie aus der Kammer.

Draußen sagte Alena: »Julius, ich habe so ein Gefühl, als wolltest du der Sache mit Katusow nachgehen, habe ich recht?«

»Das könnte sein.« Klingenthal umfing ihre Hüften und zog sie an sich.

»Nicht jetzt. Es ist mir ernst, Julius. Gewiss, Katusow ist unter rätselhaften Umständen zu Tode gekommen, aber das geht uns nichts an. Überlasse die Nachforschungen der Polizei. Und denk daran, dass du vor zwei Jahren in Steinfurth, als dein Aufklärungstrieb dir ebenfalls keine Ruhe ließ, fast getötet worden wärst. Noch mal, Julius, bitte misch dich nicht ein.«

Klingenthal zog sie wieder an sich. »Ich fürchte, dafür ist es schon zu spät. Ich muss mich einmischen.«

Alena machte sich abermals los. »Wieso? Das verstehe ich nicht.«

»Weil du überfallen wurdest, als du in die Kutsche schautest und den toten Katusow sahst. Der Kerl, der das tat, war bestimmt kein normaler Passant, denn als solcher hätte er nicht gewusst, was du in der Kutsche erblicken würdest. Er wusste es aber. Also hat er mit dem Tod Katusows zu tun. Vielleicht ist er sogar der Mörder.«

»Aber was habe ich damit zu schaffen?«

»Was auch immer der Kerl verbrochen hat, er befürchtet, dass du ihn dabei beobachtet hast. Das ist die einzige logische Erklärung. Der Kerl wollte dich unschädlich machen, wahrscheinlich sogar töten, denn er musste sicherstellen, dass du ihn später nicht wiedererkennst.«

»Großer Gott, du meinst, ich bin ihm schon mal begegnet?«

»So wird es sein. Und es ist nicht ausgeschlossen, dass er sich noch einmal an dich heranmacht. Nun weißt du, warum ich mich einmischen muss.«

Alena überlegte. Dann nickte sie. »Einverstanden. Aber du darfst nicht mehr tun als mich beschützen, das musst du mir versprechen.«

»Ich verspreche es.« Klingenthal lächelte. »Und ich fange gleich damit an – auf meinem Karren in der Remise.«

Es war Sonntag, und am Sonntag pflegte Professor Doktor Selle wie alle Christenmenschen nicht zu arbeiten. Schon gar nicht so weit vor Tagesanbruch. Heute jedoch musste er eine Ausnahme machen, denn er war in seiner Eigenschaft als Arzt gefragt. Der Grund dafür lag nackt auf seinem Untersuchungstisch, der sich in einem kleinen Ordinationszimmer im Westflügel von Schloss Sanssouci befand: Es war Fürst Katusow.

Der adlige Russe lag auf dem Rücken und sah im nackten Zustand kaum noch adlig aus. Der Tod machte nun einmal keine Unterschiede bei den Menschen. Er hatte dafür gesorgt, dass Katusow nicht mehr der beeindruckende Oberst eines Garderegiments war, sondern nur noch ein unförmiger Leib, dessen Fettmassen wie die eines gestrandeten Wals über die Tischkanten ragten.

Selle betrachtete Katusow und wunderte sich, dass dieser, nachdem er gestern Abend erst verschieden war, am heutigen Morgen schon in aller Herrgottsfrühe auf seinem Tisch lag. Doch wenn der König persönlich etwas anordnete, stellte selbst der Potsdamer Amtsschimmel das Wiehern ein, und alle Staatsdiener legten eine ungeahnte Schnelligkeit an den Tag.

»Selle, Ihr müsst mir den Katusow untersuchen«, hatte der Herrscher vor einer Stunde zu seinem Leibarzt gesagt und hinzugefügt: »Ich will, dass Ihr mit *Ambition* herausfindet, woran er gestorben ist.«

»Jawohl, Sire«, hatte Selle geantwortet und gehofft, dass der Russe eines natürlichen Todes gestorben war. Alles andere hätte nur Komplikationen nach sich gezogen, und Selle hasste Komplikationen.

Er trat an den Toten heran und betrachtete ihn von oben bis unten genau, denn er wollte wissen, ob irgendwelche Ungewöhnlichkeiten in der Haut zu entdecken waren. Doch er fand nichts. Keine Verletzungen, keine Stichwunden, keine Einschusslöcher – nur ein paar alte Narben, die aus der Jugendzeit Katusows stammen mochten, vielleicht auch aus dieser oder jener Schlacht.

Selle gab sich damit aber noch nicht zufrieden. Er nahm eine Lupe zur Hand und untersuchte eingehend die Leberflecken, Alterswarzen und Muttermale auf der Haut, mit dem Hintergedanken, sie könnten eine Verletzung überdecken. Als er auch hier nichts fand, hielt er das Vergrößerungsglas über das Gesicht. Katusow hatte einen starken Bartwuchs gehabt, man sah es an seinem Schnauzer, dessen einzelne Haare wie von Draht waren. Einige davon schon grau, was nicht verwunderte, denn der Fürst war nicht mehr der Jüngste gewesen.

Auf den Wangen waren Gitter von geplatzten Äderchen festzustellen, die vom übermäßigen Alkoholgenuss zeugten. Die Nase war fleischig und wies zahllose Mitesser auf – kein schöner Anblick, wie Selle fand. Allerdings ganz normal erklärlich, es handelte sich um Talgausscheidungen verstopfter Hautporen – und nicht, wie manch einer seiner verblendeten Kollegen noch immer behauptete, um in die Haut eingedrungene weiße Würmchen, die den Menschen die Nahrung wegfraßen.

Selles Lupe wanderte weiter. Er schob die Zunge im halbgeöffneten Mund mit Mühe zur Seite und spähte in den Hohlraum dahinter. Eine Kerze spendete ihm dabei Licht. Katusow hatte schlechte Zähne gehabt. Wenige, schlechte Zähne. Ansonsten waren keine Auffälligkeiten festzustellen, keine Blaufärbung der Zunge, keine anderen Veränderungen. Selle widmete seine Aufmerksamkeit nun dem Hals, aber auch der wies keine Würgemale oder Kampfspuren auf. Katusow, das schien klar, war keinem Erstickungstod erlegen.

Selle machte weiter. Er betrachtete die Öffnungen der Nase und der Ohren und fand auch hier – außer Büscheln von wenig appetitlichen Härchen – nichts Erwähnenswertes. Die Hände sahen ebenfalls ganz normal aus, vielleicht waren die Finger ein wenig rot gewesen, bevor die Blässe der Totenstarre sich über sie gelegt hatte, aber das musste nicht unbedingt etwas bedeuten. Katusows Kopf mit dem schütteren Haar war im lebenden Zustand wahrscheinlich auch röter gewesen. Einerseits des Alkohols wegen, den er in Mengen konsumiert hatte, andererseits des hohen Drucks wegen, mit dem das Blut durch seine Adern geströmt war.

Selle atmete durch und begann mit der Tastuntersuchung. Wie nicht anders zu erwarten, war im Leberbereich eine deutliche Verdickung zu fühlen – Anzeichen für eine Fettleber. Damit war eine Schrumpfleber auszuschließen, wofür auch die Tatsache sprach, dass Katusows Gesicht nicht die für diese Krankeit typischen Lacklippen aufwies. Selle gab einen grunzenden Laut von sich. Seine differenzierten Erkenntnisse waren schön und gut, aber sie nützten dem Toten nun auch nichts mehr. »*Hepar*, du meine liebe Leber«, murmelte er, weil er es sich angewöhnt hatte, bei Untersuchungen mit seinen eigenen Organen zu sprechen, »sei froh, dass ich dich besser behandele und nicht im Alkohol ersäufe!«

Darunter saß ein Leistenbruch, der allerdings von leichterer Art gewesen sein musste. Vermutlich hatte Katusow gut damit leben können, indem er ein Bruchband trug. Weitere Abtastungen ergaben im Wesentlichen nichts, bis auf ein paar Krampfadern im inneren Bereich der Oberschenkel, doch waren diese auch mit dem bloßen Auge zu erkennen.

Nun kamen die unangenehmeren Handgriffe. Selle rief seinen Gehilfen und hieß ihn, Katusows Beine auseinanderzudrücken, was auch mit einiger Mühe gelang. Dann machte Selle sich daran, Glied und Skrotum und – so weit er Einsicht nehmen konnte – den Damm zu inspizieren. Auch hier waren außer starker Behaarung keine Anormalitäten festzustellen, von dem beißenden Geruch nach ungewaschener Haut einmal abgesehen.

Es half nichts, auch die letzte Maßnahme musste durchgeführt werden. Der Gehilfe unterstützte ihn, den schweren

Körper auf die Seite zu wälzen und das obere Bein anzuwinkeln. Nochmals griff Selle zur Lupe, um den *Anus* genau überprüfen zu können. Wie erwartet, wies der Darmausgang knotenförmig austretende Erweiterungen auf, die neuerdings auch Hämorrhoiden genannt wurden. Bei Männern, die häufig zu Pferde saßen, keine Ungewöhnlichkeit. Ansonsten nichts. Keine Spuren von Gewaltanwendung, kein Vorhandensein irgendwelcher Gegenstände, keine akuten Entzündungen. Nichts.

»Du kannst den Toten wieder anziehen«, sagte Selle zu dem Gehilfen.

Dann machte er sich auf den Weg, seinem König Bericht zu erstatten.

»Sire, die Untersuchung hat nichts Ungewöhnliches ergeben, absolut nichts«, sagte Selle wenig später.

Friedrich saß hinter dem Schreibtisch in seinem Arbeitszimmer und ging die Gesuche und Bittschriften seines Volkes durch. Er war allein, nur zu seinen Füßen lagen zwei seiner geliebten Windspiele. »So, nichts?«, sagte er aufblickend. »Und woran ist Katusow dann gestorben?«

»Das kann ich nur vermuten, Sire.«

»Dann vermutet mal.«

Selle straffte sich. »Ich glaube, der Schlagfluss hat ihn getroffen, anschließend machte das Herz nicht mehr mit, *Infirmitas cordi* nennen wir Ärzte das. Er war ein Trinker, und bei Trinkern ist ebenjener Tod nicht selten.«

»So, so, Schlagfluss«, wiederholte Friedrich sinnend. »Wir müssen alle mal dran glauben. Wie sicher ist Eure Diagnose?«

Selle zögerte. »So sicher, wie sie sein kann, ohne den Schädel oder den Körper zu öffnen.«

»Hm, aber das kommt auf keinen Fall in Frage.« Friedrich nahm eine Prise, rieb sie sich in die Nasenlöcher und wartete mit halbgeöffneten Lidern auf die befreiende Entladung. Sie kam – und Selle wich unwillkürlich einen halben Schritt zurück. »Hm«, machte Friedrich nochmals, schniefte und sagte dann: »Die russischen Ärzte in seinem Regiment wüssten sonst, was Ihr mit ihm gemacht habt. Aber auch sie werden Katusow nicht aufschneiden. Wozu auch. Er war nicht mehr der Jüngste, und er hat gesoffen. Da stirbt es sich schnell.«

»Jawohl, Sire.«

»Allerdings ist er der Zweite innerhalb eines Jahres, der ohne ersichtlichen Grund stirbt, denkt nur an Euren Assistenten, wie hieß er noch gleich?«

»Hans von Reckwitz, Sire.«

»Richtig. Als Euer Assistent gehörte er zum Kreis derer, mit denen ich näheren Umgang pflege, Gleiches galt für Katusow. Haltet Ihr es für möglich, dass die beiden Todesfälle in einer Verbindung stehen?«

Selle blickte überrascht. »Nein, Sire, das halte ich für ausgeschlossen. Dass Hans von Reckwitz starb, ist medizinisch zwar unerklärlich – jedenfalls nach dem heutigen Forschungsstand –, aber jährlich sterben Tausende junger Menschen an Ursachen, die wir Ärzte noch nicht kennen. Katusow dagegen verschied an den Folgen eines Schlagflusses – zwei völlig unterschiedliche Fälle, wie ich hinzufügen möchte.«

»*Très bien.*« Friedrich griff erneut zum Schnupftabak, blickte dann aber auf Selle, der ihn wiederholt davor gewarnt hatte, dass zu häufiges Niesen die Schleimhäute angriff, legte das Kraut zur Seite und sprach weiter: »Danke, Selle, Ihr könnt jetzt gehen.«

»Es war mir ein Vergnügen, Sire.« Selle machte eine tiefe Verbeugung und wollte sich entfernen.

»Halt!« Friedrich war noch etwas eingefallen. »Und habt ein Auge darauf, dass Katusow schnell und unbemerkt in seine Kutsche zurückgelegt wird und wieder verschwindet.«

»Ja, Sire, selbstverständlich, Sire.«

»Sein Kutscher wird einige Schwierigkeiten bekommen, in seiner Haut möchte ich nicht stecken.«

»Ich auch nicht, Sire. Verlasst Euch auf mich.«

»*Très bien, au revoir*, Selle. Nun könnt Ihr Euren Sonntag heiligen.«

Der Leibarzt ging, und Friedrich blieb grübelnd zurück. Er war überzeugt, dass Katusow hinter ihm herspioniert hatte – das Gespräch bei der Tafelrunde mit dem Meisterbauchredner Klingenthal hatte seine letzten Zweifel beseitigt –, und wollte deshalb ganz sicher sein, dass der Tod des Fürsten nicht mit dem preußischen Hof in Verbindung gebracht werden konnte. Dank Selles Untersuchungen war dies nicht der Fall. Ein Einschalten der Geheimpolizei würde nicht vonnöten sein. So weit, so gut.

Eines seiner Windspiele stand auf, reckte sich und strich ihm um die Knie.

Friedrich streichelte sein Fell und kicherte. »Schlafende Hunde soll man nicht wecken, nicht wahr, mein Braver!«

Selle eilte zurück in sein Ordinationszimmer, denn der freie Tag lockte, und seine Familie in Berlin wartete auf ihn. Doch bevor er den Weg nach Hause einschlug, wollte er wie versprochen sicherstellen, dass die sterblichen Überreste Katusows fortgeschafft wurden. Er begab sich in den Nebenraum, wo der Tote von seinem Gehilfen entkleidet und nach der Untersuchung wieder angezogen worden war, und stellte fest, dass er sich keine weiteren Gedanken zu machen brauchte. Katusow und seine Kleider waren schon nicht mehr da, das hieß, er lag zu diesem Zeitpunkt bereits wieder in seiner Kutsche und wurde von Tieck oder einem anderen Beamten zurück zum Palais de Chattemont gefahren – so, als wäre das Gefährt niemals von da fortgeholt worden. Der Plan schien aufzugehen.

Was Katusows Kutscher wohl machte? Der König hatte gesagt, er möchte nicht in dessen Haut stecken. Sehr wahr! Der Bursche hatte nach Tiecks Schilderung während des *Collegium Artis* viel zu tief ins Glas geschaut und würde heute Morgen ziemlich kleinlaut sein, wenn er seinen toten Herrn in der Kutsche entdeckte. Nun, das sollte Selles Sorge nicht sein.

Er blickte ein letztes Mal um sich und stutzte. Auf dem Boden an der Wand lagen zwei Handschuhe, die er nicht kannte. Sie waren ledern, grob und von gelblicher Farbe. Und sie sahen aus wie neu. Der Gehilfe musste sie beim Ankleiden der Leiche vergessen haben. War das möglich? Nein, pfiff Selle sich zurück, das konnte nicht sein, sie waren zu einfach gearbeitet, ausgeschlossen, dass sie zu Katusows Garderobe gehörten.

Er überlegte weiter und kam zu dem Schluss, dass es trotzdem so sein musste, denn der Gehilfe trug niemals Handschuhe – und ihm selbst gehörten sie auch nicht.

Welch eine vertrackte Angelegenheit!

Vertrackt war auch die Frage, ob die fehlenden Fingerlinge seine Nacht-und-Nebel-Untersuchung verraten konnten, aber er beruhigte sich. Wer würde angesichts von Katusows überraschendem Tod an Handschuhe denken? Niemand. Also konnte er sie fortwerfen. Oder?

Selle wusste nicht genau, warum, aber das widerstrebte ihm gewaltig, vielleicht, weil er niemals etwas fortwarf. So nahm er die gelben Lederlinge mit spitzen Fingern auf und legte sie in ein Wandregal. Dort mochten sie fürs Erste bleiben.

Dann hörte er seinen Magen knurren. Das war kein gutes Zeichen. Sein Magen bestrafte Leere und Untätigkeit sehr rasch mit Schwindel. »Ja, ja, mein lieber *Stomachus*«, brummte er, »ich habe dich vernommen. Wir fahren gleich nach Hause.«

Ein Frühstück war jetzt wichtiger als alle Handschuhe dieser Welt.

Am darauffolgenden Montag unternahm Madame eine Ausfahrt mit Göttsche. Welches Ziel sie hatte, sagte sie nicht, aber Alena dachte, dass die Herrin ihr keine Rechenschaft schuldete. Schade war nur, dass Klingenthal ebenfalls nicht da war. Er hatte entschuldigend gelächelt und gemeint, er müsse für einen Tag nach Berlin. Er habe dort ein Versprechen einzulösen.

»Was für ein Versprechen?«, hatte Alena gefragt.

Er hatte gelacht. »Bist du etwa eifersüchtig?«

»Ich, eifersüchtig? Wieso? Heißt das, du besuchst eine Frau?«

»Das tue ich!«, hatte er geantwortet und spitzbübisch gegrinst.

»Du kannst machen, was du willst, schließlich sind wir nicht verheiratet.«

Er hatte noch immer gegrinst und gesagt: »Die Frau ist die Angetraute des Wirts vom *Weißen Schwan* in Berlin. Du weißt doch, das ist der Gasthof, in dem ich auf Pump für ein paar Tage unterschlüpfen durfte, bevor der König mir meine Nürnberger Batzen eintauschte. Die Wirtin ist eine glühende Bewunderin meiner Kunst. Als ich letztes Jahr Berlin verließ, musste ich ihr in die Hand versprechen, wiederzukommen und wenigstens ein Mal in der Schankstube eine Vorstellung zu geben.«

»Ach so«, hatte Alena geantwortet.

»Die Wirtin ist mindestens fünfzig Jahre alt.«

»Wirklich?«

»Wirklich. Vielleicht sogar sechzig.«

»Aber du wolltest mich doch beschützen?«

»Das will ich ja auch!« Er hatte gelacht. »Aber doch nur, wenn du das Palais verlässt. Innerhalb der Mauern von Madames Anwesen passiert dir schon nichts.«

»Damit zwingst du mich, den ganzen Tag im Haus zu hocken.«

»Komm schon.« Er hatte sie geküsst. »Ich habe es der Wirtin versprochen, und was man verspricht, muss man auch halten. Du an meiner Stelle würdest nicht anders handeln.«

Das hatte Alena einräumen müssen.

Und nun war er fort, und der Montag war da, und die Stunden krochen wie Schnecken dahin. Alena lief im Haus herum und wusste nicht, was sie machen sollte. Die Schreibpost, die zu erledigen war, hatte sie bereits erledigt, und der Tag war noch immer lang.

Gegen Mittag ging sie in die Küche, wo sie freundlich, aber reserviert begrüßt wurde. Das Gesinde meinte es nicht böse, aber es spürte, dass Alena eine Stufe über ihm stand, und verhielt sich entsprechend. Einzig Anni war freundlich wie immer.

Danach streifte Alena wieder durchs Haus, rannte treppauf und treppab und fühlte sich höchst überflüssig. Endlich kam ihr ein Gedanke. Richtig! Madame hatte Klingenthal, nachdem er sich bereit erklärt hatte, am kommenden Sonnabend eine Vorstellung für das *Collegium Artis* zu geben, eine Kammer im Parterre zuweisen lassen. Das bedeutete, sie konnte sich den Raum einmal ansehen und, falls notwendig, noch einige Dinge für sein Wohlbefinden veranlassen.

Sie ging zu der Kammer und stellte fest, dass sie klein, aber sauber war. Die Einrichtung ähnelte der ihren, nur die *Toilette à l'anglais* mit der Wasserspülung fehlte. Stattdessen stand in einer Ecke ein Nachtstuhl. Ansonsten war noch nichts von Klingenthals persönlichen Utensilien hereingeschafft worden.

Alena überlegte, ob sie eine der Mägde rufen und mit der Aufgabe betrauen sollte, beschloss dann aber, die Sache selbst in die Hand zu nehmen. Sie hatte Zeit genug, im Gegensatz zum Gesinde, das regelmäßig ein nicht zu knappes Pensum zu erledigen hatte – wofür Madame persönlich und nicht zuletzt Ludolf sorgten.

Alena sprang die Treppe hinunter, schlüpfte durch den Seiteneingang aus dem Palais hinaus und wandte sich der Remise auf der gegenüberliegenden Straßenseite zu. Wenn sie sich richtig erinnerte, hatte Klingenthal darin seine Kiste mit dem Waschzeug und der Nahrung stehen, dazu einiges an Requisiten wie Puppenkleider, Zauber-Utensilien und andere Accessoires. Es würde ihn gewiss freuen, wenn diese Dinge bei seiner Rückkehr nicht mehr in dem feuchten Holzgebäude untergebracht waren, sondern warm und geschützt in der neuen Kammer.

Alena betrat die kleine Stichstraße, ihr schwarzes Kleid in Kniehöhe raffend, denn es hatte geregnet, und überall waren Lachen und Pfützen. Sie würde sich Zeit lassen mit dem Transport seiner Habseligkeiten, dann könnte sie es spielend schaffen. Nur die Kiste war etwas unhandlich. Sie zu schleppen würde nicht ganz einfach sein, aber ihr würde schon etwas einfallen. Notfalls konnte Ludolf mit anfassen. Oder Anni. Ja, Anni, die würde ihr sicher gerne helfen. Seit Anni von ihr den kleinen Schutzengel bekommen hatte, war sie besonders zugänglich.

Alena war schon fast auf der anderen Straßenseite, da hörte sie jählings ein schrilles Wiehern. Sie riss den Kopf herum und sah ein Pferdegespann in hohem Tempo heranpreschen, direkt auf sie zu! Sie wollte schreien, doch sie kam nicht mehr dazu. Plötzlich passierte alles auf einmal: Sie sprang zur Seite, aber nicht schnell genug. Eine der Außenlaternen der Kutsche streifte ihre Schulter und wirbelte sie herum. Sie wurde zu Boden geschleudert und landete mit dem Gesicht in einer großen Pfütze. Das kalte Dreckwasser nahm ihr den Atem, aber es sorgte gleichzeitig dafür, dass sie nicht ohnmächtig wurde. Sie rappelte sich halb auf und starrte dem Gefährt nach. Es war eine schwarze Kutsche, die genauso schnell, wie sie gekommen war, davonfuhr. Wer so kutschierte, musste verrückt sein. War es ein Verrückter? Wahrscheinlich ja, sagte sie sich.

Und dann kam ihr ein Gedanke, der sie bis ins Innerste traf: Wenn der Mann nun nicht verrückt war, sondern bei klarem Verstand, und sie mit voller Absicht …

Das konnte nicht sein. Oder doch?

JEMAND HATTE SIE TÖTEN WOLLEN!

Mit steinernem Gesicht richtete sie sich auf. Niemals zuvor war sie in einer solchen Situation gewesen. Jemand hatte sie töten wollen. Der Überfall auf sie vor Katusows Kutsche fiel ihr ein. Was hatte Klingenthal gesagt? »Der Kerl wollte dich unschädlich machen, wahrscheinlich sogar töten, denn er musste sicherstellen, dass du ihn später nicht wiedererkennst.«

Und sie hatte geantwortet: »Großer Gott, du meinst, ich bin ihm schon mal begegnet?«

Darauf er: »So wird es sein. Und es ist nicht ausgeschlossen, dass er sich noch einmal an dich heranmacht.«

Genau das war jetzt passiert.

Alena stand auf. Und mit dem Aufstehen kamen der Schmerz und die Wut. Der Schmerz saß in ihrer linken Schulter, er biss ziemlich, aber sie glaubte nicht, dass etwas gebrochen war. Probeweise bewegte sie den Arm. Ja, es ging, auch wenn es weh tat.

Die Wut war nicht minder ausgeprägt angesichts des Gedankens, dass ihr jemand nach dem Leben trachtete, dem sie niemals zuvor etwas getan hatte. Unerhört! Dazu kam ihr Aussehen! Von oben bis unten nass und verdreckt, das Kleid ruiniert, die Frisur derangiert. Hatte denn niemand beobachtet, was eben passiert war? Alena blickte sich um. Die Stichstraße war menschenleer. Es war so, es hätte es nie einen Anschlag auf sie gegeben.

Sie ging zurück ins Palais.

Gottlob begegnete sie niemandem, als sie rasch in ihre Kammer hinaufeilte, denn sie wollte nicht, dass man sie in diesem Zustand sah. In ihrer Kammer zog sie als Erstes das Kleid aus und hängte es auf einen Bügel. Dann setzte sie sich aufs Bett und kühlte die Schulter mit einem Lappen. Unerhört! Jemand hatte sie töten wollen!

Wenn Klingenthal zurückkam, musste sie ihm gleich alles erzählen. Ach, Klingenthal. Ein warmes Gefühl der Nähe und der Geborgenheit durchströmte sie. Es war gut, dass sie sich wiedergefunden hatten. Wenn sie es recht bedachte, hatte er ihr in den letzten zwei Jahren sehr gefehlt. Ohne ihn war das Leben ärmer. Und er? Empfand er ähnlich? Jedenfalls war er sofort nach Potsdam aufgebrochen, nachdem er erfahren hatte, dass sie sich in Friedrichs Residenzstadt aufhielt. Das war doch schon etwas! Ob er sie wirklich liebte?

Alena tauchte den Lappen in die Waschschüssel, wrang ihn aus und legte ihn wieder auf die Schulter. Warum sitze ich eigentlich?, fragte sie sich. Ich kann mich doch genauso gut hinlegen!

Sie tat es, und ihre Gedanken wanderten zurück zu Klingenthal. In Steinfurth vor zwei Jahren waren sie schon einmal ein Paar gewesen, allerdings mit wenig glücklichem Ausgang. Die Umstände waren dagegen gewesen, ebenso wie die Tatsache, dass Klingenthal seine Puppen zu sehr vermenschlichte. Besonders die Magd. Er mochte sie sehr – und die Magd ihn. Zumindest war das Alenas Eindruck gewesen, und das hatte sie eifersüchtig gemacht. Im Nachhinein eigentlich albern, denn Puppen bestanden aus Stoff und Leder und Wachs und aus anderen Dingen, sie waren tote Materie, sie lebten nicht, hatten keine Seele und nur geliehene Stimmen.

Und doch behauptete Klingenthal immer wieder, sie würden leben. Jede einzelne. Jede einzelne mit ihrem ganz eigenen Wesen.

Alena merkte, wie die Eifersucht wieder in ihr emporkriechen wollte, aber sie unterdrückte das Gefühl und kühlte die Schulter erneut. Sie war inzwischen angeschwollen, eine Einblutung machte sich breit. Sie musste sie Klingenthal zeigen, wenn er zurück war. Er würde eine heilende Salbe in seiner Kiste haben.

Beim Stichwort Kiste musste Alena wieder an ihren Plan denken, seine Utensilien aus der Remise zu holen und in seine Kammer zu tragen, aber daraus würde nun wohl nichts werden. Dazu tat ihr die Schulter zu weh.

Ach, Klingenthal. Was er wohl gerade in Berlin machte? Wenn er zurück war, würde er wissen, wie sie sich verhalten sollte. Er wusste eigentlich immer alles. Er war eben ein studierter Mann, obwohl er wie jeder andere Schausteller durch die Lande zog und von der Hand in den Mund lebte. War ein solches Leben etwas für sie?

Alena nickte unwillkürlich. Warum nicht?, stellte sie sich die Gegenfrage. Du selbst ziehst als Klagefrau doch auch durch die Lande. Warum nimmst du nicht mit ihm gemeinsam die Straße unter die Füße? Gemeinsam ist man stärker. Als Mann und Frau …

Vergiss die Magd. Ihr Vorbild war eine alte Dänin mit großem Busen, und auch wenn du den Verdacht hast, dass es eine junge Dänin mit großem Busen war, so dürfte dennoch stimmen, dass Klingenthal sie als Knabe in seinem Elternhaus kennengelernt hatte.

Ach, Klingenthal. Jeden Punkt in seinem Gesicht kannte sie genau. Die braunen Augen, die so nachdenklich blicken konnten, die markante, ganz leicht gebogene Nase und den eigenwilligen Mund, der mit so vielen Stimmen sprechen konnte. Dazu kamen seine von unzähligen Meilen auf der Landstraße gebräunte Haut, seine grauer werdenden Haare und die stärker hervortretenden Lachfältchen um die Augen. Alles in allem war er kein ausgesprochen schöner Mann, aber einer mit Charakterkopf. Ja, ein Charakterkopf mit einem sehr eigenen Willen.

Wurde es nicht wirklich Zeit, dass er zurückkam? Wenn es stimmte, dass er nur eine Vorstellung im *Weißen Schwan* geben wollte, dann musste er jede Minute da sein. Wie spät es wohl war? Bestimmt schon 3 Uhr durch.

Wieder erneuerte Alena den Lappen auf ihrer Schulter. Sie spürte, dass die Schmerzen nachließen und einer leichten Mattigkeit Platz machten. Vielleicht war es nicht verkehrt, eine Weile zu schlafen, wenn sie aufwachte, würde Klingenthal gewiss wieder da sein …

Als Alena erwachte, war Dunkelheit um sie. Die Nacht war schon hereingebrochen. Wie lange sie wohl geschlafen hatte? Sie richtete sich auf, und der Schmerz in ihrer Schulter war wieder da. Er erinnerte sie an die Geschehnisse des Tages. Mit einiger Mühe entzündete sie eine Kerze und stand auf. Das Kleid über dem Bügel war mittlerweile trocken, aber es war so schmutzverkrustet, dass sie es nicht mehr anziehen konnte. Sie öffnete die Truhe, nahm ihr Ersatzkleid heraus und zog es an, wobei sie darauf achtete, dass die geprellte Schulter freiblieb. Irgendetwas an dem Kleid kam ihr fremd vor, aber sie wusste nicht, was. Wahrscheinlich lag es nur daran, dass sie es länger nicht getragen hatte.

Sie setzte sich wieder auf das Bett und begann abermals, die Schulter zu kühlen. Dabei kam sie erneut ins Grübeln. Eigentlich hatte sie selber Schuld. Klingenthal hatte ihr gesagt, sie solle im Haus bleiben, dann könne ihr nichts passieren, und daran hatte sie sich nicht gehalten. Aber wer, um alles in der Welt, konnte vermuten, dass in der kleinen Stichstraße ein Verrückter mit seinem Gespann …

Nein, kein Verrückter!

Ein Schurke, der sie kaltblütig töten wollte.

Ein Schurke, der es, schenkte man Klingenthals Überlegungen Glauben, noch einmal versuchen würde.

Auch jetzt?

Hier?

Alena fuhr hoch. Der Gedanke, sogar in der eigenen Kammer nicht sicher zu sein, ließ ihr Herz schneller schlagen. Sie blickte zum Fenster, es führte nach hinten hinaus zum Hof. In die Finsternis. Dorthin, wo sich selten jemand aufhielt und wo jemand, der Böses wollte, umso leichter …

Mach dich nicht verrückt!

Alena merkte, wie ihr vor Angst die Zähne aufeinander schlugen. Was konnte sie nur tun, um diesen unwürdigen Zustand zu beenden? Sie war doch eine erwachsene Frau, die schon ganz andere Dinge erlebt hatte! Ohne es zu bemerken, begann sie zu singen. Sie sang die zweite Strophe ihres Klagelieds:

»Am Ende stehn wir stille
vor seiner großen Macht;
des Heilands mächt'ger Wille
wohl über allem wacht …«

Die Zeilen hatten wie immer eine wunderbar beruhigende Wirkung auf sie. Sie konnte wieder klar denken. Was war zu tun? Sie wollte nicht in diesem Raum bleiben, und sie musste nach Klingenthal sehen. Am besten jetzt gleich. Er würde wissen, was zu tun war. Sie richtete sich das Kleid, warf einen kurzen Blick in den Spiegel und löschte die Kerze. Dann eilte sie mit schnellen Schritten die große Treppe hinunter und klopfte im Parterre an seine Kammer. »Julius?« Sie klopfte abermals, stärker. »Julius, bist du da?«

Keine Antwort.

Nach kurzem Zögern stieß sie die Tür auf und spähte in die Kammer. Nichts. Der Raum sah völlig unbewohnt aus. Klingenthal war noch nicht eingezogen. Klingenthal war noch in Berlin. Was war mit Klingenthal?

Alena biss sich auf die Lippe. Zu ihrer eigenen Angst kam jetzt noch die Sorge um ihn. Die Zeiten waren unsicher. War auch er überfallen worden?

Fest stand, dass er noch nicht da war. Fest stand auch, dass sie nicht in ihre Kammer zurückwollte. Was blieb da noch? Sie brauchte jemanden, mit dem sie reden konnte.

Anni.

Ja, Anni, die war freundlich und konnte zuhören. Alena lief zur kleinen Mägdekammer, ein Stoßgebet murmelnd, dass die Magd da war.

Sie war da.

Alena drängte sich durch die Tür und bemerkte erleichtert, dass Anni allein war. Die anderen Mägde hatten offenbar Ausgang. Gott sei Dank! »Darf ich mich setzen?«, fragte sie.

»Natürlich«, sagte Anni, die an einem Topflappen häkelte.

»Es geht mir nicht gut, ich brauche jemanden, der mir zuhört. Wirst du mir zuhören?«

»Gerne, Fräulein Alena.«

Und Alena erzählte von der Kutsche, die sie fast überfahren hatte, sie erzählte es lang und breit, und während sie berichtete, wurde ihr klarer und klarer, dass sie den Mord an Katusow und sämtliche Begleitumstände auslassen musste. So endete sie ziemlich abrupt und fragte: »Hast du etwas von Klingenthal gehört?«

Anni schüttelte den Kopf. »Soweit ich weiß, ist er noch nicht zurück.«

»Ich mache mir so schreckliche Sorgen um ihn.«

»Das braucht Ihr nicht, Fräulein Alena. Ich habe da etwas.« Anni lächelte und holte den kleinen Schutzengel aus ihrer Schürzentasche. »Den trage ich immer bei mir. Kennt Ihr ihn noch?«

»Natürlich.«

»Er ist besonders tüchtig, und ich denke, wenn er mir hilft, hilft er auch Euch. Ihr müsst nur dran glauben.«

»Das will ich«, sagte Alena.

Zur selben Stunde saß Friedrich der Große in seinem Arbeitszimmer im Ostflügel von Sanssouci und erledigte schriftliche Eingaben und Bittgesuche. Das war nichts Ungewöhnliches, denn das tat er fast täglich. Er sah es als seine Pflicht an, in allem die letzte Entscheidung zu treffen. Ein fünfarmiger Leuchter auf seinem Schreibtisch spendete ihm bei seiner Tätigkeit ausreichend Licht. Trotzdem brannten ihm die Augen, was seine Laune, die angesichts der oftmals lächerlichen Wünsche seiner Untertanen ohnehin nicht die beste war, noch verschlechterte.

Er nahm die nächste Bittschrift zur Hand und las sie stirnrunzelnd. Es handelte sich um das Gesuch eines Grafen, ihm das Privileg zu erteilen, sich bei seinen Kutschfahrten von einem Postillion nebst Posthorn begleiten zu lassen, damit sein Erscheinen jeweils standesgemäß angekündigt werden könne. Friedrich brummte etwas Unverständliches und schrieb mit kratzender Feder an den Rand: *Ich erlaube Euch, alle Arten von Hörnern zu tragen, nur keine Posthörner!*

Auf dem nächsten Papier bat ein Feuerspritzenmeister darum, seinem Sohn ein Stipendium zu gewähren. Friedrich schrieb: *Was will ein Feuerspritzenmeistersohn studieren? Er soll das Feuerspritzen vom Vater lernen.*

Es folgte ein Dokument, in dem ein Schäfer, der aus religiösen Gründen seinen Sohn umgebracht hatte, zum Tode verurteilt wurde. Friedrich murmelte etwas von Wahnsinn und Irrsinn und verfügte: *Galgen und Rad bessern solche Narren nicht. Bringt den Kerl ins Tollhaus und lasst ihn dort menschlich und vernünftig behandeln.*

Auf einem anderen Blatt bat ein altgedienter Tierarzt darum, ihm den Titel Hofrat zu verleihen. Friedrich verfügte: *Hofrat? Er ist Viehdoktor, so mag man ihm den Titel Viehrat verleihen!*

Das nächste Gesuch kam von einem Hauptmann. Er bat darin, eine von ihm verfasste Schrift über die Beschaffenheit des Meeres der Londoner Akademie der Wissenschaften zusenden zu dürfen. Friedrich entschied: *Das kann geschehen. Ich werde aber im Frühjahr Eure Kompanie* revidiren, *und wenn ich Euch dann mit den Gedanken auf dem Meere und nicht auf dem Lande, wo Ihr zu Hause seid, treffe, so werdet Ihr es mit mir und nicht mit der Londoner Akademie zu tun haben.*

Es folgte die Eingabe zweier Beamtenfrauen, in der diese darum baten, Seine Majestät möge entscheiden, welche von ihnen den höheren Rang habe. Friedrich rümpfte die Nase, denn das Papier roch grässlich nach Parfüm, fluchte und schrieb: *Die größte Närrin geht voran!*

Dann kam das mit wohlgesetzten, schmeichlerischen Worten formulierte Ansinnen eines Hauptmanns, ihn zum Major zu befördern. Friedrich kommentierte: *Wenn Er den Degen so gut führt wie die Feder, mag es so sein. Aber ich werd's nicht erleben.*

Ein Räuspern unterbrach seine Arbeit. Er blickte auf. Vor

ihm stand Dantal, wie immer in Schwarz gekleidet. »Verzeiht, Sire, wenn ich Euch unterbreche, ich wollte nur fragen, ob Ihr vielleicht Gesellschaft braucht.«

Friedrich machte eine wegwerfende Bewegung. »Ich bin schon von *Supplikanten* und *Räsonirern* umzingelt! Alle wollen nur bei mir *insinuiren!* Bitten, Gebettel und *Sollicitationen!* Aber Ihr könnt mir sagen, was ich auf dieses Gebettel antworten soll. Da will ein Major seinen reichen Schwiegersohn, einen Gutsbesitzer, adeln lassen.«

»Einen Gutsbesitzer?« Dantal fühlte sich durch die Frage etwas überrumpelt. Er überlegte rasch und glaubte dann eine gute Antwort gefunden zu haben. »Man könnte es in Erwägung ziehen, wenn seine Gesinnung adlig ist.«

»Vielleicht, vielleicht auch nicht. Ich weiß nur, dass er reich ist.« Friedrich tauchte die Feder ein und schrieb: *Man adelt nur diejenigen, die sich vorzüglich* meritirt *haben, aber nicht Kerls, die bloß reich sind.*

»Jawohl, Sire«, sagte Dantal, der las, was sein König geschrieben hatte.

»Schön, dass wir da einer Meinung sind«, sagte Friedrich mit bissigem Unterton. »Dann sind wir wohl auch einer Meinung, dass Ihr es wart, der dafür sorgte, dass dieses Buch vorhin auf meinem Schreibtisch lag?« Er deutete auf einen Band der *Geschichte des römischen Altertums* von Charles Rollin.

»Äh, nun, Sire …«

»Daran ist im Prinzip nichts Schlechtes. Wie Ihr wisst, schätze ich Rollin, und genau dieser fünfte Band fehlte mir in meiner Sammlung. Das Einzige, was mich stört, ist die Widmung darin. Sie ist von einer gewissen Madame de Chattemont, einem reichen, aufgedonnerten Frauenzimmer, das schon häufiger versucht hat, eine Einladung an meinen

Hof zu ergattern. Ihr habt der Dame nicht zufällig einen Wink gegeben und das Buch auf meinen Tisch gelegt?«

»Nun, Sire, ich …«

»Gebt es zu, Ihr müsst es gewesen sein, von wem sonst sollte die Dame gewusst haben, welcher Band mir noch von Rollin fehlt?«

Dantal straffte sich. »Jawohl, Sire, ich war es, der ihr den Wink gab. Ich zögerte eben nur mit der Antwort, weil ich weiß, wie wenig Ihr Madame de Chattemont schätzt. Andererseits wusste ich, wie sehr Ihr Rollin schätzt.«

»Dantal, Ihr habt ein glattes Maul. Manchmal ein wenig zu glatt für meinen Geschmack. Immerhin stimmt es, dass ich mir den fünften Band schon lange wünsche.«

Dantal atmete auf, jedoch zu früh, wie sich zeigte.

»Wo wart Ihr am letzten Sonnabend nach der Abendmahlzeit? Es war gegen 8 Uhr, als ich nach Euch schickte. Ihr wart nicht in Eurem Zimmer. Wo wart Ihr?«

»Oh, wie Ihr wisst, war ich am Nachmittag in Potsdam, um eine Besorgung zu erledigen.« Dantal überlegte fieberhaft, welche Ausrede er dem König auftischen konnte, denn nachdem dieser das Buchgeschenk von Madame de Chattemont so ungnädig aufgenommen hatte, kam es selbstverständlich nicht in Frage, den Aufenthalt beim *Collegium Artis* zuzugeben. »Ich, äh, wollte umgehend zum Schloss zurückkehren, als mich ein Magenkatarrh ereilte. Ich suchte einen Physikus auf, denn ich fühlte mich wirklich unpässlich. Beim Physikus kam ich kaum vom bewussten Stuhl hoch. So ergab es sich, dass ich erst nach 10 Uhr wieder im Schloss eintraf.«

»Pah, Magenkatarrh!« Friedrich spie das Wort wie einen durchgekauten Priem aus. »Was ist schon ein lächerlicher Dünnschiss gegen meine Leiden. Ich habe das *Podagra* derart in den Gliedern, dass es mich fast zerreißt, ich habe Asthma, das mir den Atem nimmt, ich habe Wassersucht, Fieber, Koliken, Steinschmerzen und Schwellungen in den Beinen. Und ich bin trotzdem da, wenn man mich braucht.«

»Jawohl, Sire.« Dantal spürte, dass jedes weitere Wort einen neuen Vulkanausbruch nach sich ziehen würde. »Jawohl.«

»Wenn Ihr wieder Magenkatarrh habt, nehmt spanische Fliegen, die helfen gegen alles.«

»Jawohl, Sire.«

»Es ist gut für heute. Tut das Buch fort und holt Diderots *Weltchronik* herbei. Ihr sollt mir daraus vorlesen.«

»Sofort, Sire.« Dantal tat, wie ihm geheißen, und las für seinen König Diderot.

Nicht sehr gut an diesem Abend.

Da wird sein Heulen und Zähneklappen, denn …

Am nächsten Abend lag Alena in den Armen von Klingenthal, unendlich froh, dass ihm nichts passiert war, überglücklich, dass er ihr so nahe war. Er hatte am Vortag einen Radbruch gehabt, eine ärgerliche Angelegenheit, die nicht weiter gefährlich war, ihn aber gezwungen hatte, einen Wagnermeister aufzusuchen und die Nacht über auswärts zu verbringen.

»Wenn ich eine Brieftaube gehabt hätte, wäre es ein Leichtes gewesen, dich zu verständigen, aber ich hatte keine«, scherzte er und küsste sie. »Lieb, dass du veranlasst hast, meine Sachen in diese Kammer bringen zu lassen.«

Sie schmiegte sich an ihn. »Hauptsache, du bist heil und gesund zurück. Wo hast du denn übernachtet?«

»Im Stall beim Wagnermeister, sein Name ist Hinrich Knautz, er hat eine Werkstatt in der Nähe von Kleinmachnow. Er war sehr hilfsbereit. Ich glaube, er war es besonders deshalb, weil sich die Geschehnisse an Friedrichs Tafelrunde schon in halb Brandenburg herumgesprochen haben. Immer wieder musste ich ihm erzählen, wie ich den Alten Fritz nachgemacht und seine Gäste an der Nase herumgeführt habe.«

»Ja, da wäre ich gern dabei gewesen.«

»Das hat Knautz auch gesagt. Dabei war meine Leistung gar nicht so groß. Der Einfall dazu kam schließlich vom König selbst. Als er mir von seiner Idee berichtete, sträubte ich mich zunächst, aber wenn ein Herrscher befiehlt, kann sein Untertan nicht nein sagen. So habe ich es gemacht – und mir dabei sicher ein paar Feinde eingehandelt.«

»Katusow kann dir nichts mehr anhaben.«

»Der nicht, aber Dantal und Lucchesini, ich glaube, die mögen mich auch nicht besonders. Und natürlich Søderborg: Ich sage dir, wenn Blicke töten könnten, würde ich jetzt nicht neben dir liegen.«

»Aber du tust es.« Sie richtete sich halb auf, ignorierte dabei ihre Schulter, in der noch immer der Schmerz saß, und küsste ihn. »Ich wusste gar nicht, wie sehr man einen Menschen vermissen kann.«

Er ging nicht auf sie ein, sondern blickte an die Decke, von der reiche Stuckornamente herabgrüßten. »Ich sagte dir schon, ich vermute, der König hält Søderborg für einen Spion, und wenn du mich fragst, so glaube ich das auch. Zu offenkundig war es, wie er das Gespräch zurück auf den Fürstenbund brachte.«

»Fürstenbund? Was für ein Fürstenbund?«

»Genaues weiß ich darüber auch nicht. Irgendein Bund, den Friedrich angeblich in Planung hat, um Preußen zu stärken und die anderen Mächte zu schwächen.«

Alena sagte nichts, sondern küsste ihn abermals. Statt Klingenthals Wange wählte sie diesmal das Ohrläppchen.

»Die Frage ist natürlich, ob Katusows Tod etwas mit seiner Spitzeltätigkeit zu tun hat.«

»Wenn du meinst.« Alena begann, an dem Ohrläppchen zu knabbern.

»Ich glaube, du hörst mir gar nicht zu!«

»Doch. Sag mal, hat der Wagnermeister eine Tochter?«

»Knautz? Soviel ich weiß, nein. Wie kommst du denn jetzt darauf?«

»Nur so, weil du doch in seinem Stall geschlafen hast.«

»Na hör mal, was traust du mir zu?« Klingenthal war ehrlich entrüstet. »Ich war treu wie Gold! Aber wo wir schon dabei sind: Warst du es auch?«

»Ich? Meinst du etwa, ich würde dich betrügen?«

»Nein, das meine ich nicht. Genauso wenig, wie du es von mir meinst, oder?«

Alena lachte, um die kleine Missstimmung zu überbrücken. »Es war nicht so gemeint. Ich habe bei Anni geschlafen, weil ich mir solche Sorgen um dich gemacht hatte. Ich wusste nicht mehr ein noch aus, hatte keine Ahnung, an wen ich mich wenden konnte. Madame Chattemont war ja auch nicht im Haus, da bin ich zu ihr. Sie war sehr lieb.«

»Dann ist es ja gut.« In seiner Entrüstung war Klingenthal halb hochgefahren, nun ließ er sich langsam wieder zurücksinken. Dabei fiel sein Blick auf Alenas Schulter. »Was hast du denn da?«

»Ach, nichts.«

»Das nennst du nichts? Das sehe ich ja erst jetzt – ein ausgewachsenes Hämatom! Hast du Schmerzen?«

»Ein bisschen. Gestern war es noch schlimmer.«

»Kannst du den Arm bewegen?«

Alena zeigte es. Sie bemühte sich dabei um ein gleichmütiges Gesicht, obwohl die Bewegungen noch immer weh taten.

Einigermaßen beruhigt, fragte Klingenthal: »Woher hast du das?«

Alena druckste herum, aber dann musste sie doch mit der Sprache herausrücken. »Gestern, als du nicht da warst, wollte ich es dir sofort erzählen, aber heute habe ich es mir anders überlegt, weil du gesagt hattest, ich soll das Palais nicht verlassen. Aber ich musste es doch verlassen, weil ich deine Sachen aus der Remise holen wollte, und da ist es passiert.«

»Was ist passiert? Nun lass dir nicht jedes Wort aus der Nase ziehen.«

Alena erzählte den Zwischenfall mit der schwarzen Kutsche.

»Und das alles erfahre ich erst jetzt?«, rief Klingenthal vorwurfsvoll, als sie geendet hatte. »Dir hätte wer weiß was zustoßen können. Wie sah die Kutsche aus, hatte sie ein Wappen?«

»Nein, ich glaube nicht, es ging alles so schnell.«

»Hast du ein Gesicht hinter der Scheibe erkannt, einen Kutscher auf dem Bock, irgendwelche Diener, die stehend mitfuhren?«

»Nein, nein, bestimmt nicht.«

»Gab es wenigstens Zeugen, hat jemand vom Personal etwas beobachtet?«

»Nein, die Straße war menschenleer. Aber das war mir eigentlich ganz recht. Ich muss furchtbar ausgesehen haben, nachdem ich in die Pfütze gefallen war.«

»Ihr Frauen denkt immer nur an euer Äußeres.« Klingenthal legte behutsam den Arm um Alena, als wolle er sie im Nachhinein vor dem Zusammenstoß bewahren. »Vielleicht war es ja gar kein Überfall«, überlegte er laut. »Es gibt genug Narren, die aus einer Kutschfahrt durch Potsdam ein Wagenrennen im alten Rom machen wollen. Vielleicht war es nur einer, der Spaß daran hatte, auf seine Gäule einzuschlagen.«

»Glaubst du das wirklich?«

»Ich weiß es nicht. Auf jeden Fall solltest du das Palais nur noch in meiner Begleitung verlassen. Das meine ich ernst.«

»Ich komme mir vor wie eine Gefangene.«

»Es ist ja nur eine Vorsichtsmaßnahme. Irgendwann klärt sich alles auf.«

»Und dann?«

»Sehen wir weiter.« Klingenthal erhob sich, nackt, wie er war, und ging zu seiner Kiste. Neben der Kiste saß der Schultheiß, daneben der Schiffer und der Söldner. Die anderen Puppen verteilten sich über den Raum. Sie lehnten mit dem Rücken an der Wand und schwiegen.

Der Schultheiß fragte: »Ist Alenas Verletzung schlimm?«

»Nein«, antwortete Klingenthal, »zum Glück sieht sie schlimmer aus, als sie ist.«

»Sie sieht unansehnlich aus«, verbesserte ihn das Burgfräulein.

»Aber sie wird wohl keine Spuren hinterlassen«, tröstete die Magd.

»Nicht mal eine Narbe?«, fragte der Schiffer. Seine Stimme klang etwas enttäuscht.

»Narben sind Male der Ehre«, sagte der Söldner.

»Männergeschwätz!«, empörte sich das Burgfräulein.

Der Schultheiß meldete sich wieder: »Ruhe, Ruhe! Wir sollten Klingenthal jetzt tun lassen, was zu tun ist, und ihn nicht von seiner Arbeit abhalten.«

Klingenthal räusperte sich. »Sehr richtig. Ihr lenkt mich nur ab. Im Übrigen meine ich, hätten wir uns darauf geeinigt, dass ihr heute Abend den Mund haltet. Alena und ich möchten ungestört reden.«

»Wir haben die ganze Zeit nichts gesagt.« Das Burgfräulein klang beleidigt.

»Wenn's auch schwerfiel!«, rief der Schiffer.

»Pst«, machte der Schultheiß.

Die Puppen verstummten.

Alena lachte und sagte zu Klingenthal: »Du bist unverbesserlich!«

»Meine Puppen sind unverbesserlich.« Er nahm eine Salbe und eine Kompresse aus der Kiste und sagte: »Am besten wäre es, du würdest den Arm in einer Schlinge tragen.«

»Nein!«

»Ich dachte mir, dass du das nicht willst. Nun, vielleicht ist es auch ganz gut so. Die Schlinge würde im Haus nur Anlass zu Fragen geben. Übrigens: Hast du Anni von dem Zwischenfall mit der Kutsche erzählt?«

»Ja, habe ich, aber mehr nicht. Über die Sache mit Katusow habe ich nicht gesprochen.«

»Das war richtig. Hoffentlich ist Anni keine Plaudertasche.«

»Nein, zu der Sorte gehört sie nicht.«

»Gut. Je weniger über die Vorfälle geredet wird, desto besser. Ich lege dir jetzt eine Kompresse mit einer Salbe aus Arnika und Beinwell an. Dann werden die Schmerzen bald nachlassen.«

Friedrich, die Puppe, rief dazwischen: »Pah, gib ihr lieber 'ne Prise, da niest sich der Schmerz einfach weg!«

»Du bist still!«, wies Klingenthal Friedrich zurecht. »Das Sprechverbot gilt auch für Könige.«

»Schon gut, schon gut«, brummte Friedrich und schwieg fortan.

Als Klingenthal Alena verarztet hatte, sagte sie: »Komm, leg dich wieder zu mir und lass uns ein wenig leiser sein.«

»Leiser sein, warum?«

»Wegen Madame. Sie ahnt sicher, dass wir uns gut kennen, aber sie muss nicht unbedingt mitkriegen, dass du Damenbesuch von ihrer *Secrétaire* hast. Sie kann sehr tugendhaft sein.«

»Wenn du meinst.«

»Da ist noch etwas anderes, das ich dir erzählen muss.«

Klingenthal zog die Decke wieder über ihre Körper. »Was denn?«

Sie kuschelte sich an ihn. »Ich bin heute Mittag noch mal zu Göttsche gegangen, weil ich ganz vergessen hatte, mich dafür zu bedanken, dass er mir heute Morgen beim Rüberholen deiner Sachen geholfen hat. Ludolf und Anni hatten ja keine Zeit.«

»Ja, und?«

»Ich ging also hinein in seine Kammer und sagte guten Morgen. Da zuckte er zusammen, als wäre der Leibhaftige in ihn gefahren. Er war gerade dabei, seine geliebten Langschäfter zu putzen, und vor lauter Schreck fiel ihm einer runter. Ich hatte ein schlechtes Gewissen, obwohl ich nicht ahnen konnte, dass er etwas schwerhörig ist. Na ja, auf jeden Fall sind wir ins Gespräch gekommen, und es zeigte sich, dass Göttsche Gott und die Welt kennt, sogar Johann Georg Pfund, den Kutscher vom König. Die beiden reden öfter miteinander, gewissermaßen von Kutscher zu Kutscher. Pfund soll ein Mann sein, auf den selbst der König hört, und deshalb ist Göttsche besonders stolz auf die Bekanntschaft mit ihm.«

»Der König scheint in der Tat auf Pfund zu hören«, sagte Klingenthal, der an die Begegnung mit Friedrich und seinem Kutscher auf dem Alten Markt dachte.

»Göttsche sagte, Pfund sei so etwas wie ein Faktotum für den König. Er sei es auch gewesen, der den Toten letztes

Jahr im Stadtschloss gefunden habe. Ich wusste zuerst nicht, wen er damit meinte, aber dann wurde mir klar, dass es der Mann gewesen sein muss, der in deinen Armen starb. Ich hakte sofort nach, was es denn mit dem Toten auf sich habe, aber Göttsche biss sich auf die Lippe. Er machte den Eindruck, als täte es ihm leid, davon überhaupt angefangen zu haben.«

»Aber warum sollte das so gewesen sein?«

»Ich weiß es nicht. Er murmelte irgendetwas davon, er habe ein Versprechen gegeben, nicht darüber zu reden. Es gelang mir nur noch, den Namen des Toten von ihm zu erfahren: Er hieß Hans von Reckwitz und war der Assistent von Professor Doktor Selle, dem Leibarzt des Königs.«

»Was du nicht sagst! Professor Selle ist mir ein Begriff. Ich erzählte dir ja, dass er Gast bei der Tafelrunde war.« Klingenthal massierte grübelnd sein Kinn. »Sieh an, sieh an. Der Mann hatte also einen Assistenten. Hans von Reckwitz hieß der Mann? Der Name sagt mir nichts. Aber es wäre interessant zu wissen, ob dieser Hans von Reckwitz, der Handschuhe gleicher Herstellung wie Katusow trug, ebenfalls ein Spion war.«

»Ja, das wäre möglich.«

»Und noch interessanter wäre es, zu wissen, ob Professor Selle vielleicht ein Spion ist.«

»Der Leibarzt des Königs? Das glaube ich nicht.«

»Ich eigentlich auch nicht. Dafür glaube ich etwas anderes.«

»Was denn?«

»Ich könnte mir vorstellen, dass beide Fälle in einem Zusammenhang stehen und dass beide Male derselbe Mörder zuschlug.«

Friedrich der Große stand in seiner Bibliothek vor einer Zedernholz-Vitrine, in der sich eine Vielzahl seiner kostbaren Schnupftabakdosen und -fläschchen, Steinschlossfeuerzeuge, goldenen Raspen und Tabatièren befanden. Bewundernd hielt er ein besonders schönes Exponat in die Höhe, das erst seit kurzem zu seiner Sammlung gehörte: eine Schnupftabakdose aus der Braunschweiger Lackwaren-Manufaktur von Johann Heinrich Stobwasser, die aus dem Jahre 1781 stammte und aus dem neuen Modewerkstoff Papiermaché gefertigt war. Ihr Deckel zeigte ein Bild der Göttin Lucina, der Beschützerin des werdenden Lebens, sowie einen Kalender zur Errechnung des Tages der Niederkunft. *»Très bien«,* murmelte Friedrich, *»magnifique!«*

Neben ihm stand der Marchese Lucchesini und kicherte vor sich hin.

»Was gibt es da zu lachen?«, fragte Friedrich etwas säuerlich, da er sich in seiner Betrachtung gestört fühlte. »Auch Ihr, *mon cher,* wurdet einmal geboren, und vielleicht wäre Eure Mutter seinerzeit für einen derartigen Kalender sehr dankbar gewesen.«

»Sire, *pardon,* ich lache nicht über die Göttin Lucina und ihren Kalender – und schon gar nicht über Euch. Es ist nur so, dass mir angesichts Eurer Schnupftabakdosen gerade die Herren Katusow und Søderborg eingefallen sind.«

»Warum?«, fragte Friedrich verwundert.

»Nun, nach der Tafelrunde wirkten beide neulich doch ebenfalls sehr – verschnupft!«

Es dauerte einen Augenblick, dann musste auch Friedrich lächeln. »Fürwahr, das stimmt. Aber über Tote soll man sich nicht lustig machen, und Katusow ist tot.«

»Natürlich, Sire, Ihr habt recht. Friede seiner russischen Seele. Dafür ist Søderborg umso lebendiger. Er soll besonders verärgert sein. Ich habe gehört, er hätte, ganz gegen seine sonstige blasierte Art, vor Wut geschäumt.«

»Søderborg? Das fällt mir schwer, zu glauben. Immerhin mag er sich kompromittiert gefühlt haben, weil ich die Tafelrunde so abrupt beendete. Er dürfte nun ahnen, dass ich um seine Spionagetätigkeit weiß. Möglicherweise sorgt ihn das auch. *Non-sens!* Alle höhergestellten Vertreter ihrer Länder sind an meinem Hofe Spione, genauso wie ich selbst Spione an den anderen Höfen Europas habe.«

Lucchesini gestattete sich ein Grinsen. »Auch in Florenz oder in meinem geliebten Lucca, Sire?«

»Das wüsstet Ihr wohl gern, was?« Friedrich stellte die Lucina-Schnupftabakdose an ihren Platz zurück und griff dafür nach einer mit Diamanten besetzten Prunk-Tabatière. »Seid gewiss, dass ich überall da, wo es notwendig ist, meine Leute habe. In Italien weniger, weil Italien im Ringen um die europäische Macht eher eine Randstellung einnimmt.«

»Ich danke Euch für Eure Offenheit, Sire.«

»Ihr seid mein engster Vertrauter, Girolamo, vor Euch habe ich keine Geheimnisse.«

»Danke, Sire, Ihr macht mich sehr glücklich.«

»Schweden spielt in Europa ebenfalls eine weniger bedeutende Rolle, was beileibe nicht immer so war. Deshalb wundere ich mich, warum Søderborg herausfinden will, wie der Stand meiner Fürstenbund-Bemühungen ist.« Friedrich reichte die Prunk-Tabatière an Lucchesini weiter, damit dieser sie betrachte. »Ich mag Søderborg nicht, im Gegensatz zu Katusow. Der trug stets sein Herz auf der Zunge, nun ja, vielleicht ist ihm ja genau das zum Verhängnis geworden. Wie findet Ihr übrigens das herrliche Apfelgrün der Dose? Ein solches Grün bietet nur der edle Chrysopras.«

Lucchesini bewunderte das Stück gebührend, dann sagte

er vorsichtig: »Um auf Søderborg zurückzukommen, Sire, es gibt Stimmen, die sagen, er wäre gar kein Schwede. Er wäre Deutscher.«

»Was sagt Ihr da? Ein Deutscher? Was heißt das?«

»Nun, genauer gesagt, er ist Untertan des Heiligen Römischen Reichs Deutscher Nation, noch genauer: Er ist Österreicher.«

»Jetzt schlägt's dreizehn! Und wieso spricht der Mann so perfekt schwedisch?«

»Sire, *pardon,* was ist daran so ungewöhnlich? Es gibt auch Preußen, die perfekt französisch sprechen. Ihr, zum Beispiel.«

»Hm, hm.« Friedrich beschloss, dass sein Geheimdienst diese Information nachprüfen sollte, schob den Gedanken aber zunächst beiseite. Man musste nicht über alles reden – auch nicht mit dem vertrauten Lucchesini.

Ebenso wenig, wie der Italiener zu wissen brauchte, dass die Verhandlungen zur Bildung des Fürstenbundes unter der Führung Preußens schon erfreulich weit fortgeschritten waren, besonders mit Hannover und Sachsen.

Bedauerlich war nur, dass sich die vielen anderen in Frage kommenden deutschen Länder noch zierten. Aber was nicht war, konnte ja noch werden. Das Wichtigste war, Joseph II. einen Strich durch die Rechnung zu machen. Der verhasste Habsburger hatte die Absicht, seine Hausmacht durch den Erwerb Bayerns zu vergrößern. Er verfolgte dieses Ansinnen mit großer Hartnäckigkeit und umwarb schon seit Jahren den Kurfürsten Karl Theodor von der Pfalz, der Bayern geerbt hatte, und bot ihm – lächerlich! – im Tausch für Bayern die Österreichischen Niederlande an. Das musste verhindert werden. Und der Fürstenbund, am besten mit Karl Theodor als Mitglied, würde dafür sorgen.

Friedrich nahm eine weitere Schnupftabakdose zur Hand und sagte: »Würdet Ihr an meiner Stelle die Tafelrunde noch einmal wiederholen, *mon cher?* Ich meine, Katusow wäre natürlich nicht mehr dabei, aber immerhin Søderborg.« Friedrich unterbrach sich und lächelte mokant. »Und natürlich meine Wenigkeit – statt der Puppe. Ich könnte dem, äh, Österreicher dann ein wenig auf den Zahn fühlen.«

Lucchesini kräuselte die Stirn. »Nun, wenn Ihr mich fragt, Sire …«

»Ich frage Euch.«

»Frei heraus, Sire, ich würde es lassen. Søderborg ist klug genug, um zu wissen, dass Ihr spätestens seit der letzten Tafelrunde auf ihn aufmerksam geworden seid. Er wird sich bei einem neuerlichen Treffen sehr zurückhalten.«

»Die Österreicher, diese *Ertz Schäckers*, diese Halunken«, murmelte Friedrich, »überall sind sie, mischen sich ständig in *curente* Sachen.« Es verdross ihn, dass er die Tafelrunde mit Klingenthal nicht ein zweites Mal stattfinden lassen konnte, aber das kam tatsächlich nicht in Frage. Lucchesini hatte recht, wirklich zu ärgerlich. Dieser Puppenspieler Klingenthal immerhin war ein prachtvoller Kerl, dazu ein verdienter Soldat und ein Meister seines Fachs.

Ganz anders als der Bauchredner Stein, der vor drei Jahren seinen Neffen, den Kronprinzen Friedrich Wilhelm, das Fürchten gelehrt hatte. Dieser Mann war ein Scharlatan, der dem »Dicken Willem«, wie der Prinz allerorten genannt wurde, übersinnliche Spektakel vorgegaukelt hatte. Er hatte dessen Schwäche für gespenstische Auftritte schamlos zum eigenen Vorteil genutzt – ebenso wie die Drahtzieher dahinter: Johann Christoph Wöllner, ein hinterlistiger und intriganter Pfaffe, und der undurchsichtige General Johann Rudolf von Bischoffswerder.

Beide hatten den Dicken Willem vor einem Altar aus Totengebein niederknien lassen, wo er Menschenblut trinken und eine Mahlzeit aus magischen Wurzeln zu sich nehmen musste. Nach diesem Aufnahmeritual war er zum »Bruder Ormesus, Ritter des Ordens der Rosenkreuzer« erklärt geworden.

Später hatten Wöllner und Bischoffswerder, die sich selber Bruder Helioconus und Bruder Farferus nannten, einen lächerlichen Mummenschanz im Gartenpalais des Charlottenburger Schlosses veranstaltet, wobei der Bauchredner Stein sich abermals wenig rühmlich hervortat. Dem Dicken Willem waren mit Hilfe von Hohlspiegeln, Beschwörungsformeln und mit Unterstützung von sphärischer Musik durch eine Glasharfe verschiedene geschichtliche Personen erschienen, darunter der römische Kaiser Mark Aurel, der Universalgelehrte Leibniz und der Große Kurfürst. Es war dem Kronprinzen ausdrücklich gestattet worden, Fragen an die Verblichenen zu richten, aber er hatte sich nicht in der Lage gesehen, auch nur einen einzigen Laut über die zitternden Lippen zu bringen. Dafür hatten die Personen aus der Vergangenheit nicht an Worten gespart, so dass der Dicke Willem in ein wahres Feuerwerk aus Ermahnungen, Zurechtweisungen und Strafreden geraten war, bis er schließlich mit banger Stimme nach seinen Freunden, den Brüdern Helioconus und Farferus, rief, die ihn von seiner Angst erlösten.

Friedrich stieß einen abfälligen Laut aus. Welch eine Memme, welch ein Hanswurst, welch ein Spintisierer, dieser Kronprinz! Aber Preußen hatte keinen anderen, und Friedrich hatte ihn, wohl oder übel, selbst zu seinem Nachfolger bestimmen müssen.

»Sire, Ihr macht ein Gesicht, als hätte ich Hochverrat begangen, dabei riet ich Euch nur von einem zweiten Treffen der Tafelrunde ab.« Lucchesini sah besorgt aus.

»Es ist nichts, ich war mit den Gedanken nur gerade woanders«, sagte Friedrich. Er griff in die Rocktasche, nahm von dem lose darin befindlichen Schnupftabak eine Prise und rieb sie sich in die Nase.

»Sire, wenn die Bemerkung gestattet ist: Angesichts dieser prachtvollen Exponate verstehe ich den Verwahrungsort Eures Tabaks nicht ganz.«

»Es genügt mir, die Dosen und Behältnisse zu besitzen und anschauen zu können, verwenden tue ich sie nicht.« Friedrich wartete mit nach oben gerichtetem Gesicht auf die befreiende Wirkung. Sie kam mit einem krachenden Nieser. »Jetzt geht es wieder«, sagte er und griff in die andere Rocktasche, aus der er eine Schnupftabakdose hervorzog. Sie war von jener Art, wie er sie gern an ihm besonders nahestehende Menschen verschenkte. »Für Eure Treue und Fürsorge, die Ihr mir seit über vier Jahren beweist, möchte ich mich erkenntlich zeigen, *mon cher*. Es ist zwar eine vergleichsweise einfache Dose, aber die Freundschaft erhöht ihren Wert.«

»Oh, Sire, das ist eine große Ehre für mich!« In Lucchesinis Stimme schwang Verlegenheit mit. Er betrachtete das simple, aber formschöne Stück, in dessen metallenen Deckel der letzte Satz des Königs auf Französisch eingraviert war: *L'amitié augmente le prix.*

»Merci, Sire, merci bien«, sagte er.

Einen Tag später, am Freitag, begann Klingenthal, seinen Auftritt im *Collegium Artis* vorzubereiten. Er tat es unter strengster Geheimhaltung, was Alena ein wenig verwunderte. »Wozu der Aufwand, Julius?«, fragte sie. »Auch die

Dienerschaft und die Mitglieder von Madames Salon wissen, dass du ein Bauchredner bist und deinen Puppen die Stimme verleihst. Was gibt es da zu verbergen?«

»Diesmal werden meine Puppen sich bewegen«, erklärte Klingenthal knapp.

»Nanu?« Alena lachte. »Du willst ihnen doch nicht etwa Schnüre einziehen und sie zu Marionetten machen?«

»Nein, das will ich nicht.«

Friedrich, die Puppe, mischte sich ein: »Wenn Kerls nicht spuren, muss man ihnen die Hammelbeine langziehen. Dann bewegen sie sich auch!«

Alena ließ sich nicht ablenken. »Sag mir, was du vorhast.«

»Eigentlich wollte ich mit niemandem darüber reden, auch nicht mit dir, aber der Aufbau für die morgige Darbietung verlangt einiges an Kraft und Geschick. Deshalb darfst du mir helfen, ebenso wie Ludolf, den ich schon um Unterstützung gebeten habe.«

»Ludolf?«

»Ja, Ludolf. Madame de Chattemont war so freundlich, ihn mir auszuleihen.«

Der Söldner brüllte: »Hilf dir selbst, dann hilft dir Gott!, so heißt es. Wir brauchen diesen Ludolf nicht.«

»Diese Missgeburt einer Landratte!«, pflichtete der Schiffer bei.

»*Impertinent,* wie seid ihr wieder ordinär!«, empörte sich das Burgfräulein.

»Ruhe, Ruhe!«, ging der Schultheiß dazwischen. »Klingenthal wird seine Gründe haben, wenn er sich Hilfe holt.«

Klingenthal räusperte sich. »Richtig, so ist es. Das Schwierigste wird sein, die Decke des Grünen Salons abzuhängen. Ich dachte, wir machen es mit breiten Stoffbahnen, die wir quer durch den Raum spannen. Den Stoff hat mir Madame bereits zur Verfügung gestellt. Ich muss sagen, sie war sehr großzügig.«

»Aber wozu willst du den Salon denn abhängen?«, fragte Alena.

»Hilf mir einfach, dann wirst du es spätestens morgen erfahren.«

»Ja, Julius.«

Madame de Chattemont drückte Søderborg einen Kerzenleuchter in die Hand und sagte mit einem reizenden Lächeln: »Die Tage sind jetzt schon so kurz, mein lieber Graf, dass man bereits um viereinhalb Uhr am Nachmittag zum Licht greifen muss. Bitte folgt mir hinauf in mein Atelier, es wird höchste Zeit, dass Ihr es einmal zu Gesicht bekommt. Ihr wart doch mindestens schon ein halbes Dutzend Mal in meinem Salon zu Gast, aber dort oben noch nie.«

»Äh, ja, ja«, näselte Søderborg, der sich fragte, welchem Umstand er die private Einladung verdankte.

»Hier entlang, ja, hier und dann links durch die Tür. Nun, was sagt Ihr?«

Søderborg sagte nichts, denn er sah nichts.

Madame lachte nervös. »Nun, was sollt Ihr auch sagen, wenn Euch Finsternis umgibt. Wartet, ich werde das sofort ändern und Licht machen.«

»Warum schickt Ihr nicht nach der Dienerschaft?«, fragte Søderborg, der bei so niederen Arbeiten nie auf die Idee gekommen wäre, selbst Hand anzulegen.

»In meinem Atelier mache ich alles selbst.« Madame griff nach einem Fidibus, hielt ihn an den mitgebrachten Leuchter und begann, die Kerzen im Raum anzuzünden. »Es sind nicht viele Lichtquellen«, sagte sie, »da ich normalerweise nur bei Tage arbeite.« Und mit einem schelmischen Augenaufschlag: »Auf so hohen Besuch bin ich abends normalerweise nicht vorbereitet.«

Søderborg ließ seinen Blick schweifen. Obwohl nun einige Kerzen brannten, konnte er noch immer nicht viel sehen. »Sehr schön«, sagte er.

Als die Antwort ausblieb, wiederholte er: »Sehr schön.« Er brauchte einige Sekunden, um zu begreifen, dass Madame den Raum verlassen hatte. Doch plötzlich war sie wieder da und trug zu seiner Überraschung nicht mehr das duftige, wolkige Kleid von eben, sondern Jacke und Hose wie ein Mann.

»Meine Bildhauerkluft«, erklärte sie mit einer neckischen Bewegung. »Kommt, ich führe Euch durch den Raum.« Sie ging voran und begann mit ihren Ausführungen. Als Erstes wies sie auf eine Reihe von Büsten, die, wie sie sagte, teils aus Sandstein, teils aus Marmor gefertigt waren. »Darf ich vorstellen: Cäsar, Augustus, Tiberius, Claudius und Caligula. Sie stammen aus meiner ›Kaiserperiode‹, wie ich sie nenne.«

Søderborg verstand nicht viel von Bildhauerei, aber dass die Büsten nicht gerade von Künstlerhand gefertigt waren, das sah selbst er. »Äh, sehr schön.«

»Dort drüben begegnen Euch noch andere Köpfe. Es sind meine Lieblinge, weil sie besonders gut gelungen sind: Wallenstein und Alexander der Große. Und natürlich Heinrich VIII.!«

Søderborg hatte das Gefühl, er müsse allmählich einmal etwas anderes sagen, als immer nur »sehr schön«, deshalb bequemte er sich zu dem Satz: »Heinrich VIII.? Ihr meint den englischen König, der seine Frauen enthaupten ließ?«

Madame lächelte. »Ja, den. Er war ein eindrucksvoller Herrscher, stark, ritterlich, gebildet. Ach, wo ich gerade von solchen Eigenschaften spreche: Was hieltet Ihr davon, wenn ich auch von Euch eine Büste herstellen würde? Schließlich seid Ihr ein nicht unbedeutender Zeitgenosse!«

»Wie, äh, von mir?« Søderborg wehrte ab. Er war zwar eingebildet, aber so eingebildet nun doch wieder nicht. »Hm, ja, ich meine, nein. Um Gottes willen. Ich denke, man kann mich nicht ganz mit Heinrich VIII. vergleichen, auch wenn ich die von Euch angesprochenen Tugenden bis zu einem gewissen Grade in mir vereinige.«

»Ihr seid zu bescheiden, lieber Graf!« Madame ließ das Thema fallen und ging wieder in ihrem Atelier herum. Sie zeigte ihm weitere Arbeiten, dazu Materialien, Werkzeuge und verschiedene Gipsabdrücke. »Wisst Ihr, was zurzeit mein größtes Projekt ist?«

»Äh, nein, meine Liebe.«

»Der David von Michelangelo. Ich habe zu seiner Erschaffung extra einen Block wunderschönen Sandsteins aus Pirna herbeischaffen lassen. Seht nur, in dieser Kiste wurde der Rohling angeliefert.«

»Sehr schön«, sagte Søderborg. »Aber, äh, die sieht ja aus wie ein Sarg?«

Madame lachte. »Es ist eine Transportkiste, auch wenn sie mit violettem Atlas ausgeschlagen wurde. Wartet, ich zeige Euch, wie der Block darin verstaut war.« Madames Lachen erstarb, und ihr Gesicht nahm einen wachsartigen Ausdruck an. Mit langsamen, fast schlafwandlerischen Bewegungen stieg sie in die Kiste, schloss die Augen und legte sich rücklings der Länge nach hinein.

Søderborg verfolgte ihr seltsames Gebaren. Er ertappte sich dabei, gerade wieder »sehr schön« sagen zu wollen, da sah er mit Erstaunen, wie Madame die Hände über der Brust kreuzte und so verharrte.

»Sehr, äh … beeindruckend.«

Madame schien zu schlafen, doch Augenblicke später schlug sie die Augen wieder auf, und ihre Hände, eben noch über der Brust gekreuzt, sanken zur Seite. Sie zogen dabei wie von selbst die Jacke auseinander und sorgten dafür, dass zwei im Kerzenlicht schimmernde, mit rosigen Spitzen lockende Brüste sichtbar wurden.

Søderborg schluckte. Sein Gesicht, in seiner Blasiertheit sonst durch nichts zu erschüttern, nahm den Ausdruck eines Kalbs an, das zum ersten Mal den Vollmond erblickt. Alle Arroganz fiel von ihm ab. Er war nur noch ein Mann. Potztausend!, dachte er, ich will verflucht sein, wenn ich jetzt die Contenance bewahre. Das sind die prachtvollsten Titten, die sich mir jemals entgegengereckt haben. Dagegen haben die Mädels im *Plögerschen Gasthof* nur welkes Gesäuge!

Madame lächelte wie eine Sphinx. »Gefallen sie dir?«, fragte sie.

Wieder schluckte Søderborg. »Ja«, krächzte er.

»Komm«, sagte sie. »Die hat der liebe Gott für dich gemacht. Fass sie an. Aber sei behutsam, sie sind nicht aus Sandstein, sie sind aus Fleisch und Blut.«

Søderborg wusste nicht, wie ihm geschah, irgendeine Kraft beförderte ihn in die Sargkiste, wo er halb auf Madame zu liegen kam.

»Hier«, sagte sie, »sie sind dein.«

Langsam wieder zur Besinnung kommend, begann er, ihre Brüste zu streicheln, spürte die pfirsichzarte Haut, fühlte, wie die Knospen sich unter seinen Fingerspitzen verhärteten, atmete ihren feinen Duft nach *Eau de Lavande*.

»So ist es gut«, flüsterte sie.

Wenig später drang er in sie ein, und wenn ihm einer in dieser Sekunde mit dem ewigen Fegefeuer gedroht hätte, so hätte er es lachend in Kauf genommen. Er war wie im Rausch.

»Wie war es bei der Tafelrunde des Königs?«, fragte sie plötzlich.

Søderborg glaubte, nicht richtig verstanden zu haben. »Tafelrunde?«, fragte er, seine Tätigkeit noch verstärkend.

Sie stemmte sich ihm entgegen. »Ihr habt über den Fürstenbund geredet, du, Katusow und die Puppe, die den König darstellte.«

Søderborg hielt inne. Daher also wehte der Wind. Madame wollte etwas über den Fürstenbund erfahren. Das verwunderte bei näherer Betrachtung nicht. Nur der Zeitpunkt, den sie sich dafür ausgesucht hatte, war etwas ungewöhnlich. Katusow hatte recht gehabt: Sie war eine Spionin, aber das hatte er selbst schon die ganze Zeit vermutet, insofern war es für ihn keine Überraschung. Sie wollte nichts von ihm, wollte ihn nur aushorchen, das war bereits alles, nun ja, und wenn schon, vielleicht konnte er bei der Gelegenheit auch etwas von ihr erfahren – der wollüstige Zeitvertreib musste deshalb nicht auf der Strecke bleiben. Langsam und genussvoll stieß er zu. »Warum willst du das wissen?«

Wieder stemmte sie sich ihm entgegen, es war, als wolle sie selbst die Initiative übernehmen. »Weil es wichtig ist für mich, das muss dir genügen.«

Stoßen.

Stemmen.

»Na gut, es heißt, Friedrich will im nächsten Jahr einen Fürstenbund gegen Österreich gründen.«

»Das hat die Puppe gesagt?«

»Nein, aber das pfeifen die Spatzen von den Dächern.«

Madame behielt den Rhythmus bei. Was Søderborg da sagte, wusste sie auch. Trotzdem war es interessant, es aus seinem Munde zu hören. Natürlich musste ihm klar sein, dass sie eine Spionin war, aber wusste er auch, dass ihr im Gegenzug seine österreichischen Wurzeln bekannt waren und dass sie sein schwedisches Gehabe durchschaut hatte? »Wer soll dem Bund denn beitreten?«

»Weißt du das denn nicht?«

»Ich habe eine Vermutung.«

»Wer?«

Madame krallte die Hände in Søderborgs Rücken. »Wie man hört, Hannover. Und was hörst du?«

»Sachsen. Kennst du weitere Länder?«

»Anhalt vielleicht.«

Stoßen.

Stemmen.

»Ich kenne noch Baden.«

Stemmen. »Ich Braunschweig.«

»Gotha.«

»Hessen-Kassel.«

»Kurmainz.«

»Mecklenburg.«

»Ich kenne keine weiteren.« Was Søderborg sagte, stimmte nicht, aber er wollte nicht sein ganzes Wissen preisgeben.

»Ich leider auch nicht.«

Stoßen.

Stemmen.

»Mir fällt noch Osnabrück ein, Osnabrück käme noch in Frage.«

»Vielleicht auch Weimar.«

Aha, dachte Søderborg, vielleicht weiß sie ja doch noch etwas mehr als ich. »Tut mir leid, ich muss passen.«

»Ich auch.«
»Wirklich?«
»Wirklich.«
»Fast hätte ich Zweibrücken vergessen.«
»Und ich Münster, aber da bin ich mir nicht sicher.«

Sie schwiegen. Beide hatten sich sehr verausgabt, in jeder Beziehung. Sie hatten sich geliebt und fühlten trotzdem eine große Leere in sich, weil sie nicht weitergekommen waren. Kein Jota.

Der Beruf des Spions war ein armseliger.

Zur selben Zeit hatte Klingenthal seine Vorbereitungen für den morgigen Auftritt beendet. Es waren schwierige Arbeiten gewesen, aber mit Ludolfs und Alenas Hilfe waren sie zu seiner Zufriedenheit abgeschlossen worden. »Ich überlege, noch einmal nach Schloss Sanssouci zu gehen«, sagte er zu Alena, nachdem Ludolf fort war, um sich wieder seinen anderen Aufgaben zu widmen.

»Was, jetzt? Es ist doch schon dunkel draußen.«

»Ich will versuchen, mit Hartmut von der Eich und Wilhelm von Karst zu reden. Vielleicht bringt uns das weiter.«

»Du sprichst in Rätseln. Wer sind die beiden?« Alena wollte nach den Vorbereitungsarbeiten in ihr Zimmer gehen und hatte darauf gehofft, dass Klingenthal sie begleiten würde. In ihrem Zimmer würden sie ganz für sich sein und nicht von den Zwischenrufen der Puppen behelligt werden.

»Sie waren bei der Tafelrunde dabei. Es sind Kammerjunker, die dem König amüsante Stunden bescheren. Ich erwähnte sie schon.«

»Ach ja.« Alenas Augen trauerten. »Und ich dachte, wir

machen es uns bei mir gemütlich. Was ist denn so wichtig, dass du es heute noch mit diesen Kammerjunkern besprechen musst?«

»Genau weiß ich es auch nicht. Es ist mehr ein Gefühl, dass es sich lohnen könnte.«

»Gut, dann gehe ich mit.«

»Nein, ich gehe allein.«

Alena wurde wütend. »Kommt nicht in Frage! Wenn ich schon den ganzen Tag nicht aus dem Haus darf, dann will ich es wenigstens jetzt. Du hast selbst gesagt, ich darf nur in deiner Begleitung raus. Also bitte!«

Klingenthal nahm sie in den Arm. »Verstehe doch, wenn ich allein gehe, bin ich schneller. Und auch schneller wieder zurück. Und sollte ich überfallen werden, kann ich mich besser meiner Haut erwehren.«

»Großer Gott, glaubst du, man wird dich überfallen?«

»Ich kann es zumindest nicht ausschließen. Und nun lass mich gehen, mir passiert schon nichts.«

Widerstrebend gab Alena ihn frei. »Pass auf dich auf, Julius. Ich … ich liebe dich.«

»Ich dich auch.«

Er eilte fort. Während Alena ihm nachblickte, wurde ihr klar, was er gerade gesagt hatte: Er hatte zum ersten Mal gesagt, dass er sie liebe. Zum ersten Mal.

Allerdings, als er im Gehen begriffen war und mehr nebenbei, aber immerhin.

Klingenthal eilte nicht, wie Alena annahm, direkt aus dem Haus, sondern stattete zuvor noch seiner Kammer einen Besuch ab. Dort hob er Friedrich, die Puppe, hoch und sagte zu ihr: »Du kommst mit, wer weiß, wofür es gut ist.« Dann nahm er ein paar Schnüre und band sie sich an die Seite, so dass es aussah, als stünde sie neben ihm. »Auf geht's.«

Es gelang ihm, unbemerkt das Palais zu verlassen und auf die kleine Stichstraße zu gelangen. Er wandte sich nach Nordwesten und bewegte sich gemessenen Schrittes durch die nur schwach erleuchteten Straßen. Für einen flüchtigen Betrachter sah es so aus, als ginge neben ihm ein zweiter Mann, ein Offizier in Uniform mit Dreispitz und weißer Generalsfeder. Ein beruhigendes Gefühl, wie Klingenthal fand, denn er war sicher: Jemand, der einen Raub im Sinn hatte, würde es sich sehr überlegen, ob er es mit zwei Männern aufnehmen sollte.

Am Stadtrand passierten sie eine Kneipe. Sie waren schon fast vorbei, als die Tür sich öffnete und der Schankraum ein paar Angetrunkene auf die Straße spuckte. Die Kerle torkelten und fielen den beiden vor die Füße. Sie fluchten gotteslästerlich und suchten jemanden, an dem sie ihr Mütchen kühlen konnten. Da kamen ihnen die beiden Passanten gerade recht. Einer von ihnen grölte: »He, ihr zwei, ein paar Kröten her, oder es setzt was!« Er wollte noch mehr Drohungen ausstoßen, doch jählings weiteten sich seine Augen, die Kinnlade sank ihm herab, und er begann zu stottern – er hatte seinen Herrscher erkannt.

»Was wollt Ihr Kerls?«, bellte Friedrich. »*Pöplirt* die Spelunken, statt brav zu Hause bei der Frau zu sitzen!«

»J… Jawohl, Majestät!« Die Zechbrüder wirkten auf einmal sehr nüchtern und versuchten, Haltung anzunehmen.

»Haben Sie gedient?«

»Jawoll!« Diese Sprache verstanden die Kerle. Sie waren jetzt zahm wie die Lämmer.

»Wenigstens etwas. Macht, dass ihr davonkommt, ihr

Ertz Schäckers und *geniret* euren König nicht noch einmal, sonst lässt er euch Spießruten laufen!«

Die Burschen hasteten davon.

Klingenthal lachte in sich hinein und ging mit Friedrich, der Puppe, weiter. Sie schritten den Bornstedter Höhenzug hinan, auf dem Sanssouci steht, und orientierten sich nach links, zum Westflügel hin, in dem die Schlossküche untergebracht war. Sie gingen um den Flügel herum und gelangten auf die Nordseite, wo sich der Ehrenhof befindet. Hier machte Klingenthal halt. Er wusste nicht weiter. Zwar war ihm bekannt, dass der Alte Fritz im Ostflügel seine fünf Gemächer bewohnte, und er wusste auch, wo die Sekretäre, die Gärtner und die sonstigen Bediensteten ihre Unterkunft hatten, nur war ihm nicht klar, wo er die gesuchten Kammerjunker auftreiben konnte. Schließlich waren sie von Adel, was in jedem Fall ausschloss, dass sie mit dem Gesinde zusammenwohnten. Da kam ihm der Zufall zu Hilfe: Ein dicker Bursche, der ein Tablett mit weißen Broten auf der Schulter trug, eilte aus der Küche und lief ihm direkt in die Arme.

Friedrich, die Puppe, herrschte den Dicken an: »Kann Er nicht aufpassen, wohin Er läuft? Fast hätte Er mich umgerannt!«

Der Dicke sabberte vor Aufregung und hüpfte von einem Bein auf das andere.

»Kann Er nicht stillstehen?«

»J... Jawohl, Majestät!«

»Kehrt marsch und wieder ins Schloss hinein, Er soll mir die Kammerjunker von der Eich und von Karst herbringen!«

»Jawohl, Majestät, sofort, Majestät!« Der Dicke schoss so rasch davon, dass ihm die Brote vom Tablett fielen.

Friedrich, die Puppe, fragte: »Was willst du den Jünglingen denn sagen, wenn sie erscheinen?«

»Das weiß ich ehrlich gesagt selbst noch nicht genau«, erwiderte Klingenthal. »Ich vertraue auf meine Erfindungsgabe.«

»Dann wünsche ich dir viel Glück.«

Doch Klingenthal brauchte gar nicht so viel Glück, denn kaum waren Hartmut von der Eich und Wilhelm von Karst in den Ehrenhof getreten, da zeigte sich, dass sie bessere Augen als der Dicke hatten, denn sie erkannten Klingenthal sofort und ebenso neben ihm Friedrich, die Puppe.

»Das ist mir aber ein lustiges Gespann!« Von der Eich lachte.

»Seid Ihr etwa auf dem Weg zum König?«, fragte von Karst.

»Nein, ich wollte zu Euch, meine Herren.«

»Zu uns?«, fragte von Karst verwundert und lehnte sich an eine der Säulen, die den Hof einfassten. »Das müsst Ihr näher erklären.«

»Nun …« Klingenthal spürte, dass es jetzt drauf ankam, er musste eine Geschichte erfinden, die einigermaßen glaubhaft klang. »Nun«, wiederholte er, »ich war vor drei Tagen in Berlin, um eine Vorstellung im *Weißen Schwan* zu geben. Die Wirtin hatte mich darum gebeten, und ich konnte schlecht nein sagen, weil ich noch etwas gutzumachen hatte …«

Friedrich die Puppe, unterbrach: »Was redet Er so um den heißen Brei, Er soll seine Sache *accelleriren!*«

Von der Eich und von Karst lachten.

»Jawohl, Sire, Verzeihung, Sire«, sagte Klingenthal zerknirscht und fuhr mit neuem Schwung fort: »Nach der Vorstellung kam ich mit dem Wirt ins Gespräch, er wollte alles über den Abend, an dem die Tafelrunde stattfand, erfahren.«

»Das kann ich mir denken«, rief von der Eich vergnügt und rieb sich die Hände. »Wenn ich nicht selbst dabei gewesen wäre, hätte ich Euch ebenfalls gebeten.«

»Ich auch!«, pflichtete von Karst bei. »Ich auch!«

Klingenthal spann seinen Faden weiter: »Der Wirt ist ein gutmütiger Mann, wie ich aus eigener Erfahrung weiß, nur eines hasst er wie alle seiner Zunft: Wenn einer die Zeche prellt. Und genau das hat jemand aus dem Schloss bei ihm im letzten Jahr getan.«

»Jemand aus dem Schloss?« Von Karst war erstaunt.

»Wer soll das denn gewesen sein?«, fragte von der Eich.

»Tja, ich weiß nicht, ob man dem Mann unrecht tut«, gab Klingenthal sich zweifelnd, »aber der Wirt nannte mir den Namen und bat mich, ob ich nicht bei Gelegenheit einmal vorfühlen könne, wie es mit der Bezahlung stünde. Ich hätte doch nun Beziehungen zum Hof.«

»Warum fragt Ihr ihn nicht selbst?«, wollte von der Eich wissen.

»Ein naheliegender Gedanke, den ich aber sofort verwarf. Kein Mensch würde ohne Not zugeben, dass er der Zechprellerei schuldig ist.«

»Das stimmt«, sagte von Karst.

»Seht Ihr, deshalb beschloss ich, mich lieber an Euch, meine Herren, zu wenden.«

»Warum ausgerechnet an uns?«, fragte von der Eich.

»Weil der Mann ungefähr in Eurem Alter sein müsste.«

»Aha, und wie heißt nun der böse Zechpreller?«, wollte von Karst wissen.

»Hans von Reckwitz.« Klingenthal hielt den Atem an. Gleich würde sich erweisen, ob sein Konstrukt auf tönernen Füßen stand oder nicht. Wenn von Reckwitz ein penibler Mensch gewesen war, der bei seinen Ausgaben noch den letzten Pfennig gezählt und gespalten hatte, würde seine Geschichte sehr unglaubhaft klingen. Andererseits war von Reckwitz ein jüngerer Mann gewesen, und welcher jüngere Mann haute nicht schon mal über die Stränge.

»Sieh an, der Reckwitz.« Von Karst grinste. »Nun, es dürfte dem Schwanenwirt schwerfallen, von ihm die Zeche ersetzt zu bekommen, sehr schwer!«

»Warum?«, fragte Klingenthal, sich ahnungslos gebend.

»Weil er tot ist. Er starb letztes Jahr unter ungeklärten Umständen. Man sagt, viele Mädchen hätten um ihn geweint, man sagt aber auch, viele Gläubiger hätten gelacht, denn der gute Reckwitz hatte erhebliche Schulden, die nach seinem Tod von seiner Familie beglichen wurden.«

»Dann, fürchte ich, kommt der Schwanenwirt zu spät«, sagte Klingenthal.

»Sieht so aus«, bestätigte von der Eich. »Als Wirt sollte man sich stets vor Leuten hüten, die klamm im Beutel sind. Und Reckwitz war dauernd klamm im Beutel. Mit dem, was ihm Professor Selle für seine Hilfsdienste zahlte, kam er nie aus.«

»Ach, er assistierte Professor Selle?«

»Was man so assistieren nennt«, sagte von Karst. »Nicht wenige Zungen behaupten, der Professor sei gar nicht so traurig gewesen, als er vom Tod seines Adlatus erfuhr.«

Friedrich, die Puppe, bellte: »Reckwitz? Der war nie zum Arzt *destinirt,* hatte keine *habilen* Hände, der Kerl, nur solche, die das Geld zum Fenster rauswarfen!«

Von der Eich lachte. »Dabei trug der Herr die Nase immer ziemlich hoch, verkehrte nur in den besten Kreisen und soll sogar Mitglied im *Collegium Artis* von Madame de Chattemont gewesen sein.«

»Was Ihr nicht sagt. Ist das die Dame, die den Grünen Salon in der Breiten Straße unterhält?«

»Genau die«, bestätigte von Karst. »Eine Schönheit, der er sehr zugetan gewesen sein soll.«

»Aha. Nun, ich fürchte, das wird dem Schwanenwirt auch nicht weiterhelfen.« Klingenthal musste die Neuigkeit erst einmal verdauen. Hans von Reckwitz hatte nicht nur Lederhandschuhe bei seinem Tod getragen, er war auch Mitglied im *Collegium Artis* gewesen! Beides galt genauso für Katusow. War dies ein weiterer Baustein, der dafür sprach, dass die beiden Morde zusammenhingen? Und dass es sich um ein und denselben Mörder handelte? In jedem Fall schien das *Collegium* ein heißes Pflaster zu sein, und der Gedanke lag nahe, dass der nächste Mord – wenn er denn passierte – wieder jemanden aus seinen Reihen treffen würde.

In Klingenthals Gedanken hinein fragte von der Eich: »Ist der *Weiße Schwan* zu empfehlen? Unsereiner lernt immer wieder gern eine neue gastliche Stätte kennen.«

»So ist es«, bestätigte von Karst.

Klingenthal überlegte blitzschnell. »Wohl eher nicht«, sagte er dann, denn ein Besuch der Kammerjunker beim Schwanenwirt konnte sein Lügengebäude schnell zum Einsturz bringen. »Die Wirtsleute sind zwar sehr nett, auch sind die Preise durchaus erschwinglich, aber Speise und Trank lassen in der Qualität doch recht zu wünschen übrig.«

»Na, dann« – von der Eich lachte – »halten wir uns nach wie vor an den *Plögerschen Gasthof*, dort gibt es liebreizende Damen.«

Von Karst ergänzte grinsend: »Und liebreizende Herren dazu.«

Friedrich, die Puppe, quäkte: »Wie, was? Im *Plögerschen Gasthof* gibt es liebreizende Herren? Ich will sofort dahin, ich will sofort dahin!«

Von der Eich und von Karst amüsierten sich köstlich, und Klingenthal nutzte die Gelegenheit, um sich zu verabschieden. Er schützte Bedauern vor und sagte: »Ihr hört es selbst, meine Herren, der König besteht darauf, ein gewisses Etablissement zu besuchen. Dem kann und will ich mich nicht verschließen. Ich werde ihn begleiten. Da es sich, äh, bei dem *Plögerschen Gasthof* um eine durchaus delikate Adresse handelt, darf ich doch auf Eure Diskretion hoffen? Der König und ich waren niemals hier, einverstanden?«

»Einverstanden!« Von Karst und von der Eich lachten noch immer.

Klingenthal entfernte sich rasch.

Da wird sein Heulen und Zähneklappen, denn viele …

Die Herren des *Collegiums* waren nicht vollzählig erschienen. Dreiunddreißig hätten es sein müssen, nachdem Katusow verschieden war, aber nur sechsundzwanzig hatten den Weg in die Breite Straße Numero 11 gefunden. Der Grund war die recht kurzfristige Anberaumung des Treffens. Doch das tat der Vorfreude keinen Abbruch. Madame hatte – durch die von Alena geschriebenen und verschickten Einladungen – Großes und Einmaliges angekündigt, wie immer eigentlich, aber diesmal handelte es sich bei dem Vortragenden um Julius Klingenthal, jenen Bauchredner, der beim König gewesen war und ihm durch seine Kunst so viel *Plaisir* bereitet hatte. Das war schon etwas Besonderes.

Sogar Søderborg, der nicht gut auf Klingenthal zu sprechen war, hatte sich eingefunden. Mit seinem üblichen blasierten Gesichtsausdruck ließ er die Präliminarien über sich ergehen, kostete mit gespitzten Lippen von dem gereichten Frikassee aus Huhn und Kalb, nippte an einem Glas Riesling und begab sich dann mit den anderen Herren hinauf in den Grünen Salon. Schon beim Eintreten bemerkte er, dass etwas an diesem Sonnabend anders war. Richtig, die reich ornamentierte Decke des Saals war abgehängt worden, wodurch der Raum kleiner und familiärer wirkte. Außerdem hatte man vor der ersten Stuhlreihe einen Theatervorhang angebracht.

Søderborg hüstelte und steuerte seinen angestammten Platz an, wo er sich, die Rockschöße sorgsam glättend, niederließ. Sein Platz war neben dem von Dantal, der heute Abend aus irgendwelchen Gründen verhindert zu sein schien. Nun ja, was der Vorleser in seiner Freizeit machte, ging nur ihn etwas an. Ansonsten gehörte Dantal zu den wenigen Menschen, mit denen Søderborg eine Art Bekanntschaft pflegte. Beide hatten sich ein paar Mal getroffen, nicht unsympathisch gefunden und miteinander geplaudert, wobei Søderborg behutsam vorgefühlt hatte, ob Dantal nicht Gefallen daran finden könnte, die eine oder andere Information über den König an ihn weiterzugeben. Die erste Reaktion war ermutigend gewesen, denn Dantal hatte nicht in Bausch und Bogen abgelehnt.

Wo er nur war? Søderborg fühlte sich ein wenig angespannt, was nicht nur mit dem Vorleser zu tun hatte, sondern auch mit Madame, denn seit dem Liebesakt in der Sargkiste hatte er sie nicht wiedergesehen – lediglich vorhin bei der Begrüßung, als sie ihm strahlend die Hand zum Kusse gereicht und im Übrigen so getan hatte, als wäre zwischen ihnen nie etwas gewesen.

Nach der seltsamen geschlechtlichen Vereinigung hatte Søderborg sich ein paar Mal gefragt, ob ihm im Eifer des Gefechts nicht zu viel über die Lippen gekommen war, doch andererseits mochte Madame sich dasselbe fragen. Jedenfalls hatte er nicht den Eindruck gehabt, als habe er ihr Neuigkeiten mitgeteilt. Vielleicht wusste sie ja auch genauso viel wie er. Vielleicht auch nicht.

Für wen spionierte sie eigentlich? Man munkelte, für Österreich. Wenn dem so war, hatte sie dieselben Auftraggeber wie er. Und denselben obersten Herrn: Kaiser Joseph II. Blieb die Frage, warum sie beide dann nicht zusammenarbeiteten, sozusagen ihre Kräfte bündelten. Doch nein, ein Spion war immer ein einsamer Kämpfer; der Zusammenschluss mit anderen war nicht erwünscht, schon wegen der Rivalität, die zwischen ihnen bestehen sollte.

Søderborg nahm sich vor, das Ganze bei nächster Gelegenheit noch einmal genau zu überdenken und sich jede Einzelheit ihres bizarren Gesprächs ins Gedächtnis zurückzurufen. Schließlich ging es um nicht weniger als das reiche Kurfürstentum Bayern – eine ideale Ergänzung zu den österreichischen Landen, in Brauch und Volkstum nahezu identisch und durch eine Eingliederung hervorragend dazu angetan, Preußen und dem Alten Fritz endlich einmal die Federn zu stutzen.

»Bon soir, messieurs!«

Søderborg schreckte aus seinen Gedanken auf. Madame war zwischenzeitlich vor die Reihen getreten, um ihre kleine Ansprache zu halten. Lächelnd hob sie die Arme. »Wieder einmal hat das *Collegium Artis* sich versammelt, doch bedauerlicherweise heute nicht in gewohnter Anzahl, da einige der Herren verhindert waren.« Sie machte eine Pause, und ihr Lächeln erstarb. »Leider ist, wie Ihr wisst, auch einer darunter, der uns für immer verlassen hat. Ich spreche von Fürst Michail Fjodorowitsch Katusow. Er war Oberst eines glorreichen Garderegiments Ihrer Majestät der Zarin von Russland, ein tapferer, aufrechter Mann und nicht zuletzt unser aller Freund und Weggefährte. Ein trauriges Schicksal hat ihn uns von der Seite gerissen, und ich bitte nun alle, sich zu erheben und seiner mit einer Schweigeminute zu gedenken.«

»De mortuis nil nisi bene«, murmelte Søderborg, »von Toten rede nur Gutes.« Aber er erhob sich ebenfalls und

versuchte, seinen blasierten Gesichtsausdruck in einen trauernden zu verwandeln.

Die Minute verstrich, und Madames Lächeln kehrte zurück. »Nehmt nun wieder Platz, liebe Herren, und lasst Euch noch sagen, dass der charmante Vorleser Seiner Majestät, Monsieur Dantal, heute ebenfalls fehlen wird. Doch umso illustrer ist der verbliebene Kreis! Wieder einmal sind wir ganz unter uns, den Kunst- und Kulturliebhabern Potsdams, um Seltsames zu sehen, Kurioses zu erleben, Unglaubliches zu bestaunen. Ich weiß, ich weiß«, wehrte sie lachend ab, »das sage ich jedes Mal, aber ich bin sicher, dass ich es heute mit besonderem Recht behaupten kann, denn heute haben wir Herrn Julius Klingenthal zu Gast, den Meister im Ventriloquieren, der kürzlich erst vor Friedrich dem Großen, unserem allseits verehrten Herrscher, brilliert hat. Seine Vorstellung wird stehen unter dem Motto: *Qualis vir, talis oratio,* welches, wie Ihr schon den Einladungsbillets entnehmen konntet, *Wie der Mann, so die Rede* bedeutet. Ich wünsche Euch allen viel Vergnügen.«

Madame nickte graziös in alle Richtungen, winkte noch einmal kurz und verschwand dann aus dem Saal, weil sie es sich zur Gewohnheit gemacht hatte, niemals einer Vorstellung beizuwohnen. Die Herren sollten unter sich sein, weil sie nur so am meisten Spaß daran fanden.

Auf der anderen Seite des Vorhangs hatte Klingenthal seine sieben Puppen versammelt. Sie saßen ebenso wie das Publikum auf Stühlen, wobei die vordere Reihe aus drei Stühlen bestand und die hintere aus vier. Vorn saßen der Schiffer und der Söldner, die den Alten Fritz einrahmten, dahinter die Magd, das Burgfräulein, der Landmann und der Schultheiß.

Klingenthal saß nicht. Er machte sich am Boden zu schaffen und überprüfte nochmals eine mit einem Tuch abgedeckte Stahlplatte, die er am Boden mit zwei verborgenen Hebeln fixiert hatte. Die Hebel waren besonders wichtig, sie mussten während der ganzen Vorstellung funktionieren und durften keinesfalls versagen.

Ja, es war alles in Ordnung. Jetzt kam es nur noch auf seinen Einfallsreichtum und seine Stegreifqualitäten an. Er gab Ludolf ein Zeichen, woraufhin der Diener den Vorhang aufzog und die Gesichter der erwartungsfrohen Herren zu sehen waren.

Sie räusperten sich, schnieften und raschelten mit den Röcken, sie harrten der Dinge, die da kommen sollten. Außerdem reckten sie die Hälse, denn sie vermissten Klingenthal.

Klingenthal grinste in sich hinein. Er stand in einer Falte des Vorhangs, unsichtbar für das Publikum, obwohl er selbst alle anwesenden Herren gut im Blick hatte. Nun zuckten diese zusammen, denn die sieben Puppen schienen plötzlich zu klatschen. Laute Beifallsgeräusche und Bravo-Rufe drangen zu ihnen hinüber, und die Herren blickten überrascht drein. Den Anfang der Darbietung hatten sie sich anders vorgestellt.

Das Klatschen verebbte.

Friedrich, die Puppe, rief: »*Mon Dieu,* das sollen sie also sein, die berühmten Puppen von Meister Klingenthal! Ich hatte sie mir amüsanter vorgestellt, nicht so langweilig. Und nicht so uniform gekleidet. Ich sehe nur Schwarz-Weiß, Schwarz-Weiß! Sind wir hier auf einer Beerdigung? Wie viele Puppen sind es eigentlich?«

»Sechsundzwanzig, Majestät«, meldete der Söldner.

»Sechsundzwanzig langweilige Landratten«, sagte der Schiffer.

»Ich finde, jetzt könnten sie allmählich anfangen!«, empörte sich das Burgfräulein.

Einige der Herren lachten.

»Einige der Puppen haben eben gelacht«, meldete der Söldner.

»Welche denn?«, fragte die Magd.

»Ich glaube, die lange Puppe in der hintersten Reihe«, sagte der Schultheiß. »Aber ich bin mir nicht sicher.«

»Meinst du die, die ein Gesicht wie ein Trauerkloß und eine Figur wie eine Trauerweide hat?«, fragte der Schiffer.

Jetzt lachten alle Herren bis auf Harrington, den langen Tuchhändler.

»Ja, die meine ich. Und dann noch die kleine Puppe hier vorn, die ständig wie ein Spatz nickt.«

Wiederum lachten alle Herren bis auf den kleinwüchsigen Geheimrat von Karius.

»Jetzt haben alle laut gelacht«, meldete der Söldner.

Von Karius krähte erbost: »Ich nicht!«

»In Gottes Namen, fast alle«, räumte der Söldner ein. »Die kleine Puppe besteht darauf, ernst geblieben zu sein.«

Nun musste auch von Karius lachen.

»Eine Puppe in der zweiten Reihe hat nur hochmütig gelächelt«, stellte der Schultheiß fest.

»Ich weiß, welche du meinst!«, rief der Schiffer. »Diese Puppe scheint mir so blasiert zu sein, dass sie zum Lachen in den Keller geht.«

Wieder amüsierten sich alle Herren, mit Ausnahme von Søderborg.

»Ad rem, ad rem!«, quengelte Friedrich. »Wann fangen die Kerls denn nun endlich an?«

Der Landmann gähnte. »Ist schon was passiert? Ich muss eingenickt sein. Weckt mich, wenn's losgeht.«

»Du hast noch nichts versäumt«, sagte der Schultheiß.

»Vielleicht ist das Lachen eine Art Einstimmung auf das, was gleich folgt?«, sagte die Magd.

»Oder es ist eine Art Programm«, meinte der Schultheiß.

»Non-sense!«, schimpfte Friedrich. »Lachen kann doch kein Programm sein, lächerlich! Ich glaube, heute läuft alles verkehrt. Wahrscheinlich glauben die Kerls, sie wären das Publikum und wir die Puppen.«

»Haha, das wäre ja, als würde der Honigtopf hinter der Biene hersummen«, brüllte der Söldner.

»Oder das Gras die Kuh fressen«, ergänzte der Landmann gähnend, der zwischenzeitlich wieder wach geworden war.

»Oder das Schiff an Land gehen!«, johlte der Schiffer.

»Oder die Kirche ins Meer!«, rief die Magd.

»Oder das Pferd den Reiter besteigen«, sagte der Schultheiß.

»Oder die Frau den Mann! Das wäre ja, als würde ...«, brüllte der Söldner und wurde unterbrochen von den Herren des *Collegiums,* die sich auf die Schenkel schlugen und vor Vergnügen wieherten. Mit lautem »Hahaha!« und »Hoho!« forderten sie ihn auf, weiterzumachen, doch das war gar nicht nötig, denn der Söldner hatte ohnehin nicht vorgehabt, seinen Wortschwall zu beenden. Er brüllte: »Das wäre ja, als würde die Flasche aus dem Säufer trinken, die Leine an der Wäsche hängen und der Brunnen Wasser holen!«

»Hahaha! Hoho!«

Der Schiffer setzte noch einen drauf: »Als würde das

Kinn gegen die Faust rennen, das Schaf die Hunde hüten und der Fisch zu Fuß gehen!«

»Ja, ja, so ist es, genauso ist es!«, empörte sich das Burgfräulein. »Als würde das Kind die Mutter gebären, das Haus in die Tür führen und das Notenblatt Geige spielen.«

»Hahaha! Hoho!«

Friedrich wollte auch seinen Senf beisteuern und hob an: »Als würde das Volk den König regieren, der Schwarze Adler miauen und der Teufel Halleluja singen, als würde der Mist auf dem Hahn krähen, der Pflug den Ochsen ziehen ...«, aber er kam nicht weiter, denn die Herren hielten sich die Bäuche vor Lachen. Das war heute etwas anderes als die trockenen Ausführungen des Wünschelrutenmannes beim letzten Mal oder das gelehrte Geschwätz über den Fischvogelsäuger! Niemals zuvor hatten sie derart abstruse und kuriose Vergleiche gehört. Welch köstlicher Spaß!

Der Landmann gähnte. Er hatte erneut eine Wachphase und stellte fest: »Die Puppen lachen nur – sie sind albern, sie geben eine armselige Vorstellung, wenn ihr mich fragt.«

»Sie glauben eben an eine verkehrte Welt«, vermutete der Schultheiß.

Friedrich krähte: »In meinem Staat kann jeder glauben, was er will, und nach seiner Façon selig werden, aber lachen darf er nicht!«

»*Impertinent.* Das wäre ja noch schöner!«, empörte sich das Burgfräulein.

An dieser Stelle trat Klingenthal aus dem Vorhang heraus und zeigte sich zum ersten Mal. Tosender Beifall der Herren empfing ihn. Klingenthal achtete nicht auf sie, sondern verbeugte sich vor seinen sieben Lieblingen. »Guten Abend, hochverehrtes Publikum! Ich freue mich, heute die Gelegenheit zu haben, mit meinen Puppen« – er deutete hinter sich, wo die Herren saßen – »in diesem schönen Salon aufzutreten.«

Friedrich quengelte dazwischen: »Die Puppen lachen nur, sie scheinen nichts anderes zu können, ich werde ihnen eine Steuer aufs Lachen legen, dann wird es ihnen vergehen.«

»Schon gut, schon gut.« Klingenthal hob beschwichtigend die Hände. »Ich darf jetzt um Ruhe bitten. Ich brauche äußerste Ruhe, damit jede meiner Puppen auch gut hörbar ist.«

Tatsächlich wurden die Herren und auch die Puppen still. Klingenthal konzentrierte sich, er hatte nicht viel Zeit gehabt, sich beim Eintreffen der Gäste deren Stimmen und Sprechweisen einzuschärfen. Er blickte den Geheimrat von Karius in der ersten Reihe an und ließ ihn mit seiner eigenen Stimme sagen: »Am vielen Lachen erkennt man den Narren.«

Von Karius schaute verdutzt drein, glaubte er doch, nichts geäußert zu haben. Sämtliche Blicke ruhten auf ihm, und er fühlte sich bemüßigt, zu versichern: »Ich habe nichts gesagt.«

Der Schiffer brüllte: »Das ist mir eine komische Puppe, erst sagt sie was, dann behauptet sie, nichts gesagt zu haben. Wo ist denn da der Witz?«

»Ich habe wirklich nichts gesagt!«, beteuerte von Karius und nickte spatzenhaft mit dem Kopf. Noch war ihm nicht klar, welches Spiel Klingenthal mit ihm spielte.

»Aber natürlich habe ich etwas gesagt!«, ließ Klingenthal ihn erneut sprechen.

»Ich habe wirklich nichts gesagt!«

»Aber natürlich habe ich etwas gesagt!«

»Herrgott im Himmel, ich habe wirklich nichts gesagt!«

An diesem Punkt brach Klingenthal ab, denn im Gegensatz zu von Karius, der noch immer nicht ganz verstand, was mit ihm geschehen war, hatten die Herren Klingenthal durchschaut und prusteten lauthals los. Schadenfreude ist bekanntlich die schönste Freude, und das hochangesehene *Collegium Artis* von Madame de Chattemont machte da keine Ausnahme.

Doch die Herren hatten sich zu früh gefreut, denn plötzlich sagte Harrington mit seinem englischen Akzent: »Ich finde, wir haben das Publikum lange genug auf die Folter gespannt. Fangen wir an.« Und er sang zu seiner eigenen Verblüffung die englische Nationalhymne:

»Happy and glorious,
long to reign over us,
God save the King …«

»Danke!«, krähte Friedrich. »Endlich mal ein Ständchen ganz für mich allein! Die Puppe macht mir Spaß, ich werde ihr am Ende der Vorstellung eine Schnupftabakdose schenken. Den Tabak dafür muss sie sich aber selber kaufen.«

Nacheinander sprachen oder sangen nun alle Herren einen Text, der ihre eigenen Fehler, Schwächen, Kleider oder ihr Aussehen auf die Schippe nahm. Seltsamerweise konnten einige der würdigen Gäste sogar über sich selbst lachen. Gerard Adam, der Cousin des verstorbenen Bildhauers Lambert-Sigisbert Adam, gehörte allerdings nicht dazu. Vielleicht war das, was Klingenthal ihm in den Mund schob, auch ein wenig zu derb gewesen. »Ich habe nur Sandstein im Kopf«, hatte er gesagt und war dafür auch noch von allen Seiten bestätigt worden.

Søderborg hatte ebenfalls nur wenig lachen können. Wie auf dem Alten Markt ließ er unversehens einen lautstarken

Wind wehen und kommentierte den *Fauxpas,* als alle ihn vorwurfsvoll anstarrten, mit den Worten: »Lächerlich, ich war es nicht.«

»*Of course, you did it!*«, hatte Harrington gerufen.

»Was soll der Unsinn? Das ist nicht lustig!«

Die Herren des *Collegiums* waren ganz anderer Meinung gewesen, zumal eine neuerlicher Wind deutlich zu vernehmen war. »Puh, der Hecht vergrault ja jede Nachtigall!«, hatte einer der Herren gerufen.

»Ich gehe!« Søderborg war tatsächlich aufgestanden und unter dem Spott der Herren gegangen.

Als er fort war und sich die Gemüter beruhigt hatten, rief von Karius mit seiner eigenen Stimme: »Wie war noch gleich das Motto des heutigen Abends? *Wie der Mann, so die Rede!* Wir haben alle vernommen, was Søderborg uns sagen wollte. Hoho! Um den ist es nicht schade, der ist hochnäsig wie ein Höckerschwan, lieber Meister!« Und weil ihm die Rolle, die Klingenthal dem *Collegium* zugewiesen hatte, so gut gefiel, ergänzte er schelmisch: »Was können wir Puppen denn noch für Euch tun?«

Ein Ruf des Schiffers beantwortete seine Frage: »Du kannst mal den Klabautermann spielen, Püppchen!«

Von Karius lachte. »Was muss ich denn da machen?«

»Fliegen.«

»Fliegen?«

»Du hast richtig gehört. Alle Klabautermänner können fliegen, und du kannst es auch, wenn der Meister es will.«

Von Karius wurde ernst. Er wusste nicht, was auf ihn zukommen würde, nachdem an diesem Abend schon so vieles möglich gewesen war. Die Situation erschien ihm nicht ganz geheuer. »Ach, wisst Ihr was, lieber Meister, ich verzichte«, sagte er, um einen fröhlichen Ton bemüht, »es gibt auch noch andere Puppen, die den Klabautermann spielen könnten, vielleicht Generalmajor von Abraham?«

Ehe von Abraham, ein altgedienter Soldat mit knarrender Stimme, ablehnen konnte, sorgte Klingenthal dafür, dass von Karius sich selbst widersprach. »Ich will fliegen!«, rief er. »Fliegen will ich!«

»Nein, ich verzichte!«, protestierte von Karius erschrocken.

»Ich will fliegen!«

»Nein, ich verzichte!«

Der Schiffer brüllte: »Das hatten wir doch schon mal! Das Püppchen weiß nicht, was es will. Wenn es Angst vorm Fliegen hat, soll es doch auch nach Hause gehen.«

Friedrich, die Puppe, schimpfte: »Erst hü, dann hott! Was will der Kerl eigentlich? Er wird unehrenhaft entlassen! Oder ich schicke ihn zur Infanterie. Wenn er nicht fliegen will, soll er wenigstens durch den Dreck kriechen. Entweder, er *excusirt* sich auf der Stelle, oder der Tambourstock soll auf seinem Rücken tanzen!«

Klingenthal ging dazwischen: »Ich lasse meine Puppen nicht beschimpfen!«, sagte er streng zu Friedrich. »Auch nicht vom König. Die kleine Puppe wird selbstverständlich fliegen.« Er trat auf von Karius zu und nahm ihn bei der Hand. Dann bedeutete er ihm, sich rücklings auf die von dem Tuch abgedeckte Metallplatte zu legen. Leise, ohne dass die anderen Herren es hören konnten, flüsterte er: »Keine Sorge, Herr Geheimrat, es wird alles mit rechten Dingen zugehen, Euch wird kein Haar gekrümmt werden.«

»Gleich werde ich emporfliegen«, hörte von Karius sich daraufhin selbst sagen.

Die Herren auf ihren Stühlen beugten sich vor, um den

auf dem Boden liegenden Kollegen besser sehen zu können. Was sie nicht sehen konnten, war, dass Klingenthal mit seinen Schuhen vorsichtig die Haltehebel zur Seite schob. Er redete währenddessen auf von Karius ein, machte ihm Mut, versprach, dass er erste Mensch der Welt sein würde, der sich in die Lüfte erhob, und beugte sich scheinbar fürsorglich über ihn. Unbemerkt von den Argusaugen der Herren hatte er die Hebel gelöst, und der Effekt, den er vorbereitet hatte, trat zu seiner großen Erleichterung ein: Die Metallplatte unter von Karius löste sich vom Boden und trug ihn nach oben. Klingenthal legte seine Hand auf von Karius' Leibesmitte und sorgte für sanften Gegendruck. Für die Betrachter allerdings sah es so aus, als würde seine Hand den kleinen Mann nach oben ziehen.

Und in der Tat wurde von Karius nach oben gezogen – von einem leistungsstarken Magneten, den Klingenthal unsichtbar über der abgehängten Decke angebracht hatte. Die Frage, ob der Magnet es schaffen würde, die untere Metallplatte trotz des Gewichts des von Karius anzuziehen, war zufriedenstellend beantwortet. Klingenthal fiel ein Stein vom Herzen. Die Wahl des kleinen Geheimrats als Demonstrationsobjekt hatte sich als richtig erwiesen. Vielleicht wäre auch Harrington, der zwar lang, aber dünn wie ein Spargel war, in Frage gekommen, vielleicht auch ein anderer der weniger gewichtigen Herren, aber der spatzenhafte von Karius hatte sich als ideale Wahl erwiesen.

»Ich fliege, ich fliege!«, ließ Klingenthal den kleinen Mann rufen. »Ich fühle mich schwerelos!«

Danach schwieg Klingenthal und ließ das eindrucksvolle Bild auf die anwesenden Herren wirken. Zu seiner eigenen Überraschung rief von Karius gleich darauf selbst: »Ich fühle mich schwerelos! Ich kann fliegen!«

Das *Collegium* staunte Bauklötze. So etwas hatten die Herren noch nie gesehen. Für sie, die sie das Metallstück unter von Karius' Körper nicht erkennen konnten, schwebte ihr Kollege wie auf einem Luftteppich. Kein Tisch, kein Bock, kein Gestell bot ihm von unten Halt, das bewiesen allein schon die deutlich sichtbaren Beine von Klingenthal.

Der Schiffer brüllte: »Ahoi, Klabautermann, gut so, und nun sorgst du dafür, dass wir alle immer eine Handbreit Luft unter dem Mors haben!«

»Jawoll!«, ergänzte der Söldner. »Und die Taschen voller Geld, Glück bei den Weibern und ewige Gesundheit.«

»Und einen tiefen, ungestörten Schlaf!«, sagte der Landmann gähnend.

»Mach ich, mach ich!«, brüllte von Karius, und er war es wirklich, der brüllte, denn er war buchstäblich in einer Hochstimmung. »Ich bin der Klabautermann, ich bin der Klabautermann!«

Klingenthal glaubte, es mit diesem Jubelruf bewenden lassen zu können, und drückte den kleinen Mann wieder hinunter auf den Boden, wo er die Metallplatte fixierte. Er half von Karius, der immer noch in Hochgefühlen schwelgte, auf die Beine und verbeugte sich – diesmal allerdings nicht vor seinen Puppen, sondern vor den Herren, die sich spontan erhoben und enthusiastisch klatschten.

»Ich danke Euch, hochgeschätzte Herren, dass Ihr die kleine Verwechslung klaglos mitgemacht habt. Ich erkläre hiermit in aller Form, dass Ihr keine Puppen seid. Das Ganze war ein Spiel, von dem ich hoffe, dass es Euch gefallen hat. Nochmals vielen Dank.« Er verbeugte sich mehrmals und wartete, bis der Beifall schwächer wurde. Unter den Herren erkannte er jetzt auch Madame de Chattemont, die ebenfalls eifrig klatschte, und Alena, deren Augen vor Stolz leuchteten. Beide Damen hatten der Darbietung nicht beigewohnt, waren aber nun, da sie sich dem Ende näherte, hinzugekommen.

»Für diejenigen Herren, die dem Gezeigten gern auf den Grund gehen möchten, habe ich noch eine Erklärung: Wir haben eben ein Beispiel für Magnetismus erlebt. An der abgehängten Decke befindet sich ein Magnet, den ich vor der Darbietung dort befestigt habe, und hier unten am Boden habe ich ebenfalls einen Magneten. Wie ihr seht, verehrte Herren, hat er die Form einer Platte, damit ein Mensch darauf liegen kann.« Klingenthal entfernte das Abdecktuch, und die blaugraue Platte, die vielleicht eineinhalb mal fünf Fuß in der Fläche maß, wurde sichtbar.

»Hört, hört.« Die Herren waren beeindruckt.

»Wie Ihr vielleicht wisst«, dozierte Klingenthal weiter, »besitzt jeder Magnet zwei Seiten, die magnetischer Nordpol und magnetischer Südpol genannt werden. Gleichnamige Pole stoßen einander ab, ungleichnamige ziehen sich an. Ich habe es selbstverständlich so eingerichtet, dass zwischen meinen Magneten ein Kraftfeld aus ungleichnamigen Polen besteht, so dass eine Anziehung stattfindet.«

»Aber sie findet ja gar nicht statt, jedenfalls jetzt nicht mehr«, wagte von Karius einzuwenden.

»Weil beide Magnete fixiert sind. Ich werde die Haltehebel des unteren lösen und bitte Euch alle, meine Herren, Obacht zu geben und nicht näher heranzutreten.« Klingenthal löste die beiden Hebel gleichzeitig, und wie ein grauer Blitz schoss die Metallplatte in die Höhe, riss die aus Stoff bestehende, abgehängte Decke mit sich und prallte mit einem klatschenden Laut an das metallene Gegenstück, das an der eigentlichen Decke befestigt war.

»Da habt Ihr gesehen, welche Wucht und welche Kraft der Magnetismus entfalten kann,«, sagte Klingenthal.

Die Herren waren außerordentlich beeindruckt. Sie hatten alle bereits vom Magnetismus gehört, doch dass seine Kräfte so groß waren, hatten sie nicht erwartet. Einer von ihnen, es war der lange Harrington, sprach es aus: »*Well*, Meister Klingenthal, es ist schon ein Unterschied, ob eine Kompassnadel ausschlägt oder ein Mensch frei schwebend in der Luft gehalten wird. Ich habe nicht gewusst, dass die magnetischen Kräfte so gewaltig sein können.«

Klingenthal antwortete: »Das Wissen um die magnetischen Phänomene ist immer wieder in Vergessenheit geraten, dabei wäre, genau genommen, ein Versuch wie der heutige schon im alten Athen möglich gewesen. Die Mittel dazu hatten unsere Vorfahren, es waren technisch-praktische Hilfsmittel und Vorrichtungen, die sie *Mechanemata* nannten.«

»Hört, hört!«, erklang es wieder, doch nun mischte Madame de Chattemont sich ein, lachte, klatschte und sagte: »Das mag genügen, ihr lieben Herren, es ist schon spät, und wir wollen den Meister nicht weiter in Anspruch nehmen.«

Enttäuschte Rufe wurden laut, aber Madame blieb hart. Mit sanfter Gewalt drängte sie ihre Gäste zur Tür hinaus und verabschiedete sie kurz darauf unten in der Empfangshalle.

»So, lieber Meister«, sagte sie mit ihrem reizenden Lächeln, als sie in den Grünen Salon zurückgekehrt war, »beim letzten Mal habt Ihr mir einen Korb gegeben, als ich Euch auf ein Glas einlud, erinnert Ihr Euch? Es war genau vor einer Woche, nach dem Treffen des *Collegiums.*« Über ihr Gesicht huschte ein Schatten. »Es war auch der Abend, an dem mein lieber Katusow so tragisch ums Leben kam.« Der

Schatten verschwand. »Aber heute Abend wird so etwas nicht passieren, heute Abend wollen wir noch ein wenig plaudern, nicht wahr?«

Klingenthal hüstelte höflich. Er war müde, die Anspannung fiel von ihm ab, und er wäre am liebsten sofort ins Bett gegangen, aber Madame hatte recht: Er konnte ihr nicht schon wieder einen Korb geben. »Aber nur, wenn Fräulein Alena mit von der Partie sein darf.«

»*Naturellement!* Alena ist doch meine *Secrétaire,* sie ist mir so ans Herz gewachsen, manchmal frage ich mich, wie ich früher ohne sie auskommen konnte.«

»Danke, Madame«, sagte Alena artig.

»Ich habe nur gesagt, was wahr ist. Wir wollen uns in eines meiner Privatgemächer zurückziehen, lieber Meister, Eure Puppen könnt Ihr später holen, und für das Abbauen der Magnete mag Ludolf sorgen.«

»Wie Ihr wünscht, Madame.« Klingenthal schritt hinter der Hausherrin her und war froh, dass Alena ihn begleitete, denn die berückende Schönheit von Madame machte ihn befangen.

»Hier ist es.« Madame ließ es sich nicht nehmen, drei Gläser aus einer Weinkaraffe zu füllen, setzte sich mit einer graziösen Bewegung auf eine *Chaiselongue* und bedeutete Klingenthal, er möge neben ihr Platz nehmen. Alena bekam in einigem Abstand eine *Bergère* zugewiesen.

»Lieber Meister, erst einmal prosit!« Madame hob mit abgespreiztem kleinem Finger ihr Glas. »Ich habe zwar nicht im Publikum gesessen, aber dass Ihr meine Herren zu Ovationen habt hinreißen können, das habe ich dennoch bemerkt. Trinken wir auf Eure Künste.«

»Vielen Dank, Madame«, murmelte Klingenthal verlegen. »Ihr seid sehr freundlich. Prosit.«

Auch Alena prostete ihnen zu, und alle drei tranken.

»Was ich mich die ganze Zeit frage, lieber Meister«, begann Madame das Gespräch, »ist, woher Ihr Euer Wissen habt, ich meine, äh, von einem einfachen Puppenspieler würde man so etwas doch nicht erwarten, wenn ich das so sagen darf.« Sie setzte ihr Glas ab und fügte neckisch hinzu: »Ihr verheimlicht mir doch wohl nicht etwas?«

Klingenthal, der sein Glas ebenfalls absetzen wollte, hielt inne und trank einen zweiten Schluck, denn er wollte Zeit gewinnen. Rasch überlegte er, dass sein Studium der Medizin und die Vorlesungen in Physik, die er vor Jahren einmal belegt hatte, seine Privatsache waren. »Nun, Madame«, sagte er dann, »die Sache ist ganz einfach, es ist mein Beruf, die Menschen zu verblüffen und zum Lachen zu bringen, und da ich diesen Beruf sehr ernst nehme, beschäftige ich mich häufig mit Dingen, die ungewöhnlich sind.«

Madame amüsierte sich. »Wollt Ihr damit sagen, dass in jedem Lachen ein Stückchen Ernst steckt?«

Klingenthal nickte: »So ist es. Es klingt zwar paradox, aber so ist es. Ohne Ernst kein Lachen. Ohne Pech kein Glück. Ohne Trauer keine Freude. Das eine bedingt immer das andere.«

Bei Klingenthals letzten Worten war Madame sehr nachdenklich geworden. »Ich habe um den guten Katusow sehr getrauert«, sagte sie. »Und ich trauere noch um ihn. Er war ein Prahlhans, ein Brummbär und ein Aufschneider, aber er war auch großzügig, hilfsbereit und menschlich. Ich vermisse ihn sehr. Ihr erlaubt doch?« Sie griff nach ihren *Rapp'schen Beruhigungstropfen,* zählte die übliche Menge ab und nahm sie ein.

»Kanntet Ihr Katusow näher?«, fragte Klingenthal.

»Ich kannte ihn, wie ich alle meine Herren aus dem *Col-*

legium Artis kenne. Er war einer der Ersten, die sich unserem Kreis anschlossen.«

»Darf ich fragen, wie lange Ihr Euren Salon schon unterhaltet?«

»Nicht sehr lange, jedenfalls, wenn man ihn mit den Salons in Frankreich vergleicht.« Madame nahm wieder einen Schluck Rotwein, und Klingenthal fragte sich, ob der Rebensaft sich mit den Beruhigungstropfen vertrug. »Nicht sehr lange«, wiederholte sie. »Als ich nach Potsdam kam, war ich hier fremd und, nun ja, die Ehefrauen waren mir nicht besonders wohl gesinnt. Aufgeschreckt aus ihren Whistpartien und Häkelrunden, ihren Kaffeestündchen und poetischen Gehversuchen, hatten sie wohl Angst um ihre Ehemänner. Lächerlich, als ob ich es nötig hätte, irgendwelchen Spießbürgern hinterherzulaufen! Trotzdem bekam ich einfach keine Einladungen in die Kreise der Gesellschaft, bis ich es eines Tages leid war und beschloss, selber gesellschaftliche Ereignisse stattfinden zu lassen. Ich gründete einen Salon, das *Collegium Artis*, und einer der Ersten, der dem *Collegium* beitrat, war wie gesagt Katusow.«

Madame hielt inne und wischte sich eine Träne aus dem Auge. Klingenthal wunderte sich. Er hatte derartige Gefühlsausbrüche nicht bei ihr erwartet. Andererseits: Warum sollte sie nicht trauern, nur weil sie blendend aussah? »Weiß man eigentlich, woran Katusow so plötzlich verstarb?«, fragte er behutsam.

»Ich habe keine Ahnung. Wie ich hörte, soll selbst Professor Selle nichts Auffälliges an seiner Leiche gefunden haben.« Madame beschäftigte sich mit ihrem Weinglas. »Kommt, Alena, lasst uns von etwas anderem reden, der Tag war ein voller Erfolg, alle waren zufrieden, darauf muss noch ein Glas getrunken werden. Meister Klingenthal, seid so gut und trinkt aus, damit ich nachschenken kann.«

Widerstrebend gehorchte Klingenthal. Er wechselte mit Alena einen Blick, der ihr bedeutete, sie möge weiter schweigen, und sagte: »Müsst Ihr nicht befürchten, Madame, dass noch weitere Nachforschungen zum Tode von Katusow angestellt werden, Nachforschungen, die dem guten Ruf des *Collegiums* schaden könnten? Mir kam zu Ohren, dass vor rund einem Jahr schon einmal ein Mitglied zu Tode gekommen ist, Hans von Reckwitz soll sein Name sein.«

»Hans von Reckwitz?« Madame bekam einen wachen Gesichtsausdruck. »Was wisst Ihr über ihn?«

»Nichts, ich hörte nur von seinem Tod.«

»Darüber spreche ich nicht gern. Meine Erinnerungen an von Reckwitz sind gespalten. Einerseits war er im Umgang sehr freundlich und höflich, dabei auch ein charmanter Plauderer, andererseits konnte er sein Geld nicht zusammenhalten. Er hatte ständig Schulden, auch bei mir. Trotzdem war das *Collegium* sehr betroffen, als es von seinem Ableben erfuhr. Ich selbstverständlich auch.« Madame nahm einen Schluck Wein und stellte ihr Glas zurück.

»Womit verdiente er denn das Geld, mit dem er nicht umgehen konnte?«

»Er war Assistent bei besagtem Professor Selle. Selle, so erzählt man, habe ihn recht knapp gehalten, aber das ist natürlich noch lange kein Grund, so über die Stränge zu schlagen. Seine Familie kommt aus Ostpreußen, soweit ich mich erinnere – nicht sehr begütert, aber sehr loyal.«

Klingenthal trank ebenfalls. Was Madame ihm gesagt hatte, war nicht neu für ihn, wenn man davon absah, dass von

Reckwitz Schulden bei ihr gehabt hatte. Er merkte, dass er auf diesem Pfad nicht weiterkam, und suchte nach einem Grund, sich verabschieden zu können. »Ich fürchte, meine Puppen müssen jetzt zu Bett, es war ein langer Tag. Gestattet Ihr, dass ich mich zurückziehe?«

Zu seiner Überraschung protestierte Madame nicht. Sie lächelte und sagte: »Ich gestatte es. Ich bin überzeugt, Eure Puppen haben sich heute Abend selbst übertroffen.«

»Ich danke sehr. Dann verabschiede ich mich jetzt. Gute Nacht, Madame, gute Nacht, Mademoiselle Alena.« Während Klingenthal sich erhob, streifte sein Blick Alena und signalisierte ihr, wie gern er mit ihr zusammengeblieben wäre, aber das kam selbstverständlich nicht in Frage.

Der Schein musste gewahrt werden.

»Das ist eine unverzeihliche Nachlässigkeit!«, schrie Madame ganz undamenhaft am nächsten Morgen in ihrem Arbeitszimmer. Ihr Zorn galt Ludolf, der wie ein begossener Pudel vor ihr stand. »Du hast gesehen, wie Graf Søderborg gestern Abend das *Collegium* vorzeitig verließ, und es versäumt, mir Bescheid zu geben!«

»Verzeiht, gnädige Frau, ich hielt es nicht für wichtig.«

»So, nicht für wichtig?« Madames Augen sprühten Funken. »Hat Graf Søderborg schon jemals ein Treffen des *Collegiums* vorzeitig verlassen?«

»Soviel ich weiß, nein, gnädige Frau.«

»Das hätte dir zu denken geben müssen! Wie war sein Gesichtsausdruck?«

»Nun, äh.« Ludolf knetete die Hände. »Vielleicht war er ein wenig verärgert, nicht wie sonst, äh, Ihr wisst schon, wie er sonst aussieht.«

»Das hätte dir noch mehr zu denken geben müssen!«

»Jawohl, gnädige Frau.« Ludolf überlegte, ob er sein Versäumnis mit den vielen zusätzlichen Aufgaben, die er im Rahmen von Klingenthals Vorstellung zu erfüllen hatte, entschuldigen sollte, entschloss sich aber dann, den Mund zu halten. Er wollte nicht riskieren, Madame noch wütender zu machen. Nur gut, dass ihre *Secrétaire* Mademoiselle Alena mit im Raum war, wer weiß, was sie ihm sonst noch alles an den Kopf geworfen hätte.

Die Hausherrin beruhigte sich langsam. »Die Treffen des *Collegiums* gehören zu den wichtigsten gesellschaftlichen Ereignissen der Stadt. Ihr guter Ruf ist auch mein guter Ruf. Sollte Graf Søderborg in irgendeiner Form verärgert gewesen sein, will ich das umgehend wissen.« Sie trommelte mit den Fingern auf dem Schreibtisch, griff zum Fläschchen mit den *Rapp'schen Beruhigungstropfen* und stellte es dann wieder weg.

»Kann ich Euch irgendwie behilflich sein, Madame?«, fragte Alena.

»Hm, vielleicht.« Madame überlegte. »Du gehst wieder an deine Arbeit, Ludolf, es ist das erste und letzte Mal, dass ich einen solchen Fehler ungestraft lasse.«

»Jawohl, Madame.« Ludolf eilte aufatmend davon.

»Ich will in jedem Fall wissen, warum der Graf die Vorstellung nicht bis zum Ende verfolgt hat. Die Frage ist nur, wie ich es herausbekomme. Wartet, Alena, ich glaube, ich hab's. Ich werde ihm einen Brief schreiben, bitte nehmt gleich den Wortlaut auf.«

»Gern, Madame.«

Und Alena schrieb auf, was Madame ihr in die Feder diktierte:

Lieber Graf,
gestattet mir, zunächst meiner Hoffnung Ausdruck zu verleihen, dass Ihr Euch wohl befindet und am gestrigen Abend sicher nach Hause gekommen seid. Leider konntet Ihr der Vorstellung des Bauchredners Klingenthal nicht bis zum Ende beiwohnen, was sicher seinen Grund hat. Falls dieser Grund in der Qualität der Vorstellung liegt, zögert bitte nicht, ihn mir freimütig zu sagen. Ihr wisst doch: Nichts liegt mir mehr am Herzen, als ein zufriedenes Collegium! Vertraut Euch nur der Überbringerin dieser Zeilen an. Mademoiselle Alena ist meine Secrétaire *und besitzt mein volles Vertrauen.*

Ganz die Ihrige

Es folgten Name und Datum. Alena gab Streusand auf die Tinte und versiegelte das Schreiben.

»Danke, Alena. Geht nur gleich los und bringt dem Grafen die Botschaft. Und lasst Euch nicht von irgendwelchen Dienern abwimmeln, wartet in jedem Fall auf Antwort, hört Ihr?«

»J… Jawohl, Madame.« Alena musste an das Verbot denken, das Klingenthal ausgesprochen hatte. Aus Sicherheitsgründen sollte sie das Palais nicht verlassen, und wenn, dann nur in seiner Begleitung. Doch das konnte sie der Hausherrin schlecht sagen. Blieb nur die Möglichkeit, Klingenthal zu fragen, ob er sie begleiten könne. »Ich mache mich sofort auf den Weg, Madame.«

Wenig später klopfte sie an Klingenthals Kammertür, aber nichts regte sich. Schnell forschte sie weiter nach ihm. Sie konnte nicht viel Zeit mit der Suche nach ihm vertrödeln, denn Madame erwartete eine umgehende Antwort. Schließlich konnte Anni ihr weiterhelfen, auch wenn ihre Auskunft enttäuschend war: »Meister Klingenthal?«, sagte sie. »Der ist vor einer halben Stunde mit seinen Puppen zum Alten Markt, ich weiß es so genau, weil der Schiffer gebrüllt hat: ›Auf, auf, ihr müden Schädel, an Backbord steht ein hübsches Mädel!‹«

Anni errötete zart. »Mit dem hübschen Mädel hat er, glaube ich, mich gemeint.«

»Bestimmt.« Alena hörte kaum zu. Sie hatte Angst, allein zu gehen, und sie musste es dennoch tun. Ob sie Anni bitten konnte, sie zu begleiten?

»Anni!« Ludolf näherte sich. »Du musst noch das Besteck putzen und die Zinnteller absanden. Vergiss das nicht, ich will keinen Ärger mit Madame.«

Dass Ludolf keinen Ärger mit Madame haben wollte, konnte Alena sich lebhaft vorstellen. Sie beschloss, allein zu gehen. Es war Sonntagmorgen, die Kirchenglocken läuteten, die Sonne schien friedlich von einem blassblauen Himmel herab, und nichts deutete darauf hin, dass ihr irgendwo eine Gefahr drohte.

Nachdem Alena sich noch ein schwarzes Tuch um die Schultern geschlungen hatte, trat sie auf die Straße. Der Weg zu Graf Søderborgs Anwesen war nicht weit. Er residierte am Rande des Holländischen Viertels in einem schönen Palais der fünfziger Jahre, das von dem Baumeister Boumann errichtet worden war. Das Palais liegt höchstens zehn Minuten entfernt, sagte sie sich, gleich bin ich da. Wer wird bei dem schönen Wetter schon Grillen fangen!

Sie summte ein Lied und lenkte ihre Schritte absichtlich nicht über den Alten Markt, denn natürlich wollte sie eine Begegnung mit Klingenthal vermeiden. Potsdam war wirklich schön – und offensichtlich nicht gefährlich. Die Erinnerung an die Überfälle auf sie verblasste zunehmend. Bald darauf stand sie wohlbehalten vor dem Haus.

Das Haus sah aus wie viele andere, es war ein zweigeschossiger Putzbau, dessen Fassade fünf Fenster breit war. Über der mächtigen Flügeltür prangte blau-gelb das Wappen des schwedischen Königs. Alena fasste sich ein Herz, ging direkt auf die Tür zu und betätigte den löwenköpfigen Klopfer.

Nach einer Weile steckte ein Diener die Nase aus der Tür und erkundigte sich wenig höflich, was sie wolle.

Alena zeigte ihm den Brief. »Ich habe eine Nachricht von Madame de Chattemont für Graf Søderborg. Der wohnt doch hier?«

»Ja, und?«

»Ich habe Auftrag, ihm die Nachricht persönlich zu übergeben.«

Der Diener musterte sie ähnlich hochnäsig wie sein Herr. Dann sagte er: »Tut mir leid, das geht nicht!«, und machte die Tür wieder zu.

Alena dachte an die mahnenden Worte von Madame, sie solle sich auf keinen Fall abwimmeln lassen, und überlegte, was zu tun sei. Sie klopfte erneut, diesmal stärker. Und gleich danach noch einmal.

Im Haus rührte sich nichts.

Alenas Augen wurden dunkel vor Ärger. Man wollte sie ignorieren wie eine einfache Hausiererin! Das kam überhaupt nicht in Frage, schließlich war sie nicht irgendwer. Aber wie konnte sie es anstellen, dass die steinerne Fassade sich für sie öffnete?

Sie ging um das Haus herum, das ihr jetzt abweisend erschien. Im Hof traf sie auf zwei Frauen, offenbar Mägde, die unter einem Baum Teltower Rübchen schälten. Beide weinten still vor sich hin. Alena fühlte sich besser. Wo Tränen flossen, kannte sie sich aus. Sie setzte sich mit der größten Selbstverständlichkeit zu den Frauen, nahm ein Messer zur Hand und schälte mit. Die Dickere der beiden schniefte. »Bist du neu?«

»Ja«, sagte Alena und bat ihren Herrgott, er möge ihr die Lüge verzeihen.

»Ach, es ist ja so furchtbar!«, schluchzte die Dünnere.

Alenas Augen füllten sich ebenfalls mit Tränen, ihre Schultern zuckten, ein verzweifelter Klagelaut entrang sich ihrer Brust. »So furchtbar!«, wiederholte sie.

»Ja, das ist es«, schluchzte die Dünnere.

»Ja, ja«, bestätigte die Dickere.

Alena schlug die Hände vors Gesicht, zwischen ihren Fingern rannen dicke Tränen herab, während sie ebenfalls Worte wie »Das ist es!« und »Ja, ja!« ausstieß.

Nach einer Weile schneuzte die Dickere sich die Nase. Sie schien die praktisch Denkende von beiden zu sein, denn sie sagte: »Genug geheult, alles zu seiner Zeit, Minchen, jetzt muss das Mittagessen gemacht werden.« Sie erhob sich und watschelte zur Hoftür. Die Dünnere folgte ihr, den Topf mit den geschälten Rübchen im Arm.

Alena ging einfach mit.

Im Haus steuerten die Mägde die Küche an, aber Alena strebte weiter. Da das Palais ähnlich gebaut war wie das von Madame, vermutete sie die Privaträume des Grafen im ersten Stock. Sie stieg die Treppe empor und blickte sich um. Für den Fall, dass ihr der rüpelhafte Diener über den Weg lief, hatte sie sich ein paar passende Sätze zurechtgelegt. Da!

Da stand eine Tür halb offen. Alena, den Brief von Madame in der Hand, ging darauf zu und erkannte durch den Spalt das Fußende eines prächtigen Pfostenbetts. Ein Mann saß daneben, ein Hörrohr in der Hand. Alena betrat klopfenden Herzens den Raum. Vielleicht konnte der Mann mit dem Hörrohr ihr sagen, wo der Graf sich aufhielt?

Der Mann drehte sich um und kramte in einer Tasche. Es war eine Arzttasche. Er blickte auf. »Kann ich Euch helfen, Mademoiselle?«

»Ich habe einen Brief für Graf Søderborg.«

»Graf Søderborg?« Der Arzt schüttelte den Kopf. »Ja, seht Ihr denn nicht, dass er keine Briefe mehr empfangen kann?«

Da erst entdeckte Alena den Grafen. Er lag der Länge nach auf dem Bett – in den Kleidern, die er am Abend zuvor getragen hatte. Er sah noch ganz genauso aus.

Nur, dass er nicht mehr lebte.

Und gelbe Handschuhe trug.

Friedrich der Große saß in seinem Schlafsessel und ließ sich von Dantal vorlesen, doch war er nicht recht bei der Sache, obwohl Dantal heute fehlerlos las. Schließlich befahl Friedrich: »Hört auf, hört auf!«

Dantal hielt erschrocken inne. »Habe ich etwas falsch gemacht, Sire?«

»Nein, im Gegenteil, Ihr lest heute Abend recht passabel. Auch der Stoff von Rollin weiß zu fesseln. Es ist nur der Tod von Søderborg, der mir nicht aus dem Kopf will.«

»Das kann ich mir vorstellen, Sire. Das ganze Schloss spricht davon.«

»Wie ich erfahren habe, soll er nach dem Besuch bei dieser Madame de Chattemont gestorben sein. Was ist nur dran an dem Flittchen, dass alle Männer, die mit ihr in Berührung kommen, krepieren?«

Dantal hielt die Bemerkung seines Königs für übertrieben, schließlich handelte es sich nur um Katusow und Søderborg, die nach dem Besuch des *Collegiums* zu Tode gekommen waren, wenn auch, zugegebenermaßen, unter recht seltsamen Umständen. »Søderborg soll nicht sonderlich beliebt gewesen sein, Sire. Wenn Ihr mich fragt, ich mochte ihn auch nicht.«

»Blasierter Affe!«

»Jawohl, Sire.«

»Gott hab ihn selig. Er war immerhin ein Mensch.« Friedrich gab einen schniefenden Laut von sich. Søderborg, so hatten die Nachforschungen seines Geheimdienstes ergeben, war nicht nur ein blasierter Affe gewesen, sondern tatsächlich auch Deutscher. »Wann habt Ihr ihn eigentlich zuletzt gesehen?«

Dantal klappte das Buch zu, nicht ohne zuvor ein Lesezeichen hineingelegt zu haben. »Oh, Sire, das ist schon ein paar Tage her.«

»Das heißt, Ihr wart gestern Abend nicht bei diesem *Collegium,* auf das die Dame sich so viel einbildet?«

»Nein, ich war den Nachmittag und den Abend über bei meinen Eltern in Berlin. Ich soll Euch auch noch untertänigste Grüße von meinem Vater ausrichten.«

Friedrich ging nicht darauf ein. »Das braucht Ihr mir nicht zu erklären. Ich hatte Euch freigegeben, und in Eurer freien Zeit könnt Ihr machen, was Ihr wollt – wenn Ihr nicht gerade silberne Löffel klaut.«

Dantal lachte pflichtschuldigst.

»So, und nun lasst mich allein. Ich bin ein alter Mann und brauche meine Ruhe.«

»Jawohl, Sire.« Dantal erhob sich geschmeidig und strich sich den schwarzen Rock glatt. »Kann ich sonst noch etwas für Euch tun?«

»Nein, gute Nacht.«

»Gute Nacht, Sire.«

Nachdem Dantal gegangen war, griff Friedrich in die Tasche seines Rocks und kramte nach einer Prise. Er nahm die Portion, rieb sie sich mit dem Handrücken in die braun verfärbten Nasenlöcher und nieste genussvoll. »Das klärt die Seele und die Sinne«, murmelte er. »Wo Selle nur bleibt?«

»Herr Professor Doktor Selle«, meldete ein Diener in diesem Augenblick.

»Na endlich. Soll reinkommen.«

Selle näherte sich mit einer tiefen Verbeugung.

»Nicht so förmlich, lieber Selle, nehmt Platz, nehmt Platz.«

»Danke, Sire. Ergebensten Dank.« So dankbar wie Selle sich gab, war er in Wahrheit nicht, denn die Uhr wies bald auf 10, und unter normalen Umständen hätte er um diese Zeit im Kreise seiner Familie geweilt. Aber die Umstände waren nicht normal, sie waren alles andere als das.

»Konntet Ihr Søderborg untersuchen? Was war die Todesursache?«

Selle presste seine ausgestreckten Finger aneinander. »Nun, Sire, ich fürchte, ich habe keine guten Nachrichten für Euch. Ich konnte den Toten nicht untersuchen.«

»Nicht untersuchen, *impossible!* Was heißt das?«

»Graf Søderborg war nicht in seinem Haus, sein Leichnam war fort. Natürlich fragte ich nach ihm, ich sagte sogar, ich käme im Auftrag des Königs …«

»Das solltet Ihr doch nicht!«

»Verzeihung, Sire, ich wusste nicht, dass …«

»Ach was!« Friedrich machte eine ärgerliche Handbewegung. »Weiter.«

»Das Einzige, was ein Sekretär mir bedeutete, war, dass der Leichnam des Grafen von schwedischen Ärzten untersucht werden soll.«

»Wo?«

»Ich weiß es nicht, Sire. Eine Inaugenscheinnahme des Toten könnte theoretisch überall erfolgen.«

»So, so.« Friedrich schloss die Augen. Die Entsendung Selles hatte sich als Fehlschlag erwiesen. Der Leibarzt hatte nichts ausrichten können. Wenn man es recht bedachte, trug er daran keine Schuld. Wo die Leiche wohl war? Und warum die Schweden wohl so eine Geheimniskrämerei um den toten Körper machten? Wieso überhaupt die Schweden? Hatte Lucchesini nicht angedeutet, Søderborg habe für Österreich spioniert? Nun, immerhin denkbar, dass Joseph II. ihm für seine Tätigkeit mehr bezahlt hatte als Stockholm. Fruchtlose Gedankensplitter! In jedem Fall war Søderborg ein Spion gewesen.

War sein Wissen ihm zum Verhängnis geworden, und wenn ja, was hatte er gewusst? Hatte er doch mehr über die Pläne zum Fürstenbund herausbekommen, als bisher angenommen? Kannte er womöglich einige der Geheimbriefe und -dokumente, die zwischen Preußen und den Landesfürsten ausgetauscht worden waren?

Fragen über Fragen, deren Antwort Søderborg womöglich mit ins Grab nahm. Friedrich hustete. Das Asthma machte ihm heute wieder zu schaffen. »Glaubt Ihr immer noch, Selle, dass der Tod Eures Assistenten von Reckwitz nichts mit dem Tod von Fürst Katusow zu tun hat?«

Der Leibarzt zog unmerklich den Kopf ein. Er wusste, wenn Friedrich in diesem Tonfall mit ihm sprach, war Vorsicht geboten. Zwar ließ sich der König einiges von ihm sagen, besonders, wenn es um gesundheitliche Dinge ging, doch blieb er jederzeit der König: ungeduldig, bärbeißig, häufig halsstarrig. Selle bemerkte, wie sein Herz zu hämmern begann. Ruhig, mein liebes *Cor*, sprach er im Stillen zu sich, ruhig! Wenn du ruhig bleibst, wird man mir meine Unsicherheit nicht anmerken. Er atmete tief durch und wählte seine Worte mit Bedacht: »Ja, Sire, das halte ich nach wie vor für wahrscheinlich.«

»Auch angesichts von Søderborgs Dahinscheiden?«

»Sire, wenn Ihr gestattet: Meiner Meinung nach müssen wir hier Gefühle und Tatsachen trennen. Natürlich mag es seltsam anmuten, dass drei Personen Eures engeren Umfelds aus nicht bekannter Ursache ums Leben gekommen sind, andererseits gibt es keine Fakten, Sire! Wir haben keine Anhaltspunkte für einen Zusammenhang der drei Fälle. Es kann sich um eine Verkettung von unglücklichen Umständen handeln, vielleicht auch um Schicksal oder um Gottesfügung.«

»Gottesfügung? An so etwas glaube ich nicht.« Friedrich verfiel wieder ins Grübeln. Søderborg war ein Mann in den besten Jahren gewesen, ein Mann ohne ausschweifenden Lebenswandel, ein Mann ohne große Besonderheiten, wenn man von seinem arroganten Gehabe einmal absah. Nichts deutete darauf hin, dass er einem körperlichen Gebrechen erlegen war. Also Mord?

Friedrich schüttelte die Überlegungen ab. Er spürte, er kam nicht weiter. Was blieb, war der tröstliche Gedanke, dass es mit Søderborgs Tod wieder einen Spitzel weniger gab, der Preußen schaden konnte. Ja. So mochte man es sehen. So musste man es vielleicht sogar sehen.

Er griff in seine Rocktasche und holte – Selles vorwurfsvollen Blick missachtend – eine Prise hervor.

Die letzte an diesem Abend.

Da wird sein Heulen und Zähneklappen, denn viele sind …

Friedrich der Große war nicht der Einzige, der an diesem Abend grübelte. Auch Alena und Klingenthal taten es. Sie lagen eng umschlungen in Alenas Bett und mussten sich um die auf ihren guten Ruf so bedachte Hausherrin keine Gedanken machen – Madame hatte sich in ihr Atelier zurückgezogen, um den Tod Søderborgs zu betrauern. Sie wollte durch nichts und niemanden gestört werden.

»Mit Søderborg hat es wieder einen aus den Reihen des *Collegiums* getroffen«, sagte Klingenthal.

»Ja, es kann einem angst und bange werden.« Alena kuschelte sich in seine Armbeuge und schloss die Augen. »Aber daran mag ich jetzt nicht denken.«

Er streichelte sie sanft. »Wir müssen herausfinden, wer oder was dahintersteckt, sonst bist du deines Lebens nicht mehr sicher.«

Sie legte ihm einen Finger auf den Mund. »Pst, sag nicht so schlimme Dinge. Ich bin heute Morgen durch die Stadt zu Søderborgs Palais spaziert, und niemand hat mir auch nur ein Haar gekrümmt.«

»Ich wünschte, du hättest es nicht getan, dann wüssten wir jetzt von dem ganzen Spuk nichts.«

»Das würde auch nichts ändern.«

»Du hast recht.« Er drückte sie zärtlich an sich. »Ich würde viel lieber ganz andere Dinge tun, aber diese Morde lassen mich nicht los.«

»Vergiss sie doch einfach, jedenfalls für einen Moment.« Sie richtete sich halb auf und küsste ihn. Es war ein zarter Kuss, zart wie der Flügelschlag eines Schmetterlings, und deshalb umso intensiver. »Wir sind ganz ungestört, mein Liebling, es gibt nur dich und mich, nicht einmal die Puppen sind hier.«

»Die Puppen sind immer bei mir, denn sie leben in meinem Kopf. Aber heute habe ich sie fortgeschickt.«

Alena lachte leise und küsste ihn abermals. »Komm zu mir.«

Er zog sie wieder an sich, spürte den Duft ihres Haars, die Samtheit ihrer Haut und die Nachgiebigkeit ihres lockenden Körpers, doch er spürte auch, dass er abgelenkt war. Es ging nicht. Er ließ sich in die Kissen zurückfallen und murmelte enttäuscht: »Die verdammten Mordfälle, sie lähmen mich.«

»Halb so schlimm.« Ihre Augen spendeten Trost.

»Alle drei Männer waren Mitglieder des *Collegiums*«, wiederholte er nachdenklich, »alle drei Männer standen dem Hof nahe, alle drei Männer waren vermutlich Spione, alle drei Männer trugen im Augenblick ihres Todes Handschuhe, und jedes Mal waren es solche von gleicher Farbe und Form. Neu waren sie obendrein. Was haben die Fingerlinge zu bedeuten? Wer hat sie ihnen übergezogen? Oder haben die Opfer sie sich selber übergestreift? Und wenn ja, warum?«

Alena zog die Stirn kraus. »Eine weitere Frage: Wie sind die Opfer an die Handschuhe gekommen, wer hat sie ihnen gegeben? Ich weiß auch nicht, warum, aber ich bin fast sicher, die gelben Dinger haben etwas mit dem Tod ihrer Träger zu tun.«

»Ich glaube, das stimmt. Weißt du was? Ich werde versuchen, herauszubekommen, wer diese Handschuhe hergestellt hat.«

»Nein, bitte nicht.«

»Doch. Ich fürchte, es muss sein.«

Göttsche war es gar nicht recht, an diesem Montag so im Mittelpunkt zu stehen. Er hatte wie jeden Morgen sein Frühstück an der Stirnseite des großen, blank gescheuerten Tisches einnehmen und danach in den Stall zu den Pferden gehen wollen. Aber das Gesinde hatte ihm einen Strich durch die Rechnung gemacht. Da standen sie nun in Reih und Glied, mit strahlenden Mienen, die Köchin schwang einen großen Löffel und dirigierte damit die mit weit aufgerissenen Mündern singenden Bediensteten.

»Wir steh'n allhier und singen
für das Geburtstagskind,
wir steh'n allhier und bringen,
was seine Wünsche sind …«

Er hatte ja Geburtstag! Daran hatte Göttsche gar nicht gedacht. Da er zu den Einzelgängern gehörte, war es ihm am liebsten, man ließ ihn in Ruhe, erst recht an seinem Wiegenfest. Doch das Gesinde schien sich einen Spaß daraus zu machen, diesen Tag an die große Glocke zu hängen, und das Schlimmste war, er musste auch noch gute Miene zum bösen Spiel machen.

Als der Gesang endlich verklungen war – er hatte ihn mehr oder weniger als Katzenmusik empfunden –, schnaufte er und grunzte: »Hm, ja danke. Macht nicht so'n Firlefanz um mich, es ist ja nur ein Geburtstag.«

»Aber was für einer!«, widersprach die Köchin. »Du wirst heute sechzig Jahre alt, und dem Herrgott hat es gefallen, dich noch gut beieinander sein zu lassen. Das kann nicht jeder von sich behaupten.«

»Ja, ja«, knurrte Göttsche. Wie alle seiner Zunft hasste er weitschweifiges Salbadern, und wer mehr als drei Sätze zusammenhängend sprach, gehörte in seinen Augen schon zu den Schwätzern. »Als ich neunundfünfzig wurde, habt ihr auch nicht so'n Trara gemacht.«

»Neunundfünfzig ist nicht sechzig!«, erwiderte die Köchin fröhlich-bestimmt. »Man wird nur ein Mal sechzig.«

Göttsche machte eine Bewegung, als wolle er eine Fliege beiseitewischen. »Ja, ja, schon gut. Nun lasst mich frühstücken. Die Pferde warten, ihnen ist's egal, ob ich Geburtstag hab oder nicht.«

»Wir steh'n allhier und singen
für das Geburtstagskind …«

Die Köchin kannte wahrhaftig keine Gnade, sie ließ das Gesinde die zweite Strophe singen, und als diese zu Ende war, auch noch die dritte. Göttsches Laune wurde immer schlechter. Er war nicht nur Einzelgänger, er gehörte auch zu den Menschen, denen ein geregelter Tagesablauf über alles ging, und etwas so Unwichtiges wie ein Geburtstag stellte noch lange keinen Grund für ein Durchbrechen seiner Gewohnheiten dar. Er wollte sich nun endlich seinem morgendlichen Milchbrei widmen – wie immer eine Schüssel gestrichen voll, nicht mehr und nicht weniger –, doch die Köchin störte ihn schon wieder. Sie nahm ihm die Schüssel weg und schob ihm, noch ehe er protestieren konnte, einen mit Rosinen gespickten Napfkuchen hin. »Heute sollst du etwas Besonderes essen!«, rief sie fröhlich, und die anderen fielen mit ein: »Ja, das sollst du, das sollst du!«

Göttsche hatte Mühe, seinen Ärger niederzukämpfen. Er wusste genau, dass er beim Gesinde nicht sonderlich beliebt war, weshalb der Gedanke nahelag, dass die Bande sich einen Spaß daraus machte, seine morgendlichen Kreise zu stören. Aber er konnte nichts tun.

»Hier, ein Geschenk für dich.« Die Köchin gab ihm ein in grobes Papier eingewickeltes Paket. »Es ist von uns allen. Mach auf.«

Göttsche schielte misstrauisch auf das Paket. Was hatte das nun wieder zu bedeuten? Er bekam doch sonst nichts geschenkt! Widerstrebend öffnete er es und stellte zu seiner Überraschung fest, dass es ein Paar Schuhe enthielt.

»Schuhe, für dich«, sagte die Köchin überflüssigerweise. »Hoffentlich passen sie.«

»Was soll ich mit Schuhen?«, fragte Göttsche unfreundlich.

Statt der Köchin antwortete Anni: »Du hast doch nur die Langschäfter, Göttsche, und die, die du zur Kirche trägst, und die sind zu eng. Und immer, wenn die Langschäfter zum Besohlen sind, läufst du auf Strümpfen in den Stall.«

»Hihi, das sieht vielleicht aus!«, gluckste Imme dazwischen. »Zu komisch, auf Socken in den Stall, hihi!«

Jetzt lachten alle, sogar Ludolf. Nur Göttsche lachte nicht. Er besah sich die Treter und musste zugeben, dass sie so übel nicht waren. Ganz aus Leder, mit einer kupfernen Schnalle, und überdies ganz offenbar in seiner Größe.

Die Köchin sagte: »Der Schuster ist sicher, sie werden passen. Zieh sie doch gleich mal an.«

»Nein«, sagte Göttsche, der sehr wohl wusste, dass er ein paar faustgroße Löcher in seinen Strümpfen hatte und sich nicht zum Gespött der Anwesenden machen wollte.

Als hätte sie es geahnt, zog die Köchin ein zweites Paket hervor und gab es ihm. »Das ist ein Geschenk der Gnädigen. Sie lässt dich grüßen und wünscht dir alles Gute. Leider hat sie heute Morgen keine Zeit, um dir persönlich zu gratulieren. Guck gleich mal nach, was drin ist.«

Über Göttsches Gesicht huschte ein Lächeln. Madame de Chattemont hatte an ihn gedacht! Das schmeichelte ihm. Umso mehr, als er sie insgeheim glühend verehrte, denn sie war die schönste Frau, die er jemals gesehen hatte. Das war im Übrigen nicht nur seine Meinung, sondern auch die aller seiner Kutscherkollegen. »Meinetwegen.« Göttsche nestelte das Papier auseinander und fand darin zu seiner Überraschung ein Paar lange rote Wollstrümpfe.

»Erst krempelst du die Hosenbeine hoch, dann ziehst du die neuen Strümpfe an und dann die Schuhe!«, kommandierte die Köchin.

Widerstrebend gehorchte Göttsche. Er wollte nicht, dass jemand der Gnädigen erzählte, er hätte sich geweigert, ihr Geschenk anzuprobieren. Möglichst unauffällig zog er die alten zerschlissenen Strümpfe aus und streifte die neuen über. Dann schlüpfte er ächzend in die Schuhe.

»Geh mal ein paar Schritte!«

Wieder gehorchte Göttsche. Er ging vor dem Küchentisch auf und ab und kam sich vor wie ein Narr. Am liebsten hätte er es nicht getan, aber wiederum dachte er an die Gnädige. Ein Zwischenruf schreckte ihn auf: »Hoho, du hast rote Beine wie ein Täuberich!«

Der Ruf kam von einem der Knechte.

Göttsche wurde starr vor Ärger. Er fuhr wie ein Kampfhahn auf den Spötter los und versetzte ihm – Madame hin oder her – eine kräftige Maulschelle. Die Lacher erstarben. Göttsche fühlte sich sogleich besser.

»So«, sagte er, »nun könnt ihr Geburtstag feiern, so viel ihr wollt, aber mich lasst in Ruhe meinen Brei essen.«

Ebenfalls an diesem Morgen, am selben Ort, nur ein Stockwerk höher, saß Madame und redete lebhaft auf Klingenthal und Alena ein. »Lieber Meister!«, rief sie. »Ganz zweifellos war Eure Vorstellung das Beste an Unterhaltung, was ich meinem *Collegium* je geboten habe. Alle Herren zeigten sich begeistert, besonders der Geheimrat von Karius, der bereits gestern anfragen ließ, ob es mit Euch eine weitere Darbietung geben würde.« Sie blinzelte schelmisch. »Ich habe zumindest nicht gleich nein gesagt.«

»Eure Worte ehren mich«, erwiderte Klingenthal etwas steif. »Aber ich fürchte, ich muss Herrn von Karius enttäuschen.«

Alena sprang ihm bei. »Jede Veranstaltung ist ein einmaliges Ereignis und kann so nicht wiederholt werden.«

»Das hatte ich schon fast befürchtet.« Madames Stirn umwölkte sich. »Leider scheint es bei der letzten Vorstellung trotz allen Zuspruchs einen kleinen Makel gegeben zu haben. Ich spreche von Graf Søderborg, der, wie ich hörte, die Aufführung vorzeitig verlassen hat. Ihr wisst nicht zufällig, warum, lieber Meister?«

Das wusste Klingenthal natürlich sehr genau, aber er hütete sich, es der Hausherrin auf die hübsche Nase zu binden.

Søderborg war nach dem *Collegium* in seinem Haus zu Tode gekommen, und deshalb war jedes Wort, das ihn betraf, auf die Goldwaage zu legen. »Der Graf hatte sicher eine unaufschiebbare Verabredung«, sagte er. »Natürlich konnte er den Zirkel nicht darüber aufklären, ohne die Veranstaltung zu stören, weshalb er einfach aufstand und ging. Mehr habe ich jedenfalls nicht beobachten können.«

»Natürlich, natürlich.« Madame schien sich mit dieser Erklärung zufriedenzugeben. »Trotzdem ist die Situation vertrackt. Der Graf verlässt mein Haus und wird wenig später in seinen Gemächern tot aufgefunden. Ähnlich erging es dem armen Katusow. Wenn wir nicht alle von aufgeklärter Denkart wären, könnte man meinen, der Teufel hätte seine Hände im Spiel.«

»Wie recht Ihr habt«, sagte Klingenthal und schielte nach der Tür. Er fragte sich, was Madame eigentlich von ihm wollte.

»Sicher fragt Ihr Euch, was ich von Euch will«, sagte sie in diesem Augenblick lächelnd. »Nun, um es kurz zu machen: Die Sache mit Graf Søderborg lässt mir keine Ruhe. Ich habe das Gefühl, ich müsste hier eine Scharte auswetzen. Deshalb habe ich mich entschlossen, am kommenden Sonnabend erneut ein *Collegium Artis* stattfinden zu lassen.«

»Schon wieder?«, entfuhr es Alena.

»Ja, schon wieder«, sagte Madame mit strafendem Blick. »Ich bin eine Perfektionistin, liebe Alena. Wenn ich glaube, ein Fehler sei passiert, bin ich die Erste, die ihn ausbügeln will. Ich frage Euch deshalb, Meister Klingenthal: Was haltet Ihr von einer Demonstration der Halbkugelversuche des Otto von Guericke?«

»Ja, nun.« Klingenthal fühlte sich etwas überrumpelt. Er hatte von den Versuchen, die erstmals im vergangenen Jahrhundert durchgeführt worden waren, schon mehrfach gehört, auch im Zusammenhang mit seinem abgebrochenen Medizinstudium. Aus diesem Wissen heraus bezweifelte er, dass mit derlei Experimenten große Verblüffung zu erzielen sei, aber er hütete sich, es zu sagen. »Die Originalversuche fanden mit Pferden statt, Madame.« Er hüstelte. »Ich glaube kaum, dass Ihr Pferde in Eurem Grünen Salon dulden würdet.«

Madame lachte schrill und nahm ein paar ihrer Tropfen. »Gut gesagt, lieber Meister, gut gesagt. Aber was glaubt Ihr, warum ich Euch davon erzählt habe! Ich will es Euch verraten: Jemand, der in der Lage ist, mittels magnetischer Kraft Menschen schweben zu lassen, wird mir sicher auch sagen können, wie man die Guericke-Versuche ohne Pferde durchführen kann.«

Daher also weht der Wind, dachte Klingenthal. Er rang sich ein Lächeln ab. »Ihr überschätzt mich, Madame.«

»Nein, das tue ich nicht. Lasst Euch nur Zeit mit der Antwort, lieber Meister.« Die Hausherrin sprang auf. »Ich will Euch in der Zwischenzeit mein Atelier zeigen. Ihr werdet staunen!« Sie wandte sich an Alena. »Ihr braucht nicht mitzukommen, meine Liebe, geht nur in die Küche und richtet Göttsche meine Grüße aus, ich glaube, er hat heute Geburtstag.«

»Jawohl, Madame«, sagte Alena, die sich abgeschoben vorkam. »Wie Ihr befehlt.«

Mit dem ihr eigenen Tempo stürmte Madame voran in den zweiten Stock, ständig erzählend, fragend und kommentierend, so dass Klingenthal, der kaum Schritt halten konnte, sämtliche Antworten schuldig bleiben musste. Aber Antworten waren offenbar auch nicht das, was Madame erwartete, denn sie riss die staubige Ateliertür auf und machte eine einladende Geste. »Mein Reich! Hier diene ich der Kunst, und nur denen ...« Sie zögerte kurz und produzierte einen reizenden Augenaufschlag. »... die mir besonders am Herzen liegen, gewähre ich einen Einblick in mein Innerstes.«

»Ich fühle mich sehr geehrt, Madame.«

»Ach was, das braucht Ihr nicht.« Madame lachte. Der intime Moment schien verflogen. Klingenthal atmete auf und blickte sich um. Er war noch nie in einem Bildhaueratelier gewesen, weshalb ihm die vielen Materialien und Utensilien fremd und geheimnisvoll vorkamen. Er sah merkwürdig geformte Werkzeuge wie Handfäustel, Kantbeitel, Geißfuß und gekröpfte Eisen, entdeckte Modelliermasse und Wachsplastiken, bestaunte Hilfsmittel wie Modellierschlinge und Proportionszirkel, beäugte neugierig eine große Anzahl von Gipsabdrücken und rätselte über Sinn und Zweck vieler weiterer Gegenstände. Einzig die Büsten der römischen Imperatoren sagten ihm etwas.

Madame ging voran und begann ihre Erklärungen mit dem Vorführen der verschiedenen Sandsteine. Danach ging sie über zu den Bearbeitungswerkzeugen, zeigte verschiedene Arbeiten in verschiedenen Stadien, erklärte eifrig dies und das in einer Art Fachchinesisch und kam endlich zu ihrem Lieblingsprojekt, dem David.

Klingenthal, der sehr wohl sah, mit welcher Laienhaftigkeit die Werke der Hausherrin ausgeführt waren, zeigte sich dennoch beeindruckt. Nicht immer zählte im Leben das Ergebnis, oftmals war der Wille, etwas Schönes zu gestalten, genauso hoch einzuschätzen. »Ihr reitet ein ungewöhnliches Steckenpferd, Madame«, sagte er. »Mit dem David werdet Ihr vielleicht Euer Meisterstück machen.«

»Ich hoffe es.« Die Hausherrin girrte und setzte sich auf die Bank vor der mit violettem Atlas ausgeschlagenen Sargkiste. »Kommt, nehmt neben mir Platz.« Ohne Klingenthals Antwort abzuwarten, zog sie ihn an ihre Seite. »Es ist nicht leicht, mit Euch ein ungestörtes Plätzchen zu finden.«

»Äh, ja.« Klingenthal kam sich hilflos vor. Einerseits genoss er die betörende Nähe der schönen Frau, ihren wundervollen Duft nach *Eau de Lavande,* andererseits ahnte er, dass ebendiese Frau mehr von ihm wollte, als Sitte und Anstand erlaubten – was selbstverständlich nicht in Frage kam.

Madame lachte und ergriff seine Rechte. »Ihr habt schöne, kräftige Hände, ich werde bei Gelegenheit einen Gipsabdruck von ihnen machen.«

Klingenthal wollte seine Hand fortziehen, aber Madame hielt sie mit beachtlicher Kraft fest. »Und Ihr habt, wenn ich das als Künstlerin sagen darf, einen ebenso kräftigen, wohlgestalteten Körper. Bevor ich endgültig mit dem David beginne, würde ich gern ein paar Torsostudien von Euch in Sandstein anfertigen. Ihr hättet doch nichts dagegen, mir Modell zu stehen?«

Noch ehe Klingenthal antworten konnte, führte sie seine Hand an ihren strammen Busen. »Ich glaube, wir beide könnten wunderbar harmonieren. Jeden Zoll Eures Leibes möchte ich mit dem Tastzirkel erkunden, jeden Zoll! Lacht nicht, aber ich spüre es, Euer Körper und meine Kunst – beide sind füreinander geschaffen.«

Klingenthal räusperte sich und wollte einen neuerlichen Versuch machen, seine Hand fortziehen, doch irgendetwas bewog ihn, sich damit Zeit zu lassen. Madame kicherte. »Ihr wollt die Hand wegnehmen, aber es geht nicht, habe ich recht? Kämpft nicht dagegen an, vielleicht ist es der Magnetismus, über den Ihr so fesselnd referiert habt, der sie nicht freigibt?«

Klingenthal krächzte irgendetwas. Er kam sich vor wie ein Ochse, der willenlos am Nasenring geführt wird.

»Wir müssen gute Freunde werden.« Endlich ließ Madame seine Hand los. »Sicher fragt Ihr Euch, was es mit dieser Kiste, die an einen Sarg erinnert, auf sich hat. Nun, es ist die Transportkiste, in der das Materiel für meinen David ankam. Gleichzeitig ist sie mein Bett, in das ich mich lege, wenn die Arbeit mich ermüdet hat, oder, wie jetzt, wenn ich ein wenig außer Atem bin.«

Klingenthal sah, dass Madame hektische Flecken im Gesicht hatte, dass sie ein wenig aufgelöst wirkte, doch er fand, dass ihr das ausgezeichnet stand. Erstaunt beobachtete er, wie sie sich plötzlich erhob und sich mit einer geschmeidigen Bewegung in die Kiste legte. Ihr ausladender Reifrock bauschte sich über die Kanten. Sie schloss die Augen und kreuzte die Hände über der Brust. Was sollte das? Klingenthal konnte sich keinen Reim darauf machen. War Madame übel geworden?

Verwirrt beugte er sich über sie und wollte sie fragen, was mit ihr los sei, ob er Hilfe holen solle oder sonst etwas tun könne, doch zu seiner Überraschung zog sie ihn mit einer schnellen Bewegung zu sich hinunter in die Kiste und begann ihn zu küssen.

»Verzeiht, Madame, dass ich störe …«

Klingenthal und Madame fuhren hoch und erblickten Alena, die mit weit aufgerissenen Augen in der Ateliertür stand.

»Oh, Alena!« Madame schien nicht im Mindesten verlegen. »Da seid Ihr in einer Situation dazugekommen, die

Euch einiges vermuten lässt, aber ich darf Euch versichern, es ist nicht so, wie es scheint. Mir war nur gerade ein wenig schwindelig geworden – die Aufregungen der letzten Tage, versteht Ihr –, weshalb ich das Bewusstsein für ein paar Sekunden verlor und in die Kiste fiel. Meister Klingenthal wollte mir gerade wieder heraushelfen.«

»Natürlich, Madame, natürlich. Ich wäre nie darauf gekommen, dass es sich anders verhalten könnte.«

Klingenthal hörte Ironie in Alenas Stimme, aber das schien nur ihm so zu gehen und keineswegs Madame, denn diese sagte: »In jedem Fall seid Ihr zur rechten Zeit gekommen, liebe Alena, die Führung für Meister Klingenthal war ohnehin zu Ende, und wir wollten gerade gehen. Sagt, hat Göttsche sich über die Strümpfe, die ich ihm übergeben ließ, gefreut?«

»Ich weiß es nicht, Madame, vermutlich ja.« Alena konnte in der Tat auf die Frage keine Antwort geben, denn als sie in die Küche gekommen war, hatte Göttsche gerade die letzten Löffel seines Milchbreis verzehrt, mit einem Gesicht, das aussah wie drei Tage Regenwetter. Aber das mochte auch an dem seltsamen Aufzug liegen, den er zur Schau trug: Er hatte rote Strümpfe angehabt und neue Schuhe dazu, alles in allem eine Erscheinung, die lächerlich wirkte und seiner stets angestrebten Würde nicht entsprach.

»Das ist schön.« Madame stieg aus der Kiste. »Ich will zu ihm gehen und ihm meine guten Wünsche persönlich übermitteln. Ihr, Alena, könnt derweil schon die Feder spitzen. Es gilt, neue Einladungen zu schreiben, und zwar für kommenden Sonnabend, den achtzehnten.«

»Jawohl, Madame.«

Alena hatte eine steile Falte auf der Stirn.

Der darauffolgende Dienstag sah einen Klingenthal, der scheinbar ziellos durch die Potsdamer Straßen irrte, hier fragte, sich dort erkundigte und nicht recht zu wissen schien, was er wollte. Doch das war nicht der Fall, im Gegenteil. Klingenthals Herumirren hatte einen ganz bestimmten Grund: Er wollte den Handschuhmacher finden, der die seltsamen groben gelben Fingerlinge herstellte, die von den toten Katusow, Søderborg und von Reckwitz getragen worden waren.

Ein Straßenjunge hatte ihn in die Nähe des Nauener Tors geschickt, wo es in einer Seitengasse einen Handschuhmacher geben sollte. Klingenthal seufzte, als er vor der verwitterten Tür stand, auf der ein paar verblasste Buchstaben zu erkennen waren:

Claus-Walter Hofstätt
Handschuhe

stand da in kursiven Lettern zu lesen. Offenbar war er hier richtig. Klingenthal seufzte erneut. Ob seine Suche endlich erfolgreich sein würde? Auf sein Klopfen hin hörte er ein Brummen von drinnen, was er als Aufforderung zum Eintreten auffasste. Die Werkstatt, die er betrat, war sehr klein. Sie hatte nicht die großzügigen Ausmaße von Madames Bildhaueratelier, sondern erinnerte eher an einen Kaninchenstall.

Klingenthal blinzelte, denn er musste sich erst an das schummrige Licht gewöhnen. »Verzeiht, wenn ich störe, spreche ich mit dem Handschuhmacher Hofstätt?«

»Wer will das wissen?«, kam die nicht eben freundliche Gegenfrage von einem älteren Mann mit eisgrauem Haarkranz, der an einem verwitterten Werktisch saß. Im Licht der Kerzen erkannte Klingenthal darauf verschiedene Scheren und Ledersorten, dazu feines Nähzeug, farbige Perlen, Glassteinchen, Flitter und anderen Zierrat. Auf dem Boden lagen etliche Lederschnipsel, die offenbar beim Anfertigen von Zuschnitten angefallen waren. »Mein Name ist Klingenthal«, sagte er.

»Ja, und?«

Klingenthal biss sich auf die Lippen. Der Mann war nicht gerade zuvorkommend, aber es hatte keinen Zweck, ihm eine gebührende Antwort zu geben, schließlich wollte er etwas von ihm. »Seid Ihr der Handschuhmacher Hofstätt?«, wiederholte er.

»Und wenn es so wäre?«

»Würde ich nicht umhinkommen, Euch ein Kompliment zu machen. Nicht wenige Eurer Fingerlinge gelten als die schönsten der Stadt.« Klingenthal kam sich schäbig vor wegen dieses plumpen Anbiederungsversuchs, aber er glaubte, keine andere Wahl zu haben. Irgendwie musste er die Abwehrhaltung des Mannes durchbrechen.

»Ja, ich bin Meister Hofstätt.« Die Stimme des Alten klang etwas zugänglicher. Er schien gegen Schmeicheleien nicht ganz gefeit zu sein.

»Ich möchte bei Euch ein paar Handschuhe kaufen.«

»Das möchten viele, aber so einfach ist das nicht. Jedes Paar ist eine Spezialanfertigung, die dem Träger von mir sozusagen auf die Hand geschneidert wird. Bevor ich anfange, brauche ich erst einmal Eure Maße.«

Klingenthal ließ seinen Blick schweifen. In Wahrheit wollte er keine maßgefertigten Handschuhe, er wollte solche, wie sie Katusow, Søderborg und von Reckwitz getragen hatten. Die Frage war nur, ob Hofstätt solche Fingerlinge anbot. »Ich suche Handschuhe, die von gelber Farbe und grober Machart sind«, sagte er zögernd. »Stellt Ihr solche her?«

Hofstätt schwieg.

Klingenthal wiederholte seinen Satz.

»Vielleicht ja, vielleicht nein«, brummte Hofstätt.

»Aber da liegen ja welche!«, rief Klingenthal, der mehrere Paare der genannten Fingerlinge in einer Ecke entdeckt hatte. »Ich möchte ein Paar kaufen.«

»Die sind alle vorbestellt«, sagte Hofstätt abweisend.

»Darf ich fragen, von wem?«

Hofstätt schüttelte den Kopf. »Dafür, dass Ihr nur ein Paar Handschuhe kaufen wollt, stellt Ihr ziemlich viele Fragen.«

Klingenthal sah ein, dass er, wollte er sich nicht verdächtig machen, so nicht weiterkam.

»Ich wundere mich nur«, sagte er leichthin, dass Ihr so viele gleich aussehende Fingerlinge anfertigt, normalerweise ist jedes Paar doch ein Ausdruck von Individualität?«

Hofstätt griff zur Zuschneideschere und begann, das Oberteil eines Handschuhs aus einem Stück Ziegenleder zu schneiden. Er ließ sich Zeit mit der Arbeit. Klingenthal dachte schon, er würde keine Antwort erhalten, da sagte der Alte: »Diese Exemplare sind ein gängiges Modell. Nichts Besonderes. Es sind Handschuhe für den täglichen Gebrauch, die gern getragen werden.«

Ja, besonders von Toten, dachte Klingenthal, hütete sich aber, den Gedanken auszusprechen. Er machte einen neuen Versuch: »Wer hat solche Handschuhe denn in letzter Zeit gekauft?«

Hofstätt runzelte die Brauen. »Ich bin ein alter Mann, ich kann mich nicht erinnern.«

»Kennt Ihr einen Fürsten Katusow oder einen Grafen Søderborg?«

»Nie gehört.«

Klingenthal glaubte dem Alten kein Wort und hielt ihn mittlerweile für höchst verdächtig, mit den rätselhaften Todesfällen etwas zu tun zu haben. Andererseits hatte Hofstätt kein erkennbares Motiv. Also eine Sackgasse? In jedem Fall galt es, in den Besitz eines Paars der gelben Fingerlinge zu kommen. Da er nicht auf die Anfertigung eines eigenen Paars warten wollte und auch nicht an die vorbestellten Exemplare herankam, würde ihm nichts anderes übrig bleiben, als eines mitgehen zu lassen. »Wie lange braucht Ihr nach dem Maßnehmen zur Anfertigung?«, fragte er, um den Alten abzulenken.

»Ein bis zwei Wochen bis zur ersten Anprobe, danach sind häufig noch Kleinigkeiten zu ändern, aber eines sage ich Euch gleich: Vor Weihnachten wird es nichts mehr, ich habe so viel zu tun, ich weiß gar nicht, wo mir der Kopf steht. Alle Welt will Handschuhe.«

»Was Ihr nicht sagt.« Klingenthal ließ mehr oder weniger geschickt ein Paar der Gelblinge in seiner Rocktasche verschwinden und schickte ein stilles Gebet zum Himmel: Erhabener!, flehte er, Deine Barmherzigkeit sei gepriesen, verzeih mir, dass ich gegen das Siebte Gebot verstoße, aber ich habe keine andere Wahl. Ich verspreche, wenn möglich, die Fingerlinge zurückzubringen. Laut sagte er: »Wenn Ihr so wenig Zeit habt, Meister Hofstätt, will ich im neuen Jahr noch einmal kommen. Für heute danke ich Euch. Ein frohes Weihnachtsfest und Gott befohlen.«

Der Alte murmelte irgendetwas und beugte sich bereits wieder über seine Arbeit.

Rasch verließ Klingenthal die Werkstatt.

Auf dem Weg zurück in die Breite Straße wälzte Klingenthal ein Knäuel von Gedanken in seinem Hirn. Warum war Hofstätt so unhöflich, um nicht zu sagen, abweisend gewesen? Hatte er etwas zu verbergen? Und wenn ja, was? Hatte er die Toten gekannt? Hatte er ihnen die gelben Handschuhe verkauft? Für wen waren die Handschuhe, die in der Ecke lagen? Waren es Menschen, die ebenfalls sterben sollten? Fragen über Fragen, und Klingenthal hatte keine einzige Antwort. Wenn nur wenigstens klar wäre, woran die Toten verschieden waren! Zuckungen, unkontrollierte Bewegungen und Atemnot, wie sie bei von Reckwitz und Katusow aufgetreten waren, konnten Symptome für viele Krankheiten sein.

Klingenthal grübelte und blieb stehen. Ihm war eingefallen, dass Madame erzählt hatte, Professor Selle, Friedrichs Leibarzt, habe den toten Katusow untersucht. Was war, wenn er den Professor in seinen Ordinationsräumen aufsuchte und ihn befragte? Vielleicht tat sich da eine Fährte auf?

Er beschloss, dem Gedanken sofort die Tat folgen zu lassen, und lenkte seine Schritte nach Sanssouci. Alena würde wahrscheinlich auf ihn warten, aber darauf wollte er jetzt keine Rücksicht nehmen. Alena. Wie zornsprühend sie ausgesehen hatte, als sie in Madames Atelier getreten war und ihn mit der Hausherrin in enger Umarmung überrascht hatte! Verständlich, ihre Reaktion. Andererseits hatte er sich nichts vorzuwerfen, er hatte Madame in keinerlei Hinsicht zu ihrem unsittlichen Tun ermutigt.

Fort mit den fruchtlosen Überlegungen, denn da kam das Schloss in sein Blickfeld! Klingenthal wandte sich wieder seinem Vorhaben zu. Den Professor gut zu kennen, konnte er nicht gerade behaupten, wahrhaftig nicht. Wenn man von seinem Auftritt bei der Tafelrunde einmal absah, gab es keine Berührungspunkte zwischen ihm und dem Arzt. Dennoch musste er versuchen, mit ihm zu sprechen. Aber wie sollte er erklären, warum er mehr über den Tod Katusows wissen wollte? Egal, irgendetwas würde ihm schon einfallen.

Als er das weitläufige Gelände betrat, lief ihm ein Gärtnergehilfe über den Weg. Er erkundigte sich nach dem Ordinationsraum des Professors und erhielt bereitwillig Auskunft. Wenige Augenblicke später stand er vor der Tür und klopfte.

Nichts.

Klingenthal klopfte erneut und spitzte die Ohren. Nichts, keine Reaktion. Das konnte nur eines bedeuten: Selle war nicht anwesend. Ohne nachzudenken, drückte Klingenthal die Klinke nieder, und siehe da, die Tür öffnete sich!

Nach kurzem Zögern trat er ein. Vielleicht gab es irgendwo eine Aufzeichnung Selles über die Untersuchung Katusows? Einen Bericht? Einen Totenschein mit Todesursache oder Ähnliches?

Klingenthal begann sich umzusehen. Der Raum war karg eingerichtet, an ärztlicher Ausrüstung enthielt er nur das Nötigste wie Bruchladen zum Schienen von Frakturen, eine Schüssel mit darin liegenden eisernen Schnäppern, um den Aderlass zu ermöglichen, Verbandszeug, einen Satz Trepanbohrer zur Schädelöffnung, Lanzetten, Skalpelle, scharfe Löffel und Ähnliches. Dazu kamen zwei weiße Schränke, von denen einer Glastüren aufwies, hinter denen ein Sortiment an Gläsern mit Heilkräutern erkennbar war. Kein Wunder, sagte Klingenthal sich, dass Selle vergleichsweise bescheiden ausgerüstet war, schließlich diente er mit seiner Kunst fast ausschließlich dem König, und dieser hatte ein überschaubares Maß an Krankheiten. Böse Krankheiten zwar, aber überschaubar.

Auf dem Tisch an der Wand lagen ein paar Papiere, darunter mehrere schmale Bücher. Notizbücher vielleicht? Klingenthal schaute nach und wurde enttäuscht. Die Bücher waren eher Kladden und enthielten nur uninteressante Aufzeichnungen über herbale Experimente mit Buschwindröschen, Sägepalme und Kürbiskernen, was den Schluss nahelegte, dass Selle oder einer seiner Patienten an Prostatabeschwerden litt. Ein anderes Heft enthielt Gedichte, offenbar hatte Selle auch eine poetische Ader. Das letzte Heft war eine Art Tagebuch, das Selle offenbar dann führte, wenn der Dienst es ihm nicht erlaubte, abends nach Berlin in sein Heim zurückzukehren. Alles in allem: unergiebig.

Ärgerlich legte Klingenthal die Aufzeichnungen wieder an ihren Platz und fuhr im selben Augenblick zusammen. Er hatte ein Geräusch gehört. Schritte! Ja, Schritte, die sich näherten. Seine Gedanken überschlugen sich. Wenn Selle kam, wie konnte er ihm sein Hiersein erklären? Was sollte er sagen? Dass er an Katusows Todesursache interessiert war? Dass er glaubte, Katusow und seine Leidensgefährten seien ermordet worden? Unsinn. Selle würde ihn für verrückt erklären. Was also tun?

Verzweifelt blickte Klingenthal sich um. Da, der weiße Schrank, der keine Glastüren hatte! Der konnte die Rettung sein. Er öffnete einen Flügel der Tür und schlüpfte hinein, ohne auf das klappernde Geräusch zu achten, das er dabei verursachte. Er schloss den Flügel so weit, dass er nur noch einen winzigen Spalt offen stand. Hoffentlich bemerkte Selle das nicht, wenn er kam.

Es war doch Selle, der sich da näherte?

Ja, er war es. Klingenthal sah seine rundliche Gestalt den

Raum betreten. Jetzt nur keine Geräusche machen! Stumm wie ein Fisch musste er sein. Klingenthal hielt den Atem an und beobachtete Selle, der in aller Seelenruhe an den Tisch trat, einen Kerzenleuchter entzündete und sich setzte.

Oh, Höchster im Himmel, Deine Güte ist unermesslich, aber lass Selle nicht so lange da sitzen!

Doch Gott schien Klingenthal nicht gehört zu haben, denn der Leibarzt des Königs machte es sich nun erst recht bequem, griff zu Tinte und Feder, um mit Bedacht in eines seiner Bücher zu schreiben. Dabei schnaufte er, hob eine Gesäßbacke und furzte vernehmlich – denn natürlich wähnte er sich allein.

Klingenthal im Schrank hätte lachen mögen, wenn die Situation nicht so ernst gewesen wäre. Und so eng. Er stellte fest, dass sein linker Knöchel zu jucken begann. Auch das noch! Er versuchte, den Juckreiz zu ignorieren, doch je mehr er sich darum bemühte, desto stärker wurde sein Wunsch, sich zu kratzen. Schließlich gab er nach. Aus Platzmangel sank er senkrecht in die Knie und bemühte sich, an den Knöchel heranzukommen. Er schätzte, dass zwischen seiner Hand und der angestrebten Stelle höchstens noch eine Entfernung von drei Zoll bestand. Jetzt nur noch zwei. Jetzt … ein kräftiges Klappern ließ ihn zusammenfahren. Was war das gewesen?

Zu Klingenthals namenlosem Schrecken erhob sich Selle und kam auf ihn zu. Natürlich hatte auch er das Geräusch gehört und wollte nun nach der Ursache forschen. Klingenthal kam sich vor wie ein Liebhaber, der sich versteckt hat, um nicht *in flagranti* erwischt zu werden.

Selle schnaufte und murmelte: »Ist dir schon wieder ein Knochen heruntergefallen, Hans?«

Hans? Klingenthal verstand nicht. Er wusste nur, dass er

jeden Augenblick entlarvt werden würde. Der andere Flügel der Tür wurde geöffnet. Selles dickes rotes Gesicht erschien. Klingenthal machte sich so klein, wie es eben ging, drückte sich wie ein Gecko in die Dunkelheit der anderen Schrankseite. Doch seine Sorge war unbegründet, denn Selle sah ihn nicht, vielmehr bückte er sich und suchte den Boden des Schranks nach irgendetwas ab. Wonach suchte er?

Aus den Augenwinkeln spähte Klingenthal nach unten und erkannte die Füße und die Beine eines Skeletts. Ein Skelett? Klingenthal staunte. Noch mehr aber staunte er darüber, dass Selle ihn nicht gesehen hatte. Unfassbar, wie konnte das sein? Wenn überhaupt, gab es dafür nur eine Erklärung: Was man nicht zu sehen erwartete, das sah man auch nicht. Wahrscheinlich lag es daran.

Nichtsdestoweniger wusste er nun, dass er neben einem Skelett stand, einem Skelett namens Hans. Wer immer der Mann gewesen war, dem einst die Knochen gehörten, seine sterblichen Überreste hatten ihren letzten Platz in einem von Selles Schränken gefunden. Klingenthals Gedanken kreisten. Hatte Selle ihn gekannt? War Hans womöglich ein ärztlicher Kunstfehler, den Selle zu verantworten hatte? War Hans vielleicht eines natürlichen Todes gestorben, an Altersschwäche etwa? Oder war er ein Verbrecher, den man gehängt hatte und dessen Gebeine der wissenschaftlichen Forschung zugeführt worden waren? Klingenthal wusste es nicht. Merkwürdig war nur die vertraute Art, mit der Selle das Skelett behandelte.

Klingenthal fühlte Beklemmung. Er hatte während seines Studiums schon häufiger Skelette gesehen, spektakuläre Exemplare, deren zweihundertundsechs Knochen mittels Schrauben und Klammern zusammengehalten wurden, doch er war noch nie einem Knochenmann so nahe gewesen, so unausweichlich nahe.

»Hans, Hans, was machst du nur.« Selle schnaufte, während seine Finger weiter den Boden des Schranks abtasteten. »Ah, was haben wir denn da? Ein *Os costa*, wenn mich nicht alles täuscht. Hans, du solltest besser auf deine Rippen achtgeben, sonst bist du irgendwann nur noch Stückwerk, und Stückwerk nützt der Wissenschaft nichts, wie ich hinzufügen möchte. So, mein Hans, nun verlasse ich dich, gehab dich wohl. Gleich morgen bei Tageslicht will ich dich wieder hervorholen und reparieren.«

Selle richtete sich ächzend auf und schloss die Schranktür, wobei er irgendetwas von *Arthritis* und einer lädierten *Patella* murmelte. Klingenthal stand da in stockdunkler Finsternis und fragte sich, ob er das alles eben wirklich erlebt hatte. Aber es war wohl so, denn er hörte Selle weiter vor sich hin murmeln, etwas, das nach »Für heute ist's genug. Ich will nun fort, die Frau wartet schon« klang.

Klingenthals Herz tat vor Freude einen Sprung. Wenn er richtig verstanden hatte, wollte Selle verschwinden – und ihn dadurch aus der Situation erretten.

Und so geschah es.

Klingenthal versuchte seinen noch immer jagenden Puls zu beruhigen, zählte langsam bis hundert und trat dann vorsichtig aus dem Schrank. Wieder berührte er dabei unbeabsichtigt das Skelett. Hans quittierte seine Unachtsamkeit mit erneutem Geklapper. Doch diesmal schien nichts heruntergefallen zu sein. Klingenthal seufzte erleichtert. Wirklich seltsam, einem Skelett einen Namen zu geben, dachte er. Hans … Irgendwie kam ihm der Name bekannt vor. Und dann fiel es ihm ein: Selles Assistent hatte ebenfalls Hans geheißen.

Hans von Reckwitz.

Friedrich der Große verbrachte den Abend dieses Tages mit dem Schreiben von Randverfügungen. Wie immer wirkte die Tätigkeit sich nachteilig auf seine Laune aus. Einem Offizier, der um seinen Abschied gebeten hatte und danach anderen Sinnes geworden war und um Wiedereinstellung bat, beschied er: *Die Armee ist kein Bordell, wo man herein- und herausläuft, hat er* quittirt, *so hat er keine* Ambition, *und dergleichen Offiziere sind mir ein Greuel.*

Beim nächsten Anliegen begann er zu schimpfen: »Diese Opernleute! Sie erregen mir die Galle. Schon wieder ein Bittgesuch um mehr *Support.* Aber daraus wird nichts. Man kann sich auch mit geringerem Geld gegenseitig ansingen!« Er tauchte die Feder ins Tintenfass und schrieb erbost: *»Die Opernleute sind solche Kanaillen-Bagage, dass ich sie tausendmal müde bin!«*

»Sire, die Opernleute dienen der Kunst,«, versuchte Lucchesini, der neben Friedrich am Schreibtisch stand, zu beschwichtigen.

»Und ich diene meinem Staat. Bettele ich deshalb ständig andere an? Ich frage Euch, *mon cher:* Wozu soll ein Tänzer in der Oper mehr Geld erhalten? Alles muss sein Maß haben, und die Gehälter derer, die dem Staat nütze sind, müssen höher sein als die Gagen von Leuten, die ihm nur durch Luftsprünge dienen.«

»Jawohl, Sire.« Lucchesini sah ein, dass Friedrich nicht zu besänftigen war.

»Wenn ich den Opernleuten mehr Geld geben soll, müsste ich es mir woanders holen.«

»Oh, das wird nicht nötig sein, Sire.« Lucchesini ahnte, worauf Friedrich hinauswollte.

»Durch eine neue Steuer. Eine Handschuhsteuer vielleicht.«

Lucchesini fragte sich, warum Friedrich ausgerechnet das Tragen von Handschuhen besteuern wollte, aber der König hatte in der Vergangenheit schon ganz andere Dinge mit einer *Accise* belegt, und insofern war sein Ansinnen nicht weiter verwunderlich.

»Sire«, sagte Lucchesini, der sich als Italiener der Oper besonders verbunden fühlte, »natürlich könntet Ihr eine Handschuhsteuer einführen, um die Kunst zu unterstützen, aber bedenkt bitte, auf wie vielfältige Weise Ihr und der Staat schon durch die Herstellung und den Verkauf von Handschuhen profitieren.«

»Non-sense.« Friedrich winkte ab und nahm eine Prise. Wie üblich hob seine Laune sich dadurch etwas, wodurch Lucchesini sich ermutigt fühlte, weiter für die Kunst und die Oper Partei zu ergreifen und von einer Handschuhsteuer abzuraten. »Sire«, sagte er, »ein Paar Handschuhe, das etwa drei Reichstaler kostet, bringt dem Staatssäckel zunächst klingende Münze durch den Bauern, der seine Ziegen versteuern muss.«

»Ziegen?« Friedrich hatte nicht zugehört, denn er beschäftigte sich bereits mit den nächsten Gesuchen.

»Die Ziegen liefern das Leder für die Handschuhe. Das Leder muss in der Stadt verkauft werden, wodurch *Accise*- und Wegegeld erhoben werden können. Der Handschuhmacher, der das Leder bearbeiten lassen muss, gibt dafür dem Glätter und Schleifer Bares, der davon wiederum den Bäcker, Fleischer, Brauer, Fischer, Schneider und Schuster bezahlt, deren Waren ebenfalls schon *veracciset* sind. Die Hersteller von Perlen, Spitzen und Flitter leben ebenfalls durch den Handschuhmacher und tragen mit dem, was sie verdienen, zur *Accise* bei. Der Lederfärber wiederum versteuert den Erwerb der Farbe, ebenso wie der Handschuhmacher Werkzeuge wie Nadel und Faden, Scheren, Messer und so weiter kaufen muss, die ebenfalls schon *veracciset* sind. Nicht minder *veracciset* ist seine Werkbank, denn der Tischler musste das Holz und der Schlosser das Eisen versteuern und beide von ihrer Nahrung die *Consumtions-Accise* entrichten …«

Ein krachender Nieser unterbrach Lucchesinis Argumentationsbemühungen. Friedrich hatte eine zweite Prise genommen und lächelte. »Ich weiß, *mon cher*, wie sehr Ihr das Singen und Hüpfen im Opernhaus schätzt, aber ich werde den Kanaillen dort dennoch nicht mehr geben, als sie bisher bekommen haben.«

Lucchesini, der kleine lebhafte Marchese, straffte sich. »Das ist, wenn ich es frei heraus sagen darf, schade.«

»Aber ich habe einen Trost für Euch.« Friedrich lächelte noch breiter.

»Ja, Sire?«

»Ich werde auch keine Handschuhsteuer einführen.«

Klingenthal stand im Ordinationsraum und wusste nicht, was er tun sollte. Alles in ihm sagte, er solle sich so rasch wie möglich aus dem Staub machen, doch es gab da etwas, das ihn daran hinderte: seine Neugier. Er öffnete den Schrank ganz und betrachtete das Skelett. Viel konnte er nicht sehen, denn Selle hatte beim Gehen den Kerzenleuchter gelöscht, und nur noch das fahle Licht von draußen gab dem Raum Helligkeit.

Das Skelett.

Klingenthal betrachtete es von Kopf bis Fuß und fragte sich, ob es sich um das Knochengerüst handelte, das einst dem Mann gehört hatte, der in seinen Armen gestorben war: Hans von Reckwitz. Er rief sich das Aussehen des Mannes ins Gedächtnis und verglich es mit der Form des Totenschädels. Er überprüfte die Größe und fragte sich, ob sie der von Selles Assistenten entsprach. Vergeblich. Es konnte von Reckwitz sein – oder auch nicht. Wenn dem so war, dann war Selle in höchstem Maße verdächtig, seinen Assistenten umgebracht zu haben. Aber wie? Als Arzt standen ihm dazu viele Möglichkeiten offen. Und warum? Nun, auch da gab es viele Möglichkeiten. Vielleicht hatte von Reckwitz auch bei Selle Schulden gehabt und diese nicht zurückzahlen wollen? Andererseits: Tötete man deshalb einen Menschen? »Hans«, murmelte Klingenthal, »schade, dass du nicht sprechen kannst. Ich weiß zwar noch nicht, wie ich es fertigbringen soll, aber ich werde Professor Doktor Selle ein paar unangenehme Fragen stellen.«

Er wandte sich ab und wollte gehen, da entdeckte er einen Nebenraum, der ihm beim Eintreten nicht aufgefallen war. Sollte er den Raum ebenfalls untersuchen? Gab es darin vielleicht ein weiteres Indiz für die Schuld von Selle?

Klingenthal ging mit raschen Schritten hinüber – und wurde enttäuscht. Der Raum war klein, kahl und nahezu leer. Nur ein einzelner Tisch stand in der Mitte, ein Seziertisch, wie er feststellte, dazu ein einsames Regal an der Wand. Nichts von Interesse. Oder doch? Was war das? Da schimmerte doch etwas gelb! Klingenthal trat an das Regal und glaubte seinen Augen nicht zu trauen. Ein Paar Handschuhe lag da. Genau von der Art, wie die Toten sie getragen hatten. Er nahm die Fingerlinge auf und betrachtete sie genau. Ja, ein Zweifel war ausgeschlossen, es waren die unheilvollen Handschuhe, deren Bedeutung noch immer ein Rätsel war.

Nur, wer hatte sie getragen? Hans, das Skelett, das vielleicht einmal Hans von Reckwitz gewesen war? Oder Fürst Katusow, dessen Leiche Selle untersucht hatte? Am Ende vielleicht sogar Graf Søderborg?

Selle würde die Antwort wissen.

Selle, immer wieder Selle.

Dass er nicht früher auf den Mann gekommen war!

Klingenthal beschloss, die Handschuhe genauestens zu untersuchen, vielleicht brachte ihm das weitere Erkenntnisse. Deshalb steckte er das gefundene Paar ein und legte dafür das bei Hofstätt gestohlene ins Regal. So würde Selle nicht merken, dass er die Fingerlinge mitgenommen hatte. Er würde nicht ahnen, dass ihm jemand auf die Spur gekommen war.

Und sich in Sicherheit wiegen.

Umso größer würde seine Überraschung sein, wenn Klingenthal ihm die Morde auf den Kopf zusagte.

Noch in derselben Nacht nahm Klingenthal die Handschuhe mit auf seine Kammer in Madames Palais. Er schätzte sich glücklich, dass er Alena nicht begegnet war, denn er ahnte, dass er sich einiges von ihr würde anhören müssen. Die Szene mit der Hausherrin in der mit violettem Atlas ausgeschlagenen Kiste war wirklich mehr als peinlich gewesen.

Doch darum wollte er sich jetzt nicht kümmern.

»Ahoi, was sind das für Handschuhe?«, begrüßte ihn der Schiffer.

»Das frage ich mich auch«, sagte Klingenthal.

»Zur Feldarbeit taugen sie jedenfalls nicht«, sagte der Landmann, der ausnahmsweise einmal wach war.

»Auch nicht zum Schutz vor Hieb und Stich«, befand der Söldner.

Der Schultheiß sagte: »Sie sehen grob aus, aber sie scheinen durabel zu sein.«

»Und neu«, ergänzte die Magd.

Das Burgfräulein empörte sich: »Was heißt das schon! Die Dinger sind absolut untragbar, allein dieses scheußliche Gelb – *impertinent!*«

»Halt den Mund, du Hure, was verstehst du schon von Farben! Auch mein schönes Sanssouci ist gelb!«, brüllte Friedrich, die Puppe.

Klingenthal räusperte sich. »So kommen wir nicht weiter. Wir müssen der Reihe nach vorgehen.«

»Ganz meine Meinung«, pflichtete der Schultheiß bei. »Schau dir die Handschuhe zunächst von außen an, vielleicht entdeckst du etwas Auffälliges.«

Klingenthal nahm die Fingerlinge genau in Augenschein, konnte aber nichts Ungewöhnliches sehen. Nur an einer Stelle zeigte jedes der beiden Exemplare einen Aufdruck. Er war identisch mit der Schrift, die sich auf Hofstätts Werkstatttür befand:

Claus-Walter Hofstätt
Handschuhe

Die Lettern waren blau und winzig klein. Klingenthal hielt die Luft an. Selle, der aus irgendeinem unerfindlichen Grund die Fingerlinge nicht hatte verschwinden lassen, musste diese von Hofstätt haben. Selle und Hofstätt, die beiden standen offenbar in Verbindung.

Klingenthal nahm sich vor, den Handschuhmacher in Kürze erneut aufzusuchen.

Was hatten die Handschuhe sonst noch an Besonderheiten aufzuweisen? Nun, eigentlich nichts. Beide bestanden aus dem umhüllenden Leder für vier Finger und einen Daumen. Das Material war entweder Kalbs- oder Ziegenleder. Es gab einen linken und einen rechten Handschuh. Die Größe schien etwas überdurchschnittlich. Klingenthal fragte sich, ob ihm die Handschuhe passen würden, und machte Anstalten, sich einen überzustreifen.

»Wenn das der Handschuh von Katusow ist, würde ich ihn nicht anziehen«, warnte der Schultheiß.

»Wieso?«, fragte Klingenthal.

»Gleiches gilt, wenn er dem von Reckwitz oder Graf Søderborg gehört hat.«

»Aber warum?«

Der Söldner rief dazwischen: »Bangemachen gilt nicht, Schultheiß! Vom Tragen eines Handschuhs ist noch niemand gestorben.«

»Bei allen Teredowürmern!«, brüllte der Schiffer. »Da müssten ja sämtliche Segelmacher schon zu den Fischen gegangen sein, denn jeder trägt bei der Arbeit Handschuhe.«

»Ich weiß nicht«, sagte die Magd.

»Lass es lieber, Klingenthal«, quengelte das Burgfräulein.

Friedrich, die Puppe, sagte nichts. Dann nieste sie und rief: »Weibergeschwätz! Hör nicht auf die Hure!«

»Du Gichtbock, du Geizhals, du Kaffeeriecher!«, empörte sich das Burgfräulein. »Du sprichst mit einer Dame. Leg die Handschuhe beiseite, Klingenthal, ich bitte dich.«

»Wir wollen friedlich sein«, sagte Klingenthal und setzte sich aufs Bett. »Wir machen einen Kompromiss: einen Handschuh lege ich beiseite, den anderen ziehe ich an.«

Da kein Widerspruch mehr kam, fuhr er mit den Fingern

in den linken hinein – und spürte augenblicklich eine leichte Feuchtigkeit. Hatte Katusow, oder wer auch immer den Handschuh zuvor getragen hatte, so geschwitzt? Nein, der Handschuh musste längst wieder trocken sein, andererseits die Feuchtigkeit, die er spürte, und … Klingenthal bemerkte, wie seine Gedanken sich wie Schichten übereinanderlegten, ihn schwer wie Mühlsteine niederdrückten. Er sank der Länge nach aufs Bett, die Puppen um ihn herum begannen sich zu verwirbeln wie ein Mahlstrom, schwankten, lösten sich auf, erschienen wieder, verschwanden wieder, sein Herz begann zu rasen, Zuckungen liefen durch seinen Körper, und seine Gliedmaßen erlahmten. Er riss an dem Handschuh, um sich seiner zu entledigen, hektisch, verzweifelt, unkontrolliert. Irgendwie gelang es ihm, das Leder abzustreifen und die Hand mit fahrigen Bewegungen am Betttuch zu säubern. Zu spät? Er rang nach Luft, röchelte, Speichel rann ihm aus dem Mund, und eine grenzenlose Übelkeit schnürte ihm den Atem ab. Er wollte etwas sagen, doch nur ein unartikuliertes Krächzen kam über seine Lippen.

»Hilfe, zu Hilfe«, keuchte er mit letzter Kraft. »Hilfe, zu Hilfe!«

Von irgendwoher erschien plötzlich das Burgfräulein vor seinen Augen, den Spitzhut auf dem Kopf, das zerknüllte Taschentuch in der Hand. Das Burgfräulein? Ja, ausgerechnet das schnippische, oft dünkelhafte Burgfräulein, und es sagte mit einer Stimme, in der tausend Echos mitschwangen: »Wir Puppen können dir nicht helfen, Klingenthal, wir Puppen können dir nicht helfen, Klingenthal, wir Puppen können dir nicht … Wir sind ein Teil von dir, ein Teil von dir … und sind wie du vergiftet, vergiftet … Du hättest den Handschuh niemals anziehen dürfen. … niemals anziehen dürfen. Das Einzige, was du noch tun kannst, ist, ist, ist … deinen Körper zu erleichtern, damit er sich besser wehren kann ... besser ... besser ... besser wehren kann. Wehre dich. Um deinetwillen, um unseretwillen, um Alenas willen ... willen. Versuche zu erbrechen, versuche zu erbrechen, versuche zu ...«

Klingenthal würgte, doch es gelang ihm nicht.

»Los, erbreche!«

Klingenthal sah sich außerstande. Er bekam kaum noch Luft.

»Kotzen, du sollst kotzen!«

Und dann, endlich, sprang ihm ein Schwall Nahrungsbrei über die Lippen.

Und ein großes Nichts umfing ihn.

Da wird sein Heulen und Zähneklappen, denn viele sind berufen …

Es scheint, als wären Totenlieder noch nicht vonnöten. Der Patient ist dem Knochenmann von der Schippe gesprungen, wie man so sagt. Ja, ja, alles hat seine Zeit, und die Zeit dieses Mannes ist noch nicht gekommen, auch wenn ich in den letzten fünfzig Jahren kaum ein blasseres Gesicht gesehen habe. Nur gut, dass er sich übergeben hat. Essen ist grundsätzlich von Übel, das ist das große Problem, liebe Alena. Ich sage immer, der Mensch isst sich zu Tode, denn alle Nahrung, die der Körper aufnimmt, stellt eine Belastung dar, egal, ob es schwere oder leichte Kost ist, und selbst der gesündeste Bissen muss verdaut werden, fermentiert, zerlegt, zerkleinert und schließlich durch den Darm entlassen. Das alles kostet Kraft, liebe Alena, und *Vomiertes*, also Erbrochenes, belastet nicht mehr. Was wollte ich eigentlich sagen? Ach ja: Ohne Essen wiederum geht es auch nicht, der Mensch würde verhungern. Ihr seht, so oder so ist Speise mit Vorsicht zu genießen. Wie gesagt, der Mensch isst sich zu Tode! Das seht Ihr schon an unserem allseits verehrten König Friedrich. Eigentlich sollte er nur Leichtes zu sich nehmen wie Obst, Gemüse und Ähnliches, vielleicht ab und zu auch ein wenig Geflügel. Und was tut er? Isst nach wie vor gern Kräftiges, kurz Gebratenes, scharf Gewürztes und trinkt dazu schweren Rotwein. Ein Fressen für die Gicht! Kein Wunder, dass ihm das *Podagra* von Jahr zu Jahr mehr zu schaffen macht. Ich weiß nicht, was Selle dem König rät, jedenfalls ist es das Falsche, sonst würde der Alte Fritz sich vernünftiger verhalten. Was wollte ich eigentlich sagen? Ach, ja: Um Eurer Frage zuvorzukommen, liebe Alena: Ich glaube, unser Patient hatte eine Vergiftung, auch wenn ich das nicht mehr beweisen kann, da ihr das *Vomierte* beseitigt habt. Die Speisereste wären eine Untersuchung unter dem Mikroskop wert gewesen. Nun, sei es, wie es sei, für meine Diagnose spricht auch, dass er fieberfrei ist und keine Spanischen Fliegen braucht. Im Gegenteil, seine Körpertemperatur ist zu niedrig. Ihr solltet ihm, wenn er wach wird, eine Hühnersuppe geben, die wird ihn gehörig durchwärmen.«

Klingenthal wusste nicht, wie lange er schon den singsangartigen Ausführungen zugehört hatte, aber er merkte, dass er allmählich das volle Bewusstsein wiedererlangte. Das Stichwort Hühnersuppe klang verlockend. Eine Suppe würde genau das Richtige sein, um ihn nach dem Alptraum der vergangenen Nacht wieder auf die Beine zu bringen. Er lebte, auch wenn er sich noch schwach fühlte! Er beschloss, die Augen geschlossen zu halten, und lauschte weiter der singsangartigen Stimme.

»Liebe Alena, Ihr seht mir aus, als würdet Ihr für den Patienten mehr empfinden als freundschaftliche Gefühle, nein, sagt jetzt nichts, ich bin ein alter Mann und habe Augen im Kopf; die Augen taugen zwar nicht mehr viel, aber blind sind sie noch lange nicht. Im Übrigen geht's mich ja auch nichts an, nicht wahr? Jedenfalls solltet Ihr dem Patienten Hühnersuppe bringen und ihm noch eine weitere Decke geben, damit er schneller wieder warm wird. Ach, was sind denn das für Handschuhe da? Hm, ja, wie wär's, wenn Ihr ihm die auch noch überzöget?«

»Nein!« Klingenthal riss zu Tode erschrocken die Augen auf und erblickte ein vom Zahn der Zeit gebeugtes Männchen mit einem verbogenen Kneifer auf der Nase.

Das Männchen freute sich und strich mit seinen altersfleckigen Händen über die Bettdecke. »Siehe da, unser Patient scheint aufgewacht zu sein«, sagte es. Es stand neben Alena, die ebenfalls strahlte.

»Ich bin Doktor Korn«, sagte das Männchen. »Wenn Ihr wollt, auch ›Körnchen‹, so nennt man mich im gesamten Viertel, und es macht mir nichts aus. In meinem Alter erwartet man nicht mehr viel Respekt. Man hat ihn erworben oder auch nicht. Was wollte ich sagen? Ach ja, Alena hat Anni gebeten, mich zu holen, weil sie Euch heute Morgen wie leblos im Bett vorfand, über und über beschmutzt mit Erbrochenem. Ja, Anni ist ein gutes Kind. Sie war eine Weile hier und hielt eine Art Schutzengel aus Speckstein über Euch. Ob er geholfen hat? Ich weiß es nicht, jedenfalls seid Ihr auf dem Weg der Besserung, das sagt mir Euer Puls. Er ist zwar noch nicht berauschend, doch ganz leidlich. Sagt, habt Ihr eine Vermutung, warum es Euch so schlecht ging?«

»Nein«, sagte Klingenthal zum zweiten Mal. Er hatte schon von Körnchen, dem alten Arzt, gehört, wusste auch, dass dieser sehr beliebt war, wollte ihm aber dennoch nichts über die Gründe seiner Befindlichkeit sagen.

»Hm, ja.« Körnchen überlegte. »Jedenfalls ging es Euch schlecht. Wir Ärzte kennen den menschlichen Körper noch viel zu wenig, als dass wir uns rühmen könnten, immer zu wissen, warum er wann und wie reagiert. Freuen wir uns einfach, dass es Euch besser geht. Ihr seid zwar nicht mehr ganz jung an Jahren, macht auf mich aber trotzdem noch einen sehr passablen Eindruck.«

»Danke, Herr Doktor.«

Körnchen lächelte und rückte seinen Kneifer zurecht. »Dann ist der Arzt für heute mit seiner Kunst am Ende, den Rest muss die Natur erledigen, äh ...« Er wandte sich Alena zu. »Und natürlich die liebevolle Pflege Eurer Freundin.«

Alena, Klingenthal sah es genau, errötete leicht. Er wusste nicht, warum, aber es gefiel ihm.

»Ich gehe dann jetzt. Mögen Eure Säfte zukünftig besser im Einklang stehen. Blut, Schleim, schwarze Galle und gelbe Galle wollen das rechte Gleichgewicht, wollen die *Eukrasie*. Jaja, jaja.« Körnchen klappte seine große Arzttasche zu und verließ trippelnden Schrittes die Kammer.

Als er fort war, trat Alena näher an das Bett heran. »Eigentlich sollte ich dir gehörig den Marsch blasen, Julius Klingenthal, aber das hebe ich mir auf, bis es dir wieder besser geht.« Ihre Augen blitzten dunkel, und das bedeutete: Sie meinte es ernst.

Klingenthal versuchte ein Lächeln. »Sei gnädig«, sagte er, »ich weiß auch nicht, was in Madame de Chattemont gefahren war. Erst zeigte sie mir verschiedene Sorten Sandstein, dann führte sie mich bis in die letzte Ecke Ihres Ateliers, und als ich dachte, jetzt sei alles vorbei, sank sie plötzlich in diese seltsame Kiste und zerrte mich zu sich hinab. Ich sage dir, die Frau hat ungewöhnliche Kräfte.«

»Sie wollte dich verführen.«

»Ich hatte eher den Eindruck, sie wollte mich überfallen. Aber wahrscheinlich hast du recht.«

Klingenthals freimütige Worte besänftigten Alena etwas. »Ich will mir nicht vorstellen, was passiert wäre, wenn ich nicht gekommen wäre.«

»Aber du bist gekommen.«

»Ja, geht es dir etwas besser? Heute Nacht, als ich in deine Kammer schaute, dachte ich im ersten Augenblick, du seist tot.«

Er machte eine wegwerfende Geste. »So schnell sterbe ich nicht.«

»Sag so etwas nicht, ich bin abergläubisch.«

»Was?« Klingenthal grinste. »Eine gestandene Klagefrau, ehemalige Novizin vom Orden der Karmelitinnen, voller Vertrauen in Gott, den Allmächtigen, will abergläubisch sein?«

»Mach dich nicht lustig über mich. Du hast allen Grund, kleine Brote zu backen. Sag mir lieber, was es mit den gelben Handschuhen auf sich hat. Wo hast du sie her?«

»Das erzähle ich dir, nachdem du mir die vom Arzt verordnete Hühnersuppe gebracht hast.« Was so leicht dahingesagt klang, hatte in Wahrheit einen ernsten Hintergrund, denn Klingenthal fühlte sich immer noch sehr schwach und wollte Zeit gewinnen, um seine Erlebnisse erzählen zu können.

»Himmel, ja, die Hühnersuppe, die hatte ich ganz vergessen!« Alena lief hinaus, um das Gewünschte zu holen.

Als sie fort war, streckte Klingenthal die Glieder, atmete tief und ruhig und versuchte, sich aufzurichten. Doch es ging nicht. Kaum kam er hoch, ergriff ihn wieder der Schwindel. Er stieß ein wenig druckreifes Schimpfwort aus und ergab sich in sein Schicksal. Sein Blick fiel auf die gelben Handschuhe, die so unschuldig am Fußende seines Bettes lagen. Verdammte Dinger! Eines schien jetzt klar, sie waren innen mit einem hochwirksamen, tödlichen Kontaktgift bestrichen. Anders war die Reaktion seines Körpers nicht zu erklären.

Klingenthal atmete ruhig weiter und überlegte, welches Gift dafür in Frage kam. Sein Wissen diesbezüglich war nicht besonders groß, aus dem mineralischen Bereich kannte er beispielsweise nur das Arsen, das aber im Vergleich viel zu schwach erschien – zu schwach und in seiner Wirkung zeitlich versetzt. Klingenthal grübelte weiter. Das Gift des Knollenblätterpilzes fiel ihm ein, ein pflanzliches Gift also, aber auch seine Wirkung setzte bei weitem nicht so rasch ein. Gleiches galt für die toxische Kraft des Blauen Eisenhutes, der giftigsten Pflanze, die er kannte. Welche Stoffe kamen noch in Frage? Es musste eine toxische Substanz sein, die in einer unerhörten, nie da gewesenen Art tötete. Viel schneller noch als das Gift der Kobra oder der Schwarzen Mamba. Aber welche Substanz konnte das sein?

Klingenthal seufzte, er kam nicht weiter. Wenigstens war die Todesursache bei von Reckwitz, Katusow und Søderborg geklärt. Nur nicht, wie der Mörder hieß.

Noch einmal versuchte Klingenthal, sich aufzurichten, und diesmal gelang es ihm halbwegs. Er tastete mit der Hand nach den gelben Fingerlingen und ergriff den linken. Dann ließ er sich ermattet zurücksinken. Die kleine Anstrengung hatte ihn alle seine Kräfte gekostet. Wieder atmete er lang ein und lang aus, damit sein Puls sich beruhigte. Als es so weit war, hob er den Handschuh an seine Nase und roch hinein. Sein Gesicht verzog sich. Das Innere des Handschuhs stank nach Verwesung!

Mit Mühe unterdrückte er ein erneutes Erbrechen. Welch ein *infames* Gift! Welch ein *infamer* Mörder! Klingenthal war sich darüber im Klaren, dass er sein Überleben einzig der Tatsache verdankte, dass er nur einen der Handschuhe übergestreift hatte – und auch diesen nur zur Hälfte. Außerdem mochte es eine Rolle gespielt haben, dass die vorherige

Benutzung durch einen der drei Toten die Kraft des Gifts schon geschwächt hatte.

»So, hier ist die Hühnersuppe. Ich habe dir auch eine Karaffe Wasser mitgebracht, es ist Pyrmonter Brunnen, etwas Besseres gibt es nicht für Kranke, hat Körnchen gesagt. Du sollst möglichst viel davon trinken.« Alena balancierte ein Tablett und stieß mit der Hacke die Tür zu.

»Du bist lieb. Ich habe die Handschuhe in der Ordination von Doktor Selle gefunden. Mittlerweile bin ich sicher, dass sie inwendig ein tödliches Kontaktgift aufweisen, eines, das in Sekundenschnelle wirkt. Wenn ich nur wüsste …«

»Jetzt isst du erst einmal deine Hühnersuppe und trinkst ein Glas Wasser. Anschließend kannst du mir alles erzählen.« Alena war sehr bestimmt und ließ keinen Widerspruch zu. Klingenthal blieb nichts anderes übrig, als sich zu fügen. Gehorsam ließ er sich die Suppe mit dem Löffel einverleiben. »Ich komme mir vor wie ein Kleinkind.«

»Das bist du in gewisser Hinsicht auch. Allein, wie du dich im Atelier mit Madame aufgeführt hast.«

»Hast du das immer noch nicht vergessen?«

»Stell dir vor, es wäre umgekehrt gewesen, und du hättest mich mit einem Mann erwischt. Da hätte ich dich mal sehen mögen.«

Klingenthal wollte etwas entgegnen, aber der nächste Löffel hinderte ihn daran. Als er die Suppe aufgegessen hatte, sagte er: »Jedenfalls habe ich die Handschuhe bei Selle gefunden. Sie sind von innen mit einem letalen Gift bestrichen – der Todesursache bei unseren drei Ermordeten.« Er machte eine Pause und sagte dann etwas zusammenhanglos: »Selle besitzt ein Gerippe, das er Hans nennt. Hans, wie Hans von Reckwitz.«

Alena, die eben wieder einen Löffel an Klingenthals

Lippe hielt, erwiderte: »Aber das würde ja bedeuten, dass Selle …«

»Richtig, dass Selle, der tagsüber den biederen Leibarzt für Friedrich den Großen spielt, in Wahrheit ein abgefeimter Mörder ist.«

Alena räumte die leere Schüssel fort. »Als Arzt dürfte er sich mit Giften gut auskennen. Aber bevor wir weiter grübeln, musst du mir die ganze Geschichte erzählen.«

Und Klingenthal erzählte. Etwas stockend zwar und einige Male von Schwächeanfällen unterbrochen, aber mit klaren Worten und logischen Folgerungen. Als er geendet hatte, sagte Alena: »Ein schrecklicher Gedanke, dass Selle seinen eigenen Assistenten auf so brutale Weise ermordet hat, noch schrecklicher finde ich aber, dass er ihn als ein Gerippe zu Lehr- und Anschauungszwecken missbraucht. Und dass er ihn Hans nennt, finde ich am schrecklichsten. Das erscheint mir alles andere als normal.«

»Vielleicht ist Selle nicht normal«, entgegnete Klingenthal. »Geisteskranke brauchen kein Motiv, um zu töten. Sie tun es einfach.«

»Vielleicht hast du recht. Aber wie tun sie es? Ich meine, wie hat Selle es fertiggebracht, dass seine Opfer sich die Handschuhe überzogen?«

Klingenthal ergriff Alenas Hand. »Warum stehst du eigentlich die ganze Zeit? Komm, setz dich zu mir, dann überlegt es sich leichter.«

Als Alena auf der Bettkante saß, sprach er weiter: »Selle muss sich zunächst die Handschuhe besorgt haben. Dies tat er bei Hofstätt, von dem ich dir erzählte. Anschließend präparierte er die Fingerlinge mit dem tödlichen Toxikum.«

»Ja, aber wie brachte er seine Opfer dazu, die Handschuhe anzuziehen?«

»Ich glaube kaum, dass er sie dazu aufgefordert hat. Ich glaube vielmehr, er plazierte die tödlichen Fingerlinge so, dass die Opfer sie irgendwann vorfanden.«

»Meinst du wirklich?«

»Zumindest könnte es so gewesen sein. Stell dir vor, du kämst nach Hause, gingst in deine Kammer und auf dem Tisch läge ein schöner Hut, den du nicht kennst. Was würdest du tun?«

Alena stellte sich die Situation vor. »Wahrscheinlich würde ich ihn aufsetzen, um zu sehen, ob er mir passt.«

»Siehst du. Genauso könnten von Reckwitz, Katusow und Søderborg reagiert haben. Nimm als Beispiel nur Katusow: Nachdem das *Collegium* zu Ende war, bestieg er seine Kutsche und fand darin ein Paar gelber Handschuhe vor. Er stutzte, denn es waren nicht seine. Doch er war neugierig, ob sie ihm passen würden. Also zog er sie an – und starb qualvoll.«

»Du könntest recht haben. Aber wer war es, der die Handschuhe in Katusows Kutsche legte? Selle? Der gehört gar nicht zum *Collegium.* Liegt es nicht nahe, dass der Mörder aus den Reihen des *Collegiums* stammt?«

»Doch, schon.« Klingenthal gab Alenas Hand frei und kratzte sich am Kopf. »Diese Überlegung sowie die Tatsache, dass er kein erkennbares Motiv hat, spricht für ihn. Andererseits: Die Sache mit dem Skelett namens Hans ist doch mehr als rätselhaft.«

»Rätselhaft, ja!«, erklang eine Stimme an der Tür. Madame stand im Rahmen, gekleidet und ausstaffiert, als wolle sie an diesem Vormittag auf einen Ball. »Ich hörte, dass es Euch nicht gut geht, lieber Meister, obwohl Ihr gestern noch so gesund wie ein Fisch im Wasser zu sein schient. Hoffentlich nichts Ernstes?«

Mit der größten Selbstverständlichkeit trat sie näher, setzte sich auf die andere Seite des Bettes und legte ihre Hand auf Klingenthals Schulter. »Ich hörte auch, dass Doktor Korn nach Euch gesehen hat. Was sagte er denn?«

»Es geht ihm schon wieder besser«, antwortete Alena für Klingenthal.

Madame ging nicht auf sie ein. »Lieber Meister, wenn Ihr auch nur den leisesten Zweifel an Doktor Korns Künsten hegt, so sagt es mir. Korn ist alt und tatterig, ich will gern nach Doktor Quest oder einem anderen guten Arzt schicken lassen, wenn Ihr glaubt, es sei notwendig.«

»Nein, vielen Dank. Ich rappele mich schon so wieder hoch.«

Alena nahm das Tablett mit der Schüssel, stand auf und dachte dabei: So weit, dass Madame einen Kranken verführt, wird es wohl noch nicht sein. »Ich muss in die Küche.«

Als Alena fort war, sagte Madame: »Wie beruhigend, dass es Euch schon wieder besser geht, lieber Meister. Könnt Ihr aufstehen?«

»Ich fürchte, das schaffe ich noch nicht.«

»Aber bis zum Sonnabend, ich meine, bis zum nächsten *Collegium Artis,* seid Ihr doch wieder obenauf?«

»Das denke ich schon.«

»Das ist die Hauptsache.« Madame ließ ihre Hand spielerisch über Klingenthals Brust gleiten. »Sagt, habt Ihr noch einmal über die Experimente des Herrn von Guericke nachgedacht? Ihr sagtet, der Halbkugelversuch müsse mit Pferden durchgeführt werden und Pferde könnten schwerlich in meinem Grünen Salon auftreten?«

»Das ist wahr.« Klingenthal überlegte hastig. Natürlich hatte er noch keinen einzigen Gedanken an dieses Problem verschwendet. »Nun ja, wenn die Pferde nicht in den Grünen Salon kommen können, muss der Grüne Salon eben zu den Pferden kommen.«

»Äh, wie meint Ihr?« Madame blickte fragend.

»Die Pferde würden auf den weitläufigen Hof Eures Palais geholt und dort zur Durchführung der Demonstration beitragen.«

»Ja, aber der Salon?«

»Ist gleichzusetzen mit dem *Collegium*, und das *Collegium* sitzt bei der Aufführung im Hof. Sämtliche Stühle werden so aufgebaut wie immer, jeder der Herren wird sich wie zu Hause fühlen.«

»Und wenn es nun regnet?«

»Könnte man eine große Plane über den Hof spannen.«

»*Phantastique*, das ist *phantastique!*« Madame klatschte begeistert in die Hände. »Auf diese Lösung wäre ich nie gekommen!«

Klingenthal musste lächeln über das Temperament der Hausherrin. Dass sie seinen Vorschlag so enthusiastisch aufnehmen würde, hatte er nicht erwartet. Er fügte hinzu: »Als Puppenspieler hört man viel auf den Straßen und Plätzen, Madame, deshalb weiß ich von einem Mann, einem Franzosen namens Pilâtre de Rozier, der im Anschluss an den Halbkugelversuch ein mindestens ebenso ungewöhnliches Experiment vorführen könnte, ein Experiment, das allerdings von ganz anderer Art wäre.«

»Erzählt es mir, lieber Meister! Das hört sich vielversprechend an.«

Und Klingenthal erklärte seine Idee. Sie löste bei Madame kleine Verzückungsschreie aus, unterbrochen von mehrmaligem Nesteln nach ihren Beruhigungstropfen. Sie fand sie nicht, was sie ein wenig irritierte. Am Schluss sagte er: »Die

Veranstaltung könnte unter dem Motto *Die Kraft des Nichts* stehen. Was haltet Ihr davon?«

Madame stieß weitere Verzückungsschreie aus. »Das machen wir, lieber Meister, das ist *génial*, das machen wir!«

Klingenthal konnte nicht umhin, sich geschmeichelt zu fühlen.

Friedrich der Große stand in seinem Arbeitszimmer und verabschiedete den Gesandten von Georg III., dem König von England, der gleichzeitig Kurfürst von Hannover war. Er hatte fast zwei Stunden mit ihm gesprochen, was für seine Verhältnisse eine lange Zeit darstellte. Beide waren während dieser Unterredung völlig ungestört gewesen, und kein Protokollant hatte das, was sie erörterten, schriftlich festgehalten. Die Sache, um die es gegangen war, hatte die höchste Geheimhaltungsstufe und war so delikat, dass Friedrich niemanden hatte hinzuziehen wollen. »Ich danke Euch, dass Ihr die Zeit gefunden habt, zu mir nach Sanssouci zu kommen«, sagte er.

Der Gesandte verbeugte sich mit würdevoller Miene. »Es war mir ein Vergnügen, Sire.«

»Mein *Compliment* an Euren Herrn, ich wünsche ihm von Herzen alles Gute und bin sicher, dass wir gemeinsam unser Ziel erreichen werden.« Wenn er wollte, konnte Friedrich sehr charmant sein.

Der Gesandte erwiderte: »Vielen Dank für Eure Wünsche, Sire, ich werde sie mit Freuden ausrichten und darf mich nun empfehlen.«

Friedrich nickte kurz und lächelte. Dann steuerte er seinen Schreibtisch an und setzte sich ächzend. Das spanische

Röhrchen landete auf der Arbeitsplatte, das Windspiel, das ihm um die Beine strich, bekam einen Klaps. Er nahm eine Prise, nieste krachend und überdachte noch einmal den Inhalt des Gesprächs. Gut war es gelaufen. Wie erwartet hatte der Hannoversche Kurfürst – ebenso wie schon sein Pendant aus Sachsen – Bedenken angemeldet für den Fall, dass der künftige Dreierbund unter der Führung Preußens stehen würde. Darum war es gegangen, und natürlich um Geld, um finanziellen Ausgleich, wenn Hannover auf gewisse Privilegien *renonciren* würde. Aber dafür wollte Friedrich schon sorgen. Der Vorzug, ein *Primus inter pares* zu sein, war teuer – aber nicht zu teuer. Das stand jetzt fest.

Friedrich gönnte sich eine zweite Prise und beglückwünschte sich, dass er von Natur aus zur Sparsamkeit neigte – denn dank dieses Umstands und dank seiner unnachgiebigen Steuerpolitik würden die zu verteilenden Korruptionalien bezahlbar sein. Und Joseph II., dieser Hundsfott, würde eine starke, einige Liga gegen sich haben. Noch mehr: Wenn sich weitere mindermächtige Reichsstände anschlössen, einschließlich des umworbenen Karl Theodor von Bayern, könnte endlich der Gedanke einer protestantisch dominierten Reichsreform Wirklichkeit werden, notfalls sogar mit Waffengewalt – gegen das habsburgische Österreich!

Friedrich wollte gerade, was für ihn sehr ungewöhnlich war, eine dritte Prise nehmen, als der Kammerhusar Strützky das Zimmer betrat. »Verzeihung, Sire«, sagte er, »störe ich?«

»Nein, Ihr stört nicht, Strützky.« Durch das erfolgreiche Gespräch war Friedrich extra-gnädig gestimmt.

»Der Marchese Lucchesini lässt fragen, ob Euch seine Gesellschaft angenehm wäre.«

»Sehr sogar. Holt ihn herein.« Friedrich beschloss, zunächst auf die dritte Prise zu verzichten.

»Nun, *mon cher*«, begrüßte er wenig später den kleinen Marchese, »Ihr kommt zu einem Zeitpunkt, da es mir gut geht. Zumindest im Kopf. Von den körperlichen Zipperlein wollen wir heute nicht reden.«

»Gewiss nicht, Sire.« Lucchesini folgte lächelnd Friedrichs Geste, ihm gegenüber Platz zu nehmen. »Darf ich fragen, worum es in der Unterredung eben ging?«

»Das dürft Ihr, aber Ihr werdet keine Antwort bekommen.« Friedrich lächelte, denn er war noch immer extragnädig gestimmt.

Nun lächelte auch Lucchesini. »Versteht mich nicht falsch, Sire, aber der Grund meiner Frage war weniger Neugier, als vielmehr die Sorge um Euch. Ihr könnt nicht alles allein machen, wenn ich das sagen darf. Kein Mensch kann das auf Dauer. Früher oder später braucht man jemanden, dem man sich anvertrauen kann. Für diesen Fall biete ich mich gerne an.«

»Das ist sehr freundlich von Euch.« Friedrich war nach wie vor gut gelaunt, wenn vielleicht auch nur noch gnädig gestimmt. »Aber es gibt Dinge, die muss ich allein machen, und diese Sache gehört dazu.«

»Ich verstehe, Sire«, gab Lucchesini geschmeidig nach. »Wahrscheinlich habt ihr recht. Umso wichtiger scheint mir Eure Unterhaltung und Zerstreuung. Apropos: Wo ist denn Euer Vorleser, Charles Dantal?«

»Ich habe ihm freigegeben. Er wollte nach Berlin zu seinen Eltern.«

»So, so.« Lucchesini zog die Stirn kraus.

Friedrich bemerkte es und fragte: »Was ist daran so ungewöhnlich, wenn ein *convenable* erzogener junger Mann seinen Eltern die Aufwartung macht?«

»Nichts, Sire. Wenn es so wäre, hätte alles seine Ordnung.«

Friedrichs Gesicht bekam etwas Lauerndes. »Und das hat es in diesem Fall nicht, das wolltet Ihr doch andeuten, oder?«

»Sire, Ihr habt es erraten. Es liegt mir fern, Dantal anschwärzen zu wollen, aber man hört, dass er weniger seine Eltern, als vielmehr Madame de Chattemont zu besuchen pflegt.«

»Sapperlot, jetzt schlägt's aber dreizehn! Das glaube ich nicht. Wenn er mir sagt, er geht zu seinen Eltern, dann geht er zu seinen Eltern.«

Lucchesini zuckte vielsagend mit den Schultern.

»Wenn ich Euch so höre, könnte ich meinen, auch Ihr wäret ein Spion.«

»Sire, wenn das Umhören bei Hofe zum Wohle des Königs Spionage genannt werden muss, dann bin ich ein Spion. Glaubt mir: Meine Bemerkung über Dantal war nicht ohne Hintergrund.«

»Ich glaub's ja.« Friedrich gab widerstrebend nach. Seine Laune war nicht mehr gnädig. »Trotzdem mag ich nicht dran denken, dass der Junge mir direkt ins Gesicht lügt. Das hat noch keiner gewagt.«

»Sicher, sicher.« Lucchesini hielt es für angebracht, das Thema zu wechseln. Deshalb sagte er: »Für die Jahreszeit ist es eigentlich zu warm, Sire, seit Tagen fällt kein Regen, von Schnee ganz zu schweigen, und bald steht Weihnachten vor der Tür.«

»Pah, Weihnachten«, sagte Friedrich. »Das Fest der Gefühlsduselei. Alle ziehen ein heiliges Gesicht, die Pfaffen am allermeisten, und spätestens am Neujahrstag ist's aus mit der *Conduite.* Dann schlägt man sich wieder gegenseitig die Köpfe ein.« Sein Blick fiel auf ein Gesuch, das ihm jemand zur Genehmigung vorgelegt hatte. Darin bat ein Pfarrer um

Bewilligung eines Zuschusses zum Unterhalt seines Pferdes. Friedrich grunzte etwas und schrieb an den Rand: *Es heißt nicht: Reitet in alle Welt, sondern gehet in alle Welt und prediget den Völkern.*

Er legte die Feder beiseite. »Weihnachten, ja, *mon cher,* viel zu warm dieses Jahr, ich spüre es an meinem *Podagra,* es zwickt und beißt so *impertinent,* dass ich auch ohne Christfest die Englein singen höre. Heute Morgen war es wieder besonders schlimm. Na, was haben wir da noch?«

In einem zweiten Schreiben bat eine Gemeinde in Pommern, ihr einen anderen Pfarrer zu senden, weil der amtierende die Auferstehung des Fleisches geleugnet habe. Friedrich runzelte die Brauen und schrieb: *Der Pfarrer bleibt. Wenn er am Jüngsten Tage nicht mit aufstehen will, kann er ruhig liegen bleiben.*

Die Ablehnung der Bittgesuche, die seiner Meinung nach völlig berechtigt war, brachte Friedrich die gnädige Stimmung zurück. Er plauderte weiter: »Verzeiht, *mon cher,* wenn ich während unseres Gesprächs ein wenig Schreibkram erledige, aber ich wüsste nicht, wann ich es sonst machen sollte.«

»Ihr habt mein volles Verständnis, Sire.«

In einem dritten Gesuch bat ein Philosoph, sich zur Wiederherstellung seiner Gesundheit im kommenden Winter nach Italien begeben zu dürfen. Friedrich tauchte die Feder ein: *Wenn Er nach Italien gehen will, kann Er's tun. Ich habe aber noch nie gehört, dass einer in Italien geheilt ward, der in Deutschland krank gewesen.*

Er gab Löschsand auf das Geschriebene und sagte: »Für heute mag es genug sein. Stellt Euch vor: Da will doch tatsächlich einer sein Zipperlein in Italien auskurieren. Wenn das nun jeder täte. Ich für meinen Teil bleibe hier in meinem geliebten Sanssouci. Ich bin krank, ich mache es wahrscheinlich nicht mehr lange, aber wenn es eines Tages so weit ist, habe ich keine Angst vor dem Tod.«

»Darüber solltet Ihr nicht reden, Sire.«

»Doch, doch.« Friedrich wies auf eine kleine goldene Dose, die er ständig um den Hals trug. »Hier ist alles, was man braucht, um dem Trauerspiel ein Ende zu machen – alles für einen Abgang in eigener Regie: achtzehn Opiumpillen. Ich zähle sie täglich nach. Die Menge reicht völlig aus, um einen Mann zu jenem düsteren Gestade zu befördern, von dem es keine Rückkehr gibt.«

Lucchesini gab sich entrüstet: »Wirklich, Sire, ich bin nicht gekommen, um mit Euch über so bedrückende Dinge zu sprechen!«

Friedrich winkte ab. »Nein, Ihr wolltet wissen, was ich mit meinem Besucher besprochen habe, und Ihr wolltet mir stecken, dass Dantal häufiger zu der Hure de Chattemont in die Breite Straße geht. Hab's kapiert. Der König von Preußen ist noch lange nicht senil.«

»Sire, um Gottes willen, nichts lag mir ferner, als …«

Friedrich winkte ungnädig ab, diesmal in einer Weise, die kein weiteres Wort duldete. »Hab's kapiert und werde mich danach richten.«

»Äh, jawohl, Sire.«

»Gute Nacht, *mon cher.*«

Manchmal spielt der Zufall Schicksal, und so war es auch am darauffolgenden Tag, als mit der reitenden Post ein Brief für den König abgegeben wurde. Friedrich, der sich in seiner Bibliothek befand, erbrach das Siegel und las die Botschaft. Sie war in penibler Schrift aufgesetzt und bestand aus vielen Grüßen und einem Gesuch. Das Gesuch war nicht ungewöhnlich, wie er befand – derlei Ansinnen wurden beinahe täglich an ihn herangetragen –, ungewöhnlich war nur der Absender.

»*Voilà,* das trifft sich gut«, murmelte er, nachdem er die Sache überdacht hatte, und faltete das Papier wieder zusammen. »Strützky!«

Strützky, der Kammerhusar, eilte mit strammen Schritten herbei und nahm vor seinem Herrn Haltung an.

»Steht bequem. Gerade ist mir eingefallen, dass ich *Plaisir* an einer Vorlesestunde hätte. Dantal soll zu mir kommen.«

»Sire, mit Verlaub, Dantal nimmt gerade die Mittagsspeise zu sich.«

»Und ich sagte, Dantal soll zu mir kommen!« Auf Friedrichs Stirn schwoll eine Ader.

Strützky machte, dass er fortkam, und kehrte nach kurzer Zeit mit dem Vorleser zurück.

»Ah, Dantal«, sagte Friedrich, »da seid Ihr ja. Mir ist nach einer vergnüglichen Vorlesestunde zumute. Setzt Euch auf das *Kanapee* dort und fangt an. Strützky, Ihr könnt gehen.«

Dantal nahm zögernd Platz. »Verzeihung, Sire, habt Ihr einen besonderen Wunsch?«

Friedrich verneinte. »Lest nur das, von dem Ihr meint, dass es einen alten Mann erfreut.«

Nach kurzer Überlegung stand Dantal auf und holte aus einem Regal einen ledernen Band. »Das ist der *Noah* von Johann Jakob Bodmer, Sire, ein Werk, über das in letzter Zeit häufiger gesprochen wird.«

»Ich kenne Bodmer nicht. Aber fangt an.«

Dantal begann zu lesen, doch schon nach kurzer Zeit winkte Friedrich ab. »Stellenweise recht artig zu hören, nur nimmt es mich nicht ein, wie's gute Poesie tun sollte. Lest etwas anderes.«

»Vielleicht Diderot, Sire?«

»Heute nicht.«

»Curtius oder vielleicht Rollin?«

Friedrichs Mund wurde schmal. »Ihr spinnt beim Lesen immer dasselbe Seil, Dantal, lasst Euch mal etwas Neues einfallen.«

Dantal schluckte die Ungerechtigkeit herunter, denn in Wahrheit war es der König, der darauf bestand, stets dieselben Schriftsteller zu hören. »Nun, Sire, äh, ich weiß, dass Ihr Wieland nicht besonders schätzt, aber hier habe ich eine Übersetzung des Horaz. Wenn Ihr einverstanden seid, bringe ich daraus etwas zu Gehör.«

»Nur zu.« Friedrich nahm die aufgesparte dritte Prise.

Dantal wartete, bis die Tabakladung sich mit einem Donner gelöst hatte, und fing an zu lesen.

Nach kurzer Zeit sagte Friedrich: »Horaz ist schön und gut, aber ich muss sagen, auf diese Weise *attachirt* er mich nicht sonderlich. Wieland bringt zu sehr seine eigene Manier hinein, er ist mir zu schwatzhaft und weitläufig. Lest etwas anderes.«

Dantal nickte beflissen. Gern hätte er noch einmal gefragt, was dem König *conveniren* würde, aber er traute sich nicht. »Wie wäre es mit Gouffier?«, brachte er schließlich hervor. »Sein Werk *Reise nach Griechenland* ist momentan in aller Munde.«

»Gut, versuchen wir es damit.«

Dantal las.

»Nein!« Friedrich hob die Hand. »Griechenland interessiert mich nicht, jedenfalls nicht in der Art, wie dieser Gouffier darüber schreibt.«

»Jawohl, Sire.«

»Was habt Ihr noch?«

Dantal spürte langsam Verzweiflung, was von Friedrich durchaus beabsichtigt war. Der König wiederholte: »Nun, was habt Ihr noch?«

»Vielleicht Plutarch, Sire? Ich habe ihn hier in einer französischen Übersetzung.« Da Dantal um Friedrichs Vorliebe für die französische Sprache wusste, hoffte er, nun endlich die richtige Wahl getroffen zu haben. Doch die Hoffnung trog. Auch Plutarch fand vor des Königs Ohren keine Gnade.

Dantal machte einen letzten Versuch. »Vielleicht mögt Ihr etwas aus der Odyssee hören, Sire? Es ist ein unsterbliches Werk in vierundzwanzig Gesängen.«

»Ich weiß, ich weiß, ich mag zwar keine Hexameter, aber fangt getrost an.«

»Möchtet Ihr eine bestimmte Stelle hören, Sire?«

»Nein, nun beginnt endlich.«

»Äh, jawohl. Ich schätze besonders den Einundzwanzigsten Gesang mit dem *Bogenkampf*, Sire, eine Stelle im Epos, wo die Rache des Odysseus beginnt und die Gerechtigkeit ihren Lauf nimmt.«

»Aha, so, so.«

Dantal las mit unsicherer Stimme:

»Aber Ikarios' Tochter, der klugen Penelopeia,
Gab Athene den Rat, die Göttin mit strahlenden Augen,
Bogen und graues Eisen den Freiern zu bieten zum Wettkampf
In des Odysseus Hallen, und zum Beginne des Mordens.
Und sie schritt hinauf die hohe Stiege im Hause,

Nahm den gutgebogenen Schlüssel,
den erzenen, schönen,
Mit der kräftigen Hand ...«

»Pah«, unterbrach Friedrich. »So ein schwülstiger Unsinn: ... *Nahm den gutgebogenen Schlüssel, den erzenen, schönen ...* Ich mag es nicht, wenn das deutsche Wort so gewaltsam in den Hexameter gepresst wird; der Hexameter verlangt nach dem Griechischen, meinetwegen auch nach dem Lateinischen, aber sei's drum. Versucht eine andere Stelle, vielleicht wird sie mir mehr zusagen.«

»Jawohl, Sire, sofort, Sire.« Hastig blätterte Dantal weiter und sagte dann: »Vielleicht aus dem Zweiundzwanzigsten Gesang, Sire? Ein Dialog zwischen Odysseus und Telemach:

Und zu Telemachos sagte er rasch
die gefiederten Worte:
›Telemach, uns hat wohl in den Hallen
eines der Weiber
Einen schrecklichen Kampf bereitet,
oder Melantheus?‹
Ihm erwiderte drauf der kluge Telemachos also:
›Vater, das war mein eigener Fehler ...‹«

»Halt, die Stelle gefällt mir!«, fiel Friedrich Dantal ins Wort. »Auf eine solche Stelle habe ich gewartet.«

»Sire, ich verstehe nicht?«

»Da gibt ein Sohn seine Schuld zu. Wie gesagt, das gefällt mir. Auch Ihr, Dantal, seid ein Sohn, der seine Schuld eingestehen sollte.«

»Ich weiß nicht, wovon Ihr sprecht, Sire.«

»Dann will ich Euch ein wenig auf die Sprünge helfen.«

Friedrich lächelte maliziös und zeigte das Schreiben, das er gerade erhalten hatte. »Hier ist ein an mich adressierter Brief, den ich Euch in Teilen vorlesen möchte. Hört gut zu:

... so weilen mein Weib und ich seit nunmehro drei Wochen in Teschendorf auf dem Gute von Graf Rammersbeck, welcher uns ein guter und herzlicher Freund geworden ist. Er war es auch, der mich ermutigte, bei Euch untertänigst den Titel Kommerzienrat zu erbitten, da er der Meinung ist, die Stiftungen, die ich für das Brandenburgische Gemeinwohl tätigte, könnten ausreichen, dass Ihro Majestät glauben, ich hätte ihn verdient ...

Und so weiter und so weiter.« Friedrich musterte seinen immer blasser gewordenen Vorleser scharf. »Unterschrieben ist der Brief von einem gewissen Dantal – Ihrem Vater. Wisst Ihr, was das bedeutet?«

»Ich, äh ...«

»Das bedeutet, dass Ihr Euren König angelogen habt! Ein Staatsverbrechen, für das ich Euch füsilieren lassen sollte. Am letzten Sonntag habt Ihr mir gesagt, Ihr hättet am Tage davor Eure Eltern in Berlin besucht. Wie kann das sein, wenn Euer Vater seit drei Wochen in Teschendorf weilt?«

»Sire ...!«

»Haltet den Mund! Wart Ihr am Ende doch bei dieser aufgedonnerten Chattemont?«

»Nein, Sire, ich, äh, ich war tatsächlich in Berlin, habe dort einen ausgedehnten Spaziergang gemacht und bin dabei unpässlich geworden.«

»Aha, wohl wieder ein Magenkatarrh, was?«

Dantal war sich darüber im Klaren, dass er die höhnisch

ausgesprochene Vermutung nicht bestätigen durfte, wollte er nicht vollends den Zorn seines Königs auf sich ziehen. »Nein, Sire, die Krankheit liegt im Gallengang von der Leber zum Magen, es ist kein Geschwür, aber eine große Verhärtung, die mir leicht jede Bewegung zur Qual macht.« In der Tat hatte er schon wiederholt über Schwierigkeiten mit der *Bilis* geklagt und deshalb einen gewissen Doktor Quest aufgesucht. Dass er an dem besagten Sonnabend nicht bei Quest gewesen war, stand auf einem anderen Blatt.

»Gallengang hin oder her, Ihr habt mich angelogen! Das verdient eine empfindliche Strafe. Ich habe zwei Möglichkeiten: Entweder jage ich Euch mit Schimpf und Schande davon, oder ich verweigere Eurem Vater den Titel. Wenn ich Ersteres täte, hätte ich keinen Vorleser mehr und würde mir selbst schaden, also trifft es Euren Vater. Er wird niemals ein *honetter* Kommerzienrat werden.«

Dantal war aschfahl im Gesicht und rang nach Worten.

»Bedanken kann er sich dafür bei seinem Sohn. Und nun holt mir meinen guten alten Rollin und lest weiter.«

Während Dantal aufatmend gehorchte, dachte Friedrich an die Vorleser, die bei ihm schon im Dienst gestanden hatten. Es waren nicht weniger als sechs, und von jedem hatte er sich auf mehr oder weniger ungewöhnliche Art getrennt. Vielleicht würde er sich demnächst auch von Dantal trennen.

Der Gedanke stimmte ihn gnädig.

»Schläfst du? Ich wollte nur rasch nach dir sehen, bevor ich weiterarbeite. Es gibt noch viel zu erledigen bis zum *Collegium Artis* am Sonnabend.« Alena schlich auf Zehenspitzen in Klingenthals Kammer.

»Nein, ich schlafe nicht. Ich denke, ich bin auf dem Weg der Besserung.«

»Das freut mich!« Alenas Augen strahlten. »Warte, ich mache ein paar Kerzen mehr an, damit wir uns besser sehen können, während wir sprechen.« Sie nahm einen Leuchter und hielt ihn Klingenthal vors Gesicht. »Ja, tatsächlich, deine Lebensgeister scheinen zurückzukehren.«

»Stell den Leuchter fort und setz dich zu mir.« In Klingenthals Stimme schwang etwas Unternehmungslustiges mit.

Alena gehorchte, ergriff seine linke Hand und begann sie zu streicheln. »Das wundert mich am meisten«, sagte sie nachdenklich.

»Was?«

»Dass man der Hand überhaupt nichts ansieht. Vielleicht ist die Haut ein bisschen gerötet, aber das ist schon alles. Nichts deutet darauf hin, dass sie mit einem tödlichen Gift in Berührung gekommen ist.«

»Das Gift ist eben nicht nur tödlich, sondern auch tückisch.«

»Wie es wohl heißt?«

»Ich habe keine Ahnung.«

Alena streichelte die Hand weiter. Klingenthal schloss die Augen. »Heute Mittag bin ich für ein paar Minuten aufgestanden. Es ging schon ganz gut, aber dann wurde mir wieder schwindelig.«

»Madame fragt ein halbes Dutzend Mal am Tag, wie es dir geht, sie hat große Sorge, du könntest am Sonnabend noch zu schwach für das *Collegium* sein.«

»Ich verstehe die Frau nicht. Ich habe doch gar keine Funktion bei der Veranstaltung. Außerdem ist es viel wichtiger, dass ich mir Doktor Selle und diesen Handschuhmacher vorknöpfe. Das ist das Erste, was ich mache, wenn ich nicht mehr so wackelig auf den Beinen bin. Glaub mir, Madame de Chattemont ist im Moment meine geringste Sorge.«

»Wer weiß, was sie mit dir vorhat?«

Klingenthal lächelte. »Wenn das eine versteckte Andeutung sein soll, dann habe ich sie überhört. Sollte Madame etwas von mir wollen, kann ich ja einfach sagen, ich fühlte mich noch krank.«

»Aber es geht dir doch schon besser, stimmt's? Eben hast du gesagt, du seiest auf dem Weg der Besserung.« Alena hörte mit dem Streicheln auf und beugte sich zu Klingenthal hinab. Dieser spitzte die Lippen und küsste sie auf den Mund. »Wenn ich ehrlich sein soll, ist mir recht kalt. Ich fürchte, ich habe noch immer Untertemperatur.«

»Um Gottes willen, und das sagst du erst jetzt?« Aufgeschreckt legte Alena ihre Hand an Klingenthals Schläfe. »Tatsächlich, dein Kopf ist kühl, zu kühl!«

»Sag ich doch. Ich denke, eine Hühnersuppe wäre jetzt genau das Richtige.«

»Hühnersuppe? Ich glaube, die Köchin hat keine auf dem Feuer. Zu dumm!«

»Das hatte ich gehofft.« Klingenthal grinste schief.

»Was grinst du so?«

»Ich brauche etwas anderes, das mich wärmt.«

»Aber was könnte das sein? Soviel ich weiß, hat die Köchin heute überhaupt keine Suppe gemacht.«

Klingenthals Grinsen verbreiterte sich. »Du stellst die Frage falsch. Sie muss nicht lauten, *was* das sein könnte, sondern *wer* das sein könnte. Und darauf fällt die Antwort leicht: du natürlich.« Er nahm ihre Hand von seiner Schläfe und zog sie unter die Bettdecke.

Alena bekam große Augen. »Oh, das ist ...«

»Ja, so ist das.«

»Das ist ja ...«

»Anders als beim letzten Mal, nicht wahr?«

»Hm, ja. Aber du bist doch noch so schwach!«

»Das nennst du schwach?«

Alena wusste nicht, was sie daraufhin sagen sollte, aber sie musste auch nichts sagen, denn Klingenthal zog sie mit überraschender Kraft zu sich herunter, so dass ihr nichts anderes übrig blieb, als sich neben ihn zu legen. »Julius, ich möchte lieber nicht ...«

»Schau mir in die Augen.«

Alena tat es.

»In deinen Augen steht etwas anderes.« Er begann, ihre Lider zu küssen, dann die Nase, dann den Mund, das Kinn, den Hals. Alena seufzte und wurde weich und nachgiebig. »Aber, aber, wenn Madame nun kommt?«

»Wird sie wissen, wie es um uns beide steht.« Seine Küsse wanderten weiter, ebenso seine Hände. Sie schoben Alena das Kleid hoch und begannen, ihr die Leibwäsche abzustreifen.

Klingenthal hatte richtig in Alenas Augen gelesen: Nach anfänglicher Scheu drängte es sie nun, ihm so nahe zu sein, wie eine Frau einem Mann nur nahe sein kann. Sie half ihm, sich ihrer Wäsche zu entledigen, und lag endlich in ihrer ganzen nackten Schönheit unter ihm. Wieder wanderten seine Lippen über ihren Körper, streiften wie zufällig die kleinen, festen Brustspitzen, küssten die Achseln mit den feinen Härchen, wanderten zurück, küssten die Spitzen erneut, spielerisch, wie zufällig, und erkundeten dann neue Gebiete. Seine Zunge erforschte ihre Haut, sie wanderte auf und ab und entdeckte ebenfalls die Spitzen, die jetzt steil emporstanden, benetzte sie, drückte sie und massierte sie sanft. Die Zunge verschwand, und die Zähne umfassten die Spitzen behutsam, bissen fast unspürbar zu, gaben sie frei und bissen wieder zu. »Man müsste zwei Münder haben, dann könnte ich das auf beiden Seiten gleichzeitig tun«, sagte er heiser.

Alena stöhnte.

Seine Lippen fanden den Weg zur Mitte ihres Leibes, küssten den Bauchnabel, verweilten dort einen oder zwei Augenblicke, küssten abermals die kleine Grube und wanderten weiter, langsam, doch zielstrebig, bis sie zu den knisternden schwarzen Härchen auf dem Schamhügel kamen. Seine Zunge wollte auch diese Stelle verwöhnen, doch Alena drehte sich ein wenig zur Seite und flüsterte: »Bitte … bitte nicht.«

Ernüchtert blickte er auf. »Warum nicht?«

»Es ist mir … peinlich.«

»Ich glaube nicht, dass irgendetwas peinlich sein kann, wenn zwei sich lieben.«

»Bitte versteh mich.«

Enttäuscht gab er sein Vorhaben auf und legte sich wieder neben sie. Eine Weile schwiegen sie, dann sagte Klingenthal: »Ich verstehe dich, wahrscheinlich hast du so etwas noch nie mit dir geschehen lassen.«

»Danke, Julius, du bist sehr verständnisvoll. Ich … ich will dir etwas sagen.«

»Ja?«

»Ich liebe dich. Ich liebe dich wirklich. Auch dafür, dass du eben nicht weitergemacht hast.« Sie küsste ihn. Er erwiderte den Kuss und sagte: »Aber du sollst auch mich verstehen. Ich bin anders als die meisten Männer, die sich für einen prallen Busen oder einen strammen Po begeistern können.«

»Heißt das etwa, du magst meine Brüste nicht?«

»Natürlich heißt es das nicht. Ich mag sie sogar sehr, ich glaube, das hast du auch gemerkt, doch es gibt eine frauliche Rundung, die mich noch stärker anzieht.«

»Noch stärker?« Alena bettete ihren Kopf in seine Armbeuge, wie sie es schon häufig getan hatte.

»Ja, noch stärker. Es ist eine Rundung, die man normalerweise nicht sieht. Nackte Marmorgöttinnen zeigen sie oder badende Jungfrauen, mitunter auch Engel.«

»Nun sag schon. Welche Rundung meinst du?«

»Ich meine den weiblichen Schamhügel. Nichts gleicht seiner wundervollen Linie, die über einem flachen Bauch beginnt und unten in den Verlockungen des Schoßes endet.«

Alena runzelte die Stirn. »Darüber habe ich noch nie nachgedacht.«

»Ich auch nicht. Ich empfinde es einfach. Dein *Mons Veneris* ist zauberhaft.«

»*Mons Veneris?*«

»So nennt man den Schamhügel auch. Seit dem Altertum besteht die Gewohnheit, Körperteile nach Göttern zu benennen, zu denen sie nach der Theorie des Hippokrates in einem sinnvollen Bezug stehen. Der Ausdruck *Mons Veneris,* also der Berg der Venus, geht auf die Venus, die Liebesgöttin, zurück.«

»Oh, das ist sicher lange her.«

»Ja. Ich glaube, schon die alten Römer sprachen, wenn sie mit ihren Frauen der Lust frönten, von ›in den Venusberg fahren‹.«

»Das klingt hübsch. Es gibt so viele hässliche Umschreibungen für diese Sache, aber das klingt hübsch.«

»Das finde ich auch.«

Eine Weile verging, während sie still nebeneinander lagen. Dann, Klingenthal dachte schon, Alena sei eingeschlafen, lachte sie leise auf und zog ihn energisch über sich.

»Nanu, was ist …?«

»Fahr in meinen Venusberg«, flüsterte sie.

Madame de Chattemont stand in ihrer Bildhauermontur vor Dantal und wies auf die Bank neben der mit violettem Atlas ausgeschlagenen Sargkiste. »Ihr seid ein unartiger Junge«, sagte sie, »aber Ihr dürft trotzdem Platz nehmen.«

»*Merci bien,* Madame.« Dantal schielte auf die Kiste, in der die Hausherrin und er eine so wilde Liebesstunde erlebt hatten, und fühlte sich denkbar unwohl in seiner Haut. Zögernd setzte er sich.

Madame kicherte. »Ihr starrt mich an wie das Kaninchen die Schlange. Dabei tue ich Euch doch gar nichts, auch wenn Ihr, wie ich eben sagte, ein unartiger Junge seid.«

»Äh, wie darf ich das verstehen?«

Madame nahm ein Schlückchen von ihren *Rapp'schen Beruhigungstropfen* und zog einen Schmollmund. »Da Ihr nicht selbst darauf kommt, müsste ich eigentlich sehr böse mit Euch sein, aber ich will Eure Saumseligkeit mit den vielen Verpflichtungen, die Ihr habt, entschuldigen.«

Dantal verstand immer weniger.

»Ich spreche von Rollin und seiner *Geschichte des römischen Altertums.* Wenn ich mich nicht irre, gab ich Euch den fünften Band als Geschenk für den König mit.«

»Ach so, ja, richtig.« Langsam dämmerte es Dantal, worauf die schöne Hausherrin hinauswollte.

»Ich nehme an, der König hatte mittlerweile Gelegenheit,

sich mit dem Buch zu beschäftigen. Nun, wie gefiel ihm die Lektüre?«

»Sehr gut, sehr gut«, antwortete Dantal hastig.

»Wenn Ihr ein artiger Junge wärt, hättet Ihr mir das gesagt, ohne dass ich euch dazu extra einladen musste. Wie ich höre, ist der König nicht allzu gut auf mich zu sprechen, umso wichtiger scheint mir, dass er sich über das Buch freut.«

»Gewiss, gewiss.« Dantal fühlte sich etwas sicherer, deshalb fügte er eifrig hinzu: »Erst gestern las ich ihm daraus vor. Er fand den Inhalt sehr ergötzlich.«

»Gestern? War das, nachdem der Hannoversche Gesandte sich empfohlen hatte?«

Ohne sich zu besinnen, antwortete Dantal: »Nein, der Hannoversche Gesandte war vorgestern da. Ich sah, wie er mit seiner Begleitung davonfuhr.« Dann bemerkte er seinen Fehler und biss sich auf die Zunge.

Madame lachte und legte ihm die Hand auf den Arm. »Was schaut Ihr so verschreckt? Damit habt Ihr doch kein Staatsgeheimnis ausgeplaudert! Der halbe Hof hat den Gesandten davonfahren sehen. Er entschwand in einem braun lackierten Kaleschwagen, der sein Wappen trug und von vier Rappen gezogen wurde. Stimmt's?«

»Ja, das stimmt.«

»Überdies war die Miene, die er zur Schau trug, eine zufriedene, entspannte, was darauf schließen lässt, dass die Unterredung mit dem König in seinem Sinne verlaufen war.«

Dantal kniff die Lippen zusammen. »Madame, verzeiht, Ihr redet, als wäret Ihr vorgestern dabei gewesen.«

Die Hausherrin lachte. »Wer weiß, vielleicht war ich es ja auch, vielleicht habe ich mich unters Hofgesinde gemischt! Aber ich will ehrlich zu Euch sein, Dantal. Ich habe mein Wissen von Göttsche, und dieser wiederum hat es von Pfund, dem Kutscher des Königs, der sich persönlich um die Pferde des Gesandten kümmerte. Ihr seht, es geht alles mit rechten Dingen zu. Hatte der König eigentlich auch so gute Laune nach der Unterredung mit dem Gesandten?«

»Nein, ja, also ich weiß nicht …« Dantal verhaspelte sich. Er war klug genug, um zu erkennen, dass eine Bejahung der Frage den Schluss zuließ, dass beide Verhandler, König und Gesandter, sich ein Stück nähergekommen waren – und damit die Gründung des Fürstenbundes weiter vorangetrieben hatten.

»Nun seid Ihr wieder ein unartiger Junge, verstockt und verschwiegen, aber ich nehme es Euch nicht übel. Wenn der König Euch einen Maulkorb umgehängt hat, dann müsst Ihr ihn tragen.«

Dantal schwieg.

Madame zog ihre Hand zurück. In ihrem Gesicht arbeitete es. Dann lächelte sie wieder. »Ihr habt einen gehörigen Dickkopf, aus dem wahrlich nichts herauszubringen ist. Aber es ist gleichzeitig auch ein sehr schöner Kopf, ein Charakterkopf. Ihr müsst mir erlauben, ihn zu modellieren.«

»Nein!« Die Antwort Dantals kam schnell und endgültig. Er dachte daran, dass die Anfertigung seines Kopfes in Marmor, Sandstein oder Bronze zahllose Sitzungen bei Madame erforderlich machen würde – Sitzungen, die es mit sich brachten, dass er seinem König als Vorleser nicht zur Verfügung stand. Undenkbar!

Die Hausherrin stutzte. »Das war aber eine lebhafte Ablehnung.« Ihr Gesicht nahm einen neckischen Ausdruck an. »Wenn ich Euren Kopf nicht modellieren darf, ziehe ich die

Einladung zum *Collegium Artis* am kommenden Sonnabend zurück.«

Das war nun wahrhaftig keine Drohung für Dantal, der ohnehin nicht wusste, ob er Zeit für die Veranstaltung haben würde, aber das konnte er natürlich nicht sagen, und so lächelte er gequält: »Ihr könntet einen Abguss meiner Hand machen.«

»Einen Abguss Eurer Hand?« Madame wunderte sich. »Wie kommt Ihr denn darauf? Sicher, ich habe schon Abgüsse in Gips gemacht, sie stellen künstlerisch kein großes Problem dar, aber wie kommt Ihr denn darauf?«

Dantal suchte nach einer plausiblen Antwort. Schließlich sagte er: »Nun, Madame, alles im Zusammenwirken der Menschen wird von einer unsichtbaren Hand geleitet, nennt sie Gott, nennt sie Schicksal, nennt sie Zufall, wie Ihr wollt; die unsichtbare Hand steuert und lenkt, sie ist das Symbol des Wachsens, des Werdens und des Widerstehens, ohne sie würde das Chaos herrschen, das Armageddon, die Welt würde untergehen.«

»Was Ihr nicht sagt.«

»Äh, ja.« Dantal räusperte sich. Die Überlegungen stammten nicht von ihm, er hatte sie irgendwo gelesen, und er war froh, dass sie ihm eingefallen waren.

Madame schien beeindruckt. »So wollen wir die unsichtbare Hand sichtbar machen.«

»Wie Ihr meint, Madame.«

»Lasst mich nur rasch den Gips anrühren.« Die Hausherrin erhob sich graziös und strebte zu dem Platz, an dem sie ihre Materialvorräte aufbewahrte. Doch sie wurde unterbrochen durch die sich öffnende Tür. Alena erschien, entschuldigte sich für die Störung und sagte: »Monsieur de Rozier, der Franzose, macht seine Aufwartung, Madame. Er hat soeben mit Meister Klingenthal die Einzelheiten seines morgigen Auftritts besprochen und hat noch ein paar Fragen an Euch, besonders, äh, die seiner Bezahlung.«

»Jetzt nicht. Monsieur soll warten.«

Aber Pilâtre de Rozier, ein mittelalter Mann mit rosigen Wangen und Schnauzer, betrat bereits den Raum, verbeugte sich mit großer Geste und deckte Madame mit einem Redeschwall ein. Es blieb ihr nichts anderes übrig, als ihm zuzuhören.

Dantal stieß einen Seufzer der Erleichterung aus.

Rasch stahl er sich aus dem Atelier.

Da wird sein Heulen und Zähneklappen, denn viele sind berufen, aber …

Der große Tag war da: Sonnabend, der 18. Dezember. Ein Tag, an dem der Wettergott ganz offenkundig ein Einsehen mit Madame hatte, denn er ließ die Sonne auf Potsdam herabscheinen, als hätte er nie etwas anderes getan. Alles sah so aus, als würde der Versammlung des *Collegium Artis* nichts im Wege stehen: Nicht nur das Wetter war prächtig, auch die Stuhlreihen waren aufgestellt, die Experimente vorbereitet, die Begrüßungsspeisen angerichtet. Nun mussten nur noch die Herren recht zahlreich erscheinen.

Doch das taten sie zu Madames namenlosem Schrecken nicht. Sicher, die Unentwegten fanden sich nach und nach ein, darunter der Geheimrat von Karius und auch Harrington, die fleischgewordene Trauerweide, ferner Gerard Adam, der süßholzraspelnde Bildhauer, sowie Generalmajor von Abraham, dessen Stimme wie eine Türangel knarrte, aber alles in allem floss der Strom der Besucher vergleichsweise spärlich in den weitläufigen Hof der Breiten Straße Numero 11. Die leeren Stühle gähnten Madame an, und diese, mit hektischen roten Flecken im Gesicht, fuhr auf Alena los: »Erst dreizehn Herren sind erschienen, mindestens dreißig hätten es sein müssen, das ist allein Eure Schuld!«

Alena verteidigte sich: »Verzeiht, Madame, ich habe Euch

von Anfang an gesagt, dass wir nicht so viele Zusagen für die heutige Aufführung bekommen werden. Nicht wenige Mitglieder ließen sich entschuldigen, weil sie schon andere Verpflichtungen eingegangen waren. Insgesamt, meine ich aber, ist die Besucheranzahl nicht schlecht.«

»Ich bestehe darauf, dass mehr Herren kommen!« Madame stampfte mit dem Fuß auf. Trotz ihrer wie immer betörenden Staffage sah sie aus wie ein kleines bockiges Mädchen. »Dantal, dem ich eine Extra-Einladung geschickt habe, ist auch nicht da! Wahrscheinlich gibt er wieder vor, der König brauche ihn. Was soll jetzt geschehen?«

»Ich weiß es nicht, Madame.« Alena zuckte hilflos mit den Schultern.

Klingenthal, der sich an diesem Tag zum ersten Mal ohne Schwindelgefühle hatte erheben können, stand neben ihr. Noch am Vormittag hatte er sich zu Professor Selle begeben wollen, um diesem die Pistole auf die Brust zu setzen und ihn des Mordes an den Herren von Reckwitz, Katusow und Søderborg zu bezichtigen, aber Madame hatte ihn nicht aus ihren Fängen gelassen. Kaum war er ihr am Morgen über den Weg gelaufen, hatte sie ihn eingespannt in die Vorbereitungen, als wäre er ihr Diener, hatte tausend Fragen gestellt, tausend Vorschläge gemacht und tausend Ängste geäußert. Ludolf, der sonst ihre Launen ertragen musste, hatte sich aufatmend verdrückt. Klingenthal indes hatte gute Miene zum bösen Spiel gemacht, schließlich war er ihr verpflichtet, denn sie ließ ihn großzügig weiterhin in ihrem Haus wohnen, obwohl sie nach dem letzten *Collegium* keine Veranlassung mehr dazu hatte. »Wenn ich richtig gezählt habe, Madame«, sagte er, »sind es mittlerweile fünfzehn Herren. Das scheint mir nicht schlecht angesichts der kurzfristigen Einladung.«

»Meint Ihr wirklich?« Madames Gesicht entspannte sich etwas. Offenbar war sie eher bereit, Klingenthal zu glauben als Alena.

»Gewiss. Ich hätte übrigens einen Vorschlag, wie Ihr noch weitere sieben Personen für die Darbietung gewinnen könntet.«

»Noch weitere sieben?« Madame wischte sich nervös eine Locke aus der Stirn. »Dann wären es ja zweiundzwanzig!«

»Richtig, und mit meiner Wenigkeit dreiundzwanzig.«

»Und wenn ich dabei sein dürfte, wären wir vierundzwanzig«, sagte Alena. »Wohnt der Darbietung doch auch bei, dann wären wir sogar fünfundzwanzig.«

»Ich? Nun ja. Immerhin, fünfundzwanzig hört sich schon ganz anders an. Aber wie wollt Ihr es bewerkstelligen, sieben weitere Personen herbeizuholen, lieber Meister?«

Klingenthal gestattete sich ein Grinsen. »Nun, ich könnte meine Puppen fragen, ob sie Lust hätten, die leeren Reihen aufzufüllen.«

»Eure Puppen?«

»Ganz recht, Madame.«

»Schön und gut, aber es sind leblose Geschöpfe.«

»Meine Puppen leben, Madame.« Klingenthal sprach mit einiger Schärfe.

»Naturellement.« Madame gab nach. Sie überlegte einen Augenblick, dann hellten sich ihre Gesichtszüge auf, und sie klatschte in die Hände. »Wir machen es, lieber Meister, wir machen es, denn ich weiß, dass Eure Puppen bei meinen Herren äußerst beliebt sind, aber es muss aussehen, als sei ihr Dabeisein von vornherein geplant gewesen.«

»Ein guter Gedanke, Madame. Ich werde Euren Gästen eine entsprechende Erklärung geben. Allerdings sind, wie

Ihr wisst, nicht alle meine Puppen Männer. Das Burgfräulein und die Magd sind weiblichen Geschlechts.«

»Darüber setzen wir uns hinweg.« Madame, einmal entschlossen, hielt an ihrer Entscheidung fest. »Hauptsache, ich kann die Scharte mit Søderborg wieder auswetzen. Ich sage Euch, der Tag muss ein Erfolg werden! Sollte heute jemand die Darbietung vorzeitig verlassen, wäre das mein Ruin.«

»Seid unbesorgt, Madame. Ich schlage vor, Ihr plaudert noch ein paar Minuten mit Euren Gästen, bietet ihnen eine weitere Erfrischung an, und ich hole derweil meine Lieblinge.«

»So soll es sein, lieber Meister.«

Wenig später trat Madame de Chattemont vor die Geladenen und die sieben Puppen und setzte ihr strahlendstes Lächeln auf. *»Mesdames et messieurs«*, hob sie an, »ja, Ihr habt richtig gehört, zum ersten Mal in der Geschichte des *Collegiums* haben wir heute zwei Damen unter uns, es sind, äh …« Sie unterbrach sich, denn ihr war eingefallen, dass sie die Namen der Angekündigten nicht kannte.

Friedrich, die Puppe, half ihr aus: »Die eine ist 'ne Magd, und die andere ist 'ne Hure. Macht nicht so ein Trara um sie, meine Gnädigste.«

Die Herren des *Collegiums* lachten, sie erinnerten sich an die kurzweiligen Sprüche der Puppen vom letzten Mal. Die Veranstaltung, so das allgemeine Gefühl, ließ sich gut an!

Madame verschaffte sich wieder Gehör, indem sie anmutig die Hand hob. »Die zweite Ungewöhnlichkeit, ihr lieben Herren, ist der Ort, an dem unser *Collegium* stattfindet, nämlich unter freiem Himmel, und die dritte Ungewöhnlichkeit ist der Zeitpunkt, an dem wir beginnen. Wir haben gleich Schlag 12, und danach werdet Ihr erfahren, warum sich alles so verhält.«

Kaum hatte sie das gesagt, begann die Turmuhr der Garnisonkirche zu schlagen, und die Gäste tuschelten erwartungsvoll. Als der letzte Glockenton verhallt war, hob Madame die Hände. »Wieder einmal sind wir ganz unter uns, den Kunst- und Kulturliebhabern Potsdams, um Seltsames zu sehen, Kurioses zu erleben, Unglaubliches zu bestaunen. Ich weiß, ich weiß«, wehrte sie lachend ab, »das sage ich jedes Mal zu Euch, Ihr lieben Herren, aber ich bin sicher, dass ich es heute mit besonderem Recht behaupten kann, denn heute haben wir Herrn Doktor Johann-Hartlieb Petzold zu Gast, der uns mittels einiger höchst erstaunlicher Experimente beweisen wird, dass das Nichts eine Kraft sein kann. Gleiches wird uns Monsieur Pilâtre de Rozier beweisen, ein französischer Gelehrter, der gut mit den Brüdern Joseph Michel und Jacques Étienne Montgolfier bekannt ist.«

Als der Name Montgolfier fiel, ging ein Raunen durch die Gesellschaft der Herren. Nur zu gut hatten sie in Erinnerung, was sich im vergangenen Jahr am Himmel über Versailles abgespielt hatte. Sollte sich am heutigen Tage etwas Ähnliches zutragen?

»Deshalb«, fuhr Madame fort, »wird die folgende Vorstellung unter dem Motto *Die Kraft des Nichts* stehen. Beginnen wollen wir mit dem Experimentator Doktor Petzold, der Euch verblüffende Effekte vorführen wird. Ich wünsche Euch allen viel Vergnügen.« Sie nickte kokett, winkte noch einmal kurz und setzte sich zur Überraschung aller in die vorderste Reihe neben den kleinen Geheimrat von Karius.

Dann passierte eine Weile gar nichts, und einige Herren fragten sich schon, ob der angekündigte Petzold verhindert war, als aus der linken Ecke des Hofs ein Pferd von einem Knecht herangeführt wurde. Es war ein großer, kräftiger Gaul, der gut im Futter stand. Seine eisenbeschlagenen Hufe klapperten vernehmlich auf dem Kopfsteinpflaster. In der Mitte des Hofs blieben Pferd und Knecht stehen.

Wieder geschah eine Weile nichts. Von Karius begann ungeduldig auf seinem Stuhl herumzurutschen, was Madame dazu veranlasste, ihm beruhigend die Hand auf den Arm zu legen. Umgehend verzichtete er auf sein spatzenhaftes Gezappel und saß steif wie ein Ölgötze da. Gleich darauf jedoch sprang er auf, denn aus der rechten Ecke des Hofs näherte sich ebenfalls ein kräftiges Pferd. Auch dieser Gaul wurde von einem Knecht geführt. »Seht nur, zwei Pferde und zwei Knechte!«, rief er überflüssigerweise.

Niemand ging auf ihn ein, stattdessen erschien ein dritter Mann, etwas besser gekleidet als die Knechte und eher wie ein Handwerker wirkend. Er trug eine Lederschürze und zog einen Wagen, auf dem zwei halbkugelförmige Gebilde lagen.

»Was hat das zu bedeuten?«, fragte von Karius, aber ein von mehreren Seiten kommendes »Pst!« brachte ihn zum Schweigen, denn in diesem Augenblick schlurfte ein schüchtern wirkender Mann mit Gehrock und schlecht sitzender Perücke heran. Er verbeugte sich vor den Versammelten. »Petzold«, nuschelte er, »Doktor Johann-Hartlieb Petzold, Madame war so gütig, mich anzukündigen. Nun …«

»Etwas lauter bitte!«, unterbrach Harrington aus der letzten Reihe. »Wir verstehen nichts.«

Petzold wirkte irritiert, fasste sich aber und sprach weiter: »Das Gute ist nichts ohne das Böse, die Ruhe nichts ohne die Bewegung, die Stille nichts ohne das Laute …«

»Lauter bitte!«, rief Harrington.

»Aber ich habe doch schon lauter gesprochen«, nuschelte Petzold. »Nun denn, ich will's versuchen. Wie ich bereits ausführte: Das Gute ist nichts ohne das Böse, die Ruhe nichts ohne die Bewegung, die Stille nichts ohne das Laute – und das Volle nichts ohne das Leere.«

»Hört, hört!«, rief von Karius, der Petzolds Worte, weil er in der ersten Reihe saß, vernommen hatte. Harrington ganz hinten dagegen hatte kaum etwas mitbekommen. Er wollte abermals insistieren, gab es dann aber auf. Petzold war offenbar nicht in der Lage, laut zu sprechen.

»Diese Worte«, nuschelte Petzold weiter, »stammen von dem großen Otto von Guericke, sicher habt Ihr, hochverehrte Herren, schon einmal von ihm gehört. Er war im letzten Jahrhundert Bürgermeister von Magdeburg, dazu Jurist und Naturwissenschaftler – genau wie ich, wenn die Bemerkung gestattet ist. In erster Linie aber war er ein begnadeter Erfinder, der sich unter anderem mit Pneumatik beschäftigte. Was nun ist Pneumatik? Der Einsatz von Pressluft in Wissenschaft und Technik. Otto von Guericke also beschäftigte sich mit Pneumatik. Durch seine Experimente gelang es ihm, die Hypothese des *Horror vacui,* will sagen ›der Abscheu vor dem Nichts‹ zu widerlegen. Er bewies, dass Stoffe nicht vom Vakuum angesaugt werden, sondern von dem umgebenden Druck in das Vakuum gepresst werden.«

Petzold hüstelte und wollte fortfahren, doch Friedrich, die Puppe, erhob ihre Stimme: »*Ad rem, ad rem!* Er soll nicht salbadern, Er soll seinen Vortrag *pousiren,* damit wir endlich etwas sehen!«

Noch während Friedrich nörgelte, schaute Klingenthal

zu Madame hinüber, die ob der Unterbrechung zunächst bleich geworden war, dann aber, als sie merkte, wie sehr die Ermahnung den Herren aus dem Herzen sprach, befreit lächelte.

»Habe von diesem Guericke gehört«, knarrte Generalmajor von Abraham, »verdienter Mann, der! Soll ein Mann der Tat gewesen sein – und nicht der Rede.«

Unter diesen Worten schien Petzold zusammenzuzucken. Für einen Moment verlor er den Faden, riss sich aber zusammen und rief, soweit sein Nuscheln es zuließ, zu dem Burschen mit der Lederschürze: »Bruhns, äh, ich bin mit meinen Erklärungen schon am Ende.«

Der mit Bruhns Angerufene brummte irgendetwas in seinen Vollbart.

»Das ist übrigens mein Mechanikus«, stellte Petzold etwas verspätet vor. »Anselm Bruhns. Er hilft mir.«

Das wiederum war für die Anwesenden kaum überraschend, weshalb der Söldner brüllte: »Was Ihr nicht sagt, ich dachte, er wäre der Kaiser von China!«

Allgemeines Gelächter.

Petzold versuchte dagegen anzunuscheln: »Bruhns wird nun die beiden Halbkugeln, deren Durchmesser eine dreiviertel Magdeburger Elle beträgt, zu einer Kugel zusammenfügen. Die Kugel wird durch nichts, ich wiederhole: durch nichts wieder auseinandergebracht werden können. Warum? Weil in ihr das Nichts herrschen wird.«

Die letzten Ausführungen verstanden die Herren genauso wenig wie die davor, immerhin, sie klangen vielversprechend, und so schwiegen sie.

»Bruhns, walte deines Amtes«, nuschelte Petzold.

Der Mechanikus befahl den Knechten, die Halbkugeln mit der offenen Seite aneinanderzudrücken, was diese auch mit einiger Anstrengung zustande brachten, und nahm dann ein glänzendes, rohrähnliches Instrument zur Hand, das von Petzold als Kolbenvakuumluftpumpe der dritten Bauart bezeichnet wurde. Er setzte die Pumpe an ein Ventil, das sich auf der Oberseite einer der Halbkugeln befand, und begann sie zu betätigen. Nach mehreren Dutzend Pumpbewegungen befahl er den Knechten loszulassen. Sie taten es und – aus den Halbkugeln war eine Kugel geworden!

Die Herren staunten.

Petzold nuschelte: »Das ist das Nichts, die Kraft des Nichts im buchstäblichen Sinne, meine hochverehrungswürdigen Damen und Herren, die hier eine Kugel geschaffen hat. Eine geschlossene Einheit, die durch nichts wieder zu trennen ist, es sei denn durch Luft.«

Das stieß bei den Herren auf Unverständnis, jedenfalls bei den meisten, und ihr Sprachrohr war wieder einmal der kleine Geheimrat von Karius. »Erst ist es Nichts, das die Halbkugeln zusammenhält, dann können diese durch nichts wieder auseinandergebracht werden, es sei denn durch Luft, wie sollen wir das verstehen, lieber Doktor?«

Petzold antwortete mit Eifer, denn es war das erste Mal, dass ihm so etwas wie Interesse entgegenschlug: »Bruhns hat mit seiner Vakuumpumpe die Luft aus den Kugelhälften gepumpt, verehrter Herr Fragesteller, und nun ist nichts mehr in ihnen, wirklich nichts, und dieses Nichts hält sie zusammen.«

»Habe auch schon davon gehört«, knarrte Generalmajor von Abraham, »kann mir allerdings nicht vorstellen, dass zwei erwachsene Männer nicht in der Lage sein sollen, die Dinger auseinanderzureißen.«

Gerard Adam, der Bildhauer, der sich gerne bei Madame

in Szene setzte, pflichtete ihm bei: »Ich glaube auch, dass es nur zweier handfester Kerle bedarf, die Halbkugeln auseinanderzureißen, deshalb: Seid so gut, Doktor Petzold, und befehlt den Knechten ebendieses.«

»Gern«, nuschelte der Experimentator und winkte den Knechten zu. Diese nickten und traten links und rechts an die zusammengefügten Halbkugeln heran. Beide Halbkugeln wiesen an ihrer höchsten Ausbuchtung je eine metallene Öse auf, und daran zogen die Knechte nun mit aller Macht. Stirnadern und Bizepse schwollen an, und sie gerieten trotz der kühlen Dezembertemperaturen in Schweiß. Als sich abzeichnete, dass sie die Hälften nicht auseinanderziehen konnten, sagte Generalmajor von Abraham verächtlich: »Simulanten, die! Tun nur so, als zögen sie. Will meinen eigenen Kopf essen, wenn es nicht zwei kräftigen Kerlen gelingen sollte, das zu schaffen!«

»Jawoll, Herr Kamerad, bin ganz Eurer Meinung!«, brüllte der Söldner.

»Das ist die Kraft des Nichts«, nuschelte Petzold dazwischen.

Nun meldete sich wieder die Puppe Friedrich: »*Absurdité!* Schade, dass nicht ein paar schneidige Kerls von meinem *Garde du Corps* hier sind. Die würden's allen zeigen.«

Bei Friedrichs letzten Worten nahm Petzolds Gesicht einen listigen Ausdruck an, und er sagte: »Hochverehrte Damen und Herren, da Ihr glaubt, die Knechte hätten Euch etwas vorgemacht und da keine Soldaten des *Garde du Corps* zur Verfügung stehen, hätte ich einen Vorschlag.«

»Sprecht ihn aus, lieber Doktor«, sagte Madame. Ihr war ein wenig kalt, weil der Vortrag Petzolds sie bisher nicht hatte fesseln können. Immerhin schienen wenigstens die Herren bei der Sache zu sein.

»Ich rege an, Herr Generalmajor von Abraham und Monsieur Adam versuchen es einmal selbst.«

»Warum nicht?«, sagte Madame und hatte mit diesem Einverständnis eine Ablehnung des Vorschlags unmöglich gemacht. Die Herren mussten, wollten sie nicht vor versammeltem Publikum einen Rückzieher machen, ihren Worten Taten folgen lassen. Umständlich erhoben sie sich, legten den Rock ab und schritten zur Mitte des Hofs, wo ihnen die beiden Knechte – mehr oder weniger unverhohlen feixend – Platz machten.

»Euch sollte man die Flügel stutzen«, schnauzte Generalmajor von Abraham sie an, »schleifen sollte man euch, bis euch das Wasser im A…, äh, kocht, äh, Verzeihung, die Damen. Bauerntölpel, die! Nun, ja, dann wollen wir mal.« Er wandte sich Adam zu. »Auf mein Kommando ziehen wir beide, Ihr auf Eurer, ich auf meiner Seite. Ist das verstanden worden? Ich zähle bis drei.« Er tat es, und bei »drei« zogen beide mit aller Kraft.

Nichts geschah.

Sie versuchten es noch einmal. Nichts.

Generalmajor von Abraham, der nicht mehr der Jüngste war, schnappte nach Luft wie ein Fisch auf dem Trockenen. »Das geht nicht mit rechten Dingen zu. Da stimmt etwas nicht. Die Halbkugeln müssen innen verhakt sein, anders ist das nicht zu erklären.«

»Ganz meine Meinung«, pflichtete Gerard Adam ihm bei.

Petzold lächelte. »Es ist die Kraft des Nichts, wie ich schon mehrfach ausführte. Ihr braucht Euch nicht zu schämen, hochverehrte Herren, dass Ihr sie nicht bezwingen konntet, denn es gibt noch ganz andere Kräfte, die dem Nichts nicht gewachsen sind. Ich danke Euch für Euren Beitrag. Bitte nehmt nun wieder Platz.«

Mit gesenkten Köpfen schritten beide zurück zu ihren Stühlen, aber Madame rettete die peinliche Situation, indem sie zu klatschen begann, und selbstverständlich folgten alle Mitglieder ihrem Beispiel. Dergestalt mit Applaus versehen, hellten ihre Gesichter sich ein wenig auf.

»Bruhns, die Pferde!«, nuschelte Petzold, und der Mechanikus bedeutete den Knechten, sie sollten die Gäule vor die Halbkugeln spannen. Als das geschehen war, fuhr Petzold fort: »Hochverehrungswürdige Herrschaften, ich wette fünfzig Taler, dass auch die beiden Pferde nicht in der Lage sein werden, die Halbkugeln auseinanderzuziehen.« Er blickte in die Runde. »Hält jemand dagegen?«

Niemand im *Collegium* traute sich.

»Ihr werdet gleich erleben, wie richtig es war, die Wette nicht anzunehmen. Bruhns, frisch dran!«

Der Mechanikus gab einen schnalzenden Laut von sich. Die Pferde setzten sich in Bewegung – und blieben stehen. »Hü, holla, hü!« Bruhns und die Knechte trieben sie an, aber sie kamen nicht weiter. Die Halbkugeln klebten zusammen, als wären sie eins.

»Zwei weitere Pferde!«, nuschelte Petzold.

Sie wurden in den Hof geführt und neben die beiden ersten gespannt. Wieder ertönte Bruhns' schnalzender Laut, und wieder führten die Bemühungen der Gäule zu keinem Ergebnis. Die Halbkugeln hielten eisern zusammen.

Unter den staunenden Augen des *Collegiums* machte Petzold weiter, bis endlich fünf starke Rösser auf jeder Seite zogen, aber auch sie schafften es nicht.

»Glaubt mir, hochverehrte Herrschaften, selbst zehn oder zwanzig Pferde auf jeder Seite würden kein anderes Ergebnis bringen.«

»Das geht nicht mit rechten Dingen zu!«, knarrte Generalmajor von Abraham, der sich von seiner Schmach erholt hatte.

»Doch, doch«, versicherte Petzold, »es ist, wie ich sagte, wobei von Interesse sein dürfte, dass sehr wohl Licht den luftleeren Raum durchdringen kann, nicht aber der Schall. Nun denn, Bruhns, lass die Pferde abschirren und bringe das Experiment zu Ende.«

Bruhns gehorchte und sorgte dafür, dass er kurze Zeit später nur noch allein in der Mitte des Hofs stand. Dann tat er etwas sehr Einfaches: Er pumpte Luft in die Halbkugeln. Kurz darauf fielen sie auseinander, harmlos wie zwei Walnussschalen – als wären sie niemals zusammengefügt worden.

Madame klatschte begeistert, und das gesamte *Collegium* folgte ihrem Beispiel. Harrington nörgelte: »Ich habe zwar kaum etwas verstanden, aber das Spectaculum sprach allein schon für sich, bravo!«

»Bravo, bravo!«, ertönte es von allen Seiten.

Madame stand auf und verabschiedete Petzold, der sich schwungvoll in alle Richtungen verbeugte und mit schnellen Schritten verschwand. Bruhns entfernte sich ebenso, nachdem er die Magdeburger Halbkugeln wieder verladen hatte.

»Meine lieben Herren!«, rief Madame aufgeregt. »Ist es nicht phantastisch, was wir eben zu Gesicht bekommen haben, ich bin so froh, dass Doktor Petzold meiner Einladung gefolgt ist. Doch nun, bevor der zweite Teil der Darbietung beginnt, wollen wir uns stärken. Ich habe Ludolf beauftragt, etwas Heißes für uns bereitzustellen. Ludolf!«

Als hätte er nur auf den Ruf gewartet, erschien Ludolf mit drei oder vier Mägden, darunter auch Anni, die einen großen Topf herbeitrugen und diesen auf einem einfachen, blank gescheuerten Tisch absetzten. Dann verteilten die Mägde Teller und Löffel an die Herren, knicksten dabei artig und erröteten auch wohl mal, wenn ihnen der eine oder andere in den Po kniff.

»Ein Frikassee aus Krebsen, Morcheln und Kalbszunge!«, rief Madame. »Sehr einfach, aber auch sehr heiß. Genau das Richtige an einem kalten Dezembertag.«

Der Meinung schlossen die Herren sich an und ließen sich nicht lange bitten. Es mundete allen vorzüglich, und als auch der letzte Nachschlag gegessen war, ließ Madame jedem der Herren noch einen oder zwei Schnäpse zukommen. Der Alkohol und die gute Speise führten zu allseits gehobener Laune, so dass es zunächst kaum auffiel, als Monsieur Pilâtre de Rozier auftauchte und sich unter die Herren mischte. Dann aber wurde er von Madame entdeckt. Sie stieß einen Freudenruf aus und stellte den Ankömmling mit den Worten vor: »Dies, liebe Herren, ist Monsieur de Rozier, ein Kenner und Erbauer von aerostatischen Maschinen, von dem ich Euch erzählte, er sei mit den Gebrüdern Montgolfier gut bekannt.«

Wieder sorgte das Stichwort Montgolfier für allgemeine Aufmerksamkeit. Die Herren starrten den Franzosen an und sahen einen Mann, der weder als jung noch als alt zu bezeichnen war. Er hatte rosige Wangen, verschmitzt blickende Augen und einen gewaltigen Schnauzer. Das Bemerkenswerteste an ihm aber war der seltsame Hut, den er trug: Er hatte Form und Farbe eines glänzenden Ofenrohrs, bestand aus Filz und war mit einem schmalen Band versehen. Diese vor wenigen Jahren aufgekommene Kopfbedeckung, die er »Zylinder« nannte, nahm er häufig ab, um sich zu verbeugen und bei dieser Gelegenheit einen lichten Kranz schütteren blonden Haars zu präsentieren. *»Mesdames et*

Messieurs!«, rief er in einem Französisch mit Pariser Dialekt, »es ist mir eine außerordentliche Ehre, heute bei Ihnen weilen zu dürfen. Madame de Chattemont war so reizend, mich einzuladen, und ich bin ihrer Einladung mit dem größten Vergnügen gefolgt.«

Die Herren, die ihr Frikassee teilweise im Stehen eingenommen hatten, setzten sich wieder, leicht amüsiert über die Lebhaftigkeit des Franzosen. »Gleichzeitig bedauere ich zutiefst, dass mein Freund, der sehr verehrte Marquis d'Arlandes, Offizier Seiner Majestät des Königs von Frankreich, nicht kommen konnte. Er richtet Madame seine *Compliments* aus und bittet sein Fehlen wegen einer Blatterrose zu *excusiren.* Ich darf bei der Gelegenheit erwähnen, dass der Marquis und meine Wenigkeit die ersten menschlichen Luftfahrer waren, die für mehr als zwanzig Minuten vom Boden abhoben. Die erreichte Höhe unseres Luftballs betrug über dreitausend Fuß.«

»Hört, hört!«, rief von Karius.

»Ad rem, ad rem!«, rief Friedrich, die Puppe.

»Geduld, meine Herren, Geduld!« De Rozier nahm den Zylinder ab und verbeugte sich. Sein Gehabe hatte etwas von einem Zirkusdirektor. »Wie Ihr vielleicht wisst, gab es in den letzten Jahren nicht wenige Versuche, Ballons in die Lüfte steigen zu lassen. Die Idee dahinter war immer dieselbe: Die Hülle sollte mit etwas gefüllt werden, das leichter ist als Luft, denn das Leichtere, so die anerkannte Meinung, steigt in die Höhe. Zu diesem Zweck wurden Experimente mit Wasserdampf durchgeführt, die aber alle fehlschlugen. Seht Ihr die zwei Stangen hinter mir?«

Das taten die Herren, und sie sahen noch mehr, denn während de Roziers gestenreicher Rede waren viele Helfer im Hof erschienen und hatten nicht nur zwei hohe, kräftige

Stangen aufgerichtet, sondern auch Strohballen und einige Wollknäuel abgelegt. Zwischen den Stangen hatten sie etwas Weißes, Sackartiges aufgehängt, das im unteren Bereich einen Ring aufwies. Das Ganze mutete seltsam, um nicht zu sagen belustigend an.

Noch lustiger fanden die Herren jedoch, was dann geschah: Ein Käfig mit drei Enten wurde auf den Hof getragen. Die Wasservögel waren offenbar quicklebendig, denn sie spreizten ihr Gefieder und schnatterten durcheinander. Eine von ihnen ließ – vielleicht wegen der Aufregung – etwas fallen.

»Nanu, drei Enten?«, rief von Karius überflüssigerweise.

»Mit gesegneter Verdauung!«, rief Friedrich, die Puppe.

»Ein menschliches Regen im Reich der Tiere!«, rief der Söldner.

»Hoho, ›menschliches Regen‹ ist gut!«, rief der Schiffer.

»Impertinent!«, empörte sich das Burgfräulein.

Die Magd und der Landmann sagten nichts. Die Magd, weil sie von scheuem Wesen war, der Landmann, weil er wie immer schlief.

»Ruhe, bitte Ruhe!«, mahnte der Schultheiß. »Monsieur de Rozier möchte weitersprechen.«

»Oui, mesdames et messieurs«, sagte de Rozier dankbar und verbeugte sich, nachdem er den Zylinder abgenommen hatte. »Die Enten sind, äh, wie sagt man? Meine Versuchskaninchen! Erfahrene Piloten sind es, Schiffer der Lüfte!«

»Ahoi!«, rief der Schiffer. »Legt ab, ihr Schnatterschnäbel!«

De Rozier setzte den Zylinder wieder auf und bedeutete seinen Helfern, das Brennmaterial anzuzünden. Augenblicklich züngelten lange Flammen aus den Strohballen hervor. Auch die Wolle brannte und entwickelte dabei dicke Rauchschwaden. Die anwesenden Herren – ebenso wie Madame und Alena – starrten wie gebannt auf das lodernde Feuer und bemerkten deshalb zunächst nicht, dass der seltsame Sack darüber sich mehr und mehr spannte und nach einer Weile die Gestalt einer Kugel annahm. Die Kugel war von großer Ebenmäßigkeit, ihr strahlendes Weiß hob sich klar gegen den blassblauen Dezemberhimmel ab. In ihrer Mitte prangte, als höfliche Referenz an den König, der preußische Adler in Schwarz.

Friedrich, die Puppe, rief: »Ei, es *convenirt* mir, wie der preußische Adler über allem steht!«

»Bitte«, sagte der Schultheiß, »Ruhe!«

»Merci bien«, sagte de Rozier. »Ihr seht hier eine *Montgolfière,* wie wir Franzosen sagen. Ihr Deutschen würdet eher von einem Luftball oder einer Luftmaschine sprechen. Ihr werdet es nicht glauben, hochverehrte Anwesende, aber sie kann tatsächlich fliegen.«

Generalmajor von Abraham knarrte: »Würde mich nicht wundern, wenn die Chose funktioniert. Will aber lieber meinen eigenen Kopf essen, als mit dem Ding da in die Luft gehen.«

De Rozier lachte. »Das sollt Ihr auch nicht, *mon général.* Dafür habe ich doch meine Piloten.« Es folgte das Zylinderritual, dann fuhr er fort: »Aber so weit ist es noch nicht. *Allez, mes amis!*«

Seine Helfer sprangen hinzu und lösten die Haltetaue, die mit den Stangen verbunden waren. Nur eine behielten sie in den Händen.

»Lasst die Luftkugel steigen!«

Unter den »Aaahs!« und »Ooohs!« aller Anwesenden erhob sich der Ballon, doch nur für ungefähr fünf Fuß, dann stoppte de Rozier den Vorgang und rief: »*Allez,* ihr Piloten, jetzt seid ihr dran!«

Die Helfer griffen erneut ein, deckten das Feuer mit nassen Tüchern ab und befestigten anschließend den Käfig mit den Enten unter dem Ring des Ballons.

Dann stieg der Luftball auf in sein Element – die schnatternden Wasservögel unter sich, begleitet von den Bravo-Rufen des versammelten *Collegiums.* Gehalten von seinem Tau, kletterte er höher und höher und stand bald so hoch am Himmel, dass sämtliche Anwesende den Kopf weit in den Nacken legen mussten, um ihn beobachten zu können. Die Enten waren kaum noch zu hören.

De Rozier fasste sich an den Zylinder, behielt ihn diesmal aber auf und rief: »*Mesdames et messieurs!* So sah es auch aus, als am 17. September des vorigen Jahres die *Montgolfière* hinauf in den Himmel über Versailles stieg. Es war ein erhebender Anblick, ein großes Volksfest und ein ganz besonderer Anlass, zu dem sogar der König mit seiner Familie erschien.«

»Ich bin heute auch erschienen«, krähte Friedrich, die Puppe, aber niemand ging darauf ein.

Unbeirrt setzte de Rozier seine Rede fort: »Der König und die Seinen hatten vorher das Innere des Ballons inspiziert, Seine Majestät zeigte sich begeistert über die bahnbrechende Erfindung, ein Konstrukt aus einer dünnen, luftdichten Papierschicht, das von einem formgebenden Netz umspannt wurde. Der König konnte sich nicht sattsehen an den staunenswerten Errungenschaften. Das Gleiche gilt übrigens auch für Ihre Majestät, die Königin Marie-Antoinette, ja, sogar für den kleinen Dauphin, der vor Vergnügen krähte!«

Friedrich, die Puppe, quengelte: »Was? Marie-Antoinette war auch dabei, diese H...«

»Erzählt weiter, Monsieur de Rozier!«, rief der Schultheiß schnell, bevor Friedrich das Schimpfwort aussprechen konnte und den Franzosen damit womöglich beleidigte.

»Merci bien.« Zylinder hoch, Verbeugung, Zylinder zurück. »Ihr werdet nicht glauben, hochverehrte Anwesende, welch berauschenden Anblick die *Montgolfière* an diesem Tage bot! Sie war von azurblauer Farbe, mit den Insignien des Königs in Gelb, wahrhaft majestätisch. Wie sie schwebte, sich erhob, stieg und stieg, *magnifique, grandiose,* wie eine fremde exotische Blume! In einem Behälter unter dem Ballon flogen einige Tiere mit, genau wie heute: Es waren ein Hammel, ein Hahn und eine Ente. Alle drei Geschöpfe gelangten am Ende des Flugs wieder wohlbehalten auf die Erde zurück.«

Friedrich, die Puppe, quengelte schon wieder: »Monsieur, wollt Ihr nun über den Luftsack des Sechzehnten Ludwig referieren oder über den Ballon mit dem Preußischen Adler?«

Beifälliges Gemurmel erhob sich, denn das *Collegium* war durchaus vaterländisch gesinnt. Generalmajor von Abraham knarrte: »Die Luft über Potsdam ist genauso gut wie die über Versailles, aber alles, was recht ist: interessantes Experiment, das!«

Gerard Adam meldete sich ebenfalls zu Wort: »Wenn ich Euch richtig verstanden habe, Monsieur, inspizierte der französische König das Innere des Luftballs, bevor dieser sich erhob, das bedeutet, der Ballon von Versailles muss viel größer gewesen sein als der heutige, zumal der heutige nur drei Enten zu tragen imstande ist.«

»Nun, äh.« De Rozier suchte nach Worten. »Dieser Luftball ist ein Demonstrationsobjekt, wenn Ihr versteht, was ich meine.«

»War die *Montgolfière* von Versailles nicht auch ein Demonstrationsobjekt, Monsieur?«

De Rozier schluckte. »Gewiss, gewiss, aber sie stieg bei

weitem nicht so hoch wie dieser Ballon.« Das stimmte zwar nicht, mochte aber, wie er hoffte, die Gemüter einigermaßen beruhigen. »Im Übrigen wurde die *Montgolfière* genauso mit dem Rauch eines Feuers betrieben wie unser heutiges Gefährt, sehr verehrter Herr Fragesteller!«

Gerard Adam gab sich mit der Antwort zufrieden.

»Der Rauch aus Stroh und Wolle ist heiß, versteht Ihr, er sorgt nach allgemeiner Auffassung für den Auftrieb. Die Brüder Montgolfier sind der Meinung, der Rauch erzeuge durch seine Hitze die sogenannte ›leichte Luft‹, also ein Gas, das leichter ist als unsere normale Luft, die, wie Euch sicher bekannt ist, aus Feuerluft und mephistischer Luft besteht oder, wenn Ihr das besser versteht, aus Sauerstoff und Stickstoff. Beide Gase nehmen wir mit jedem Atemzug auf.«

Das *Collegium* schwieg. Es musste die vielen wissenschaftlichen Begriffe erst einmal verdauen.

»Leichte Luft aber« – de Roziers Augen blitzten triumphierend – »ist weniger als Luft, ist – nichts!«

Von Karius bewegte sich spatzenhaft. »Wollt Ihr damit sagen, dass …«

»Genau! Das will ich damit sagen: Letztendlich ist es nichts, das den Luftball in die Höhe treibt, nichts, nichts, nichts!«

Madame begann zu klatschen, und sämtliche Herren folgten ihr selbstverständlich. Und da Madame wie wild klatschte, klatschten auch sämtliche Herren wie wild.

»Fabelhafte Kraft, die!«, knarrte Generalmajor von Abraham. »Die Kraft des Nichts. Fabelhaft.«

De Rozier verbeugte sich tief, wedelte mit dem Zylinder in der Luft und setzte ihn sich wieder auf. »Gestattet, dass ich das Experiment zu Ende bringe.« Er gab seinen Helfern einige Anweisungen, und diese holten Zug um Zug den Luftball zur Erde zurück.

Unten angelangt, vertäuten sie ihn und ließen die Enten frei, damit sie eine wohlverdiente Portion Futter bekommen konnten. Das Federvieh wackelte eifrig mit den Bürzeln und machte sich über die Körner her.

Madame lachte, sie wirkte wie befreit, ihre Schönheit schien in diesem Augenblick fast unwirklich. »Wo sind denn nur …«, sagte sie aufgeregt und grub suchend in ihrem *Ridicul.* »Ach, da sind sie ja.« Sie nahm eine Dosis ihrer *Rapp'schen Beruhigungstropfen* und strahlte danach nur umso mehr. »Und wo ist … oh, da seid Ihr ja, lieber Meister.« Madame legte Klingenthal die Hand auf den Arm, was von dem neben ihr sitzenden von Karius mit einem schiefen Blick bedacht wurde.

»Lieber Meister, ich glaube, die Vorstellung war, bis auf ein paar Kleinigkeiten, ein voller Erfolg. Das verdanke ich nicht zuletzt Euch und Euren Puppen. Ich möchte mich erkenntlich zeigen, am besten in meinem Atelier. Sagen wir heute Abend um acht Uhr?«

Klingenthal wusste darauf keine Antwort, die plötzliche Einladung verwirrte ihn. Alena sprang für ihn ein. »Ich glaube, Meister Klingenthal wird Euch sehr gern besuchen, Madame«, sagte sie, »vorausgesetzt, sein Gesundheitszustand erlaubt es. Nicht wahr, Meister?«

»Äh, gewiss«, sagte Klingenthal. Ihm fiel ein Stein vom Herzen, denn er hatte sehr wohl das Hintertürchen bemerkt, das Alena für ihn aufgestoßen hatte. »Gewiss«, wiederholte er und wandte den Kopf, denn in diesem Augenblick beendete de Rozier mit einigen wohltönenden Worten die Darbietung. »Ich danke Euch nochmals für die Einladung, Madame!«, rief er laut. »Ebenso wie meine Helfer und« – er machte eine Kunstpause – »meine kleinen Piloten. Sie sind in der Lage, auf Kommando mit dem Kopf zu nicken, um ihre Dankbarkeit zu beweisen. Nun, meine Kleinen, *allez ...!*«

Doch die Wasservögel dachten nicht daran, den Befehl ihres Herrn auszuführen, stattdessen pickten sie weiter emsig Körner auf.

»*Allez!*«

De Roziers Bemühungen waren umsonst. Die einzige Reaktion, die er heraufbeschwor, war, dass eine der Enten erneut etwas fallen ließ.

Das *Collegium* lachte, denn Schadenfreude ist bekanntlich die schönste Freude. Madame lachte mit, befreit, glücklich strahlend. Es war eine gelungene Vorstellung gewesen. Niemand war vorzeitig gegangen.

Und die Scharte mit Søderborg war ausgewetzt.

Am Abend dieses ereignisreichen Tages täuschte Klingenthal einen Rückfall vor, denn er wollte auf keinen Fall der Einladung von Madame Folge leisten. Auch ihre Versuche, ihn an seinem Bett zu besuchen, wehrte er ab mit der Begründung, er müsse sich gesundschlafen, alles andere müsse warten.

Am Montag endlich, dem Beginn der turbulenten Weihnachtswoche, stand er auf, kleidete sich an und stellte fest, dass der unfreiwillige Tag der Bettruhe ihm durchaus gutgetan hatte. Die Schwindelgefühle waren gänzlich verschwunden, und seine körperlichen Befindlichkeiten wieder ganz die alten.

Alena hatte ihm gesagt, Madame sei schon früh mit Göttsche ausgefahren, aber Klingenthal war dennoch vorsichtig, als er sich am späten Vormittag aus dem Palais schlich. Er hatte sich vorgenommen, direkt nach Sanssouci zu gehen und dort Professor Selle aufzusuchen.

Lange hatte er überlegt, wie er das Gespräch mit dem Mediziner am besten führen solle, war aber zu keinem Ergebnis gekommen. Wenn Selle der Mörder war, und vieles sprach dafür, dann musste er ein zweites Leben neben dem des Leibarztes Seiner Majestät führen. Ein Leben als Spion? War Selle ein Spitzel, der in den Diensten eines unbekannten Landes stand? Zeit dafür hatte er wohl, denn seine ärztlichen Bemühungen galten überwiegend dem Alten Fritz – was ihm genügend Muße für andere Betätigungen ließ. Ein weit hergeholter Gedanke? Man würde sehen.

Was blieb, war die Frage, wie das Gespräch mit dem Arzt zu führen war. Auf den Beginn, das schien klar, kam es besonders an. Eine Art Überrumpelungstaktik bot sich an. Ein Auf-den-Kopf-Zusagen, dann würde der Mann sich gewiss verplappern, sich in Widersprüche verwickeln und schließlich, im günstigsten Fall, alles zugeben.

Unter solchen und ähnlichen Überlegungen schritt Klingenthal kräftig aus und hatte schon bald das Schloss erreicht. Da an diesem Montag das Wetter unbeständig und das Licht eher düster war, wirkte die sonst so fröhlich verspielte Fassade nicht gerade einladend. Ihr leuchtendes Preußisch-Gelb glich eher einem Grau.

Klingenthal ließ sich davon nicht abhalten und steuerte den kleinen Raum an, von dem er wusste, dass er Selle als Ordination diente.

»Professor Selle?«

Selle stand vor einer Waschschüssel und spülte sich gerade die Hände ab. Er wandte sich mit einem fragenden Gesichtsausdruck um und erkannte Klingenthal. »Ah, der

Meister des Puppenspiels, der Puppenkönig!«, rief er jovial. »Womit kann ich dienen?«

Klingenthal betrat den Raum und dachte an seine Überrumpelungstaktik. »Ich möchte Euch eine einfache Frage stellen, Herr Professor.«

»Eine einfache Frage?« Selle ergriff ein großes indigofarbenes Tuch und trocknete sich damit die Finger ab. »Nur zu, wenn sie wirklich einfach ist und ich sie schnell beantworten kann. Ich bin im Begriff, nach Berlin zu meiner Familie zu fahren, denn Seine Majestät braucht mich vorerst nicht. Der König verließ Sanssouci heute Morgen, um die Tage vor Heiligabend auf Schloss Rheinsberg zu verbringen – Gott sei Dank, wie ich hinzufügen möchte. Meine Kinder wissen schon gar nicht mehr, wie ich aussehe.« Er lachte gutmütig.

Klingenthal bemühte sich um einen offiziellen Ton: »Warum, Herr Professor Selle, habt Ihr vor einem Jahr Euren Assistenten, den jungen Hans von Reckwitz, getötet?«

Selle, gerade im Begriff in seinen Rock zu schlüpfen, hielt inne. »Ich soll was getan haben?«

»Ihr habt am 26. August letzten Jahres im Stadtschloss zu Potsdam Euren Assistenten Hans von Reckwitz getötet. Leugnet es nicht, zu viele Beweise liegen gegen Euch vor.«

Selles Augen wurden eng. »Langsam begreife ich, welch ungeheure Anschuldigung Ihr gegen mich aussprecht. Abgesehen davon, dass Euer Verdacht absolut lächerlich ist: Womit soll ich denn den armen von Reckwitz getötet haben?«

»Mit einem Paar vergifteter Handschuhe.«

Selle starrte Klingenthal an. Dann lachte er schallend. »Mit vergifteten Handschuhen? Warum nicht gleich mit einer vergifteten Nachtmütze!« Doch dann erstarb sein Lachen, denn er musste an die Handschuhe denken, die er im Nebenraum gefunden hatte, dort, wo der tote Katusow für die Untersuchung entkleidet worden war.

Klingenthal stieß nach: »Woher habt Ihr die Handschuhe, und woher habt Ihr das Gift, das von Reckwitz tötete?«

Selle wurde langsam ärgerlich. »Höret, Meister! Ich habe meinen Assistenten nicht auf dem Gewissen. Das muss Euch genügen. Doch wo wir schon von der Sache reden: Woher wisst Ihr von seinem Tode, woher wisst Ihr, was die Todesursache war, wenn noch nicht einmal ich sie weiß? Ich muss sagen, Ihr selbst seid höchst verdächtig! Ich werde bei nächster Gelegenheit mit dem König über Euch reden. Seine Majestät wird höchst erstaunt sein, wenn ich ihm von Eurem Wissen erzähle.«

Klingenthal erschrak innerlich. Daran, dass Selle den Spieß umdrehen könnte, hatte er nicht im Entferntesten gedacht. Aber er wollte sich nichts anmerken lassen. »Ich weiß, dass Hans von Reckwitz ein junger Mann war, der, nun, sagen wir, keine glückliche Hand in Gelddingen hatte. Außerdem eilte ihm nicht gerade der Ruf voraus, ein begnadeter Arzt zu sein. Gut möglich, dass er bei Euch Schulden hatte, gut möglich auch, dass er, als er diese nicht zurückzahlen konnte, Euch aus irgendeinem Grunde erpresste. Man munkelt, Ihr selbst sollt nicht allzu traurig gewesen sein bei Bekanntwerden seines Ablebens. Ihr werdet am besten wissen, wie es sich zugetragen hat.«

Selle schnaufte und trat ganz dicht an Klingenthal heran. Da er zwar doppelt so dick, aber einen halben Kopf kleiner war, musste er zu ihm aufblicken. Mit gefährlich leiser Stimme sagte er: »Lieber Meister, Ihr kennt Einzelheiten, die Ihr als einfacher Puppenspieler niemals kennen dürftet. Das kann nur heißen, Ihr seid in den rätselhaften Tod meines

Assistenten verwickelt. Ihr seid Täter, vielleicht auch nur Mittäter, das spielt keine Rolle. Am Ende habt Ihr auch noch Katusow und Søderborg auf dem Gewissen? Schließlich kamen beide unter ähnlich unbekannten Umständen zu Tode! Wie war es? Los, heraus mit der Sprache!«

Klingenthal schluckte. Den Gesprächsverlauf hatte er sich anders vorgestellt. Er hatte das Wild jagen wollen und wurde nun selbst zum Gejagten. »Ich habe meine Informanten!«, sagte er steif und dachte an die Kammerjunker Hartmut von der Eich und Wilhelm von Karst. »Selbstverständlich kann ich ihre Namen nicht preisgeben.«

»Selbstverständlich«, wiederholte Selle ironisch. »Tatsache bleibt, dass Ihr für einen Puppenspieler, der nichts anderes tut, als über Land zu ziehen, viel zu viel wisst.«

»Dann werde ich Euch aufklären.« Klingenthal gab sich einen Ruck. Er hatte beschlossen, Selle ein wenig entgegenzukommen, um ihn in Sicherheit zu wiegen. Anschließend würde er seinen letzten, alles entscheidenden Trumpf ausspielen. »Meine Arme waren es, in denen von Reckwitz im letzten Jahr starb. Daher mein Interesse an seinem Tod.«

»Was? Ihr wart es, in dessen Armen mein Assistent sein Leben aushauchte?«, wiederholte Selle entgeistert. »Und warum, wenn man fragen darf, habt Ihr niemanden zu Hilfe gerufen? Warum habt Ihr den Sterbenden sich selbst überlassen? Vielleicht wäre er noch zu retten gewesen?« Selle trat einen Schritt zurück und verschränkte die Arme. »Ahnte ich doch, dass Ihr selbst es seid, der in die Angelegenheit verstrickt ist!«

»Ja, das bin ich.« Da er sich nun einmal entschlossen hatte, zu reden, fuhr Klingenthal fort und erzählte von seinen Problemen mit den Nürnberger Batzen im letzten Jahr, von seiner Begegnung mit dem König und dem Schock, den er empfand, als von Reckwitz ihm sterbend vor die Füße sank. Mehr erzählte er nicht, denn er dachte, das müsse genügen. Er schloss: »Von Reckwitz trug Handschuhe der gleichen Art wie Katusow, weshalb der Gedanke naheliegt, dass auch der Russe vergiftet wurde, ebenso wie Graf Søderborg.«

Während Klingenthals Worten war Selle sehr nachdenklich geworden. Der Arzt in ihm meldete sich, und er begann sich zu ärgern, dass er nicht selbst auf die Todesursache gekommen war. Andererseits: Wie hätte er darauf kommen sollen! Nur durch das Paar einsamer Handschuhe im Nebenraum? Halt! Wenn dieser Klingenthal recht hatte, musste das Paar vergiftet sein!

Selle stürzte nach nebenan und erschien Sekunden später mit den Fingerlingen. »Wenn Eure Vermutung stimmt, sind diese Handschuhe vergiftet.«

»Sie sind es nicht.«

»Wie meinen?«

Klingenthal berichtete notgedrungen davon, wie er die giftigen Handschuhe gegen ein harmloses Paar vertauscht hatte.

Daraufhin sagte Selle lange Zeit nichts. »Nun, Meister Klingenthal«, meinte er schließlich, »wenn ich Euch Glauben schenke, taumelte Euch mein Assistent, todbringende Handschuhe tragend, entgegen und starb anschließend in Euren Armen. In diesem Fall muss ihm jemand vorher die Handschuhe übergestreift haben, und Ihr hättet mit seinem Tod nichts zu tun. Dennoch bleibt eine Menge von Fragen an Euch, beispielsweise, woher Ihr die Tausch-Handschuhe habt, woher Ihr wisst, dass auch Katusow und Søderborg bei ihrem Tode Handschuhe trugen, oder warum Ihr überhaupt so sicher seid, dass vergiftete Handschuhe die Todesursache waren. Ich vermute stark, Ihr habt mir nicht die ganze Wahrheit erzählt.«

Klingenthal konnte nicht umhin, den Scharfsinn des Leibarztes zu bewundern.

»Das war eine Frage, Meister!«

»Auf die ich Euch die Antwort schuldig bleiben muss, Herr Professor. Auch aus privaten Gründen.«

»Nun, nun.« Selle rieb sich das Kinn und schaute zur Uhr. Eigentlich hätte er längst fortfahren wollen. Die Kutsche im Schlosshof wartete sicher schon. »Höret, Meister Klingenthal, in dieser Angelegenheit ist das letzte Wort noch nicht gesprochen. Ich bestehe auf schlüssigen Antworten – auch im Sinne des Königs. Allein, meine Kutsche wartet schon, so lebt zunächst denn wohl. Daran, dass Ihr ein Mörder seid, kann ich nicht glauben.«

Klingenthal straffte sich und bereitete sich darauf vor, seinen letzten Trumpf auszuspielen. »Ich konnte zunächst auch nicht daran glauben, dass Ihr die Morde auf dem Gewissen habt, Professor Selle, aber es muss so sein.«

»Fangt Ihr schon wieder an?«

»Euer Assistent hieß von Reckwitz, Hans von Reckwitz, nicht wahr?«

»Was soll das? Das ist doch sattsam bekannt!«

»Weniger bekannt ist, dass Ihr ein Skelett Euer Eigen nennt, das Euch sehr vertraut ist und das Ihr mit Hans anspricht. Es steht in jenem Schrank dort. Sagt, habt Ihr die heruntergefallene Rippe wieder befestigt? Hans – oder soll ich sagen Hans von Reckwitz? – würde sich sonst zu Recht beschweren.«

»Das ist doch, das ist doch ...« Selles Unterkiefer klappte auf und zu. Dann begann er zu lachen, er lachte laut und lauter, brüllte vor Lachen, verschluckte sich vor Lachen und wischte sich schließlich die Tränen aus den Augen.

»Ihr werdet mir sicher gleich den Grund für Euren Temperamentsausbruch verraten«, sagte Klingenthal säuerlich.

»Bei Gott, das werde ich.« Selle lachte schon wieder. »Das werde ich! Höret denn, Meister: Es war vor fünf oder sechs Jahren, da gab es in der Gegend von Teltow einen Mann, der seinen Bruder erschlagen hatte. Der Grund waren Streitigkeiten um das Erbe des väterlichen Hofs. Zunächst kam die Tat nicht heraus, doch nach gut einem Jahr entlarvte der zuständige Polizeiinspektor den Täter, der daraufhin gehängt wurde. Sein Name war Hans Schulze, einfach Hans Schulze. Nun, ahnt Ihr etwas?«

»Ja«, sagte Klingenthal, und sein Mordverdacht brach wie ein Kartenhaus zusammen. »Ich ahne es.«

Da wird sein Heulen und Zähneklappen, denn viele sind berufen, aber wenige …

Am selbigen Montag saß Claus-Walter Hofstätt, seines Zeichens Meister der Handschuhmacherei, in seiner Werkstatt und überlegte, ob er es sich leisten könnte, trotz der vielen Arbeit eine Pause einzulegen. Der Heilige Abend würde am kommenden Freitag sein, und bis dahin hatte er mindestens noch ein Dutzend Paar Fingerlinge fertigzustellen. Er seufzte und dachte: Wenn ich mich spute, werde ich es schaffen.

Er legte Nadel und Faden beiseite. Es half nichts, eine Unterbrechung war vonnöten, denn der Hunger nagte ihm im Gedärm. Seit seine Frau im letzten Jahr gestorben war, hatte er niemanden mehr, der ihm eine Mittagsspeise kochte. Sollte er ins nächste Wirtshaus gehen und sich dort eine gute Portion Kartoffelbrei mit Speckstippe gönnen? Vielleicht dazu noch eine schlachtfrische Blutwurst? Bei dem Gedanken lief ihm das Wasser im Munde zusammen.

»Nun denn«, murmelte er und wollte sich erheben, als plötzlich die Werkstatttür aufging. Eine junge Frau erschien, hübsch anzusehen, mit schlanker, fast knabenhafter Figur. Sie trug ein schwarzes Gewand und hielt einen Korb in den Händen. »Guten Tag«, sagte sie, »ich hoffe, ich störe nicht?«

Hofstätt taxierte sie. Er hatte sie noch nie gesehen. Auf den ersten Blick hatte sie etwas Nonnenhaftes an sich, auch wegen des silbernen Kreuzes, das ihr um den Hals hing, andererseits war sie für eine Nonne viel zu jung und viel zu hübsch, und eine weiße Haube trug sie auch nicht. Sie trug überhaupt keine Haube, sondern hatte ihr schwarzes Haar zu einem Dutt aufgesteckt. Nein, keine Frage, sie war eine Magd.

»Das kommt darauf an.« Hofstätt klang barscher, als er es beabsichtigt hatte, aber der Hunger drückte ihn. Etwas freundlicher fügte er hinzu: »Wenn du Handschuhe bis zum Weihnachtsfest willst, muss ich dich enttäuschen. Das schaffe ich nicht mehr. Ich habe auch nur zwei Hände.«

»Gewiss sehr geschickte«, sagte die Magd lächelnd, die Hofstätts ablehnenden Ton nicht zu bemerken schien. »Eben darum hat meine Herrschaft mich zu Euch befohlen. Ich soll fragen, ob Ihr in der Lage seid, Handschuhe nach neapolitanischer Art anzufertigen. Meine Herrschaft weilte jüngst in Süditalien und lernte dort die Künste der ansässigen Handschuhmacher kennen.«

»So, so.« Hofstätt fiel darauf zunächst keine Antwort ein. Alles, was mit der Handschuhmacherei zusammenhing, interessierte ihn zwar, aber im Augenblick hatte er Kartoffelbrei mit Speckstippe vor seinem geistigen Auge, und dieser Anblick lenkte ihn ab. »Der Prophet gilt nichts im eigenen Lande und der Handschuhmacher erst recht nicht, so scheint es.«

»Nun, äh.« Die Magd schien sich die Antwort genau zu überlegen. »Ich will Euch nicht zu nahe treten, Meister Hofstätt, aber ich selbst weiß auch von der hohen Qualität italienischer Handschuhe.«

»Woher willst denn du das wissen?«

»Ich habe davon gelesen.«

»Aha. Du liest wohl viel?« Hofstätt stellte die Frage ironisch, denn eine Magd, die in ihrer freien Zeit las, gab es nicht.

»Ich lese gern. Meine Herrschaft sagt, neapolitanische Fingerlinge seien die besten der Welt.«

»Warum hat sie sich dann keine besorgt?«

»Nun, das hat sie, mehrere Paare sogar, aber keines davon ist noch heil. Alle Stücke haben Löcher oder aufgeplatzte Nähte.«

»Pah!« Hofstätt machte eine abfällige Bewegung. »Einerseits die besten Handschuhe der Welt – andererseits schon nach kurzer Zeit kaputt! Dass ich nicht lache.«

Die Magd schwieg.

»Die besten Handschuhe Potsdams macht jedenfalls nur einer, das kannst du gern deiner Herrschaft bestellen.«

»Und wer ist das, Meister?«

»Meine Wenigkeit, Claus-Walter Hofstätt.« Hofstätts Geduld war erschöpft, er schickte sich an, die Magd mit sanftem Druck nach draußen zu befördern, doch diese blieb stehen und fragte: »Wenn Ihr der beste Handschuhmacher Potsdams seid, könnt Ihr bestimmt auch Exemplare nach neapolitanischer Art herstellen?«

»Das hast du schon einmal gefragt.«

»Stimmt.« Sie lächelte.

»Wenn's sein muss.« Hofstätt wollte die Magd, so hübsch sie auch war und so angenehm ihre dunkle Stimme auch klang, endgültig loswerden. »Deine Herrschaft möge sich zu mir bemühen, damit ich Maß nehmen kann, jeder gute Handschuh ist maßgefertigt. Einfache, vorgefertigte Ware wie die gelben Exemplare, die dort ausliegen, werden ihnen sicher nicht genügen, obwohl ich auch diese auf Wunsch nach Maß anfertige.« Für einen Augenblick hoffte Hofstätt, er könnte der Magd ein Paar der gelben Fingerlinge verkaufen, denn sie waren schnell verdientes Geld. Die Maßanfertigung dauerte wesentlich länger. Dennoch gab es Kunden, die auf individueller Herstellung bestanden, darunter auch ein wortkarger Mann, der im vergangenen Jahr häufiger gekommen war. Hofstätt hatte ihn zunächst nicht bedienen wollen, da er seinen Namen nicht nannte, doch letztlich hatte der Unbekannte doch bekommen, was er wollte, denn er zahlte gut.

Die Magd reagierte nicht.

Hofstätt knurrte: »Dann eben neapolitanische.«

»Danke, ich werde es ausrichten.« Die Magd strahlte, als hätte Hofstätt ihr ein persönliches Geschenk gemacht.

»Aber erst nach Weihnachten! Nun geh, ich wollte gerade fort, eine Kleinigkeit essen.« Hofstätt drehte sich um zum Garderobenständer, an dem sein Rock hing, und zog ihn über. Als er sich zur Tür wandte, stutzte er. Die Magd war nicht mehr da. »Erst klebt sie an mir wie eine Klette, dann springt sie davon wie ein Floh«, murmelte er kopfschüttelnd, »na, mir soll's egal sein.«

Eine Dreiviertelstunde später schloss er seine Werkstatt wieder auf, wohlgesättigt und zufrieden. Er rülpste ein paar Mal, die aufstoßende Luft mit ihrem Aroma von Speck und Brei genießend, und setzte sich wieder hinter seinen Werktisch. »Dann wollen wir mal«, sagte er und entdeckte in diesem Augenblick etwas, das vorher nicht auf dem Tisch gelegen hatte: eine große Scheibe Weißbrot, dick mit goldgelber Butter bestrichen.

»Nanu?« Er nahm die Scheibe auf. Außer der Tatsache, dass das Brot frisch war und die Butter verführerisch duftete, war nichts Ungewöhnliches an seinem Fund. Woher die Scheibe wohl stammte? Kein Zweifel, die Magd musste sie liegen lassen haben. Wahrscheinlich war sie in ihrem Korb gewesen. Aber wer ließ einfach eine Scheibe Brot liegen? Hofstätt grübelte, während ihm der leckere Duft weiter in die Nase stieg. Richtig, er hatte ihr gesagt, er wolle eine Kleinigkeit essen gehen. Das musste sie gehört und ihm das Brot dagelassen haben. Wie reizend von der Kleinen. Und er hatte es noch nicht einmal bemerkt!

Hofstätt begann zu arbeiten, aber das Weißbrot, das vor ihm auf dem Tisch lag, fesselte immer wieder seine Aufmerksamkeit. Dazu kam der köstliche Duft. Soll ich warten, bis die Butter zerlaufen und das Brot trocken ist?, fragte er sich. Das wäre töricht, nein, ich esse es jetzt, dann brauche ich heute Abend nichts mehr.

Er biss kräftig hinein, kaute mit geschlossenen Augen, denn der Geschmack war wirklich hervorragend, und schluckte den Bissen hinunter.

Gleich darauf wurde ihm schwarz vor Augen, das Brot fiel ihm aus der Hand, und er brach röchelnd zusammen.

Claus-Walter Hofstätt, nach eigenem Bekunden der beste Handschuhmacher Potsdams, hatte seinen letzten Bissen getan.

Eine weitere Dreiviertelstunde später erschien Klingenthal in Hofstätts Werkstatt, fest entschlossen, sich diesmal nicht abspeisen zu lassen. Hofstätt, der schroffe Mann, würde ihm Rede und Antwort stehen müssen und die Namen seiner Käufer nennen. »Guten Tag«, sagte Klingenthal,

»ich …« und brach ab, denn er sah, dass Hofstätt keine Namen mehr nennen konnte.

Er war tot.

Klingenthals erster Impuls war, sich davonzustehlen, so wie er es schon bei von Reckwitz und Katusow getan hatte, aber dann sagte er sich, dass es so nicht ging. Er musste bleiben. Es galt, die rätselhaften Morde aufzuklären, nicht nur, damit Alena außer Gefahr war, sondern mittlerweile auch im eigenen Interesse. Der Gedanke, dass Selle in der Weihnachtszeit zu seinem König laufen könnte und ihm brühwarm von seiner Unterredung mit einem gewissen Bauchredner Klingenthal berichtete, war alles andere als angenehm.

Klingenthal stellte fest, dass die Kerzen im Tischleuchter nicht weit heruntergebrannt waren. Hofstätt musste also noch bis vor kurzem gelebt haben. Flüchtig untersuchte er den Leib. Kein Puls, kein Atem, der erste Eindruck bestätigte sich: Der Mann war tot. Doch woran war er gestorben? Äußerlich wies er keinerlei Verletzungen auf. Gift? Kaum. Unwillkürlich betrachtete Klingenthal die Hände des Toten. Nein, er trug keine gelben Handschuhe.

Klingenthal setzte sich. Ruhig Blut, sagte er sich. Die Tatsache, dass Hofstätt keine gelben Handschuhe trägt, bedeutet noch lange nicht, dass er nicht vergiftet wurde.

Er stand wieder auf – und rutschte fast auf etwas Glitschigem aus. Er unterdrückte eine Verwünschung und blickte nach unten. Dort lag etwas, das aussah wie ein Butterbrot. Es war ein Butterbrot. Genauso sicher wie das Tier, das neben dem Butterbrot lag, eine Katze war. Eine tote Katze.

Klingenthal ging in die Knie und versuchte, seine Gedanken zu ordnen. Tausend Überlegungen schwirrten ihm im

Kopf herum, doch dann bündelten sie sich langsam wie im Brennpunkt eines Glases. Ja, so konnte es gewesen sein: Hofstätt hatte von dem Butterbrot abgebissen – der halbrunde Abdruck der Zähne im Brot bewies es – und war anschließend jämmerlich krepiert. Seine gekrümmte Haltung sprach für Schmerzen und ein letztes Aufbäumen. Das Butterbrot musste ihm dabei aus der Hand gefallen sein. Das wiederum musste die Katze bemerkt haben, die sich neugierig näherte, ebenfalls von dem Butterbrot kostete – und starb. Die Spuren ihrer rauhen Zunge auf dem Butterbelag waren ein Zeugnis für die Richtigkeit von Klingenthals Schlussfolgerungen.

Also doch Gift. Aber welches? War es möglich, dass es sich um dasselbe Toxikum handelte wie bei den gelben Todeshandschuhen? Möglich war es. Ein Kontaktgift konnte ebenso gut über die Schleimhäute im Mund aufgenommen werden wie über die Oberfläche der Haut.

Gut und schön, aber diese Überlegung brachte ihn auch nicht weiter. Er dachte darüber nach, ob er das Butterbrot mitnehmen sollte, um es untersuchen zu lassen, aber von wem? Selle? Ausgeschlossen. Außerdem fiel ihm kein passender Aufbewahrungsort ein. Damit nicht genug, stand zu befürchten, dass der Belag schmolz.

Er beschloss, sich wenigstens gründlich in der Werkstatt umzusehen. Dafür, dass Hofstätt wahre Kunstwerke an Fingerlingen produziert hatte – einige auf hölzerne Hände gezogene Stücke zeugten davon –, wirkte die Stätte seines Schaffens vergleichsweise klein, ja armselig. Abermals stachen Klingenthal die gelben Lederlinge ins Auge. Sie lagen allesamt auf einem Seitenregal, paarweise geordnet. Es schien kleine, mittlere und große Paare zu geben. Er untersuchte jedes einzelne Stück genau und dachte an Katusow.

Keiner der hier liegenden Gelblinge hätte über seine riesigen Pranken gepasst. Was bedeutete das? Nichts anderes, als dass Katusows Exemplare speziell für ihn angefertigt worden waren. Aber wie war das geschehen? War der Russe eines Tages zu Hofstätt in die Werkstatt marschiert und hatte um die Maßanfertigung eigener Todeshandschuhe gebeten? Lächerlich.

Andererseits musste Hofstätt Katusows Maße gekannt haben. Fragen über Fragen! Klingenthal atmete schwer – vor lauter Grübeleien hatte er eine Zeit lang die Luft angehalten. Zermartere dir nicht das Hirn!, ermahnte er sich, schau dich lieber weiter um.

Aber viel gab es in Hofstätts Reich nicht mehr zu entdecken. Werkzeuge, Materialien, Applikationen, Gerüche nach Leim und Leder, altersschwache Regale, ein rußgeschwärzter Ofen, dazu Staub, Spinnweben – alles in allem bot sich ihm ein Anblick düsterer Farbigkeit. Doch halt, da war noch etwas anderes, etwas sehr Weißes. Ein Stück oder ein Klotz oder etwas Ähnliches. Groß und glatt wie ein Ziegelstein. Klingenthal hob den Gegenstand hoch und stellte fest, dass er aus Gips war und einiges wog. Ansonsten wies er keine Besonderheiten auf. Ohne darüber nachzudenken, drehte er ihn um – und erstarrte. Die Unterseite zeigte den Abdruck einer Hand. Einer rechten Männerhand.

Weil er zuvor an Katusow gedacht hatte, überlegte Klingenthal automatisch, ob es sich um einen Abdruck des Russen handeln könne, aber nein, das Greiforgan war zu klein. Daraufhin legte er seine eigene Rechte in die Ausformung und konstatierte, dass auch sie zu groß war. Daraus ergab sich, dass der Vorlagengeber für den Abdruck kleine, feine Hände haben musste.

Als Klingenthal mit seinen Schlussfolgerungen so weit

gediehen war, fühlte er eine gewisse Befriedigung. Doch gleich darauf schalt er sich, denn ihm wurde bewusst, dass er in Wahrheit noch keinen Deut weitergekommen war. Aber was konnte er sonst noch tun?

Weitersuchen. Er hielt den Gipsziegel ganz nah an das Licht des Leuchters und entdeckte tatsächlich noch etwas. Es handelte sich um ein paar Einritzungen am unteren Rand. Klingenthal sah noch genauer hin und stieß einen kleinen Schrei aus. Er hatte drei Buchstaben erkannt: *HvR.*

Ha, vau, er, formte er mit den Lippen. *Ha, vau, er?* Natürlich! Das musste »Hans von Reckwitz« heißen. Demnach hatte er den Gipsabdruck gefunden, nach dem Hofstätt Maßhandschuhe für von Reckwitz gefertigt hatte.

Aber von wem hatte Hofstätt den Abdruck? Hatte er ihn womöglich selbst hergestellt? Vielleicht ja, vielleicht nein. Eher nein. Klingenthal wusste nicht viel über die Arbeitsschritte zur Anfertigung eines maßgetreuen Handschuhs, aber die Herstellung eines Gipsabdrucks gehörte seines Wissens nicht dazu. Wenn dem so war, musste Hofstätt den Abdruck von einem anderen bekommen haben, wodurch sich eine neue Frage auftat: Von wem? Vom Mörder?

Weitere Frage: Wer in Potsdam stellte Gipsabdrücke her? Wer arbeitete überhaupt mit diesem Werkstoff? Wenn er es recht bedachte, kannte er nur eine Person, die dafür in Frage kam.

Er beschloss, sie umgehend aufzusuchen.

»Wohin willst du, Julius? Ich habe mich die ganze Zeit gefragt, wo du bist, und nun bist du da und sagst kein Wort. Was ist mit Professor Selle? Hast du ihn in Sanssouci getroffen? Hat er die Morde zugegeben, was hat er gesagt?« Alenas Augen sprühten Funken vor Unmut.

»Ich will ins Atelier von Madame.«

»Madame ist nicht da.«

»Umso besser.« Klingenthal schob sich an Alena vorbei. »Bitte verstehe, ich kann jetzt nicht mit dir lang und breit darüber reden, was ich herausgefunden habe. Lass mich die Zeit nutzen, in der Madame fort ist.«

»Wenn du unbedingt willst.« Alena klang etwas schnippisch. »Es ist nicht so, dass ich nichts zu tun hätte. Madame hat mir einen Berg Schreibkram aufgehalst.«

»Dann ist es ja gut.«

»Trotzdem komme ich mit ins Atelier.«

»Nein.« Klingenthals Ton ließ keinen Widerspruch zu.

»Doch!«

Klingenthal rang die Hände. »Bitte, Alena! Wenn du unbedingt etwas tun willst, dann achte darauf, wann Madame zurückkommt. Kommt sie zu früh, halte sie auf und gib mir Bescheid, damit ich rechtzeitig aus ihrem Allerheiligsten entwischen kann.«

Widerstrebend gab Alena nach. »Dass du immer deinen Willen bekommen musst, Julius Klingenthal!«

»Sei nicht böse.« Er küsste sie flüchtig und eilte hinauf in den zweiten Stock, wo es ihm gelang, unbemerkt ins Atelier zu schlüpfen.

Da es mittlerweile später Nachmittag war, fiel kaum noch Licht von draußen durch die Fenster, weshalb er als Erstes ein paar Kerzen entzündete. Er wusste zwar, wonach er suchte, aber er wusste nicht, wo er es finden würde, in jedem Fall brauchte er für seine Nachforschungen Helligkeit. Irgendwo im hintersten Winkel seines Hirns hatte ein Bild geschlummert, das ihm die ganze Zeit nicht präsent gewesen war, nun aber, angeregt durch den Fund des Gipsziegels, wieder vor seinen Augen auftauchte. Gipsabdrücke. Er hatte sie beim letzten Mal in diesem Raum gesehen. Unter anderen Materialien. Und er erinnerte sich daran, dass Madame einen Abdruck von seiner Hand hatte herstellen wollen.

Ein Schauer lief ihm über den Rücken. Hatte sie auch für ihn ein Paar der todbringenden Lederlinge anfertigen lassen wollen? Grimmig sagte er sich, dass er den Handschuhmacher nicht mehr danach fragen konnte.

Er griff in seinen Rock und förderte den von Hofstätt mitgenommenen Abdruck zutage. Es galt, nach Formen zu suchen, die von gleicher Gestalt waren. Wo lagen sie bloß? Er suchte eine Zeit lang beharrlich und entdeckte sie endlich auf einem Ecktisch zwischen verschiedenen Wachsabdrücken. Gipsabdrücke bei Wachsabdrücken – das machte Sinn. Darauf hätte er auch gleich kommen können!

Es waren insgesamt fünf Gipsabdrücke von unterschiedlichen Händen. Gleich würde sich herausstellen, für welche Herren die Abdrücke angefertigt worden waren – vorausgesetzt, sie waren nach demselben Muster gemacht wie jener von Selles Assistent. Klingenthal hielt den Atem an. Nacheinander untersuchte er die Abdrücke, wobei er besonderes Augenmerk auf den unteren Rand der Gipsziegel legte.

Ja! Fast hätte er aufgeschrien. Alle Abdrücke wiesen Buchstaben auf. Er blickte sich um. Irgendwo entdeckte er eine Lupe und hielt sie darüber. Er entzifferte bei einer sehr großen Hand die Buchstaben *MFK*. Was bedeutete das? Er grübelte, dann fiel ihm ein, wie Madame das *Collegium* um eine Schweigeminute für den toten Katusow gebeten hatte. Wie war sein voller Name gewesen? Richtig: Michail Fjodorowitsch Katusow. *MFK!* Damit stand fest: Madame hatte von Katusows Hand einen Gipsabdruck angefertigt und diesen dann Hofstätt gegeben. Hofstätt wiederum musste die Handschuhe hergestellt haben, so weit, so richtig. Und dann?

Wer hatte die Handschuhe vergiftet? Hofstätt? Madame? Ein unbekannter Dritter? Wer hatte überhaupt Zugang zu derlei tödlichem Gift? Ein Toxikum von so großer Stärke bekam man nicht an jeder Ecke. Das gab es nur in einer Apotheke.

Klingenthal gebot seinen gedanklichen Kapriolen Einhalt. Er wollte die anderen Abdrücke untersuchen.

Der zweite Gipsziegel, den er unter die Lupe nahm, wies die Buchstaben *LU* auf, der dritte *MvS*, der vierte *AD*. Alle drei Kombinationen sagten ihm trotz angestrengten Nachdenkens nichts. Der fünfte Abdruck hingegen schien wieder eindeutig: *SØ*. Das musste Søderborg bedeuten. Fünf Buchstabenkombinationen, die für fünf Namen standen. Auch für fünf Tote? Katusow und Søderborg waren tot. Und die anderen? Von Reckwitz war ebenfalls tot, auch wenn sein Gipsabdruck bei Hofstätt gelegen hatte – und nicht in Madames Atelier. Wie war das zu erklären? War es bloßer Zufall? Immerhin lag der Tod des von Reckwitz schon ein Jahr zurück.

Wieder grübelte Klingenthal, was die drei unbekannten Buchstabenkombinationen bedeuten konnten. Er kam nicht darauf, vielleicht deshalb, weil er die Namensträger nicht kannte. Welche Personen kannte er, zum Beispiel im *Collegium* oder im Palais? Der Einzige, der ihm einfiel, war Ludolf, der Diener. Ludolf für die Abkürzung *LU*. Aber der Diener lebte! Hieß das, die Träger der beiden anderen Initialen lebten ebenfalls noch? Wenn ja, waren sie allesamt Todeskandidaten, darunter auch Madames alter Diener?

Klingenthal gab es auf. Er wollte den Kopf frei bekommen von den Grübeleien – und konnte es dennoch nicht lassen. Welches Motiv hatte Madame für ihre heimtückischen Morde? Richtig, er und Alena hatten darüber gesprochen, dass die Hausherrin womöglich eine Spionin sei. Wenn es gelang, ihre Spitzeleien aufzudecken und zu beweisen, dass ihre Maulwurfsarbeit mit den Morden im Zusammenhang stand, würde sie entlarvt sein. Sie würde ein Geständnis ablegen.

Allerdings wollte das gut vorbereitet sein. Besser als bei Professor Selle, wo er sich, wenn er ehrlich war, gehörig blamiert hatte. Nicht nur gehörig, sondern auch gefährlich.

Klingenthal sah sich weiter um. Er wusste nicht, wonach er suchte, und hoffte auf Glück und Inspiration. Die Werkzeuge und Materialien, der Sandstein, der Marmor, die Arbeiten, alles das wirkte auf ihn fremd und ungreifbar – ebenso wie das von Madame so oft erwähnte Projekt: der David, der ihr Meisterstück werden sollte. Wie konnte jemand, der so schlecht geratene Büsten wie die des Cäsar, Augustus, Tiberius, Claudius und Caligula herstellte, ernsthaft glauben, ein Gipfelwerk wie den David von Michelangelo kopieren zu können!

Klingenthal schüttelte unwillkürlich den Kopf. Wenn nicht an jeder Büste der Name stände, dachte er, würde man den Abgebildeten kaum erkennen. Das lag an der ungenauen Ausführung und an den misslungenen Proportionen. Dazu kam, dass die Haare der römischen Kaiser allesamt wie Perücken aussahen. Das war seltsam, denn die Herausforderung für einen Bildhauer bestand gewöhnlich darin, den Mund perfekt wiederzugeben, die Nase präzise zu formen und auch die Ohren, sofern die Haare sie nicht überdeckten. Die Römer dagegen trugen die Haare kurz, was nicht so schwer zu gestalten war. Woher kam nur der Eindruck, sie trugen Perücken?

Klingenthal suchte sich die Cäsar-Büste aus und trat ganz dicht an sie heran. Was war das? Da, wo die Haare seitlich aufhörten, verlief ein winziger Riss. Klingenthal schaute noch näher hin und erkannte, dass der Riss sich um den gesamten Kopf herumzog. Er war so fein, dass er von einem normalen Betrachter nicht gesehen werden konnte. Nur erahnt. Kam daher der Eindruck von Perücken?

Aber warum der Riss?

Klingenthal untersuchte die anderen Köpfe und stellte fest, dass auch Augustus, Tiberius, Claudius und Caligula an gleicher Stelle das gleiche Merkmal aufwiesen. Er wandte sich wieder Cäsar zu, wobei er den Imperator versehentlich anstieß. Bildete er es sich ein, oder war aus dem Riss ein Spalt geworden? Er schob den Daumennagel dazwischen. Und staunte: Es schien, als könnte er die gesamte Haarbedeckung am Stück abnehmen. Vorsichtig hob er die Haare hoch und legte sie beiseite. »Cäsar«, murmelte er und musste trotz des Ernstes der Situation grinsen, »ich will dir nicht zu nahe treten, aber du scheinst ein Hohlkopf zu sein.«

In der Tat war, wie er gleich darauf feststellte, sogar die ganze Büste hohl, und nicht nur das: Der leere Raum war zusätzlich Aufbewahrungsort für eine Reihe von Schriftrollen. Er nahm eine heraus und strich sie glatt, wobei er die Augen zusammenkniff, denn das, was da mit schwarzer Tinte festgehalten war, bestand zum großen Teil aus kleinen Zahlen und Formeln. Er brauchte einige Zeit, um zu erkennen, das es sich dabei um militärische Angaben handelte, um Truppenstärken und Abteilungen, Vergleiche von Waffen und ihrer Funktion, Ladezeiten von Gewehren, Durchschlagskraft von Salven und so weiter. Das Ganze sagte ihm nicht viel, bis er durch einige Fachausdrücke darauf kam, dass die Angaben sich auf ein Garderegiment bezogen. Da: Wieder tauchten die drei Buchstaben *MFK* auf. Es war also Katusows Regiment. Der Schleier des Rätsels hob sich langsam, zumal Klingenthal eine Art Zahlen-Initial auffiel: *J.II.* Hieß das Joseph II.? Hatte Madame mit Katusows unfreiwilliger Hilfe die Stärke und die Beschaffenheit russischer Truppen ausspioniert und die Erkenntnisse an Österreich weitergegeben?

Klingenthal verhalf Cäsar wieder zu seiner ursprünglichen Haartracht und wandte sich Tiberius zu. Tiberius hatte den Kopf voller Protokolle und Aufzeichnungen. Ein ziemlich neu aussehendes Papier hielt stichwortartig ein Gespräch mit *SØ*, also Søderborg, fest, in dem die möglichen Partner des Fürstenbundes aufgelistet waren. Der Schreiber, da war Klingenthal sicher, war Madame, denn er hatte schon das eine oder andere Mal ihre Handschrift gesehen. Am Schluss der Liste stand: *Ich weiß, dass* SØ *für* J.II. *arbeitet. Weiß er auch von mir? In jedem Fall ist er ein Konkurrent …*

Klingenthal widmete sich den anderen römischen Kaisern und bekam mehrfach große Augen, denn er las Angaben über die Steuerpläne Friedrichs des Großen, Statistiken über die Ernten der letzten Jahre, Berichte über die Stimmung in der Bevölkerung, Vergleiche über Geburtenzahlen in Stadt und Land, Aufzeichnungen über die Verteuerung lebensnotwendiger Nahrungsmittel und vielerlei mehr. Sogar ein genauer Plan des Schlosses Sanssouci war dabei, mit genauer Bezeichnung von Friedrichs Privatgemächern und deren Einrichtung. Seine Vorlieben und Schrullen, seine Krankheiten, seine Launen und auch seine Schwächen – alles war bis ins Kleinste festgehalten. Madame, das musste der Neid ihr lassen, verstand sich auf ihr Geschäft. Sie musste bei Hofe gute Quellen haben, sehr gute sogar. Und nicht nur dort. Auch innerhalb des *Collegiums*, das sie – die Vermutung lag nahe – einzig aus diesem Grund ins Leben gerufen hatte.

»Darf ich erfahren, was Ihr in meinem Atelier zu suchen habt?« Plötzlich stand Madame de Chattemont im Raum, das schöne Antlitz drückte eine Mischung aus Verärgerung und Erstaunen aus.

Klingenthal fuhr herum. »Ich, äh …«, sagte er und schluckte. Wie war die Hausherrin nur so schnell hereingekommen? Und warum hatte Alena ihn nicht rechtzeitig gewarnt?

»So habe ich also doch richtig erkannt, dass Licht in meinem Atelier brennt«, fuhr Madame fort. »Das kam mir gleich verdächtig vor.« Ihr Blick fiel auf den haarlosen Caligula und auf die Dokumente, die bis vor kurzem Platz in seinem Kopf gefunden hatten. »Wie ich sehe, spioniert Ihr mir nach.«

Klingenthal hatte sich inzwischen so weit gefangen, dass er antworten konnte: »Ich glaube eher, dass Ihr die Spionin seid, Madame.«

»Was erlaubt Ihr Euch! Ich höre wohl nicht recht?« Die Hausherrin stemmte die Hände in die Hüften, was ziemlich undamenhaft aussah. »Ihr entschuldigt Euch auf der Stelle bei mir und nehmt die Behauptung zurück!«

Klingenthal musste lächeln. Die Empörung von Madame war allzu sehr geheuchelt. »Selbst wenn ich die Behauptung zurücknähme, so bliebe der Sachverhalt derselbe. Die Papiere in den Köpfen sprechen eine eindeutige Sprache: Ihr seid eine Spionin.«

Madames Haltung änderte sich, ihr Ton wurde schnippisch. »Und wenn schon, was geht's Euch an!«

»Ihr habt recht, vielleicht ginge es mich wirklich nichts an, wenn Ihr nicht auch noch eine Mörderin wärt.«

»Was, ich? Eine Mörderin? Das wird ja immer schöner!« Madame lachte schrill und griff zu dem Fläschchen, das sie immer mit sich führte. Nachdem sie ihr übliches Quantum genommen hatte, wurde sie ruhiger und sagte: »Wie kommt Ihr auf diesen abwegigen Gedanken, lieber Meister?«

Statt einer Antwort hielt Klingenthal einen der Gipsabdrücke hoch. »Kennt Ihr diesen Abdruck?«

»Sollte ich ihn denn kennen?«

»Ich denke schon, es ist ein Gipsabdruck der Hand des Obristen Katusow. Und es ist nur einer von mehreren, die ich in Eurem Atelier fand. Einen weiteren Abdruck entdeckte ich übrigens in der Werkstatt des Handschuhmachers Hofstätt, der Euch sicher gut bekannt ist.«

»Lächerlich! Ich kenne keinen ... wie heißt der Mann?«

»Hofstätt.«

»Meinetwegen. Ich kenne ihn nicht, und ich fordere Euch auf, mein Atelier sofort zu verlassen.«

»Einen Augenblick noch, Madame, wenn Ihr gestattet. Ich behaupte, Ihr habt von Katusows Hand einen Gipsabdruck hergestellt und diesen Hofstätt übergeben, damit er maßgetreue Fingerlinge anfertigen konnte. Anschließend habt Ihr dafür gesorgt, dass Katusow sie bekam – vielleicht als eine Art Geschenk.«

»Unsinn!« Madames Sicherheit begann wieder zu bröckeln. »Ich kenne keinen Hofstätt, und ich habe mein Lebtag noch keine Handschuhe verschenkt – schon gar nicht an den armen Katusow!« Abermals nahm sie einen Schluck ihrer *Rapp'schen Beruhigungstropfen.* »Selbst wenn ich's getan hätte, was wäre daran verwerflich?«

»Nichts, außer dass die Handschuhe vergiftet waren. Katusow bekam sie, zog sie an und starb. Es war am Abend des vierten Dezember, nachdem das *Collegium* zusammengekommen war, um mehr über die Wünschelrute, den Fischvogelsäuger und die Rose von Jericho zu erfahren. Katusow starb danach in seiner Kutsche, mit gelben Handschuhen an den Händen. Anschließend erschien bei Euch ein Polizeibeamter, um Euch zu dem Vorfall zu befragen.«

Madame reckte das Kinn vor. »Ja, ich erinnere mich. Und ich erinnere mich auch, dass er Euch fragte, wo Ihr zur Tatzeit wart, ferner erinnere ich mich, dass ich Euch und Alena ein Alibi verschaffte, indem ich versicherte, Ihr hättet das Palais den ganzen Abend nicht verlassen. Ihr habt es aber doch verlassen, denn ich bat Alena, Euch aus der Remise zu holen. Deshalb scheint mir, seid Ihr viel eher verdächtig, diese ominösen Handschuhe an Katusow ausgehändigt zu haben, vorausgesetzt, es gibt sie wirklich.«

Klingenthal brauchte einen Augenblick, um die Ungeheuerlichkeit der Anschuldigung zu begreifen. »Madame«, sagte er steif, »Ihr seid Bildhauerin. Wer außer Euch sollte einen Gipsabdruck von Katusows Hand angefertigt haben? Außerdem: Es ist ja nicht nur dieser Abdruck. Es gibt andere für Graf Søderborg und ebenso für Hans von Reckwitz – allesamt Herren, die tot sind, gestorben durch ein Kontaktgift an maßgefertigten gelben Handschuhen.«

Madame lächelte milde. »Es ehrt Euch, lieber Meister, dass Ihr die Todesursache für meine lieben *Collegiums*-Mitglieder herausfinden wollt. Aber wenn Ihr glaubt, ich hätte damit etwas zu tun, seid Ihr auf dem Holzweg. Ich gebe zu, ich habe eine Reihe von Gipsabdrücken hergestellt, aber dazu müsst Ihr eines wissen: Hände zu modellieren ist vielleicht das Schwierigste an der ganzen Bildhauerei. Ich benutze die Abdrücke, um sie auszugießen und wieder zu neuen Händen zu formen. Ihr ahnt nicht, wie sehr das die handwerkliche Geschicklichkeit fördert.«

»Ihr habt die Abdrücke hergestellt und seid anschließend zu Hofstätt gegangen, damit er die tödlichen Handschuhe maßfertige«, beharrte Klingenthal.

Madame lachte freundlich. »Lieber Meister, Ihr verrennt Euch da in etwas. Glaubt Ihr wirklich, ich würde zu einem Handschuhmacher gehen, um seine Dienste in Anspruch zu nehmen? Wenn überhaupt, käme er zu mir.«

Klingenthal zögerte. Es war in der Tat kaum vorstellbar, dass eine Adlige wie Madame de Chattemont ihre Schritte in die bescheidene Werkstatt eines Handwerkers lenkte. Und trotzdem. »Vielleicht habt Ihr einen Komplizen?«

»Einen Komplizen? Jetzt geht der Gaul aber wirklich mit Euch durch. Meint Ihr allen Ernstes, ich hätte einen Kumpanen, der für mich Gipsabdrücke zu diesem Hofstätt schleppt, womöglich einen zweiten, der die Handschuhe vergiftet, und einen dritten, der sie den Opfern überstreift? Und selbst wenn das alles so wäre, warum sollte ich es tun?«

»Weil Ihr eine Spionin seid.«

»Der ganz andere Mittel zu Gebote stehen, um an Informationen heranzukommen. Ich bin eine Frau, und ich kämpfe mit den Waffen einer Frau. Vergiftete Handschuhe gehören nicht zu meinem Arsenal. Im Übrigen vergesst eines nicht: Ein Toter nützt mir als Quelle nichts.«

Klingenthal merkte, wie ihm allmählich die Felle davonschwammen. Das, was Madame sagte, schien nicht ohne Logik. »Nun, Ihr seid vermögend«, sagte er schließlich.

»Vielleicht wurdet Ihr erpresst? Wer wie Ihr im Licht der Öffentlichkeit steht, ist angreifbar.«

»Gewiss, es hat in der Vergangenheit tatsächlich schon Versuche gegeben, mich zu erpressen«, antwortete Madame überraschend, »aber ich wusste damit umzugehen, denn ich habe einen langen, steinigen Weg hinter mir. Ich war nicht immer reich, müsst Ihr wissen. Ich komme aus sehr einfachen Verhältnissen.«

Madames Offenheit beeindruckte Klingenthal. Unwillkürlich nickte er.

»Mein Kapital war von jeher mein Aussehen. Es half mir, zweimal einen Mann zu heiraten, der nicht nur sehr begütert, sondern auch bedeutend älter war als ich, was zur Folge hatte, dass ich beide auf ganz natürliche Art überlebte. Und es half mir auch, als Spionin erfolgreich zu sein. Es gibt keinen Ort der Welt, an dem Männer leichter ins Plaudern geraten als im Bett.«

»Nun ja.« Klingenthal hatte allmählich das Gefühl, seine Schlussfolgerungen stünden sämtlich auf tönernen Füßen. Wenn er es recht bedachte, hatte Madame in der Tat keinen Grund, ihre *Collegiums*-Mitglieder ins Jenseits zu befördern. Es mochte sein, dass sie als Spionin dem Obristen Katusow oder dem Grafen Søderborg gegenüber Neid empfunden hatte, es mochte sein, dass diese als Spitzel erfolgreicher als sie agiert hatten, es mochte sein, dass Erpressung oder Rachsucht oder Missgunst oder was auch immer im Spiel gewesen waren – aber alles das konnte nicht bewiesen werden und musste nicht unbedingt ein Grund zum Morden sein. Klingenthal dachte an die Blöße, die er sich bei Professor Selle gegeben hatte, und beschloss, den Rückzug anzutreten. »Ich will nicht ausschließen, Madame, dass ein Unbekannter sich der von Euch angefertigten Gipsabdrücke bemächtigte und sie als Grundlage für hinterhältige Morde benutzte. In diesem Fall bitte ich um Entschuldigung. Versteht das Ganze nur als Ausdruck meiner Betroffenheit über die Ermordung der von Euch so geschätzten Mitglieder des *Collegiums*. Denn dass diese ermordet wurden, ist sicher.«

»Einverstanden, ich bin nicht nachtragend.« Madame girrte, als habe das unangenehme Gespräch zwischen ihnen niemals stattgefunden. »Aber woher wisst Ihr eigentlich diese ganzen Dinge mit den Handschuhen und dem Gift? Ihr verheimlicht mir doch etwas?«

»Nun, Madame, verzeiht, aber darüber möchte ich nicht sprechen. Je weniger Personen von diesen Umständen wissen, desto besser.«

»Das sehe ich ein.« Die Hausherrin produzierte einen neckischen Augenaufschlag und kam einen Schritt näher. »Aber eines müsst Ihr mir versprechen: Achtet auf Euch, ich möchte nicht auch noch um Euch trauern müssen. Ich habe Euch lieber lebendig.«

Klingenthal wich zurück. Er dachte an die Hemmungslosigkeit, mit der sie ihn in der violett ausgeschlagenen Transportkiste geküsst hatte. »Gewiss, Madame. Mit Eurer Erlaubnis darf ich mich nun empfehlen.«

»Ihr dürft, lieber Meister, Ihr dürft.«

Klingenthal verbeugte sich höflich und entfernte sich mit schnellen Schritten. Er konnte sich nicht helfen, er hatte das Gefühl, erneut eine Niederlage eingesteckt zu haben.

Am Morgen des 21. Dezember, es war der Tag nach Klingenthals unergiebigen Gesprächen mit Selle und Madame, ging Alena hinunter in die Küche des Palais, um Anni zu bitten, für sie einige Botengänge zu erledigen. Anni saß mit dem Gesinde wie üblich am großen Küchentisch und nahm die Morgenspeise ein. Es war ein einfaches Mahl: warme Milch, in die ein paar Brocken Brot getaucht wurden. Dazu gab es Zichorienkaffee.

»Guten Morgen«, sagte Alena, »bitte, Anni, sei so gut und trage für mich ein paar Briefe aus. Madame hat in letzter Zeit so viel Korrespondenz, dass ich mit dem Schreiben kaum nachkomme.«

Die Magd schluckte den letzten Bissen hinunter. »Gern, Mademoiselle«, sagte sie, »aber Ludolf hat mich schon zum Wäschesortieren eingeteilt, denn zwischen Weihnachten und Neujahr waschen, das geht nicht, das bringt Unglück. Deshalb soll's heute sein.«

»Das stimmt, Mademoiselle«, sagte Ludolf mit Würde. »Doch wenn Madame Briefe hat, gehen diese selbstverständlich vor.«

»Danke, Ludolf.«

Der alte Diener räusperte sich. »Allerdings, äh ...«

»Ja, Ludolf?«

»Darf ich fragen, ob es sich um Postschaften handelt, die innerhalb der Stadt ihren Empfänger finden sollen?«

Alena zog die Brauen hoch. »Ja, warum?«

»Nun, in diesem Fall könntet Ihr vielleicht Göttsche bitten, die Sendungen mit der Kutsche zu besorgen. Ich meine ...« Ludolf unterbrach sich. »Natürlich nur, wenn es Euch nichts ausmacht, Mademoiselle. Die Wäsche ist wirklich sehr wichtig, und zwei der Mägde sind krank, ein unruhiges Schweißfieber. Körnchen, äh, ich meine Doktor Korn, war schon da. Ach, ich weiß gar nicht, wie ich die ganze Arbeit schaffen soll.«

Alena lächelte. »Das ist mir natürlich auch recht. Warte,

ich schaue mal nach, ob Göttsche in seinem Zimmer ist.« Sie ging die wenigen Schritte bis zu seiner Behausung und klopfte. »Göttsche, hörst du mich?«

Als keine Antwort kam, klopfte sie nochmals.

Nichts.

Alena ging zurück in die Küche und fragte: »Weiß jemand, ob Göttsche schon vor dem Frühstück fort ist?«

»Das ist er bestimmt nicht«, sagte Anni, die mit Imme den Küchentisch abräumte.

»Bestimmt nicht«, wiederholte Ludolf. »Das wäre mir bekannt. Ist er nicht in seinem Zimmer?«

»Ich weiß nicht«, sagte Alena. »Ich sehe mal nach.« Wieder ging sie zu der Tür, hinter der sich Göttsches karger Raum befand, und klopfte. Diesmal energischer. Doch das Ergebnis war dasselbe.

»Ob ihm was passiert ist?«, fragte Anni, die neugierig hinterhergekommen war.

»Das glaube ich nicht«, sagte Alena. »Ich sehe mal nach.« Entschlossen drückte sie die Klinke hinunter und öffnete. »Göttsche, bist du da?«

Göttsche war da. Aber er konnte nicht antworten. Nicht mehr, denn er lag rücklings tot auf seinem Bett, die Beine nach oben angewinkelt, die Füße starr in der Luft. Er war tot, so tot, wie ein Mann nur sein konnte.

Und er trug rote Strümpfe.

»Alena«, sagte Klingenthal nur wenig später, »lass uns in die Remise gehen, ich möchte etwas mit dir besprechen.«

»Hat es mit Göttsches Tod zu tun?«, fragte Alena, die sich noch immer nicht beruhigt hatte. »Ich weiß nicht, ob ich mitkommen kann, Madame ist zwar nicht da, aber es gibt schrecklich viel zu tun.«

»Komm mit, ich bitte dich. Ich brauche einen Ort, an dem wir ungestört reden können. Hier im Palais haben die Wände Ohren.«

Als sie in der Garage waren, bestieg Klingenthal seinen Karren und half anschließend Alena hinauf. »Wie in alten Zeiten«, grinste er und umfing ihre Hüften.

Alena machte sich frei. »Wenn das der Grund ist, warum du mich hierher gelockt hast, bist du schief gewickelt, Julius Klingenthal. Du bist unverbesserlich!«

Er wurde ernst. »Ich wollte tatsächlich mit dir reden.«

»Dann schieß los, ich habe wirklich nicht viel Zeit.«

»Gut, dann komme ich ohne Umschweife zur Sache. Ich habe dir doch von dem unergiebigen Gespräch mit Madame erzählt.«

»Das hast du, lang und breit.«

»Dann weißt du auch, dass ich in dem Gespräch die Vermutung äußerte, Madame hätte einen Komplizen, woraufhin sie recht schlüssig dagegen argumentierte, was mich wieder zweifeln ließ. Nun, seit vorhin glaube ich doch daran.«

»Woran?«

»Dass sie einen Helfer hatte und dass Göttsche dieser Helfer gewesen sein kann.«

»Aber warum ausgerechnet Göttsche?« Alenas Augen blickten ungläubig.

Klingenthal nahm sich Zeit mit der Antwort. »Zunächst einmal gibt es ganz offenkundig kaum einen, der Madame so anhimmelt wie er, oder besser: angehimmelt hat. Er könnte deshalb gut derjenige gewesen sein, der für sie die Verbindung zu Hofstätt herstellte. Wahrscheinlich war er es, der die Handschuhe nach den Gipsabdrücken anfertigen ließ.«

»Meinst du wirklich?«

»Ja, das meine ich.«

Alena runzelte die Stirn und schmiegte sich an Klingenthal. »Wenn Göttsche die Handschuhe herstellen ließ, wer hat sie dann vergiftet? Auch er? Das glaube ich nicht. Mit einem Gift von solcher Stärke muss man umgehen können, und Göttsche ist nur ein einfacher Kutscher. Nein, er war bestimmt nicht beteiligt.«

Klingenthal begann sie zu streicheln, wie er es oft tat, wenn sie zusammen waren. »Immerhin trug er bei seinem Tod rote Strümpfe. Die roten Strümpfe, die ihm Madame zu seinem Geburtstag geschenkt hatte. Wenn das kein Zeichen der Verehrung ist!«

Alena schüttelte den Kopf. »Rote Strümpfe als Beweis dafür, dass Göttsche ein Komplize von Madame war, das scheint mir doch ziemlich weit hergeholt. Vielleicht habe ich es nicht erzählt, aber Madame hatte mit den Strümpfen eigentlich gar nichts zu tun, sie bat das Gesinde, sich ein Geschenk für sie auszudenken, da sie sehr beschäftigt war, mehr nicht.«

Klingenthal ließ sich nicht aus der Ruhe bringen. Er fuhr fort, sie zu liebkosen, und sagte: »Gehen wir noch einmal zurück zu jenem Abend, als das *Collegium* den Wünschelrutengänger und seine Kollegen kennenlernte. Es war der vierte Dezember. Nach der Vorstellung fanden wir Katusow sterbend in seiner Kutsche. Anschließend gingen wir zu Göttsches Kammer, denn ich fragte mich, wo Katusows Kutscher wohl sein mochte. Die Vermutung lag nahe, dass er sich bei seinem Kollegen, also Göttsche, aufhielt. Wir gingen also hin, und was fanden wir vor?«

Alena spitzte die Lippen. »Hm. Lass mich überlegen. Göttsche saß allein auf seinem Bett und trank aus einer Weinflasche. Hinter ihm auf dem Bett lag Igor, Katusows Kutscher, sturzbetrunken. Was ist daran so ungewöhnlich?«

Klingenthal hielt mit dem Streicheln inne. »Ungewöhnlich ist daran, dass Göttsche Wein trank.«

»Wieso?«

»Kutscher trinken normalerweise Bier. Ich ärgere mich, dass ich erst durch Göttsches Tod auf diese Ungereimtheit gestoßen bin. Wie gesagt, Kutscher trinken normalerweise Bier, Wein ist viel zu teuer.«

»Und was schließt du aus dieser – Ungereimtheit?«

»Dass Göttsche uns zumindest angelogen hat. Er sagte, wenn *Collegium* sei, würden sich immer alle Kutscher bei ihm treffen und einen zur Brust nehmen, aber die anderen könnten besser mit dem Zeug umgehen, die würden rechtzeitig aufhören. Auch das dürfte nicht der Wahrheit entsprechen. Wenn fünfzehn oder zwanzig Fuhrleute zusammensitzen und trinken, lassen sie mehr zurück als nur zwei oder drei leere Weinflaschen am Boden.«

»Das heißt?

»Das heißt, es fand kein Gelage bei Göttsche statt. Er war an dem Abend mit Igor allein und setzte ihn unter Alkohol, indem er ihm ein paar Flaschen Wein spendierte.«

»Und wozu soll das gut gewesen sein?«

»Als wir kamen, war Igor ›voll wie ein Kosakenstiefel‹, wie Göttsche sich ausdrückte, und genau das ermöglichte es ihm, unbemerkt zu Katusows Kutsche zu schleichen und dort die Handschuhe hineinzulegen.«

»Die er vorher eigenhändig mit dem tödlichen Gift präpariert hatte? Daran kann ich nicht glauben. Genauso wenig wie ich glaube, dass Göttsche mit Madame unter einer

Decke steckte. Überhaupt muss ich dir etwas sagen, Liebling.«

»Ja, was denn?«

»Schau mir in die Augen.«

»Oje, dann bin ich verloren.«

»Schau mir in die Augen.«

Klingenthal gehorchte, und Alena sagte: »Ich glaube außerdem nicht, dass Madame eine Mörderin ist. Gewiss, sie ist manchmal komisch, hektisch, herrisch, sie ist putzsüchtig und hoffärtig, sie gibt einen Haufen Geld aus und ist ganz sicher auch eine Spionin. Aber eine Mörderin? Denk nur daran, dass sie um Katusow echt zu trauern schien.«

»Bei der Aufzählung ihrer Eigenheiten hast du eine vergessen: Sie ist auch eine gute Schauspielerin.«

»Ihre Trauer war echt.«

Klingenthal seufzte. »Ich hatte gehofft, unser Gespräch würde mich ein wenig weiterbringen, aber das Gegenteil ist der Fall. Du hast Unsicherheit in mir gesät.«

Alena strich ihm über die Wange. »Ich muss wieder hinüber und Briefe für Madame schreiben.«

»Was denn für Briefe?« Klingenthals Interesse war geweckt. Er witterte eine Möglichkeit, neue Indizien zu finden.

»Nichts von Belang, Liebster. Madame wendet sich an alle Mitglieder des *Collegiums,* sie möchte im Januar erneut eine Veranstaltung durchführen.«

»Auch das noch«, sagte Klingenthal.

Am Mittwoch pulsierte wie immer das Leben auf dem Alten Markt in Potsdam. Kohlhöker, Kartoffelbäuerinnen und Eierfrauen priesen neben vielen anderen Händlern lautstark ihre Waren an. Einer, der dabei am meisten seine Stimmbänder strapazierte, war Henseken, ein kleiner, etwa dreißigjähriger Mann, der trotz seiner körperlichen Schmalheit ein bemerkenswertes Organ sein Eigen nannte. Henseken war Wurstverkäufer, und über diesen Umstand ließ er niemanden im Unklaren. »Wurst, Wurst, Wurst!«, rief er immer wieder mit Stentorstimme, um seine Ware anzupreisen. »Rot-, Blut-, Knack-, Bock-, Leber- und sämtliche Arten von Wurst! Es geht um die Wurst, ihr Leute, und meine Wurst ist keinem wurst!«

Manche der Marktbesucher lachten, aber beileibe nicht alle, denn viele kannten Henseken bereits, was durchaus auf Gegenseitigkeit beruhte. Es gab kaum eine Hausfrau oder Magd, der er nicht schon eines seiner hochgelobten Fleischprodukte verkauft hatte. Die Magd dahinten allerdings, die sich langsamen Schrittes auf ihn zubewegte, hatte Henseken noch nie gesehen. Sie trug ein einfaches schwarzes Gewand, dazu ein schwarzes Schultertuch gegen die kühlen Temperaturen und ein silbernes Kreuz auf der Brust. Für einen Augenblick dachte er, er hätte es mit einer frommen Frau zu tun, dann aber verwarf er den Gedanken, denn fromme Frauen verirrten sich selten auf den betriebsamen, allzu weltlichen Markt im Herzen Potsdams.

Nun stand die Magd vor ihm. Henseken stellte fest, dass sie hübsch war. »Wie wär's?«, rief er ihr zu. »Ich verkaufe dir meine zweitbeste Wurst!« Dabei hielt er eine armdicke Leberwurst in die Höhe.

»Nein, danke.« Die Fremde lächelte scheu. »Warum verkaufst du mir nicht deine beste Wurst?«

Auf diese Frage hatte Henseken nur gewartet. »Meine beste Wurst? Die kann ich dir nicht verkaufen, die steckt in meiner Hose!« Beifall heischend blickte er sich um. Doch die Reaktion war kühl, besonders bei seinen Händlerkollegen, die den Witz schon tausend Mal gehört hatten. Henseken focht das nicht an. »Willst du nun die Leberwurst?«, fragte er erneut. »Sie ist einen oder zwei Tage älter als frisch, deshalb würde ich sie dir besonders günstig lassen. Sagen wir für einen Groschen?«

Die Magd schien ihn nicht gehört zu haben. Sie schaute nach unten neben Hensekes Stand, dorthin, wo er eine alte Kiste stehen hatte, in der sich ekliges Geschlinge, Gekröse und Gedärm befand. Die Abfälle waren wie immer für den Hund des Marktmeisters bestimmt.

Henseken folgte ihrem Blick. »Was findest du an den alten Därmen so sehenswert?«, fragte er: »Nimm besser diesen Darm, da ist die Wurst gleich drin!«

Diesmal versuchte er es mit einer anderen Wurst. »Echte Berliner Knackwurst! Ein schöneres ›Knack‹ beim Reinbeißen hast du noch nie gehört.«

Die Magd lächelte. »Wie viel kostet die denn?«

Henseken nannte den Preis – selbstverständlich einen überhöhten – und wunderte sich, dass die Fremde im Gegensatz zu den anderen Mägden nicht feilschte.

»Danke, mein schönes Kind.« Er steckte das Geld ein und verneigte sich. »Kann ich sonst noch etwas für dich tun?«

Das schien nicht der Fall zu sein. Allerdings richtete die Magd ihr Augenmerk schon wieder auf die alten, blutigen Därme. »Ist das Schweine- oder Schafsdarm?«, fragte sie.

»Ich weiß es nicht, ich denke, beides.« Henseken hatte das Interesse an seiner Kundin verloren. Er hatte ein gutes Geschäft gemacht, und ein weiteres schien nicht in Sicht.

»Ich hätte gern etwas von dem Darm.«

Henseken pfiff vor sich hin.

Die Magd wartete geduldig. Als sie merkte, dass er sie nicht mehr beachten wollte, sagte sie: »Der Darm muss sehr dehnbar sein. Könntest du mir seine Dehnbarkeit demonstrieren?«

»Seine Dehnbarkeit? Du hast vielleicht Ideen.«

»Bitte.«

Die Magd war wirklich sehr hübsch, deshalb lachte Henseken und sagte: »Warum nicht.« Er machte sich einen Spaß daraus, einen Teil des Darms wie einen Ballon aufzublasen. Es war nicht ganz leicht, so dass er bei der Prozedur puterrot anlief. »Bist du nun zufrieden?«

»Ja«, sagte die Magd. »Das war überzeugend. Nenn mir den Preis für den Darm.«

Henseken wurde ernst. Alles hatte sein Ende, und das Ende dieses Spaßes war nun erreicht. »Der Darm ist unverkäuflich«, sagte er, »der ist für den Hund.«

»Ich glaube nicht, dass ein Hund dir dafür viel bezahlen würde.«

»Mag sein, aber der Hund gehört dem Marktmeister, und mit dem muss ich mich gut stellen.«

»Das verstehe ich. Verkauf mir den Darm trotzdem, es soll dein Schaden nicht sein.«

»Nein.« Die Antwort klang endgültiger, als sie es war, denn Henseken begann abermals ein gutes Geschäft zu wittern.

»Nenn mir deinen Preis.«

Er fragte zur Sicherheit nach: »Heißt das, du zahlst mir jede Summe?«

»Nenn mir deine Forderung.«

»Drei Taler!« Kaum hatte er das gesagt, tat es ihm schon leid. Der Preis war so irrwitzig hoch, dass die Magd sich sofort entfernen würde.

Sie tat es nicht. Sie nestelte in dem Korb, den sie unter dem Arm trug, und gab ihm die drei Taler, als wären sie nichts. Henseken wollte seinen Augen kaum trauen. Er prüfte die schweren Münzen und stellte fest, dass sie zweifelsohne echt waren. Dann steckte er sie ein.

»Willst du mir den Darm nicht geben?«

»Ach so, ja.« Henseken nahm das eklige Zeug, schlug es in einen alten Lappen und legte es in ihren Korb. Er musste sich Mühe geben, dabei ein gleichgültiges Gesicht zu machen, denn jemanden, der so dumm war, für Abfälle drei Taler zu geben, hatte er noch niemals kennengelernt. »Stets zu Diensten, wenn du wieder ein Stück Darm brauchst, sag nur Bescheid.«

»Das wird kaum nötig sein«, sagte die Magd, sich rasch entfernend.

»Schade«, sagte Henseken. »Wirklich schade.«

Einige Minuten später tauchte die Magd mit ihrem Korb im Laden des Tuchhändlers Mejer auf. »Womit kann ich dienen?«, fragte Mejer, ein knorriger Mann in den Sechzigern, freundlich.

»Habt Ihr Seidenstoff?«, fragte die Magd.

Mejer lachte. »Wenn dem nicht so wäre, brauchte ich morgens meine Ladentür nicht zu öffnen.« Dann verzog er das Gesicht. Ein übler Geruch nach Verdorbenem war ihm in die Nase gestiegen. Er musterte die Magd. Sie war schwarz gekleidet, hübsch und machte einen properen Eindruck. Nein, sie konnte nicht die Urheberin des Gestanks sein. Aber woher kam das Übel dann?

»Welche Seide würdet Ihr mir empfehlen?«, fragte die Magd.

Mejer konzentrierte sich auf die Frage und antwortete: »Das kommt darauf an, was deine Herrschaft damit vorhat.

Von dem Zweck hinge natürlich auch die Farbe ab. Welche Farbe soll es denn sein?«

Die Magd überlegte kurz. Dann sagte sie: »Rot.«

»Rot? Gut, wenn die Seide für ein Kleidungsstück gedacht ist, würde ich zu Satin greifen. Ich habe wunderbare Ware vorrätig, die eine Seite hochglänzend, die andere matt. Ein zusätzlicher Vorteil bei der Verarbeitung. Für wen oder was ist denn der Stoff gedacht?«

»Zeigt mir den entsprechenden Ballen«, sagte die Magd.

»Bitte, wie du wünschst.« Mejer verschwand in seinen hinteren Räumen und kam kurz darauf zurück, einen karmesinroten Stoff in den Händen haltend. »Etwas Besseres findest du in ganz Potsdam nicht. Ist der Satin vielleicht zur Anfertigung einer Weste für deinen Herrn bestimmt?«

Die Magd schien kurz zu zögern. Dann sagte sie: »Ja.«

»Verrate mir seinen Namen, vielleicht kenne ich ihn? Dann wüsste ich auch gleich, wie viel ich dir von dem Stoff abmessen muss.«

»Mein Herr ist klein.«

»Aha.« Mejer machte eine hilflose Geste. »Das hilft mir bei der Abmessung nicht viel.«

»Eine Viertel Elle wird genügen.«

»Eine Viertel Elle?«, fragte Mejer staunend nach, denn dieses Maß entsprach gerade einmal der halben Länge eines Männerschuhs. Dann versuchte er einen Scherz: »Wenn das stimmt, muss dein Herr nicht viel größer als ein Däumling sein!«

»Das ist er vielleicht auch«, sagte die Magd.

Da wird sein Heulen und Zähneklappen, denn viele sind berufen, aber wenige sind …

Der Söldner sang aus voller Brust:

»Ein Mädchen hatte Brüste drei,
tirili und tirilei,
darauf trank es ein Bier,
da waren's plötzlich vier …«

»Ruhe!«, donnerte der Schultheiß. »Ich muss doch sehr bitten, hier sind schließlich Kinder auf dem Platz!«

»Hähähä!«, lachte die Puppe Friedrich. »Vier Titten, da leg ich zweien Steuer drauf!«

Wie von Klingenthal erhofft, amüsierten sich Alt und Jung köstlich. Von besinnlicher, vorweihnachtlicher Stimmung konnte an diesem Donnerstagvormittag, einen Tag vor dem Heiligen Abend, keine Rede sein.

»Sing weiter, Söldner!«, krähte ein Steppke, und andere Kinder fielen mit ein: »Sing weiter, ja, sing weiter!«

»Zu Befehl, ihr Gören!«, rief der Söldner. »Aber nur, wenn ihr gut aufpasst und weghört!«

Wieder lachten die Zuschauer.

»Ein Mädchen hatte Brüste vier,
zweie da und zweie hier,
darauf trank es ein Mümpf,
da waren's plötzlich fünf.«

»Aber Mümpf, das gibt's nicht!«, protestierte eine halbwüchsige Kleine. »Das gibt's gar nicht!«

»Doch, das muss es geben!«, brüllte der Schiffer zurück. »Sonst würd sich's ja nicht reimen.«

Allgemeines Gelächter.

»Ein Mädchen hatte Brüste sechs,
wie eine alte Butterhex',
darauf trank es 'nen Wein,
da waren's plötzlich neun.«

Wieder kam Protest von den Kleinen: »Nach sechs kommt sieben, nach sechs kommt sieben und nicht neun!«

»Ach so!«, brüllte der Söldner. »Da hab ich gar nicht dran gedacht. Also, Kinder, hört schön weg.

Ein Mädchen hatte Brüste sieben,
man konnte sie nicht sehen,
wo waren sie geblieben?
Sie saßen auf den Zehen.«

»Haha, hoho!«

»Darauf trank es ein Bier,
das war fein hausgemacht,
da waren's nicht mehr vier,
da waren's plötzlich acht.«

»Ruhe!« Wieder machte sich der Schultheiß bemerkbar, und Klingenthal schlug in dieselbe Kerbe: »Für heute ist es genug, ihr guten Leute, tut mir leid, dass der Söldner kein Weihnachtslied kennt, aber wenn euch danach ist, lenkt eure Schritte nur zur Nikolai-Kirche.«

»Aber tut nichts in den Opferstock rein, lasst das Geld lieber hier!«, brüllte der Schiffer.

Und Friedrich, die Puppe, fiel ein: »Lasst es hier, Kinder, bevor es in die Steuer geht. So oder so, ich krieg es doch!«

»Öffnet eure Herzen, öffnet eure Beutel, ihr Landratten, aber öffnet nicht eure Hosen!«, brüllte der Schiffer.

Wie üblich lachten daraufhin die Leute, doch auch einige Stimmen waren darunter, die riefen: »Schiffer, du schuldest uns noch *Das Lied von dem Matrosen mit dem festen Boden unter den Füßen und den drei Hoden unter dem Süßen.*«

»Schluss! Aus! Vorbei! Das singt er nicht!«, rief Klingenthal.

»Impertinent!«, empörte sich das Burgfräulein.

»Bitte, ach bitte!«

»Nein.« Klingenthal ließ sich nicht erweichen. »Schiffer, du hältst den Mund.«

»Aye, aye, Sir.« Der Schiffer gab einen Laut von sich, als spucke er aus, und sagte: »Tut mir leid, Leute, das wird nix mehr mit uns heute. Aber hör mal, Klingenthal, als du damals in La Rochelle den Franzosenmädels den Vormast gezeigt hast, da warst du doch auch nicht so zartbesaitet ...«

Statt einer Antwort griff Klingenthal sich den Schiffer, schien kurze Zeit mit ihm zu ringen und drückte ihn dann auf den Karrenboden, bis er nicht mehr zu sehen war. »Der Schiffer meint, er müsse jetzt schlafen!«, rief er. »Sein Kahn hat an der Pier festgemacht, und er hat Feierabend. Und ihr,

Leute, habt das jetzt auch. Alles Gute für euch, und gebt mir reichlich in meinen Hut.«

Daraufhin ging Alena mit dem Sammelbehältnis herum, denn sie hatte sich bereit erklärt, diese Arbeit für Klingenthal zu übernehmen. Sie machte dabei einen freundlichen, unaufdringlichen Eindruck, wozu auch ihr schlichtes schwarzes Gewand beitrug. Die Menschen gaben gern, es klimperte verheißungsvoll im Hut. Meistens handelte es sich um kleinere Geldstücke, aber ab und zu war auch ein Groschen dabei.

Und dann, plötzlich, ein silbernes Kreuz.

Alena glaubte zunächst, ihren Augen nicht zu trauen, denn es handelte sich zweifelsfrei um das Kreuz, das sie seit so vielen Tagen vermisste. Sie blickte auf und sah in das Gesicht von Dantal. Der Vorleser Friedrichs des Großen trug wie immer schwarz – genau wie sie. Für einen flüchtigen Betrachter hätte es ausgesehen, als stünde sich ein Geschwisterpaar gegenüber.

Dantal verbeugte sich leicht. »Ich kam hinzu, als die Aufführung gerade begonnen hatte. Ich war auf dem Weg zum Palais von Madame de Chattemont, aber dann entdeckte ich die Person, zu der ich wollte, schon hier.«

»Ihr meint mich?«

»So ist es.«

»Ihr wolltet zu mir, um mir mein Kreuz wiederzugeben? Großer Gott, wie habe ich es vermisst. Ich danke Euch sehr!« Vor Freude vergaß Alena, weiterzusammeln.

»Ich bin gern gekommen. Erinnert Ihr Euch noch an den Abend im Palais, als wir über das Braun Eures Kleides sprachen und Ihr mir offenbartet, der Farbton gefiele Euch gar nicht?«

»Oh, gewiss, daran erinnere ich mich gut.«

»Ich sagte daraufhin, ein Schmuckstück würde der Farbe

guttun, und Ihr erwidertet, Ihr besäßet ein silbernes Kreuz, das sicher dazu passen würde, nur hättet Ihr es leider verloren. Ich gab daraufhin meiner Hoffnung Ausdruck, dass es sich wieder anfände, denn wer würde schon ein silbernes Kreuz stehlen? Nun, Mademoiselle, ich hatte recht. Hier ist es zurück, unversehrt, mitsamt der Kette.«

Klingenthal, der zwischenzeitlich seine Puppen verstaut hatte, trat hinzu. »Ich grüße Euch, Monsieur Dantal«, sagte er höflich. »Darf ich erfahren, warum Ihr Alena beim Sammeln unterbrecht?«

Alena, deren Augen strahlten, hielt ihm den Hut mit dem Kreuz vors Gesicht und gab die Antwort für Dantal: »Stell dir vor, Monsieur Dantal hat mir mein silbernes Kreuz zurückgebracht.«

Klingenthals Gesicht hellte sich auf. »Das ist in der Tat eine gute Nachricht. Wie seid Ihr an das Schmuckstück gekommen, Monsieur?«

Der Vorleser lächelte schief. »Ihr werdet es nicht glauben, Meister Klingenthal, aber ich fand es hier auf dem Alten Markt.«

»Hier auf dem Alten Markt?« Klingenthal blickte sich zweifelnd um. »Das halte ich für einen großen Zufall.«

Dantal lächelte noch immer schief. »Vielleicht war es auch nur ein großer Glücksfall?«

»Wie Ihr meint. In jedem Fall habt Ihr Mademoiselle Alena einen unschätzbaren Dienst erwiesen. Ich weiß, wie sehr sie ihr Kreuz die ganze Zeit vermisste. Sagt, woher wusstet Ihr eigentlich so genau, dass es sich bei dem Fundstück um das von Mademoiselle Alena handelt? Wenn ich mich nicht irre, hattet Ihr es niemals zuvor gesehen. Außerdem dürfte es viele silberne Schmuckstücke dieser Art geben.«

»Nun, äh.« Dantals Lächeln zerfiel. »Ich finde nicht jeden Tag einen silbernen Anhänger, schon gar nicht auf einem Marktplatz.«

Klingenthal nahm den Hut aus Alenas Hand und schaute den Gegenstand des Gesprächs genau an. »Verzeiht, wenn ich nachhake, aber Ihr habt meine Frage nicht beantwortet. Woher wusstet Ihr so genau, dass es sich bei dem Stück um das Kreuz von Mademoiselle Alena handelt?«

Dantals kleine Unsicherheit schien verflogen. Er lächelte wieder. »Ich war ja gar nicht sicher. Ich hatte mir überlegt, das Stück Fräulein Alena zu übergeben, dann würde ihre Reaktion mir schon zeigen, ob es das ihre ist. Nun, und so war es.«

»Natürlich, so war es. Ich darf mich im Namen von Mademoiselle Alena ebenfalls bedanken.«

»Keine Ursache.« Dantal schickte sich an, zu gehen.

»Ich weiß gar nicht, wie ich das wiedergutmachen kann«, sagte Alena, als der Vorleser fort war. »Er ist ein sympathischer Mensch.«

»Hm, hm.« Klingenthal ließ offen, ob er derselben Meinung war.

»Und er war von Anfang an so sicher!«

»Sicher? Worin?«

»Dass sich das Kreuz wieder anfinden würde!«

Friedrich der Große hatte es sich wie so oft anders überlegt. Ursprünglich hatte er erst am Morgen des Heiligen Abends nach Potsdam zurückkehren wollen, aber dann kurz entschlossen seinem Kutscher Pfund befohlen, die Pferde anzuspannen – sehr zur Aufregung seiner übrigen Begleitung, die sich abmühte, mit der plötzlichen Terminänderung ihrer ungeduldigen Majestät fertig zu werden.

Nun, am Donnerstagmittag, saß er wieder in seinem geliebten Lehnstuhl; er trug einen altersschwachen Hut mit weißer Feder und ein *Cassaquin* aus hellblauem Atlas, das vom spanischen Schnupftabak gelb und braun verfärbt war. Eines seiner Beine hatte er auf ein *Taburett* gelegt. Er litt sichtlich Schmerzen.

Hartmut von der Eich und Wilhelm von Karst, seine beiden Kammerjunker und Sorgenzerstreuer, waren bei ihm. Sie sahen, dass Friedrich wieder von seinen Zipperlein geplagt wurde, und waren um Ablenkung bemüht. »Majestät, ich habe Euer Horoskop für das neue Jahr erstellen lassen«, sagte von der Eich leichthin, »die Sterne stehen gut, Glücksplanet Jupiter kreuzt Eure Lebensbahn, er wird sich das ganze Jahr in Eurem Zeichen aufhalten, und Mars, der Kriegsgott, ist euch ebenfalls gewogen, ferner verheißt die freundliche Venus Glück und verspricht, dass es mit Eurer Gesundheit bergauf geht.«

»Ja, ja, bis der Gipfel aller Schmerzen erreicht ist.« Friedrich schnaufte und rang sich ein ironisches Lächeln ab. Dann beugte er sich vor und tätschelte von der Eichs Wange. »Ich sage immer: Horoskopus, Hokuspokus! Ich glaube nicht an diesen Sternensalat. Es ist sehr *honett* von Euch, *mon cher*, dass Ihr einem alten Mann Mut zusprechen wollt, aber seht Euch nur mein Bein an: Es steckt wie ein Schwamm voller Wasser.«

»Soll ich Professor Selle holen?«, fragte von Karst, der ein wenig eifersüchtig auf seinen Junkerkollegen war. »Der Arzt hat schon nach Euch gefragt, Sire, er sagte, er habe Wichtiges mit Euch zu besprechen, sehr Wichtiges, das er nur Euch anvertrauen kann.«

Friedrich winkte ab. »Wahrscheinlich will er mir wieder einen neuen Diätplan verpassen. Immer wenn ich etwas esse, das mir schmeckt, fängt er an zu *raisoniren*. Nicht einmal das Schnupfen gönnt er mir. Ach, apropos …« Friedrich bröselte sich eine gute Menge seines Sevillaners auf die Handfläche, schniefte den Tabak tief in die Nasenlöcher hinein und nieste feucht und vernehmlich. »Nur gut, dass ich Cothenius mit nach Rheinsberg genommen habe, der kann zwar auch nicht über seinen ärztlichen Schatten springen, zeigt aber nicht so viel *Ambition.*«

»Also soll Professor Selle nicht vorgelassen werden?«

»Nein, mir steht nicht der Sinn nach seinen Gesundheitsaposteleien, und morgen, am Heiligen Abend, da brauche ich ihn erst recht nicht, da mag er getrost im Kreise der Seinen weilen.«

Von Karst fragte besorgt: »Können wir sonst gar nichts für Euch tun, Sire?«

Als Antwort wurde auch er getätschelt – was er erhofft hatte –, und Friedrich sagte: »Ihr seid beide liebe Kerls, aber nun schert euch fort, lasst mich allein.«

»Jawohl, Sire.«

»Oder, halt!« Friedrich hatte es sich wieder einmal anders überlegt. »Schickt mir Dantal, er soll mir vorlesen.«

Dantal erschien mit einiger Verspätung, atemlos und vom schnellen Laufen rot im Gesicht.

Friedrich hieß ihn mit einer Geste, Platz zu nehmen.

»Danke, Sire, ich dachte, ein paar Passagen von Rollin könnten Euch gefallen.«

Friedrich antwortete nicht. Er schien in Gedanken versunken.

Dantal wagte nicht, weiterzusprechen.

»Wart Ihr wieder bei der Hure, oder warum lasst Ihr

mich so lange warten?«, fragte Friedrich schließlich mürrisch.

»Äh, Hure? Ach so, Ihr meint Madame de Chattemont.« Dantal war froh, die Frage verneinen zu können. »Sire, ich war nicht bei ihr, ich war auf dem Alten Markt.«

»Was hattet Ihr da zu schaffen? Ihr habt doch wohl nicht für die Schlossküche eingekauft?«

»Oh, nein, Sire. Ich habe Mademoiselle Alena ihr silbernes Kreuz zurückgebracht. Sie hatte es verloren, und ich habe es gefunden.«

Friedrich richtete sich auf, spürbar verärgert. »Mademoiselle Alena? Wer ist das nun schon wieder? Eine neue Hure, zu der Ihr geht?«

»Um Gottes willen, nein, Sire! Man sagt, sie sei, äh, eine Freundin von Meister Klingenthal. Beide wohnen im Palais von Madame de Chattemont.«

»Der Puppenspieler hat eine Freundin? Das ist mir noch nicht *communitziret* worden. Nun gut, das ist seine Sache. Und was hat es mit diesem Kreuz auf sich?«

Dantal erzählte, was er wusste, wobei er geflissentlich ausließ, dass sein Weg ihn zunächst zu Madame de Chattemont geführt hatte. Er schloss: »Mademoiselle Alena freute sich sehr, ihr Kleinod wiederzubekommen, auch Meister Klingenthal bedankte sich bei mir. Allerdings stellte er dabei recht seltsame Fragen.«

Friedrich, dessen Interesse zwischenzeitlich erlahmt war, horchte auf. »Was für Fragen?«

»Ich weiß den Wortlaut nicht mehr genau, Sire, aber ich hatte den Eindruck, Meister Klingenthal verdächtigt mich, das Kreuz selbst entwendet zu haben, bevor ich es dem Fräulein zurückbrachte.«

Friedrich lächelte maliziös. »Und? War es so?«

Dantal schüttelte wild den Kopf. »Auf keinen Fall, Sire. Wie ich schon sagte, ich fand das Schmuckstück gestern zufällig auf dem Alten Markt. Es lag zwischen zwei Pflastersteinen in der Nähe des Barini-Palastes. Erst dachte ich, es wäre ein Geldstück, aber als ich mich bückte, stellte ich fest, dass es sich um ein Kreuz an einem Halskettchen handelte. Ich hob es auf und dachte, es könnte das Kreuz von Mademoiselle Alena sein. Am anderen Tag, also heute, traf ich sie auf dem Alten Markt. Sie assistierte dem Puppenspieler Klingenthal, indem sie für ihn nach der Vorstellung mit dem Hut herumging. In ebendiesen Hut tat ich das Kreuz.«

»So, so.«

»Sire, ich betone nochmals, ich habe mit dem Verschwinden des Schmuckstücks nicht das Geringste zu tun.«

Friedrich beugte sich vor und tätschelte Dantals Wange, dann jedoch bemerkte er, dass er es nicht mehr mit seinen Favoriten, den beiden jungen Kammerjunkern, zu tun hatte, zog hastig die Hand zurück und räusperte sich. »Äh, nun, *mon cher,* ich glaube Euch ja. Ich kann mir nicht vorstellen, dass Ihr ein Dieb seid. Ein Vorleser mit Haken und Ösen, ja, aber ein Dieb?«

»Ich danke Eurer Majestät für das Vertrauen.«

Friedrich verzog das Gesicht, denn eine neue Schmerzwelle wogte durch sein Bein. »Alle Welt sieht neuerdings Gespenster, nachdem auch dieser Göttsche unter fraglichen Umständen zu Tode gekommen ist.«

Dantal gestattete sich die Frage: »Göttsche, ist das nicht der Kutscher von, äh ...?«

»Von der Hure, richtig. Ich weiß es von Pfund. Wenn etwas unter den Kutschern passiert, weiß es fünf Minuten später halb Potsdam. Wusstet Ihr das nicht?«

»Nun, ich ...«

»Genauso verhielt es sich mit dem Tod von einem Handschuhmacher, dessen Namen ich vergessen habe. Wisst Ihr den Namen vielleicht?«

»Nein, leider nicht.«

»Ihr scheint rein gar nichts zu wissen. Dann will ich Euch sagen, dass der Tod von Katusow, Graf Søderborg und dem jungen von Reckwitz in einen Zusammenhang gebracht wird mit dem Tode von Göttsche und diesem Handschuhfritzen.«

»Das alles war mir nicht bekannt, Sire.«

»Mir auch nicht, bis vor kurzem jedenfalls, und es interessiert mich auch kaum, wer die Morde auf dem Kerbholz hat. Ich habe Quellen, die mir raten, einfach abzuwarten, bis der Täter, diese Kanaille, sich von selbst erledigt hat.« Friedrich musterte Dantal scharf. »Oder wie würdet Ihr Euch an meiner Stelle verhalten?«

»Genauso, Sire, genauso!«, beeilte Dantal sich zu versichern. »Allerdings kenne ich sicherlich nicht so viele Hintergründe wie Ihr, Sire.«

»Die Kunst im Leben ist, nicht immer alles wissen zu wollen und manchmal die Dinge laufen zu lassen. Das rät mir übrigens auch mein alter Freund, der Marchese Lucchesini. Man kann gegen die Italiener sagen, was man will, aber den richtigen Riecher für die Dinge dahinter haben sie. Und sie sperren Augen und Ohren auf.« Friedrich machte eine Bewegung, als tue es ihm leid, so viel geredet zu haben, und beugte sich nach unten, wo eines seiner geliebten Windspiele döste. Er kraulte den Hund ausgiebig am Hals, was dieser mit einem Schwanzwedeln beantwortete, und sagte: »Ja, ja, du hast auch den richtigen Riecher, ja, ja.«

Dantal wusste nicht, was er dazu sagen sollte, denn er verstand nichts von Hunden. Deshalb schwieg er.

»Nun ja, genug von dieser Geschichte mit dem silbernen Kreuz. Sie langweilt mich. Euch mag genügen, dass ich Euch traue.«

»*Merci bien,* Sire.« Dantal verbeugte sich im Sitzen.

»Und nun tut meinem Rollin die Ehre an und verlest Euch nicht so häufig.«

Dantal begann, und es zeigte sich, dass er einen rabenschwarzen Tag erwischt hatte. Er gab sich zwar Mühe, aber er stolperte und stotterte immer wieder über dieses oder jenes Wort, übersah ganze Zeilen und machte insgesamt eine jämmerliche Figur.

Friedrich saß zusammengesunken da und dachte mit Wehmut an die Vorgänger von Dantal. Er konnte sich nicht entsinnen, dass einer von ihnen jemals so unvollkommen gelesen hätte. Sechs waren es insgesamt gewesen, angefangen bei dem Hugenotten Charles Etienne Jordan über Claude Etienne Darget und andere bis hin zu dem Abbé Henri-François Duval du Peyrau, der aus der Gegend von Lüttich stammte. Sie alle waren besser gewesen als Charles Dantal, viel besser.

Oder beurteilte er ihre Leistungen nur im milden Licht der Erinnerung?

Friedrich stöhnte, während der holprige Lesefluss an seinen Ohren vorbeizog. Und plötzlich, in einem hellsichtigen Augenblick, wurde ihm eines klar:

dass Charles Dantal sein letzter Vorleser sein würde.

Am Nachmittag dieses Tages gingen Klingenthal und Alena noch einmal zum Alten Markt. Der Grund war ein eher geringer: Klingenthal hatte sich an seinem Karren einen Finger gequetscht und wollte eine Salbe erstehen. Die Frage war nur, wo es eine Apotheke gab. Ein alter Bettler half ihnen weiter. Er wies ihnen den Weg zu der Apotheke des Johann Philipp Harsleben, die in Potsdam einen ausgezeichneten Ruf genoss.

Während sie die neue Richtung einschlugen, sagte Klingenthal: »Wenn es nach mir ginge, brauchte ich gar keine Arznei, aber du hast ja keine Ruhe gegeben. Musst du nicht im Palais bei Madame sein?«

Alenas Augen straften ihn. »Ich habe dir doch schon gesagt, dass Madame den ganzen Tag in ihrem Atelier arbeiten will. Sie hat ausdrücklich gesagt, sie braucht mich heute nicht. Wie sonst hätte ich vorhin Zeit gehabt, nach deiner Vorstellung mit dem Hut herumzugehen?«

»Hm, das stimmt«, brummte er.

Alena hakte sich bei ihm ein. »Wir gehen zu dieser Apotheke, und damit Schluss. Wenn ich mir an deiner Stelle den Finger gequetscht hätte, wärst du mit mir doch auch zum *Apotecarius* gegangen, oder etwa nicht?«

»Das ist etwas anderes.«

»Das ist genau dasselbe.«

In ihre etwas angespannte Stimmung hinein sagte Klingenthal: »Streiten wir uns nicht, ich glaube, da hinten sind wir am Ziel.«

Als sie die Apotheke betraten, ertönte ein kleines Glöckchen. Sie sahen sich um und erkannten den Rezepturtisch, auf dem eine große Waage mit flachen Schalen stand, daneben der dazugehörige Gewichtssatz. Ferner stach eine Holzfigur ins Auge, Äsculap mit seiner Tochter Hygieia darstellend, welche eine Salbdose trug. Das weiter schweifende Auge entdeckte zur Rechten ein eichenes Regal, das einige literarische Kostbarkeiten barg, darunter mehrere

Bände des *Corpus Galenicum* in arabischer Übersetzung und die *Physica* der Hildegard von Bingen. Aber auch Folianten, bei denen die Pflanzen und Kräuter nicht im Vordergrund standen, waren vorhanden, wie ein Werk des Hippokrates über *Epidemien,* Schriften des Paracelsus über die Chirurgie und eine Abhandlung des Fabricius Hildanus: *Von der Fürtrefflichkeit und Nutz der Anatomy,* nicht zuletzt *De Causis Pestis,* das Hauptwerk des Vitus von Campodios.

Auf dem Boden neben dem Rezepturtisch stand ein schwerer, granitener Mörser mit einem Pistill aus demselben Material. Klingenthal, der fast darüber gestolpert wäre, sagte: »Ja, ja, der *Apotecarius* hat sein eigenes, spezielles Reich. Es ist eine Ewigkeit her, dass ich in einer Offizin war.«

Aus den hinteren Räumen ertönte eine Stimme. »Ist da jemand? Hat das Glöckchen geläutet? Ich höre leider nicht mehr so gut.«

»Wir brauchen eine Arznei!«, rief Klingenthal mit kräftiger Stimme zurück. »Aber lasst Euch nur Zeit, wir können warten.«

»Wer eine Arznei braucht, ist krank, und wer krank ist, den hat der *Apotecarius* Johann Philipp Harsleben noch niemals warten lassen.« Neben einem großen Schrank mit Majolika-Gefäßen erschien ein grauköpfiger Alter mit gütigem Gesicht. Er rückte sich den Kneifer zurecht und blinzelte. »Daran erkennt man den Zahn der Zeit«, sagte er freundlich, »das Auge wird trüb und das Ohr wird taub, aber solange ich helfen kann, will ich's gerne tun.«

Klingenthal trat einen Schritt vor und hielt dem Alten seinen Finger unter die Nase. »Eine Salbe von Zinnkraut wäre wohl das Richtige. Es kann aber auch Arnika oder Beinwell sein.«

»Aha, der Kranke ist nicht nur krank, er weiß sich auch gleich selbst zu kurieren!« Harslebens Stimme klang ein wenig spöttisch. »Lasst mich die Läsion näher in Augenschein nehmen.« Er beugte sich über den Finger und brummte irgendetwas Unverständliches. »Hm, hm, eine Arnikasalbe mit etwas Kamillenextrakt hätte ich da. Die wird Euch helfen, mein Herr.«

»Vielen Dank«, sagte Klingenthal.

»Nicht der Rede wert. Ach, du großer Gott!«

»Wie bitte?« Klingenthal verstand nicht gleich, was der Alte meinte. Dann sah er, dass der Schreckensruf weder ihm noch seinem Finger galt, sondern Alena. Harsleben starrte sie an, als wäre sie der Bocksbeinige in Person. »Das ist doch, das ist doch ...«, stotterte er.

»Wie bitte?«, wiederholte Klingenthal.

Harsleben deutete mit dem Zeigefinger auf Alena und keuchte: »Sie ist es, sie ist es! Die junge Frau, die mir das Gift gestohlen hat!«

»Jetzt verstehe ich gar nichts mehr«, sagte Klingenthal.

»Ich auch nicht«, pflichtete Alena ihm bei.

Doch Harsleben ließ sich nicht beirren. Sein gütiger Gesichtsausdruck wandelte sich, er blickte jetzt ausgesprochen böse drein. »Ihr seid es, ich erkenne Euch genau!«, zeterte er, ich weiß nicht, wie lange es her ist, vielleicht drei Wochen, da wart Ihr in meinem Laden und habt etwas gegen Husten und Halsschmerzen gekauft. Ihr trugt dasselbe schwarze Gewand wie heute und genau dasselbe silberne Kreuz!«

»Ich war in der letzten Zeit überhaupt nicht krank«, wehrte sich Alena. »Es muss sich um eine Verwechslung handeln.«

»Ich sagte zu Euch, dass Euer Leiden nicht außergewöhnlich sei und dass deshalb auch keine außergewöhnlichen Arzneien zum Einsatz kommen müssten. Gegen den Halskatarrh empfahl ich Euch Salbeipastillen und Inhalationen. Ich weiß es noch ganz genau, denn anschließend stahlt Ihr mir mein stärkstes Gift.«

»Moment mal«, sagte Klingenthal, der hellhörig geworden war. »Sagtet Ihr Gift?«

»Das tat ich!« Harslebens alte Augen sprühten. »Und jetzt sage ich gar nichts mehr, jetzt handele ich, und wenn Ihr, mein Herr, ein Ehrenmann seid, holt Ihr einen Beamten der Polizei, während ich diese langfingrige Dame festhalte, bis sie dem Arm des Gesetzes übergeben wird. Dann wird sie ihre gerechte Strafe erhalten.«

Alena wollte gerade protestieren, als erneut das Glöckchen erklang. Ein kleiner, gebeugter Mann schob sich herein, eine schwere Arzttasche tragend. Es war Doktor Ludwig-August Korn. »Strafe?«, fragte Körnchen in die Offizin hinein. »Wer soll hier bestraft werden?«

»Sie!«, donnerte Harsleben und wies auf Alena. »Ich kenne ihren Namen nicht, aber sie hat mich bestohlen!«

»Was du nicht sagst, Harsleben«, erwiderte Körnchen. Der alte Arzt trat nah an Alena heran und schaute ihr direkt ins Gesicht. »Ich kenne die junge Dame«, sagte er, »ihr Name ist Alena. Sie arbeitet als Klagefrau. Ich glaube nicht, dass sie dir etwas gestohlen hat.«

»Und doch ist es so. Ich verlange, dass sie bestraft wird!«

»Oh, Harsleben.« Körnchen seufzte. »Wie lange kennen wir uns schon? Vierzig Jahre? Fünfzig Jahre? Ich denke, es sind fast fünfzig Jahre. Dafür, dass du mich so lange kennst, kannst du mir ruhig glauben. Mademoiselle Alena ist keine Diebin.«

»Woher willst du das wissen? Sie hat etwas genommen, das ihr nicht gehört, ich verlange, dass sie bestraft wird.«

Körnchen seufzte. »Eigentlich wollte ich nur rasch Einsicht in dein *Antidotarium* nehmen, Harsleben, um nachzuprüfen, ob vielleicht einer der Kollegen eine wirksame Rezeptur gegen die Schwindsucht gefunden hat. Ich gebe zu, es ist nur eine vage Hoffnung, aber manchmal klammere ich alter Narr mich an so etwas. Zwei Kinder in der Nachbarschaft haben *die Motten* gekriegt, schon wieder zwei. Verflucht sei diese Geißel der Menschheit! Ich fürchte, ich werde den Tag nicht mehr erleben, an dem wir sie besiegen können. Nun ja, nun ja, das nur nebenbei.«

In seinem singsangartigen Ton fuhr Körnchen fort: »Strafe, du forderst eine Strafe, Harsleben? Nun, eine Strafe ist immer dann gerechtfertigt, wenn eine Schuld vorliegt. Aber eine Schuld liegt erst dann vor, wenn sie einwandfrei bewiesen werden kann. Kann sie es nicht, muss zugunsten des Beschuldigten geurteilt werden. Ich bin zwar nur ein alter Doktor und kein Jurist, aber ich denke, die Paragraphenreiter nennen das *In dubio pro reo.* Was nun Fräulein Alena angeht, so frage ich dich, Harsleben: Hand aufs Herz, bist du wirklich sicher, dass Mademoiselle Alena dich seinerzeit bestohlen hat?«

»Ich ...«, hob Harsleben an, wurde aber von Körnchen warnend unterbrochen: »Denk an deine Augen, sie sind nicht mehr die besten.«

Der alte Apotheker, dergestalt in die Ecke getrieben, knetete die Hände. »Hm, hm, ich bin sicher, dass die Diebin dasselbe trug wie die junge Frau hier. Dasselbe schwarze Gewand und dasselbe silberne Kreuz.«

»Hatte sie auch dasselbe Gesicht?«

»Tja ...«

»Hast du das Gesicht der Diebin genau sehen können?«

»Hm, ja, sie hustete viel und benutzte ein Tuch, das sie sich vor den Mund hielt.«

»Also nicht. Hatte sie dieselbe Stimme wie Mademoiselle Alena?«

»Ich weiß nicht. Die Diebin litt ja an Halskatarrh, ihre Stimme klang heiser und krächzend.«

»Dann ist es klar. Du hast dich geirrt, Harsleben. Was hältst du davon, wenn du dich bei Mademoiselle Alena entschuldigst?«

Bevor der alte Apotheker etwas sagen konnte, griff Alena ein: »Das wird nicht nötig sein. Die Sache ist für mich erledigt.«

»Für mich nicht.« Es war Klingenthal, der sich jetzt einmischte. »Herr Apotheker, Ihr spracht vorhin von einem Gift, das Euch gestohlen wurde. Könnt Ihr mir Näheres darüber sagen?«

Harsleben zögerte.

»Nun rede schon«, sagte Körnchen. »Meister Klingenthal ist absolut vertrauenswürdig. Außerdem würde auch ich gerne wissen, was es mit der ganzen Sache auf sich hat.«

Harsleben überwand sich und erklärte die näheren Umstände und wie es zu dem Diebstahl hatte kommen können. Als er geendet hatte, sagte Klingenthal: »So weit scheint mir alles klar zu sein, Herr Apotheker. Vielen Dank für Eure Auskünfte. Ich will an dieser Stelle nicht verhehlen, dass mit dem entwendeten Gift wahrscheinlich eine ganze Reihe von Morden verübt wurde.«

Harsleben fasste sich ans Herz. »Das darf nicht wahr sein!«

»Warum habt Ihr den Diebstahl nicht gleich angezeigt?«

»Ich, ich …«

»Lasst nur. Es ist müßig, darüber jetzt zu reden. Ich habe nur noch zwei Fragen an Euch: Erstens, wie heißt das Gift, das Euch abhanden kam, und zweitens, wer kaufte es in der Vergangenheit?«

»Das Gift?« Harsleben fühlte sich wieder etwas sicherer. »Es handelt sich um das Toxikum eines Baums.«

Körnchen, der ebenso wie Alena genau zugehört hatte, staunte: »Eines Baums?«

»Es gibt viele starke Gifte, mein lieber Korn, doch das stärkste Gift wohnt einem Gewächs inne, das weder Pilz noch Kraut ist, weder Moos noch Farn: Es ist ein Baum, ein turmhoher Riese, der auf den malaiischen Inseln gedeiht – der Upas-Baum.«

»Der Upas-Baum?«, wiederholte Klingenthal fragend.

»Genau der. Man sagt, jeder Vogel, der durch seine giftgeschwängerte Krone fliegt, fällt herab, und kein Tier, auch nicht der Mensch, kann sich ihm auf zehn Schritte nähern, ohne sofort den Tod zu erleiden.«

Alena riss vor Schreck die Augen auf.

»Wie heißt dieses Gift genau, Herr Apotheker?«, fragte Klingenthal.

»*Antiaris toxicaria,* wenn Ihr die lateinische Bezeichnung wissen möchtet. In alten Zeiten bezeichnete man es einfach als das Gift der Morazeen, denn zu dieser Gruppe gehört der Antiaris- oder Upas-Baum, doch seitdem der Schwede Carl von Linné, der berühmte Taxonom, das lateinische Doppelnamensystem einführte, spricht die gesamte Pharmazie von *Antiaris toxicaria,* wenn sie dieses Gift meint.«

»Ich verstehe.« Klingenthal hatte den letzten Ausführungen kaum noch zugehört. Die Worte Harslebens, nach denen das Gift des Upas-Baums das stärkste Gift auf der Welt war, wollten ihm nicht aus dem Kopf. »Sagt, Herr

Apotheker, könnt Ihr Euch vorstellen, dass dieses Toxikum auch als Kontaktgift eingesetzt wird?«

»Ich kann und will mir nicht vorstellen, dass eine Christenseele dieses Gift einsetzt. Wer es tut, versündigt sich gegen Gott und die gesamte Menschheit, aber wenn Ihr unbedingt eine Antwort auf die Frage haben wollt: *Antiaris toxicaria* kommt als milchige Flüssigkeit zu uns nach Europa, zusammen mit dem Wollfett der Ziege oder des Schafs ergibt das Gift eine hochtoxische Salbe. Bei der Verarbeitung ist strengstens darauf zu achten, dass die Haut nicht mit dem Gift in Berührung kommt. Anderenfalls droht der sofortige Tod.«

»Sehr interessant«, sagte Körnchen, »also handelt es sich tatsächlich um ein Kontaktgift.«

»Sehr interessant«, sagte auch Klingenthal, der an Katusow, Søderborg, Göttsche und Hofstätt denken musste. »Wenn es Euch nichts ausmacht, Herr Apotheker, beantwortet mir jetzt meine zweite Frage: Wer kaufte das Gift in der Vergangenheit bei Euch?«

»Nun, nun, wartet.« Harsleben strengte sein altes Hirn an. »Das Gedächtnis lässt mich manchmal im Stich, müsst Ihr wissen. Was ich eben noch wusste, ist im nächsten Moment vergessen. Aber eines weiß ich: Es war der Assistent von Professor Selle.«

»War es ...?«, sagte Klingenthal und kam nicht weiter, denn Harsleben hatte die Hand erhoben. »Sagt es nicht, ich komme von selber drauf.« Er zückte eine alte Kladde und studierte darin. »Da haben wir's: Es war der junge Doktor von Reckwitz. Hier steht genau, dass er am 20. August des letzten Jahres zwanzig Gramm *Antiaris toxicaria* erworben hat. Jetzt fällt mir auch wieder ein, dass ich ihn fragte, was er mit dem Gift wolle, aber er gab mir keine Auskunft. Er sagte, das sei seine Sache.«

»Danke, Herr Apotheker.« Klingenthal hatte das Gefühl, als schnüre sich ihm der Hals zu. Hans von Reckwitz! Selles Assistent hatte das Gift gekauft, dem er wenige Tage später selbst zum Opfer fiel. Da er sich schwerlich selbst vergiften wollte, musste er das Toxikum für jemand anderen erstanden haben. Für jemanden, der seinen Hilfsdienst belohnte, indem er ihm hochgiftige Handschuhe schenkte, die ihn umbrachten. Warum? Warum nur? Fest schien jedenfalls zu stehen, dass dieser Jemand sich vor kurzem mit neuem Gift eingedeckt hatte. Wahrscheinlich war es eine Frau. War der Täter eine Mörderin?

Abermals erklang das Glöckchen, doch diesmal erschien weder ein Physikus noch ein Patient, sondern Ludolf, der Diener von Madame. Obwohl außer Atem, versuchte er dennoch, einen Rest von Würde zu bewahren, und sagte zu Klingenthal: »Verzeiht, Meister, dass ich Euch störe. Ich habe Euch überall gesucht, bis mir ein Bettler endlich den Hinweis gab, Ihr wäret hier. Darf ich Euch bitten, sofort zu Madame de Chattemont zu kommen? Sie befindet sich in ihrem Atelier. Sie sagte, es sei sehr dringend.« Ludolf senkte die Stimme ab und beugte sich vor. »Es ginge um Tod und Leben.«

Klingenthal zögerte einen Moment, blickte Alena an, in deren Augen Neugier und Furcht standen, und sagte:

»Ich komme.«

Da wird sein Heulen und Zähneklappen, denn viele sind berufen, aber wenige sind auserwählet.

Matthäus, 22, 13–14

»Bleib du in deiner Kammer, während ich hinauf ins Atelier gehe«, sagte Klingenthal zu Alena, als sie in der Breiten Straße Numero 11 angekommen waren.

»Ich möchte lieber mitgehen.«

»Nein, du tust, was ich dir sage.« Klingenthal klang so bestimmt, dass Alena keinen Widerspruch wagte. »Dann versprich mir wenigstens, dass du ganz besonders auf dich aufpassen wirst.«

»Das werde ich«, sagte er grimmig.

Alena beruhigte sich langsam. »Wenn du nicht in einer halben Stunde wieder heruntergekommen bist, schaue ich nach dir.«

»Ja, ja, mach dir nur keine Sorgen.«

Klingenthal küsste sie kurz und eilte dann, jeweils zwei Stufen auf einmal nehmend, in den obersten Stock, wo er außer Atem vor der Ateliertür stehen blieb. Er hob den Finger, um zu klopfen, aber irgendetwas sagte ihm, er solle es unterlassen. Also ließ er die Hand wieder sinken und trat lautlos ein. Viele Gedanken schwirrten in seinem Kopf umher, denn das unerquickliche Gespräch, das er mit Madame vor drei Tagen geführt hatte, war ihm noch sehr präsent. War sie die Mörderin? Würde er sie überführen können?

Das Atelier sah aus, wie er es noch nie erlebt hatte, denn ein Meer aus warmem Licht begrüßte ihn. Wo er auch hinschaute, sah er Kerzen: auf den Arbeitstischen, an den Wänden, zwischen den Blöcken, den Steinen, den Werkzeugen, überall brannten Flammen, teilweise in Gruppen zu dritt, viert oder fünft, die den Raum erstrahlen ließen, so hell und intensiv, dass er unwillkürlich blinzelte.

Wo war Madame? Er entdeckte sie nicht.

Doch, dort war sie ja. Sie saß auf dem Sandsteinblock, aus dem einmal der David werden sollte. Ihre Positur mutete seltsam an, denn sie saß wie auf einem Pferd im Damensattel. Auch ihre Bekleidung war ungewöhnlich – ungewöhnlich offen. Sie trug nichts als ein durchsichtiges Negligé. Und die Augen hielt sie geschlossen, als schlafe sie.

Klingenthal, der sich auf dem Weg den einen oder anderen vernichtenden Satz zurechtgelegt hatte, brachte keinen Ton hervor. Er war lediglich in der Lage, einen krächzenden Laut von sich zu geben.

Madame schlug die Augen auf. Ein Lächeln verklärte ihr Gesicht. »Ich reite den David«, sagte sie.

»Äh, wie?«

»Ich reite den David, denn er will geritten werden. Michelangelo konnte ihn nicht reiten, ich aber forme ihn mit der Kraft und der Wärme meines Körpers.«

Klingenthal fragte sich, ob Madame komplett verrückt geworden sei, ob die ganze Szene nicht völlig verrückt sei, doch die Sätze, die er sagen wollte, blieben ihm noch immer im Hals stecken.

Madame senkte die Lider, lehnte sich ein wenig zurück und spreizte die Beine, so dass sie rittlings auf dem Block saß. Durch die Bewegung öffnete sich ihr Negligé. Klingenthal erblickte, ob er wollte oder nicht, ihr blondes Dreieck und den rosigen Spalt in der Mitte. Hastig wandte er den Kopf ab.

»Julius«, sagte Madame tadelnd, »du bist unhöflich. Noch nie hat ein Mann fortgeschaut, wenn er meinen Schoß sehen durfte.«

Klingenthal blickte weiterhin zur Seite.

Sekunden vergingen. Dann girrte Madame: »Komm näher, ich sitze wieder brav im Damensattel.«

Er wandte ihr den Kopf zu und sah, dass sie die Wahrheit gesagt hatte. Sie räkelte sich. »Julius, ach, Julius, willst du nicht mein David sein? Erinnerst du dich, als ich dich fragte, ob ich deinen Körper modellieren dürfe? Ich jedenfalls erinnere mich genau daran. Ich wollte dich schon damals reiten, ja, reiten wollte ich dich, reiten, reiten, reiten, nach allen Regeln der Kunst. Komm, mein kleiner David, lass dich bezwingen.«

»Nein!«

Madame schien ihn nicht zu hören. Sie lachte leise und glitt von dem Steinblock herunter. »Gib auf, leg deine Schleuder beiseite, mein kleiner David, du hast keine Chance, und folge mir.«

Klingenthal kam sich vor wie eine Marionette, als sie ihn bei der Hand ergriff und zu der mit violettem Atlas ausgeschlagenen Sargkiste zog. Er wollte ihrem lächerlichen Gehabe Einhalt gebieten, wollte ihr sagen, dass er sie durchschaut hatte, doch er musste insgeheim zugeben, dass sie ihn faszinierte, so sehr faszinierte, dass er beschloss, das Spiel weiter mitzuspielen. Wenigstens für eine Weile.

»Setz dich zu mir auf die Bank.« Sie ließ sich nieder und sorgte dafür, dass sich ihr Negligé wieder öffnete. »Wenn du nicht von mir geritten werden willst, dann willst du vielleicht selber reiten? Du musst dafür nicht den Sandsteinblock nehmen, mein kleiner David, du könntest dafür vielleicht sogar mich nehmen.«

Klingenthal schüttelte energisch den Kopf.

Madame girrte. Sie griff hinter sich und hatte plötzlich zwei handgeschliffene Muranogläser in der Hand, in denen sich eine grüne Flüssigkeit befand. »Trinken wir erst einmal, mein kleiner David. Wir wollen nichts überstürzen. Wohl bekomm's!«

»Was ist das?« Endlich hatte Klingenthal die Sprache wiedergefunden.

»Etwas Gutes. Ein kleiner Gruß von Aphrodite.«

Er ergriff das Glas. »Nun gut, dann prosit.«

Beide tranken und setzten ihr Glas ab. Madame stieß wieder ihr Girren aus. Sie stand auf, stellte sich direkt vor Klingenthal hin und ließ das Negligé fallen. »Du bist David, ich bin Aphrodite«, flüsterte sie.

Klingenthal sah zwei makellose Brüste, einen flachen Bauch und die vollkommene Form ihres Venushügels. Er schluckte. Als hätte sie erraten, dass sie mit diesem Anblick seine schwache Stelle traf, drückte sie sein Gesicht in die Dichte ihres Schamhaars hinab. Sie spürte, wie er erschauerte. Für einen Augenblick verweilte sie so, ließ ihn die ganze Köstlichkeit ihres Schoßes erleben, dann löste sie sich von ihm und deutete auf die Sargkiste. »Siehst du das?«

Klingenthal war wie benommen. Er erblickte etwas Rotes in dem violetten Atlas. Es sah aus wie ein längliches Futteral, das an der einen Seite geschlossen war, an der anderen nicht. Er war nicht sicher, um was für einen Gegenstand es sich handelte. Während er noch grübelte, bemerkte er, wie sie in die Hocke ging und sich an seiner Kleidung zu schaffen machte. Sie zog ihn aus! Durfte er das mit sich geschehen lassen? Nein, auf keinen Fall! Andererseits, warum nicht? Er glaubte, noch immer Herr der Situation zu sein, auch wenn er merkte, dass sich zwischen seinen Beinen etwas mächtig spannte.

Madame hantierte zielstrebig, knöpfte mit Sachkenntnis Kleidungsstück um Kleidungsstück auf, bis Klingenthal ebenfalls völlig nackt war. »Weißt du, was da in der Kiste liegt?«, flüsterte sie.

»Ich bin nicht sicher«, krächzte er.

»Dann will ich es dir sagen.« Sie schmiegte sich an ihn, ihre Hand berührte wie zufällig seinen Penis. »Es ist eine Pariser Tüte.«

»Eine Pariser Tüte?« Langsam dämmerte ihm, was sie meinte. Er hatte den Ausdruck noch nie gehört, glaubte aber, es mit einem Kondom zu tun zu haben.

»Nimm die Tüte und stülpe sie über deinen – besten Freund.«

Er zögerte. Dann nahm er das Ding aus der Sargkiste. Seltsam sah es aus. Ihm fiel ein, dass ein gewisser Giacomo Casanova in dem Ruf stand, schon in den sechziger Jahren Kondome benutzt zu haben. Es war zu der Zeit gewesen, als er sein Medizinstudium absolvierte. Kondome, so sagte man, wurden von Hand aus Hammeldärmen hergestellt und, wenn sie besonders dekorativ sein sollten, mit Samt oder Seide gefüttert. Benutzen tat man sie mehrere Male, weshalb sie nach jedem Gebrauch ausgewaschen und getrocknet werden mussten. Waren sie beschädigt, wurden sie sorgfältig mit Knochenleim abgedichtet …

»Gefällt sie dir?«

Klingenthal schreckte auf. »Wie, was?« Er blickte auf das Kondom, das Madame so leichthin »Tüte« nannte. Zweifellos war auch hier die Außenhülle aus Darm und das Futter aus Stoff. Er wusste nicht, aus welchem, aber der Stoff war rot, sehr rot.

»Lass deinen besten Freund hineinschlüpfen und reite mich dann. Komm, reite mich, erfeue deinen besten Freund mit Wollust.« Sie stand auf, ihr Schoß kam seinen Lippen wieder gefährlich nahe. Klingenthal war verwirrt. Irgendetwas hatte es mit dem Rot des Kondoms auf sich. Irgendetwas, aber was?

Dann wusste er es. Und das, was er erkannt hatte, ernüchterte ihn schlagartig.

»Nun komm schon.« Madame wirkte etwas ungeduldig und drängte sich wieder an ihn.

Klingenthal beachtete sie nicht. Er dachte an das Rot, das auch die Farbe von Göttsches Strümpfen gewesen war. Der Kutscher hatte in diesen Strümpfen sein Leben ausgehaucht und dabei eine jämmerliche Figur gemacht. Auf dem Rücken hatte er gelegen wie ein toter Vogel und die Beine in die Luft gestreckt. Gestorben am Kontaktgift in roten Strümpfen! So musste es gewesen sein! Und dasselbe Schicksal, daran bestand kein Zweifel, sollte nun auch ihm widerfahren, nur mit dem Unterschied, dass die Giftsubstanz in einem Verhütungsschutz steckte. Welch abgefeimter Plan!

»Nun komm schon, streif die Tüte über, mein kleiner David!«

Klingenthal warf das Kondom in die Sargkiste zurück.

»Was tust du, du Böser?« Madame schmollte. »Willst du denn keinen Reitunterricht nehmen? Doch, bestimmt willst du das, noch jeder hat ihn gern genommen, und außerdem hast du den Gruß von Aphrodite getrunken.«

»Ihr meint das Aphrodisiakum?«, fragte Klingenthal, und seine Stimme war klar und fest.

»Ja, das meine ich, mein David.« Sie griff nach seiner Männlichkeit, aber er schob sie von sich. »Das Aphrodisiakum habe ich nur zum Schein genommen. Keinen Tropfen habe ich davon getrunken, vielmehr in einem Augenblick Eurer Unachtsamkeit die ganze Flüssigkeit hinter mich gespuckt. Ich sage Euch mit vollem Bewusstsein: So wie Ihr mich eben mit dem Kondom ermorden wolltet, so habt ihr Katusow, Søderborg und andere ermordet. Ich weiß nicht, wie lang die Liste Eurer Greueltaten ist, aber so viel steht fest: Ihr habt darin Eure letzte Eintragung gemacht.«

Madame staunte. Sie staunte eine ganze Weile. Dann ging in Ihrem Gesicht eine Veränderung vor. Vorher schwärmerisch überhitzt, nahm es jetzt einen harten, berechnenden Ausdruck an. »Ihr redet Unsinn, lieber Meister, genauso wie beim letzten Mal, als Ihr mir die Schuld an den verschiedensten Morden in die Schuhe schieben wolltet.«

»Zieht Euch an, Madame. Das Spiel ist vorbei.«

Sie reagierte nicht. »Ich habe Euch gesagt, dass ich nur eine Spionin bin, mehr nicht. Und ich habe Euch gesagt, dass mir tote Informanten nichts nützen.«

»Und mich damit überzeugt. Zwischenzeitlich zumindest. Seitdem habe ich viel nachgedacht. Eure Bemerkung am Ende unseres Gesprächs, ich möge auf mich achten, denn Ihr wolltet nicht auch noch um mich trauern müssen, kommt mir heute wie blanker Hohn vor.«

»Ich bin keine Mörderin!«

»Oh, doch, das seid Ihr.«

»Ihr könnt mir nichts nachweisen, nichts!«

»Ich gebe zu, dass ich nicht alles beweisen kann, Madame, aber sehr vieles, und in jedem Fall genug, um Euch zu überführen.«

»Da bin ich aber gespannt.« Madame blickte ihn spöttisch an.

»Ihr seid eine Spionin, aber Ihr seid auch ein Mensch, ein Mensch, der von krankhaftem Ehrgeiz besessen ist. Ihr wolltet stets die Erfolgreichste sein, und wenn jemand kam, der Euch diese Rolle streitig machte, habt Ihr ihn beiseitegeschafft. Das war bei Søderborg so, dem angeblichen Schweden, der wie Ihr für Joseph II. spionierte, das war bei Katusow so, der Katharina der Großen diente, und das war vielleicht bei vielen anderen so. Eure Bühne dabei war das *Collegium Artis,* ein Zirkel, in dem Ihr gut an geheime Informationen herankamt, ein Zirkel aber auch, in dem Euch eine ständig größer werdende Konkurrenz heranwuchs. Jedes Mal, wenn Ihr gemordet habt, tatet Ihr es auf typisch frauliche Art: Ihr nahmt Gift, ein besonders starkes Gift, das aus den Beständen des Potsdamer Apothekers Harsleben stammte.«

»*Ridicule!* Wie wollt Ihr das beweisen?«

»Im vorigen Jahr, als Hans von Reckwitz noch lebte, war er es, der Euch das Gift besorgte. Als Arzt und Assistent von Professor Selle fiel es ihm nicht schwer, die Substanz zu erwerben.«

»Eure Anschuldigungen sind völlig aus der Luft gegriffen.«

»Ach, wirklich? Hans von Reckwitz starb, indem er sich hochvergiftete Handschuhe überstreifte, Handschuhe, die von Gipsabdrücken aus Eurer Fertigung stammten. Ihr habt es selbst zugegeben.«

»Hans von Reckwitz war kein Spion, ich hatte nichts mit ihm zu schaffen. Er war lediglich Mitglied im *Collegium,* mehr nicht.«

»Das stimmt so weit. Er war aber auch ein Mann mit ständigen monetären Nöten. Gut möglich, dass er eines Tages zu Euch kam und Euch erpresste. Ihr selbst habt eingeräumt, dass Ihr diesbezüglich schon Probleme hattet. Von Reckwitz wollte Geld von Euch, viel Geld, dafür, dass er Euch weiterhin mit Gift versorgte. Vielleicht wusste er auch einfach zu viel über Euch und Eure Taten – in jedem Fall musste er sterben. Er tat es ahnungslos, nachdem er ein Paar gelber Handschuhe zu eingehend untersucht hatte.«

»Alles Unsinn. Nichts könnt Ihr beweisen!«

»Erinnert Ihr Euch noch daran, dass ich sagte, Ihr hättet einen Komplizen? Als Antwort äußertet Ihr die Vermutung, der Gaul ginge mit mir durch. Heute sage ich Euch, dass dieser Komplize Göttsche war. Ihr brauchtet jemanden, der zu Euch aufblickte, der Euch unbedingt ergeben war. Göttsche war so ein Mann. Er hielt für Euch die Verbindungen. Er ging mit den Gipsabdrücken zu Hofstätt, dem Handschuhmacher, und ließ die Fingerlinge fertigen. Danach holte er sie ab und gab sie Euch, damit Ihr sie mit Gift präparieren konntet. Daraufhin brachte er sie demjenigen, für den sie bestimmt waren. Auch bei Katusow dürfte es so gewesen sein. Göttsche legte die Fingerlinge nach dem *Collegium* in dessen Kutsche, stimmt's?«

»Hirngespinste!«

»Als Göttsche die Handschuhe in Katusows Kutsche gelegt hatte, wartete er eine Weile, bis der Oberst kam, sie vorfand und überzog. Dies war der Moment, als Mademoiselle Alena dazukam. Ohne es zu ahnen, wurde sie Zeugin des Mordes und wäre dafür fast von Göttsche erwürgt worden. Zum Glück kam ich dazu und konnte sie befreien. Seitdem bin ich Euch auf der Spur, Madame.«

»Eine Spur, die ins Leere führt!«

»Abwarten. Ähnlich wie bei Katusow ging Göttsche auch bei Søderborg vor. Er suchte dessen Palais auf und deponierte die Handschuhe dort. Als der Hausherr später kam und sie entdeckte, handelte er wie jeder normale Mensch: Er probierte aus, ob sie ihm passten – und starb. Später dann musste Göttsche selbst sterben.«

»Hirngespinste, alles Hirngespinste! Warum sollte ich einen Menschen, der mir so zu Hilfe ist, ermorden?«

Klingenthal zuckte mit den Schultern. Diesen Punkt des Gesprächs hatte er befürchtet. »Ich weiß es nicht genau, Madame. Vielleicht regte sich sein Gewissen. Er wusste ja, was die Handschuhe, die er verteilte, bewirkten. So wurde er zu einem Risiko für Euch und musste beseitigt werden. Natürlich nicht auf die Handschuh-Art – die kannte er ja –, sondern mit einer anderen Methode. Deshalb bekam er zu seinem Geburtstag rote Strümpfe von Euch, Strümpfe, die Ihr tödlich zu präparieren wusstet.«

Madame lachte. »Diesen Humbug glaubt Euch kein Richter dieser Welt! Alles erdacht und konstruiert und voller Widersprüche! Ihr habt behauptet, von Reckwitz besorgte mir im letzten Jahr Gift. Leider lebt er nicht mehr, um meine Unschuld zu bestätigen. Wie hätte ich, vorausgesetzt, ich hätte in diesem Jahr alle die von Euch zitierten Untaten verbrochen, an neues Gift herankommen sollen? Ich bin kein Arzt, mein Lieber!«

»Ihr seid eine sehr einfallsreiche Frau. Ihr habt in den Kleidern Eurer *Secrétaire* den Apotheker Harsleben besucht und ihm, unter dem Vorwand eines Halskatarrhs, eine hochtoxische Substanz gestohlen. Es ist das Gift des Upas-Baums, *Antiaris toxicaria,* wenn Euch das etwas sagt.«

Madame lachte auf. »Das ist der blühendste Unsinn, den ich jemals gehört habe! Ich in den Kleidern von Alena? Diesen Lumpen? Dass ich nicht lache.«

»Es war eine junge Frau in schwarzer Kleidung, die ein silbernes Kreuz trug. Das steht fest.«

»Dann war es vielleicht am Ende Alena selbst?«

»Nein, für sie lege ich meine Hand ins Feuer.«

»Dann vielleicht Dantal, der Undurchsichtige? Er hat eine knabenhafte Figur und trägt ebenfalls schwarze Kleidung.«

Klingenthal seufzte. Er hatte sich die Entlarvung der Täterin einfacher vorgestellt. »Dantal kommt aus Gründen der Logik nicht in Frage. Er war im letzten Jahr, als von Reckwitz starb, noch gar nicht in Potsdam. Er weilte auch nicht in Berlin, sondern unternahm eine Reise nach Paris. Wenn er Selles Assistenten nicht getötet hat, warum hätte er Søderborg oder Katusow oder Göttsche töten sollen? Nein, nein, Dantal kommt nicht in Frage, auch wenn ich zugeben muss, das eine oder andere Mal an ihn gedacht zu haben.«

»Ihr denkt viel – zu viel. Und vergesst, dass auch dieser Hofstätt zu Tode kam. Nun bin ich gespannt, wie Ihr mir dessen Tod aufhalsen wollt.« Madame schien langsam Oberwasser zu bekommen, und wenn Klingenthal ehrlich war, befand sich in seiner Argumentationskette doch die eine oder andere Lücke.

Er holte tief Luft, setzte sich bequemer hin und musterte seine Kontrahentin scharf. »Wenn Ihr gestattet, hole ich etwas aus. Ich muss dazu sagen, dass ich als Puppenspieler sehr viele Landschaften in Deutschland kennengelernt habe – und natürlich auch sehr viele Menschen. Von einigen will ich erzählen. Sie kommen, wie übrigens auch Ihr, aus sehr einfachen Verhältnissen. Ihre Namen sind Pausback, Listig und Mutter Krumm. Pausback ist ein riesiger Hüne, der seinen Broterwerb mit dem Verkauf von Olitäten bestreitet. Er ist ein sogenannter Balsamträger, einer von vielen, die durch ganz Europa ziehen. Listig begleitet ihn, weil er schneller und besser rechnen kann. Mutter Krumm schließlich ist eine alte Magd. Ihr und Listig begegnete ich vor zwei Jahren im Thüringischen. Sie waren auf dem Weg nach Erfurt, wo sie später mit meiner Hilfe Pausback aus den Fängen des Scharfrichters befreiten. Wie und warum, das gehört nicht hierher.«

»Ihr langweilt mich.«

»Mutter Krumm und Listig jedenfalls erzählten mir von mehreren Morden, die sich in Katzberg, einem kleinen Städtchen nahe der Schwarza, zugetragen hatten. Die Morde waren immer auf dieselbe Art und Weise erfolgt, nämlich mit Mäusebutter. Ihr wisst sicher, was Mäusebutter ist?«

»Ich habe keine Ahnung. Aber wenn es Euch Spaß macht, redet ruhig weiter.«

»Mäusebutter ist ein Streichfett, das mit Arsen versetzt wurde. Man nimmt jeweils so wenig Arsen, dass selbst ein Mäuschen es nicht herausschmecken kann. Allerdings sterben daran nicht nur die kleinen Nager, sondern auch die Menschen – vorausgesetzt, man erhöht die Menge nach und nach. Die gängigste Methode, Menschen mit Mäusebutter zu vergiften, ist, ihnen über mehrere Wochen immer wieder ein Butterbrot zu reichen und dabei stets die Dosis zu erhöhen. Die Folge ist ein langsamer, qualvoller und wissenschaftlich nicht nachweisbarer Tod. Ach, wo ich gerade davon spreche: Auch der Handschuhmacher Hofstätt starb, weil er ein Butterbrot aß. Allerdings dürfte das Streichfett bei ihm nicht Arsen enthalten haben, sondern ein weitaus toxischeres Gift: das erwähnte Gift des Upas-Baums. Ihr kennt es doch sicher?«

Madame schwieg.

»Nun, Ihr braucht mir nicht zu antworten. Ich nehme Euch das Sprechen ab. Wenn Ihr gestattet, komme ich zurück auf die Morde in Katzberg. Der Täter – oder besser:

die Täterin – wurde nie gefasst. Wie man hört, hat sich Kaulbarsch, so der Name des zuständigen Büttels, mittlerweile damit abgefunden, dass die Morde niemals aufgeklärt wurden. Nun, vielleicht ist heute sein Glückstag, und ich kann ihm weiterhelfen. Halt, was habt Ihr da?«

Während Klingenthal gesprochen hatte, war in Madames Hand plötzlich ein Fläschchen aufgetaucht. Er sprang hoch und entwand es ihr.

»Hundsfott!«, schimpfte Madame, und in ihrem Gesicht zeichneten sich hektische Flecken ab. »Erst beschimpft Ihr mich, eine Mörderin zu sein, dann nehmt Ihr mir auch noch meine Beruhigungstropfen!«

Klingenthal besah sich das Fläschchen, gab ein paar Tropfen auf die Finger und kostete davon. »Ihr habt recht, Madame, auf dem Behältnis steht *Rapp'sche Beruhigungstropfen*, nur dürfte in ihm kein einfaches Sedativ sein, sondern ein mit Opium angereichertes. Ich vermute es schon seit einiger Zeit: Ihr seid süchtig, könnt ohne das Zeug nicht mehr leben und braucht es immer häufiger für ein übersteigertes Wohlgefühl.«

»Gebt mir meine Tropfen! Sofort!«

»Ich bin noch nicht am Ende. Besagter Kaulbarsch hatte einen zwingenden Verdacht, wer für die Taten in Frage kam. Es handelte sich um eine junge Frau, genauer gesagt, um die Magd des städtischen Amtmanns. Der Name des Amtmanns war Max Röther, der Name der Magd war Eva. Nun, ahnt Ihr, worauf ich hinauswill?«

»Nein!«, keuchte Madame.

»Eva aus Katzberg. Sie blieb bis heute verschwunden, trotz aller Suche. Doch sie lebt, denn Eva aus Katzberg wurde zu – Eve de Chattemont!«

»Nein!«

»Doch!« Klingenthal sprang auf und zielte mit dem Zeigefinger anklagend auf Madame. »Als Magd Eva ermordetet Ihr in Katzberg den Amtmann Röther, dessen Geliebte Ihr wart, dazu seine arme Frau Gertrud und den Physikus Doktor Eck. Wer weiß, wen Ihr sonst noch auf dem Gewissen habt! Als Eve de Chattemont ermordetet Ihr Hans von Reckwitz, Fürst Katusow, Graf Søderborg, Hofstätt und Göttsche – und auch diese Aufzählung ist sicher nicht vollständig. Wahrscheinlich brachtet Ihr Eure beiden verstorbenen Ehemänner ganz ähnlich zu Tode, um sie zu beerben. Besaßen sie die Initialen MvS und AD? Ich habe Gipsabdrücke mit diesen Buchstaben bei Euch gefunden, ebenso einen Abdruck mit den Lettern LU! Habt Ihr es womöglich auch noch auf den armen Ludolf abgesehen? Ich …«

Klingenthals Redefluss stockte, denn Madame hatte einen irrwitzigen Schrei ausgestoßen und sprang so schnell, dass seine Augen kaum folgen konnten, in die Sargkiste, wo sie die Pariser Tüte ergriff und diese, auf ihn zustürzend, über seinen noch immer ausgestreckten Finger stülpen wollte. Es gelang ihm, im letzten Augenblick zurückzuweichen. Dann sprang er vor und packte ihr Handgelenk. Rücksichtslos und mit einer gewissen Befriedigung drückte er unbarmherzig zu, stark und stärker, bis sie die Tüte fallen lassen musste. »Wenn es eines letzten Beweises bedurft hätte, so habt Ihr ihn eben erbracht!«, rief er.

Madame schüttelte sich wie ein geschlagenes Tier und wollte sich erneut auf das Kondom stürzen, aber er stieß den Verhütungsschutz mit dem Fuß fort. »Die ›Pariser Tüte‹, wie Ihr sie zu nennen beliebt, wurde sicher von Euch persönlich hergestellt und inwendig mit dem Gift von *Antiaris toxicaria* versehen. Ich werde dafür sorgen, dass sie genauestens untersucht wird.«

»Nein!« Madame stieß abermals einen Schrei aus, doch diesmal weniger laut, fast schon resignierend, so jedenfalls kam es Klingenthal vor. Er sagte: »Das Spiel ist aus, und Ihr habt es verloren. Ich werde Euch einem Polizeibeamten übergeben, der Euch verhaftet. Alles Weitere liegt nicht in meiner Hand, sondern ist Sache des Staates. Ihr habt Euch selbst mit Euren Taten gerichtet.«

Klingenthal bückte sich, denn ihm war eingefallen, dass er noch immer splitternackt vor ihr stand, und wollte seine Kleider aufheben. Für einen Augenblick ließ er Madame dabei aus den Augen, was sich als verhängnisvoller Fehler erwies, denn aufgegeben hatte sich die ehemalige Magd aus Katzberg noch lange nicht. Blitzschnell ergriff sie einen hölzernen Schlegel und schlug ihn damit nieder. Sterne tanzten vor seinen Augen, er taumelte. Er versuchte sich aufzurichten, doch da traf ihn ein zweiter Schlag, abschließend und endgültig.

Eine tiefe Ohnmacht umfing ihn.

Alena saß in ihrer Kammer und wartete. Nach ihrem Gefühl war die halbe Stunde, die sie Klingenthal für das Zwiegespräch mit Madame eingeräumt hatte, schon lange verstrichen, aber sie wusste, dass sie sich das nur einbildete. Wahrscheinlich waren erst zehn Minuten vergangen, wenn überhaupt. Wer so wartete wie sie, dem schien jede Minute eine Ewigkeit zu sein.

Sie überlegte, ob sie nach unten in die Halle gehen sollte, denn dort befand sich eine Standuhr, doch sie ließ den Gedanken fallen. Die Position der Zeiger würde sie nur enttäuschen.

Wenn Madame die Morde zugab, überlegte Alena, würde sie der Justiz übergeben und ihrer gerechten Strafe zugeführt werden. Die Strafe, das konnte nichts anderes sein als der Tod. Entweder durch den Strang oder durch das Schwert des Scharfrichters. In jedem Fall hätte das alte Palais dann keine Herrin mehr. Der gesamte Haushalt würde aufgelöst werden und das Personal entlassen. Und – Alena fiel es mit Schrecken ein – sie und Klingenthal hätten dann keine Bleibe mehr. Und das zur Weihnachtszeit!

Unruhe erfasste sie. Sie sah sich in ihrer Kammer um, betrachtete die *Toilette à l'anglais,* das Bett, die Truhe, die Waschschüssel und das Schreibschränkchen. Alles das würde sie dann nicht mehr benutzen können. Sie würde ihre Siebensachen packen und verschwinden müssen. Nun, viel hatte sie sowieso nicht. Das Wenige, was sie besaß, war schnell wieder in ihrem Ranzen verstaut. Lag eigentlich in dem Schreibschränkchen noch etwas? Vielleicht ja, ein paar Durchschriften der von ihr mit so viel kalligraphischen Mühen angefertigten *Invitationen,* dazu einige Antworten der Herren, Zusagen und Absagen. Alena erhob sich und schritt zu dem kleinen Möbelstück. In der Tat, ihre Vermutung war richtig gewesen. Abwesend durchblätterte sie die Papiere. Dann fiel ihr das Geheimfach ein, das sich in dem Schränkchen befand. Wie war es zu öffnen? Sie wusste es nicht mehr. Sie probierte es ein paar Mal, doch es gelang nicht. Verärgert sagte sie sich, dass ihre Versuche ohnehin vertane Zeit waren, denn am Tage ihres Einzugs bei Madame hatte sich nichts in der Schublade befunden. Sie wandte sich ab und hörte ein hölzern klingendes »Plopp«. Die Schublade war doch noch aufgesprungen! Alena schaute hinein. Natürlich, sie war leer.

Sie wollte sich wieder setzen, verharrte aber mitten in

der Bewegung. Aus dem Augenwinkel hatte sie etwas entdeckt. Es lag ganz hinten in der Ecke des Fachs und sah aus wie ein kleines Röhrchen aus Glas. Alena nahm es heraus und betrachtete es. Es war halb voll, enthielt eine milchige Flüssigkeit und trug ein Etikett mit einer lateinischen Aufschrift. Die Aufschrift lautete: *Antiaris toxicaria.*

Antiaris toxicaria! Das war doch das Gift, das dem alten Apotheker Harsleben gestohlen worden war! Hatte Madame es genommen? Natürlich, eine andere Möglichkeit gab es nicht. Sie hatte es genommen und schon zur Hälfte aufgebraucht. Diese Mörderin!

Doch warum bewahrte sie das Toxikum nicht irgendwo in ihren Privatgemächern auf, sondern im Geheimfach des Schreibschränkchens?

Als Alena so weit mit ihren Überlegungen gediehen war, erfasste sie eine ungeheure Wut. Schon einmal hatte Madame den Mordverdacht auf sie lenken wollen, indem sie ihre schwarzen Kleider trug, und nun versuchte sie es erneut. Denn wer das *Antiaris toxicaria* hier fand, würde nicht sie, sondern automatisch die Bewohnerin der Kammer verdächtigen – also Alena. Madame, diese falsche Schlange!

Alena hielt es nicht mehr in dem Raum. Ihre Augen sprühten vor Wut. »Madame de Chattemont«, rief sie, »ich komme!«

Klingenthal erwachte und wusste zunächst nicht, wo er war. Ein heftiger Schmerz saß in seinem Schädel, und ein Schleier lag vor seinen Augen. Der Schleier löste sich langsam auf, der Schmerz aber blieb. Er wollte sich bewegen, doch es ging nicht. Irgendjemand hatte ihn sitzend an eine Säule gefesselt. Irgendjemand? Er blinzelte. Nein, nicht irgendjemand, sondern Madame de Chattemont! Sie hatte ihn in ihrem Atelier niedergeschlagen. Nun kniete sie vor ihm, das Fläschchen mit den *Rapp'schen Beruhigungstropfen* in der Hand und hektische Rötungen im Gesicht. Ihre Nacktheit machte ihm bewusst, dass auch er seine Kleider noch nicht wieder trug. Nackt und hilflos, ja, das war er! Ausgeliefert einer Verrückten, die vom Opium abhängig war!

Madame nahm einen tiefen Schluck direkt aus dem Fläschchen. Ihre Augen glänzten. »Mein kleiner David«, girrte sie. »Du hast vorhin gesagt, ich hätte das Spiel verloren. Ich glaube, es ist genau umgekehrt: Ich habe es gewonnen. Und weil das so ist, musst du sterben.«

»Nein!«, keuchte Klingenthal.

»Du hängst am Leben, das verstehe ich. Aber wir alle müssen einmal sterben, der eine früher, der andere später. Du bist etwas früher dran – jetzt.«

»Nein!«, brüllte Klingenthal erneut. Er zerrte heftig an seinen Fesseln, bäumte sich auf trotz der stechenden Schmerzen in seinem Kopf, aber es war umsonst. Die Seile, die seinen Körper umspannten, saßen unverrückbar fest.

»Du wolltest zu viel wissen, und du weißt zu viel. Ich werde dich töten.«

»Bitte«, stammelte Klingenthal, »bitte nicht.« Er dachte an die Pariser Tüte, die sie als Todeswerkzeug ausersehen hatte. Wahrscheinlich würde sie ihn abermals niederschlagen und ihm die Tüte über den Finger streifen, denn der eigentliche Bestimmungsort des Kondoms war vor Angst lächerlich klein …

Madames Augen glitzerten. »Ich werde Hand an dich

legen, mein kleiner David, du hast mich vernichten wollen, aber nun vernichte ich dich. Ich werde aus deinem Körper ein Bruchstück machen. Ein menschliches Bruchstück.«

Klingenthal sah, wie sie zu einem massiven Kantenmeißel griff, und spürte sekundenlang Erleichterung, dass es nicht die Pariser Tüte war. Dann wurde ihm die Lächerlichkeit seiner Empfindung bewusst. Ob Tüte oder Meißel, es lief doch alles auf dasselbe hinaus!

»Ich werde dir mit dem Meißel Arme und Beine abschlagen, mein kleiner David, ich werde dich anschließend mit Gips überziehen und als Torso ausstellen. Man stelle sich vor: mein kleiner David als Torso.«

Klingenthal riss an seinen Fesseln, er wusste nicht mehr ein noch aus. Madame, diese verrückte Furie, kam näher!

»Alle Mann an Deck!«, ertönte unverhofft eine Stimme aus der anderen Ecke des Ateliers. Es war die Stimme des Schiffers. »Klar bei Entermessern, wehrt euch!«

Madame fuhr herum.

»Feuer frei!«, brüllte der Söldner. »Auf sie, Kerls!«

»Hähä, wie in alten Zeiten!«, kicherte Friedrich, die Puppe.

»Nein, keine Gewalt, wir wollen verhandeln«, sagte der Schultheiß.

Madame wandte sich wieder Klingenthal zu, ein vernichtendes Lächeln im Gesicht. »Ich sehe niemanden, der dir zu Hilfe kommen könnte, mein kleiner David. Deine Bauchrednerkünste werden dir nicht helfen.«

»Wir wollen verhandeln«, sagte Klingenthal noch einmal mit der Stimme des Schultheiß. Es klang kläglich, denn er wusste, er hatte verloren.

Madame hob die Faust mit dem Meißel.

Kurz bevor Alena die Ateliertür im obersten Stock erreichte, hörte sie seltsame Stimmen. Es klang so, als gäbe Klingenthal eine Vorstellung mit seinen Puppen. Fand hier wirklich die Entlarvung einer Mörderin statt? Da stimmte doch etwas nicht. Ohne weiter nachzudenken, lief sie die letzten Schritte zur Tür und riss sie auf.

Ein groteskes Bild bot sich ihr: ein Kerzenmeer, so weit das Auge reichte, und mitten darin zwei nackte Menschen. Klingenthal und Madame. Klingenthal war an eine Marmorsäule gefesselt, und Madame stand heftig gestikulierend vor ihm, ein stählernes Instrument in der Hand. Sie lachte schrill und griff mit der anderen Hand nach einem Schlegel. »Zerbrich!«, schrie sie und setzte das stählerne Instrument an Klingenthals Oberarm. »Zerbrich in tausend Stücke!«

Alena brauchte nur den Bruchteil einer Sekunde, um zu begreifen. Mit einem Schrei, wie er noch niemals über ihre Lippen gekommen war, stürmte sie vor und warf sich auf Madame. Die Wucht ihres Körpers riss die Besessene um, beide Frauen rollten wie zwei junge Hunde durch den Raum. Madame verlor dabei ihre Werkzeuge, aber sie war die Erste, die sich aufrappeln konnte. Sie versetzte Alena eine Maulschelle, dass es nur so krachte. Alenas Kopf wurde zur Seite gerissen. Madame triumphierte und holte erneut aus, aber Alena, wenn auch noch benommen, duckte sich, und der Schlag ging ins Leere. Durch die Heftigkeit der Bewegung verlor Madame das Gleichgewicht. Alena nutzte das aus, warf sich über Madame und trommelte ihr mit den Fäusten ins Gesicht. Doch ihre Gegnerin war zäh, sie lachte wie irre und wälzte sich zur Seite. Alena wollte sie packen, konnte es aber nicht, denn die nackte Haut bot ihr keinen Halt. Das nutzte Madame aus: Wie der Blitz kam sie wieder hoch und stürzte sich nun ihrerseits auf Alena. Ihre Hände suchten und fanden Alenas Hals und begannen sie zu würgen. Alena zappelte, gab gutturale Laute von sich, schnappte nach Luft. Kurz bevor ihr schwarz vor Augen wurde, hörte sie die Stimme des Schiffers: »Ahoi, mien Deern, Knie hoch, mien Deern! Reiß das Knie hoch!«

Sie tat es in ihrer Not und traf ihre Gegnerin voll in den Schoß. Madame stöhnte und ließ los. Endlich bekam Alena wieder Luft. Doch Madame gönnte ihr keine Pause, abermals tasteten ihre Hände nach ihrem Hals.

Der Söldner brüllte: »Stich ihr mit den Fingern in die Augen, los, stich zu!«

Alena hörte es, während ihr schon wieder die Luft knapp wurde. Dennoch versuchte sie, den Rat des Söldners zu befolgen – vergebens. Gegen die Kräfte der Verrückten kam sie einfach nicht an. Gedankenfetzen jagten ihr durch den Kopf. Du schaffst es nicht, dachte sie, du schaffst es nicht! Du wirst sterben, Klingenthal wird sterben, die Puppen werden sterben, alle werden sterben, nur Madame, diese Furie, wird leben. Allmächtiger Vater, wie bist du ungerecht! »Stoß mit dem Kopf zu!«, brüllte da jemand in den Nebel ihrer schwindenden Sinne hinein. »Stoß ihr deinen Kopf ins Gesicht!« Die Stimme gehörte keiner der sieben Puppen, sondern Klingenthal selbst. »Ramm ihr den Kopf ins Gesicht!«, brüllte er schon wieder, und die Verzweiflung in seiner Stimme bewirkte mehr als jeder Ausruf seiner Puppen. Es gelang Alena, ihre letzten Kräfte zu mobilisieren und trotz der Umklammerung ihren Kopf nach vorn zu stoßen. Madame stöhnte auf, es war ein Aufstöhnen, in dem fast so etwas wie Verwunderung mitschwang. Langsam, widerstrebend lockerte sie ihren Griff.

Neue Hoffnung durchpulste Alena, sie nahm ihren Kopf

zurück und stieß ein zweites Mal mit aller Macht zu. Es gab ein hässliches Geräusch, Madames Nasenbein brach. Dadurch beflügelt, stieß Alena gleich ein drittes Mal zu. Madame heulte vor Schmerz, ihr Oberkörper sackte in sich zusammen, sie fiel auf die Seite und blieb dort liegen, die Hände vors Gesicht gepresst, die Beine angezogen wie ein Fötus im Mutterleib. Ein Zittern durchlief ihren Körper, aus der Furie von eben war ein weinendes Bündel Mensch geworden.

Alena richtete sich auf. Einem Impuls folgend, sagte sie schwer atmend: *»Da wird sein Heulen und Zähneklappen, denn viele sind berufen, aber wenige sind auserwählet.* Euch, Madame, hat das Böse gerufen, und Ihr seid ihm gern gefolgt. Das wurde Euch zum Verhängnis.«

Madame antwortete nicht, vielleicht war sie dazu nicht mehr in der Lage.

Ein Gefühl grenzenloser Erleichterung durchströmte Alena. Sie hatte das Böse besiegt! Und Klingenthal gerettet.

Sie ging zu ihm und sah ihm zum ersten Mal in die Augen. Scham, aber auch tiefe Dankbarkeit standen darin. Er sagte mit belegter Stimme: »Es ist vorbei. Noch nie glaubte ich mich dem Tod so nahe, aber es ist vorbei.«

»Ja, Julius, das ist es.«

»Ich weiß nicht, wie ich dir danken soll.«

»Hauptsache, es ist vorbei.«

»Du hast recht. Bitte mach mich los. Mach mich zur Sicherheit ganz schnell los.«

Alena kniete vor ihm nieder und löste die Knoten, ließ Madame jedoch nicht aus den Augen, doch von ihr schien keine Gefahr mehr auszugehen, denn sie lag nach wie vor weinend am Boden.

Endlich waren die Seile gelöst, und Klingenthal stand auf, sich dabei heftig die Gliedmaßen reibend, um die Zirkulation des Blutes wieder in Gang zu bringen. »Ich ...«, sagte er und stockte, denn ihm wurde bewusst, dass er nackt vor Alena stand. »Ich erkläre dir alles später.«

»Das wirst du auch müssen, Julius.«

»Ja«, sagte er, »glaub mir, es ist alles ganz harmlos.« Und er begann hastig, sich anzuziehen. Als er fertig war, fragte Alena: »Was machen wir mit ihr?«

Klingenthal überlegte. »Ich fürchte, sie ist noch immer gefährlich, besonders, weil sie Opium genommen hat.«

»Opium?«

»*Die Rapp'schen Beruhigungstropfen.* Mit ihrer Hilfe nahm sie das Teufelszeug zu sich.«

Alena verstand. »Aber was soll jetzt mit ihr geschehen?«

»Ich denke, ganz einfach nichts.«

»Nichts? Aber Julius ...«

»Ich meine, wir lassen sie hier, wo sie ist. Wir schließen sie in ihr Atelier ein und verständigen auf der nächsten Wache die Polizei. Die mag sich um alles Weitere kümmern.«

»Damit bin ich einverstanden, sehr sogar. Ich möchte niemals wieder etwas mit dieser Frau zu tun haben.«

»Ich auch nicht.« Klingenthal blickte sich im Raum um und entdeckte Madames weiße Bildhauerkluft. Wie er vermutet hatte, befand sich der Schlüssel zum Atelier in einer der Taschen. Er nahm ihn und legte Alena sanft den Arm um die Schulter. »Komm, Liebste, fort von diesem verrückten Ort.«

»Ja, Julius.«

Ohne Madame eines letzten Blickes zu würdigen, schlossen sie ab und gingen.

Der Polizeibeamte Gunther Tieck erschien knapp zwei Stunden später im Palais de Chattemont, nachdem Klingenthal und Alena ihn eingehend über sämtliche Geschehnisse ins Bild gesetzt hatten. Er hatte ihre wichtigsten Aussagen in einem stichwortartigen Protokoll festgehalten und sich dabei ein ums andere Mal über die Ungeheuerlichkeiten der Anschuldigungen gewundert. Was er da hörte, hatte er kaum glauben können. Aber da er ein pflichtbewusster junger Mann war, hatte er sich gesagt, er müsse handeln und der Sache nachgehen.

Nun stand er vor der Ateliertür und drehte den Schlüssel im Schloss. Den Schilderungen entsprechend, erwartete er einen lichtdurchfluteten Raum, aber ihm bot sich ein ganz anderer Anblick.

Das Atelier war nahezu dunkel, fast alle Kerzen waren niedergebrannt. Weitere Angaben stimmten allerdings, denn Madame de Chattemont war anwesend, und sie war tatsächlich nackt. Auch ihr blutverschmiertes Gesicht machte Sinn, wenn man den Kampfesverlauf zwischen der Klagefrau Alena und der Hausherrin als wahr einstufte.

Nur der Ort, an dem sich Madame befand, mutete seltsam an: Sie lag mit über der Brust gekreuzten Armen in einer sargähnlichen Kiste und hielt die Augen geschlossen. Auch war sie nicht ansprechbar. Denn sie war tot.

Tieck schnitt eine Grimasse. Dass ausgerechnet er immer wieder in einen solchen Schlamassel geriet! Wieso musste ausgerechnet er heute Abend Dienst schieben und nicht einer seiner vielen Kollegen! Nun, es half nichts. Er beugte sich über die Leiche und versuchte, die Todesursache herauszufinden. Da er den Worten der Zeugen aufmerksam gelauscht hatte, glaubte er alsbald, sie erkannt zu haben. Sie steckte über dem linken Zeigefinger von Madame und war rot.

Eine prächtige rote Pariser Tüte.

»Fröhliche Weihnachten, *mon cher*«, sagte Friedrich der Große am nächsten Tag zum Marchese Lucchesini. Beide standen wieder einmal vor den Zedernschränken mit den Sammlungen kostbarer Schnupftabakdosen. »Auch wenn die neuesten Entwicklungen alles andere als fröhlich sind.«

Der kleine Italiener verbeugte sich mit einer graziösen Bewegung. »Auch ich wünsche Euch ein frohes Fest, Sire. Wenn Ihr mit den neuesten Entwicklungen den Tod von Madame de Chattemont meint, so ist dieser natürlich zu bedauern.«

»Aber?«, fragte Friedrich misstrauisch.

»Aber er birgt auch eine erfreuliche Seite.«

»Und?«, fragte Friedrich, der nicht sonderlich gesprächig war, denn am Abend zuvor hatte er dem Wildschweinbraten und dem Rotspon aus Lübeck zu viel Ehre angetan. Umso schlechter fühlte er sich heute.

»Mit Madame de Chattemonts Tod hat sich, allem Anschein nach, eine ganze Reihe von Problemen wie von selbst gelöst.«

»Ich höre«, sagte Friedrich.

»Wie Euch Euer Geheimdienst sicher schon gemeldet hat, war nach Aussage des Puppenspielers Klingenthal sowie seiner Gefährtin, der Klagefrau Alena, besagte Madame eine Spionin, die für Joseph II. arbeitete. Durch ihren Tod gibt es wieder eine Person weniger, die in Eurem Gewässer fischt.«

»Das weiß ich. Zur Hölle mit dieser Hu…!«

»Sire?«

»Nun ja, Toten soll man nichts Schlechtes nachsagen.«

»Madame de Chattemont war es auch, die im letzten Jahr Selles Assistenten zur Strecke brachte, ferner den Obristen Katusow und den Grafen Søderborg. Damit ist die Liste ihrer Opfer noch lange nicht erschöpft, aber interessanter dürfte sein, dass sie stets mit einem tödlichen Gift arbeitete, mal in gelben Handschuhen versteckt, mal in Strümpfen, mal in Kondomen. Vor einigen Jahren soll sie auch einen Amtmann und seine Frau ins Jenseits befördert haben.«

Friedrich winkte ab. »Das weiß ich alles. Das meiste jedenfalls. Der Direktor des Geheimdienstes bat mich heute in aller Herrgottsfrühe um ein Gespräch, in dem er mir – unter dem Vorbehalt, alles noch einmal gründlich nachprüfen zu wollen – die Einzelheiten schilderte. Was ich mich allerdings frage, ist, woher Ihr, *mon cher*, schon wieder so viel wisst.«

Der kleine Marchese lächelte. »Es gibt in der für die Breite Straße zuständigen Wache einen jungen Beamten namens Gunther Tieck, der sämtliche Angaben des Puppenspielers Klingenthal aufnahm und sich sofort um den Fall kümmerte.«

»Potz und Blitz! Und diesen Tieck kennt Ihr?«

Der Marchese lächelte schief. »Ich kenne ihn, aber er kennt mich nicht.«

Friedrich fuhr mit der Hand in die Tasche seines Rocks und begann mit der Schnupftabakkrume zu spielen. Er suchte Beruhigung in dieser Tätigkeit, doch stellte sie sich diesmal nicht ein. »Pah, und der kluge Herr meines Geheimdienstes tat so, als wäre er es, der alles herausgefunden hat! Nun ja, in jedem Fall unerfreulich, der Vorfall, und wenn ich an die Verstorbene denke, so wollte diese sicher auch noch mit großem Brimborium unter die Erde gebracht werden. *Impertinent!*«

»Das mag sein, Sire, doch solltet Ihr das Ganze einfach unter den Teppich kehren. Spione treten unauffällig ab, sie arbeiten im Verborgenen, und sie sterben im Verborgenen. Madames Suizid war vielleicht die eleganteste und unauffälligste Lösung für die Diplomatie an Eurem Hofe. Eure Pläne für den Fürstenbund dürften kaum noch durchkreuzt werden.«

»Hm, hm, und die Sache vielleicht sogar *accelleriren*. Es wäre schön, wenn der Bund sich schon im nächsten Jahr gründen könnte.«

»Sehr wohl, Sire. Um die Sache zum Abschluss zu bringen: Nach meinen Informationen regte Meister Klingenthal an, Madame de Chattemont in einer dunklen Nacht beerdigen zu lassen, glanz- und formlos, und ihr ein Armengrab zu geben. Am besten unter einem anderen Namen, vielleicht Eva von Katzberg.«

»Eva von Katzberg?«

»So hieß die Dame, bevor sie sich der Spitzelei und der Hochstapelei widmete.«

»Das wird ja immer schöner! Ist das Vorleben der Dame auch etwas, das Tieck, oder besser: der Puppenspieler Klingenthal, herausgefunden hat?«

»Das weiß ich nicht, Sire. Ihr dürft nicht vergessen, dass ich kein Spion bin.«

Friedrich gab ein Kichern von sich. Es war das erste Mal an diesem Tag, dass er lachte. »*Ridicule!* Ihr und kein Spion. Aber lasst nur, *mon cher*, ich will Euch ja so, wie Ihr seid.«

Der kleine Marchese verneigte sich dankend. Es sah ein

wenig feierlich aus. »Aber dafür weiß ich etwas anderes, Sire, etwas, das Euch sicher interessieren dürfte.«

»Und das wäre?«

»Der Bauchredner Julius Klingenthal, auch als der Puppenkönig bekannt, ist Jude.«

Friedrich riss die Augen auf. »Was sagt Ihr da: Jude?«

»Ganz recht.«

Friedrichs Hand umschloss die Krume in der Tasche und förderte eine Portion hervor. Er schnupfte und nieste donnernd. »Jude, also«, sagte er. Seine Stirn umwölkte sich. »Seid Ihr sicher? Immerhin hat der Kerl gedient. Wie habt Ihr das herausgefunden?«

»Ganz einfach. Es geht aus den Papieren der Stadt Tangermünde hervor. Dort wuchs er im Kreise einer jüdischen Familie auf. Sein Vater war Abraham Klingenthal, ein Geld- und Pfandleiher.«

»So, so«, sagte Friedrich nachdenklich. »So, so. Da hat der Kerl mich also die ganze Zeit an der Nase herumgeführt. Hat so getan, als wäre er ein ganz normaler Christenmensch. Und ich falle auch noch drauf rein.«

»Jawohl, Sire.«

»Andererseits hat der Kerl mir sehr geholfen, als ich die Tafelrunde aufleben ließ, viel mehr als mancher andere. Erinnert Ihr Euch noch, wie er in meine Rolle schlüpfte, *mon cher?*«

»Ich erinnere mich gut, Sire.«

»Aber Strafe muss sein. Wenn ich ihn schon nicht einlochen lasse, will ich wenigstens, dass er noch heute, am Heiligen Abend, Potsdam verlässt. Auf den einsamen Landstraßen Preußens mag er dann sein jüdisches Christfest feiern und sich überlegen, wozu es führt, seinen König zu hintergehen.«

»Wie Ihr befehlt, Sire. Ich wollte Meister Klingenthal nicht anschwärzen.«

»Und habt es doch getan. Aber sei es, wie es sei. Mein Entschluss steht: Der Bauchredner Julius Klingenthal hat die Stadt noch heute zu verlassen. Bitte sorgt dafür.«

»Jawohl, Sire.«

Schneeregen herrschte am Nachmittag des 24. Dezember. Es war feucht, kalt und windig. Wer von den Potsdamern nicht unbedingt auf die Straße musste, blieb lieber daheim hinter seinem Ofen und bereitete sich auf das Weihnachtsfest vor. Bratendüfte durchzogen die Häuser, Musik erklang, und man hatte »Christkindleins Sachen« eingekauft, um sie zu verschenken. Mancherorts sah man auch einen jener frisch geschlagenen Tannenbäume, die Talglichter, Äpfel und Zuckerwerk trugen und von Jahr zu Jahr beliebter wurden.

Auch die Breite Straße war wie leergefegt. Nur ein einzelner Karren stand vor dem Palais Numero 11, darin die sieben Puppen Klingenthals. Letztere allerdings nicht sichtbar, da sie wegen der Witterung abgedeckt worden waren.

Drinnen im Haus saßen sich Klingenthal und Alena gegenüber. Beide zeigten ernste Mienen, denn sie hatten sich heftig gestritten. »Ich sage es dir noch einmal«, versuchte es Klingenthal. »Ich hatte die lautersten Absichten, als ich mit Madame in ihrem Atelier sprach. Dass ich es in nacktem Zustand tun musste, ergab sich aus der Situation. Ich war völlig Herr meiner Sinne, wusste genau, was ich tat. Schließlich habe ich auch nicht das Aphrodisiakum, das sie mir anbot, getrunken.«

Alenas Augen zürnten. »Und ich antworte dir noch einmal, dass du das Gespräch auch vollständig bekleidet hättest führen können. So wie es unter zivilisierten Menschen üblich ist. Du aber hast dich hinreißen lassen und mich völlig vergessen. Nennst du das Treue?«

Klingenthal zuckte hilflos mit den Schultern. »Ich bin nicht in deine Kammer gekommen, um mir endlose Vorwürfe anzuhören. Es ist nun einmal passiert, ich kann es nicht mehr ändern.«

Alenas Augen füllten sich mit Tränen.

»Ist das jetzt die Klagefrau, die weint?«, fragte Klingenthal, und im selben Moment, wo die Worte seine Lippen verlassen hatten, taten sie ihm schon leid.

Alena weinte heftiger. Dicke Tränen quollen ihr aus den Augen, und ihre Schultern begannen zu zucken.

Er beugte sich vor und wollte sie in die Arme nehmen, doch sie wehrte ihn ab und schluchzte nur umso stärker.

»Alena, bitte! Mach es mir nicht so schwer. Du weißt, dass ich in dieser Stunde die Stadt verlassen muss. Der König hat es verfügt. Sag mir wenigstens Lebewohl, ich möchte nicht so einfach gehen.«

»Geh doch, geh!«

»Vielleicht werde ich niemals wiederkommen können. Alles wird anders werden. Alles muss anders werden. Ich habe mir überlegt, ein völlig neues Leben zu beginnen, auch wenn ich bald fünfzig Jahre zähle. Ich will nicht mehr der kleine Puppenspieler sein, der von Jahrmarkt zu Jahrmarkt tingeln muss. Ich habe mich entschlossen … sag mal, Alena, hörst du mir überhaupt zu?«

Sie schüttelte wild den Kopf.

»Ich sage es dir trotzdem. Ich habe mich entschlossen, mein abgebrochenes Medizinstudium wieder aufzunehmen. Vielleicht in Göttingen. Wenn ich es je beenden kann – der Erhabene, dessen Name gepriesen sei, gebe es –, werde ich wohl der älteste junge Arzt Deutschlands sein.«

»Das willst du tun?« Vor Verwunderung vergaß Alena zu weinen.

»Das ist mein fester Wille. Und nun sage mir, dass du mir nicht mehr böse bist.«

»Das sage ich nicht.«

Klingenthal atmete tief durch. Manchmal hatte Alena einen Dickkopf, der durch nichts zu erweichen war. »Dann kann ich dich auch nicht fragen.«

»Was fragen?«

»Ob du … ich meine, ob du mich begleiten würdest. Der Alte Fritz hat mich zwar der Stadt verwiesen, aber er hat nicht gesagt, dass ich allein gehen muss.«

»Die Antwort ist nein, Julius Klingenthal!«

»Das hatte ich befürchtet. Dann bleibt mir nichts anderes übrig, als mich zu verabschieden.« Er wartete einen Augenblick, ob sie sich vielleicht anders besinnen würde, aber sie tat es nicht.

»Dann, nun ja, dann leb wohl, Alena.« Er strich ihr mit einer sachten Bewegung über die Haare. »Leb wohl, und vergiss nie, dass ich dich … dass ich dich … liebe.«

Mit hängenden Schultern verließ er die Kammer.

Klingenthal war blind vor Trauer und Enttäuschung. Ohne zu sehen, wo er hintrat, stelzte er die Treppen hinunter in die Empfangshalle zu der großen Flügeltür. Gerade wollte er sie öffnen, als er von hinten angesprochen wurde: »Wollt

Ihr uns verlassen, Meister Klingenthal?« Es war Ludolf. Der alte Diener zog ein kummervolles Gesicht.

»So ist es.«

»Ich kann es Euch nicht verdenken. Wer weiß, was aus uns allen wird.«

»Ja, ja«, sagte Klingenthal, dem nichts Besseres darauf einfiel.

»Wollt Ihr Euch nicht wenigstens von uns verabschieden? Die meisten sind unten in der Küche.«

»Ach ja, natürlich.« Klingenthal wünschte sich alles andere, als sich vom Gesinde zu verabschieden, aber er konnte den Vorschlag schlecht ablehnen. Also ging er mit in den Küchenraum, wo Mägde und Knechte um den großen Tisch herumsaßen. Die Stimmung war gedrückt. Die meisten Mägde weinten, auch Anni, die ihren kleinen Schutzengel aus Speckstein fest an sich drückte. Imme saß neben ihr, die alberne Imme, die heute aber nur verzweifelt dreinblickte. Klingenthal schluckte. Er sah hier Menschen, die es noch viel schlechter getroffen hatten als er. Keiner von ihnen wusste, was aus ihm werden würde. Besonders die Alten, wie Ludolf oder die Köchin – sie würden wohl keine neue Anstellung finden und früher oder später im Armenhaus landen.

»Ja, hm«, krächzte Klingenthal und kam sich reichlich töricht vor, »wie heißt es doch: Wenn die Not am größten, ist Gott am nächsten. Im Leben geht es immer irgendwie weiter, glaubt mir das. Ich weiß es aus eigener Erfahrung.«

Einige nickten, andere beachteten ihn nicht. Anni küsste den Schutzengel, den sie von Alena geschenkt bekommen hatte.

»Ich bin sicher, dass Alena Euch viel besser Trost spenden kann als ich. Bestimmt kommt sie bald herunter. Sie wird die richtigen Worte für euch finden. Passt auf euch auf und bleibt gesund.« Fast hätte er noch ein *Shalom* hinzugefügt, besann sich aber und sagte: »Gott befohlen.«

»Gott befohlen«, murmelten einige.

»Tja, dann.« Klingenthal kam sich schäbig vor, als er die einfachen Leute verließ, doch er wusste nichts anderes zu tun. Er ging an Ludolf vorbei nach draußen, erklomm die Treppe, die zur Halle führte, und schritt durch die Flügeltür hinaus auf die Straße.

Dann blieb er stehen.

Er glaubte nicht, was er sah.

Da stand sein Karren, abgedeckt und regennass, und vor seinem Karren stand Alena, die ledernen Zugschlingen um die Schultern gelegt.

»Aber, aber …«, stotterte er.

Sie sah ihn an. In ihren Augen stand ein Lächeln des Verzeihens. Und mit dem Lächeln des Verzeihens ging ein Sonnenstrahl für ihn auf.

»Aber …?«

»Kein Aber, Julius Klingenthal«, sagte sie. »Ich komme mit nach Göttingen.«

Epilog

Wie sich zeigte, bewahrheiteten sich Klingenthals dunkle Vorahnungen. Das Gesinde aus der Breiten Straße Numero 11 wurde in alle Winde zerstreut. Was aus den Knechten und Mägden wurde, ist nicht überliefert, Annis weiterer Lebensweg allerdings ist bekannt: Sie erlangte eine Anstellung in einer *Accouchieranstalt,* einen Posten, den sie Körnchen, dem alten Doktor Korn, verdankte, sowie der Fürsprache von Elsa Siebold, der tüchtigen Hebamme.

Glück im Unglück hatte auch der alte Ludolf. Er wurde von Timothy Harrington als persönlicher Diener übernommen, weil er – wie der Tuchhändler sich ausdrückte – »nach Art und Gebaren von der Insel stammen könnte«. Später, so hörte man, ging er mit seinem Herrn nach London, wo er hochbetagt verstarb.

Die lehrreichen Abende, an denen sich das *Collegium Artis* traf, um, wie Madame de Chattemont zu sagen pflegte, »Seltsames zu sehen, Kurioses zu erleben, Unglaubliches zu bestaunen«, endeten abrupt mit ihrem Tod. Zwar versuchte der ebenso eifrige wie spatzenhafte Geheimrat von Karius, die Abende wieder aufleben zu lassen, aber es gelang ihm nicht. Den edlen Herren war es im Nachhinein peinlich, im Haus einer Spionin verkehrt zu haben – wenn nicht gar mit ihr selbst. Alles hat seine Zeit, und die Zeit des *Collegiums* war vorbei.

Wenige Wochen später war Madame vergessen – ihr Name »Eve de Chattemont« wurde totgeschwiegen. Die ehemalige Magd Eva aus Katzberg endete ebenso unbedeutend, wie ihr Leben begonnen hatte: Da ihr gesamter Besitz dem Staat Preußen zufiel, landeten ihre sterblichen Überreste in einem Armengrab, kurioserweise nicht weit entfernt von der Stelle, wo auch Göttsche, der ihr so ergebene Kutscher, seine letzte Ruhestätte gefunden hatte.

Neben Hans von Reckwitz, Graf Søderborg und Fürst Katusow starb noch eine weitere Person, an deren Tod Madame de Chattemont zumindest indirekt schuld war: Es handelte sich um Igor, Katusows Kutscher, der, wie man unter Seinesgleichen berichtete, vor ein russisches Militärgericht gestellt und verurteilt wurde. Trunkenheit im Dienst, so lautete die dürftige Anklage, da über die näheren Umstände von Katusows Tod nichts publik werden durfte. Die Strafe jedoch war drakonisch. Igor wurde zum Spießrutenlaufen verdammt, eine Maßnahme, die gleichermaßen erzieherische wie abschreckende Wirkung ausüben sollte. Der Delinquent musste dabei die sogenannte Spießgasse durchlaufen, die aus Hunderten sich gegenüberstehender Soldaten bestand. Jeder hielt eine Weidenrute in der Hand, mit der er erbarmungslos zuschlug, wenn der zu Bestrafende ihn passierte. Ein Unteroffizier marschierte rückwärts voran, dem Delinquenten dabei ständig den Säbel auf die Brust setzend, damit er in jedem Fall weiterging. Igor, der Kutscher, ging todesmutig weiter, insgesamt zwei Tage lang, an denen die Prozedur jeweils in aller Frühe und am Mittag wiederholt wurde. Er war sehr tapfer. Dennoch krepierte er am dritten Morgen jämmerlich, was selbstverständlich beabsichtigt war.

Auch der Alte Fritz sollte bald das Zeitliche segnen. Er

starb im August 1786. Die letzten Tage seines beispiellosen Lebens verbrachte er ununterbrochen sitzend im Lehnstuhl, betreut von Professor Selle, seinem Leibarzt, und umsorgt von Strützky, seinem treuen Kammerhusaren. Strützky war es auch, der am Morgen des 16. den qualvoll Hustenden, immer wieder kraftlos in sich Zusammensinkenden ein letztes Mal aufzurichten versuchte. Es war vergebens. Friedrich starb. Er starb auf seine Weise, schrullig und eigensinnig, in seinem alten blauen Seidenmantel, der die Spuren seiner Vorliebe für das Tabakschnupfen trug. Seine letzten Worte waren: »Es geht gut, der Berg ist überschritten«, und er sagte sie wie immer auf Französisch.

Ob Dantal die letzten Stunden mit seinem König teilte, ist nicht überliefert. Doch Friedrichs Hellsichtigkeit, Dantal würde sein letzter Vorleser sein, hatte sich als richtig erwiesen.

Auch von Klingenthal und Alena, die Potsdam am Heiligen Abend 1784 verließen, wurde zunächst nichts bekannt, dafür kursierten später die wildesten Gerüchte: Über den Puppenspieler, der ein Jude war, und über die Klagefrau, die eine Katholikin war. Es hieß, sie wären unter seltsamen Umständen ein Ehepaar geworden, was eine unerhörte Sünde darstellte und die ewige Verdammnis für ihre Seelen nach sich zog. Ferner munkelte man, Klingenthal wäre seiner Puppen bestohlen worden und habe es trotzdem unter großen Mühen zum Doktor der Medizin gebracht.

Näheres wusste niemand zu sagen.

Kleines Glossar Friderizianischer Ausdrücke:

Absurdité . . . . *Unsinn, Ungereimtes*
accelleriren . . . . *beschleunigen*
Accise . . . . *Verbrauchssteuer*
Accouchieranstalt . . . . *Gebärhaus*
ad rem . . . . *zur Sache*
Ambition . . . . *Ehrgeiz*
attachiren . . . . *festmachen, zuordnen*
au revoir . . . . *auf Wiedersehen*
Bergère . . . . *Gondelsessel*
Billett . . . . *Eintrittskarte, Zettel*
bon soir . . . . *guten Abend*
Camouflage . . . . . . *Oberfläche, Täuschung*
Cassaquin . . . . *jackenartiges Gewand*
cassiren . . . . *aus dem Dienst entlassen*
Chaiselongue . . . . . . *Liege mit Kopflehne*
Coiffeuse . . . . *Friseurmeisterin*
communitziren . . . . *mitteilen*
Compliment . . . . *Gruß*
Conduite . . . . *Führung, Betragen*
Conterbande . . . . *Schmuggel*
convenable . . . . . . *annehmbar, geziemend*
conveniren . . . . *gefallen, passen*
curent . . . . *laufend*

destiniren . . . . bestimmen, vorsehen
distinguiren . . . . unterscheiden
Eau de Lavande . . . . . . Lavendelparfum
Ertz Schäcker . . . . Spitzbube
excusiren . . . . entschuldigen
exquis . . . . ausgezeichnet, exzellent
phantastique . . . . großartig
Fauxpas . . . . Taktlosigkeit
Garde du Corps . . . . Leibgarde
génial . . . . .überragend, einmalig
geniren . . . . belästigen
grandiose . . . . großartig
habil . . . . .geschickt
honett . . . . anständig, ehrenhaft
impertinent . . . . unverschämt
impossible . . . . .unmöglich
industrieus . . . . fleißig
infam . . . . .schändlich
ingenieus . . . . .schaffend, bewirkend
insinuiren . . . . einschmeicheln
intendiren . . . . beabsichtigen
Invitation . . . . Einladung
Kanaille . . . . Schurke, Schuft
Kanapee . Sofa mit Rücken- und Seitenlehnen
magnifique . . . . prächtig, wunderbar
merci bien . . . . .vielen Dank
meritiren . . . . auszeichnen
mon cher . . . . mein Lieber
mon Dieu . . . . mein Gott
monetair . . . . finanziell
naturellement . . . . .natürlich
nobiliren . . . . .adeln

Non-sens . . . . *Unsinn*
oficiel . . . . *amtlich, verbürgt*
pardon . . . . *Verzeihung*
Plaisir . . . . *Freude, Lust*
Podagra . . . . *Gicht*
pöpliren . . . . *bevölkern*
pousiren . . . . *voranbringen*
prätendiren . . . . *Anspruch erheben*
Proposition . . . . *Vorschlag, Vortrag*
quittiren . . . . *abschließen, beenden*
raisoniren . . . . *nörgeln, widersprechen*
renonciren . . . . *verzichten*
Reskript . . . . *Antwortschreiben*
revidiren . . . . *überprüfen*
ridicule . . . . *lächerlich*
Ridicul . . . . *Handtasche, Beutel*
Sollicitation . . . . *Bittbrief, Gesuch*
subtrahiren . . . . *abziehen*
superb . . . . *herrlich, vorzüglich*
Supplikant . . . . *Bittsteller*
Support . . . . *Unterstützung*
Taburett . . . . *gepolsterter Hocker*
Toilette à l'anglais . . . . *Wasserklosett*
très bien . . . . *sehr gut*
Vis-à-Vis . . *Fensterkutsche für zwei Personen*
voilà . . . . *das ist's*

Einige Erläuterungen zum historischen Hintergrund

Da ich selbst leidenschaftlich gern historische Romane lese, weiß ich sehr gut, wie es vielen ergeht, die ein solches Werk zur Hand nehmen. Sie fragen sich häufig, was wahr ist und was Phantasie. Natürlich kann an dieser Stelle nicht alles bis ins Detail erklärt werden, doch als kleine Hilfe seien hier folgende Beispiele genannt:

Die Schwierigkeiten, die Klingenthal im Prolog widerfahren, beruhen auf einer wahren Episode. Es gab tatsächlich einen Magister namens Linsenbarth, der nach Berlin einreisen wollte und Nürnberger Batzen bei sich trug. Die Batzen wurden ihm unrechtmäßig abgenommen, was dazu führte, dass er sich persönlich an Friedrich den Großen wandte. Friedrich ersetzte ihm den Schaden. Der einzige Unterschied zu Klingenthals Erlebnis: Friedrich tat es in Wirklichkeit schon Jahrzehnte früher – als junger König.

Ebenso wahr ist, dass es das genannte Freikorps von Kleist gab, in welchem Klingenthal diente. Es kämpfte erfolgreich in der Schlacht von Freiberg anno 1762 gegen die Österreicher. Von mir erfunden jedoch wurde die Angewohnheit des Kommandeurs, sich vor der Front zu rasieren und beim Fortschütten des Schaumwassers zu rufen: »Möge der Feind darin ersaufen, und nun: auf, auf, meine Kinder!«

Neben den vielen genannten Straßen, Plätzen und Gebäuden Potsdams, die selbstverständlich authentisch sind, existierte und existiert auch das Haus, das Madame de Chattemont in diesem Roman als Domizil dient. Es handelt sich in Wahrheit um ein ehemaliges Ständehaus, das zu errichten Friedrich der Große im Jahre 1770 befahl. Baumeister war der Architekt G. Christian Unger. Im 19. Jahrhundert diente es ausschließlich Wohnzwecken. Vielen Generationen bot es Zuflucht und Heimat, bis es Ende des Zweiten Weltkriegs durch Artillerietreffer teilweise zerstört wurde. Von 1978 bis 1981 von Grund auf rekonstruiert, beherbergt es heute das *Naturkundemuseum Potsdam.* Jeder, der es besuchen möchte, findet es nunmehr unter der Nummer 13 in der Breiten Straße.

Auch der im Roman erwähnte *Plögersche Gasthof* hat tatsächlich existiert. Nur mit dem Unterschied, dass die damalige gastliche Stätte, die übrigens auch Goethe besucht haben soll, im Keller kein Bordell aufwies. Die Chronisten Potsdams mögen mir verzeihen.

Ein weiteres Produkt meiner Phantasie sind die von Madame de Chattemont so sehr geschätzten *Rapp'schen Beruhigungstropfen,* deren Kräuterinhalt nach der sogenannten Fibonacci-Folge komponiert wurde. Allen, die meinen Roman *Tod im Apothekenhaus* gelesen haben, werden die Tropfen wohlbekannt sein.

Auch die Eigenheiten von Professor Selle sind ein Produkt meines Einfallsreichtums, weshalb ich seine Nachfahren an dieser Stelle um Entschuldigung bitten möchte. Das wahre Naturell von Friedrichs letztem Leibarzt dürfte ganz anders gewesen sein, als von mir geschildert. Mit Sicherheit hatte er nicht die Marotte, häufig Zwiesprache mit seinen inneren Organen zu halten, und ebenso sicher besaß er kein

Skelett, das er Hans nannte und in einen Schrank verbannte. Natürlich hieß auch sein Assistent nicht Hans von Reckwitz. Darüber hinaus geriet Selle niemals in den Verdacht der Spionage. Er war vielmehr ein ehrenwerter Mann.

Gleiches gilt für Charles oder Karl Dantal, der gewiss kein besserer oder schlechterer Vorleser war als seine sechs Vorgänger. Dantal trug keineswegs immer nur Schwarz und wurde – genau wie Selle – niemals der Spionage bezichtigt. Er war Mitglied der französischen Kolonie in Berlin und übte neben anderen Tätigkeiten auch die eines Lehrers am Potsdamer Militärwaisenhaus aus. Später wurde er sogar Professor für französische Sprache an der Ingenieur-Akademie.

Was die Vorträge im *Collegium Artis* von Madame de Chattemont angeht, so mögen einige Erklärungen ebenfalls von Interesse sein: Die Odyssee des ersten bekannten Schnabeltierpärchens, von dem der Göttinger Gelehrte Doktor Schildenfeld letztlich nur das Weibchen zu Forschungszwecken erhielt, ist ebenso erfunden wie Schildenfelds Ausführungen über den Glauben der australischen Eingeborenen, nach dem das Schnabeltier ein verzauberter Vogel ist, der träumend gegen einen Felsen flog, abstürzte und in einem See landete, von wo er mit Flossen ans Ufer schwamm, dort auf vier Füßen weiterlief, ein Nest erreichte und ein Ei legte, aus dem wiederum ein Vogel schlüpfte, der träumend gegen einen Felsen flog …

Die Rose von Jericho, die der Ritter von der Keyenburg so wortgeschickt im Anschluss an Doktor Schildenfelds Referat vorstellt, ist selbstverständlich ein abgestorbenes Gewächs, dessen vertrocknete Ästlein sich nur aufgrund einer chemischen Reaktion im Wasser entfalten und sich grün verfärben. Dennoch waren solche und ähnliche Darbietungen in den Salons zu Zeiten Friedrichs des Großen sehr beliebt.

Um noch einmal auf den Alten Fritz zurückzukommen: Er hatte in der Tat nicht nur ein ganz eigenes, vertrautes Verhältnis zu seinem Vorleser Dantal, sondern auch zu einigen wenigen anderen. Darunter zu seinem Kutscher, Johann Georg Pfund. Pfund in seiner geradlinigen, volkstümlichen Art konnte ungestraft Dinge aussprechen, die niemand sonst zu sagen wagte.

Viele der Ausrufe und Reaktionen Friedrichs sind belegt, auch die Randverfügungen, die er in diesem Roman so grimmig niederschreibt. Eine jedoch habe ich dazuerfunden – einfach, weil es mir Freude bereitete, mich in die Gedanken des Preußenkönigs hineinzuversetzen. Wer es genau wissen möchte, dem sei gesagt, dass ich Friedrich aushalf, als er seinen Kommentar zu dem Ansinnen eines Hauptmanns schrieb, der gern zum Major befördert werden wollte: *Wenn er den Degen so gut führt wie die Feder, mag es so sein. Aber ich werd's nicht erleben.*

Erfunden ist auch die von Friedrich einberufene Tafelrunde in Sanssouci, bei der Klingenthal mit seiner bauchrednerischen Kunst brilliert. Die letzte dieser Zusammenkünfte, an denen auch Voltaire häufig teilnahm, fand Anfang der fünfziger Jahre des 18. Jahrhunderts statt – danach niemals wieder.

Nichtsdestoweniger wahr ist die Freundschaft Friedrichs zum Marchese Lucchesini, einem italienischen Adeligen, dessen Nachfahren ich ebenfalls Abbitte leisten muss: Auch er war sicherlich nicht einer, der für sein Land oder für den Fürstenbund spionierte. Allerdings – und das galt am Preußischen Hof vermutlich nicht nur für ihn – dürfte er stets Augen und Ohren offen gehalten haben.

Was den Fürstenbund anbetrifft, so gelang es Friedrich tatsächlich, im Jahr 1785 einen protestantisch dominierten Pakt gegen die Interessen Österreichs zu schmieden. Der Bund bestand nur wenige Jahre bis zum Tod Josephs II. anno 1790, denn danach hatte er seine Notwendigkeit verloren. Eine neue Epoche hatte kurz zuvor begonnen: mit der französischen Revolution.

Der Apotheker Johann Philipp Harsleben schließlich lebte und arbeitete ebenfalls zur fraglichen Zeit in Potsdam. Ob er in seiner Offizin allerdings ein so tödliches Gift wie das *Antiaris toxicaria* feilhielt, wird die Nachwelt wohl niemals erfahren.

Nehmen wir einfach an, es war so.

Zu guter Letzt

Abschließend möchte ich gern noch eine Anmerkung machen, und zwar zu der mir häufig gestellten Frage, wie es zu der ungewöhnlichen Idee mit Klingenthal und seinen Puppen kam. Um ehrlich zu sein, ganz nebenbei:

In meinem Roman *Der Balsamträger*, der im Jahre 1780 spielt, tun sich zwei seltsame Gestalten zusammen: der riesenwüchsige Pausback und der spargeldünne Listig. Pausback, der Balsamträger, kann nicht rechnen, was seinem Broterwerb ziemlich abträglich ist, und Listig hat keine Füße, was seinem Fortkommen sehr entgegensteht. Beide helfen einander. Der eine trägt den anderen, und der andere rechnet für den einen. Listig als der Kopf des Gespanns hat einen scharfen Verstand, aber auch ein loses Mundwerk, mit dem er alle und jeden einwickelt – und oftmals sogar übertölpelt. So sehr, dass es selbst mir, dem Autor, irgendwann zu viel wurde. Listig sollte endlich einmal jemandem begegnen, der ihm das Wasser reichen konnte.

So bestimmte ich, dass der Nächste, den Listig auf der Landstraße treffen würde, ein ganz besonderer Mann sein sollte. Ein Mann, der von vornherein nicht in die Gefahr kommen konnte, an die Wand geredet zu werden. Ein Mann, der nicht selbst reden musste, weil er reden ließ. Mit einem Wort, ein Bauchredner, der einen Karren mit lebensgroßen Puppen hinter sich herzog.

In seiner üblichen frechforschen Art spricht Listig den Mann an, aber der bleibt stumm. Listig versucht es erneut, und schließlich bekommt er eine Antwort. Doch nicht von dem Mann, sondern von einer der Puppen. Listig ist – vielleicht zum ersten Mal in seinem Leben – wirklich verblüfft. »Bist du es, der die Puppen sprechen lässt, Karrenzieher?«, fragt er ungläubig.

Die Magd antwortet: »Ja, er ist's.«

Und das Burgfräulein ergänzt geziert: »Er heißt Julius Klingenthal.«

So tauchte Klingenthal, der Meister-Ventriloquist, zum ersten Mal in einem meiner Romane auf.

Pausback, der Balsamträger, und sein Freund Listig erreichten letztendlich ihre Ziele, aber Klingenthal mit seinen phantastischen Puppen ging mir nicht mehr aus dem Kopf. Zahlreiche Episoden, Szenen und Dialoge fielen mir wie von selbst ein, wodurch er mir immer sympathischer wurde. Und immer mehr ans Herz wuchs. Eine Weile ging das so, dann stand mein Entschluss fest: Klingenthal musste seine eigenen Bücher bekommen. Und das Erste hieß, wie viele wissen, *Der Puppenkönig*.

Und wenn Sie, liebe Leserin, und Sie, lieber Leser, jetzt *Das Spiel des Puppenkönigs* mit einem gewissen Bedauern aus der Hand legen, so wird es Sie vielleicht trösten, dass es mit Klingenthal und seinen geheimnisvollen, oftmals lebensgefährlichen Abenteuern weitergeht.

Wahrscheinlich schreibe ich gerade in diesem Augenblick am dritten Band der Trilogie.

Wolf Serno

Wolf Serno bei Knaur

Der Wanderchirurg

Roman

Anno 1576: Im spanischen Zisterzienserkloster Campodios stirbt der von allen verehrte und geliebte Abt. Kurz vor seinem Tod gesteht er seinem Lieblingsschüler Vitus, dass dieser einst vor den Toren des Klosters ausgesetzt wurde. Ein kostbares rotes Damasttuch, in das er als Baby eingehüllt war, ist der einzige Hinweis auf seine Herkunft …

Der Chirurg von Campodios

Roman

Vitus von Campodios könnte glücklich mit seinem Leben sein, denn endlich hat er in England seine Verwandten gefunden. Doch dann fleht ihn sein Großonkel Lord Collincourt an, nach seiner Enkelin Arlette zu suchen, die er zusammen mit Vitus als Erbin eingesetzt hat …

Die Mission des Wanderchirurgen

Roman

Vitus, der weit gereiste Wanderchirurg und mutmaßliche Erbe von Schloss Collincourt, ist untröstlich: Seine geliebte Arlette, nach der er so lange gesucht hat, stirbt in seinen Armen an der Pest. Doch vorher nimmt sie ihm das Versprechen ab, ein Heilmittel gegen den Schwarzen Tod zu finden. Vitus macht sich mit seinen Freunden, dem Magister und dem Zwerg Enano, auf die Reise, um dieses Gelöbnis einzulösen.

Wolf Serno

Der Puppenkönig

Roman

Die Altmark im Jahre 1782: Der Bauchredner Julius Klingenthal ist auf dem Weg in das Städtchen Steinfurth – zusammen mit seinen Puppen, die für ihn so lebendig sind wie Menschen. Da begegnet er der geheimnisvollen Alena, die sich ihren Lebensunterhalt als »Klagefrau« verdient – und um Julius ist es geschehen. Die beiden ziehen gemeinsam weiter und werden von Pfarrer Matthies aufgenommen, der Alena als Haushälterin einstellt. Plötzlich wird die kleine Stadt von einer furchtbaren Tat aufgeschreckt: Ein Ratsherr wurde durch den Bolzenschuss einer Armbrust getötet. Bald passiert ein zweiter Mord – und Julius gerät unter schweren Verdacht …

Knaur Taschenbuch Verlag